하피스,
잔혹한
소녀들

Girl Gone Mad

하피스,
잔혹한
소녀들

에이버리 비숍
장편소설
김나연 옮김

하빌리스

이 책은 누군가로부터
폭력을 당한 적이 있는 사람들,
그리고 폭력을 당한 이들을 위해
목소리를 내는 사람들을
위한 것이다.

막대기와 돌멩이로

내 뼈를 부러뜨릴 순 있어도

너의 말이 나에게

상처를 줄 순 없어.

_ 미국 동요

차례

그 애들이 아이를 버려두고 떠난 지 한참이 지났지만 아이는 여전히 비명을 지르고 있었다. 그러나 있는 힘을 다해 소리를 질러보았자 아무 소용이 없었다. 애들이 머리에 수건을 둘러 재갈을 물렸기 때문이다. 수건에서는 묵은내가 났다. 서랍에서 적어도 1년은 처박혀 있었던 듯했다. 아이는 매켄지나 엘리스, 아니면 다른 애들이 별장에서 수건을 찾아 밝은 분홍색 백팩에 쑤셔 넣는 모습을 상상해보았다. 아이는 나무에 등을 대고 묶인 채 자리에서 한 발자국도 움직이지 못했다.

　꽁꽁 묶인 몸을 뒤척여보았지만 그 애들은 아이가 절대 움직일 수 없도록 단단히 매듭을 지어놓았다. 한 줄은 가슴 바로 아래를 가로지르고 있었고, 다른 한 줄은 맨허벅지를 옭아매어 부드럽고 창백한 피부를 파고들었다.

　눈물은 말랐지만 얼굴은 여전히 젖어 있었다. 불어오는 봄밤의 공기에 젖은 얼굴이 마르면서 서늘함이 느껴졌다. 결박된 몸을 빼내기 위해 머리로 나무를 세게 들이받아보았으나 아프기만

할 뿐이었다. 게다가 뒤통수에는 이전에 흘린 핏덩이가 엉겨 붙어 있었다.

아무리 머리로 나무를 쳐도, 아무리 크게 울부짖어도 애들은 결코 멈추지 않았었다. 오히려 그런 아이에게 모욕을 퍼붓고 아이를 비웃었다. 심지어 침까지 뱉었다.

아이는 잠시 비명을 멈추고 주변에 귀를 기울여보았다. 숲속의 벌레 소리와 멀리서 들려오는 올빼미의 울음소리 외에는 온통 침묵뿐이었다. 별장으로 돌아가던 그 애들의 숨죽인 발자국 소리마저 희미해졌다.

자정이 되려면 아직 한 시간가량이 남아 있었고, 아이는 자신이 얼마나 더 여기 묶여 있어야 하는지 알지 못했다. 매켄지는 확실히 말을 해주지 않았고, 다른 애들도 마찬가지였다. 이 상태로는 다른 건 불가능했고 목은 아직 쉬지 않았으므로 아이가 할 수 있는 행동은 하나밖에 없었다.

아이는 다시 소리 내어 울부짖기 시작했다.

1부。

유령

1

스스로 손목을 그은 아이였다.

아마도 부모님이 없는 틈을 타 부엌에서 가져온 과도나 스테이크용 나이프로, 아니면 방에 하나씩은 있는 가위의 날카로운 날을 피부에 대고 그었을지도 모른다.

자해 역시 나와 함께 시작할 치료 중 한 가지이겠지만 당장 오늘은 아니었다. 오늘은 아이의 첫 번째 면담 시간이었다. 즉, 서로를 알아갈 시작에 불과한 날이었던 것이다. 내가 아는 거라곤 아이가 지난 8일 동안 입원해 있던 정신과 클리닉에서 보내온 간략한 정보가 전부였다. 정보라고 할 것도 없었다. 이름은 클로이 키터먼. 나이 13세. 입원 사유는 자살 충동으로 인한 손목 자해. 퇴원 후 권장 사항은 지속적인 약물 치료와 외래 심리 치료 실시. 클로이와 클로이의 엄마는 정신과 클리닉의 '퇴원 후 권장 사항' 때문에 오늘 내 상담실을 찾아왔다.

굳이 퇴원 기록을 보지 않더라도 클로이에게 자해 습관이 있다는 것쯤은 충분히 짐작할 수 있었다. 아이에게는 그런 징조가 다분했다. 마르고 자그마한 체구. 길고 불그스름한 머리칼. 주근깨가 촘촘한 얼굴. 시커먼 매니큐어가 칠해진 손톱. 물론 외적인 모습이 아이의 자해 성향을 드러내준 것은 아니었다. 문제는 옷이었다. 아이는 휴대폰만 뚫어져라 쳐다보며 검은색 인조 가죽 소파에 엄마와 나란히 앉아 있었다. 아이는 밑위가 짧은 물 빠진 청바지, 스니커즈, 회색 홀리스터 후드 티 차림이었다.

4월 하순을 막 지나 바깥 기온이 26도를 웃돌고 있었다. 후드 티를 입고 다니기에는 너무 더운 날씨였던 것이다. 아이는 팔에 난 상처 자국을 감추려는 게 분명했다.

아이의 엄마 키터먼 씨는 트로피 와이프로서의 역할을 완벽하게 해내는 사람 같았다. 나이는 40대 후반이었지만 외모는 그보다 훨씬 젊어 보였다. 매끄럽고 화사한 얼굴은 주름 하나 없이 팽팽했고, 연갈색 머리는 깔끔하게 손질되어 있었다. 아마도 굶다시피 하거나 요가 수업을 연달아 두 타임씩 받으며 매일같이 운동으로 몸매를 가꾸지 않을까. 왼손 약지에 긴 반지의 다이아몬드는 어찌나 큰지 거동을 도와줄 비서가 있어야 하는 거 아닌가 싶을 정도였다. 남편이 억대 연봉이라도 벌어오는 모양이었다. 그녀가 걸친 옷이며 신발은 모두 니먼 마커스 백화점에서나 살 법한 것들이었다. 치노 팬츠에 블록 힐 오픈 토 샌들, 헨리 넥 셔츠까지 오늘 그녀의 착장 비용은 내 일주일 치 급여보다 많은 듯했다. 심지어 엄마와 아이 사이에 놓인 에르메스 백은 계산에 넣지도 않았다.

두 사람이 상담실에 들어선 이후로 사연을 털어놓는 역할은 줄곧 아이 엄마가 맡았다. 키터먼 씨는 이들에게 벌어진 일련의 일이 굉장히 생소하다는 둥, 가족 중에 심리 치료를 받아야 할 만한 문제가 있는 사람이 없었다는 둥 쉴 새 없이 말을 늘어놓았다. 텔레비전에 나오는 것처럼 내담자인 아이를 편안한 소파에 눕혀놓고 기분이 어떤지 말해보라고 할걸 그랬나? 엄마가 딸아이의 우울증으로 인해 자신의 삶이 얼마나 끔찍해졌는지 한탄하는 사이, 클로이는 그저 휴대폰 화면에 시선을 고정시킨 채 입을 꾹 다물고 엄마 곁에 앉아 있었다.

그렇게 하염없이 떠들어대던 키터먼 씨는 자신이 어디에 있고, 누구에게 그런 개인적인 이야기를 늘어놓고 있는지를 깨달은 듯 갑자기 말을 멈추었다. 그녀는 좁은 진료실을 두리번거리다가 벽에 걸린 유일한 물건인 동기 부여용 포스터를 가만히 응시했다. 그러다 딸에게 시선을 돌려 아이의 휴대폰을 발견하고는 눈에 띄게 무거운 한숨을 푹 내쉬었다.

"클로이, 엄마가 휴대폰 치우라고 했지."

클로이는 이렇다 할 대꾸 없이 휴대폰만 쳐다보았다. 아이의 엄지손가락이 10대 사이에서 유행하는 이상한 춤이 나오는 화면 위를 매끄럽게 가로질렀다.

"클로이, 두 번 말하게 하지 마."

아주 짧은 정적이 흐른 후 클로이가 제 딴에는 커다란 한숨을 터트리며 휴대폰을 소파 팔걸이에 내리꽂고는 불만 가득한 얼굴로 팔짱을 꼈다. 키터먼 씨가 눈을 치켜뜨고 아이를 노려보다가 고개를 내저으며 나에게로 시선을 돌렸다.

"그러니까 애가 대체 왜 이러는지 모르겠어요. 제 딸은 그냥 좀⋯⋯ 달라요. 어렸을 땐 예뻤는데. 예전엔 아이와 말이 잘 통했어요. 지금은 이렇게 반항만 하지만요."

그때 책상에 올려두었던 내 휴대폰이 짧게 두 번 윙윙거리며 진동했다. 문자 메시지가 도착했다는 신호였다.

나는 휴대폰을 무시하며 키터먼 씨에게 계속하라는 듯 고갯짓을 건넸다.

그녀가 슬그머니 인상을 찌푸리며 물었다. "근데 선생님은 제가 생각했던 것보다 어려 보이시네요."

"올해 스물여덟이에요."

"그럼 이 일을 하신 지 그리 오래된 건 아니겠어요."

그녀는 자기 딸을 상담하기에는 내 경험이 부족해 보인다는 투로 말했다. 어떤 면에서는 사실이긴 했다. 나는 상담 치료사로 일한 지 만 4년째였고, 세이프 헤이븐 정신 건강 센터에는 수십 년의 경력을 가진 다른 선생님들도 있었으니까.

"다른 선생님에게 따님을 맡기고 싶으시면 그렇게 하실 수 있도록 진료 기록을 넘겨드릴게요. 그런데 제가 듣기론 제 이름을 대고 예약하셨다고."

내 대답에 키터먼 씨의 콧잔등이 살짝 일그러졌다.

"뭐, 선생님을 콕 집어 부탁했던 건 아니지만, 어쨌든 맞긴 맞아요. 시설에서 선생님을 추천해줬거든요. 그분도 젊은 분이셔서, 그분 딴엔 아이랑 나이 차이…… 많이 안 나는 선생님이 아이의 마음을 여는 데 더 낫지 않을까 생각하셨던 것 같아요."

키터먼 씨의 말투에, 자기 속으로 낳은 딸인데 그깟 나이가 뭐기에 본인보다 나이가 세 배 더 많다고 엄마와는 마음을 터놓고 대화를 나눌 수 없는지 좀처럼 이해할 수 없다는 오만함이 배어 있었다.

나는 억지로 입꼬리를 끌어 올리며 대답했다. "말씀드렸듯이 다른 선생님께 진료를 보고 싶으시면 기록을 넘겨드릴게요."

"아니요. 그러실 것까진 없어요. 그냥……." 그녀가 잠시 숨을 고르더니 내 손가락의 반지를 발견한 듯 입을 열었다. "결혼은 하신 건가요?"

"약혼 반지예요." 나는 고개를 숙인 채 대답했다. 내 반지의 다이아몬드는 그녀가 끼고 있는 것에 비하면 훨씬 작았다.

"그럼 아직 자녀도 없으시겠네요."

어딘가 비난이 섞인 것 같았다. 이 일을 하려면 적어도 집에 아이 둘에 입주 도우미 하나 정도는 있어야 마땅하지 않느냐는 말투였다.

나는 아직 아이는 없다고 응수했다.

"그럼 대체 어떻게⋯⋯," 키터먼 부인은 적당한 단어를 고르려는 듯 두 손을 허공에서 빙빙 돌리다가 말을 끝맺었다. "어떻게 제 딸을 도와주실 수 있을까요?"

"어머님, 전 대학을 졸업한 이후로 클로이 같은 연령대의 여자애들을 많이 만나봤어요."

"그럼 그 애들 상태가 전부 나아졌나요?"

"아니요."

그녀는 무뚝뚝한 나의 대답에 약간 움찔했다.

"아니라고요? 그럼 왜 제 딸이 선생님과 시간을 낭비해야 하죠?" 그녀는 예상대로 꽤 공격적인 태도를 취했다. 그녀에게는 이 모든 일이 낯설기만 하고, 앞으로 어떤 일이 닥칠지 몰라 겁이 났을 수도 있다. 그런 그녀를 탓할 생각은 추호도 없었다.

"어머님, 이해하셔야 할 게 하나 있어요. 심리 치료는 정확히 말하면 과학이 아니에요. 저와 따님 말고도 다양한 요인이 연관돼 있을 거예요. 가령 어머님과 남편분의 사이라든가, 클로이와 학교의 다른 학생들, 그리고 클로이가 학교 밖에서 만난 친구들까지도 원인이 될 수 있어요. 그래서 오늘 당장 클로이와 어떤 관계를 쌓을 수 있다는 말씀은 못 드려요. 만약 어머님께 이런 걸 장담하는 치료사가 있다면 클로이에게 추천하지 않을 거고요."

키터먼 씨는 내 대답에 굉장히 당황하며 나를 빤히 바라보았다. 고용된 입장이라는 이유로 내가 조금 더 사근사근한 태도를 보일 거라 예상했던 모양이다.

책상에 올려두었던 휴대폰에 또다시 문자 메시지 진동 알림이 왔다. 나는 이번에도 알림을 무시하고 맞은편에 앉은 클로이의 엄마에게 집중했다.

"어머님, 저는 어머님이나 따님을 모시고 일하는 게 아니라는 점을 분명히 짚고 넘어가야 할 것 같아요. 저는 따님과 함께 치료를 하는 거예요. 이해되시죠?"

그녀는 고개를 끄덕였다. 마지못한 듯했지만 어쨌든 수긍은 했다.

"오늘은 첫 치료고," 내가 말했다. "아니, 사실 이건 치료라고 할 수도 없어요. 그저 면담 수준이죠. 상담에 필요한 기본 정보를 수집하는 시간이라 생각하시면 돼요. 그리고 저한테 클로이를 맡기신다면 알아두셔야 할 게 있는데요. 전 치료가 필요한 아이들과 일대일로만 만나요."

키터먼 씨는 아이를 홀로 보내야 한다는 데에 상당한 충격을 받은 것처럼 보였다. 그녀는 고개를 짧게 가로저으며 말했다.

"저희는 이런 일이 처음이라 잘 모르긴 하지만요. 아이 혼자 치료를 받아야 한다는 말은 금시초문인데요."

그녀는 말을 이어갔다. 어떻게 이런 일이 자신의 가족에게 일어났는지 도저히 믿을 수 없다는 장황한 이야기가 재탕되었다.

"지금도 약물 치료를 병행 중이에요. 제 딸이 약을 먹고 있다고요. 애가 우울증이래요. 이해가 안 돼요. 얘가 우울할 일이 뭐가 있어요?"

내가 맡는 아이들의 부모들은 대개 세 종류로 나뉜다.

뭔가 잘못되었음을 인지하고 아이를 도울 수만 있다면 어떤 일이든 마다하지 않는 부모.

아니면 잘못된 부분을 손톱만큼도 신경 쓰지 않고 아이를 돕기 위해 그 어떤 노력도 기울이지 않는 부모.

그리고 마지막으로 뭔가 잘못될 수도 있다는 사실 자체를 부정하는 부모가 있다. 이들은 문제를 일으키는 아이를 귀찮은 존재로 여긴다. 이런 케이스의 열에 아홉은 집이 문제다. 어떤 부모들은 이야기 자체를 꺼린다. 이 경우 치료는 필요 이상으로 오래 걸린다.

키터먼 씨는 세 번째 부류였다. 위기를 겪은 당사자는 클로이다. 저 어린아이가 스스로 손목을 긋지 않았던가. 그럼에도 인생 전체가 무너진 것처럼 구는 사람은 아이가 아닌 아이의 엄마였다.

내 휴대폰이 다시 진동했다. 이번에는 알림을 무시하는 대신 휴대폰의 전원을 아예 꺼버렸다.

나는 부인을 향해 다시 한번 억지 미소를 지어 보였다.

"클로이와 제가 단둘이 얘기 좀 할 수 있을까요, 어머니?"

키터먼 씨는 경계하는 빛이 잔뜩 배어든 눈으로 나를 보았다. 내 의심이 확신이 되는 순간이었다.

"오늘은 가벼운 면담이라면서요."

그녀는 냉정하고 침착하면서도 날이 선 목소리로 대꾸했다.

"네. 맞아요. 오늘은 첫 시간이죠. 그리고 저와 클로이는 '첫 시간'에 치료를 위해 함께 목표를 정하고 치료 계획을 세워야 해요. 말하자면 클로이의 우울증에 적절히 대처할 수 있는 방식을 배우는 시간 같은 거예요. 일단 클로이와 둘이서만 대화를 좀 나눠보고 싶네요."

키터먼 씨는 나의 요청을 대놓고 마음에 들어 하지 않았다. 하지만 별다른 도리가 없으므로 고개를 끄덕이고는 자리에서 일어났다. 그녀는 내가 자신의 에르메스 백을 훔쳐가기라도 할 것처럼 어깨에 멘 가방을 꼭 움켜쥔 채 문으로 향했다. 그러다 문득 뒤를 돌아 클로이에게 다가와서 손을 내밀었다.

클로이는 자리에서 꼼짝도 하지 않고 제 무릎만 내려다보았다.

아이의 엄마가 보란 듯이 목청을 가다듬었다.

클로이는 한숨을 푹 내쉬고 휴대폰을 들어 키터먼 씨에게 거의 던질 기세로 넘겨주었다. 아이 엄마는 휴대폰을 가방에 넣고는 나에게 '잘해보세요'라는 듯한 시선을 보내며 상담실을 나섰다.

아이 엄마가 나가자 나는 상담실의 문을 닫았다. 그러고는 돌아서서 여전히 애꿎은 무릎만 빤히 쳐다보고 있는 클로이를 향해 미소를 지어 보였다.

다시 책상으로 돌아온 나는 의자에 앉아 등을 기댄 채 가만히 천장을 응시했다.

침묵은 1분이 넘도록 계속되었다.

"어머니가 참 유쾌하시다."

내 말에 클로이가 작고 부드러운 코웃음을 픽 터트렸다. 내 말이 아이에게 예상 밖의 놀라움을 선사한 모양이었다.

나는 클로이 쪽으로 몸을 기울여 클로이를 가만히 응시했다.

무릎만 보고 있던 아이가 고개를 들어 나와 시선을 맞추었다.

"좀 무섭지?" 내가 물었다.

엄마가 없자 아이는 더 이상 경계를 세울 필요가 없는 듯했다. 클로이는 조심스럽게 고개를 끄덕였다.

"도움이 필요하니?"

아이는 또다시 고개를 끄덕였다.

"좋아. 네 나이에 도움이 필요하다는 걸 인정할 수 있다는 것부터가 대단한 일이야. 솔직히 말해서 네가 무슨 일을 겪고 있는지 다 알아내는 데엔 시간이 좀 걸릴 거야. 하지만 선생님은 얼마든지 들어줄 수 있어. 그리고 네가 무슨 말을 하든 그건 우리 둘만 아는 거야. 다만 네가 이해해줘야 할 게 있어. 선생님은 주(州)에서 정한 법에 따라 보고를 해야만 해. 다시 말하면 클로이 네가 학대를 받고 있다는 의심이 들거나, 네가 자해를 하거나 다른 사람을 해칠 생각을 털어놓는다면 선생님은 반드시 신고를 해야 해. 이해했니?"

아이는 고개를 끄덕였다.

"좋아. 네가 선생님한테 거짓말을 하지 않으면 난 늘 널 도와줄 거야. 그렇게 해볼래?"

이번에는 아이의 고개가 움직이지 않았다.

"클로이, 앞으론 그것보단 더 잘 도와줘야 해. '네' 아니면 '아니요'라고 꼭 말로 대답해주면 좋겠어."

아이의 시선이 다시 무릎으로 향했다. 오래도록 미동 하나 없이 가만히 앉아 있던 아이가 마침내 고개를 들었다.

"네." 아이가 속삭이듯 말했다.

20분 후 다음 상담을 약속하며 클로이와 엄마를 배웅하고 나서 휴대폰의 전원을 켰다. 통신사의 신호를 잡느라 1분 정도가 흘렀다. 화면 위로 문자 메시지가 하나씩 떠올랐다. 무슨 이유에서인지 나는 그 문자가 모두 대니얼에게서 왔을 거라 짐작했다. 하지만 문자는 모두 엄마로부터 온 것이었다.

전화 좀 다오.

올리비아 캠벨 기억하니?

걔가 글쎄 자살을 했단다!

2

엄마는 차(茶)에 새로운 집착을 보이기 시작했다.

마트에서 살 수 있는 립톤, 셀레셜 시즈닝스, 비글로, 스태시 같은 일반 브랜드가 아니라 한 줌씩 살 수 있는 고가의 백차(白茶)—가게에 마련된 별도의 선반에 진열된 유리병 속에 담겨 있는 고급 차로 무게를 달아 종이봉투에 담아준다—제품 말이다. 엄마는 가격이 비싸면 비쌀수록 차 맛이 좋다고 믿었다.

"어떤 걸로 마실래?"

엄마가 물었다. 엄마는 부엌을 분주히 왔다 갔다 하며 찻주전자를 난로에 올리고 찻주전자가 데워지는 동안 찬장에서 찻잔 두 개와 작은 사기 접시를 꺼냈다.

나는 부엌에 놓인 아일랜드 식탁 앞의 스툴에 앉아 그런 엄마를 지켜보았다. 20년 전에도 나는 여기에 앉아 있었다. 그 시절 엄마가 부엌의 끝과 끝을 오가며 우아한 강박증을 보이는 사이, 아빠와 나는 각각 회사와 학교에 가기 전에 아침을 만들어 먹곤 했다. 당시만 해도 나는 엄마를 에너지가 너무 과한 사람이라고 생각했다. 이제 보니 엄마는 주의력 결핍 과잉 행동 장애, 즉 ADHD 환자였다.

"난 괜찮아."

엄마가 갑자기 하던 일을 멈추었다. 엄마는 못 들을 말이라도 들은 양 그 자리에 우뚝 서서 기가 막힌다는 표정으로 나를 돌아보았다.

"진짜? 지난번에 고급 찻잎을 100그램 정도 샀어. 재스민 실버 니들이란 차야. 500그램이 좀 안 되는데 99달러 99센트나 하지 뭐니."

나는 무슨 말을 해야 할지 몰라 멍하니 입만 벌리고 있었다. 하지만 아무래도 상관은 없었다. 엄마는 이미 몸을 돌려 조리대로 돌아가서 찻잔과 접시를 내놓고는 종이봉투에 담긴 찻잎을 뒤적거리고 있었기 때문이다.

"일본산 사쿠라 센차 녹차도 있어. 중국산 국화차도 있고. 이집트산 캐모마일도 있다."

"응. 그럼 그게 좋겠네."

엄마가 고개를 홱 돌려 나를 빤히 쳐다보았다. "어떤 게 좋다는 거니?"

"캐모마일."

엄마가 코허리를 찌푸렸다. "네가 좋아할지 모르겠네."

한숨이 났다. 정말 긴 하루였고, 엄마와의 만담은 일상의 스트레스를 푸는 데에 전혀 도움이 되지 않았다.

"엄마, 퇴근길에 잠깐 들르라며. 엄마도 알다시피 우리 집 가는 방향도 아니고. 차는 정말 괜찮아."

"그럼 커피 줄까?"

"엄마."

"물이라도 줘?"

엄마는 내 기세가 꺾일 때까지 계속해서 물어볼 터였다. 나는 하는 수 없이 대답했다. "응. 좋아요. 물 한잔 줘, 그럼."

엄마는 조리대에 꺼내놓았던 찻잔과 접시 한 세트를 원래 있던 자리에 올려놓고 다시 돌아왔다.

"생수? 수돗물?"

"일본산 물은 없어?"

엄마가 곰곰이 생각하는 듯 눈을 굴렸다.

"엄마, 농담이야. 생수 줘요."

엄마는 냉장고를 열고 생수 한 병을 꺼내 나에게 건네주었다. 찻주전자가 끓으며 휘파람을 불어대기 시작했다. 엄마는 당신이 마실 차를 우린 다음 내가 있는 아일랜드 식탁으로 와 앉았다.

나도 모르게 긴 한숨이 흘러나왔다.

"대니얼은 잘 지내니?" 엄마가 물었다.

"잘 지내."

"못 본 지 좀 됐네."

"요새 바빠. 나도 바쁘고."

"에밀리, 엄마도 이제 손주 볼 나이야."

"뭐, 대니얼이랑 결혼하는 게 먼저 아닐까?"

엄마는 멍하니 고개를 저으며 희끗한 머리카락을 귀 뒤로 넘겼다.

"너네가 뭘 기다리는진 모르겠지만 약혼한 지 벌써 4년이 지났잖니."

엄밀히 말하면 3년 반이었지만 엄마의 반올림을 탓할 생각은 없었다. 결혼은 나에게 있어 뼈아픈 주제였다. 아빠는 대니얼과의 결혼을 3개월 앞두고 돌아가셨다. 아빠가 갑자기 돌아가시면서 우리는 결혼식보다 장례식을 먼저 준비해야 했고, 나는 결혼을 조금 미루자며 대니얼을 설득했다. 물론 그도 동의했다. 그러고 나서…… 우리는 끝내 결혼 날짜를 정하지 않았다.

고아였던 대니얼은 이 집 저 집을 전전하며 위탁 가정에서 자랐다. 그래서인지 주변에서 결혼하라고 닦달하는 사람이 없었다. 솔직히 말해 엄마만이 결혼을 보챘다. 엄마는 아빠가 돌아가시고 1년 정도 슬픔에 잠겼다가 곧 아빠의 부재를 떨쳐냈다. 이후로 잊을 만하면 한번씩 결혼 이야기를 꺼내 내 인내심을 시험했다.

나는 화제를 돌리려는 심산으로 엄마에게 물었다. "그래서 올리비아 캠벨한테 무슨 일이 생긴 거래?"

엄마가 안타깝다는 듯 두 눈을 질끈 감았다. "아, 맞다. 정말 끔찍한 일이야. 그렇지 않니? 걔 너랑 동갑이잖아."

내 기억이 정확하다면 올리비아는 나보다 생일이 5개월 빠르다. 모든 것이 바뀌기 전이었던 중학교 1학년, 올리비아는 동네 롤러장에서 생일 파티를 열었다. 커플 롤러스케이트 시간이 되자 지미 클레이가 올리비아에게 손을 내밀었다. 올리비아가 나중에 털어놓기를, 롤러스케이트를 타는 내내 지미의 손이 너무 축축했고 백스트리트 보이즈의 '그대로가 좋아요'를 들으며 롤러장을 빙빙 도는데 그가 끊임없이 청바지에 손을 닦았다고 했다.

"올리비아 소식은 어떻게 들었어?"

"페이스북에서 봤지."

"걔 소식이 엄마 계정에까지 들어왔다고?"

"베스 노리스가 메시지를 보내줬다. 네가 올리비아랑 같이 학교를 다녔다는 걸 기억하고 있었대. 베스네 딸 레슬리가 너랑 같은 연도에 졸업했다는데, 넌 기억하니?"

나와 같은 학년인 학생이 자그마치 119명이었다. 레슬리 노리스라는 이름이 딱히 떠오를 리 만무했다. "베스 친구가 올리비아 엄마랑 페이스북 친구인가 봐. 말 나온 김에 너도 계정 하나 만들어라, 애. 내가 올린 옛날 사진에 네 이름도 추가하게."

"엄마, 이 얘긴 이미 끝났잖아. 내 직업상……."

"그래, 그래. 너랑 상담실 밖에서 친구를 맺고 싶어 하고, 네 생활을 파헤치고 싶어 하는 애들 때문에라도 프라이버시가 필요하고. 알아들었다."

사람들이 같은 질문을 할 때마다 내가 매번 하는 대답이었다. 물론 일정 부분 관련이 없다고는 할 수 없지만 사실 진짜 이유는 따로 있었다. 나는 SNS를 하고 싶지 않았다. 일단 SNS를 시작하면 사람들이 몰려와 관계를 맺으려 할 것이었다. 직장 동료나 가족뿐만 아니라 친구들까지 전부. 그것도 아주 예전 친구들. 몇 년간 만나거나 대화 한번 나눈 일 없는 친구들. 옛날 옛적에 내가 했던 끔찍한 행동들을 상기시켜줄 친구들 말이다.

"엄마, 올리비아 얘기 좀 더 해봐. 언제 그랬대?"

엄마가 아이패드 화면을 터치했다.

"네 졸업 앨범이 어디 있는지 아니? 난 지하실에 있는 줄 알았는데. 아까 찾아보니 없더구나."

"내가 마지막으로 봤을 때 어떤 상자에 들어 있었던 것 같은데."

사실 졸업 앨범을 마지막으로 본 건 대학 입학 직전 내 방에서 몰래 앨범을 들고 나와 길거리의 쓰레기통에 버렸을 때였다. 나는 쓰레기 수거 시간에 맞추어 졸업 앨범을 버렸다. 물론 엄마에게는 말하지 않았다.

엄마는 혼잣말하듯 고개를 끄덕이며 나에게 태블릿을 건네주었다. 내가 뭘 기대했는지는 모르겠지만, 분명한 건 올리비아네 엄마의 페이스북 페이지를 보고 싶지는 않았다는 것이다.

엄마는 5일 전쯤 올라온 짤막한 상태 업데이트에 신경이 쏠려 있었다. 올리비아의 엄마는 하느님이 딸아이를 부르셨다고만 써놓았다. 그리고 안타깝지만 올리비아가 그렇게 끔찍한 고통에 시달렸는지 몰랐다며 이제는 더 좋은 곳에서 편히 쉬기를 바란다고도 적어놓았다.

게시글에는 300개가 넘는 댓글이 달려 있었다. 대부분 하트나 슬픈 얼굴을 한 이모티콘이었고, 애도와 함께 그녀의 명복을 비는 코멘트도 100개 이상은 되어 보였다.

엄마는 차를 한 모금 마시고는 부드러운 몸짓으로 찻잔을 받침 접시에 내려놓았다.

"오늘 아침에 그 애 엄마한테 친구 요청을 하고 메시지를 보냈단다. 너무 안타까운 소식이라고, 유감이라고 말이야. 물론 답장이 올지 안 올지 확실하진 않았어. 너와 올리비아가 멀어지고 나서부턴 대화를 나눈 적이 없거든. 올리비아네가 해리스버그로 이사를 갔잖니. 근데 두 시간쯤 지났다. 걔 엄마가 위로해줘서 고맙다며 답장을 보냈지 뭐니. 장례식이 이번 토요일이래. 너랑 얘기해보고 참석하겠다고 했다."

"뭐라고?" 외마디 비명처럼 터져나온 내 반응에 엄마는 깜짝 놀란 얼굴로 나를 바라보았다. "엄마, 왜 그런 소리를 했어?"

"애, 중학교 때 무슨 일이 있었든지 간에 너랑 올리비아는 한때 제일 가까운 친구였잖아."

나는 말문이 막혀 고개를 저었다. 그러다 문득 떠오르는 게 있었다.

"잠깐만. 올리비아가 자살했다고 하지 않았어?"

"그랬지."

"근데 페이스북에 그런 말은 없잖아."

"어휴, 당연히 없지. 걔 엄마가 그런 일을 드러내놓고 말하고 싶겠니."

그래, 참는 게 미덕이다. 나는 스스로 되뇌었다.

"그럼 엄마는 어떻게 알았는데?"

"말했잖아. 베스 노리스. 그 여자가 올리비아가 스스로 목숨을 끊었다고 말해줬어. 어떻게 그런……," 엄마는 잠시 말을 고르며 고개를 절레절레했다. "너무 끔찍한 일이야."

"캠벨 아줌마한테 내가 장례식에 갈 수도 있다는 말은 하지 말지 그랬어. 대니얼이 이번 주 토요일 계획을 미리 잡아놨을 수도 있는데."

내가 아는 한 대니얼은 다가오는 토요일에 별다른 계획을 세우지는 않았지만 그를 핑계로 삼는 게 최선 같았다.

"네 친구 얘기를 들으면 일정 좀 바꾸는 거 정도는 당연히 이해해주겠지."

"엄마, 솔직히 말하면…… 나 별로 안 가고 싶어."

"만약 상황이 반대였다고 생각해봐라. 너도 올리비아가 네 장례식에 와주길 바랐을 거야."

"만약에 내가 죽었다면? 그럼 난 내 장례식에 누가 오든 전혀 신경 쓰지 않을 거야."

엄마가 나를 노려보았다. 엄마는 눈빛만으로도 퇴근 시간대의 교통 체증을 뚫어버릴 수 있는 사람이었다.

"네가 가면 올리비아 엄마한테도 얼마나 의미가 크겠어." 나는 양손으로 머리를 감싸 쥐며 고개를 떨구고는 엄마에게 소리를 지르고 싶은 걸 꾹 참았다.

엄마의 목소리가 부드러운 속삭임으로 변했다.

"네 아빠가 그렇게 가고 네가 무슨 일을 겪었는지 나도 알아. 오, 하느님, 그이의 영혼을 거둬주시옵소서. 그래도 네 아빠는 50대 후반이라도 됐지. 올리비아는? 걘 너무 젊지 않니? 난 정말 상상도……."

엄마가 다시 말을 멈추었다. 나는 고개를 들어 엄마가 눈가에 맺힌 눈물을 훔치는 모습을 보았다.

"하지만 그건 중요한 게 아니지. 에밀리, 네가 안 가고 싶다면 갈 필요 없다. 어떻게 네 고집을 꺾겠니."

완벽하다. 죄책감을 건드리려는 작전인가 보다.

엄마는 어쩌면 내 망설임을 눈치챘는지도 모르겠다. "만약 네가 가겠다고 하면…… 올리비아 엄마가 장례식장 주소를 알려줬다. 여기서 차로 40분 정도 걸리더라."

"대니얼은 별로 가고 싶어 하지 않을 거예요."

"그럼 데려가지 마. 나도 그날은 선약이 있어. 그것만 아니면 너랑 같이 갈 텐데. 사실 네가 그러라고 하면 나도 일정 바꾸고……."

"그럴 필요는 없어."

"그럼 졸업한 친구들이랑 같이 가는 건 어때? 코트니랑 마지막으로 통화한 게 언제야? 코트니도 가고 싶어 할지도 모르잖아."

"어쩌면."

엄마까지 이 일에 말려들게 하고 싶지 않았다. 내가 중고등학교 동창 대부분과 연락을 끊었다는 이야기 또한 굳이 엄마에게 하고 싶지 않았다. 내가 지금까지 연락하며 지내는 몇 안 되는 친구들은 모두 대학에서 만난 사람들이었다. 대학에서는 나의 본모습을 꾸며낼 수 있었다. 중학교 시절의 나는 더 이상 존재하지 않는 것처럼 행동할 수 있었다. 그리고 그편이 사는 데 훨씬 수월했다.

코트니. 글쎄, 코트니는 중학교 무리 가운데 고등학교 때까지 친구로 지냈던 유일한 애였다. 심지어 그 애가 임신을 하고 학교를 그만두었을 때도 우리는 연락을 이어나갔다. 고등학교 졸업 후 여름에 내가 캘리포니아로 날아가기 직전까지. 이후로는 코트니와 연락을 한 적이 없다.

엄마는 또 한번 눈물을 훔치며 고개를 가로저었다. 그러고는 찻잔을 들어 차를 홀짝였다.

"이 차 정말 맛있다. 진짜 안 마실 거야?"

나는 엄마를 더 실망시키고 싶지 않아서 억지로 웃으며 말했다.

"차 맛 궁금하네. 나도 한잔 줘."

3

대니얼과 내가 살고 있는 집은 임시 거주용으로 마련한 것이었다. 그러나 이 집에 산 지 어느덧 3년이 흘렀고 우리 둘 다 다른 집으로 이사 갈 생각이 없었다.

고등학교 마지막 해에 나는 집에서 가능한 한 멀리 떨어진 대학교에 지원했다. 나는 지원했던 대부분의 대학으로부터 입학 허가를 받았지만 결국 캘리포니아 소재의 한 대학을 선택함으로써 나와 과거 사이의 간격을 5천 킬로미터 정도로 벌려놓았다. 나는 방학 때마다 집에 와서 가족들을 만나고 다시 캘리포니아로 돌아가곤 했다. 내가 하고 싶은 일이 명확했기 때문에 시간을 낭비하지도 않았다. 필요한 강의를 듣고 적당한 학점을 이수하며 괜찮은 인턴십 자리를 물색해 지원했다.

나는 캘리포니아가 좋았다. 변화무쌍한 날씨의 동부에서 자란 탓인지 늘 한결같은 하늘을 보여주는 서부가 그렇게 반가울 수 없었다. 그리하여 나는 캘리포니아에 정착하기로 마음먹었다. 다만 대학원에 가고, 직업을 구하고, 삶을 꾸리고, 대학에서 남자도 여럿 만나보았지만 진지한 관계는 없었다. 관계가 조금이라도 진중해지려는 낌새가 보이면 그게 누구든지 간에 밀어내버렸다.

그러던 중에 아빠가 암을 진단받았다.

비행기를 타고 집을 왔다 갔다 하는 비용이 너무 많이 들기 시작했다. 내가 집과 가까운 대학으로 편입하겠다고 하자 부모님은 반대했다. 부모님은 내가 학업을 시작한 곳에서 마쳤으면 했다. 두 분다 내가 행복하길 바랐다.

마지막 학년 때 나는 결국 고향으로 돌아와 집에서 30분 거리의 주립 대학에 편입했고 집에서 학교를 다녔다. 고등학교 친구들을 우연히 만날까 두려운 마음도 들었다. 개중 몇몇을 우연히 마주치긴 했지만 친구라고 여길 만큼 친하게 지내던 애들은 아니었다.

나는 지역 응급실의 위기 대처 인력으로 일하며 인턴십 경력을 쌓았다. 자신이나 타인을 해칠 위험이 있는 사람이 응급실에 들어오면 그 사람을 평가하고 퇴원 조치를 취할지 정신 병동에 입원시킬지 여부를 결정하는 일이었다.

그곳에서 대니얼을 처음 만났다. 그는 막 간호 학교를 졸업하고 응급실 간호사로 일하는 중이었다. 잘생겼다는 말만으로는 그를 묘사하기 힘들었다. 짙은 파란색 눈동자, 적당히 그을린 피부, 살짝 헝클어진 머리는 물론이고 늦은 오후가 되면 거뭇거뭇하게 올라오는 턱수염마저 멋있어 보였다. 나는 대니얼을 처음 본 순간부터 그에게 빠져버렸다.

외모뿐만이 아니었다. 대니얼은 응급실에 온 모든 환자들, 심지어 공격적인 사람들까지도 참을성 있게 대했다. 특히 아이들에게는 유독 친절했다. 그가 쉬는 날이면 비영리 자선 단체인 '보이즈 앤 걸즈 클럽'에서 봉사 활동을 한다는 사실도 알아냈다. 병원 복도를 지나가며 이따금 마주치기도 했고 기회가 될 때는 가벼운 대화도 나누었다. 그러던 어느 날 대니얼은 나에게 단둘이 커피 한잔할 수 있겠냐고 물었고, 나는 그러자고 대답했다. 그렇게 1년이 지나 우리는 약혼을 했다.

그 즈음 아빠의 병세가 많이 좋아져서 금방이라도 훌훌 털고 일어날 수 있을 것 같았다. 아빠는 대니얼과 나의 약혼을 두고 매우 기뻐했었다. 아빠는 대니얼을 아주 많이 좋아했다. 엄마도 마찬가지였다. 모두가 대니얼을 좋아했다.

내가 대니얼의 아파트에서 지내는 시간이 길어지면서 집이 점점 비좁아졌다. 청혼을 받아들이고 6개월 만에 우리는 집을 빌리기로 결정했다. 우리가 이 지역에 정착하는 데 동의한다는 전제하에 결혼하고 제대로 된 집을 구할 때까지 1, 2년만 이 집에서 살면 될 거라 서로가 생각했다. 나는 캘리포니아로 돌아가고 싶은 마음도 조금 있었지만 일단은 가족을 두고 떠나고 싶지 않았다. 아빠가 아픈 상황에서는 더더욱. 대니얼은 정붙일 가족이 없었으므로 우리가 함께하는 한 어디든 행복할 거라 말해주었다.

그렇게 우리는 결혼식 날짜를 잡고 소박한 야외 결혼식을 계획했다. 가족과 친구 몇 명만 초대하는 그야말로 조촐한 결혼식이었다. 특별하지도, 화려하지도 않을 결혼식. 그런데 아빠가 갑작스럽게 세상을 떠났다. 그 후로 2년 정도가 흘렀고, 대니얼과 나는 여전히 같은 집에 살고 있었다.

대니얼은 자주 집을 비웠다. 지난 두 달간 그는 2교대를 뛰고 있었다. 일단 보수가 좋은 편이었고 대니얼은 자신의 일을 사랑했다. 서로 얼굴 볼 시간은 적어졌지만.

빈집이 점점 익숙해졌다. 우리 집을 사이에 두고 양쪽 모두 조용한 이웃들이었다. 왼쪽 집에 사는 커플인 짐과 톰은 좀도둑 예방 차원에서 짐 꾸러미를 모아다가 현관 앞에 잔뜩 쌓아놓고 살았다. 오른쪽 집에 사는 앤드류와 바버라는 잭 러셀 테리어 한 마리를 키우고 있었다. 가끔 개가 요란스럽게 짖긴 했지만 대체로 조용했다.

나는 트레이닝 바지와 티셔츠로 갈아입고 아래층 부엌으로 갔다. 싱크대 안에 설거지를 기다리는 더러운 접시 몇 개가 나뒹굴고 있었다. 나는 접시를 식기세척기에 넣고 조리대를 닦으며 쓰레기통을 비워야 하는지 확인했다.

거실에 돌아온 나는 리모컨을 들고 소파에 앉았다. 입이 찢어져라 하품이 나왔다. 졸음과 맞서 싸우며 넷플릭스 버튼을 누르고 평소에 찜해놓았던 목록 중에 볼 만한 영화나 드라마가 있는지 찾아보았다. 딱히 눈에 띄는 프로그램은 없었다.

그러면서도 머릿속 한 켠에서는 올리비아에 대한 생각이 떠나지 않았다. 어째서 스스로 목숨을 끊었을까.

지난 몇 년간 그 애에 대해 생각해본 적이 없었다. 심지어 중학교 때 무리에 대해 생각 자체를 아예 하지 않았었다. 우리들 사이가 더없이 끈끈했음에도 말이다. 우리 무리는 학교에서 인기가 많았다. 우리는 스스로를 '하피스(여자의 머리와 몸에 새의 날개와 발을 가진 고대 그리스 로마 신화 속 괴물 - 옮긴이)'라 부르고 다녔다. 코트니가 중학교 1학년 영어 담당이었던 코크런 선생님이 다른 선생님에게 우리에 대해 하피스라는 단어로 설명하는 걸 우연히 주워들었다고 했다. 하피스가 무슨 말인지 몰랐던 코트니는 곧장 사전을 찾아보았고, 하피스가 '여자의 얼굴을 가진 맹금류'라는 뜻이라는 걸 알게 된 것이었다.

우리 모두 하피스란 이름이 우리를 실제보다 훨씬 무서운 애들처럼 보이게 한다고 생각했다. 특히 매켄지는 그 이름을 썩 마음에 들어 했다. 매켄지의 성(姓)이 하퍼였던 까닭이었다. 매켄지는 코크런 선생님이 자신을 염두에 두고 그런 단어를 쓴 거라고 생각했다. 매켄지가 무리의 리더였기 때문이다.

나를 포함한 무리의 나머지 애들은 하피스가 매켄지의 자기중심성이 고스란히 담긴 이름이라는 걸 알면서도 그 이름을 좋아했다. 왠지 되게 쿨하게 들렸다. 그렇게 우리는 '하피스'가 되었다.

당연히 하피스 멤버들의 이름도 하나하나 기억하고 있었다. 엘리스, 매켄지, 올리비아, 코트니, 데스티니까지. 지금껏 나는 그때의 기억을 지우는 데 성공했다고 믿어왔다. 아니면 그때의 기억을 마음속 작은 상자에 모조리 집어넣고 자물쇠를 잠근 다음 다시는 열어볼 수 없도록 열쇠를 버렸다고 생각했다.

가만히 왼손을 뒤집어 손바닥의 흉터를 들여다보았다. 흉터는 너무 옅어서 일부러 알려주지 않으면 알아보기 힘들었다. 언젠가 대니얼이 왜 흉터가 생겼는지 물어본 적이 있었다. 나는 어렸을 때 별일 아닌 사고로 길게 베인 흉터가 생겼다고 했다. 엄밀히 말해 거짓말은 아니었다.

또다시 하품이 흘러나왔다. 눈꺼풀이 너무 무거워 더 이상 버틸 수 없었다. 홈 앤 가든 채널의 집 고쳐주는 프로그램을 틀고 볼륨을 줄인 후 편안한 자세로 소파에 누웠다. 약간의 선잠이 그다지 나쁠 건 없을 것 같아 두 눈을 감았다. 머릿속에 떠다니는 잡생각을 몰아내기 위해서 단 몇 분이라도 눈을 붙여야 했다.

◇

종이 울리고 복도에서 시끄럽게 떠들던 아이들이 교실로 흩어진다.

나는 복도 한가운데 서서 꼼짝할 수 없다. 어깨에 백팩을 메고, 가슴께에는 교과서 한 권을 끌어안고 있다. 퀴퀴한 종이 냄새가 나는 책 표지에는 중학교 2학년 과학이라고 쓰여 있다.

복도는 조용하다. 모든 교실의 문이 닫힌다.

이대로 있다가는 수업에 늦을 게 뻔한데 몸이 말을 듣지 않는다.

이때 뭔가가 폭죽 터지듯 바닥에 큰 소리로 부딪힌다. 그게 무엇이든 간에 중요한 건 그 미지의 존재가 뒤에서 나를 향해 다가온다는 사실이다. 돌아보고 싶지만 그럴 수 없다.

쾅!

찰나의 침묵이 흐른다.

쾅!

나는 뒤를 돌아본다.

한 여자애가 나에게서 등을 돌린 채 차렷 자세로 복도 끝에 서 있다. 피가 아이의 손목을 타고 손가락 끝으로 뚝뚝 흘러내린다. 손끝에 잠시 매달려 있던 핏방울이 리놀륨 바닥으로 점점이 떨어진다.

또 다른 폭죽 소리가 쾅! 하고 울릴 때마다 핏방울이 바닥으로 뚝뚝 떨어진다.

다시 몸이 움직인다는 걸 깨달은 나는 서둘러 수업에 들어간다. 복도 왼쪽 세 번째 교실, 바렛 선생님의 지구 과학 수업. 내 자리는 비어 있을 테다. 나는 출석부에 지각 표시가 남을까 봐 전전긍긍이다. 지각 세 번이면 방과 후 지도를 받아야 하기 때문이다. 지도를 받는다는 건 주말에 외출 금지를 당한다는 의미이자 친구들과 놀 수 없다는 뜻이다. 그리고 내가 없으면 친구들은 내 뒷담화를 할 게 뻔하다.

그럼에도 불구하고 나는 바렛 선생님의 교실을 그냥 지나친다.

나에게 등을 보이며 서 있는 소녀를 향해 한 걸음씩 나아간다.

올리비아?

아니, 올리비아가 아니다. 올리비아일 리가 없다. 왜 저 아이가 올리비아이겠는가.

1미터가량을 더 다가서자 손목의 피가 더 빠른 속도로 흘러내리기 시작한다. 흐르던 핏방울이 비처럼 떨어진다. 쾅 쾅 쾅 쾅! 아이의 발밑으로 핏물이 고여 생긴 웅덩이가 옆으로 퍼지기 시작한다.

아이는 미동조차 없다.

나는 뒷걸음질을 한다. 여기 있고 싶지 않다. 바렛 선생님이 대륙이동, 해저 확산설, 판 구조론에 대해 침을 튀겨가며 설명하는 지구과학 수업이나 듣고 싶을 뿐이다.

하지만 나는 이 꿈에서 내 몸을 통제할 수 없다. 다행히 나는 이게 꿈―지독한 악몽―이라는 걸 알고 있다. 그래서 손을 들어 그 아이에게 뻗어본다.

몇 센티만 더 뻗으면 손끝이 아이에게 닿을 듯하다.

딱 한 걸음만 더 내디디면 된다.

딱 한 걸음만……

소스라치게 놀라며 잠에서 깨어났다. 꿈속의 그 아이를 주먹으로 때린 것 같은 기분이 들었다. 때린 것도 때린 것이지만 분명 아이의 목소리도 들은 것 같았다.

다만 내가 들은 건 아이가 맞아서 울부짖는 소리가 아니었다. 아이의 목소리가 꼭 성인 남자 같았다. 그것도 어딘지 모르게 익숙한 목소리였다.

"아, 젠장."

잠시 후 머릿속이 조금씩 맑아지며 주변 상황이 눈에 들어왔다. 나는 거실에 있었다. 텔레비전은 여전히 켜져 있었다. 그리고 대니얼이 얼굴을 감싸 쥐고 비틀거리며 물러섰다.

깜짝 놀란 내가 벌떡 일어서며 물었다. "세상에, 괜찮아?"

그가 손을 들어 올려 나를 막아 세웠다. "어, 괜찮아. 이건 전혀 예상 못했네. 얼마나 대단한 꿈을 꾼 거야."

나는 대답하기 위해 입을 열었지만 아무 말도 나오지 않았다. 나는 적당한 대답이 어딘가에 숨어 있을지도 모른다는 듯 거실을 둘러보았다.

대니얼은 갈색 의료복을 입고 있었다. 병원에서 퇴근하자마자 거실 소파에 누워 악몽에 시달리는 나를 발견했던 모양이다.

"에밀리, 괜찮아?"

나는 침을 꿀꺽 삼키며 억지로 고개를 끄덕였다. "응. 괜찮아. 당신 말마따나 어이없는 꿈이었어."

"악몽이라도 꾸는 것 같던데."

나는 그의 말을 무시하며 한 걸음 앞으로 다가섰다. "얼굴 좀 봐봐."

얼굴을 감싸 쥔 그의 손을 가볍게 떼어내려 했지만 그는 고개를 저으며 물러섰다.

"괜찮아."

"자기야."

"괜찮다고. 샤워나 좀 해야겠어."

대니얼이 몸을 돌려 계단을 오르기 시작했다. 나는 무슨 말을 해야 할지, 또 뭘 어떻게 해야 할지 몰라 가만히 서서 그를 지켜보았다.

대니얼이 계단을 중간쯤 올라갔을 때 겨우 입을 떼었다.

"저녁은 어떡할래?"

그가 잠깐 걸음을 멈추었다가 어깨만 으쓱했다. "아무거나."

"배달시킬까?"

"그것도 괜찮지."

어떤 음식을 시킬지 묻기도 전에 그는 볼을 가볍게 쓰다듬으며 다시 계단을 올라갔다.

◇

배달 기사에게서 음식을 받아 들고 현관문을 닫는데 대니얼이 아래층으로 내려왔다. 중국 음식이었다. 사귀기 시작한 첫해에 자주 가던 식당이었다. 이제는 휴대폰의 애플리케이션을 열고 버튼 몇 개만 누르면 짠 하고 음식이 집까지 배달되었다. 나는 참깨를 뿌린 치킨을, 대니얼은 무 구 가이 팬(닭, 각종 채소, 양념을 함께 찐 광둥 요리 – 옮긴이)에 에그롤 두 개를 시켰다.

대니얼은 자신의 음식을 확인하고 냉장고에서 물병을 꺼내 식탁에 앉았다. 그러고는 휴대폰만 들여다보았다. 나는 맞은편에 앉아 포크로 치킨을 쿡쿡 찌르며 먹는 시늉만 했다.

대니얼이 자신을 지켜보는 내 시선을 느꼈는지 나를 향해 억지로 웃어 보이고는 다시 휴대폰만 만졌다.

"얼굴 괜찮아 보이네." 내가 말했다.

그가 눈살을 찌푸리며 나를 힐끗거렸다. "음, 고마워?"

"아니, 뺨 말이야. 내가 때린 데. 여기서 보기엔 크게 다친 것처럼 보이진 않는다고."

그는 어깨를 으쓱하며 음식을 입에 밀어 넣었다. 옆집에 사는 앤드류와 바버라의 잭 러셀 테리어가 밤이 온 걸 알리는 듯 짖어댔다.

나는 내 몫의 저녁 식사로 시선을 떨구었다. 대니얼의 스케줄 때문에 우리가 함께 밥을 먹는 일은 매우 드물었다. 보통 스마트 원스에서 나온 냉동 도시락을 데워 먹거나, 샌드위치 아니면 시리얼 한 그릇으로 저녁을 때우곤 했다.

몇 년 전만 해도 대니얼과 나는 저녁만큼은 집에서 식탁에 앉아 함께 먹자고 다짐했고 줄곧 그 약속을 지켜왔었다. 그런데 어느 순간부터 이 모든 게 무슨 소용이 있나 싶은 생각이 들기 시작했다. 대니얼은 나의 하루가 어땠는지 묻는 적이 거의 없었다. 내 직업의 특성상 내담자에 대해 많은 말을 할 수 없다는 사실을 그도 잘 알았기 때문이다. 둘 다 의료계에 종사하는 사람들이라 미국 의료 정보 보호법(HIPAA)이 적용되는 방식 정도는 기본으로 인지하고 있었다.

예전에는 대니얼이 자기 일과 응급실에서 상대했던 사람들에 대한 이야기나 동료와 관련된 가십거리를 들려주기도 했지만, 시간이 지나면서 이런 이야기를 하는 일이 조금씩 줄어들게 되었다. 이제는 서로가 필요할 경우에만 간단히 몇 마디 주고받을 뿐 이외에는 대화 자체를 거의 나누지 않았다.

나는 모든 책임을 그에게 돌리고 싶진 않았다. 그도 옛날에는 따뜻하고 다정한 사람이었다. 가끔 만약 아빠가 돌아가시지 않았더라면 우리 관계가 어떻게 되었을까 궁금해질 때가 있다. 만약 우리가 결혼하고 다른 지역으로 이사를 갔다면 어떻게 되었을까. 그랬다면 상황은 많이 달라졌을지도 모른다. 적어도 대니얼과 내가 이렇게 침묵 속에서 시간을 흘려보내지는 않았을 것이다.

"올리비아라는 친구가 자살했대."

나도 모르게 말이 튀어나왔다. 그저 이 정적을 좀 깨고 싶은 마음에서였다.

대니얼이 음식을 씹다 말고 고개를 들어 나를 보았다.

"이틀 전쯤 그랬다나 봐. 오늘 알았어. 엄마가 말해줘서."

대니얼이 입안의 음식물을 삼키고는 휴대폰을 탁자에 내려놓은 다음 냅킨으로 입가를 닦았다.

"올리비아가 누군데?"

"예전 친구야. 중학교 때. 그땐 친했는데 중학교 이후론 연락한 적 없고."

"안됐네."

대니얼은 내가 뭐라 말하기를 기다리며 잠깐 시선을 던졌다. 내가 별다른 말을 하지 않자 그가 한마디 덧붙였다. "참 안 좋은 소식이다. 끔찍해."

혹시 평행 세계가 존재한다면 그쪽 세계의 대니얼은 완전히 다른 반응을 보였을 것이다. 그 세계에서 아빠는 여전히 살아 계신다. 대니얼과 나는 결혼한 지 2년이 흘렀고 우리는 이 집을 떠나 다른 집으로 이사했다. 어쩌면 개도 한 마리 키울지 모른다. 날씨가 좋으면 하이킹을 가고, 겨울에는 스키를 타러 북쪽으로 차를 몰고 여행을 간다. 대니얼의 친구들과 술도 한잔하고, 간단한 음식을 준비해 모이기도 하고, 파티에 가기도 한다. 때로는 대니얼과 자선 단체에서 봉사 활동도 한다.

물론 그 세계에서도 아이는 없다. 아이는 우리 사이에 싸움을 불러일으키는 단골 주제다. 그러나 논쟁은 결코 오래가지 않는다. 우리는 늘 그랬듯 머지않아 화해할 것이다. 그리고 안아주고, 입 맞추고, 같은 침대에서 밤을 보내며 안정과 사랑을 느낄 것이다.

그 세계에서 만약 대니얼이 내 옛 친구 중 한 명이 죽었다는 걸 알게 된다면 그는 자리에서 벌떡 일어나 나를 꼭 껴안아주었을 게 분명하다. 내 기분을 물어보고 장례식에 같이 가주겠다는 다정한 말도 해주면서 말이다. 그는 휴가를 내거나 자원봉사를 건너뛰고서라도 나를 위해 내 곁을 지킬 것이다.

하지만 이런 건 상상 속 평행 세계에서나 가능한 일이었다. 현실은 정반대였다. 대니얼은 다시 포크와 전화기를 손에 들고 자신의 공간으로 돌아가버렸다. 그는 자신만의 자그마한 세계가 꽤 만족스러운 모양이었다.

그렇다면 나는? 나도 나만의 공간이 있었다. 내가 포크를 들어 다시 치킨을 찔러대는 사이 대니얼은 맞은편에 앉아 전화기만 들여다보았고, 옆집에 사는 앤드류와 바버라의 개는 짖고 또 짖었다.

4

"그 아이의 얼굴을 봤어요?"

"아니요."

"만질 수 있을 만큼 가까이 갔어요?"

"아니요."

"누구라고 생각해요?"

이 질문에는 바로 대답을 할 수 없었다. 나는 내 진료실에 가져다 놓은 저렴한 인조 가죽이 아닌 진짜 가죽 소파에 앉아 있었다. 나는 왼쪽 손바닥에 난 머리카락 같은 실금 모양의 흉터만 바라보았다.

침묵이 길어지자 나는 리사를 힐끗 올려다보았다. 그녀는 책상 앞에 있는 인체 공학적으로 설계된 메시 소재 의자에 앉아 가느다란 다리를 꼰 채로 나를 응시하고 있었다. 40대 후반의 여리여리한 체격, 다부진 턱선. 내가 알기로 그녀는 히피였던 적이 없었지만 늘 히피 룩을 추구했다. 지금도 그녀는 컬러풀한 보헤미안 스타일의 스커트와 상의를 입고 있으며, 팔을 움직일 때마다 손목에 찬 비즈 팔찌가 찰랑찰랑 소리를 내며 흔들거렸다.

리사는 고등학교 시절 이후 두 번째로 만난 치료사였다. 나는 지난 2년간 그녀에게서 상담을 받았다. 리사는 훌륭한 상담 치료사였다. 그녀는 내가 듣고 싶은 말만 골라서 하지 않았고, 내가 원하는 지점보다 더 멀리 나를 밀어내지도 않았다.

리사는 흠잡을 데 없이 깔끔하게 다듬은 눈썹을 치켜올리며 고개를 갸웃거렸다.

"누굴까요?"

나는 아무 말도 하지 않았다.

리사가 무릎에 올려놓은 메모장을 책상 위에 가볍게 던지며 팔짱을 꼈다.

"오늘따라 상담에 비협조적이시네요."

"아닌데요."

"제 질문에 답을 하지 않으시잖아요."

"몰라서 말을 못하는 거라면요?"

"아니요. 답은 이미 알고 있잖아요."

리사는 일종의 사설 상담 치료사였다. 그녀의 진료실은 정부의 의료 지원을 받지 않기 때문에 고객들은 개인 의료 보험을 이용하거나 현금을 지불해야 했다. 덕분에 그녀의 진료실은 보통 상담 센터보다 훨씬 좋았다. 진료실에는 아이맥이 놓인 고급 참나무 책상부터 값비싼 러그가 깔린 튼튼한 나무 바닥, 가죽 소파에 가죽 의자까지 갖추어져 있었다. 문 옆에는 로마 숫자가 정교하게 새겨진 동그란 벽시계도 걸려 있었다.

내가 대답을 하지 않자 리사는 시간을 확인하며 제자리를 한 바퀴 돌고선 다시 내 앞으로 돌아왔다.

"20분 남았네요. 오늘은 그만할까요? 아니면 그 자리에서 계속

까칠한 상태로 있을래요?"

"제가 언제 까칠했다고 그러세요?"

"알았어요. 안 까칠해요."

"선생님이 뭘 하려는지 알아요."

그녀가 눈썹을 다시 한번 치켜올렸다. "그래요?"

"날 일부러 더 방어적으로 만들고 있잖아요. 그리고 그게 내 꿈을 파악하는 데 도움이 될 거라고 생각하잖아요."

"왜 그렇게 생각해요?"

"나도 가끔 그 방법을 써먹거든요. 선생님한테 배웠어요."

그녀는 미소를 지었지만 소리 내 웃진 않았다. 나는 리사에게 상담을 받은 이후로 몇 번인가 그녀의 웃음소리를 들은 적이 있었다. 그 후로 내 목표는 매 시간 그녀의 웃음소리를 듣는 게 되었다. 물론 상담 도중에 리사의 프로페셔널한 모습을 깨뜨리는 일은 상당히 어려웠다. 실제로도 얻어낸 거라곤 입꼬리에 잔잔히 걸친 미소뿐이었다. 하지만 속에 다른 꿍꿍이가 없고 아무리 바보 같은 말을 해도 함부로 판단하지 않는 사람과 대화를 나눌 수 있다는 건 언제나 기분 좋은 일이었다.

책상 위에는 그녀와 그녀의 남편이 함께 찍은 사진이 끼워진 액자가 놓여져 있었다. 그 사진을 보며 리사와 남편의 사이는 어떨지 궁금해지는 게 오늘이 처음은 아니었다. 저 둘은 마주 앉아 저녁을 먹으며 의미 있는 대화를 나눌까, 아니면 침묵에 잠겨 서로 간에 벽을 쌓을까.

난 두 사람의 관계가 건강하리라 믿고 싶었다. 굳건하고 행복한 그런 관계, 결코 흔들리지 않을 그런 관계 말이다. 한때는 언젠가 나이가 들면 대니얼과 나도 편안한 친구 같은 사이가 되겠거니 생각했던 적이 있었다. 미운 정 고운 정 다 든, 뭐가 필요한지 눈빛만 봐도 알 수 있는 그런 사이.

하지만 내가 리사의 환자인 한 그런 일은 절대 생기지 않을 것이었다. 게다가 대니얼에게 이런 이야기를 꺼낸다면 그 사람은 내 소박한 환상을 깨뜨려버릴 게 분명했다.

리사가 다시 시계를 확인했다.

"15분 남았어요."

그때 가방 안에 있던 휴대폰이 진동했다. 나는 휴대폰을 꺼내 액정을 들여다보았다.

"상담받으러 오는 환자의 휴대폰은 꺼달라고 하지 않나요?" 리사가 물었다.

나는 리사의 말을 무시하며 누구한테 전화가 온 건지 확인했다. 모르는 지역 번호였다. '받지 않기'를 누르고 휴대폰 측면의 버튼을 길게 눌러 전원을 껐다. 화면이 어두워지자 리사에게 전화기를 들어 보였다.

"자, 보세요. 껐어요. 됐나요?"

"처음 질문에 대답을 해주면 더 좋을 것 같은데요?"

"질문이 뭐였죠?"

"장난은 그만이에요, 에밀리."

나는 한숨을 쉬며 눈길을 돌렸다. "모르겠어요."

"뭘 모르겠다는 거예요?"

"그 여자애가 누구였는지 모르겠다고요."

리사의 표정은 다소 회의적이었지만 뭐라 하진 않았다. 나는 소파에 몸을 기댔다.

"마지막으로 악몽을 꿨던 게 언제였는지 모르겠어요."

"하지만 어젯밤엔 같은 꿈을 두 번이나 꿨다면서요."

"기억나는 것만요. 낮잠 잘 때 한 번, 나중에 한 번…… 그다음엔 잠을 못 잤어요. 대니얼이 계속 코를 골기도 했고."

"이런 말까진 안 하려고 했는데, 오늘 피부가 거칠어 보이긴 하네요." 리사는 정색하며 말했다가 내 표정을 보자 히죽 웃고 말았다. "농담이에요, 에밀리. 대니얼과 사이는 어때요?"

오늘은 대니얼에 관한 이야기가 하고 싶지 않았다. 물론 다른 날에도 대니얼 이야기는 꺼렸다. 그러나 내가 대답하지 않으면 리사는 같은 질문을 계속하며 파고들 것이었다.

"똑같아요."

"'똑같다'는 건 무슨 뜻일까요?"

"그냥…… 똑같아요."

"거리감이 느껴지나요?"

"네."

"두 사람이 마지막으로 친밀하게 둘만의 시간을 보낸 게 언제였죠?"

"패스할게요."

리사가 씩 웃었다. "좋아요. 괜찮아요. 요즘 일상이 많이 달라졌나요?"

"아니요. 비슷해요. 아침에 일어나서 피트니스 클럽 갔다가 요거트랑 그래놀라 바 먹고 센터에 출근해요. 오늘 아침도 마찬가지였어요. 금요일이라는 것만 빼면. 일주일에 하루 선생님을 만나는 영광스러운 약속이 있는 날이죠. 다만 점심시간에 짬을 내서 급히 와야 하니까 선생님이 날 힘들게 한다 할까요."

리사는 다시 미소를 지었지만 아무 말이 없었다. 잠시 침묵이 흘렀고 나는 또다시 무거운 한숨을 내쉬었다.

"아마…… 올리비아였을 거예요."

리사는 나를 가만히 지켜보며 다음 대답을 기다렸다.

"하지만 선생님은 그 애가 올리비아라고 생각하지 않으시겠죠." 내가 말했다.

"알 수 없죠. 내가 꿈속에 같이 있던 건 아니니까. 에밀리가 본 걸 내 눈으로 확인한 건 아니잖아요. 어머니가 어제 올리비아의 사망 소식을 전했다고 했잖아요. 그렇게 생생한 꿈을 곧바로 꿨다는 건…… 어쩌면 친구의 자살이 당신이 오랫동안 숨겨왔던 뭔가를 자극하는 계기가 됐을 수도 있어요."

나는 고개를 가로저으며 머리를 쓸어 넘겼다.

"아니요. 이건 그레이스랑은 상관없는 일이에요. 선생님도 알잖아요. 선생님에게는 뭐든지 다 말한다는 거. 숨기는 건 없다고요."

"아마도. 아니면 무의식적으로 말하지 않은 게 있을지도 몰라요. 마음속으로는 다 털어놓았다고 생각했겠지만 아직 말하지 않은 뭔가가 남아 있을 수도 있어요."

"예를 들면요?"

"당신이 말해봐요, 에밀리. 당신은 그 아이 때문에 치료사가 됐어요. 당신의 죄책감 때문에 인생이 송두리째 바뀌었잖아요. 이건 아주 큰일이라고요."

"나도 알아요."

"당신은 그 애를 찾으려고 하지도 않았잖아요."

"노력은 해봤어요."

"더 열심히 할 수 있었는데 그러지 않은 걸 수도 있고요."

"네? 그 애를 찾으려고 사설탐정까지 고용했어요. 자그마치 300

달러나 들여서요. 그 애는 자기 엄마랑 이사를 간 이후로 완전히 자취를 감춰버렸어요."

절망에 잠식당한 내 목소리가 점점 작아졌다.

"완전히 사라지는 사람은 없어요." 리사가 말했다. "혹시 인터넷으로는 찾아봤어요? 페이스북 같은 데서요."

"난 페이스북 안 해요."

"그건 잘했네요. 하지만 그레이스는 페이스북을 할 수 있잖아요."

"그레이스 때문에 악몽을 꾼 게 아니에요."

리사가 시계를 힐끗 돌아보았다.

"시간이 얼마 안 남았으니 빨리 끝낼게요. 에밀리, 솔직히 말해줘요. 환자를 돕기 위해 무엇을 해야 할지 정확히 알고 있는데도 상대가 도와주질 않으면 얼마나 실망스러운지 에밀리도 잘 알잖아요."

나는 묵묵부답이었다.

"그 일이 지금 여기서 일어나고 있는 것 같은데요. 치료사들은 다른 사람들에게 일어나는 일은 잘 파악하면서도 자기 일 앞에서는 믿을 수 없을 정도로 둔해지기도 해요."

"내가 뭘 어떻게 해야 한다고 생각해요?"

"당신이 뭘 해야 하는지는 이미 잘 알고 있어요."

나는 마음이 잠잠해지기를 잠시 기다려야 했다. 그러고는 고개를 저으며 말했다. "정말 어색할 거예요. 올리비아를 몇 년간 본 적도 없고, 올리비아랑 이야기를 나눈 적도 없는데. 느닷없이 나타나서……."

"툭 까놓고 얘기할게요." 리사가 회색빛 눈동자로 나를 빤히 바라보았다. "이건 올리비아에 관한 게 아니에요. 올리비아 가족과 관련된 일도 아니고요. 당신이 장례식에 간다면 가족들은 틀림없이 고마워할걸요. 이건 당신이 마무리 지어야 할 일이에요."

"올리비아의 장례식에 간다고 해서 대체 어떤 마무리를 지을 수 있다는 거죠?"

"당신이 말해줘요. 손목에서 피를 흘리는 소녀에 대한 꿈을 꾼 건 당신이잖아요."

나는 기댔던 몸을 똑바로 일으켜 세웠다. 내가 너무 갑작스럽게 자세를 고쳐 앉는 통에 리사를 깜짝 놀라게 했다.

"젠장, 그 일들을 하나로 연결시키지 못했다니 믿을 수가 없네요."

"어떤 일들이죠?"

"새로운 환자가 왔어요. 클로이라는 아이인데. 바로 어제 만난 애예요. 엄마 집에서 올리비아 이야기를 듣기 바로 직전에요. 열세 살 여자아이고 자해 성향을 보여요."

리사는 아무 말도 하지 않았다.

"모르시겠어요? 클로이가 손목을 그었다고요. 어쩌면…… 올리비아의 자살 소식을 듣기 전에 클로이를 만난 게 악몽으로 나타났을지도 몰라요."

리사는 이렇다 할 대꾸 없이 꼬고 있던 다리를 풀고 의자에서 일어섰다. 그런 다음 치마 주름을 펴고 문을 향해 걸어갔다.

"내 말이 틀렸어요?"

리사가 발길을 멈추고 돌아섰다. "뭐, 그럴 수도 있죠. 이전에 환자들과 관련해서 악몽을 꾼 적이 있어요?"

생각을 더듬어볼 필요도 없었다. 나는 고개를 좌우로 흔들었다.

리사가 알겠다는 듯 미소를 지었다.

"그럼 다음 주에 봐요, 에밀리."

5

아까 그 모르는 번호의 주인이 음성 메시지를 남겼다. 나는 주차장을 가로질러 차로 향하며 그 사람이 남긴 메시지를 들었다.

"에밀리, 나 코트니야. 정말 오랜만이다. 너희 엄마가 연락 주셨어. 올리비아 이야기도 해주시고. 장례식이 내일 해리스버그에서 있다고 하던데 너도 갈 건지 궁금해서. 갈 거면 차 같이 타고 가는 게 어떤가 싶어 연락했어. 시간 될 때 전화 줘."

운전석으로 미끄러지듯 앉으며 휴대폰을 응시했다. 메시지를 다시 들어보고 싶었다. 코트니의 목소리는 익숙한 듯 낯설었다. 엄마가 코트니에게 연락을 먼저 했다는 부분은 필시 내가 잘못 들은 것 같았다.

씹자. 이게 내 결론이었다. 그리고 다음에 엄마를 만나면 몇 년이나 연락 없이 지내던 사람들에게 왜 내 휴대폰 번호를 알려줬냐고 꼭 한 소리 해야지.

리사의 상담실에서 세이프 헤이븐 정신 건강 센터까지는 8킬로쯤 되었다. 차로 가면 10분 남짓, 아무리 막혀도 15분이면 충분했다. 리사와 상담을 하는 날은 점심시간 이후 한 시간을 비워두었다. 이 말인즉슨 센터에 돌아가도 어느 정도의 여유 시간이 남는다는 뜻이었다. 보통 때 같았으면 서류 작업을 마무리 지었겠지만 오늘따라 좀처럼 집중이 되지 않았다.

센터에 도착했는데 한 여자가 로비 구석에서 장난감을 가지고 노는 어린 아들을 지켜보고 있었다. 내가 모르는 사람들이었다. 그 아이는 내 환자가 아니었지만 나는 여자를 향해 미소를 지으며 상담실 쪽으로 향하는 문을 열었다. 문에는 비밀번호가 걸려 있었다.

접수대의 안내원이자 상담실의 보조 직원인 클레어는 유리로 된 파티션 뒤에 앉아 있었다. 내가 문을 열고 들어서자 그녀가 환하게 웃으며 나를 반겼다.

"점심 맛있게 드셨어요?"

나도 미소 띤 얼굴로 고개를 끄덕이며 내 상담실로 들어가기 위해 발을 옮겼다. 그때 클레어가 나를 불러 세웠다. "테디의 새 사진을 페이스북에 올렸어요. 놓치실까 봐 말씀드려요."

테디가 누구더라. 내 기억이 맞는다면 테디는 클레어의 손자였다. 아니 조카 손주였나. 아무튼 그 비슷한 관계였다. 클레어가 휴대폰의 사진을 보여주었고 페이스북 이야기를 했던 것도 같지만 그녀 앞에서 SNS를 하지 않는다고 말하진 않았었다. 직장 동료에게 SNS를 하지 않는다고 하면 인상을 쓰거나 아니면 아예 믿지를 않아서 이후로는 SNS를 안 한다는 이야기 자체를 입 밖에 꺼내지 않았다. 그래서 나는 그저 고개를 끄덕이며 확인해보겠다고만 했다.

이번에도 밝은 목소리로 '고마워요' 하고 응수하며 복도 끝을 향해 나아가면 그만이었다.

고요한 상담실에 들어와 가방에서 휴대폰을 꺼내 책상 위에 올려놓았다. 무엇을 해야 할지 정확히 알고 있었지만 그만두었다. 이전의 삶을 가두기 위해 정말 무던히도 노력했다. 그리고 24시간이 채 되지 않은 시간 동안 그 많은 노력이 무용지물이 될 참이었다.

우선 올리비아의 죽음, 그다음엔 코트니의 음성 메시지까지. 중학교 때 가장 친했던 두 사람. 나와 같은 짐을 나누어 진 두 사람.

나는 왼손을 뒤집어 손바닥에 난 상처를 바라보았다.

"젠장."

휴대폰을 들어 '재다이얼' 버튼을 눌렀다. 벨이 세 번 울렸고, 한 번씩 울릴 때마다 전화를 꺼버리고 다신 켜지 말아야겠다고 생각했다. 새 휴대폰을 사서 새 번호를 발급받을 것이다. 그 번호는 엄마와도 공유하지 않을 것이다. 엄마는 정말이지 신뢰하기 어려운 사람이었다.

네 번째 신호음이 울리고 전화는 음성 사서함으로 넘어갔다. 지금은 통화가 어렵다며 이름과 연락처를 남겨달라는 코트니의 목소리가 들렸다.

삐 소리가 나기 전 나는 전화를 끊고 두 손으로 머리를 감싸 쥐었다.

대체 내가 무슨 짓을 한 걸까? 올리비아가 죽은 건 끔찍하고 안타까운 일이었다. 하지만 그게 나랑 무슨 상관이란 말인가. 그녀를 만나거나 그녀와 대화를 나누어본 게 언제인지조차 모르겠는데. 한때 가장 친한 친구이기도 했지만 이후로 우린 완전히 다른 삶을 살아왔다. 그녀에게 일어난 일은 유감이나 그녀의 장례식에 갈 필요는 없었다. 굳이 참석하지 않는다 해도 달라지는 건 아무것도 없었다.

그때 책상 위의 휴대폰이 진동했다.

눈을 뜨고 휴대폰을 내려다보았다.

코트니였다.

아무렇지도 않게 전화를 받을 자신이 없었다. 다시 음성 사서함으로 넘어가게 두자. 그리고 하루 종일 휴대폰을 꺼버리자. 하지만 리사가 한 말이 머릿속을 구석구석 건드렸다. 내가 대체 어떤 마무리를 지을 수 있다는 걸까.

결국 전화를 받았다.

"여보세요?"

"에밀리, 목소리 들으니까 너무 좋다!"

"응, 코트니. 잘 지냈어?"

"잘 지내지. 세상에, 올리비아 소식 들었다며? 깜짝 놀랐잖아. 대체 무슨 일이 일어난 건지 알아보려고 페이스북을 몇 시간이나 뒤졌다니까. 물론 그 얘길 듣자마자 곧바로 그 생각이 나긴 했는데……."

나는 그녀의 말을 끊었다.

"그래서, 어떻게 지내?"

"내가 남긴 메시지 들었니?"

"응."

"그래서?"

"그래서…… 뭐?"

"장례식 갈 거냐고. 내가 알기론 차로 한 40분, 45분 걸리는 거 같아. 차 한 대로 움직일 수 있으면 같이 가자."

"솔직히 말해서 올리비아랑 마지막으로 이야기한 게 언젠지도 모르는데."

"나도 그래. 근데 뭐 어때? 친군데."

코트니의 말투에, 그러니까 그토록 간단하고 무덤덤한 말투에 어쩐지 내 태도가 부끄럽게 느껴졌다. 하지만 고집이 부끄러움을 이겼다.

"혹시 우리 엄마가 너한테 연락했어?"

"응. 페이스북으로 메시지 보내셨던데."

"네가 우리 엄마랑 페이스북 친구라고?"

"어머니가 친구 요청을 보내셨더라. 그래서 수락했지. 페이스북이 그런 거 하라고 있는 건데. 근데 너 페이스북을 하긴 하는 거야? 아무리 찾아도 안 나와서."

나는 컴퓨터 모니터의 시간을 확인했다. 10분 후면 다음 예약 환자가 올 것이었다.

"나 쉬는 시간이 거의 끝나서. 이만 끊어야겠다."

"아, 그래? 근데 무슨 일해?"

"치료사야."

"오, 멋있다. 뭐 약 같은 거 처방해주고 그런 거야?"

"아니. 심리 치료사. 저기, 코트니, 나 진짜 끊어야겠다."

"응. 그래. 그럼 내일 가는 거야?"

나는 잠시 망설였다. "어찌 될지 모르겠는데."

"그래? 괜찮아. 대신 최대한 빨리 결정해서 알려줘. 엘리스한테도 갈 거냐고 페이스북 메시지 보냈는데 아직 답장이 없네."

엘리스의 이름을 전해 듣는 순간 심장이 오그라들었다. 1년이 좀 안 되었다. 찰나였지만 엘리스를 스쳐 지나간 적이 있었다. 얼마나 당황했는지 순간적으로 고개를 푹 숙여서 엘리스는 나를 보지 못했었다.

"매켄지는?"

코트니가 경멸에 찬 코웃음을 흘렸다.

"매켄지가 중학교 때 어땠는지 기억나지? 지금은 더해. 필라델피아 쪽 대저택에 사는데, 무슨 뇌 전문 외과 의사랑 결혼했다더라. 대박이지?"

"만약 엘리스랑 내가 안 간다고 해도 넌 갈 거야?"

"가보려고."

"왜 가려는지 물어봐도 돼?"

잠깐의 침묵이 흐른 뒤 코트니가 입을 열었다.

"올리비아랑 친구였으니까."

사무실 전화가 울렸다. 나는 코트니에게 잠깐만 기다려달라고 말하고 사무실 전화를 들어 반대쪽 귀에 가져갔다. 클레어가 한 시 예약 환자가 일찍 도착해 로비에서 기다리고 있다고 전해주었다.

"코트니, 진짜 끊어야겠다." 내가 사무실 전화기를 내려놓으며 말했다.

친구의 목소리가 낙담한 어조로 바뀌었다.

"알겠어. 마음 바뀌면 알려줘."

"가야겠다."

"그래. 결정되면 전화나 문자해."

"아니. 장례식에 가야겠다고."

코트니가 희망에 부푼 목소리로 물었다. "정말?"

"응."

잔뜩 신이 난 코트니는 자신의 주소를 문자로 보내며 내일 보자고 했다. 코트니가 전화를 끊었지만 나는 휴대폰을 귀에 댄 채 그대로 앉아 있었다.

눈을 감아보았다. 중학교 시절의 올리비아가 떠올랐다. 가운데가 쏙 들어간 턱. 그리고 너무도 예뻤던 미소.

손바닥의 실금 흉터가 욱신거리는 것 같았다. 그날 아침이 생각났다. 우리 모두 매켄지의 침실에 앉아 있었다. 매켄지가 몰래 가지고 올라온 과도 날에 섬광이 번뜩였다. 매켄지는 손바닥을 그으며 다음엔 누가 할 건지 물었었다. 우리는 잔뜩 긴장한 채 숨만 들이마실 뿐 아무 말도 하지 못했다.

6

시작은 우리 둘이었다.

엘리스 마틴은 담갈색 눈에 밝은 빨강 머리를 양 갈래로 묶고 다녔다. 엘리스는 상대가 누가 되었든 심지어 어른에게도 스스럼없이 말을 걸고 다니는 쾌활한 아이였다. 그에 반해 나는 청 멜빵바지를 입고 갈색 머리를 포니테일로 질끈 묶은 수줍음 많은 아이였다. 나는 등원 첫날 나를 유치원에 내려주고 떠나는 부모님을 보며 울음을 터트렸었다.

엘리스를 처음 만난 곳은 유치원이었다. 선생님 이름은 미란다였고, 나는 난생처음 본 스무 명의 아이들과 곧 친구가 될 예정이었다.

아이들은 그네, 미끄럼틀, 정글짐 따위에서 노느라 여념이 없었다. 쉬는 시간이 되었을 때 엘리스가 내가 숨어 있던 운동장 구석으로 다가와 우리 둘은 '베스트 프렌드'가 되어야 한다고 말했다.

"베스트 프렌드가 뭔데?"

나에겐 퍽 생소한 개념이었다.

"제일 친한 친구." 그녀가 미소를 지으며 말했다. "네 이름은 에밀리고 내 이름은 엘리스니까. 우리 둘 다 이름이 같은 글자로 시작되잖아."

물론 말도 안 되는 이유였지만 우린 유치원생이었고 나는 믿을 수 있는 친구가 필요했다. 게다가 그 아이의 말이 틀린 것도 아니었고. 알파벳 'E'로 시작하는 여자아이 이름은 반에서 우리 둘뿐이었다.

같은 유치원의 다른 반은 그리넘(Greenham) 선생님이 가르쳤다(교과서로 쓰이던 닥터 수스의 《초록 달걀과 햄(Green Eggs and Ham)》이 떠오르는 이름이었다). 그리고 그 반에 매켄지 하퍼가 있었다. 밝고 푸른 눈을 가진 금발의 곱슬머리 소녀. 그 애의 엄마가 하찮은 것에 조금만 더 관심을 가졌더라면 매켄지는 분명 미인 대회 같은 데 나가서 우승을 거두었을 법한 예쁜 외모를 가지고 있었다. 실제로 이 말은 매켄지가 자기 입으로 직접 한 것이었고, 나는 그날 밤늦게 엄마에게 하찮다는 게 무슨 뜻인지 물어보았었다.

그로부터 한 주 후 엘리스는 매켄지를 우리 무리에 끌어들였다. 그렇게 나에게 두 명의 '베스트 프렌드'가 생겼다.

코트니 설리번도 그리넘 선생님 반이었다. 녹색 눈과 불그스레한 금발 머리를 가진 아이로 앞니에 약간의 틈이 있었다. 코트니는 결국 중학교에 들어가자마자 치아 교정을 받았다. 아무튼 코트니가 매켄지와 친구가 되면서 나의 '베스트 프렌드'는 세 명이 되었다.

올리비아 캠벨은 부모님을 따라 해리스버그에서 랜턴으로 이사를 오면서 초등학교 4학년 때 전학을 왔다. 엘리스와 매켄지는 올리비아를 보자마자 그 애가 우리 무리에 잘 어울릴 거라는 결정을 내렸다. 데스티니가 중학교 2학년 초에 전학을 왔을 때도 마찬가지였다. 그때 우리는 이미 '하피스'라 불리고 있었고, 데스티니가 들어오면서 우리 패거리가 완성되었다.

우리의 우정에 어떤 이유나 명분이 있었던가? 돌이켜 보면 꼭 그렇다고 할 순 없었다. 매켄지의 부모님은 돈이 많았다(말 그대로 진짜 부자였다). 그리고 모든 이치를 따져보았을 때 매켄지는 사립 학교에 들어갔어야 했지만 매켄지의 아빠가 공립 학교를 다니며 얻은 게 많았고, 또 딸이 너무 버릇없는, 아니 지금보다 더 버릇없는 아이로 자라지 않았으면 하는 마음으로 링컨 초등학교와 프랭클린 중학교에 입학시켰다. 하지만 매켄지의 부모님은 우리가 중학교 3학년이 되자 매켄지를 사립 학교로 전학시키고 우리와 다시는 말을 섞지 말라며 으름장을 놓았다.

엘리스의 부모님도 못지않게 부자였다. 엘리스의 아빠는 랜턴 카운티의 판사였다. 코트니의 부모님도 올리비아나 데스티니네만큼 돈이 많았다. 돌아보면 이 아이들은 부유한 집안 출신이라는 공통분모가 있었고, 때문에 아이들은 다른 평범한 학생들 사이에서 튈 수밖에 없었다.

무리 중에서 나만이 유일하게 이른바 중산층 출신이었다. 우리 가족은 나쁘지 않은 분위기의 교외에 2층짜리 집이 있었고, 부모님은 주행 거리 10만 킬로가 찍힌 중고차만 샀으며, 엄마는 일요일 아침마다 신문에 실린 쿠폰을 오려서 모아두었다.

어느덧 시간이 흘러 나는 10달러씩 용돈을 받게 되었다. 하지만 용돈의 절반은 즉시 은행 계좌에 넣어야 했다. 내가 불평할 때마다 엄마는 말했다. "나중에 엄마 아빠한테 고마워할걸."

당시 나는 뭔가 손에 만져져야 내 것이라는 느낌이 들었다. 5달러짜리 지폐를 만질 때마다 돈이 실제로 존재하고 그 돈이 내 손안에 있다는 생각에 기분이 좋았다. 그러나 이 기분은 그리 오래가지 못했다. 같은 무리 아이들의 용돈에 비하면 내 용돈은 턱없이 적었기 때문이다. 한번은 쇼핑몰에서 매켄지가 아빠가 주었다는 100달러짜리 지폐를 보여주었다. 우리는 놀란 입을 다물지 못하고 마치 땅에 묻혀 있던 보물이라도 발견한 것마냥 100달러 지폐를 구경했었다.

돌이켜 보면 아직 한참 어린 그 아이들이 돈자랑을 한다는 게 얼마나 역겨운 일인지. 물론 눈앞에다 돈을 흔들어댄 건 아니지만 마치 그런 일을 당한 듯 모욕감을 느꼈다. 매켄지나 엘리스는 주머니에 붙은 보푸라기를 떼어내듯 지갑에서 턱턱 돈을 잡아 빼 가게며 푸드 코트에서 가지고 싶은 것, 먹고 싶은 것은 뭐든 샀다. 반면에 나는 넉넉지 못한 수중의 돈을 아끼고 아껴야 했다.

이런 일이 반복되면서 나는 부모님에게 한 가닥 분노를 느끼기 시작했다. 왜 우리 부모님은 이게 얼마나 창피한 일인지 모르는 걸까? 다른 여자애들은 항상 좋은 옷과 최고급 화장품을 가지고 다니는데 나는 엄마가 월마트에서 사다 주는 물건에 만족해야만 했다.

어느 순간부터 나는 우리 집이 가난해 무리에서 쫓겨날까 봐 전전긍긍하게 되었다. 무리의 아이들에 비해 상대적으로 우리 집이 궁핍하게 느껴졌고 금방이라도 은행에 집을 빼앗겨 길거리에 나앉게 되는 건 아닌지 걱정될 정도였다. 초등학교 때는 인기에 크게 연연하지 않았다. 어쩌면 인기 있던 아이들 무리에 이미 속해 있었기에 걱정거리가 아니었을 수도 있지만. 그러나 중학교에 입학하고 나서부터 무리에 반드시 속해야 한다는 절박함이 나를 압박하기 시작했다.

내가 무리에서 쫓겨나면 다른 친구들을 사귈 수나 있을까? 나는 스포츠에 관심이 없었다. 하피스 모두가 그랬다. 그러니 필드하키, 배구, 축구를 하는 애들과는 친구가 될 수 없었다. 체조를 하고 싶어도 그럴 만한 집안 사정이 못 되었다. 성적은 그럭저럭 괜찮았지만 그렇다고 맨날 공부만 하는 모범생 같은 애들과 다닐 만큼 눈에 띄게 공부를 잘한 것은 아니었다. 결국 루저가 되는 길뿐인가? 나는 낙오자가 될지도 모른다는 생각에 견딜 수 없었다. 혼자 겉돌다 유목민이 되어버릴 것 같았다. 누구와도 어울리지 못하고 홀로 자라서 친구나 가족 없이 쓸쓸히 죽음을 맞이하는 사람처럼 말이다.

물론 지금 생각하면 너무 멀리 나갔지만 그때 내 심정은 그랬다.

중학교에 들어가면서 내가 친구들에게 그 어떤 영향력도 없다는 사실을 더욱 뼈저리게 깨달았다. 쇼핑몰, 영화관, 누군가의 집, 무엇을 해야 하고 어디로 가야 할지 결정을 내려 전화를 주는 사람은 늘 엘리스나 매켄지였다. 때로는 코트니가 그 역할을 했고, 심지어 올리비아도 가끔 가다 한번은 전화를 했다. 하지만 나에게는 단 한번도 기회가 주어지지 않았다.

나도 제안을 하고 싶었지만 내 의견은 그리 중요하지 않았다. 미소와 끄덕임 정도만이 내가 할 수 있는 전부였을 뿐 그 이상은 허락되지 않았다. 어느새 나는 내 의견을 말하는 일을 완전히 멈추어버렸다.

우리가 중학교 2학년이 되고 데스티니가 전학을 오자 관계는 더욱 복잡해졌다. 나는 엘리스, 매켄지와 유치원 때부터 친구였으니 데스티니보다야 좀 더 영향력이 있을지도 모른다고 생각했지만 전혀 그렇지 않았다. 데스티니의 집이 우리 집보다 여유로워서 그랬던 건지, 아니면 데스티니가 나보다 더 예뻐서 그랬던 건지는 모르겠지만 어쨌거나 결국엔 그 애가 나보다 더 많은 발언권을 가지게 되었고 나아가 더 많은 힘과 영향력까지 누리게 되었다.

결론적으로 하피스 무리에 남으려면 무슨 일이든 해야 했다.

설령 그것이 법을 어기는 짓이라 해도 말이다.

◇

우리의 비행(非行)이 언제부터 시작되었는지는 정확히 기억나지 않는다. 물론 실제 행동의 범위에서 보자면 비행이라고 부르는 것 자체가 오버스러울 수도 있었다. 우리가 저지른 최악의 탈선 행위는 가게에서 물건을 가볍게 슬쩍하는 일이었기 때문이다. 가볍다는 표현이 말이 안 되긴 하지만 어쨌든 그땐 그렇게 느껴졌다. 우리가 물건을 훔치는 데 딱히 거창하거나 사악한 이유가 있는 건 아니었다. 그냥 일단 저지르고 보는 짓 같은 것이라 할까.

하지만 우리 내부에서 경쟁이 벌어지면서부터 이야기가 달라졌다. 시작은 매켄지, 엘리스, 코트니였다.

경쟁 분야는 우리가 어찌할 수 없는 것들이었다. 이를테면 누구 아빠가 돈을 가장 많이 버는지(이건은 매켄지의 승이었다)와 같은 것 말이다. 때로는 누가 생리를 제일 먼저 시작했는지 같은 인간의 본질적인 문제를 파고들기도 했다. (여기서는 코트니가 1등이었다. 때는 5학년이 끝날 무렵이었고, 매켄지는 코트니의 말을 믿으려 하지 않았다. 결국 코트니는 생리 중이라는 것을 증명하기 위해 우리를 끌고 화장실로 갔다. 원치 않게 남이 생리하는 현장을 인증당하면서 나는 초경이 오는 게 두려워 토가 나올 지경이었다.)

우리 스스로 결정할 수 있는 것들도 있었다. 누가 처음으로 남자 친구를 만들었나(매켄지), 누가 제일 먼저 귀를 뚫었나(매켄지), 누가 처음으로 키스했나(역시 매켄지), 누가 처음 손으로 해주었나(엘리스), 누가 처음 오럴을 해주었나(이건 코트니), 누가 제일 먼저 남자와 잤나(매켄지, 당시 남자 친구였던 빌리 매덕스와 중학교 2학년 크리스마스 방학 때) 등등.

고작 중학생밖에 안 되었지만 신체적인 변화를 겪으며 어린 소녀에서 성숙한 10대가 되어가는 과정에서 벌어진 일들이었다.

다소 왜소했던 매켄지는 그 사이 키가 제법 많이 컸다. 어릴 때도 늘 예뻤지만 자라면서 타고난 미모가 아주 또렷하게 빛을 발했다. 다만 뭐랄까. 매켄지의 미모는 바비 인형을 연상시키는 인공적인 면이 있었다. 코, 뺨, 턱, 귀는 말할 것도 없고 비단결같이 매끄러운 금발 머리까지 모든 게 과하게 완벽했다. 마치 매일 아침 거울 앞에서 몇 시간이고 머리를 빗고, 제모를 하고, 눈썹을 다듬고, 여드름을 원천 봉쇄하기 위해 모공을 정리할 것 같은 그런 모습이었다.

지금 생각해보니 중학생 매켄지의 얼굴에서 작은 뾰루지 하나도 본 적이 없었다. 한편 엘리스는 정반대였다. 엘리스도 매켄지만큼 예뻤지만 훨씬 더 자연스럽고 건강한 아름다움을 뿜어냈다. 화장을 하지 않아도 맑고 예뻤다. 게다가 학교 애들은 물론 선생님들도 엘리스를 좋아했다. 엘리스의 느릿하게 올라가는 입꼬리와 사랑스러운 미소는 보는 사람까지 웃게 만들었다.

돈, 외모, 존재감을 과시하며 인기를 얻어내던 매켄지와 달리 엘리스는 큰 노력이 필요 없었다. 쉬는 시간에 엘리스가 복도를 지나가면 모두가 그 애에게 인사를 건네고 싶어 했고 엘리스 또한 만면에 미소를 띠며 인사를 받아주었다.

올리비아는 예쁜 얼굴에도 불구하고 자신감이 부족했다. 중학교

1학년이 시작되며 올리비아는 체중 문제로 힘들어했다. 우리 엄마 말마따나 그 애는 단것을 너무 좋아했다. 오레오 쿠키는 올리비아에게 있어 아킬레스건 같은 존재였다. 올리비아는 오레오 쿠키를 입에 달고 살았다. 올리비아의 사물함에는 쉬는 시간에 먹으려고 넣어둔 간식이 가득했다.

올리비아는 절대 과체중이 아니었다. 하지만 매켄지는 끊임없이 올리비아를 괴롭혔다. 체육 시간이 끝나고 로커 룸에서 옷을 갈아입을 때면 올리비아의 배를 함부로 꼬집기도 했다. 심지어 올리비아에게 들으란 듯이 '더블 스터프(크림이 두 배로 들어간 오레오 쿠키 – 편집자)'라고 부르기도 했다. 그 순간엔 나 역시도 다른 애들과 함께 낄낄거렸다. 그저 내가 간식 앞에서 자제력을 발휘할 수 있다는 사실이 기쁠 뿐이었다. 매켄지의 괴롭힘이 내가 아닌 다른 사람을 향했다는 것도 좋았고.

이런 식의 괴롭힘은 올리비아를 병들게 했다. 올리비아는 자신이 정해놓은 몸무게에 도달하길 갈망하며 끼니를 굶기 일쑤였고 점심을 먹고 나서 억지로 게워내기도 했다.

코트니는 안 그래도 날씬하던 몸이 중학교에 들어가면서 체조를 시작하며 더욱 날씬해졌다(당연히 코트니의 부모님은 코트니에게 체조를 시켜줄 여력이 있었다). 평균대와 2단 평행봉 사이를 뛰어넘으며 동작을 하나씩 마스터하기 전부터도 코트니는 늘 특유의 고상함을 지니고 있었다. 체조 선수처럼 고개를 당당하게 든 채 우아하게 학생들 사이를 누볐고, 방과 후에 물구나무서기를 보여주기도 했으며, 이따금 올림픽 출전에 대해 언급하기도 했다.

나는 인기 무리에 속해 있으면서도 수줍음을 많이 탔다. 중학교에 다니며 남자 친구를 몇 명 사귀긴 했으나(맷 캘로우, 피터 라이언스,

에이드리언 피츠시몬스) 관계는 오래가지 않았다. 그 남자애들이 내가 쉽게 옷을 벗어주거나 걔들의 바지를 벗기지 않을 거라는 사실을 깨달아서가 아니었다. 나 역시 그 애들과 입을 맞추고 진도를 나가며 어느 정도까지는 스킨십을 허락했지만 다리 사이에서 전해지는 후끈거림을 무시하고 그 이상 발전시키진 않았다. 단순히 나의 신중함 때문이 아니었다. 독실한 가톨릭 신자였던 엄마가 결혼을 하려면 스스로를 아껴야 하며 이래야 '착한 딸'이라는 말을 밥 먹듯이 했기 때문도 아니었다. 나는 그저 그 감정이 불편했고 내가 너무 멀리 가버려 일을 그르칠까 봐 두려웠을 뿐이다.

한번은 화장실에서 울고 있던 나를 엘리스가 발견한 적이 있었다. 당시 사귀던 남자 친구 제이크 레이놀즈가 더 이상 나를 좋아하지 않는다며 나를 찼던 것이다.

"무슨 일인지 들었어." 엘리스가 내 등을 부드럽게 도닥이며 말했다. "제이크는 진짜 개새끼야."

나는 우는 모습을 들키고 싶지 않아 눈을 벅벅 문질렀다. 우는 모습을 보이면 나약하고 무방비한 상태가 되는 것 같았다.

"걔가 나랑⋯⋯."

나는 다음 말을 삼켰다. 제이크가 원하던 게 무엇인지를 깨달아 당황했고 그걸 거절한 나를 엘리스가 어떻게 생각할지 걱정했던 까닭이었다.

그녀가 내 말을 끊으며 고개를 저었다.

"말했잖아. 걘 그냥 개새끼야. 제이크가 됐든 누가 됐든 네가 하기 싫은 걸 억지로 하게 만들 순 없어. 우리 엄마가 그랬어."

엘리스의 엄마가 딸이 무슨 짓을 하고 다니는지 알고 있다는 사실에 당혹스러웠다. 우리 엄마가 내 행동의 반이라도 알았더라면 아마 나는 맞아 죽었을지도 모른다.

"혹시 너네 엄마가…… 너…… 알고 계셔?"

엘리스는 다시 고개를 저었다. 엘리스의 하트 모양 귀걸이가 화장실 형광등 불빛을 받아 반짝였다.

"엄마도 내 나이였던 적이 있어서 무슨 일이 일어날지 잘 안다면서 조심하라고 그러더라고. 특히 '농장 집'을 조심하래."

농장 집은 컨트리클럽 골프장 구석에 있는 작은 2층짜리 주택이었다. 돌과 나무를 섞어 지은 오래된 집으로 그 집에서는 사계절 내내 습한 흙내가 났다. 듣기로는 적어도 100년 이상 된 건물이었고, 역사적인 건축물이라는 이유로 컨트리클럽에서 철거를 하지 않았던 모양이었다. 컨트리클럽 측에서도 지역 아이들이 밤늦게까지 그 집에 모여 술을 마시고 마약을 하고 성관계를 갖는다는 사실을 알고 있었지만, 아이들의 부모가 비싼 회비를 내는 클럽 회원이라는 이유로 파티가 통제 불능이 되지 않는 한 아이들을 일부러 쫓아내진 않았다.

그 집은 우리가 처음으로 술을 마셨던 장소였다. 코트니가 아빠의 홈 바에서 스미노프 보드카를 한 병 훔쳐왔다. 또 올리비아가 아빠의 비상용 담배를 훔쳐 난생처음 흡연을 경험한 곳이기도 했다.

그리고 그 집에서 그레이스 파머에게 끔찍한 일이 벌어졌다.

그날 밤 나는 농장 집에 없었지만 나중에 전해 들었다. 이후로 그 집에서 시간을 보낸다는 생각만으로도 속이 울렁거렸다. 그 집에 자주 간 건 아니었지만 어쨌든 다시는 그곳에 발을 들여놓고 싶지 않았다. 다행히 얼마 지나지 않아 고등학교 1학년 학생들이 집에 불을 지르면서 농장 집은 그렇게 사라졌다.

하지만 도둑질은? 대체 도둑질이 언제부터 시작되었는지 모르겠다. 언젠가 애들과 쇼핑몰에 갔던 건 기억이 난다. 나는 포에버 21(미국 SPA 의류 매장 – 옮긴이) 매장에서 귀여운 은색 큐빅 팔찌를 발견했다. 가격은 10달러. 공교롭게도 수중에는 7달러뿐이었다.

"나머지는 내가 내줄게." 엘리스는 팔찌를 향한 내 시선을 알아차리고는 나에게 다가와 말했다.

나는 엘리스의 제안에 거의 넘어갈 뻔했다. 팔찌가 너무나 가지고 싶었지만 엘리스나 다른 애들이 동정을 베풀며 나를 깔보는 듯한 기분이 들었다.

"아니야. 괜찮아."

무엇보다 정말 괜찮았다. 팔찌는 아주 예뻤지만 내 인생을 바꿀 만큼은 아니었다. 나는 팔찌를 머릿속에서 지워버리고 매장을 둘러보다가 애들이 매장을 나가자 따라 나갔다.

나중에 코트니 엄마의 밴이 도착했다. 차는 항상 티끌 하나 없이 깨끗했다. 코트니네 엄마가 주말마다 세차장에 가서 왁스 칠을 하고 진공청소기로 먼지를 떨어냈기 때문이다. 집에 가는 길에 엘리스가 주머니에서 팔찌를 꺼내 내 손에 쥐어주었다.

처음엔 내가 뭘 내려다보고 있는 건지 알 수 없어 어리둥절했다. 그러다 고개를 드니 나를 보며 피식거리는 엘리스가 눈에 들어왔다.

"괜찮다고 했잖아." 내가 소곤거렸다.

엘리스는 어깨를 으쓱하며 말했다. "그랬지. 근데 갖고 싶긴 했잖아."

"고마워. 돈은 곧 갚을게."

"왜? 돈 안 냈는데."

엘리스가 무슨 말을 하는지 이해하는 데 시간이 좀 걸렸다. 엘리스가 또 입꼬리를 피식거리는 통에 내 눈이 휘둥그레졌다는 사실을 깨달았다.

"걱정하지 마." 엘리스가 속삭였다. "우린 맨날 그러는데?"

"맨날?"

"그래. 넌 도대체 뭘 보고 다닌 거니?"

뒷좌석에 앉아 있던 매켄지가 갑자기 우리 사이로 몸을 쑥 밀어넣었다. 달콤한 풍선껌 냄새가 섞인 매켄지의 후끈한 입김이 귓가에 느껴졌다.

"우리 초딩 에밀리, 찍소리 않는 게 좋을 거야."

초딩 에밀리. 올리비아가 아무리 오레오를 끊었다고 주장해도 여전히 더블 스터프로 불리듯 매켄지가 내 기를 죽이고 싶을 때 부르던 별명이었다. 중학교에 와서 '초딩 에밀리'는 일종의 성(姓)이 되었다.

"말 안 해."

"얘가 뭘 해야 할지 알지?" 매켄지의 풍선껌 향기가 엘리스를 향했다. "얘는 자기가 진짜 하피스라는 걸 증명해야 돼."

엘리스가 나를 보며 낄낄대고는 재빨리 한쪽 눈을 찡긋거렸다. 순간 나는 내 첫 친구이자 가장 친한 친구였던 엘리스의 모습이 스쳐 지나가는 걸 발견했다.

"그럼 다음 주에 하자. 에밀리도 우리 멤버니까. 그렇지, 에밀리?"

나는 달리 할 수 있는 일이 없었기에 그저 고개를 주억거리며 엘리스가 준 팔찌를 주머니에 넣고 나직이 우리의 좌우명을 속삭여보았다.

"한번 하피스는 영원한 하피스."

◇

그레이스 사건이 터지고 나서 우리는 뿔뿔이 흩어졌다.

몇몇은 학교를 떠나야 했다. 매켄지는 사립 학교로 전학을 갔고, 데스티니는 아빠가 남부로 발령을 받아 떠났으며, 올리비아는 가족들과 해리스버그로 돌아갔다. 나, 엘리스, 코트니는 학교에 남았다. 하지만 엘리스는 다른 무리들과 어울리기 시작했다. 몇 년 동안은 나를 두고 자신의 베스트 프렌드라 불렀지만 실제로 그 애를 만난 적은 거의 없었다.

코트니와는 교류가 끊겼다가 고등학교 1학년이 되면서 다시 어울리게 되었고, 그때부터 코트니는 나의 제일 친한(어쩌면 유일한) 친구가 되었다.

코트니는 고등학교 2학년 때 웬 기술 학교 남자애의 아이를 가졌다. 코트니는 남자들을 많이 만나고 다니지도 않았고 어쩌다 마주친 애들과 대화를 섞거나 데이트만 몇 번 했었다. 그러던 어느 날 코트니가 나를 화장실로 데려가 이틀 연속으로 아침에 속을 게워냈다고 털어놓았다. 그 말을 끝으로 잠깐 숨을 고르며 말을 꿀꺽 삼킨 코트니의 얼굴은 그 애답지 않게 창백했다. 코트니는 어쩌면 임신한 걸지도 모르겠다고 말했다.

코트니는 전날 밤 임신 테스트기를 샀지만 혼자 해보기에는 너무 무섭다고 했다. 결국 점심시간 후 코트니와 나는 오후 수업을 빼먹고 우리 집에 갔다.

우리는 임신 테스트기의 결과를 내 방에서 확인했다. 부모님 두 분 다 직장에 가고 없어서 집은 고요했다. 코트니가 눈물을 터트렸다. 나는 코트니가 행복해서 우는 건지, 슬퍼서 우는 건지 솔직히 감을 잡을 수 없었다. 코트니는 카펫에 앉아 가슴께에서 무릎을 끌어안은 채로 침대에 기대 하염없이 울었다.

나는 코트니의 곁에 무릎을 꿇고 앉아 코트니를 끌어안았다.

코트니는 계속 같은 말만 중얼거렸다. "다 끝났어. 다 끝났어. 다 끝났어." 하지만 그 말이 무슨 뜻인지는 알 수 없었다.

아이를 지우고 싶느냐는 말을 차마 입 밖에 꺼낼 수 없었다. 우리 옆 동네에 시술을 해주는 병원이 하나 있었다. 차로 가면 금방인 거리였다. 나는 코트니에게 병원까지 태워다 주겠다고 했다. 그날 하루는 수업을 제치자고 했다. 코트니는 생각해보겠다고만 했다. 그러고는 나를 꼭 안으며 정말 좋은 친구라는 말을 덧붙였다.

"다 괜찮을 거야." 내가 말했다.

코트니는 고개를 저었다. 나를 끌어안은 코트니의 몸이 무참히 떨렸다. 코트니는 눈물 섞인 목소리로 말했다.

"아니. 괜찮지 않을 거야."

"왜 그렇게 생각하는데?"

나를 바라보는 코트니의 두 눈에 눈물이 가득했다. 코트니는 이윽고 입을 떼었다. "타일러 마셜, 기억나?"

타일러는 데스티니의 오빠였다. 우리보다 한 학년 위로 운동선수 특유의 멋진 외모를 가지고 있었으며 우리 무리를 아주 자상하게 대해주었다. 특히 코트니에게 유독 친절했다. 타일러가 코트니를 학교 겨울 댄스 파티에 초대한 일은 우리들 사이에서도 엄청난 이슈였다. 왜냐하면 타일러는 고등학교 1학년이었고 타일러가 초대한 댄스 파티는 말 그대로 진짜 고등학교 축제였기 때문이다. 코트니는 뛸 듯이 기뻐하면서도 어딘지 모르게 불편해 보였다. 그때까지만 해도 나는 그런 코트니의 반응을 이해할 수 없었다. 그러다 나중에서야 이유를 알게 되었다. 코트니는 타일러의 초대에 대해 부모님에게 반드시 알려야 한다고 했다.

코트니는 엘리스와 나에게 집에 같이 가달라고 했다. 코트니는 먼저 엄마에게 댄스 파티 이야기를 꺼냈다. 코트니네 엄마는 박수를 짝짝 치며 즐거워했다. 그러면서 타일러라는 남자애가 누구이며 왜 지금껏 언급 한번 안 했는지 물어왔다. 순간 뭔가가 잘못되었음을 직감했다.

엘리스와 나는 거실 소파에 앉아 텔레비전 드라마를 보고 있었다. 갑자기 엘리스가 소곤거렸다. "아, 씨."

나는 데스티니가 코트니의 집에 놀러 간 적이 없다는 사실을 그날에서야 알게 되었다. 적어도 내가 알기로는 단 한 번도 없었다. 코트니네 부모님은 데스티니가 코트니의 친구라는 사실조차 몰랐던 듯했다. 최근자 학교 소식지를 재빨리 펼쳐 드는 엄마를 향해 코트니가 타일러는 고등학교 농구부 2군 선수라고 조심스럽게 흘렸다. 소식지를 뒤지며 타일러를 찾던 코트니 엄마의 얼굴이 순식간에 창백해졌다.

코트니의 아빠는 다른 방에 있었다. "아빠가 뭐라고 할지 생각 안 했니?" 코트니의 엄마는 목소리를 한껏 낮추어 속삭였다.

코트니의 눈에는 이미 눈물이 가득했다. 엄마의 말은 코트니에게 전혀 들리지 않는 듯했다.

"아, 엄마." 코트니가 다급하게 속삭였다.

"아빠도 아셔야 해."

"그래도, 엄마."

코트니의 엄마는 엘리스와 나를 돌아보았다.

"얘들아, 미안하지만 오늘은 이만 돌아가는 게 좋을 것 같다. 아줌마가 태워다 줄까, 아니면 둘이 엘리스네 집까지 걸어갈래?"

엘리스네 집은 그리 멀지 않았다. 걸어서 10분 정도 걸리는 데 있었고 언덕을 가로지르면 그보다도 덜 걸리는 거리였다. 그렇지만 코트니 엄마의 제안은 어딘가 석연찮았다. 우리끼리 집에 가라니 친구 엄마가 할 소리는 아니지 않은가. 코트니가 왈칵 눈물을 쏟았다.

엘리스가 소파에서 벌떡 일어나 말했다. "저희 걸어갈게요."

하지만 집을 나선 우리는 바로 떠나지 않았다.

엘리스가 집 뒤로 나를 끌고 갔다. 코트니네 거실 쪽이었다. 우리는 몰래 숨어서 코트니네 아빠가 하는 말을 들었다. 코트니 아빠의 커다란 목소리에는 분노가 가득했다.

"절대 안 돼. 내 눈에 흙이 들어가도 내 딸이 검둥이랑 데이트하는 꼴은 절대 못 봐."

그건 단순한 분노가 아니었다. 지금껏 본 적 없는 살의와도 같았다. 그날 이후로 나는 코트니의 부모님을 똑바로 쳐다볼 수 없었다. 코트니네 엄마 아빠를 볼 때마다 코트니 아빠의 말이 떠올랐기 때문이다.

내 방의 바닥에 깔린 카펫에 앉아 두 줄이 선명한 임신 테스트기를 꼭 쥐고 있던 코트니 역시 같은 마음 아니었을까. 타일러 마셜은 3년 전 데스티니네 가족이 이사를 가면서 이 동네를 떴지만, 악몽 같은 그날의 기억은 코트니를 그림자처럼 따라다녔을 것이다. 코트니가 배 속 아기의 아빠가 흑인이라는 사실을 털어놓으면 집에서 무슨 일이 벌어질지 두려워한 건 어찌 보면 당연한 일이었다.

결국 코트니는 아이를 지우지 않았다. 그리고 용기를 내 부모님에게 모든 사실을 털어놓았다. 코트니 말로는 엄마가 자신을 전적으로 이해하며 뭐가 되었든 다 해주겠노라 약속했단다. 그러나 아빠는 아니었다. 들은 체도 하지 않았을뿐더러 댄스 파티 때보다 더욱 화를 내며 고래고래 소리를 질렀다고 했다. 코트니는 늘 아빠의 존재를 두려워하면서 컸지만 그때만큼 아빠가 무서웠던 적은 없었노라고 말하기도 했다.

코트니네 아빠는 기어코 딸을 내치고 말았다. 평생 남편을 두려워하던 코트니네 엄마는 그런 딸을 도와줄 수 없었다.

코트니는 학교도 그만둘 수밖에 없었다. 불행 중 다행으로 사위의 인종 차별을 못마땅해하던 외할머니가 코트니를 자신의 집으로 들여 함께 아기를 키웠다.

코트니는 너무 예쁜 딸 테리를 낳았다. 아이의 눈은 담갈색이었다. 아빠랑 똑같아. 언젠가 코트니가 말했었다. 그 후 코트니는 다신 아이 아빠 이야기를 입에 올리지 않았다. 애 아빠는 책임지고 싶지 않다고 했고 코트니 역시 그의 뜻을 받아들였다. 그리고 아기의 출생 증명서에 아빠는 공백으로 두었다.

같이 살게 된 외할머니의 형편이 그리 넉넉한 편이 아니었기 때문에 코트니는 일을 해야 했다. 코트니는 고3이 되던 해에 학업을 포기하고 검정고시를 쳤다. 나는 이따금씩 코트니를 보러 갔다. 코트니의 새로운 삶에서 나만이 예전의 삶을 떠올릴 수 있는 유일한 연결 고리였다. 코트니는 학교 생활이며 매일 같이 수다를 떨던 친구들의 소식 등을 물어보았다. 몇몇은 꾸준히 연락을 하는 듯 보였지만 대부분은 각자 자기 삶을 사느라 자연스럽게 연이 끊어졌다.

그제서야 나도 한 가지를 깨달았던 것 같다. 시간이 흐르면 고등학교 때 친구들과 잘 만나지 않게 된다는 것, 친구 사이를 유지할 수 있게 해주는 건 학교라는 허울 좋은 건물이라는 것, 그리고 졸업 후 학교를 떠나면 우리를 결속하던 보이지 않는 끈이 끊어지며 비로소 자유의 몸이 된다는 것.

마지막으로 코트니를 만난 건 졸업 후 캘리포니아로 떠나기 직전의 여름이었다. 어느 늦은 밤 코트니의 외할머니가 나에게 전화를 했다. 코트니가 인사불성으로 취했다는 것이다. 나는 곧바로 코트니네 외할머니 집으로 달려가 코트니를 겨우 침대에 눕히고 몇 시간 정도 머물렀다. 그날 밤 우리는 절대 입 밖으로 내서는 안 될 말을 해버렸다.

그 일이 있은 이후로 나는 코트니의 전화와 메일에 한 번도 답장을 하지 않았다. 코트니는 심지어 우리 엄마에게까지 연락을 취해 나한테 무슨 일이 있는 것은 아닌지, 자신이 그날 무슨 큰 실수를 저지른 것은 아닌지 물었다고 했다. 나는 엄마에게 별일 아니라며 코트니에게 답장하겠다고, 우리 사이에 별문제는 없다고 말했다.

물론 그건 거짓말이었다. 최소한 내 입장에서 우리 사이는 그걸로 끝이었다.

7

하이랜드 에스테이트는 고급스러운 이름과는 정반대의 아파트였다. 고속 도로 바로 옆 낡아 쓰러질 것 같은 빌라와는 전혀 매치가 되지 않는 이름이었다.

코트니는 딸과 단둘이 E동에 살았다. 나는 건물 앞 공터에 차를 세우고 시동을 켜둔 채로 도착했다는 문자를 보냈다.

몇 초 후 코트니의 답장이 왔다.

지금 내려가!

문자 뒤에 붙은 느낌표가 묘하게 거슬렸다. 물론 본인은 별 뜻 없이 쓴 거겠지만 즐거움을 상징하는 부호가 오늘 같은 토요일 아침과 썩 어울리지는 않았다. 특히 우리가 오늘 어디를 가는지 생각해 보면 답은 바로 나왔다.

코트니가 E동 현관 앞에 모습을 드러냈을 때 나는 코트니를 알아보지 못했다. 그저 다른 주민이려니 생각했다. 코트니는 쨍한 햇빛을 가리기 위해 이마에 손을 얹으며 몇 걸음 앞으로 나왔고 차 안에 있던 나를 발견했다. 우리 둘의 눈이 마주친 순간 나는 그녀가 누구인지 깨닫고 적잖이 충격을 받았다.

코트니는 고등학교 때도 말랐었다. 하지만 그때는 체조 선수마냥 건강하게 말랐었다. 비록 체조는 훨씬 옛날에 그만두었었지만. 코트니는 아이를 낳고 나서도 그런 몸매를 그럭저럭 유지했었다. 하지만 지금…… 코트니는 말라도 너무 말라 보였다. 건강하게 마른 모습은 더더욱 아니었고.

둘이 말을 맞춘 것도 아닌데 코트니의 옷은 내가 입은 것과 비슷했다. 짙은 색 스커트에 회색 상의, 플랫 슈즈까지.

코트니가 가까이 다가왔다. 예전의 그 우아한 걸음으로 인도를 매끄럽게 날아오듯이. 그러고는 허리를 숙여 열린 창문에 얼굴을 들이대며 말을 걸었다.

"에밀리?"

"어, 코트니."

한껏 신이 난 코트니가 차 문을 힘껏 열어젖히고는 조수석에 올라탔다. 코트니는 콘솔 너머로 손을 뻗어 나를 꼭 끌어안았다. 코트니에게서 샴푸 냄새와 향수 냄새가 뒤섞인 향이 났다.

"얘, 너무 오랜만이다. 언제 마지막으로 봤는지 기억도 안 나."

예기치 못한 포옹에 솔직히 깜짝 놀랐다. 나는 포옹을 그다지 즐기지 않았다. 고등학교 졸업 이후로 늘 그랬다. 중학교 때야 복도에서 마주치기만 하면 서로 껴안고 볼에 가벼운 입맞춤도 하고 그랬다지만, 지금은 남과 그렇게 가깝게 몸을 맞대고 안는다는 생각만으로도 입안이 텁텁해졌다. 물론 엄마나 대니얼과의 포옹은 별개였다(최근 대니얼을 안는 일은 거의 없었지만). 그러나 친구, 그것도 몇 년간 한 번도 본 적 없는 친구라면 이야기는 완전히 달랐다.

코트니가 의자에 몸을 깊숙이 기대다가 내 약지에 끼워진 다이아 반지를 발견하고는 가까이 보겠다며 얼굴을 훅 들이밀었다.

"어머나, 세상에, 알 굵은 것 좀 봐! 약혼한 줄 몰랐어. 축하해!"

어쩌면 코트니가 또다시 나를 끌어안을지도 모른다고 생각했다. 하지만 코트니는 그저 다이아만 뚫어져라 쳐다보았다. 다이아의 크기는 적당했지 그렇게 오래 구경할 만큼 알이 굵지 않았다. 대니얼과 만나고 결혼 이야기를 나누기 시작하면서부터 나는 그에게 반지 크기는 전혀 상관없다고 누누이 말했었다. 사실 그런 이야기를 할 필요도 없었다. 반지에 다이아몬드가 부재하더라도 나는 그저 행복했을 터였다. 물론 중학교 시절의 나는 이 생각에 전혀 동의하지 않았겠지만, 어찌 보면 이게 바로 그때의 나와 지금의 나의 큰 차이라고 할 수 있었다.

나는 손을 거두고 다시 운전대를 잡았다.

"고마워. 네가 먼저 묻기 전에 다 불게. 대니얼이야. 응급실 간호사고."

"멋있네. 사진 있니?"

내가 뭐라고 대답하기도 전에 코트니는 자기 휴대폰을 꺼내 나에게 들이밀었다.

휴대폰 배경 화면은 어린 소녀였다. 당연히 테리일 터였다. 한 열 살 정도 되었을까. 아이는 검은 머리카락을 똥 머리처럼 틀어 올린 모습을 하고 있었다. 양 뺨에는 보조개가 패여 있었다. 언젠가 제 엄마가 말했던 것처럼 아빠와 똑같은 담갈색 눈동자도 여전했다. 얼굴은 코트니를 쏙 빼닮았다.

"너무 예쁘다." 내가 말했다.

같이 화면을 보려고 살짝 기울이는 코트니의 얼굴에 환한 빛이 돌았다. 그녀의 왼쪽 손목 안쪽에 '테리'라고 새긴 비스듬한 레터링 타투가 보였다.

"예뻐. 그리고 엄청 똑똑해. 내 딸이라서 하는 소리가 아니라 애가 정말 신동 같아. 학교 성적도 다 A야. 일주일에 책 두 권은 거뜬히 읽고. 놀라워."

"그러네. 애는 어디 있어?"

"베이비시터랑 집에. 언제 한번 들러. 에밀리 이모라고 하면 정말 좋아할 거야."

에밀리 이모. 그 소리를 몇 년 만에 듣는지 모르겠다. 코트니는 테리를 갖고 나서부터 줄곧 나를 그렇게 부르곤 했다. 아기에게는 할머니, 할아버지도 없고 오직 엄마와 증조할머니, 그리고 에밀리 이모뿐이라고 했다. 그 시절에는 그 말이 귀엽게 들렸었는데, 지금은 딱히 그렇지 않았다.

코트니가 휴대폰을 가방에 쏙 밀어 넣으며 나를 보고 웃었다. 이렇게 가까이 앉아 있으니 코트니의 얼굴이 한눈에 들어왔다. 코트니는 금발 머리를 포니 테일로 묶고 군데군데 분홍색 헤어 피스를 붙이고 있었다. 메이크업은 전혀 하지 않은 맨얼굴이었다.

"왜?" 내가 되물었다.

그녀의 초록색 눈동자가 휘둥그레졌다.

"뭐야? 안 보여줄 거야?"

사진을 보여주기 전까지는 결코 출발할 수 없다는 사실을 깨닫고 나는 휴대폰을 뒤적여 대니얼의 사진을 찾아보았다. 약혼한 사이라고 하기에는 사진이 너무 없었다. 작년 즈음이었나, 언제부터인가 대니얼과 나의 시간을 굳이 기록할 필요가 없다는 생각이 들었었다. 대니얼도 마찬가지였다.

　마침내 작년쯤 함께 하이킹을 갔다가 찍은 사진을 찾아냈다. 대니얼은 티셔츠를 입고 어깨에 백팩을 메고 있었다. 선글라스를 껴서 얼굴이 제대로 보이지는 않았지만 입은 웃고 있었고 내 눈에도 꽤 잘 나온 사진이었다. 갑자기 대니얼의 휴대폰에도 내 사진이 있을지 궁금해졌다.

　코트니가 휘파람을 불었다.

　"어머, 잘생겼다."

　나는 휴대폰을 다시 가방에 넣으며 드디어 모든 과정이 끝났음에 안도했다.

　"고마워. 바로 출발하자. 이러다 늦겠어."

8

그레이슨 장례식장의 커다란 빈소는 차분하고 어두운 색 벽지로 되어 있었다. 작은 탁자들에 놓인 꽃 장식이 장소에 걸맞은 분위기를 자아냈다. 접이식 의자는 모두 펼쳐져 있었다. 의자는 50개쯤 되어 보였고 대부분의 사람들이 이미 착석해 있었다.

관 앞으로 짧은 줄이 이어졌다. 우리가 서 있는 곳에서도 올리비아의 얼굴을 볼 수 있었다. 두 눈이 감긴 올리비아는 평온해 보였다.

올리비아의 부모님이 조문객을 맞고 있었다. 그리고 좀처럼 이름이 기억나지 않는 올리비아의 여동생도 함께였다. 아마 우리보다 두 살 정도 어릴 것이다. 올리비아네 집에 놀러 가서 몇 번 본 것 말고 여동생과 별다른 교류는 없었다. 올리비아의 아빠는 은행에서 일했었다. 무슨 대출 관련 일을 한다고 했던 것 같고, 엄마는 회계사였다. 아무튼 중학교 때는 그랬다.

코트니가 앞장섰다. 장례 일정이 적힌 브로슈어를 한 손에 들고 앞서 나가 올리비아의 엄마와 짧은 포옹을 했다. 올리비아의 엄마는 처음엔 뜨악한 얼굴로 눈앞의 젊은 두 여자가 대체 누구인가 생각하는 눈치였다. 그러다 누군지 알아보겠다는 듯 얼굴이 폈다.

올리비아의 엄마가 억지로 슬픈 미소를 지으며 물었다. "코트니 설리번, 맞지?"

코트니가 고개를 끄덕였다. 잠시 얼굴에 안쓰러움이 배어났다. 코트니가 나에게 손짓하며 말했다.

"같이 왔어요. 소식 듣고 얼마나 놀랐는지 몰라요. 고인의 명복을 빕니다."

올리비아 엄마의 시선이 나를 향했다. "잘 있었니, 에밀리?"

그녀의 차분하고 높낮이 없는 말투에 마음속 뭔가가 시들어가는 듯했다.

나는 입꼬리를 끌어 내리며 말했다. "안녕하셨어요, 아줌마."

올리비아네 엄마는 재빨리 손을 내밀었다. 두 번 다시 예상치 못한 포옹은 하고 싶지 않다는 완곡한 표현이었다. 그녀의 앙상한 손을 맞잡았다. 손이 종잇장처럼 퍼석했다.

"이렇게 와주다니 정말 고맙다. 네 엄마가 네가 올 수도 있단 얘기를 하긴 했는데 이렇게 진짜로 올 줄은 몰랐네." 올리비아네 엄마가 말했다.

나는 뭐라 답해야 할지 모르겠기에 그저 고개만 끄덕였다. 그러고는 그녀의 손을 슬쩍 내려놓고 올리비아의 여동생에게 몸을 돌렸다.

코트니가 먼저 입을 열었다. "너, 에밀리 베넷 아니? 에밀리, 너도 캐런 기억하지?"

캐런의 오밀조밀 동그란 얼굴이 올리비아와 똑 닮았다. 캐런은 타이트한 검은 원피스에 긴 갈색 머리를 어깨에 늘어뜨린 모습이었다. 왼손에 똘똘 뭉친 휴지를 쥐고 우리에게 미소를 던지며 코끝을 닦았다.

"와주셔서 감사해요. 언니의 다른 동창분들은 아직 못 봤는데."

장례식장을 잠깐 돌아보니 연령대가 있는 사람들뿐이었다. 대부분 올리비아 부모님 연배의 사람들로 표정들이 사뭇 진지했다. 올리비아의 직장 상사들이거나 부모님의 직장 사람들이 아닐까 싶었다.

캐런이 손으로 가리키는 맨 앞줄에 한 남자와 어린 남자아이가 회색 양복을 입고 앉아 있었다. 캐런은 그들이 남편 제리와 아들 댈러스라고 했다. 뿔테 안경을 쓴 캐런의 남편은 아들을 무릎에 앉히고 휴대폰으로 아이의 관심을 끌기 위해 애쓰는 중이었다.

캐런은 눈물을 찍어내며 말했다. "두 사람이 온 걸 알면 언니가 무척 고마워할 거예요. 정말로요."

코트니가 손을 내밀어 캐런의 팔을 부드럽게 쓰다듬고 살포시 잡았다가 놓았다. 그러고는 그대로 관으로 다가갔다.

코트니의 뒤를 따르는데 배 속이 오그라드는 것 같았다. 죽은 사람을 보는 게 무서워서가 아니었다. 올리비아는 친구였다. 한때나마, 비록 아주 오래전이라고 해도. 남자애들에 대해 수다를 떨던 친구, 비밀을 공유했던 친구, 서로의 손톱에 매니큐어를 칠해주던 친구.

여기 그런 올리비아가 누워 있었다.

올리비아의 얼굴은 편안해 보였다. 보기에는 그랬다. 불현듯 올리비아 엄마가 페이스북에 올렸던 글이 떠올랐다. 올리비아의 삶이 얼마나 고통스러웠는지, 그리고 어떻게, 왜 스스로 생을 마감했는지는 미스터리였지만 적어도 저 자리에 누운 지금 이 순간만큼은 편히 쉬는 것 같았다.

◇

비밀.

중학교 여자애들에게 비밀은 가장 유용하고 가치 있는 수단이다. 비밀은 우정을 형성하는 힘과 깨뜨리는 힘 모두를 지니고 있어서 누가 되었든 그것에 집착하게 만든다. 우리는 뒷담화를 좋아했지만 무리 내에서의 일에 대해서 외부에 발설하지 않는다는 우리만의 규칙이 있었다. 특히 우리가 그레이스 파머에게 한 짓을 절대 입 밖에 내선 안 된다며 매켄지가 강요했던 피의 맹세에서 비롯된 비밀은 유독 기이한 힘을 발휘했다.

비밀은 하피스에 소속되려면 필수였다. 비밀은 우리를 지탱하는 기반이었다. 우리 관계는 비밀로써 굳건해졌다.

중학교 2학년 어느 날이었다. 학기 초, 그러니까 그레이스가 전학 오기 몇 달 전이었다. 당시 내 신세는 바람 앞의 등불처럼 위태로웠다. 하루는 체육관 밖 화장실에서 올리비아를 마주쳤다. 올리비아는 화장실 칸 안에서 고양이마냥 가냘픈 소리로 울고 있었다.

나는 화장실 문을 두드리며 물었다. "괜찮아?"

흐느낌이 멎고 몇 초가량 정적이 흐른 후 올리비아가 대답했다.

"괜찮아."

"올리비아?"

또다시 정적이 흐르더니 딸칵 소리를 내며 문이 활짝 열렸다. 올리비아가 선 채로 눈물을 훔치고 있었다.

"에밀리?"

"무슨 일 있어?"

"아무것도 아니야."

"무슨 일인데."

"아무 일도 아니라니까."

나는 고집스러운 얼굴로 팔짱을 꼈다. 엘리스가 다른 애들의 헛소리를 막을 때 짓던 표정을 따라 해보았다. 엘리스는 그런 제스처를 두고 법정에서 변호사나 범죄자의 궤변을 차단하는 아빠에게 배운 거라고 했다.

올리비아는 눈을 비비며 코를 훌쩍였다.

"그냥 좀 내버려둬. 알겠니?"

평소대로라면 올리비아의 말대로 했을 것이다. 고개를 끄덕하며 사과하고는 급히 화장실을 빠져나갔겠지. 마치 아무 일도 없었던 것처럼 태연하게 행동하면서. 하지만 그날따라 올리비아의 태도가 어딘가 석연찮았다. 그래서 나는 엘리스나 매켄지가 하던 대로 화장실 칸 안에 불쑥 들어갔다.

처음에는 올리비아의 식탐과 관련된 일일 거라고 생각했다. 전날 올리비아가 가방에서 몰래 오레오 쿠키를 꺼내 먹는 모습을 목격했던 까닭이었다. 하지만 올리비아의 표정이 좀 달랐다. 나는 문득 떠오른 첫 질문을 던졌다.

"혹시 누가 때렸어?"

올리비아의 두 눈이 커다래졌다. "아니! 그런 거 아니야."

"그럼 대체 뭔데?"

내가 포기할 기미가 없다는 걸 눈치챈 건지, 아니면 누구에게라도 털어놓고 싶었던 건지 모르겠지만 올리비아가 한숨을 내뱉으며 말했다.

"그냥," 올리비아는 화장실 너머로 눈을 돌려 나의 시선을 피하고는 울음을 삼키며 입을 열었다. "엄마랑 아빠가……."

"부모님이 왜?"

"어젯밤에 엿들었는데. 둘이 싸우더라고. 근데 둘이……," 올리비아의 목소리가 갈라졌다. 두 눈에 다시 눈물이 차올랐다. "둘이 이혼할 건가 봐."

올리비아에게 뭐라고 말해주어야 할지 떠오르지 않았다. 학교에 부모님이 이혼한 애들은 있었지만 우리 중에서는 없었다. 우리 엄마 아빠가 이혼한다는 건 상상조차 해보지 않았다. 물론 우리 부모님도 싸울 때가 있었고 말 한마디 없이 냉랭한 분위기 속에서 저녁을 먹은 적도 있지만, 부모님의 사랑은 완전했기에 두 사람은 헤어져선 안 되었다. 나는 부모님의 이혼을 생각하는 것만으로도 하늘이 무너지는 듯했다. 나는 부모님의 이혼 이야기를 우연히 듣게 되는 상상을 해보았다. 나 역시도 화장실에 틀어박혀 문을 걸어 잠그고 한바탕 울음을 쏟아낼 게 분명했다.

"아무한테도 말하면 안 돼." 올리비아가 강렬한 눈빛으로 말했다. "캐런은 아무것도 몰라. 그리고 동생이 알게 하고 싶지 않아. 다른 애들한텐 절대 말 안 하겠다고 약속해. 제발."

비밀이었다. 우리 둘 사이의 비밀.

"약속할게."

나는 약속을 지켰다. 내심 뿌듯했다. 그리고 2주 정도 지난 어느 날 우리 모두는 매켄지의 집에 모였다. 올리비아는 도착 전이었다. 그때 매켄지가 우리를 둘러보며 몸을 수그리고 목소리를 한껏 낮추었다.

"올리비아가 절대 말하지 말라고 그랬는데. 너희 그거 알아? 걔네 엄마 아빠 얘기."

데스티니가 되물었다. "무슨 얘기?"

"걔네 집 이혼한대!" 매켄지가 무슨 즐거운 일이라도 생긴 양 깔깔거리며 말했다. 나머지 애들은 흠칫 놀라 숨을 들이마셨다. 나는 매켄지가 올리비아의 비밀을 발설할 거라 예상했지만 아무것도 모르는 척하며 다른 애들처럼 놀란 얼굴을 했다.

나중에 알고 보니 두 분의 사이는 이혼할 만큼은 아니었다. 물론 올리비아네 부모님은 별거까지도 생각했지만 결국은 함께하기로 결정했던 모양이다. 어쨌든 그날 다른 애들 앞에서 나도 처음 듣는 이야기라는 듯 깜짝 놀라는 시늉을 해야만 했다. 올리비아와 나 사이에는 그 어떤 비밀도 없었던 것처럼, 다른 애들 빼고 우리 둘만 아는 비밀은 없었던 것처럼.

사실 애초에 비밀은 없었던 게 맞았으니까.

◇

소동은 장례식 도중에 일어났다. 캐런은 올리비아가 자기 결혼식에서 신부 들러리를 섰던 이야기를 했다. 올리비아는 엄청나게 긴장했지만 완벽한 축사를 해주었다는 일화에 모두가 울고 웃었다.

막 결혼한 여동생 부부를 위해 올리비아가 자작시를 낭송했다는 부분을 듣는데 장례식장 복도에서 분노에 찬 목소리가 들려왔다. 장례식장 문이 활짝 열리며 30대 초반 정도로 보이는 덩치 큰 남자가 뚜벅뚜벅 걸어 들어왔다. 대머리에 수염이 덥수룩한 남자는 검은 정장 바지와 셔츠를 입고 넥타이를 매고 있었다. 남자가 장례식장 안으로 쳐들어오자 올리비아의 아빠가 자리를 박차고 일어나 그를 향해 삿대질을 하며 말했다.

"자네 같은 불청객은 필요 없네."

소리만 지르지 않았지 올리비아 아빠의 한마디, 한마디에는 격한 분노가 배어 있었다. 조문객들은 숨을 죽이고 남자를 쳐다보았다.

남자는 항복하듯 두 손을 들어 올리며 몇 걸음 더 걸어 들어왔다. "그저 마지막으로 한 번만 보고 싶어서 왔습니다."

장례식 프로그램을 나누어주던 젊은 남자가 헐레벌떡 들어왔다. 그는 올리비아를 찾아온 남자와 올리비아네 아빠 사이를 몸으로 가로막으며 말했다.

"선생님, 분명히 말씀드렸잖아요. 들어오시면 안 됩니다. 안 나가시면 경찰을 부르겠습니다."

올리비아의 아빠는 통로를 따라 남자 쪽으로 걸음을 옮겼다. 그의 얼굴에는 그 어떤 표정도 없었다. 빠르게 걸음을 옮기면서도 결코 서두르는 기색을 내비치지 않았다.

"필립, 나가게."

필립이라는 이름의 남자가 고개를 저었다. 그의 눈에 눈물이 가득 고였다. "그렇지만⋯⋯."

"아니!" 올리비아의 아빠가 검지손가락을 들어 올려 필립을 똑바로 가리켰다. "여기서 이러지 말게. 오늘은 안 돼. 그 애의 마지막을 더럽히지 말게."

캐런의 남편 제리가 안고 있던 아들을 장모에게 넘겨주고 자리에서 일어섰다. 그러더니 통로를 빠르게 가로질러 장인의 뒤를 보아주려는 듯 다가섰다.

그때 다시 장례식장 문이 활짝 열리며 새로운 남자가 필립을 지나 장례식 프로그램을 나누어주던 젊은 남자 곁에 섰다. 나이가 지긋한 남자는 어두운 색 정장을 입고 있었다. 장례 지도사인 것 같았다.

"경찰이 오는 중이오." 그가 말했다.

경찰을 불렀다는 소리에 필립은 그 자리에 얼어붙어버렸다. 그의 시선이 올리비아가 누워 있는 장례식장 앞쪽의 관을 향했다. 필립은 소리 없이 눈물만 흘렸다. 몇 초가 지났을까, 그의 어깨가 수그러졌다. 필립은 고개를 푹 떨군 채 몸을 돌려 그대로 장례식장을 빠져나갔다.

올리비아의 아빠와 제부가 자리에 돌아오고 장례 지도사가 사람들에게 사과의 말을 전하는 사이에 몇 분이 더 흘렀다. 캐런은 손에 휴지를 꼭 쥐고 가만히 서 있었다. 이 일이 벌어지기 전까지 캐런이 무슨 이야기를 하는 중이었는지 아무도 기억하지 못했다.

"음…… 어디까지 말했는지 모르겠네요." 캐런이 잠시 말을 고르며 혀로 마른 입술을 축였다. "그냥 처음부터 다시 할게요."

◇

10분 거리에 장지가 있었다. 흰 천막이 쳐져 있고 그 아래에 의자가 몇 개 놓여 있었다. 올리비아의 엄마와 동생이 앉을 자리였다. 캐런이 아들을 돌보는 사이 올리비아의 아빠와 제부가 다른 남자들과 운구차에서 관을 들었다.

코트니와 나는 조문객 틈에 섞여 있었다. 날씨가 아주 화창했고 대부분의 사람들이 선글라스를 끼고 있었다. 플랫 슈즈를 신어서 다행이었다. 안 그랬으면 구두 굽이 땅에 푹푹 빠졌을 것이었다.

조문객들이 착석을 마치자 올리비아의 아빠와 제부도 관을 내려놓고 가족석에 가 앉았다. 목사가 기도를 시작했다.

기도가 절반쯤 지났을까, 곁에 있던 코트니가 팔을 잡아당겼다.

나는 고개를 돌려 그녀를 보았다. 코트니가 턱끝을 까딱거렸다. 코트니의 선글라스 때문에 무슨 뜻인지 알 수 없었다. 물음표가 가득한 내 얼굴을 본 코트니는 뺨을 씰룩거리며 반대 방향을 가리켰다. 나는 코트니가 가리키는 곳으로 시선을 돌렸다.

묘지 너머 한 50미터 정도 떨어진 곳에 픽업트럭 옆에 서 있는 필립이 보였다.

때마침 목사가 기도를 마쳤다. 그러자 올리비아의 아빠가 자리에서 일어났다. 그는 뚜벅뚜벅 묘지를 가로지르며 묘석을 지나쳐 필립에게 다가갔다. 올리비아의 아빠는 아무 말없이 조문객 무리 끝까지 걸어가 부동자세로 섰다.

필립은 꽤 오랫동안 꿈쩍하지 않은 채 선 자리에서 픽업트럭에 몸을 기대고 가만히 있었다. 마침내 졌다는 듯 그가 고개를 저으며 차에 올라탔다. 잠시 후 필립이 탄 차가 묘지 출입구 쪽의 언덕으로 내려갔다.

올리비아의 아빠는 픽업트럭이 시야에서 사라질 때까지 잠자코 서 있었다. 마침내 차가 사라져 보이지 않자 제자리로 돌아왔다.

"죄송합니다, 목사님. 다시 진행하시죠."

◇

모든 의식이 종료되었다. 관이 땅속에 내려졌고 조문객 또한 눈치 보지 않고 자리를 떠도 괜찮을 정도로 시간이 흘렀다. 나는 곧장 차로 갔다. 코트니가 원한다면 얼마든지 남아서 못다한 이야기를 나누면 되고, 나는 그저 그런 수다가 끝나길 기다리면 그만이었다.

그러나 한 발자국도 못 가 캐런에게 붙잡히고 말았다.

"집에서 조문 오신 분들을 대접하려고 하는데 두 분 같이 가실래요?"

내 입술이 거절의 의사를 내비치기 위해 움직이려고 하는데, 코트니가 선수를 쳤다.

"당연하지, 캐런. 우리 둘 다 꼭 가야지."

9

추모식을 위해 차려진 콜드 컷(바로 먹을 수 있는 슬라이스 냉육 – 옮긴이)과 채소 플래터는 입에 대고 싶을 정도로 맛있어 보이지 않았다. 게다가 자리가 자리인 만큼 입맛도 딱히 없었다. 하지만 코트니는 아니었다. 코트니는 작은 일회용 접시에 당근, 셀러리, 칠면조 롤, 슬라이스 치즈를 산처럼 쌓아 올리는 데 여념이 없었다. 그러다 그런 그녀를 물끄러미 바라보는 내 시선을 의식했는지 음식을 담다 말고 물었다.

"배 안 고프니?"

"응."

"난 너무 배고파. 하루 종일 아무것도 못 먹었어."

코트니는 다시 접시로 시선을 돌려 햄 롤을 하나 더 집어 담았다. 그러고 나서야 다 되었다는 듯 나를 향해 고갯짓을 건넸다.

한 걸음 물러서서 집 안을 쭉 둘러보았지만 마땅히 앉을 데가 없었다.

우리보다 나이가 많거나 젊거나 아니면 우리 또래이거나 하는 차이만 있을 뿐 죄다 모르는 얼굴들이라는 공통점을 가지고 있었다. 사람들은 평소처럼 말하면 올리비아를 추모하는 데 해가 되기라도 하듯 목소리를 낮추어 속닥거렸다.

코트니가 부드러운 손짓으로 나를 두드리며 귓속말로 소곤거렸다. "이쪽으로 가자."

나는 사람들을 헤치고 나아가는 그녀의 뒤를 따라갔다. 다른 건 모르겠고 마침내 자리를 옮길 수 있게 되어 기쁜 마음뿐이었다. 나는 아까부터 올리비아네 엄마를 지켜보고 있었다. 그녀는 마주치는 모든 사람들에게 와주어서 고맙다는 인사를 건네며 집을 왔다 갔다 했다. 나는 가능하면 그녀의 인사를 피하고 싶었다. 비록 그녀의 말투는 무미건조했으나 자리에 알맞은 태도를 유지하려고 애쓰는 게 보였다. 아마도 죽은 딸이 지척에 누워 있으니 예의상으로라도 성미를 죽이고 있는 게 아닌가 싶었다.

올리비아의 엄마는 이런 자리에서까지 본성을 그대로 드러내진 않을 것 같았다. 적어도 오늘은 아니었다. 조문객으로 가득 찬 자기 집에서 그럴 일은 없지 않을까. 하지만 14년 전 그녀를 마지막으로 보았을 때 그녀는 불편한 심기를 드러내는 데 주저하지 않았었다. 당시 올리비아의 엄마는 딸 올리비아가 친구를 잘못 사귄 탓에 그 사달이 났다고 결론 내렸다. 그녀의 눈에 비친 올리비아는 나쁜 친구들의 꼬임에 넘어간 한없이 순진하고 착한 딸이었다.

우리가 중학생이었을 때는 올리비아네 엄마가 우리에게 아주 잘해주었었다. 집에서 자고 가라고 초대해주었고 쇼핑몰이나 영화관까지 태워다 주기도 했다. 그녀는 이른바 쿨한 엄마가 되고 싶어 했다. 우리가 의지하고 비밀도 털어놓을 수 있는 친구 같은 엄마. 하지만 그 일이 있고 나서 그녀는 우리를 모르는 척하기 바빴다.

코트니와 나는 집 뒤편의 테라스로 갔다. 사람들은 야외에서도 조용하게 대화를 나누고 있었다. 새로 산 듯한 야외용 의자가 여러 개 펼쳐져 있었고 몇 개는 가격표가 그대로 달려 있었다. 코트니가 의자 하나를 끌어오고 나도 의자 하나를 집어와 한쪽에 앉았다. 나는 가만히 사람들을 구경했고, 코트니는 샌드위치를 한 입 베어 물었다.

관심을 좀 돌려보고자 가방에서 휴대폰을 꺼냈다. 상상의 세계에서는 휴대폰에 대니얼의 문자가 와 있었을 테다. 장례식은 어떻게 되어가고 있는지 물으며 보고 싶다는 짤막한 메시지와 함께 키스 이모티콘을 보내지 않았을까. 하지만 현실은 정반대였다.

휴대폰을 가방에 도로 집어넣는데 코트니의 시선이 느껴져 고개를 돌렸다.

"약혼자한테 문자 왔나 보는 거야?"

무슨 이유에서였는지 나는 대니얼에게서든 아니면 다른 누구에게서든 아무 연락이 오지 않았다는 걸 인정하고 싶지 않았다. 그래서 그저 고개를 끄덕이며 그렇다고 대답했다.

"그 남자 이름이 뭐라고?"

"대니얼."

"의사라고 그랬나?"

"응급실 간호사."

두 번째 샌드위치를 베어 물며 코트니가 말했다.

"엄청 힘들 것 같다. 결혼식은 언제야?"

"아직 못 정했어. 코트니, 우리 여기서 뭐 하고 있는 거니?"

내 목소리에 담긴 조급함을 눈치챘는지 잠자코 나를 바라보던 코트니가 한 입 남은 샌드위치를 입에 넣었다.

"올리비아를 추모하고 있잖아."

나는 코트니의 눈을 똑바로 쳐다보며 말했다. "그건 아까 이미 했잖아. 장례식도 참석하고 관에 누워 있는 고인도 보고."

코트니는 어깨만 으쓱하고는 셀러리를 씹었다. "오늘 이거 말고 다른 일정 있어?"

대답을 하려고 보니 아침부터 차츰차츰 쌓여가던 짜증이 불현듯 확실해졌다.

가십. 그랬다. 이 모든 게 다 소문 때문이었다. 코트니는 그 누구보다도 남 얘기를 좋아했다. 불과 어제만 해도 코트니가 내게 뭐라고 했던가. 페이스북을 몇 시간을 뒤져서 올리비아가 어떻게 세상을 떠났는지 알아내려 했다고 하지 않았던가. 올리비아의 죽음과 아무 상관도 없으면서 뭐라도 알아내기 위해 이렇게 죽치고 있는 것이었다.

코트니의 표정을 보아 하니 코트니도 내가 제 속을 간파했다는 걸 알아챈 모양이었다. 코트니는 내가 어떤 반응을 보일지 몰라 머뭇거리는 눈치였다. 그러다 별안간 나에게서 시선을 거두고 내 등 뒤의 누군가를 향해 미소를 지으며 자리에서 일어났다.

캐런이었다. 캐런은 팔을 뻗어 코트니를 안았다. 두 사람의 포옹이 끝나고 캐런은 몸을 돌려 나를 내려다보며 가볍게 안아주었다.

"둘 다 와줘서 너무 고마워요. 부모님도 말씀은 안 하시지만 굉장히 고마워하세요."

"당연하지." 코트니가 대답했다. "당연히 와야지."

다시 만난 캐런의 화장이 깔끔했다. 눈밑으로 살짝 번져 있던 마스카라도 깨끗이 정리되어 있었다. 캐런이 마당을 돌아보았다. 몇 발짝 떨어진 곳에 사람들이 무리 지어 있었다. 캐런이 한숨을 푹 내쉬었다.

"하아, 술이나 한잔했으면 좋겠어요. 부모님한테 마실 걸 좀 내야 한다고, 최소한 와인이라도 준비하자고 했는데 들은 체도 안 하시더라고요."

두 사람이 서 있으니 나도 슬그머니 자리에서 일어섰다.

코트니가 조심스럽게 입을 열었다. "뭐 하나 물어봐도 돼?"

"뭐일지 알 것 같네요." 캐런이 대답했다. "장례식에 온 남자가 누군지 궁금하신 거죠?"

"올리비아가 그렇게 간 게 그 남자 때문이야?"

왜인지는 모르겠지만 코트니의 대담한 질문에 심기가 불편해졌다. 나는 눈살을 찌푸렸지만 코트니는 개의치 않고 캐런의 답을 기다렸다.

캐런은 다시 한번 긴 숨을 토해내며 고개를 저었다.

"아무것도 모르시는구나. 당연히 모를 수밖에요. 부모님이 얘기하는 걸 영 내키지 않아 하시니까. 사실 뉴스에도 나왔었어요. 언니 이름이 직접 실리진 않았지만요."

코트니가 최대한 아무것도 모른다는 표정을 지으며 되물었다. "대체 무슨 일인데?"

캐런은 테라스를 힐끗 돌아보며 엿듣는 사람이 없는지 재차 확인한 후 이윽고 입을 열었다.

"자살이에요." 캐런이 속삭였다. "다리에서 뛰어내렸어요. 서스케하나강에 있는 다리에서."

손으로 입을 틀어막은 코트니의 두 눈이 커다래졌다. "세상에, 이게 무슨 일이니."

캐런은 고개를 끄덕였다. 아랫입술이 바르르 떨렸다. "그냥 모든 게 다 끔찍해요. 우리가 알기론 필립 때문이었어요."

내가 물었다. "왜?"

"둘은 약혼까지 한 사이였어요. 만난 지 한 1년 반 정도 됐는데. 사귀고 두 달 만에 그 남자가 바람을 피웠어요. 제가 보기에 그 남자는 관상이 딱 그랬어요. 있잖아요, 왜, 바람 피우게 생긴 남자. 무슨 말인지 알죠?"

우리가 그렇다는 뜻으로 고개를 끄덕이길 기다리던 캐런은 어떤 놈들이 바람을 피우는지 잘 안다는 우리의 표정에 만족해하며 설명을 이어나갔다. "전 단 한 번도 그 남자를 믿은 적이 없어요. 딱 보기엔 괜찮아 보여요. 부모님한테도 얼마나 예의를 차렸는데요. 저한테도요. 근데 어딘가 수상쩍은 낌새가 있었어요."

캐런이 테라스 주변을 돌아보며 다시 한번 아무도 듣는 사람이 없는지 확인했다. 그리고 의자를 하나 끌어와 우리 곁에 앉았다.

몸을 한층 수그린 캐런의 목소리엔 비밀스러운 구석이 있었다. 어느 날 밤 필립은 친구와 술을 마셨다. 인사불성으로 취한 그는 예전에 만났던 여자 친구와 하룻밤을 보냈다. 그리고 며칠이 지나서 올리비아에게 그 사실을 털어놓았다.

필립은 올리비아에게 더 빨리 말하지 못해 죄책감이 심했다며 한 번만 용서해달라고 빌었다.

"그리고 어떻게 된 줄 아세요?" 캐런이 고개를 내저으며 말했다. "용서를 해줬어요, 언니가. 전 미쳤다며 말렸어요. 미안할 짓을 한 놈은 차버려야 한다고 하면서요. 문제는 언니가 그놈을 너무 좋아했어요. 술에 취해서 그런 개 같은 일이 벌어진 거라면서 이해한대요. 언니한테 미쳤다고 했어요. 하지만 언니는 그 남자한테 푹 빠져서 신경도 안 쓰더라고요."

그 일이 있고 한 1년간은 별다른 문제없이 평범한 나날들이었다고 캐런은 말했다. 필립은 늘 행동에 조심했다. 그렇게 청혼을 하고 가을에 결혼을 하기로 하고 날짜도 정했다. 올리비아는 캐런이 지금껏 보았던 그 어떤 모습보다도 행복해 보였다고 했다. 필립을 사랑했고, 페이스북에 필립의 사진을 올리며 데이트 사진에 태그를 걸었고, 필립과의 상태를 업데이트하며 온갖 하트 이모티콘을 달았다. 올리비아는 캐런에게 되도록 빨리 아이를 갖고 싶다고도 했다.

모든 게 완벽했다. 여기까지 말하고 캐런은 고개를 흔들며 말을 멈추었다. 그러다가 필립이 또 바람을 피웠다는 것이다.

코트니의 눈이 번뜩였다. "또?"

"네. 이번엔 그 새끼가 사실대로 고백할 예의조차 밥 말아먹었죠."

마음속 한편으로는 더 이상 대화에 참여하고 싶지 않았다. 어쨌거나 뒷담화 아닌가. 고인이 된 올리비아에게 못할 짓 같았다. 그러나 마지막 부분에서 호기심이 일었다.

"그럼 올리비아가 어떻게 알았어?"

"그 못된 년이 사진을 보냈어요."

캐런이 자기도 모르게 목소리를 높였다. 그녀가 재빨리 테라스를 돌아보며 다른 사람들이 자신을 쳐다보는 건 아닌지 살폈다. 그러고는 다시 우리를 향해 몸을 수그렸다.

코트니가 물었다. "필립이랑 바람을 피운 여자가 올리비아한테 사진을 보냈다고?"

"그렇다니까요. 믿기세요? 세상에 누가 그런 미친 짓을 해요?"

뭐라고 덧붙일 말이 없어 나는 고개만 내둘렀다.

"잠깐만. 그럼 필립이 두 번이나 바람을 피워서 그거 때문에 올리비아가 자살을 했다는 거야?"

캐런의 눈빛이 형형하게 빛났다. 마치 일련의 일들이 다시 벌어지기라도 한 듯 화가 잔뜩 난 얼굴이었다. 필립이 눈앞에 다시 나타나기라도 한다면 야구 방망이를 들고 그를 쫓아갈 듯한 기세였다.

"제 말이요. 언니는 우울증이 심했어요. 약을 먹고 있었는데 그년이 사진을 보내버려서 언니가 완전 망가진 거죠. 언니가 울면서 전화를 했었어요. 그 새끼가 또 바람을 피웠다고 하면서요. 전 그냥," 캐런이 다시 말을 멈추었다. 캐런의 얼굴에 안타까움이 서렸다. "언니한테 말했어요. 그놈한테 뭘 기대했냐고. 한번 바람 피운 놈은 또 피우는 법이라고. 그 말은 하지 말걸. 언니 시신을 찾자마자 그런 생각이 드는 거예요. 내가 모진 말만 하지 않았어도……."

캐런은 목이 메어 말을 잇지 못했다. 눈물이 흘러 다시 마스카라가 번졌다.

코트니가 냅킨을 건네고는 조용한 목소리로 캐런을 위로하며 말했다. "절대 너 때문이 아니라는 거 알잖아."

캐런이 눈가를 닦으며 울음을 삼켰다. "알아요. 그래도……. 그냥 언니한테 너무 나쁘게 굴었어요. 좀 더 좋게 말해줄 수도 있었는데. 언니를 좀 더 이해해줄 수도 있었는데."

"그 여자는 대체 왜 올리비아한테 그런 사진을 보냈대?" 내가 물었다.

"누가 알겠어요. 그냥 미친년이라니까요."

"그래도 이해가 안 돼서. 올리비아가 누군지 그 여자가 어떻게 알았을까?"

캐런이 어깨를 으쓱했다. 캐런은 사진을 본 적이 없다고 했다. 올리비아 말로는 사진이 페이스북으로 전송되었다고 했고, 올리비아

의 계정 비밀번호는 아무도 모른다고 했다. 유가족은 페이스북 본
사에 연락해 계정을 지워달라고 요청했지만 지금까지 답변을 듣
지 못했단다.

"게다가 사람들이 자꾸 언니 계정에 글을 올려요. 그립다면서.
언니가 읽기라도 할 것처럼. 그걸 보고 있으니 제가 돌아버릴 것
같아요."

코트니가 되물었다. "필립이 솔직히 고백은 했대?"

"아닐걸요. 어쩌면 언니가 물어봤을지도 모르지만. 잘 모르겠어
요. 그 후로 전 그 남자랑 말도 안 섞었어요. 저한테 몇 번 연락이 오
긴 했는데 SNS 계정을 다 차단시켜버렸어요."

캐런이 잠시 숨을 고르며 손에 쥐고 있던 구겨진 냅킨을 내려다
보았다.

"있잖아요, 언니는 그날 밤늦게 다리에서 뛰어내렸어요. 그전에
언니가 저한테 전화를 건 거였고요. 잔뜩 상심해서. 근데 전 너무
못된 년이었어요. 언니 면전에 대고 그렇게⋯⋯. 언니를 좀만 더 이
해해줬어야 했는데. 그럼 언니는 뛰어내리지 않았을지도 몰라요."

나와 코트니가 시선을 주고받았다. 코트니의 눈에도 후회가 깃
들어 있었다. 자신이 원하던 소문의 진실을 얻었지만 그 과정에서
올리비아의 동생은 끔찍했던 밤을 다시 떠올려야만 했다. 캐런의
모습을 지켜보는 내 마음도 너무나 아팠다. 캐런을 안아주며 네 잘
못이 아니라고 말해주고 싶었다. 그때 캐런이 눈물을 닦으며 머리
를 흔들었다.

"전 그 여자가 누군지 몰라요. 근데 언니는 알았어요. 언니가 이
름 같은 인적 사항을 말해준 건 아니었는데 언니가 아는 사람이라
고 했어요. 언니는 그 여자한테 미친년이나 개 같은 년, 창녀 같은

년이라고 욕도 안 했어요. 그런 욕을 먹어도 싼데."

코트니가 나를 바라보며 몸을 앞으로 숙여 캐런의 팔을 다정하게 도닥였다.

"그럼 올리비아가 그 여자를 뭐라고 불렀는데?"

캐런이 우리 둘을 번갈아 보며 말했다.

"사실 그게 좀 이상해요. 유령이라고 했거든요."

10

차에 올라탄 지 30초도 채 되지 않았다. 캠벨 가족의 집이 자동차 사이드 미러로 보이는 거리였다. 조용한 교외의 도로를 가로지르자마자 코트니가 더 이상 참을 수 없다는 듯 입을 열었다.

"젠장. 젠장."

운전대를 그러쥔 내 손에도 힘이 실렸지만 나는 아무 말도 하지 않았다.

조수석에 앉아 있던 코트니가 몸을 틀어 나를 보았다. "네 생각에도 개인 것 같니?"

나는 애써 전방의 도로만 주시했다. 빨간불이 밝게 빛났지만 나를 쳐다보는 코트니의 화염같이 이글거리는 시선에 비할 바가 아니었다. 나는 여전히 굳게 다문 입을 열지 않았다.

그럼에도 코트니는 질문 공세를 멈추지 않을 모양이었다.

"에밀리, 그 여자가 개일 것 같냐고."

나는 짜증이 치밀어 올라 코트니를 바라보았다. 조용히 좀 하라고, 말도 안 되는 소리 할 거면 좀 닥치라고, 당연히 그럴 리가 없지 않냐고 말해주고 싶었다. 하지만 나는 고개를 저으며 운전에 집중했다.

시선 끝에 가만히 나를 응시하는 코트니가 보였다. 코트니의 눈빛이 점점 불안해졌다. 나는 코트니를 쳐다보며 말했다.

"왜?"

코트니는 아무 말도 하지 않았다. 나는 다시 고개를 돌리고 운전대를 꽉 잡았다.

"그날 이후로 걔 생각해본 적 있니?" 코트니가 물었다.

코트니가 말하는 그 애가 누군지 알고 있었지만 아무것도 모르는 사람처럼 굴기로 마음먹었다.

"누구?"

"누군지 알잖아."

나는 신호등을 바라보며 스쳐 지나가는 차를 응시했다.

"생각 안 하고 산 지 좀 됐지. 넌?"

코트니가 몸을 들썩여 등받이에 기대 앉으며 창밖으로 시선을 돌렸다.

"솔직히 난 엊그제 올리비아 소식 듣고 생각나더라……. 자살이라고 하니까. 어휴, 우리 정말 걔한테 못되게 굴었는데."

침묵으로 가득한 시간이 흘렀다. 차 안에 들리는 소리라곤 작게 틀어놓은 라디오와 고속 도로에 가까워졌음을 알리는 다른 자동차들의 소음뿐이었다. 늦은 오후였다. 수평선 너머에서 먹구름이 짙게 몰려들고 있었다.

마침내 내가 입을 열었다. "그 애 아닐 거야."

코트니가 다시 몸을 틀며 말했다. "하지만 캐런이 그랬잖아. 올리비아가 유령이라고 했다고. 유령. 그레이스 말한 게 아니라면 왜 유령이라고 했겠어?"

"나야 모르지. 캐런이 잘못 들었을 수도 있고, 아니면 올리비아가 예전에 만난 다른 사람을 말하는 걸 수도 있고."

코트니가 코웃음을 쳤다. "순진한 거니, 아니면 애써 부정하고 싶은 거니?"

"그레이스가 왜 올리비아한테 그런 사진을 보내?"

"왜? 그때 우리는 걔 인생을 망가뜨린 거나 다름없어. 복수하고 싶은 건지도 모르지."

"말도 안 되는 소리 하지 마."

"말이 안 될 것도 없지. 그레이스는 우리 때문에 그런 짓을 했어. 우리가 그 애한테 한 짓 때문에. 솔직히 말해서 걔가 복수하겠다고 마음먹어도 난 걔를 탓할 수 없을 거 같아."

나는 채찍질이라도 당하는 듯 재빠르게 고개를 저었다.

"거지 같은 소리 하지 마."

코트니의 눈썹이 삐쭉 솟았다.

"그래? 입장 바꿔 생각해봐. 새로운 애가 전학 왔어. 그 애가 바란 거라곤 그저 학교에서 잘나가는 애들이랑 친해지고 싶었을 뿐이야. 그런 애한테 우린 별짓을 다 시켰지. 노예 부리듯 말이야. 너라면 억하심정 안 들겠니?"

나는 묵묵부답으로 일관했다. 할 말이 없어서가 아니었다. 코트니의 의견에 동조하고 싶지 않았다. 그레이스가 당한 일을 생각하면 나 같아도 원한을 품었을 것이다. 나도 무리들에게 무시당하기 일쑤였지만 그레이스만큼은 아니었다. 나 같은 경우에는 무리 속에서 무력감을 느끼는 정도였다 할까. 나는 애들이 내 뒷담화를 한다는 걸 알고 있었다. 그리고 가끔 애들 대신 쓰레기를 버려주거나 애들에게 음료수를 사다주는 일 같은 심부름을 해주기도 했다. 하지만 내가 노예라는 생각이 들 정도의 일은 일어나지 않았었다.

가끔 궁금하긴 했다. 내가 그 애의 등을 떠민 건 아닐까. 그레이스가 우리 무리에 들어오지 않았다면 그레이스에게 벌어졌던 나쁜 일들의 타깃이 내가 되었을 수도 있지 않았을까.

그때 코트니가 물었다. "그 별명은 누가 만든 거였더라?"

"기억 안 나."

"유령이라니." 코트니가 속삭였다. "유령 그레이스. 우리 정말 못됐다. 안 그러니?"

처음부터 그레이스가 우리 무리에 어울리지 않다고 결정한 건 아니었다. 처음에는 우리도 그레이스에게 잘해주려고 했다. 적어도 나는 그랬다. 그러나 매켄지는 그레이스가 가진 순종적인 면을 귀신같이 알아차렸다. 매켄지는 그레이스를 손안에 넣고 마구 휘둘러댔다. 그레이스는 선택의 여지가 없다는 걸 깨닫고 매켄지가 원하는 대로, 나중에는 우리 모두가 시키는 대로 했다.

괴롭힘은 거기서 멈추지 않았다. 우리는 그레이스에게 별명을 지어줌으로써 유일하게 그 애의 것이었던 이름마저 빼앗아버렸다. 그레이스의 피부는 하루에 5분 이상 밖을 나가지 않는 사람처럼 새하얗고 창백했으며, 머리는 길고 까맸다.

우리는 그레이스가 자리에 없을 때마다 그 애를 유령이라 부르기 시작했다.

오늘 유령이 입고 온 옷 봤어?

유령 머리 봤어? 너무 떡 졌더라!

어디서 유령 냄새나지 않아? 우웩!

코트니가 자세를 바꾸며 휴대폰을 꺼내 들었다.

"맞는지 아닌지 확인하려면 방법은 하나야. 그 사진을 찾아야 돼. 14년이나 지났지만 얼굴은 알아볼 수 있을 거야. 그렇지?"

차는 고속 도로 위를 달리고 있었다. 랜턴에서 출발한 지 30분 정도 흘렀을까, 우리가 가는 방향의 수평선 너머로 먹구름이 점점 짙어지고 있었다.

나는 구름 떼를 바라보며 대답했다. "몰라."

코트니가 눈살을 찌푸렸다. "뭘 몰라?"

"그냥 몰라. 그만 좀 하자. 올리비아는 죽었어. 우리는 올리비아 장례식 갔다가 집에 가는 중이고. 그거뿐이야."

"하지만 캐런이 그랬잖아. 올리비아가……."

"상관없어. 우리랑 상관없는 일이라고."

"장난해? 그레이스가 복수라도 꿈꾸고 있는 거라면 이건 우리 모두의 일이야."

"그만해, 코트니. 걔가 왜 그런 짓을 해. 걔도 어딘가에서…… 자기 삶을 살고 있겠지. 제발 편하게 살게 두자."

"만약에 그레이스가 올리비아를 일부러 엿 먹이려고 돌아온 거라면, 그리고 이제는 그 복수의 대상이 너나 나, 아니면 둘 다라면?"

나는 곁에 앉은 코트니를 힐끗 쳐다보며 차갑게 말했다. "나쁜 년처럼 굴지 마, 코트니."

"나쁜 년?"

"그만하자."

"이게 진짜……."

"그만하자고."

나는 몸을 앞으로 숙여 라디오의 볼륨을 키우고 나를 향해 눈을 부라리는 코트니를 무시했다.

우리가 탄 차는 침묵에 잠겨 다가오는 폭풍을 향해 쉬지 않고 내달렸다.

11

그레이스 파머는 어떤 식으로든 늘 나를 '유령'처럼 따라다녔다.

대학 시절 왕따의 영향에 대한 토론을 할 때도 그랬고, 또래 친구나 가족에게 괴롭힘을 당하거나 폭력에 노출된 아이들의 트라우마를 치료하고자 심리 상담을 진행할 때도 그랬다. 나는 중학교 때 그 3개월을 겪으며 그레이스가 단 한 번이라도 자신이 당한 일을 누군가에게 털어놓을 기회가 있었을지 궁금했다.

그레이스 파머에 대해 떠올릴 때면 납작한 코에 수줍은 미소를 짓는, 우리가 알던 조용한 소녀의 모습이 아니라 우리 무리에 들어오기 이전의 모습을 상상하곤 했다.

그리고 내가 계속해서 곱씹고 또 곱씹었던 그 아이의 모습은 이랬다. 우리의 손길에 때 묻기 전 그레이스의 모습. 끔찍한 고통으로 남은 중학교 시절의 하이틴 드라마 무대 위로 올라가지 않은 그레이스의 모습.

그랬더라면 그레이스는 행복했을 것이다. 삶에 대한 궁금증이 가득한 아이로, 자신의 앞날에 놓인 무한한 가능성에 신이 난 아이로 살았을 것이다.

나는 고향을 떠나 엄마와 차를 타고 남쪽으로 내려오는 그 아이의 모습을 지금도 마음속에 그려보곤 한다. 우리는 그레이스에 대해 아는 게 많지 않았다. 사실 별로 신경 쓰지 않았다고 하는 게 맞을 것이다.

그레이스의 엄마에 대해서는 특별히 떠오르는 게 없었다. 아마도 아주 잠깐 스쳐 지나가듯 마주친 게 전부였기 때문일 것이다. 그녀는 메모리얼 데이 주간이 시작되던 날 그레이스를 학교에 데려다주었다.

그레이스의 엄마는 낡은 빨간색 해치백(차체 뒤쪽에 위로 들어 올려 열 수 있는 문이 있는 자동차 – 옮긴이)을 몰았고, 곱슬머리였다. 이게 내 기억의 전부였다.

하지만 그레이스의 모습은 여전히 머릿속에 생생했다. 창백한 피부, 날카롭고 짙은 눈동자, 까맣고 긴 머리카락. 얼굴에는 희미한 주근깨 자국이 가득했다.

반쯤 열린 차창으로 불어 들어오는 바람에 이리저리 흩날리는 머리카락을 내버려둔 채 엄마 차의 조수석에 앉아 있는 그레이스의 모습을 그려본다.

그레이스 모녀는 한때 고향이라 부르던 곳을 떠나 남쪽을 향해 달리고 있다. 빨간 해치백 뒤에 두 사람의 짐이 실려 있다. 그들은 새로운 인생을 시작하는 데 꼭 필요한 것들로만 조촐하게 짐을 꾸렸다.

랜턴이 둘의 마지막 목적지였을까? 아니면 이곳이다 싶은, 집이라고 부르기 알맞은 장소를 찾을 때까지 그저 스쳐 지나가는 곳에 불과했을까?

과정이 어쨌든 두 사람은 결국 랜턴에 자리를 잡았다. 남쪽으로 한두 동네 더 내려갈 수도 있었지만 그렇게 하지 않았다. 만일 그랬다면 그레이스의 인생은 완전히 달라질 수도 있었다. 적어도 그 둘의 인생이 그렇게까지 망가지진 않았을 것이다.

벤저민 프랭클린 중학교에 등교하는 첫날 기대감에 잔뜩 부풀어 있으면서도 한편으론 전학생이라는 사실에 걱정스럽고 초조해하는 열다섯 살의 그레이스 파머를 그려본다.

그레이스는 새 옷을 입고 있다. 좋은 옷도 아니고 세련되지도 않았지만 그래도 꽤 괜찮은 차림이다. 사실 그레이스는 겉모습에 크게 신경 쓰는 타입도 아니다. 엄마는 아침을 차려놓고 딸을 기다린다. 그레이스는 첫날부터 지각하고 싶지 않아 재빨리 아침을 먹어치운다. 그럼에도 1교시 종이 울리고 몇 분이 지나 학교에 도착한다.

엄마는 딸을 따라 학교까지 들어갈 생각은 없다. 엄마도 딸처럼 10대였던 시절이 있었으므로 10대 아이가 어떻게 생각하는지 잘 알고 있다. 엄마는 차를 주차장에 세우고 딸이 재빨리 엄마를 껴안아주며 뺨에 입을 맞추어주기만을 기다린다. 그러고는 서둘러 학교 현관을 향해 달려가는 딸을 물끄러미 바라본다. 딸아이의 보라색 잔스포츠 백팩이 어깨 위에서 흔들린다.

학교 사무실의 직원인 해링턴 선생님이 등교하는 그레이스를 환하게 웃으며 반기는 모습도 떠올려본다.

"안녕. 네가 그레이스 파머니?"

그레이스가 입술을 잘근거리며 갑자기 굳어버리고 겨우 고개만 끄덕인다.

"그래." 해링턴 선생님이 말한다. "시간표부터 줄게. 교실까지 데려다줄 분이 오실 텐데. 보자…… 아, 애커먼 교장 선생님?"

양복 차림의 남자가 경쾌한 발걸음으로 학교 사무실을 지나치다 말고 발을 멈춘다. 남자는 직원을 향해 웃어 보인 다음 그레이스에게 살짝 미소 짓는다.

해링턴 선생님이 그레이스를 소개한다. "여기 새 전학생이에요. 그레이스 파머."

애커먼 교장 선생님은 모든 신입생들에게 학교의 장점을 늘어놓곤 하는데, 그레이스도 예외는 아니다. 이 학교에 전학 오게 된 게 그레이스에게 얼마나 좋은 일인지를 강제로 주입시키고 그레이스가 분명 이 학교를 아주 좋아하게 될 거라고 확신하며 요란스럽게 환영 인사를 건넨다. 더불어 이 학교에서의 첫날, 그것도 첫 수업에 데려다줄 수 있어 기쁘다는 말도 잊지 않는다.

그레이스는 한두 걸음 뒤에서 벤저민 프랭클린 중학교의 다양한 방과 후 활동에 대한 설명을 귀에 넣으며 교장 선생님을 따라간다. 수업은 이미 시작했고 복도는 텅 비어 있다. 왁스 칠을 한 지 얼마 되지 않은 리놀륨 복도를 걸어가는 애커먼 교장 선생님의 로퍼에서 끽끽거리는 소리가 나고, 그레이스는 잔뜩 긴장한 상태다. 배 속에서 나비가 한 열댓 마리, 아니 수백 마리가 퍼덕거리는 것 같다. 아이는 천천히 숨을 몰아쉬며 긴장을 가라앉히려고 애를 써본다. 교장 선생님의 발걸음이 느려지는 것으로 짐작하건대 교실이 가까워졌음을 깨달았기 때문이다.

"자, 여기란다." 교장 선생님이 교실 하나를 가리키며 말한다. 교실 문 바로 옆벽에 걸린, '담임 : 갤러웨이'라고 새겨진 명패가 반짝이며 빛을 낸다.

복도에는 교실이 열두 개나 있었는데 그레이스가 다른 반을 배정받았다면 어땠을까. 아니, 아예 다른 학교로 전학을 갔더라면. 그레이스와 엄마가 여기 말고 다른 동네로 이사를 갔더라면.

하지만 이 모든 건 헛된 바람일 뿐이었으며 현실은 말로 다 할 수 없을 만큼 암울했다.

마침내 교장 선생님은 그레이스에게 미소를 지으며 교실 문을 두드리고 손잡이에 손을 뻗는다.

"자, 준비됐니?" 교장 선생님이 묻는다.

12

하이랜드 에스테이트에 도착하니 가랑비가 내리고 있었다. 나는 E동 현관 앞에 차를 세웠다.

코트니는 차가 서자마자 핸드백을 뒤적였다. 처음엔 열쇠를 찾는 줄 알았다. 그런데 그녀가 꺼낸 건 열쇠가 아니라 잔뜩 구겨진 10달러짜리 지폐였다.

"기름값은 이 정도면 되겠니? 현금이 이것밖에 없어서."

"안 줘도 돼."

코트니는 아랑곳하지 않고 눈을 내리깐 채 돈을 내밀었다. 내가 성질을 부린 이후로 코트니는 말이 없었다. 완전히 몸을 틀어 오는 내내 창밖만 바라보았다. 나도 굳이 침묵을 깨고 싶진 않았다.

"받아, 에밀리."

"괜찮아."

코트니는 돈을 콘솔에 탁 올려놓고는 안전벨트를 풀었다.

나는 돈을 집어 들어 잠깐 보다가 얼굴을 구겼다.

"나한테 현금을 다 주면 베이비시터한테는 어떻게 돈을 주려고 그래?"

코트니는 차 문을 열려다가 멈칫했다. 무릎을 가만히 내려다보던 코트니가 입을 열었다. 바로 옆에서 들리는 그녀의 목소리에서 거리감이 느껴졌다.

"나오기 전에 미리 줬어. 태워줘서 고맙다."

"잠깐만."

의도치 않게 목소리에 힘이 실렸고 딱딱한 말투에 나조차도 짐짓 놀라고 말았다. 하지만 그게 오히려 먹혀들었다. 코트니가 차에서 나가려다 말고 나를 돌아보았다. 두 발은 이미 인도를 디디고 있었다.

"너 베이비시터 없지. 맞지."

어차피 질문이 아니었으므로 코트니 역시 대답할 필요를 못 느낀 모양이었다.

"잘 가, 에밀리."

차 밖으로 몸을 일으켜 세우려는 코트니의 팔을 다급하게 잡았다.

"코트니, 지금 열한 살짜리 네 딸이 하루 종일 집에 혼자 있었다고."

코트니는 대답 없이 나를 노려보기만 했다.

"너, 내가 무슨 일을 하는지 알아?"

코트니는 입술을 적시며 말했다. 목이 잠겨 있었다. "심리 치료사라며."

"그래. 그리고 무슨 일을 더 하는지 알아? 나, 주(州)에서 지정한 신고 의무자야. 그러니까 아이가 학대당하거나 방치된다는 의심이 들면 무조건 보고해야 돼."

무슨 말인지 모르겠다는 표정으로 나를 쳐다보던 코트니의 얼굴이 점점 굳어졌다. 그녀의 초록색 눈동자에서 영혼이 빠져나가는 듯했다.

"그럼 넌 네 할 일 해, 에밀리. 아동 보호소에서 사람이 나온 게 처음도 아니고, 마지막도 아닐 거야. 거지 같은 비가 계속 내려서 더 젖기 전에 이만 가볼까 하는데."

팔을 뿌리친 코트니가 차 문을 쾅 소리 나게 닫았다.

그만 가자. 처음엔 그렇게 생각했다. 그냥 가자. 집에 가서 샤워나 하자. 캐런의 말을 듣고 나서부터 더러운 기분을 떨칠 수 없었다. 올리비아의 죽음이 내 영혼에 얼룩처럼 남아 결코 사라지지 않을 것만 같았다.

나는 시동을 끄고 문을 박차고 나가 빗속으로 걸음을 옮겼다.

"내가 애 좀 확인할게."

현관에 멈추어 선 코트니가 절반쯤 몸을 틀어 나를 돌아보았다.

"뭐?"

"내가 테리 좀 봐야겠다고. 아이가 안전한지 확인해야겠어. 그럼 굳이 신고하지 않아도 되잖아."

코트니의 얼굴이 다시 한번 굳어졌다. 두 눈이 가느다랗게 늘어졌다.

"나, 나쁜 엄마 아니야."

"네가 그렇다는 게 아니야. 다만 아까 말한 대로 난 주에서 지정한 신고 의무자야. 선택의 여지가 없어. 그러니까 내가 한번 보겠다는 거야. 게다가 테리를 본 게 벌써 몇 년 전이잖아."

나는 억지로 미소를 지어 보였다. 제발 이 거짓 웃음으로 내 방어 기제가 드러나지 않길 바랐다. 하지만 빗속에 서서 머리부터 축축하게 젖어드는 꼴로 서 있으려니 어색한 미소는 금세 사그라지고 말았다.

코트니는 단호한 얼굴로 한숨을 내쉬며 말했다.

"맘대로 해. 2층 3호야. 문은 열어둘게."

◇

나, 나쁜 엄마 아니야.

코트니가 이 말을 한 게 이번이 처음은 아니었다. 하지만 코트니의 입에서 이 말을 다시 듣게 될 줄은 몰랐다.

대학 입학 전날 7월의 어느 늦은 금요일 아니면 토요일이었다. 그날 자정이 훨씬 넘은 시간에 코트니의 할머니에게서 전화가 걸려왔다. 혹시 모를 응급 상황에 대비해 제인—할머니는 늘 이름을 부르라고 했다—이 내 전화번호를 갖고 있었다.

제인은 오매불망 내 차만 기다렸는지 차가 미처 현관 앞에 서기도 전에 현관문을 열어주었다.

"전화해서 미안하구나. 와줘서 고맙고."

제인이 첫소리가 섞인 목소리로 속삭였다. 제인은 많이 지쳐 보였다. 제인을 알고 지낸 지 어느덧 2년이었는데 그런 모습은 처음이었다.

집 안에 들어서자 제인이 집에 켜두던 향초 냄새가 코끝을 맴돌았다. 제인이 내 뒤에서 현관문을 닫아걸었다.

"무슨 일이에요?"

"얘가 또 술을 마셨다. 지난번보다 훨씬 심해. 이렇게 인사불성으로 취하면 어찌해야 할지를 모르겠어."

"차 끌고 온 거예요?"

"웬 남자애가 내려줬다. 처음 보는 애였어. 그놈도 잔뜩 취한 것 같던데. 세상에, 코트니도 이제 열여덟인데. 철들려면 한참 멀었다."

"테리는요?"

"아기 침대에 재웠지."

"코트니는요?"

"지하실에. 여태 술 마신다."

아직도 술을 마시고 있다니 놀랄 노 자였다.

나는 지하실 문을 보며 깊이 숨을 들이마셨다.

"제가 내려가볼게요."

지하실 문을 열기도 전에 텔레비전 소리가 들렸다. 볼륨을 어찌나 키워놓았는지 음악 채널의 뮤직비디오 소리가 문밖에까지 웅웅 흘러나오고 있었다. 코트니는 다리 사이에 보드카 병을 끼고 소파에 앉아 있었다. 비트에 맞추어 머리를 까딱대며 노래를 따라 부르려는 듯했지만 만취 상태라 단어만 웅얼거릴 뿐이었다.

코트니는 몇 발자국 거리에 서 있는 나의 존재도 알아차리지 못했다. 자기 눈앞에 그저 헛것이 어른거리려니 한 모양이었다. 코트니는 눈이 반은 감겨서 병나발을 불었다.

"그만 마셔."

내 목소리에 코트니가 깜짝 놀랐다. 그녀는 소리를 지르며 소파에서 펄쩍 뛰어올랐다. 코트니는 소리의 주인공이 나라는 걸 알고는 활짝 웃으며 술병을 내밀었다.

"에밀리! 같이 마시자!"

코트니가 취한 모습을 처음 본 건 아니지만 이렇게까지 만취한 모습은 한 번도 본 적이 없었다. 어찌나 취했는지 내뱉는 말이 혀끝에서 뭉개져 알아듣기 힘들 정도였다.

나는 그녀가 내민 병을 들어 탁자에 올려놓았다. "많이 마셨어."

"닥쳐."

"코트니."

"이래라저래라 하지 마."

"너무 많이 마셨다고."

코트니가 코웃음을 쳤다. "입바른 소리 하지 말라고. 같이 나가자고 했더니 집에서 짐이나 싸겠다고 한 사람이 누군데."

코트니는 '짐이나 싸겠다'는 부분에 특히 힘을 주어 말했다. 그제서야 나는 이 모든 소동의 원인이 나라는 사실을 깨달았다. 코트니가 밤늦게 나간 이유는 내가 떠나기 때문이었다. 믿고 싶지 않았지만 그리 놀랍지도 않았다.

"코트니, 계속 이렇게 살 순 없어. 이러다 큰일 나."

"넌 네가 무슨 말을 지껄이는지는 아니?"

"무슨 일이라도 생기면 어떡하려고. 나쁜 일이라도 당하면? 그럼 테리는 누가 키워? 제인이 영원히 너희들 곁에 있을 순 없어."

코트니는 다리에 힘을 주어 똑바로 서려고 했지만 흔들리는 배의 갑판에 선 사람마냥 균형을 잡지 못하고 앞뒤로 왔다 갔다 했다.

"나, 나쁜 엄마 아니야."

처음으로 코트니의 말이 비위에 거슬렸다. 신경이 곤두서기 시작했다. 제자리에서 나를 노려보던 코트니의 얼굴이 별안간 잔뜩 구겨졌다.

"맞아. 난 정말 나쁜 엄마야. 그렇지?"

나는 손을 뻗어 코트니를 다독여주려고 했지만 코트니는 내 손을 뿌리쳤다.

"실수였어. 그때 그냥…… 테리를 낳지 말았어야 했어. 난 엄마가 될 수 없어. 이렇게 살 순 없어. 어쩌면…… 어쩌면 내가 죽는 게 테리한테 좋을지 몰라. 내 손으로 죽어버리는 게 애한테 좋은 일일지도 몰라."

혀가 완전히 꼬여 제멋대로 중얼거리던 코트니의 공허한 두 눈이 커다래졌다. 나는 코트니의 뺨을 후려쳤다. 불시에 따귀를 맞은 코트니는 물론이고 때린 장본인인 나도 깜짝 놀랐다. 코트니의 눈이 충격으로 다시 한번 휘둥그레졌다.

"그만 좀 해." 내가 말했다. "진심 아니잖아."

"난 엄마 자격이 없어. 엄마 노릇 못하겠다고."

"왜 못해. 넌 네가 생각하는 것보다 훨씬 강한 사람이야."

"아니야. 나는……."

그때 코트니의 얼굴에 토기가 어렸다. 나는 급히 방 안을 둘러보다가 구석에 있는 플라스틱 쓰레기통을 발견하고 잽싸게 가져와 코트니 입에 대주었다.

코트니를 씻기고 침대에 눕히기까지 꼬박 두 시간이 걸렸다. 나는 아기 침대에 누워 자고 있는 테리를 들여다보고 나서야 떠날 차비를 마치고 나갈 수 있었다. 그때 잠옷 가운 차림의 제인이 다가와 나를 꼭 안아주었다.

"이렇게 와줘서 정말 고맙구나. 넌 코트니에게 참 좋은 친구야. 네가 없었다면 그 애가 어떻게 살았을지……."

나는 아무 대답도 하지 못했다. 온몸이 덜덜 떨렸다. 그때 이미 나는 코트니를 보는 것도 오늘로 마지막이라는 결심을 한 뒤였었다. 하지만 그 모든 일을 제인에게 설명할 수 있을까? 불가능했다. 제인은 절대 이해 못할 것이었다. 나도 실패한 일을 제인이 할 수 있을 리 만무했다.

코트니의 말이 내 귓가를 때렸다. 코트니는 쓰레기통에 고개를 처박고 구토가 나오기를 기다리는 내내 그레이스에 대해 캐물었다.

"걔를 생각하긴 해?"

"우리가 한 짓에 양심의 가책을 느낀 적은 있니?"

그리고 말했다.

"누구 하나라도 반드시 죄책감을 가져야 한다면 그건 바로 너야."

"너만 아니었으면 그런 일은 일어나지 않았을 거야."

13

문을 열어둔다던 코트니의 말과는 다르게 문이 닫혀 있었다. 굳이 내 손으로 문을 열고 싶은 기분은 아니었다. 문을 두드리고 10초 정도 기다리니 건너편에서 사람 소리가 났다. 문이 열리며 코트니가 무표정한 얼굴을 드러냈다.

"문 열어놓는다고 했잖아."

해리스버그까지 함께 차를 몰고 갔을 때의 사이좋던 친구의 모습은 온데간데없었다. 코트니의 심정이 충분히 이해가 갔다. 자신에게 나쁜 년이라고 하고, 아동 보호소에 신고하겠다고 협박한 사람이 좋게 보이겠는가.

코트니가 들어오라는 몸짓을 했다. 나는 잠시 머뭇거렸다. 테리를 보고 싶지 않아서가 아니었다. 나는 테리를 사랑하지 않은 적이 없었다. 다만 집 안에 들어갔을 때 보게 될 것들이 두려웠다. 집구석은 돼지우리같이 지저분하고 안전하지 않으며, 더러운 옷을 주워 입은 아이는 일주일이 넘도록 씻지 않은 듯하고, 부엌에는 먹을 게 하나도 없는 장면들 말이다. 극단적으로 들릴 수도 있지만 이런 집이 있다는 소리는 종종 들어왔다. 만에 하나 집 안이 그런 꼴이라면 나는 여지없이 아동 보호소에 신고해야 했다. 이 말인즉슨 테리가 다른 집으로 보내진다는 뜻이었다.

"계단에 불이 나갔더라."

불편한 침묵을 깨기 위해 아무 말이나 해보았지만 그마저도 어색했다.

코트니가 나를 빤히 보며 말했다.

"알아. 몇 주 됐어. 집주인한테 말했는데 고쳐주질 않네. 섹션 8(저소득층에게 주거 비용을 지원하는 미 연방 정부의 주택 임대료 프로그램 - 편집자)에 살면 원래 그래. 들어올 거야, 말 거야?"

내가 문안으로 들어서자 코트니가 문을 닫고 먼저 집 안으로 들어갔다. 집에서는 특이한 냄새가 났다. 흔한 곰팡이 냄새 비슷했다. 아주 깨끗하진 않았지만 그렇다고 막 더럽지도 않았다. 그냥 좀 어수선했다.

코너를 돌자 작은 거실이 나왔고 테리가 카펫에 엎드려 있었다. 아이는 무릎을 구부려 양발을 허공에 들어 올리고 까딱까딱거리며 커다란 종이에 색연필로 그림을 그리는 중이었다.

코트니가 말했다. "테리, 에밀리 선생님이야."

나는 더 이상 에밀리 이모가 아닌 에밀리 선생님이었다.

테리가 그림을 그리다 말고 고개를 들었다. 예쁘장한 얼굴 윤곽을 따라 짙은 머리카락이 곱게 땋아져 있었다. 텔레비전에 디즈니 채널이 틀어져 있었다. 아이의 네모난 분홍색 안경테가 텔레비전 화면에서 나오는 빛을 받아 반짝였다.

"안녕하세요."

"기억 안 나지? 네가 한 살쯤 됐을 때 본 게 마지막이거든. 선생님은 엄마랑 같은 학교에 다녔던 친구야."

코트니가 마지못해 말했다. "테리, 에밀리 선생님께 네가 그린 그림 보여드릴래?"

테리가 색연필을 한쪽으로 밀치고 몸을 일으켜 세워 종이를 가져왔다. 그러고는 내가 볼 수 있도록 종이를 들어 올렸다.

나는 깜짝 놀랄 수밖에 없었다. 정말 잘 그린 그림이었다. 어디하나 흠잡을 데 없이 그림 실력이 아주 뛰어났다. 연필로 밑그림을 그려놓았나 싶을 정도로 잘 그렸다. 물론 그 어디에도 연필 자국은 없었다.

등껍질 부분에 책가방을 멘 거북이가 두 다리로 서 있는 그림이었다. 거북이는 테리처럼 네모난 안경을 쓰고 있었다. 다른 점이 있다면 거북이의 안경은 검은색이었다.

"정말 잘 그렸다, 테리."

"감사합니다. 제퍼슨이라고 해요. 제 책의 주인공이에요." 테리는 제 그림을 처음 보는 것처럼 물끄러미 바라보았다. 그러고는 콧대를 찡그렸다. "완성되려면 아직 멀었어요. 두 장 정도 더 그려야 하거든요. 아무튼 제퍼슨이 학교에 처음 가는 날 이야기예요."

"제목이 뭐야?"

아이는 긴장된다는 듯 배시시 웃으며 말했다. "〈제퍼슨의 처음 학교 가는 날〉이요."

나는 아주 멋지다는 듯 고개를 끄덕이며 팔짱을 낀 채 문가에 기대서 있는 코트니를 돌아보았다. 나는 몇 시간 전 코트니가 했던 말이 떠올랐다. 코트니는 아이가 아주 똑똑하고 재능도 많으며 일주일에 두 권 정도의 책을 읽는다고 자랑삼아 말했었다. 그땐 코트니의 말이 크게 와 닿지 않았었는데.

125

"다 되면 너무 읽어보고 싶다."

테리가 주목받는 게 부끄러운지 시선을 요리조리 피했다.

"감사합니다. 엄마가 책 내는 걸 도와준다고 했어요."

나는 코트니에게 물음표 가득한 시선을 던졌다. 코트니는 팔짱을 풀고 목을 가다듬었다.

"올해 초에 테리네 반 애들 몇몇이 유치원 아이들한테 책을 읽어주는 봉사 활동을 했어. 근데 유치원 애들 중에 하나가 테리가 읽어주는 책이 맘에 안 든다고 한 거야. 그래서 테리가 자기 책을 직접 만들고 싶다고 하더라고. 테리가 그림을 그리면서 나한테 어떻게 하면 책으로 만들 수 있냐고 물어보기에 일단 그림부터 다 그려야 한다고 했지."

나는 다시 테리를 돌아보며 미소를 지었다. "정말 대단한데."

아이도 웃으며 말했다. "감사합니다."

"우리 예쁜 공주님은 계속 그림 그리세요. 엄마는 에밀리 선생님한테 집 구경 좀 시켜줄게. 괜찮지?" 코트니가 말했다.

테리는 고개를 끄덕이며 나에게 손을 내밀었다. "만나서 반가웠어요, 선생님."

나는 아이의 여리고 자그마한 손을 잡고 흔들었다. "나도 만나서 반가웠어, 테리."

테리가 카펫 위의 제자리로 돌아가자 나는 코트니를 따라 복도로 발을 옮겼다.

"애가 정말 대단하다." 내가 속삭였다.

"응. 정말 특별한 아이야." 코트니가 고개를 끄덕였다.

침실은 하나밖에 없었다. 코트니가 침실의 불을 켰다. 큰 침대하나가 있을 줄 알았는데 싱글 침대뿐이었다. 벽에는 책장 두 개

가 나란히 세워져 있었다. 책장에는 중학교 과정 책과 청소년 소설
이 가득했다.

"여기가 테리 방이야?"

코트니는 고개를 끄덕이고는 아무 말도 하지 않았다.

"그럼 넌 어디서 자?"

"거실에 있는 소파 봤지? 그거 소파 베드야."

"좀 더 큰 아파트를 구하지 그랬어?"

생각할 새도 없이 말이 입 밖으로 나왔고 후회해보았자 이미 늦
어버렸다.

코트니의 얼굴이 순식간에 굳어졌다. 코트니는 차가운 눈으로
영혼 없이 말했다.

"그럴 형편이 됐으면 그렇게 했겠지."

그만 나가자. 내 마음속에서 외쳤다. 주차장으로 가서 차를 몰고
여기를 떠나자. 하지만 그럴 수 없었다. 지금 당장은 때가 아니었다.

"그럼 너랑 아이만 사는 거구나."

"응."

"제인은?"

"돌아가셨어."

코트니의 할머니를 직접 보고 이야기를 나눈 게 아주 오래전 일
이었음에도 할머니의 사망 소식은 적잖이 충격이었다.

"아이고, 언제 돌아가셨니?"

"3년 전에."

"부모님은?"

"아빠도 돌아가셨어. 돌아가시는 날까지 나도 '잡종' 손녀도 보
고 싶지 않아 하셨어."

코트니의 말에 절로 인상이 써졌다. 내 표정을 본 코트니는 힘을 얻은 것 같았다.

"잡종. 아빠가 정확히 그렇게 말했어. 우리 테리한테. 아빠 말을 듣는 순간 다신 부모님과 말을 섞지 않겠다고 다짐했지."

"일은 하고 있지?"

"월마트에서 계산원으로 일해, 에밀리. 최저 임금 수준의 벌이이지만 나라에서 해주는 식료품 배급 지원까진 안 받고 살아. 네가 이해 좀 해. 내가 하는 모든 일은 다 테리를 위해서야. 형편에 맞게 애한테 먹이고 있어. 올리비아네 집에서 음식 담을 때 네 얼굴 봤어. 왜 저러나 하는 눈빛도."

"아니야. 절대 그런 거 아니야."

"아니. 그랬어. 분명 그런 눈이었어. 내가 매켄지나 엘리스한테 어디 살고, 어디서 일하는지 말했을 것 같아? 당연히 아니지. 한편으론 그 애들이 나를 어떻게 생각할까 두려워. 이렇게 시간이 많이 흘렀는데도 말이야. 그래도 넌 다를 줄 알았어."

"난 걔들이랑 달라."

"아니. 다르지 않더라. 나이는 좀 더 먹었을지 몰라도 넌 그때 못되게 굴던 아이에서 조금도 달라지지 않았어. 너도 여전히 하피스야."

가늘게 치켜뜬 코트니의 두 눈이 나를 빤히 쳐다보았다. 코트니가 내 쪽으로 한 걸음 다가오는 순간 나도 모르게 뒷걸음질했다.

"네가 왜 올리비아의 장례식에 가고 싶지 않았을 거 같아? 왜냐하면 넌 네가 다른 사람들보다 낫다고 믿기 때문이야. 오랜 친구들은 아무도 남아 있지 않은 것처럼 행동하겠지. 하지만 에밀리, 있잖아, 솔직히 말해서 난 네가 불쌍해. 여유로운 생활에, 잘생긴 약혼자에, 알 굵은 다이아까지 손에 끼고 있을지 몰라도 넌 여전히 하피스야. 그게 좀 한심해 보여."

코트니는 나를 복도로 데리고 나갔다.

"다른 데도 구경시켜주고 싶지만 볼 게 없네. 부엌에 식료품도 별로 없고 그나마도 푸드 뱅크에서 공짜로 가져온 것들이야. 그래도 테리만큼은 건강하게 먹이려고 노력 중이야. 마음처럼 안 될 때도 있지만."

"직장은 어떻게 가니?"

"버스 타. 차 살 형편도 안 되고 보험료도 못 내. 자, 테리가 어떻게 사는지 봤지. 아직도 우리 딸이 안전하지 않아 보이면 네 마음대로 해. 아동 보호소에 신고하든가. 그게 아니라면 그만 가줬으면 좋겠다."

코트니는 나를 뚫어져라 쳐다보며 나의 대답을 기다렸다. 나는 아무 말도 하지 않고 복도를 따라 현관으로 향했다. 나는 거실을 지나가며 테리에게 작별 인사를 하기 위해 잠시 걸음을 멈추었다.

"다시 만나 반가웠어, 테리. 책 완성되면 꼭 읽어보고 싶구나."

테리가 나를 보며 환하게 웃었다. "감사합니다! 저도 꼭 끝내고 싶어요!"

나는 핸드백을 뒤적거렸다.

코트니가 내 뒤로 와서 다소 거칠게 속삭였다.

"주지 마."

나는 가방 속에서 구겨진 10달러짜리를 꺼내 천천히 코트니를 돌아보았다.

"말했잖아." 코트니가 소곤거렸다. "기름값이라고."

나는 그런 코트니를 가만히 응시했고 코트니도 내 눈을 피하지 않았다. 나는 이 싸움에서 절대 이길 수 없다는 걸 깨달았다. 버텨

보았자 상황만 더 악화시킬 뿐이었다.

내 생각을 읽은 모양인지 코트니가 단호한 눈으로 말했다.

"네 동정 따위 필요 없어. 너한테 바라는 거 없다고."

나는 코트니를 바라보았다. 코트니의 얼굴에서 잠깐이라도 스치는 나약함이나 우리 둘 사이를 무겁게 짓누르고 있는 분위기를 환기시킬 만한 뭔가를 찾아보려 했지만 허사였다.

나는 돈을 도로 가방에 집어넣고 집 밖으로 걸음을 옮겼다.

두 사람이 아파트에 들어서자마자 아이의 엄마는 전화기부터 집어 들었다. 엄마는 돌아오는 내내 화를 냈다. 운전대를 그러쥔 손에는 힘이 잔뜩 들어가 있었고, 머리에 피도 안 마른 그 나쁜 년들을 욕할 때마다 화가 가득한 목소리가 갈라져 나왔다. 수화기 너머의 누군가가 응답하자 그녀의 목소리는 한층 더 열을 내뿜었다.

"언니, 내 말 안 믿기겠지만 그년들 완전 선을 넘었어. 뭐? 아니, 그렇게 정확하게는 모르겠고. 그레이스가 말을 안 해. 근데 애 뒤통수에 멍이 한가득이야. 게다가 애들을 호수까지 데려다준 그 부자 계집애 부모는 모르쇠로 일관하고. 아무래도 고소해야겠어. 고소해야겠지? 변호사부터 고용해야 할까 봐."

아이는 손가락으로 전화선을 빙빙 돌리며 통화 중인 엄마를 거실에 남겨두고 돌아섰다. 엄마는 긴장하면 전화선을 꼬는 버릇이 있었다.

아파트는 작았고, 침실 두 개와 화장실 하나가 전부였다.

"그레이스, 딸," 엄마가 아이를 불러 세웠다. "어디 가?"

아이는 엄마의 목소리에 잔뜩 밴 걱정을 읽었다. 아이가 자기 방으로 시선을 돌리며 자신의 오른쪽에 있는 문을 가리켰다.

"화장실."

엄마는 대꾸 없이 가만히 있다가 다시 전화 통화에 빠져들었고 조금 전보다 더욱 열을 내며 말을 이어갔다.

"내 말 잘 들어, 언니. 여긴 집보다 나을 게 없는 곳이야. 차라리 이사를 오지 말걸 그랬어. 남쪽으로 내려오면 애 키우기가 더 나을 줄 알았는데. 여기 애들은 짐승 새끼나 마찬가지야."

아이는 욕실로 들어가 불을 켰다. 거울 위에 달린 전구 하나가 몇 번 깜박거리다가 꺼졌다. 그래도 괜찮았다. 전구는 두 개였고 하나만 켜져도 충분했다.

아이는 거울을 바라보았다. 작고 창백한 얼굴과 길고 검은 머리카락. 뒤통수가 얼얼하게 아팠다.

그 애들이 다시 돌아와 밧줄을 풀고 별장으로 데려다준 후 샤워를 했었다. 머리카락에 고인 피를 모두 닦아내긴 했지만 완벽하진 못했던 모양이다. 데리러 온 엄마가 한눈에 알아차렸기 때문이다. 다른 아이들은 그레이스가 입을 열까 봐 겁을 먹은 눈치였다. 오래가진 않았지만 찰나의 순간 매켄지와 엘리스도 두려워하기 했다. 하지만 아이들은 그레이스가 절대 비밀을 발설하지 않으리라는 걸 잘 알고 있었다.

예상대로 그레이스는 비밀을 지켰다. 아이들이 했던 말을 토씨하나 빼놓지 않고 기억하고 있었지만 단 한마디도 하지 않았다. 그 아이들은 말했었다. 넌 쓸모없는 존재라고, 공간 낭비라고, 차라리 이 세상에 태어나지 말았어야 했다고.

샤워 커튼을 젖히자 금속 고리가 샤워 봉에서 삐걱거렸다. 아이는 앞으로 몸을 수그려 배수구 뚜껑을 닫고 수도꼭지 두 개를 끝까지 틀었다.

거실로 돌아왔을 때도 엄마는 여전히 소파에 앉아 전화를 귀에 대고 있었다. 손에 감은 전화선이 더욱 단단히 꼬여 있었다.

"뭐가 문제인지 모르겠어. 지난 한두 달 동안 애가 너무 이상하긴 했어. 근데 아무 말도 안 해."

잔뜩 숨죽인 채 속삭이던 엄마는 딸이 거실로 돌아왔다는 걸 깨닫고 입을 닫은 채 어색한 미소만 지어 보였다.

그레이스는 엄마를 못 본 척하며 부엌으로 갔다. 창문 사이로 새어 들어온 햇빛이 값싼 리놀륨 바닥 위로 떨어졌다. 아이는 전자레인지 옆 서랍을 열었다.

두 사람이 사는 주방엔 식기류가 많이 없었다. 오로지 두 사람 것뿐이었다. 포크 몇 개, 숟가락 몇 개, 버터 나이프 몇 개, 그리고 스테이크 나이프 하나.

그레이스는 스테이크 나이프를 꺼내 날카로운 칼날을 느껴보았다.

"그레이스, 딸," 엄마가 다시 한번 아이를 불렀다. "진짜 괜찮은 거지?"

아이는 무슨 말을 해야 할지 몰라 잠시 침묵했다. 그러고는 끝내 아무 말도 하지 않기로 마음먹고 욕실로 돌아와 문을 닫아걸었다.

칼을 욕조 가장자리에 올려놓은 아이는 옷을 벗기 시작했다. 우선 신발, 그다음엔 양말, 티셔츠와 반바지. 마침내 브래지어와 팬티까지 다 벗어버린 아이가 거울 앞에 섰다.

유령이었다. 그 애들은 아이를 그렇게 불렀다. 자신이 유령으로 불린다는 사실을 아이가 알고 있다는 것까진 몰랐겠지만. 어쨌든 아이는 알고 있었다. 아이는 남들이 생각하는 것보다 훨씬 많은 걸 알고 있었다.

욕조에 물이 가득 차올랐다. 욕조의 물은 흡사 도자기에 담긴 작고 소란스러운 바다 같았다. 그레이스는 물 온도를 가늠하려고 물속에 손을 넣었다. 그런 다음 수도꼭지 하나를 조절하고 잠시 기다렸다가 물을 잠갔다.

엄마의 목소리가 아득하게 들려왔다. 아이의 귓전에서 혈관이 쿵쿵댔다. 그리고 지난밤부터 머릿속에서 메아리치던 그 애들의 조롱과 웃음소리도 들렸다.

그레이스는 모든 소음을 차단하고 욕조 속으로 들어갔다.

2부.

베스퍼

14

"그럼 더 이상 악몽은 꾸지 않으시는 건가요?"

"네."

"좋은 일이네요. 그렇죠?"

"그렇지 않을까요."

"에밀리, 지난주만 해도 똑같은 악몽을 두 번이나 꿨다고 했어요. 그러고는 이번 주 내내 한 번도 악몽을 꾸지 않았다는 거잖아요. 제 생각엔 좋은 일 같은데요."

금요일 오후였다. 즉, 오늘은 매주 예약되어 있는 그날이란 뜻이었다. 그리고 리사는 어김없이 비슷한 디자인의 밝은색 보헤미안 원피스를 입고, 책상 앞의 인체 공학적으로 설계된 메시 소재 의자에 가느다란 다리를 꼬고 앉아, 무릎에 노트를 올려놓은 채로 나를 지그시 바라보고 있다는 뜻이기도 했다. 또 한편으로는, 내가 치료 때마다 그러하듯 가죽 소파에 앉아 옆에 가방을 내려놓은 다음 스스로가 작아지는 것 같은 불편한 감정을 최대한 억누르기 위해 노력 중이었다는 의미이기도 했다.

나는 정교하게 제작된 벽시계를 쳐다보다가 리사에게 물었다. "혹시 환자 중에 자살한 사람이 있나요?"

리사는 아무 말도 하지 않았다.

나는 시계에서 시선을 돌려 리사를 보았다. 리사는 여전히 나를 바라보고 있었지만 표정이 묘하게 달라져 있었다. 지금껏 한 번도 본 적 없는 딱딱한 얼굴이었다.

"죄송해요. 제가 선을 넘었네요. 그런데…… 올리비아의 여동생 말로는 올리비아가 우울증을 앓았다고 하더라고요. 그래서 약을 복용 중이었다고요. 상담을 받았는지 여부는 알려주지 않았지만 이번 주 내내 과연 약이 도움이 됐을까 궁금했어요. 어쩌면 상담 치료를 받고 있었을지도 몰라요. 그리고 그 상담사도 올리비아의 우울증을 치료하기 위해 최선을 다했겠죠. 그런데 어쩌면…… 어쩌면 치료가 충분하지 않았을지도 몰라요. 아니면 상담사가 자신이 할 수 있는 모든 방법을 동원했을 수도 있고요. 혹시 상담사가 책임감이 넘쳐서 올리비아에게 너무 많은 걸 시도했는데 하나도 안 통했던 걸까요?"

나는 잠깐 말을 멈추고 고개를 내저었다. 그러다 다시 벽에 걸린 시계를 응시했다.

"만약 올리비아가 제 환자였더라면 전 어떻게 했을지 궁금해지더라고요. 예전에 있었던 일 때문에 그 후로 올리비아를 본 적은 없지만 전 올리비아와 같은 처지에 있는 사람이잖아요. 그러니까 올리비아의 우울증의 근원을 알아내기 위해 과연 제가 얼마나 그녀를 몰아붙일 수 있었을까 궁금했어요. 또…… 그냥 궁금한 게 많아지더라고요. 제가 가장 두려운 게 뭔지 아세요? 제 환자가 자살하는 거, 그리고 환자의 자살을 제가 막을 수 있었을지도 모른다는 거예요."

리사가 몸을 들썩이며 자세를 고쳐 앉고 부드럽게 목을 가다듬었다.

"에밀리, 치료사라면 누구나 당신과 같은 두려움이 있어요. 하지만 우리가 할 수 있는 일들이 있잖아요. 당신 친구도 아주 훌륭한 상담사에게 상담을 받았을 수 있고, 최고의 실력을 가진 정신과 의사에게 약을 처방받았을 수도 있어요. 설령 그 어떤 것도 도움이 되진 않았을지언정 말이에요. 우리 일은 사람들을 돕는 것이지만 궁극적으론 스스로 헤쳐나갈 의지가 있는 사람에게 효과가 있는 게 아닐까요."

"그럼 올리비아는 그럴 의지가 없었다고 생각하시는 거예요?"

"전 올리비아를 몰라요. 제가 아는 거라곤 당신이 말해준 게 전부죠."

나는 뭐라고 말해야 할지 몰라 애꿎은 시계만 쳐다보았다. 리사와 함께 이야기를 하다 보면 처음의 불편한 마음이 점차 누그러지는데 오늘만큼은 시종일관 이 자리가 그렇게 가시방석일 수 없었다.

나는 이번 주 내내 올리비아가 약혼자의 상간녀를 유령이라고 불렀던 캐런의 말을 곱씹으며 캐런이 잘못 들었을 거라는 생각에 빠져 있었다. 보통 때 같았으면 리사에게 모든 걸 털어놓았을 것이다. 리사라면 적절한 조언을 해주었을 테니까. 하지만 타이밍을 놓쳐버렸다.

이미 거짓말을 했기 때문이다. 나는 여전히 악몽을 꾸고 있었다. 학교 복도에 서 있는 내가 보인다. 손목에서 피가 흐르는 아이에게 다가간다. 매번 눈을 감을 때마다 그 아이가 보였다.

리사는 오늘도 나를 빤히 보며 내가 무슨 말이라도 하길 기다릴 뿐이었다. 내가 입을 열지 않자 리사는 목청을 가다듬었다.

"환자들하고는 관계가 원만한가요? 지난번 상담에서 새로운 환자에 대해 얘기했었죠. 자해를 한다던."

"클로이요. 어제 봤어요. 상담 시간의 절반은 아이 어머니와 이야기했지만요. 아이 어머니에게 아이와 단둘이 상담을 진행하겠다는 뜻을 관철시키려고요."

"지금까지의 상담 결과 1차적으로 어떤 진단을 내리셨나요?"

"어제 상담으로 미루어보면 아이는 레즈비언일 수도 있어요. 아니면 정체성의 혼란을 느끼고 있거나. 그리고 그 이유로 집에서 엄청난 스트레스에 시달리고 있어요. 그 아이 어머니 말에 따르면 가족들이 매주 교회에 간다고 하더라고요. 어쩌면 클로이는 부모님에게 커밍아웃을 하는 것이 두려워서 현실 도피의 수단으로 자해를 했을 가능성도 있는 것 같아요."

나는 클로이를 상담하는 내내 그레이스에 대해 생각했다는 말은 언급하지 않았다. 소파에 앉아 어깨를 잔뜩 웅크리고 있는 클로이에게서 그레이스의 그림자를 보았다. 클로이가 말을 할 때마다 그레이스의 목소리가 머릿속에서 메아리쳤다.

"잠은 잘 잤어요?"

"나쁘지 않았어요."

"그럼 대니얼과의 관계는 어때요?"

"대니얼 얘기는 하고 싶지 않아요."

리사가 계속해서 나를 응시했다. 침묵 속에서 서로의 얼굴만 바라보며 1분을 흘려보냈다. 절대 먼저 물러서지 않는 리사가 씩 웃었다.

"약혼한 지 얼마나 됐다고 했었죠?"

"그 사람 얘기는 하고 싶지 않다고 했잖아요."

"한 5년쯤 됐나요?"

리사는 일부러 기간을 부풀렸다. 목적이 있었다. 나를 화나게 할 심산이었다.

"이따가 집에 가서 대니얼에게 다음 달이나, 아예 다음 주에 당장 결혼하자고 하면 그 사람은 뭐라고 할 것 같아요? 결혼 날짜를 잡자고 밀어붙이고 아이를 낳자고 한 건 늘 그 사람이었다고 했었잖아요. 하지만 요즘엔 유독 대니얼 이야기는 피하네요. 적어도 1년은 된 것 같은데. 두 사람이 아직 만나고 있긴 한 건가요?"

나는 오늘만큼은 리사의 플레이에 말려들고 싶지 않았다. 그래서 자리에 앉아 입을 꾹 다물고 그녀를 가만히 바라보았다. 그녀가 절대 이길 수 없다는 사실을 꼭 알려주고 싶은 마음이었다.

리사가 자세를 바꾸며 다시 다리를 꼬고 앉았다.

"혹시 개구리 끓이기 가설에 대해 들어봤어요? 끓는 물에 개구리를 넣으면……."

"알아요. 말도 안 되는 예시예요. 심지어 현실성도 없고요. 예전에 그 가설을 직접 실험했던 과학자에 관한 글을 읽은 적이 있어요. 개구리는 삶아지기도 전에 물에서 튀어 나갔다고 했죠."

나는 조롱 섞인 목소리로 말했다. 내 말투로 말미암아 리사가 방어적인 태도를 비추기를 바랐지만 그녀는 조금도 동요하는 기색이 없었다.

"그러니까 요즘은 말이죠, 에밀리. 당신과 대니얼이 함께한 지도 벌써 수년째잖아요. 결혼을 결심했을 때 아버지가 돌아가셨고. 분명 트라우마가 생겼을 거예요. 저도 10대 시절 엄마가 돌아가셨고 이 나이가 돼도 여전히 엄마를 생각해요."

"무슨 말이 하고 싶으신 거예요?"

"예전엔 대니얼 이야기를 끊임없이 했잖아요. 비록 결혼식은 미뤘을지라도 에밀리는 여전히 그 사람에 대해 이야기하고 행복해할 수 있어요. 근데 제가 대니얼 이야기를 꺼냈을 때 당신의 태도가 어땠죠?"

"그래서 지금 제가 끓는 물에 들어가는 개구리라는 말씀이 하고 싶으신 거예요? 아니면 제가 가스레인지 위에 냄비라도 되나요?"

나는 부러 까다롭게 굴고 있었다. 리사를 화나게 만들고 싶었지만 리사는 전혀 개의치 않았다.

"당신과 대니얼은 서로에게 단 하나의 사랑일 수도 있어요. 나도 꼭 그러길 바라고요. 하지만 여기 앉아서 지켜본 바에 의하면 두 분은 아주 오래도록 일종의 냄비 속에 들어가 있었던 것 같네요. 물은 점점 뜨거워지는데 두 사람 다 나 말고 다른 사람이 먼저 뛰어나가길 기다리는 것 같아요."

나는 어떤 대답도 하지 않고 리사를 바라보기만 했다. 리사 역시 나를 똑바로 쳐다보았다. 리사가 또다시 내 대답을 기다리진 않을까 생각했지만 그녀가 먼저 입을 열었다. "딱 봐도 에밀리는 저한테 화가 났네요. 그러니까 돌리지 않고 말할게요. 그동안 궁금했던 게 있어요."

나는 리사를 향한 시선을 거두지 않고 혀로 마른 입술을 축이며 물었다. "그게 뭔데요?"

"대니얼과 함께하는 걸 망설이는 진짜 이유요. 그 사람과 결혼은 하고 싶지 않은 것 같은데 그럼에도 여전히 그 사람을 많이 좋아하는 것 같아요. 그렇지 않다면 오래전에 헤어졌겠죠. 더구나 제 기억에 대니얼은 절대로 먼저 이별을 통보하는 타입은 아니에요. 좋은 남자지만 자기감정을 먼저 드러낼 만큼 강하진 않아요. 그래서 교착 상태에 빠진 거예요. 어쩌면 이게 에밀리가 원하는 것일지도 모르지만요. 항상 이런 생각을 했어요. 그레이스에게 한 짓 때문에 에밀리 자신이 다시는 행복해져선 안 되는 사람이라고 여기는 것 아닌가 하는 생각이요. 영원한 참회를 하듯이요. 대니얼을 만나기 전에는 진지한 연애를 할 수 없던 것도 이 때문이고."

"그건 아니에요. 고등학교 때도 진지하게 만난 남자가 있었어요."

"아, 그렇죠. 벤이라고 했었나요? 제 기억이 맞다면 그 남자가 결혼, 아이 따위에 대해 얘기를 꺼내자마자 두 사람은 헤어졌죠. 이게 과연 우연일까요?"

나는 묵묵히 듣고만 있었다.

"아마도 이젠 행복해져도 되겠다고 결심하고 대니얼과 결혼 준비를 했겠죠. 그 사람과 인생을 새로이 시작하겠다는 마음으로요. 하지만 그때 아빠가 돌아가시면서 엄마에게 닥친 아빠의 부재가 얼마나 큰 영향을 끼치는지 가까이서 지켜봤을 거예요. 에밀리는 말이죠. 마음 한편으론 혼자 있는 게 두려운 사람이에요. 누군가와 연애하는 걸 좋아하고, 또 항상 누군가 내 곁에 있다는 안정감을 좋아해요. 하지만 동시에 당신 마음속 한구석에서는 영원히 행복해지지 말자고 정해놨기 때문에 끝없는 줄다리기를 하고 있는 걸지도 몰라요."

마침 옆에 놓아둔 가방에서 진동이 울렸다. 문자 메시지였다. 신경을 다른 곳으로 돌릴 기회가 생겼다는 게 어쩌나 기뻤는지 모른다. 영원히 낫지 않는 상처를 파고드는 리사로부터 벗어날 수 있는 절호의 기회였다.

나는 휴대폰을 꺼내 화면을 확인했다.

"무슨 문제라도 있나요?" 리사가 물었다.

분명 내 얼굴에 다 드러났을 것이다. 그러나 나는 고개를 가로저으며 자리에서 일어섰다.

"그만 가봐야 할 것 같아요."

리사가 의자에 몸을 기대며 재차 물었다. "괜찮아요?"

휴대폰이 또다시 진동했다. 나는 휴대폰을 가방에 넣고 가방을 어깨에 걸친 다음 문을 향해 발걸음을 옮겼다.

"별일 아니에요. 그럼 다음 주에 봬요."

주차장으로 나가는 길은 한낮의 따스하고 밝은 햇살로 눈이 부셨다. 나는 가방에서 휴대폰을 꺼냈다.

엄마였다. 이번엔 단 두 개의 문자였다.

데스티니 마셜 기억나니?

방금 들었는데 글쎄 그 애가 죽었단다 ㅠㅠ

15

끓는 물에 개구리를 집어넣으면 곧바로 튀어 나간다.

그러나 미지근한 물을 올린 냄비에 개구리를 집어넣고 천천히 열을 가하면 결국 개구리는 끓는 물에 삶아진다.

리사에게는 억지를 부렸지만 리사가 무슨 뜻으로 그런 말을 한 건지는 잘 알고 있었다. 나도 여러 번 비슷한 생각을 했었으니까. 대니얼과의 관계만 콕 집어 생각한 게 아니라 초등학교, 중학교를 거치며 만났던 모든 여자애들과의 관계를 두고도 비슷한 생각을 했었다. 상황이 급격하게 변하기 시작하던 중학교 때 특히 그랬다. 그토록 다정하고 예뻤던 애들이 교묘하게 사람을 조종하기 시작하던 그때, 자신들이 한 짓에서 벗어날 궁리를 하며 어떤 힘을 행사할 수 있는지 알아차리던 그때.

만약 나, 에밀리 베넷이 전학생으로 들어왔다면 그 무리가 풍기던 독성을 감지하고 거리를 둘 수 있었을까? 그럴 수 있었을 거라 믿고 싶다. 그럼 그 에밀리는 엘리스 마틴이나 매켄지 하퍼와 친구로 지내지 않았을 테고 삶에서 진정으로 건강한 가치가 무엇인지 깨달을 수 있지 않았을까. 그래서 행복한 일상을 보내며 학교에서 만나는 모두에게 친절한 사람이 된다는 것에 만족하지 않았을까.

게다가 그 에밀리라면 애초에 인기 있는 애들을 가까이하지 않았을 것이다. 그 애들이 어딘가 이상하다는 것 또한 본능적으로 알았을 것이다. 그 애들이 꼭 나쁘다는 뜻은 아니지만 그렇다고 착한 애들도 아니었으니까.

하지만 불행하게도 그 에밀리 베넷은 존재하지 않았다. 대신 유치원 첫날부터 엘리스 마틴을 만나 그녀와 가장 친한 친구가 된 에밀리가 있을 뿐이었다. 여섯 살밖에 안 된 어린 에밀리는 미지근한 물에 풍덩 빠져버렸고 시간이 흐를수록 냄비의 물은 조금씩 뜨거워졌다.

◇

벤저민 프랭클린 중학교는 랜턴의 교외에 있는 부유층 거주 지역에 자리 잡고 있었다. 그래서 대다수의 학생이 백인이었다. 때문에 중학교 2학년 가을에 전학 온 데스티니 마셜에게 평상시보다 더 많은 관심이 집중되었다.

수학을 가르쳤던 갤러웨이 선생님은 나이가 지긋했고 어두운 머리색에 70년대 스타일을 고수하는 여자였다. 갤러웨이 선생님에게는 짜증 나는 습관이 하나 있었다. 그것은 바로 새로운 전학생이 오면 교단으로 불러 반 아이들 앞에서 자기소개를 시키는 것이었다. 우리 무리는 시간표에 따라 종종 다른 수업을 들었다. 그래서 갤러웨이 선생님이 출석부에서 새로운 학생인 데스티니 마셜의 이름을 발견한 날 아침 수업 시간에는 매켄지와 올리비아만 있었다.

갤러웨이 선생님의 주름진 얼굴이 교실 안을 훑었다. 그녀는 자신의 얼룩무늬 안경이 눈에 더 가까워질 수 있게 턱을 당기고는 전학생을 찾기 위해 학생들을 찬찬히 살폈다. 드디어 전학생을 발견한 선생님이 슬며시 미소를 지었다. 후에 올리비아가 상황을 알려주면서 "먹잇감을 찾는 상어 같았다니까."라고 말했었다. 그렇게 데스티니가 교실 앞으로 불려 나왔다. 데스티니는 애들 앞에서 전혀 주눅 들지 않았다고 했다. 오히려 애들 앞에서 말할 수 있는 기회가 생겨 기뻐하는 것 같았다고 매켄지는 말했다. 전학생의 머리는 기다랗고 까맸으며 피부색이 짙었다. 그리고 매켄지나 엘리스처럼 세련된 옷을 입었다고 했다. 캘빈 클라인 청바지에 랄프 로렌 맨투맨. 매켄지는 솔직히 처음엔 질투심을 느꼈음을 인정했다. 이 말인즉슨 데스티니가 자동적으로 매켄지의 라이벌, 나아가 우리 모두의 라이벌이 될 수도 있다는 뜻이었다. 하지만 데스티니가 교실 앞에 서서 반 아이들을 향해 미소 짓는 순간 모든 게 바뀌었다.

"안녕. 난 데스티니라고 해. 이렇게 앞에서 자기소개를 시키는 갤러웨이 선생님이 좀 별로이긴 한데, 뭐 어쩌겠어."

데스티니의 말에 애들 몇몇이 헉 소리를 냈다. 갤러웨이 선생님의 엄한 표정이 더욱 굳어졌지만 데스티니는 아랑곳하지 않았다.

"아빠는 메이시스 백화점 지점장인데 최근에 발령이 나서 우리 가족 모두가 여기로 이사 왔어. 엄마는 브로드웨이 뮤지컬 배우였지만 주인공은 한 번도 못해봤대. 코러스만 했다고 하더라. 그러던 어느 날 두 분이 만났고 결혼해서 오빠를 낳았어. 그리고 엄마는 연기를 그만뒀지. 1년 후에 내가 태어났고. 엄마 덕분인지 나도 연기하는 게 좋아. 초등학교 때부터 연극반 활동을 했거든. 여기서도 연극을 할 수 있었으면 좋겠다. 난 동물도 좋아해. 특히 말. 어릴 때부

146

터 승마 수업을 받았어. 이 동네 근처에 괜찮은 승마 학교가 있으면 계속하고 싶어.”

그 말을 끝으로 데스티니는 제자리로 돌아갔다. 데스티니가 신고 있던 마이클 코어스 운동화 소리만이 조용한 교실에 울렸다.

갤러웨이 선생님은 데스티니가 자리로 돌아가는 내내 시선을 떼지 않았다고 했다. 나중에 한 이야기이지만 매켄지는 데스티니의 말이 어딘지 모르게 의심스러웠다고 했다. “아빠가 메이시스 지점장이라고?” 흥분과 의심이 뒤섞인 목소리였다. 하지만 데스티니의 가볍고 직설적인 말투에는 신빙성이 있었다. 새 전학생은 진실만을 이야기하는 게 분명했다.

매켄지는 두 줄 앞에 앉아 있던 올리비아가 뒤를 돌아보기를 기다렸다. 그리고 둘의 시선이 마주치자 매켄지는 가볍게 고개를 끄덕였다.

매켄지는 다른 애들의 의견을 들을 것도 없이 독단적으로 결정을 내렸다.

그렇게 데스티니가 하피스에 들어왔다.

◇

데스티니는 하피스에 들어오자마자 멤버로서 빛을 발했다. 데스티니는 마치 퍼즐을 완성시켜줄 마지막 한 조각 같았다.

그 무렵 나는 머지않아 하피스에서 내쳐질 거란 생각에 사로잡혀 있었다. 그래서 남들의 대화를 강박적으로 분석하기 시작했다. 친구들이 복도를 오가며 던지는 농담이나 지나가는 말까지 허투루 넘기지 못하고 숨은 의미를 파악하려 애썼다. 수업 시간에 친구 둘이 나 빼고 쪽지를 돌리고 있으면 내 뒷담화를 하는 거라 믿었다. 내 낡은 신발이나 물이 빠진 조다쉬 청바지, 아니면 그날 아침 화장으로 가리려고 온갖 쇼를 했으나 결국 가리지 못한 여드름에 대해 수군대는 거라 생각했다.

내가 처음에 데스티니를 피했던 것도 그런 이유 때문이었던 듯하다. 그 애가 주변에 있으면 겉으로는 잘해주는 척했다. 매켄지 덕에 배운 친한 척이었다. 어쩌면 데스티니도 내 가식을 느꼈을지 모른다. 몰랐을 수도 있고. 하지만 어느 쪽이든 별로 중요하지 않았다. 데스티니가 무리에 끼기 전에도 내 상황이 딱히 완벽하다고는 할 수 없었지만, 그 애로 인해 하피스에서의 내 입지가 더욱 좁아진 게 아닌가 하는 피해 의식에 사로잡혀 있었기 때문이다. 그래서 그 애가 더 미웠다.

그러다 크리스마스를 일주일 즈음 앞두고 내 마음이 바뀌게 되는 일이 생겼다. 그날도 우리는 쇼핑몰 푸드 코트에 앉아 천장에 달린 스피커에서 흘러나오는 크리스마스 캐럴과 구세군 자선냄비에서 나온 남자가 흔드는 벨 소리를 듣고 있었다.

그때 몇 년간 매켄지의 라이벌이었던 드니스 브라운 무리가 푸드 코트 반대편에 와 앉았다. 드니스와 사귀던 빌리 매덕스가 그녀를 차버리고 매켄지와 만나던 무렵이라 드니스 브라운 무리들은 우리를 계속 힐끔거리며 째려보고 있었다. (사실 드니스와 빌리 매덕스가 헤어진 데에는 우리가 만들어낸 소문이 한몫했다. 우리는 드니스의 입가에 난 여드름이 사실은 성병이라는 거짓말을 퍼트렸다.) 심지어 매켄지는 빌리를 별로 좋아하지 않지만 드니스 브라운을 열 받게 하고 싶어서 사귀는 거라고 했다.

우리는 드니스의 면전에 대고 이름 대신 D.B.라는 별명을 불렀다. 상대가 선생님이건 드니스를 잘 모르는 사람이건 간에 말이다. 드니스의 별명은 이름의 머리글자를 딴 것처럼 보였지만 사실은 다이빙 보드(Diving Board)를 의미했다. 드니스의 가슴이 너무 납작해서 스포츠 브라에 다이빙 보드를 몰래 숨기고 있는 것 아니냐고 놀리는 데에 재미가 들렸던 까닭이다. 드니스도 내막을 알고 있었지만 직접 나서든 자기네 무리가 단체로 나서든 본때를 보여줄 만한 타당한 명분을 찾지 못해 참을 뿐이었다.

우리가 초등학교 6학년 때 중학교 2학년 언니들 무리에서 방출된 여학생 하나가 자기들끼리 돌려가며 다른 애들의 뒷담화를 적어놓은 이른바 '뒷담집'을 빼돌려 점심시간에 식당에서 그 복사본을 돌린 일이 벌어졌었다. 이 사건은 당시 엄청난 이슈였다. 뒷담집에 연루된 학생 몇 명은 이후 일주일 동안 학교에 나오지 않았고, 결국 애커먼 교장 선생님은 전교생을 모아놓고 집단 괴롭힘의 위험성에 대한 특별 교육을 실시했다.

이 일을 교훈 삼아 매켄지와 엘리스는 다른 애들을 놀리거나 목표로 삼을 때는 좀 더 신중하게 움직여서 나중에 문제가 될지 모를 그 어떤 증거도 남기지 않아야 한다고 주장했다. 심지어 우리는 엘리스에 대한 끔찍한 소문을 직접 만들어 돌림으로써 우리에게 유리한 위치를 선점했다. D.B.와 그 패거리가 전교생에게 호감의 대상이었던 엘리스에 관한 추문을 퍼트렸다는 인식이 강하게 자리 잡도록 나름 머리를 굴렸던 것이다. D.B. 무리가 부인하면 할수록 도리어 제 발등을 찍는 꼴이 되었다. 결국 D.B. 무리는 방과 후 학교에 남아 벌을 받고 엘리스에게 사과 편지까지 써야 했다.

아무튼 그 D.B.와 패거리가 푸드 코트 반대편에 앉아 우리를 뚫어져라 노려보고 있었다. 우리 또한 똑같이 받아쳤다. 심지어 우리

표정이 더 험상궂었으며 보란 듯이 가운뎃손가락도 날렸다. 매켄지가 D.B.에게 오럴을 연상시키는 자세를 취하자 두 패거리 사이에 싸움이 날까 봐 두려워지기 시작했다.

나는 애들이 자리를 박차고 일어나 플라스틱 쟁반에 담긴 음식을 집어 던지고 손톱으로 얼굴을 할퀴는 장면을 상상했다. 그때였다. D.B.가 자리에서 일어나더니 푸드 코트를 떠났다. 나머지 무리가 D.B.를 쫓아 나가는 모습을 보며 우리는 깔깔대고 웃음을 터트렸다.

그러다 갑자기 매켄지의 시선이 나에게 꽂혔다. 매켄지의 얼굴이 미소로 가득했다.

"있잖아, 방금 생각났는데 여태껏 베넷이 뭘 빌린 걸 본 적이 없네." 매켄지가 말했다.

'빌린다'는 말에 대해 엘리스가 알려주었던 게 생각났다. 엘리스는 물건 훔치는 걸 이런 식으로 표현한다고 말해주었었다. 도둑질은 나쁜 사람들이 하는 짓이지만 하피스는 나쁜 애들이 아니니까. 무리에서 나를 뺀 나머지 애들은 물건을 슬쩍했다가 마음만 먹으면 언제든지 물건값을 치를 능력이 되었다. 이 아이들에게 빌리는 행위는 순전히 재미를 위한 일이자 스릴 넘치는 일탈이었다. 일전에 엘리스가 세포라(유명 화장품 브랜드 편집 숍 – 옮긴이)에서 립스틱을 '빌리고' 쇼핑몰을 나오자마자 별거 아니라는 듯 새 립스틱을 쓰레기통에 버린 일이 있었다. 물론 엘리스나 다른 애들에게는 정말 별일이 아니었다. 이 아이들에게 빌리는 행위는 순간의 충동 내지는 시간을 죽이는 수단, 그리고 걸리지 않고 물건을 얼마나 많이 훔칠 수 있는지를 확인하는 장난에 불과했다.

하지만 나는 그 어떤 것도 빌리지 않기 위해 필사적으로 버티는

중이었다. 적어도 그날까지는 그랬다. 크리스마스를 불과 6일 앞
둔 날이었다. 쇼핑몰은 고객들로 인산인해를 이루었다. 부모님과
아이들, 젊은 커플들이나 나이 든 부부들이 쇼핑몰 곳곳에서 북새
통을 이루고 있었다. 자연히 보안 관련 직원도 많았다. 회색 유니폼
을 입은 보안 요원들은 손에 무전기를 들고 가슴에 배지를 달고 다
녔다. 아무튼 연휴 기간이라 보안 요원의 수가 절대적으로 많았다.

"에이, 당연히 에밀리도 빌려봤지." 엘리스가 다이어트 콜라를
마시며 말했다. "말했잖아. 저번에 시어스 백화점에서 봤다고. 애
로즈 골드 목걸이 빌렸어, 그때."

엘리스와 백화점에 갔던 적은 있지만 내가 물건을 훔치지는 않
았었다. 매켄지도 이 사실을 알고 있었을 것이다.

"글쎄," 매켄지가 나를 똑바로 쳐다보며 말했다. "난 그때 없었잖
아. 더블 오레오, 넌?"

"나도." 올리비아가 조용히 대답했다.

"코트니, 넌?"

코트니가 뭐라 대답하기도 전에 나는 매켄지의 시선을 똑바로
받으며 물었다. "내가 아무것도 훔치고 싶지 않다면?"

그러자 매켄지가 말했다. "네 의견 물어본 적 없는데?"

매사 이런 식이었다. 내 선택은 하나도 중요하지 않다는 게 이로
써 명확해졌다. 엘리스가 나를 감싸주려 했지만 하등의 소용이 없
었다. 설사 내가 실제로 무언가를 빌렸을지라도 매켄지는 자기가
직접 본 게 아니니 믿는 시늉조차 하지 않았을 것이다.

나는 매켄지가 다른 애들에게 나와 다시는 말을 붙이지 못하도
록 시키는 모습을 상상해보았다. 매켄지에게는 그럴 만한 힘이 있
었다. 나를 무시하지 않을 유일한 친구는 엘리스뿐이겠지만, 그리

고 여전히 엘리스가 베스트 프렌드라고 믿고 있긴 했지만 이대로 무리에서 쫓겨나고 싶지 않았다. 당시의 나에게는 하피스에서 쫓겨나는 것만큼 무서운 일은 없었다.

"알았어. 뭘 빌려올까?"

매켄지는 어깨를 으쓱하며 빨갛게 칠한 손톱만 응시했다. 마치 내가 자신의 시간을 낭비하고 있다는 투였다.

"아무거나. 뭐든 상관없어."

그때 코트니가 끼어들었다. "핫 토픽(미국의 음악 전문 체인 – 편집자)에서 음반 빌리는 건?"

올리비아도 씨익 웃으며 거들었다. "아니면 디즈니 스토어."

"디즈니 스토어는 안 돼." 엘리스가 말했다. "거기서 얘가 뭘 빌리겠어. 미키 마우스 인형?"

매켄지가 드디어 나와 시선을 맞추었다. 두 눈에 웃음기가 가득했다.

"음반 마음에 드네. 괜찮은 걸로 빌려와. 펑크 록 같은 거로."

나는 더 이상의 말씨름이 소용없다는 걸 깨닫고 조용히 자리에서 일어섰다. 인생에서 가장 긴장되는 순간이었다.

그런데 놀랍게도 데스티니가 나를 따라 일어났다.

"나도 같이 갈게." 데스티니가 말했다.

매켄지가 얼굴에 물음표를 그리며 말했다. "왜?"

"흑인 여자애가 하나 있어야 직원들이 나만 보지." 데스티니가 피식거리며 되받아쳤다.

그렇게 데스티니와 나는 가족, 커플, 보안 요원을 헤치며 나아갔다. 귓바퀴가 헛헛하게 달구어지는 게 느껴졌다. 심장이 점점 빠르게 뛰었다.

데스티니가 내 쪽으로 몸을 기울이며 속삭였다.

"긴장 풀어. 괜찮을 거야."

하지만 괜찮지 않았다. 나는 어쩔 줄 몰라 하며 가게 안을 정처 없이 돌아다니기만 했다. 나만의 착각인 줄 알면서도 직원들이 나만 쳐다보는 게 아닌가 하는 불안감을 지울 수 없었다. 나는 어딘가 있을지 모를 숨겨진 CCTV를 찾고 또 찾았다. 만약에 카메라에 걸린다면 딸이 범죄자라는 사실을 엄마 아빠에게 알려줄 증거가 되겠지. 나는 열쇠고리나 액세서리 코너 쪽에서 주머니에 슬쩍할 만한 게 있는지 살펴보았다. 그러나 뭐라도 하나 집어볼까 하다가도 행여나 나를 감시하는 사람이 있는 건 아닌지 지레 겁을 먹고 눈치부터 보았고, 이런 내 행동은 당연히 의심스럽게 보일 수밖에 없었다.

마침내 데스티니가 내 곁으로 다가왔다. 매장에 틀어놓은 시끄러운 록 음악 때문에 데스티니는 내 귀에 대고 고함치듯 말해야 했다.

"나가자."

나는 주어진 시간이 끝났다는 걸 깨닫고는 패닉에 빠졌다. 매장 밖에서 애들이 기다리고 있을 텐데. 매켄지는 내가 빈손으로 돌아오기만을 기다렸을 테고 자신이 원하던 결과에 얼마나 고소해할까.

"아직 안 돼."

데스티니가 나를 가게 밖으로 잡아끌었다.

"나가자고."

대체 어쩌자고 그런 일을 하겠다고 한 걸까? 나는 털끝 하나라도 빌릴 생각이 없었다. 나는 도둑질은 절대 해선 안 되는 나쁜 짓이라는 걸 잘 알고 있었고, 어쨌든 도저히 용납할 수 없는 행동이었다. 그래서 데스티니가 내 손을 잡아끌자 나는 마지못한 척하며 그 애가 이끄는 대로 따라갔다. 데스티니가 나를 끌어안으며 다 괜찮아질 거라고 말해주었다.

나는 데스티니의 돌발 행동에 적잖이 놀랐다. 그러다가 빅토리아 시크릿 매장 앞에서 우리를 기다리던 무리를 발견한 다음에야 데스티니가 왜 그랬는지 파악이 되었다. 데스티니가 속삭였다. "왼쪽 주머니."

나는 데스티니를 향해 눈살을 찌푸리며 주머니에 손을 집어넣었다. 무언가가 잡혔다.

어그 매장 앞에 팔짱을 끼고 서 있는 매켄지가 보였다.

"어떻게 됐어?"

나는 고개를 끄덕였다. 지금껏 한 번도 느껴보지 못했던 뿌듯함이 차올랐다.

매켄지가 파란 눈을 가늘게 뜨며 말했다. "봐봐."

"여기선 안 돼." 엘리스가 끼어들었다. "푸드 코트 뒤로 가자."

매켄지가 건들거리며 앞장섰다. 푸드 코드 쪽으로 절반쯤 갔을 무렵 몰래 주머니의 물건을 꺼내보았다. 그리고 깜짝 놀랄 수밖에 없었다. 흰색 비즈 다섯 개가 달린 검은 팔찌였다. 비즈에는 글자가 하나씩 새겨져 있었고, 무슨 뜻인지 깨닫자마자 하마터면 큰 소리로 웃음이 터질 뻔했다. 나는 매켄지에게 팔찌를 넘겨주며 그 애의 눈을 똑바로 쳐다보았다.

팔찌에는 '나쁜 년'이라는 단어가 새겨져 있었다.

엘리스와 올리비아가 킥킥거렸다. 코트니는 손으로 입을 틀어막으며 웃음을 삼켰다.

물론 매켄지는 전혀 즐거워 보이지 않았다.

"웃기네." 그 애가 말했다.

매켄지는 엄지손가락으로 비즈를 몇 번 쓸어보더니 근처의 쓰레기통에 휙 던져버렸다.

◇

나는 데스티니에게 고맙다는 말을 하지 못했다. 일단 둘만 있을 기회를 잡지 못했고 시간이 흐르면서 그날의 이야기를 꺼내는 게 오히려 이상해져버렸다. 다행히 데스티니는 크게 개의치 않아 하는 눈치였다. 데스티니와 나, 둘만 아는 작은 비밀이 생긴 것 같았다.

그럼에도 나는 여전히 혼자 힘으로 뭐라도 증명해 보여야 한다는 압박감에 시달렸다. 특히 그레이스 파머가 나타난 후로는 심리적 압박이 더욱 심해졌다. 다른 애들과 마찬가지로 그레이스 역시 도둑질에 전혀 죄책감을 느끼지 않았다. 쇼핑몰에서 그레이스가 매켄지에게 훔친 물건을 넘겨주던 날 매켄지는 다 안다는 얼굴로 나를 보며 입꼬리를 올렸었다. 내가 그날 거짓말을 했다는 걸 다 알고 있으며 언제든 나를 몰아세울 때 써먹고야 말겠다는 미소였다. 데스티니가 매켄지에게 비밀을 털어놓았을 리는 없었다. 다만 매켄지가 다른 애들 앞에서 나를 망신 주는 일이 조만간 또 벌어지리라는 것만은 확실했다. 나는 연습을 하기로 결심했다. 아무거나 눈에 띄면 가져가자. 과연 걸리지 않고 어디까지 선을 넘을 수 있을까.

아마 3월 첫째 주였을 것이다. 나는 엄마와 월마트에서 옷을 구경하는 중이었다. 엄마가 카트를 밀며 딴 데 정신이 팔린 사이 나는 보는 사람이 없는 걸 확인하고는 회전 진열대에 걸려 있는 진주 귀걸이 한 쌍을 주머니에 넣었다. 귀걸이는 10달러가 채 되지 않았기 때문에 진짜 진주가 아닌 게 틀림없었다. 나는 속으로 되뇌었다. 이 귀걸이는 쓰레기 같은 싸구려다. 그러니 훔쳐가든 말든 아무도 신경 쓰지 않을 것이다.

하지만 누군가는 촉각을 곤두세웠던 모양이다. 매장을 몰래 감시하던 그렉이라는 이름의 보안 요원이 유리문을 통해 매장을 빠져나가던 엄마와 나를 막아서며 말했다.

"학생," 이후로도 중저음의 그 목소리는 꽤 오랫동안 나를 쫓아다니며 괴롭혔다. "잠깐 나 좀 볼까?"

16

엄마는 매주 습관처럼 가는 식료품점에서 차를 더 사왔다. 엄마
는 이국적인 차 이름을 줄줄 읊었다. 엄마의 목소리에서 자부심이
느껴졌다. 딱히 끌리는 이름은 없었지만 엄마의 뜻에 빨리 따라야
내가 원하는 답도 빨리 얻을 수 있었다.

"이건 얼마나 하는 거야?" 종류별로 꺼내놓은 차를 보며 물었다.
질문이 끝남과 동시에 나는 재빨리 고개를 흔들었다. "아니다. 그
냥 안 들을래. 내가 물려받을 유산이 실시간으로 사라지는 상황을
굳이 알아서 뭐 하겠어."

엄마는 가스레인지에 주전자를 올리고 나를 향해 돌아섰다. 그
런 다음 조리대에 등을 기대고 선 채로 얼굴에 살포시 미소를 띠
며 말했다.

"너한테 물려준다고 누가 그러든?"

"난 외동이잖아."

엄마가 어깨를 으쓱거렸다.

"손주 없으면 유산도 없어."

엄마는 늘 웃을 수 없는 농담만 했다.

나는 아일랜드 식탁 앞의 스툴에 앉았다. 그러고는 식탁에 팔꿈치를 올려놓으며 엄마에게 물었다.

"그나저나 데스티니 얘기는 뭐야?"

엄마의 얼굴에서 웃음기가 걷혔다.

"마지막으로 그 애랑 만난 게 언제니? 중학교 졸업하고 한 번이라도 본 적 있어?"

없었다. 그레이스 사건 직후 데스티니는 아빠가 있는 데로 전학을 갔다. 그 일이 있기 한 달 전 데스티니의 아빠가 다른 곳으로 발령을 받았는데, 데스티니, 엄마, 오빠는 랜턴에 그대로 머물렀고 아빠만 혼자 사우스캐롤라이나로 옮겼었다. 학기말이 코앞이었고, 무엇보다 집에 여유가 있으니 살림을 두 군데에 꾸리는 게 충분히 가능했다. 데스티니는 엄마가 짐을 쌌다고 했지만 알고 보니 전문 포장 이사 업체가 다 알아서 해준 것이었다.

내가 멍하니 생각에 잠겨 있자 엄마가 나를 재촉했다. "에밀리?"

"전학 가고 나서 한 번도 못 봤지."

엄마는 입술을 오므리며 고개를 끄덕였다. 시간이 오래되어 기억이 마구잡이로 혼재된 모양이었다. 하나밖에 없는 딸이 저지른 수치스러운 일을 떠올리는 게 분명했다. 그것도 한 번도 아닌 두 번씩이나.

두 번째이자 마지막이었던 그 사건은 처음보다 훨씬 심각했다.

◇

나는 테이블과 플라스틱 의자 네 개만 덩그러니 놓인 창문 없는 사무실에서 장장 한 시간을 갇혀 있었다. 그렉이 도둑질이 얼마나 큰 잘못인지에 대해 지루한 설교를 늘어놓는 동안 엄마는 아무 말 없이 조용히 화를 삼켰다. 마침내 엄마와 내가 월마트 밖으로 빠져나왔을 즈음에는 하늘이 이미 어두컴컴해져 있었다.

엄마의 뒤를 따라 주차장으로 걸어가면서 나는 아무 말도 하지 못했다. 차에 타서 안전벨트를 매는 순간까지 꿀 먹은 벙어리처럼 입도 뻥긋하지 않았다.

엄마는 시동 걸 생각이 없는 듯 차 키만 꽂아놓고 몸을 잔뜩 수그린 채 운전석에 앉아서 멍하니 운전대만 바라보았다. 바로 옆의 내 목소리조차 들리지 않는지 엄마를 불렀지만 묵묵부답이었다.

나는 답답하고 창문도 없는 그렉의 사무실에서 눈물을 뚝뚝 흘리며 몇 번이고 죄송하다며 용서를 빌었다. 그렉은 경찰에 신고해서 절도죄로 기소하고 법정에 세워야 한다고 거듭 겁을 주었지만 다행히 실행에 옮기지는 않았다. 대신 폴라로이드 카메라로 내 사진을 찍어 사무실 게시판에 붙여놓겠다고 했다.

왜냐고? 이건 말이지. 학생이 앞으로 다신 우리 가게에 못 온다는 뜻이야.

사무실에서도, 차에 있는 지금도 엄마는 내 얼굴을 똑바로 보지 않았다.

이번엔 좀 더 크게 엄마를 불렀다.

"엄마."

"아무 말도 하지 마."

엄마가 이를 악물며 말을 내뱉었다.

"엄마, 잘못했어. 나쁜 마음으로 그랬던 건……."

엄마가 나를 향해 몸을 틀더니 갑자기 뺨을 후려쳤다. 나는 엄마가 그렇게 민첩한 사람인 줄 그때 처음 알았다. 지금껏 엄마는 한 번도 나를 때린 적이 없었다. 훈육은 아빠의 몫이었으며, 말이 훈육이지 아주 어렸을 때 이른바 사랑의 매 개념으로 엉덩이 몇 대 팡팡 맞았던 게 전부였다. 나는 상당한 충격을 받고 엄마를 쳐다보았다. 엄마와 눈이 마주친 순간 엄마도 나 못지않게 커다란 충격을 받았음을 알 수 있었다.

하지만 그것도 잠시 엄마는 차가운 눈빛으로 말했다.

"네가 뭘 잘했다고 함부로 입을 열어? 변명 따위 듣고 싶지 않다. 잘못했단 말도 듣기 싫고. 내가 얼마나 창피했는지 알아? 여태껏 마트는 여기만 다녔는데 네 덕분에 다시는 발도 못 붙이게 됐구나. 네가 운이 좋아서 이 정도로 끝났지. 차라리 그 아저씨가 경찰에 신고하는 게 더 나았겠다."

엄마는 시동을 켜고 고속 도로 쪽으로 차를 몰았다. 우리는 집에 오는 내내 한마디도 하지 않았다. 집에 도착해서도 엄마는 아무 말이 없었다. 아빠에게 어떻게 말할 거라든가, 오늘 일에 대한 벌로 2주간 외출 금지를 내릴 거라든가 하는 경고도 하지 않았다. 일단 외출 금지 명령이 떨어지면 주말에 친구들과 쇼핑몰에 갈 수 없을 것이었다. 그리고 친구 집에도 놀러 갈 수 없고, 전화 통화도 안 될 것이었다.

엄마의 이야기를 전해 듣고 실망과 분노로 딱딱하게 굳어가는 아빠의 얼굴을 보며 나는 또다시 눈물을 흘렸다. 심지어 아빠는 야단을 치지도 않았다. 그저 고개를 내저으며 방으로 들어가라고만 했다.

그로부터 두 시간쯤 흘렀을까 엄마가 늦은 저녁을 먹으라며 나를 불렀다. 엄마가 방문을 열고 내 방으로 들어왔다. 나는 휴지 뭉치를 움켜쥐고 침대에 모로 누워 있었다. 엄마는 침대에 걸터앉아 부드럽게 내 팔을 다독였다.

"때려서 미안해. 그러면 안 됐는데. 근데 에밀리, 그런 짓은 절대 하면 안 돼. 엄마 말 알아듣겠지?"

나는 대답 없이 고개만 끄덕였다.

"엄마는 우리 딸한테 대체 무슨 일이 벌어지고 있는 건지 모르겠어. 요즘 넌 내가 알던 에밀리가 아닌 것만 같구나……."

엄마에게 그게 무슨 뜻이냐고 묻고 싶었지만 참았다. 엄마에게 물어보는 순간 모든 게 달라질 것만 같았다. 어쩌면 엄마의 대답이 나를 올바른 길로 이끌 수 있을지도 몰랐다.

하지만 나는 더 나은 답을 알고 있었다. 결국 나는 나고, 그 무엇으로도 그런 나를 바꿀 수 없었다.

그날 밤 내 방에서 엄마는 나를 안아주며 속삭였다.

"우리 딸, 사랑해."

나도 엄마를 꼭 끌어안았다. 엄마와 떨어지고 싶지 않았다.

하지만 놓아주어야 했다. 놓아주고 싶지 않아도 그래야만 했다. 그게 어린 시절 내가 배운 인생의 교훈이었다.

나중에 그레이스가 자살 시도를 했고 나를 포함한 하피스 무리가 그레이스에게 무슨 짓을 했는지 낱낱이 밝혀졌을 때, 엄마는 월마트 주차장에서의 감정적인 반응은 보이지 않았다. 아빠도 마찬가지였다. 대신에 나를 향한 엄마 아빠의 얼굴에서 분노나 실망이 아닌 혐오를 보았다.

◇

주전자의 물이 끓기를 기다리며 조리대에 등을 기댄 채 서 있던 엄마가 가만히 고개만 끄덕거렸다.

"아무튼 데스티니가 죽었대. 6개월 전에 그렇게 됐다고 부고란에 났대."

"그건 어떻게 알았어?"

"앤 울프가 말해줬어."

"누구?"

"제니퍼 울프 엄마 말이야. 제니퍼 기억나지? 아마 너보다 한 살 어릴 건데. 그 애 엄마가 한 달 전쯤 페이스북 친구 요청을 했어. 졸업 앨범을 잃어버리지 않았으면 바로 찾아볼 수 있을 텐데. 제니퍼 생각 안 나?"

같은 학년이던 애들도 기억이 안 나는데 한 학년 아래라면 더더욱 모를 수밖에. 하지만 엄마에게 굳이 이런 말까지 하고 싶진 않았다.

"이름 들으니 기억나는 것 같아."

"아무튼 앤이 며칠 전에 신문에서 부고를 발견해서 주변에 말을 해야겠다고 생각했나 봐. 네가 데스티니랑 중학교 친구였다는 걸 기억하고 있었던 모양이야."

아무리 생각해도 이건 너무하다 싶었다. 이름도 잘 기억나지 않는 아이의 엄마가 우리 엄마와 교류하며 나에 대해 잘 아는 듯이 떠들어대다니. 마치 학창 시절 부모님들이 하던 것처럼 말이다. 엄마들은 늘 자기 자식들에게 무슨 일이 일어나는지 알고 싶어 했다. 그래서 학부모회에 적극적으로 가입하고, 수학여행이나 댄스 파티 같은 학교 행사가 있으면 봉사 활동을 자처했다. 그중 몇몇은 코트니처럼 가십거리에만 혈안이 되어 있었는데, 이런 고약한 습관은 아이들이 학교를 졸업하고 나서도 사라지지 않았다.

"엄마가 말한 부고 말이야. 지금 볼 수 있어?"

엄마가 고개를 끄덕이며 주방 조리대에 올려놓았던 아이패드를 가져왔다. 그때 주전자가 끓으며 휘파람 소리를 냈다.

"네가 확인해봐. 인터넷 창 띄워놨어."

엄마의 아이패드에 메릴랜드주 지역 일간지 〈라이트하우스〉의 10월 12일자 기사가 떠워져 있었다. 첫 페이지에 데스티니의 부고가 실려 있었다. 내 나이 또래로 보이는 여자의 사진도 함께였다. 짙은 피부와 길고 검은 머리, 그리고 기분 좋은 미소. 마지막으로 데스티니를 본 게 14년 전이었음에도 한눈에 그 애를 알아볼 수 있었다.

나는 부고를 쭉 훑어보았다. 데스티니는 버지니아 메릴랜드 대학의 수의학과를 졸업하고 같은 주의 베를린이란 동네에 있는 동물 병원에서 일했다고 써 있었다. 내 기억에도 데스티니는 동물을 좋아했었다. 특히 말을 아주 좋아했다.

데스티니의 사망 원인에 대한 내용은 없었고 그저 '갑작스러운 사망'이라고만 했다.

엄마가 차를 끓여와 아이패드 옆에 내려놓았다. 엄마는 내 곁의 스툴에 앉으며 고개를 절레절레했다.

"끔찍한 일이지 뭐냐. 이게 무슨 일이니? 6개월 새에 네 친구가 둘씩이나 이렇게 가다니. 정말 끔찍하다, 얘."

엄마 말이 맞았다. 끔찍했다. 살면서 이런 일을 겪을 확률이 얼마나 되겠는가. 믿을 수 없는 일이었다.

기억이 되살아났다. 머릿속에서 캐런의 목소리가 들려왔다. '사실 그게 좀 이상해요. 유령이라고 했거든요.'

17

코트니는 계산대 줄의 다음 차례가 내가 될 때까지 전혀 눈치채지 못했다.

코트니는 바로 앞에 있는 알이 두꺼운 안경을 낀 히스패닉계 할머니에게서 눈을 떼지 않았다. 바코드를 찍고 물건을 봉투에 담으며 할머니와 웃고 수다를 떨었다. 지난번에 보았을 때와 마찬가지로 금발 머리를 포니테일로 묶고 군데군데 헤어 피스를 달고 있었다. 단, 오늘은 헤어 피스가 보라색이었다. 코트니는 세탁한 지 얼마 안 되어 보이는 펑퍼짐한 푸른색 조끼를 걸치고 있었다.

나는 코트니를 가만히 바라보다가 시선을 돌렸다.

마트를 둘러보다 문득 중학교 2학년 때 그 사건 이후로 이곳에 처음 왔다는 걸 깨달았다. 고등학교 졸업과 동시에 평생 출입 금지를 당했다는 사실을 잊어버렸지만, 어차피 지금 집이 완전히 반대쪽이기 때문에 굳이 여기까지 와서 장을 볼 생각이 들지 않았던 것이다. 나는 과연 그때 그 그렉이 아직도 일을 할지, 그리고 지금의 나를 알아볼지 궁금해졌다.

코트니가 할머니 손님의 계산을 마치고 고개를 돌려 다음 손님을 확인했다. 코트니와 나의 시선이 마주쳤다. 코트니는 잠시 멈칫하더니 거스름돈을 세며 인상을 썼다.

나는 내 뒤에 누가 있는지 힐끗 보았다. 아이를 둘 데리고 온 한 중년 여성이 카트에서 물건을 꺼내 컨베이어 벨트에 올려놓기 시작했다. 그러면서 계산할 물건도 없이 계산대에 서 있는 나를 연신 힐끔거렸다.

그때 계산대 쪽에 있는 가판대가 눈에 들어왔다. 나는 별다른 고민 없이 주시 프루트 껌을 하나 집어 들어 계산대에 올려놓았다.

코트니는 모든 손님들에게 밝게 인사를 건넸다. 하지만 나에게는 그렇게 하지 않았다. 코트니는 미소를 거두며 건조한 목소리로 말했다.

"여기서 뭐 하는 거야?"

"너 보려고 너네 집에 들렀었어. 문을 두드렸는데 아무도 없더라고."

"테리는 아무한테나 문 안 열어줘."

"너한테 전화하려고 했는데 연결이 안 되더라."

"선불로 낸 요금 다 써서 그래. 근데 바쁠 때 손님이랑 사담 나누면 매니저가 싫어해."

코트니가 주저하며 덩치가 큰 곱슬머리 여자를 눈으로 가리켰다. 여자는 한쪽 옆에 서서 금전 출납기를 열고 안을 들여다보는 중이었다.

나는 다시 코트니를 바라보며 조용히 속삭였다. "데스티니가 죽었대."

코트니의 눈이 커다래졌다. "뭐? 언제?"

"6개월 전에."

"왜 죽었대?"

"나도 몰라. 부고 내용이 되게 애매하더라고."

코트니가 잠시 침묵에 잠겨 있다가 내가 내민 껌을 집어 들어 바코드를 찍었다. 서로 다른 열두 개의 계산대에서 바코드 찍는 소리가 쉴 새 없이 들려왔다.

"30분 후에 교대야. 집까지 태워줄래?"

나는 고개를 끄덕였다.

코트니가 금전 출납기에 열쇠를 꽂은 다음 화사한 미소를 꾸며 내며 목소리를 높여 말했다.

"1달러입니다. 현금으로 하시겠어요, 카드로 하시겠어요?"

코트니는 조수석에 앉아 내 휴대폰 화면을 내려다보고 있었다. 엄마 집을 나서기 전에 몰래 신문 기사 주소를 복사해두었었다. 주차장을 빠져나와 간선 도로를 달리는 사이 코트니가 기사를 꼼꼼하게 읽어 내려갔다.

"세상에," 코트니가 머리를 내저으며 중얼거렸다. "이건 어떻게 알아냈어?"

"엄마 페이스북 친구가 링크 주소를 알려줬대. 제니퍼 울프 엄마라던데. 넌 기억나니?"

"우리 학년?"

"한 학년 아래."

"어쩌면. 제니퍼가 한둘이어야지. 그건 그렇고 세상에, 데스티니도?"

"아무 관련 없을지도 모르잖아. 데스티니랑 올리비아 사이에 어떤 연관성이 있는지 어찌 알겠어. 기사만 놓고 보면 데스티니가 '갑작스럽게 사망했다'고 돼 있잖아. 사고였을지도 몰라."

"아님 자살이거나."

자살이기를 바라는 듯이 말하진 않았지만 코트니의 말에서 일말의 가능성에 대한 조심스러운 확신이 묻어났다. 올리비아의 죽음에 대해 들은 게 있으니 앞뒤가 맞으려면 자살이어야 한다는 투였다.

바로 지난주에 코트니와 크게 싸웠던 까닭에 코트니를 차에 태우고 있는 이 상황이 다소 어색하게 느껴졌다. 코트니의 집을 나설 때 다시는 코트니를 볼 수 없을 거라 생각했었다. 그런데 오늘은 마치 아무 일도 없었던 것처럼 코트니의 직장까지 찾아가 코트니를 태우고 집까지 데려다주고 있었다.

"맞아, 근데 아닐 수도 있잖아. 아무튼 데스티니 소식까지 듣고 나니 지난주에 우리가 나눴던 대화가 생각나더라." 내가 말했다.

코트니는 창밖을 응시한 채 말이 없었다. 일곱 시가 막 지난 시간이라 해는 이미 졌고 하늘은 주황색과 보라색으로 물들어 있었다.

"그레이스 얘기?" 코트니가 창밖을 바라보며 말했다.

"난 아직도 올리비아가 유령이라고 불렀다는 여자가 그레이스인지 잘 모르겠어. 확인할 수 있는 방법이 하나 있긴 한데."

코트니가 고개를 홱 돌리며 물었다. "어떻게?"

"올리비아 약혼자한테 물어보면 되잖아."

"그 남자가 우리랑 이야기를 하려고 할까?"

"모르지. 그래도 찾아는 봐야지."

별안간 코트니가 씩 웃었다.

"왜?" 내가 물었다.

"내가 벌써 찾아봤지."

◇

E동 2층으로 올라가는 계단은 여전히 어둡고 곰팡이 냄새가 진동했다.

코트니가 계단을 총총거리며 뛰어 올라갔다.

"내가 이렇게 빨리 온 걸 보면 테리가 깜짝 놀라겠다. 보통 버스타고 퇴근하면 45분에서 한 시간은 걸리거든."

코트니가 가방을 뒤적여 열쇠를 찾았다. 현관문 위쪽을 두 번 두드리더니 다시 아래쪽을 두 번, 중간을 한 번 두드렸다.

"우리만의 암호야." 의아해하는 내 얼굴을 본 코트니가 설명해주었다. "이렇게 하면 문 여는 사람이 나라는 걸 테리가 알 수 있으니까. 이웃들이 눈치 못 채게 가끔씩 바꿔. 그 사람들을 의심한다기보다 뭐든 안전할수록 좋은 거니까."

말을 마친 코트니가 문을 열었다. 복도는 텅 비어 있었다. 거실의 텔레비전 소리가 나지막이 들려왔다.

코트니가 나를 돌아보며 미간을 살짝 찡그리고는 까치발로 천천히 집 안에 들어섰다. 다섯 걸음쯤 들어서자 거실과 주방 문이 보였다.

그때 테리가 두 손을 허리에 올린 채 주방에서 폴짝 뛰쳐나왔다.

"에비!"

코트니가 테리를 낚아채서 장난스럽게 간지럼을 태웠다. 아이가

까르르 웃음을 터트렸다.

나는 현관문을 닫고 집 안에 들어서서 코트니와 아이가 엎치락 뒤치락 장난을 치는 모습을 가만히 구경했다.

"테리, 지난번에 왔던 에밀리 이모 기억나지?"

나는 그새 다시 에밀리 이모가 되어 있었다.

테리가 나를 향해 손을 흔들었다. 오늘은 한 갈래로 땋은 머리를 하고 있었다.

"안녕하세요."

"아까 문 두드린 사람 나였어."

테리가 제 엄마를 쳐다보며 멋쩍게 웃었다.

"엄마가 아무한테나 문 열어주지 말라고 해서요."

"맞아. 그럼 안 돼." 코트니가 말했다. "잘했어. 엄마 옷 갈아입을 동안 에밀리 이모한테 새로 그린 그림 보여주고 있을래?"

코트니가 침실로 사라지자 테리가 나를 거실로 이끌었다. 아이의 스케치북과 색연필이 거실 바닥에 널려 있었다. 아이가 무릎을 꿇고 종이 한 장을 꺼내더니 나에게 내밀었다.

거북이 제퍼슨이 자기보다 몸집이 좀 더 큰 다른 동물 셋에 둘러싸인 그림이었다. 하나는 토끼, 또 하나는 너구리, 나머지 하나는 주머니쥐였는데 하나같이 험악한 표정을 짓고 있었다. 반면에 거북이는 잔뜩 겁을 집어먹은 얼굴이었다.

"제퍼슨네 학교 친구들이에요." 테리가 말했다.

"좀 무서워 보이는데."

테리가 그림에서 눈을 떼지 않고 고개를 끄덕였다.

"애들이 괴롭히는 거야?" 내가 물었다.

테리의 시선이 살며시 바닥으로 떨어지며 고개를 위아래로 흔들었다.

"혹시 테리 너도 학교에서 이런 기분을 느낄 때가 있니? 다른 친구들이 널 괴롭혀?"

아이의 시선이 카펫 위로 뚝 떨어졌다. 아이는 두 손을 꼭 포개고 몸을 웅크렸다.

"가끔씩요."

"혹시 다른 애들이 괴롭히면 선생님한테 말해야 돼. 알았지?"

아이는 고개를 끄덕이면서도 입을 열지 않았다.

예상치 못한 상담 치료를 막 시작하려던 찰나 코트니가 거실로 나왔다. 유니폼을 벗고 청바지와 티셔츠를 입은 코트니의 손에 태블릿이 들려 있었다. 코트니의 얼굴에 태블릿 불빛이 드리워졌다.

"테리, 배고프지?"

아이가 배시시 웃으며 고개를 끄덕였다.

"뭐 먹고 싶어?"

아이는 천장을 올려다보며 곰곰이 생각에 잠겼다.

"생선 튀김이랑 맥 앤 치즈."

"좋았어. 그럼 가서 오븐 좀 켜고 준비해줄래?"

테리가 주방으로 뛰어갔다.

코트니가 나를 보며 입을 열었다. "내가 없으면 오븐이나 가스레인지를 못 쓰게 하고 있어. 그래도 자기가 먹을 밥을 준비하는 정도는 할 줄 알아. 내가 요리할 때마다 조금이라도 도와주거든. 본인 건 본인이 하겠대."

코트니가 태블릿을 들어 보이며 소파에 앉으라는 몸짓을 했다.

"옆집에다가 달에 20불씩 주고 와이파이를 공유해서 써. 괜찮은 조건이잖아. 요즘 인터넷 요금이 좀 비싸니."

코트니는 인터넷 요금에 대한 자신의 의견에 동의를 구하듯 나를 보며 눈짓했다. 솔직히 코트니가 이렇게까지 재정적으로 어려운가 하는 사실에 새삼 충격에 휩싸였다. 어렸을 때 코트니는 갖고 싶은 건 뭐든 다 가질 수 있는 아이였다. 코트니네 부모님은 딸의 열여섯 살 생일 선물로 신형 폭스바겐 제타를 뽑아주었었다. 자동차 광고에서나 볼 법한 커다란 리본까지 달아서.

코트니가 태블릿을 뒤적이다가 화면 하나를 보여주었다. 올리비아 약혼자의 페이스북 계정이었다.

"어떻게 찾았어?"

"별로 어렵지 않던데. 밤에 잠 안 오면 페이스북 뒤진다고 내가 말했었지? 뭐, 장례 끝나고 올리비아 계정 좀 보는데 올리비아 상태가 여전히 그 남자랑 약혼 중이라고 돼 있더라고. 캐런이 그랬잖아. 올리비아 계정을 지울 수가 없다고. 사람들이 계속 올리비아 계정에 보고 싶다면서 글 쓴다고. 마음이 좀 안 좋아서 나도 글이라도 하나 남길까 하고 올리비아 계정에 들어갔거든."

필립의 프로필에는 아직도 올리비아와 찍은 사진이 올라와 있었다. 사진은 여름에 찍은 듯했다. 두 사람 다 짧은 소매에 반바지를 입고 서스케하나강 앞에 서 있었고 그 뒤로 시티섬이 보였다. 둘은 아주 행복해 보였다. 올리비아가 특히 그랬다. 2주 전 바로 그 강에서 올리비아가 자살했다고 생각하니 속이 찌르르 아려왔다.

"아무튼," 코트니가 말을 이어갔다. "필립의 계정을 찾았고 자기 고용주를 두 명 등록해놨더라. 평일에는 조경 일을 하나 봐. 잔디도 깎고 덤불이나 나무 가지치기도 하고. 주말에는 휴이스 바 앤 그릴이란 술집에서 일하는 것 같았어. 구글에 찾아보니까 강 근처에 있는 컴벌랜드 카운티란 동네더라고. 여기서 차로 한 시간 정도 걸린대."

코트니가 나를 바라보았다. 코트니와 시선이 마주치는 순간 코트니가 무슨 생각을 하고 있는지 알 것 같았다. 나도 같은 생각이었기 때문이다.

"테리는 어떡하고?" 내가 조용히 물었다.

"괜찮아. 똑똑하고 독립심 강한 아이야. 그 정도는 혼자 있을 수 있어."

그다지 내키진 않았지만 코트니 말이 맞긴 했다. 테리는 제 나이보다 훨씬 성숙한 아이였다. 그림을 그리면서 혼자 한두 시간쯤 놀아도 큰 문제가 될 것 같지 않았다.

코트니가 물었다. "혹시 남편 될 사람이랑 다른 일정이 있거나 한 건 아니니?"

"2교대로 일해. 밤늦게나 돼야 들어올걸."

사실 대니얼이 늦게 들어오는지 알 수 없었지만 어쨌든 꽤 그럴싸하게 들렸다.

"그럼 너도 괜찮은 거네." 코트니가 말했다.

나는 태블릿 화면을 들여다보았다. 필립의 프로필 사진을 가만히 보고 있자니 장례식장에 쳐들어왔던 모습이 떠올랐다. 필립은 눈물이 그렁그렁한 눈으로 올리비아에게 마지막 인사를 건네고 싶어 했었다.

"정말 괜찮을까? 필립은 아는 게 없을 수도 있잖아."

"적어도 하나는 알 수 있겠지. 우리가 생각하는 게 맞는지 아닌지……."

코트니는 생각을 굳이 입 밖으로 내고 싶지 않다는 듯 고개를 내둘렀다. 코트니의 마음이 이해는 갔다. 과거에 우리가 유령이라고 불렀던 아이가 나타나서 올리비아의 삶에 불협화음을 일으키며 끼어들고, 심지어 올리비아의 죽음과도 연관되어 있을지 모른다고 생각하니 나 또한 기분이 묘했다.

문득 머릿속에 그림이 그려졌다. 올리비아가 다리 난간에 올라서서 균형을 잡고 강을 굽어본다. 다리와 강물 사이의 거리를 가늠해본다. 여기서 뛰어내리면 얼마나 빨리 강 속으로 곤두박질칠까.

내가 알던 올리비아는 절대 우울증에 시달릴 사람이 아니었다. 하지만 사람들은 자신의 우울증을 곧잘 숨기곤 한다. 언제 미소를 짓고 언제 웃음을 터트려야 할지 잘 알며, 상황에 맞는 말을 잘도 골라 한다. 우울증이 극심해져 맞서 싸울 힘이 소진되어버리는 상태가 될 때까지.

테리가 거실로 돌아왔다.

"엄마, 오븐 켜났어."

코트니가 미소를 지으며 금방 가겠다고 말해주었다. 테리가 다시 주방으로 사라지자 코트니가 나를 바라보며 목소리를 한껏 낮추었다.

"어쩌면 아예 상관이 없을지도 몰라. 그 남자가 거기 없을 수도 있고. 휴대폰 한번 빌려줄 수 있어?"

나는 가방을 뒤져 휴대폰의 잠금을 풀고 코트니에게 내밀었다.

코트니가 무릎에 놓인 태블릿에서 '휴이스 바 앤 그릴'을 검색했다. 잠시 후 전화번호를 찾아냈고 바로 전화를 걸었다.

"여보세요. 안녕하세요. 전 매리라고 하는데요. 오늘 친구들이랑 거기 가려고 하는데 저희가 좋아하는 바텐더가 일을 하는지 궁금해서요. 음, 누구더라. 존 아니면 필립이었던 것 같은데. 아, 그래요? 잘됐네요. 고마워요."

코트니가 전화를 끊었다. 나도 모르게 피식 웃음이 새어 나왔다.

"매리?"

코트니가 어깨를 으쓱했다. "진짜 이름을 말하긴 좀 그렇잖아."

"존은 또 누구고?"

"몰라. 바텐더 중에 존은 꼭 하나씩 있더라고."

"필립이 오늘 일한대?"

"응." 코트니가 태블릿 화면을 꺼 소파에 올려두고 자리에서 일어섰다. "테리가 어떻게 하고 있는지 한번 보고 나가자. 말 나온 김에 생선 튀김 좀 먹을래?"

18

휴이스 바 앤 그릴은 지저분한 동네 싸구려 술집과 일반적인 바의 아슬아슬한 경계에 있었다. 당연히 고급스러운 분위기도 아니었거니와, 그렇다고 동네 학교의 교사들이 방과 후에 잠깐 들러 회식 삼아 술 한잔 걸치거나 부부가 아이들을 맡겨놓고 둘만의 데이트를 하기에 적합한 술집 같지도 않았다.

주차장에는 온갖 종류의 차, 픽업트럭, 오토바이가 엉망진창으로 세워져 있었다. 창문에는 맥주라고 쓰인 네온사인이 반짝였다. 내부는 얇은 유리 칸막이를 사이에 두고 한쪽은 술집, 나머지 한쪽은 흡연 공간으로 분리되어 있었다.

코트니와 나는 문 앞 계산대를 지나 곧장 안으로 들어갔다. 담배 냄새가 그리 심하지는 않았지만 집으로 돌아갈 때쯤엔 머리와 옷에 담배 냄새가 잔뜩 배어 있을 게 분명했다. 곳곳에 높은 테이블이 있었고 테이블 절반은 이미 사람들로 찬 상태였다. 바 자리에는 단골로 보이는 나이 많은 남자들이 몇 앉아 맥주를 들이켜고 있었다.

우리는 바 자리 맨 끝에 자리를 잡았다. 키가 크고 호리호리한 바텐더의 팔에 리본 모양 문신이 새겨져 있었다. 바텐더는 자리에 앉는 우리를 보며 씩 웃더니 금방 주문을 받겠다고 말했다.

코트니가 나를 향해 몸을 기울이며 속삭였다. "나 돈 없어."

"괜찮아. 내가 낼게."

코트니는 다이어트 탄산음료를, 나는 맥주를 주문했다. 바텐더가 사라지자 코트니가 술값을 꼭 갚겠다고 했다. 나는 다시 괜찮다고 말하며 코트니 앞에 놓인 탄산음료를 바라보았다.

"술 시켜도 되는데."

코트니가 음료수를 홀짝이며 고개를 저었다.

"나 술 끊은 지 좀 됐어." 그러고 나서 술집 내부를 둘러보더니 다시 몸을 숙이며 속삭였다. "그 사람 안 보이는데."

"나도 못 찾겠어."

"아까 전화했을 때 거짓말한 건가?"

그때 바 너머로 문이 열리며 필립이 나타났다. 우리에게 술을 가져다준 다른 바텐더와 마찬가지로 필립도 등에 술집 이름이 새겨진 검은색 티셔츠에 청바지를 입고 있었다. 동료에게 주먹 인사를 건넨 필립이 맥주 재고를 확인하기 위해 냉장고를 살펴보았다.

우리는 필립이 일하는 모습을 묵묵히 지켜보기만 했다. 필립이 우리의 시선을 느낀 모양인지 냉장고에 맥주를 채워 넣다 말고 우리 쪽으로 고개를 돌려 미소를 흘렸다.

코트니가 음료를 마시면서 물었다.

"이제 어떻게 해야 돼?"

나는 모르겠다는 듯 천천히 고개를 저었다. "난 네가 계획이 있을 줄 알았지."

"왜 그렇게 생각했어? 여기 오자고 한 건 너잖아."

맥주병을 쥔 손에 힘이 실렸다. 나는 바를 한번 돌아보았다.

"여기선 대화가 불가능할 거 같은데."

"왜?"

"일하잖아."

"오히려 그게 낫지 않을까? 네 말대로 일하는 중이니까 자연스럽게 말 걸기도 쉽고. 그래서 굳이 여기로 온 거 아냐?"

무슨 말부터 꺼내야 할까. 나는 맥주를 한 모금 마시고 병을 내려놓았다. 갑자기 모든 게 후회가 되었다. 어리석은 생각이었다. 대체 무슨 말을 하겠다고 여기까지 온 건지.

"어떡해?" 코트니가 재촉했다.

나는 필립이 바 반대편의 나이 든 남자와 이야기를 나누는 모습을 지켜보았다. "기다리자." 내가 말했다.

그리 오래 기다릴 필요도 없었다. 한 30분쯤 지났을까 필립이 담뱃갑을 집어 들었다. 이야기를 나누던 노인에게 담배를 하나 주는 건가 싶었는데 대신 동료에게 금방 돌아오겠다며 문을 열고 나갔다.

코트니는 이미 스툴에서 일어서는 중이었다.

"술값 내고 나와. 뒤쪽에서 만나자."

◊

술집 뒤편의 구석에서 서성이는 코트니를 발견했다. 어깨 너머의 주차장을 살펴보았지만 아무도 없었다. 나는 코트니에게 다가가 목소리를 한껏 내리깔고 속삭였다.

"여기서 뭐 해?"

코트니가 소곤거렸다. "너 기다렸지. 봐봐. 거의 다 피운 것 같아."

필립은 쓰레기통 옆에서 한쪽 무릎을 구부리고 발바닥을 벽에 댄 채 핸드폰을 보고 있었다. 코트니 말이 맞았다. 손에 쥔 담배가 거의 다 타고 얼마 남지 않았다.

나는 코트니를 보았다. 코트니 역시 나를 보았다. 코트니의 눈에 애매한 조심스러움이 스쳤다. 대체 우린 여기까지 왜 온 걸까? 나는 코트니에게 이제 그만 가자고 말하고 싶었다. 당장 차를 타고 랜턴으로 돌아가자. 집에 가기 전에 코트니부터 내려주면 그만이다.

그러다 문득 관에 누워 있던 올리비아가 떠올랐다. 올리비아가 죽기 전 여동생에게 했다던 말이 떠올랐다. 나는 마음을 굳게 먹고 모퉁이를 돌아 나갔다.

필립은 나를 보지 못한 것 같았다. 휴대폰 빛이 그의 얼굴에 어룽거렸다. 필립은 마지막 한 모금을 길게 빨아 꽁초를 바닥에 던지고는 신발 뒤축으로 비벼 껐다.

그때 필립이 자신을 향해 다가서는 나를 보았다. 건물 뒤쪽이라 어두운 편이었다. 가로등은 주차장을 향해 있었기 때문에 불빛이 거의 들어오지 않았다. 필립의 얼굴에 당혹감이 짙게 배어들었다.

"뭐죠?"

질문도 뭣도 아닌 말보다 그 속에 담긴 머뭇거림에 나의 긴장이 풀어졌다. 그의 눈빛이 코트니에게로 옮겨갔다. 코트니는 나보다 몇 걸음 뒤에 서 있었다. 필립의 시선이 다시 나에게로 돌아와 되물었다.

"에이씨, 뭐냐고."

세상 좋은 얼굴로 미소를 흘리던 바텐더는 온데간데없었다. 필립은 궁지에 몰린 연약한 동물처럼 겁을 먹었고 자신을 향해 한 걸음씩 다가서는 우리를 보며 뒷걸음질로 문을 향해 다가갔다.

"필립 맞죠?"

나는 최대한 아무렇지 않은 목소리로 부드럽게 말했지만 자신의 이름을 알고 있다는 사실에 그의 두 눈에 다른 의미의 긴장이 잔뜩 서렸다. 제발 도망만은 가지 말라고 속으로 빌었건만 필립은 슬슬 도망칠 준비를 하고 있었다.

"필립, 물어볼 게 있어서 왔어요. 우린 올리비아 친구예요."

불현듯 필립의 눈에 감돌던 긴장은 사라지고 있었지만 여전히 겁을 집어먹은 표정을 하고 있었다.

"두 사람 다 본 적이 없는데."

"지난주 올리비아 장례식에 있었어요."

"그래서요."

"저희는 올리비아랑 함께 자랐어요. 초등학교, 중학교 때 제일 친하게 지내던……."

그때 필립의 표정이 바뀌는 바람에 나는 그만 말문이 막히고 말았다. 그는 뭔가를 깨달았다는 듯, 그리고 무슨 일인지 이해했다는 듯한 얼굴로 말했다.

"이런 젠장," 그가 말했다. "당신들 그거죠, 하피스. 당신들이 그 여자애한테 무슨 짓을 했는지 올리비아가 다 말해줬어."

그 여자애. 갑자기 등골이 서늘해졌다.

"중학교 때 무슨 일이 있었는지 올리비아가 다 말해줬다고요?"

"네. 그게 왜요? 왜 놀라는 겁니까?"

'왜냐고? 난 심리 치료사 말고는 어느 누구에게도, 심지어 남자 친구에게도 그 얘기를 한 적이 없으니까.'

"아주 오래전 일까지 당신한테 다 들려줬다는 게 좀 놀라웠을 뿐이에요."

필립은 별일 아니라는 듯 어깨를 으쓱거리며 말했다.

"결혼할 사이였으니까요. 사랑하는 사이인데 다 터놓고 말하는 게 당연한 거 아닌가요?"

"근데 바람 피웠잖아요." 코트니가 끼어들었다.

코트니의 의도와는 다르게 말이 다소 거칠게 튀어나온 듯했다. 필립의 눈빛이 딱딱하게 굳어졌다.

"그건 어떻게 알았어요?"

"올리비아 여동생이 말해줬어요." 내가 대답했다.

필립이 입을 굳게 다물었다. 그는 고개를 내저으며 발끝에 채이는 작은 돌멩이를 덤불 쪽으로 걸어찼다.

"캐런은 날 싫어했어요. 올리비아가 죽은 게 나 때문이라고 생각합디다. 빌어먹을, 틀린 말은 아닌데. 올리비아가 나 때문에 죽은 게 맞는데. 내가 그런 짓을 했다고 생각해서 죽은 것도 맞는데. 근데 난 바람 안 피웠어요."

나는 코트니와 시선을 주고받은 다음 다시 필립을 바라보았다.

"우리도 당신이 그랬다고 생각 안 해요."

필립은 긴장의 끈을 완전히 놓지 않은 것 같았지만 우리를 향한 시선이 전보다 부드러워진 게 느껴졌다.

"그렇게…… 생각 안 한다고요?"

"그래서 찾아온 거예요. 진실을 알고 싶어서요."

필립이 출입문을 가만히 응시하다가 다시 우리를 보며 말했다.

"캐런이 또 무슨 말을 합디까?"

이번엔 코트니가 대답했다. "당신이 친구랑 술을 잔뜩 먹고 전 여자 친구랑 잤다고요."

남자가 시선을 피하며 고개를 끄덕였다. "그건 맞습니다."

"그리고 올리비아가 다시 받아줬다고요."

"네. 그랬어요. 그리고 다신 그런 일 없을 거라고 약속했어요."

"그럼 몇 주 전엔 무슨 일이 있었던 거예요?" 내가 물었다.

필립은 어깨를 웅크리며 주차장 뒤를 흘깃거렸다. "그게 문제인데. 나도 모르겠단 말이에요."

"캐런은 당신이 또 바람을 피웠다고 하던데요."

"그런 것 같긴 한데요. 올리비아가 나한테 사진을 보냈으니까요. 근데 난 진짜 기억이 안 나요."

"술에 취해 있었어요?" 코트니가 물었다.

"아니요. 그런 게 아니라 말 그대로 무슨 일이 있었는지 하나도 기억이 안 납니다."

코트니와 내가 미간을 찌푸리며 서로를 바라보았다. 내가 다시 필립에게 물었다. "그게 무슨 말이에요?"

남자가 손목시계를 확인하며 말했다. "저기, 이럴 시간이 없어요. 들어가봐야 해서요."

필립이 황급히 몸을 돌렸다. 코트니와 시선이 마주쳤지만 코트니의 속내를 알 수는 없었다. 하지만 적어도 나는 지금이 아니면 두 번 다시 필립과 이야기를 나눌 기회가 없으리라는 걸 직감했다. 나는 필립을 붙잡기 위해 그에게 비수를 꽂을 수밖에 없었다.

"올리비아를 사랑하긴 한 거예요?"

내 말에 우리를 등지고 있던 필립이 얼어붙은 듯 제자리에 멈추어 섰다가 천천히 몸을 돌렸다. 필립이 눈을 가느다랗게 뜨며 말했다.

"에이씨, 당신 방금 뭐라고 했어?"

어쩌면 약혼녀를 잃은 남자에게 이런 식으로 접근하는 게 그다지 좋은 방법은 아니었을지도 모른다. 필립은 거리낌 없이 여자를 때리는 부류의 남자처럼 보였으니까. 그럼에도 나는 꿋꿋이 서서 필립에게 시선을 떼지 않은 채로 말을 이어갔다.

"이봐요, 필립, 우리도 장례식에 있었어요. 우리도 당신이 올리비아를 사랑했다는 걸 안다고요. 우리가 봤어요. 그날도 그저 마지막으로 인사나 한번 하려고 온 거였잖아요."

장례식 날의 기억이 필립을 무너뜨린 모양이었다. 필립이 입을 앙다물었다. 그의 두 눈 가득 눈물이 차올랐다. 필립은 눈물을 참을 생각이 없어 보였으며, 뺨 위로 흘러내리는 눈물을 굳이 닦지도 않았다.

"원하는 게 뭡니까?"

"우린 그냥 무슨 일이 있었는지 알고 싶을 뿐이에요. 올리비아가 보냈다는 사진 속 여자 말이에요. 아는 여자예요?"

"아니요."

"본 적 없어요?"

"없어요."

"그럼 둘이 어떻게 만났어요?"

필립이 어깨 너머 출입문을 바라보다가 우리를 향해 고개를 돌렸다.

"이봐요, 나도 기억이 가물가물하다고요. 2주 전 토요일 밤늦게 퇴근하려는데 바에 그 여자가 앉아 있었어요. 한 번도 본 적이 없는 여자였는데 계속 작업을 걸더라고. 근데 그런 일은 워낙 자주 있으니까 맞장구 좀 친다고 엄청 나쁜 짓 하는 것도 아니고. 뭐 진짜 어떻게 해보려는 생각도 없고. 알잖아요. 보통 그러면 나도 그냥 한번씩 웃어주고, 술 갖다주고. 팁을 더 받을 수도 있는데 굳이 철벽 칠

필요까진 없잖습니까. 아무튼 그러다가 어느 순간 여자가 없더라고요. 그냥 갔나 보다 했어요. 그러고 나서 까먹고 퇴근했는데 그 여자가 집 앞에서 날 기다리고 있는 겁니다."

나는 코트니와 시선을 주고받았다. 내가 인상을 쓰며 물었다.

"누가요?"

"그 여자요. 바에 있던 그 여자. 내가 트럭을 주차하고 내리는데 거기 서 있더라니까. 그리고…… 그다음에 기억나는 건 다음 날 아침에 내가 침대에 누워 있더라고. 어찌나 두통이 심하던지 머리통이 빠개질 것 같았어요. 옷은 다 벗고 있고……." 필립은 불편한 기색으로 잠시 숨을 골랐다. "알잖아요. 해서 뻐근한 느낌."

"올리비아는 어디 있었는데요?"

필립은 당시 올리비아는 제 집에 있었다고 했다. 필립의 일이 늦게 끝나는 날이면 올리비아는 보통 자기 집에 있곤 했다는 것이다. 필립은 절대 나체로 자지 않는다는 말도 덧붙였다. 게다가 절대 휴대폰을 꺼놓지 않는다고도 했다. 혹시라도 올리비아가 그를 찾을 수 있으니까. 그런데 희한하게도 그날따라 휴대폰이 꺼져 있었다고 했다.

필립이 휴대폰을 켜자 음성 메시지 세 개와 문자 메시지 열두 개가 들어왔다. 모두 올리비아였다. 처음 한두 개는 그냥 건 전화인 듯했고, 그가 전화를 받지 않자 잔뜩 화가 난 올리비아가 공격적인 문자를 퍼부었다. 나쁜 새끼라고, 거짓말쟁이라고 욕했다. 다신 안 그러겠다는 약속을 믿었다면서 이번엔 절대 그냥 넘어가지 않겠다는 경고도 함께였다.

"올리비아가…… 올리비아가 사진을 보냈어요. 나랑 그 여자가 내 침대에서…… 관계 맺는 도중에 찍은 사진을요. 올리비아 말로는 페이스북으로 사진이 왔다고 하더군요. 그리고 사진이……." 필립이 고개를 세차게 흔들며 주먹을 불끈 쥐었다. "근데 그 사진이 말이죠. 관계 도중에 셀카를 찍은 것 같은 사진이었어요. 젠장, 그러니까 내 말은, 대체 누가 그런 짓을 합니까?"

필립이 우리를 쳐다보았다. 사건의 진상이 너무나 궁금하다는 듯, 아니 필요하다는 듯 그의 두 눈에 절실함이 묻어났다. 그 일이 있고 나서, 무엇보다 올리비아가 그 사진 때문에 자살했다는 사실을 안 이후로 필립은 줄곧 괴로움에 사로잡혀 있었던 게 분명했다. 필립은 의도했든 그렇지 않았든 올리비아의 죽음에 일말의 원인 제공을 했다고 생각하는 듯했다.

코트니와 나 역시 필립에게 마땅히 해줄 말이 없었다. 오히려 더 많은 의문만이 샘솟을 뿐이었다.

"혹시 그 사진 아직 갖고 있어요?" 내가 물었다.

필립은 내가 뺨이라도 후려갈긴 양 어이없어하며 웃었다.

"지금 장난해요?"

"당신에게 그런 짓을 한 여자가 누구인지 짚이는 데가 있어서 그래요. 어쩌면 우리가 중학교 때 괴롭혔던 그 여자애일 수도 있지 않나 싶어서요. 올리비아가 말해줬다던 그 여자애요."

필립의 눈에 희망의 빛이 언뜻 스쳤다.

"진짜요? 설마 그런 일이 가능할까요?"

남자가 주머니에서 휴대폰을 꺼내 만지작거리다 말고 갑자기 멈칫했다.

"그때 올리비아한테 계속 전화했었는데 안 받더라고요. 캐런에게 전화한 다음에야 그 사달이 난 걸 알았죠."

필립이 고개를 저으며 손에 든 휴대폰을 움켜쥐었다.

"내 입장을 좀 설명하고 싶었는데 캐런이나 올리비아 부모님은 들으려 하지도 않더라고요."

나는 긴장으로 머뭇거리며 손을 내밀었다. 필립이 휴대폰 화면을 두드려 잠금을 풀더니 잠시 숨을 고르며 말했다.

"그 여자 얼굴이 나온 사진을 찾아줄게요."

코트니가 물었다. "올리비아가 사진을 몇 장이나 보냈는데요?"

"여섯 장이요. 대부분은 내가 위에서 찍은 것처럼 그 여자를 내려다보는 구도였고요. 두 장은 그 여자가 위에 있었고. 여기."

필립은 우리가 사진을 볼 수 있게 휴대폰 화면을 우리 쪽으로 틀어서 보여주었다. 그러고는 사진을 확대해 화면 속 여자가 입으로 뭘 하고 있는지는 가리고 얼굴만 보이도록 했다. 때문에 여자의 얼굴은 윗부분만, 그러니까 코 위로만 보였다.

방은 밝지 않았지만 여자의 회색 눈동자는 확실하게 알아볼 수 있었다. 창백한 피부와 검은 머리도.

코트니가 내 팔을 꽉 잡았다. 코트니도 분명히 보았을 것이다. 그러나 코트니가 뭐라 입을 열기 전에 내가 고개를 저으며 재빨리 말했다.

"미안해요, 필립. 걔가 아니네요."

19

"왜 거짓말했어?"

휴이스 바 앤 그릴을 떠나 랜턴으로 돌아가기 위해 고속 도로로 향하는데 코트니가 돌직구를 던졌다.

나도 궁금했다. 나는 왜 필립에게 거짓말을 했을까?

내가 대답하지 않자 코트니가 다시 물었다.

"에밀리, 대답 좀 해봐. 너도 알아봤잖아. 틀림없이 그레이스였어."

나는 대꾸하지 않고 전방의 도로에만 집중했다. 운전대를 거머쥔 손에 힘이 실렸다. 맥박이 뛰는 소리가 귓가를 뜨겁게 달구었다. 나는 하는 수 없이 고개를 돌려 조수석에 앉아 나에게서 시선을 떼지 않고 있는 코트니를 바라보았다.

"맞아. 그레이스였어."

"그럼 왜 거짓말한 건데?" 코트니가 뭔가 석연치 않다는 듯 미간을 찌푸렸다. "잠깐만. 너 설마 걔를 보호하려고 그런 거야?"

코트니의 터무니없는 추측에 나도 모르게 짜증이 났다. "아니, 그런 게 아니라…… 그냥 좀 복잡해."

"그레이스는 올리비아를 스토킹했어. 올리비아 약혼자의 뒤를 밟아 사는 데까지 쫓아갔고. 심지어 그 남자네 집 안으로 들어가서 남자를 강간하고 사진도 찍었다고."

필립이 강간을 당했다는 말이 어딘가 이상하게 들렸지만 필립이 말한 대로라면 강간이란 표현이 아예 틀린 건 아니었다. 술집 뒤쪽에 나타난 우리를 처음 보았을 때 과하게 방어적이었던 필립의 행동이 이제야 이해가 갔다. 어떤 의미에서 그는 외상 후 스트레스 장애를 겪고 있는 셈이었다.

코트니의 목소리가 점점 다급해졌다.

"어떡해? 경찰에 신고해야 하나?"

"코트니, 신고해서 뭐라고 할 건데? 추측일 뿐이지 겉으로 드러난 범죄가 없잖아."

"그레이스가 필립한테 약을 먹이고 강제로 잔 건데도?"

"일단 필립이 약을 먹었는지 우린 몰라. 그리고 그게 사실이라 해도 우리가 그걸 어떻게 증명할 수 있겠어? 둘이서 찍은 성관계 사진? 필립에게 의식이 없는 상태로 관계를 맺었다고는 하지만 솔직히 사진만 봐선 잘 모르겠어. 필립이 당한 거라면 올리비아가 그런 극단적인 선택을 하지도 않았을 거 같고."

코트니는 몇 초간 말이 없다가 눈에서 불을 뿜으며 말했다.

"확실히 대답해. 너 진짜 그레이스를 보호하려는 건 아니지?"

"아니라고 했잖아, 코트니. 그런 게 아니야. 중학교 때 있었던 일에 죄책감을 가지는 거냐고 묻는 거라면 그건 맞아. 그렇다고 그 일이 지금 그레이스가 하는 짓에 대한 변명이 되냐고 묻는 거라면 절대 아니지. 근데 만약에 필립한테 사진 속 여자가 그레이스라고 해버리면 필립이 어떻게 했을 거 같니?"

"나야 모르지."

"나도 그래. 그래서 혹시 모르니까 그 순간엔 거짓말을 하는 게 낫겠다 싶었던 거야."

코트니는 입을 다물었다. 이미 고속 도로에 진입했지만 나는 맨 끝 차선에서 규정 속도를 지키며 차를 몰았다. 필립을 만나고 나서 마음 한구석이 찜찜해 도저히 운전에 집중할 수 없었던 데에다 맥주까지 두 병 정도 마셨던 까닭에 쓸데없이 속도를 내서 경찰의 관심을 끌고 싶지 않았다.

코트니가 목청을 가다듬었다. 코트니의 목소리가 새삼 다정해졌다.

"데스티니에게 무슨 일이 있었는지 알아내야겠지?"

"응."

"매켄지나 엘리스하고도 연락을 해봐야 할 것 같아."

"걔들 연락처가 있어?"

"아니. 근데 엘리스한테는 페이스북 메시지를 한번 더 보내볼게. 처음 메시지를 보냈을 때도 대답은 해주더라고. 아, 그러고 보니 메시지 보냈다고 말한다는 걸 까먹었네. 장례식 다음 날에 보냈거든. 매켄지는 어땠는지 아니?" 코트니가 입술을 잘근잘근 씹었다. "차단."

나는 놀란 눈으로 코트니를 힐끗 보았다. "매켄지가 네 페이스북을 차단했다고?"

코트니가 고개를 끄덕이며 조수석에 몸을 푹 파묻었다.

"페이스북 친구 추천에 걔가 뜬 거야. 같이 아는 친구가 많아서겠지. 아무튼 친구 요청을 보냈어. 프로필이 공개로 돼 있길래 궁금해서 봤더니 자기 애들 사진으로 해놨더라. 아들 쌍둥이 같았어.

남편도 같이 찍혀 있고. 전업주부 같아. 뭐 걔가 집안일을 할 거 같진 않고. 집 크기를 보아 하니 가사 도우미가 있다고 쳐도 크게 놀랄 일도 아니고."

"근데 널 차단했다며."

"응. 친구 요청 수락을 안 하기에 프로필을 다시 보러 갔더니 찾을 수가 없더라고."

"계정을 비활성화시켰을 수도 있잖아."

"아, 아니야. 차단이야. 말하긴 좀 창피하지만 나 가짜 계정 있거든. 같이 일하는 사람들 몰래 구경하는 용으로 팠어. 이렇게까지 하는 내가 가십에 환장한 사람처럼 보이겠지만 회사 사람들이랑 페이스북 친구를 맺지 않고 염탐하는 데 그만한 게 없어. 아무튼 그 계정으로 매켄지를 찾아보니까 바로 뜨는 거야. 그 나쁜 년이 날 차단한 거지."

"엘리스는 어때? 페이스북 열심히 하는 편이야?"

엘리스를 마지막으로 본 지 너무 오래되어서 지금의 엘리스를 단박에 상상할 수 없었다. 한때 엘리스는 나의 가장 친한 친구였는데. 만약에 내가 엘리스에게 친구 요청을 하면 엘리스는 나를 받아주었을까? 역으로 엘리스가 내 페이스북 계정을 우연히 발견했다면 친구 요청을 했을까? 그리고 엘리스의 친구 요청을 내가 받아주었을까?

"글이나 사진 같은 건 안 올리더라고. 왜, 그런 사람들 있잖아. 계정 만들어놓고 실제로 쓰진 않고 눈팅만 하는 사람들. 엘리스라면 매켄지랑 연락할 방법을 알 수도 있지 않을까 싶은데. 나쁜 년이긴 해도 무슨 일이 벌어지고 있는지는 알아야 할 거 아냐."

코트니가 손끝으로 차 문을 톡톡 두드리며 나를 힐끗 바라보았다.

"혹시 고등학교 때 이후로 엘리스랑 연락한 적 있니?"

"아니. 아, 그때 빼고. 몇 달 전에 우연히 봤어."

"어디서?"

"내가 가는 상담 센터에서."

"너도 치료사라고 하지 않았어?"

"맞아. 근데 치료사도 상담을 받을 순 있지."

"그래서 어떻게 됐어?"

"별거 없어. 난 매주 금요일에 상담을 받는데 그날따라 좀 일찍 갔어. 대기실에서 잡지를 뒤적거리며 차례를 기다리는데 엘리스가 뒤에서 나오더라. 보자마자 알아봤는데 엘리스도 날 봤는진 모르겠다. 바로 문으로 나갔거든."

당시 의자에 앉아 있던 내 몸이 뻣뻣하게 굳어버렸다는 이야기는 굳이 꺼내지 않았다. 엘리스가 나를 볼까 봐 재빨리 고개를 숙였다는 사실이 부끄러웠다. 꽤 많은 세월이 흘러 스물여덟이란 나이가 되었음에도 엘리스를 본 순간 하피스로 돌아간 기분이었다. 그 짧은 시간에 다른 애들이 날 어떻게 생각할까, 혹시 내 뒷담화를 하면 어떡하나 걱정되었다.

"같은 치료사한테 상담받는 것 같아?"

"모르지. 치료사가 두 명 더 있는데 엘리스가 그 사람들에게 상담받을 가능성도 있고. 어쨌든 5분 후에 내 치료사가 내 이름을 부르긴 했어."

"시비 걸려는 건 아닌데, 치료사로 일하면서 다른 치료사한테 상담을 받는다는 게 좀 이상하긴 하다."

"내 인생에 대해 털어놓을 사람이 필요해서 그래."

"도움이 돼?"

"가끔은." 코트니에게 나에 대해 어디까지 공개해야 할지 몰라 잠깐 말을 멈추었다. "지금 치료사에게 상담받은 지 2년 정도 됐어. 아빠 돌아가시고 완전히 바닥을 친 상태였는데 내 상황을 다른 사람에게 이야기하다 보면 좀 나아지지 않으려나 싶더라고."

"2년이라니. 되게 길게 느껴지네."

"길지. 아빠에 대한 상담이 끝나가면서부터 남자 친구나 직장…… 같은 것에 대해서도 털어놓기 시작했어. 솔직히 말하면 개인적인 것들에 대해 터놓고 이야기할 수 있는 사람이 별로 없어."

"너 치료사라고 했잖아. 혹시 그전에도 상담받은 적 있니?"

나는 고개를 끄덕였다. "응. 짧게. 고등학교 때."

"언제? 네가 그런 말을 했던 기억이 없는데."

"아무한테도 말 안 했으니까. 벤도 몰랐는걸. 그레이스에게 저지른 짓에 대한 죄책감으로 그때까지도 힘들어했었거든." 나는 잠시 숨을 고르며 코트니를 바라보았다. "뭐 하나 물어봐도 돼? 왜 이제는 술 안 마셔?"

코트니는 묵묵부답으로 차창 너머에 펼쳐진 어두운 빌딩과 들판만 바라보았다. 내가 너무 민감한 질문을 한 건가 싶었다. 코트니가 깊은 한숨을 내쉬며 뒤통수를 시트의 머리 받침대에 기댔다.

한 2년쯤 되었다며 코트니가 입을 열었다. 제인, 그러니까 코트니의 할머니가 살아 계셨고 직장에 다니는 코트니를 대신해 테리를 돌보아주시던 시절이라고 했다. 코트니는 직장에서 넘어져 팔이 부러졌고 몇 달간 발에 깁스를 해야 했다. 의사가 진통제로 옥시코돈을 처방해주었는데 약이 아주 잘 들었다. 문제는 여기서 생겼다. 약을 끊을 수 없었기 때문이다. 코트니는 통증이 심하지 않은데도 의사에게 아프다며 거짓말을 했고 의사는 별다른 의심 없이 약을 처방해주었다.

어느 주말 코트니는 클럽에 갔다. 옥시코돈에 취해 기분이 날아갈 것 같은 상태로 술을 마시고 춤을 추었다. 그리고…… 기억을 잃었다. 코트니는 무슨 일이 있었는지 전혀 기억이 나지 않은 날이면 낯선 남자의 침대에서 실오라기 하나 걸치지 않은 모습으로 눈을 떴다. 한번은 웬디스 건물 뒤편에서 속옷을 입지 않은 채로 깨어난 적도 있었다. 코트니는 자신에게 심각한 문제가 있으며 약을 끊어야 한다는 사실을 잘 알고 있었지만 제 발로 재활원에 걸어 들어갈 수 없었다. 일도 하고 테리도 돌보아야 했으니까.

코트니는 주말 외출을 끊었다. 이건 생각보다 어렵지 않았다. 하지만 술과 약을 끊는 건 죽을 만큼 힘들었다. 그래도 끊어야만 했다. 마침내 술과 약에서 완전히 해방되었을 때 코트니는 다시는 술과 약에 손을 대지 않겠다고 다짐했고, 금주한 지 어느덧 4년째 되었다고 했다.

"축하해." 내가 말했다.

코트니는 억지로 입꼬리를 끌어 올리며 눈가에 맺힌 눈물을 닦아냈다.

"고마워. 근데 내 인생에서 여전히 되찾지 못한 게 하나 있어."

"그게 뭔데?"

"너."

나는 당황한 얼굴로 코트니를 바라보았다. 코트니가 다시금 억지로 웃어 보였다.

"그날, 네가 우리 집에 왔던 날 말이야. 고맙다는 인사를 제대로 못했잖아. 네가 캘리포니아로 떠나기 바로 전이었을 거야. 할머니가 너한테 전화했었다는 거 알고 있어. 기억이 선명하진 않지만 내가 없어져야 테리에게 좋니 어쩌니 멍청한 소리를 해댔잖아. 그 말을 듣고 네가 내 뺨을 후려쳤고. 그러면서 네가 그랬잖아. 너도 좋은 엄마가 될 수 있다, 넌 네가 생각하는 것보다 훨씬 강한 사람이다, 기억 안 나?"

나도 모르게 입가에 웃음이 맺혔다. "그걸 어떻게 잊어. 네가 그런 말을 하고 바로 토했던 것도 기억나는데. 천만다행으로 절묘한 타이밍에 네 앞에다 쓰레기통을 갖다 대줬잖아."

코트니가 옅은 웃음을 터트렸다. "너무 창피했어. 너한테 무슨 말부터 해야 좋을지도 모르겠고. 근데…… 네가 전화를 안 받는 거야. 그러다 그냥 연락이 끊긴 거지 뭐."

코트니의 입에서 나온 말은 생각보다 큰 충격으로 다가왔다. 사실 나에게는 코트니와 연을 끊어야 할 충분한 명분이 없었다. 억지로라도 이유를 붙인다면 그날 코트니가 먼저 그레이스 이야기를 꺼냈고 그레이스에게 일어난 일이 전부 나 때문이라고 말했다는 거 정도가 될 것이었다. 하지만 그때 코트니는 만취 상태였고 엄밀히 말해 코트니가 틀린 말을 한 것도 아니었다. 그땐 그저 받아들이는 게 쉽지 않았을 뿐이다.

"말없이 연락 끊은 건 미안해."

코트니는 별일 아니라는 듯 손을 내저었다. "미안해하지 마. 친구 사이가 한결같이 좋을 순 없잖아. 그럴 수도 있지."

코트니는 내 기분을 풀어주려는 것 같았다. 마음 한편으로는 코트니에게 정식으로 사과하고 싶었다. 코트니가 납득할 만한 이유를 말해주고 싶었다. 그러나 과연 그럴 만한 이유가 있었을까. 코트니는 본인이 무슨 말을 했었는지 제대로 알고 있는 것 같지도 않았다.

코트니가 자동차 문고리를 다시 한번 두드리며 몸을 들썩였다.

"아무튼 네가 그날 해준 말은 절대 못 잊겠더라. 난 내가 알고 있는 것보다 훨씬 강한 사람이라는 말 말이야. 물론 문제 있는 사람들에게 그냥 하는 소리라는 건 알아. 아는데. 그래도 그 말이 머릿속에서 잊히질 않더라고. 심지어 옥시코돈에 손을 대기 시작했을 때도 속으로는 난 내가 생각하는 것보다 훨씬 강한 사람이라고 되뇌었다니까. 네가 나한테 그렇게 말해줬으니까. 사실 약이 너무 끊기 싫었어. 그런데 어느 날 테리를 보는데 내가 입 밖에 냈던 끔찍한 말들이 머릿속에 스치는 거야. 그때 마음먹었지. 난 강한 사람이다, 그러니 내가 그런 사람이라는 걸 증명해 보이겠다."

나는 무슨 말을 해주어야 할지 몰라 침묵을 지켰다. 코트니는 생각보다 훨씬 더 나에게 의지했던 모양이다. 자신이 얼마나 강한 사람인지는 코트니가 스스로 증명해냈다. 내가 해준 건 아무것도 없었다. 코트니에게 이 말을 해주려는데 코트니가 먼저 대화를 이어나갔다.

"어쨌든 데스티니 일은 어떡할까?"

"나도 모르겠어."

"내가 정보를 더 찾아볼게. 자랑은 아니지만 내가 페이스북 같은 걸로 정보를 캐내는 데 일가견이 있거든. 아무 이름이나 대봐. SNS로 다 찾을 수 있으니까. 다만 계정을 친구나 가족에게만 보이게 해놓으면 찾기가 좀 힘들어. 페이스북 뒤지다가 그런 계정을 봤었어. 계정은 있는데 계정에 들어갈 순 없더라."

코트니가 말을 멈추었다. 뭔가 깊은 고민에 빠진 얼굴이었다.

"어쩌면 그레이스도 그런 상태일 수 있겠네. 올리비아의 장례식이 끝나고 그레이스에 대해 검색해봤는데 아무것도 안 나오더라고. 구글에다가 그레이스 파머로 검색해도 뜨는 게 없어. 그레이스 파머를 치면 결과가 몇 개 나오긴 하는데 우리가 찾는 그 그레이스 파머는 아니야. 아무튼 네가 보여준 기사에서 데스티니가 메릴랜드주 오션 시티 근처에 산다고 했잖아. 데스티니네 가족은 아직 거기서 살고 있지 않을까?"

"응. 어쩌면."

무의식적으로 대답했지만, 사실 나는 우리가 중학생이던 시절에 SNS가 존재했더라면 삶이 어떻게 달라졌을지 상상하고 있었다. 나는 사이버 왕따가 얼마나 심각한 문제인지 너무나 잘 알고 있었다. 나를 찾아오는 내담자의 절반이 매일 사이버 왕따에 시달렸다. 하피스 무리가 지금처럼 컴퓨터 모니터 뒤에 숨어 나쁜 짓을 저지를 수 있는 환경에 놓여 있었다면 얼마나 많은 피해를 끼쳤을까 하는 생각만으로도 속이 울렁거렸다.

"혹시 메릴랜드에 가게 되더라도 내가 같이 갈 수 있을진 모르겠어. 테리를 그렇게 오래는 혼자 둘 수 없어서." 코트니가 말했다.

코트니는 다시 조수석에 몸을 파묻으며 창밖을 바라보았다. 나에게 하는 소리라기보다는 혼잣말에 가까웠다. 코트니가 부드러운 목소리로 말을 이어갔다. "테리랑 같이 가면 정말 좋긴 하겠다. 우리 딸은 바다에 가본 적이 없어."

나는 입술을 잘근잘근 씹으며 운전에만 집중했다. 간밤에 테리가 나에게 털어놓은 비밀을 코트니에게 알리고 싶지 않았다. 테리가 홀로 간직해온 비밀을 나에게만 공유해준 거였기 때문이다. 하지만 다른 누구도 아닌 아이 엄마인 코트니는 반드시 알고 있어야 했다.

"저, 코트니?"

"응."

"있잖아, 테리가 학교에서 괴롭힘을 당하는 것 같아."

"알아."

코트니의 담담한 대답에 긴장감이 사라졌다.

"알고 있었어?"

"당연히 알고 있었지. 내 딸인데. 테리는 나한테 뭐든지 다 말해. 학교랑도 이미 얘기했어. 학교에서 왕따가 꽤 심각한 사안인 것 같더라. 아이들에게 서로 괴롭히면 안 된다는 교육용 비디오도 보여주는 모양인데 그래도 계속 그런 일이 생긴대. 아이를 더 좋은 학교로 전학시킬 수만 있다면 당장 그렇게 하고 싶어."

코트니는 다시 조용히 창밖을 응시했다. 그러더니 고개를 가볍게 저으며 말했다.

"하긴 너도 별로 놀랍진 않겠다. 우리 학교 다닐 때 생각해봐. 언제 어디서나 왕따는 늘 있었잖아."

20

집에 도착하니 대니얼이 소파에서 졸고 있었다. 텔레비전에 '오피스(직장인들의 일상을 그린 미국 시트콤 - 편집자)' 재방송이 나오고 있었다. 내가 현관문을 닫을 때까지 대니얼은 꼼짝도 하지 않았다. 현관문을 잠그는 소리가 들리고 나서야 대니얼이 눈을 뜨고 몸을 비틀며 소파에서 일어섰다.

"어서 와. 여자들끼리 잘 놀았어?"

"그냥 똑같지 뭐."

"잘생긴 남자도 많이 만나고?"

그가 씩 웃으며 농담을 던졌다. 하지만 목소리에는 전혀 장난기가 없었다. 마치 나를 시험하는 듯했다.

'냄비에 담긴 물의 온도가 서서히 오르면서 작은 물거품이 보글거리며 하나둘 피어오르기 시작한다.'

나는 대답 없이 한 손에는 가방을, 다른 손에는 초콜릿 바를 들고 서 있었다.

대니얼의 시선이 내 손의 간식을 향했다. 입가에 맺혀 있던 웃음이 스르륵 사라졌다.

"그거 내가 생각하는 그거 맞아?"

"응."

"나 주려고…… 사온 거야?"

당연히 그를 위해 사왔다. 초콜릿 바는 내 취향이 아니었다. 대니얼은 유독 이 초콜릿 바를 좋아했다.

허쉬에서 나온 '왓차마콜잇(Whatchamacallit, 이름이 생각나지 않을 때 쓰는 비격식 대명사. 실제 상품명인 이유로 외래어 표기법에 따라 표기함 – 옮긴이)'인데, 열세 살 때인가 양부모와 허쉬 파크에 놀러가서 처음 먹어보았다고 했다. 그때까지 먹어본 다른 어떤 초콜릿 바보다 맛있어서 그랬는지, 아니면 그때까지 전전했던 양부모 중에서 제일 좋은 분들이라 그랬는지 모르겠지만 어쨌든 그날 이후로 왓차마콜잇은 대니얼이 가장 좋아하는 간식이 되었다.

우리가 사귄 지 한 달쯤 되었을 때 대니얼에게서 들은 이야기였다. 나는 혹시 모르니 절대 잊어버리지 말아야겠다고 생각했었다. 실제로 크리스마스 때마다 트리 밑에 놓아둔 양말에 초콜릿 바 몇 개를 넣어놓음으로써 대니얼이 알려준 정보를 아주 유용하게 써먹었다. 그러고 보니 우리가 마지막으로 크리스마스에 선물을 주고받은 게 작년이었던가. 아니, 재작년이었나.

나는 말없이 초콜릿 바를 커피 테이블에 올려놓은 다음 가방을 옷장에 걸었다.

대니얼이 초콜릿 바를 집어 들며 말했다. "진짜 오랜만에 먹네. 고마워."

나는 어쩌다 초콜릿 바가 생각났는지 구구절절 설명하지 않았다. 코트니를 내려주고 집으로 향하는 길이었다. 가다가 보이는 주유소에서 초콜릿 바를 사려고 했는데 팔지 않았다. 그래서 다음 주유소로 들어갔다. 거기도 없어서 또 다른 주유소에 갔고 주유소를 세 군데나 들르고 나서야 마침내 그 초콜릿 바를 살 수 있었다. 집에서 3킬로미터쯤 떨어진 곳이었다.

하지만 대니얼의 반응에 갑자기 짜증이 났다. 내가 먼저 손을 내밀어보고 싶어 계획한 일이었다. 정말 별거 아닌데 실천은 왜 그렇게 어려운지. 그런데 대니얼의 말을 들으니 왠지 모를 후회가 밀려들기 시작했다.

계단을 올라가는데 대니얼이 물었다. "근데 어디 갔다 왔어?" 나는 발걸음을 멈추고 잠시 생각했다.

머릿속에 단박에 떠오르는 술집 이름이 없어서였다. 나는 그냥 솔직하게 말하기로 했다.

"휴이스 바 앤 그릴."

"안 들어본 데네."

"우리 집 근처가 아니거든. 웨스트 쇼어 위로 가야 있어."

"뭐 하러 거기까지 갔다 왔어?"

"코트니가 가보고 싶다고 그래서."

"멀리 갔다 왔는데 재밌게 놀긴 했어?"

"응."

"그럼 됐네. 당신이 친구들이랑 놀러 간다고 한 게 언제였는지 기억도 안 나더라."

일부러 나를 떠보려고 하는 말인지, 진심인지 가늠하기 어려웠다. 한때 대니얼은 사람들과 좀 어울리라며 내 등을 떠밀기도 했다. 어차피 나는 친구가 별로 없었고 자기 친구들이나 직장 동료들을 만나러 나가자는 뜻이었다. 하지만 내가 이런저런 핑계를 대며 자리를 피해버리니 어느 순간부터 대니얼도 더 이상 권하지 않았다.

"담배 냄새가 잔뜩 배서 샤워 좀 해야겠어."

대니얼이 손에 쥔 초콜릿 바를 묵묵히 바라보다가 재빨리 소파 앞으로 다가서며 말했다.

"출출해? 그릴 치즈 샌드위치 만들어 먹을까 하는데. 배고프면 당신 것도 만들게."

갑자기? 어이가 없었지만 대니얼의 그릴 치즈 샌드위치는 정말 맛있긴 했다. 언젠가 대니얼이 말했었다. 여러 집을 전전하면서 다양한 샌드위치를 맛본 덕분에 완벽한 그릴 치즈 샌드위치 맛을 낼 수 있게 되었다고 말이다. 우선 식빵 한쪽에 버터를 펴 바르고 오븐을 완벽한 온도로 세팅한 다음 적정량의 치즈를 올린다. '샌드위치에 치즈를 너무 많이 넣으면 망해. 너무 적게 넣어도 망하고. 그냥 딱 적당하게 넣어야 해.'

우리가 사귀고 나서 얼마 안 되었을 때 대니얼이 완벽한 그릴 치즈 샌드위치 만드는 법을 가르쳐주었었다. 대니얼은 조리대에 빵, 치즈, 버터를 꺼내놓고 나를 뒤에서 안은 채로 빵에 버터를 바르는 내 손을 부드럽게 감싸 쥐었다. 그러고 나서 나를 오븐 앞에 세우고는 내 귓가에 대고 빵을 뒤집으라는 등 조리 순서를 속삭이며 귓불을 깨물기도 하고 목덜미에 입을 맞추기도 했다.

현재의 나는 계단 제일 아래 칸에 우두커니 서서 대니얼이 마지막으로 샌드위치를 만들어주었던 게 언제였는지 기억을 더듬어보고 있었다.

"고마워. 나야 너무 좋지."

대니얼이 고개를 끄덕이며 주방으로 갔다. 나는 계단을 오르다가 중간쯤에서 멈추었다.

"자기, 이번 주말 스케줄이 어떻게 돼?"

"월요일까지는 오프야. 내일이나 일요일쯤 청소년 클럽에 잠깐 들를까 했는데. 왜?"

"그냥. 궁금해서."

나는 옷을 벗으며 계단을 마저 올랐다. 입었던 옷을 세탁기에 던져 넣고, 따뜻한 물이 나오도록 샤워기를 틀어놓았다. 그리고는 서둘러 침실로 들어가 핸드폰을 충전했다. 코트니와 집으로 돌아오는 길에 주유소에 들러 코트니의 휴대폰 선불 요금을 충전했었다. 당장 오늘 밤에 코트니가 연락을 하진 않겠지만 혹시라도 전화나 문자를 했는데 핸드폰이 꺼져 있을까 봐 걱정되었던 것이다.

짧은 샤워를 마치고 침실로 돌아오니 아니나 다를까 코트니가 보낸 문자가 나를 기다리고 있었다.

전화 좀 줘.

나는 재빨리 코트니의 연락처를 찾아 전화를 걸었다. 무슨 일이 있나. 통화 연결음이 두어 번 울리더니 코트니가 전화를 받았다. 다행히 차분한 음성이었다.

"에밀리."

"무슨 일 있는 건 아니지?"

"응. 테리가 옆방에서 자고 있어서 말을 크게 못해. 아무튼 데스티니의 와이프를 찾았어."

"와이프?"

"내 말이. 데스티니 레즈비언이었어. 와이프 이름은 샬럿이야. 생각보다 수월하게 찾았어. 데스티니가 일하던 동물 병원이 부고 기사에 나왔었잖아. 이것저것 찾아보다가 우연히 데스티니에 대해 좋은 글을 올려놓은 병원 페이스북을 발견했는데 거기에 와이프 계정이 태그가 된 거야. 그래서 그 사람 프로필을 찾았지. 요즘은 토요일마다 리지웨이 농장에서 승마 레슨을 한다나 봐. 별일 없으면 토요일 오후엔 농장에 있을 듯해."

나는 침대 끄트머리에 앉아 맨어깨에 닿은 축축한 머리카락을 느끼며 말없이 있었다. 데스티니의 미망인을 직접 마주하는 장면을 그려보았다. 그 여자는 우리가 누군지도 모를 텐데.

"듣고 있어? 거기까지 갈 수 있으려나? 그 여자가 뭐라고 하는지 한번 들어봐야 할 거 같은데."

"나도 너랑 같은 생각이야. 그 여자를 만나서 자초지종을 들어보긴 해야겠지. 근데 나랑 같이 갈 수 있어?"

전화 너머에서 자그마한 한숨이 흘러나왔다.

"나도 같이 가고 싶긴 한데, 테리를 하루 종일 혼자 둘 순 없을 것 같아. 오늘도 혼자 있게 해서 너무 미안했거든."

"알지. 그럼 테리도 데려갈까?"

5분 후 트레이닝 바지와 티셔츠로 갈아입고 조용히 계단을 내려갔다. 대니얼이 주방 오븐 앞에 서 있었다.

"딱 맞게 내려왔네." 그가 말했다. "샌드위치도 거의 다 됐어."

대니얼은 접시 두 개에 샌드위치를 담았다. 내가 어떤 스타일을 좋아하는지 익히 알고 있어서 묻지도 않고 샌드위치를 자르기 시작했다. 대니얼이 익숙한 손놀림으로 샌드위치를 어슷하게 썰고 나에게 접시를 내밀었다.

샌드위치는 언제나처럼 완벽했다. 빵은 노릇노릇하게 잘 구워졌고 온기도 딱 좋았다. 적당하게 녹은 치즈가 빵 가장자리로 흘러내렸다.

나는 샌드위치에 선뜻 손을 대지 못했다. 대니얼이 샌드위치를 먹다가 나를 보더니 인상을 썼다.

"뭐 이상해?"

"아니. 맛있어 보여."

나는 샌드위치를 한 입 베어 물었지만 아무 맛도 느낄 수 없었다. 머릿속에 너무 많은 생각이 돌아다니면서 뒤죽박죽된 것 같았다.

대니얼이 접시를 조리대에 올려놓으며 냅킨으로 입을 닦았다.

"아까는 말이야. 기분 나쁘게 하려던 게 아니었어. 난 단지······ 당신이랑 같이 나가서 시간 보내던 게 내심 그리웠어. 그런데 당신이 나 말고 다른 사람이랑 놀다 왔다니까 질투가 좀 났나 봐. 그리고 초콜릿 바도 정말 고마워. 나눠 먹자고 하려 했는데 당신 씻는 동안 다 먹어버렸네."

나는 그를 보며 배시시 웃고 말았다. 어쩌면 리사가 틀렸을지도 몰랐다. 우리는 끓는 물속에 있는 게 아닐 수도 있었다. 불현듯 결심이 선 나는 그에게 물었다. "우리 내일 바다 갈래?"

21

그레이스 파머는 벤저민 프랭클린 중학교 첫날부터 평범하지 않은 하루를 보내야 했다. 새 학교에 전학 온 여학생으로서는 최악의 날이 아니었을까.

그레이스는 하고많은 날 중에 하필이면 밸런타인데이에 전학을 왔다.

1교시는 갤러웨이 선생님의 수학 시간이었다. 수업 시작 종이 울리고 5분쯤 지났을까 누군가 교실 문을 두드렸다. 애커먼 교장 선생님이 작은 여학생 하나를 데리고 교실로 들어섰다. 아이가 고개를 숙이고 있어서 어두운 머리카락에 얼굴이 가려져 보이지 않았다.

"갤러웨이 선생님? 새 물고기를 잡아왔습니다."

애커먼 선생님은 자신의 아재 개그가 만족스럽다는 듯 실실 쪼갰다. 아재 개그는 교장 선생님의 흔한 레퍼토리였다. 아이들 중 누군가 보비 월브리지 아니냐며 빈정거림이 잔뜩 섞인 웃음을 뿜었다. 교장 선생님이 자신을 조롱한 학생을 찾기 위해 교실 구석구석을 훑기 시작하자 웃음소리가 뚝 끊겼다.

갤러웨이 선생님은 기분 좋은 소식이라도 들은 양 가슴께에서 두 손을 마주 잡으며 말했다.

"아, 네. 그레이스 파머, 맞죠? 안녕, 그레이스. 난 갤러웨이 선생님이란다."

갤러웨이 선생님이 손을 내밀었다. 새 전학생은 자리에 가만히 서서 바닥만 뚫어져라 바라보았다. 그레이스 파머는 잠깐 동안 아무 반응이 없었다. 그러다 자신이 움직일 차례라는 걸 깨닫기라도 한 듯 갤러웨이 선생님에게 다가가 조심스럽게 손을 뻗었다.

애커먼 교장 선생님은 여전히 억지 미소를 띠고 있었다. "좋은 하루 보내세요, 갤러웨이 선생님. 너희들도 좋은 하루 보내라."

아이들이 기계적으로 합창했다. "감사합니다, 애커먼 교장 선생님."

교장 선생님이 나가자 갤러웨이 선생님은 그레이스 파머를 교실 앞줄의 빈 책상으로 데려갔다. 그레이스는 메고 있던 보라색 가방을 책상 옆에 살며시 내려놓았다.

갤러웨이 선생님이 책가방을 보며 인상을 찌푸렸다.

"원래는 교실에 가방을 들고 들어오면 안 돼요. 가방은 사물함에 보관해야지. 하지만 첫날이니까 오늘만 허락해줄게요."

갤러웨이 선생님은 웃으며 말했지만 그렇다고 딱히 친절한 말투도 아니었다. 그녀는 부드럽게 목청을 가다듬으며 얼룩무늬 안경을 고쳐 썼다.

"자, 그레이스, 교실 앞으로 나와서 친구들에게 자기소개를 해 볼까……?"

갤러웨이 선생님은 만면에 미소를 띠며 말끝을 흐렸다. 평소대로라면 그녀가 지시를 내리면 학생은 그대로 따라야 했다.

하지만 그레이스 파머는 달랐다. 그레이스는 자리에 가만히 앉아 있었다.

갤러웨이 선생님은 그레이스의 행동을 두고 교사와 학생 간에 벌어지는 일종의 힘겨루기라고 여긴 모양인지 미소를 유지한 채 그레이스를 기다려주었다.

"그레이스, 전학생들은 모두 나와서 자기소개를 해. 잠깐만요, 그런데요, 하지만요 같은 변명은 통하지 않는단다."

교실 안 모든 학생들의 시선이 전학생에게 쏠렸다. 아이들은 과연 전학생이 자기소개를 할지 그렇지 않을지 숨죽여 기다렸다.

처음에는 그레이스가 선생님의 지시에 따르지 않을 것 같았다. 그레이스는 자기 자리에서 동상처럼 앉아 있었다. 그러다 천천히 의자에서 일어나 갤러웨이 선생님의 손길에 자신을 맡기고 교실 앞으로 나갔다.

그레이스는 청바지에 빨간 티셔츠를 입고 운동화를 신고 있었다. 옷이며 신발이며 죄다 월마트나 T.J. 맥스 할인 매장에서 새로 산 것 같았다. 사실 그레이스가 신은 것과 똑같은 운동화를 작년에 나도 신었었다. 나는 다른 애들이 내 운동화의 출처를 알아챌지도 모른다는 생각이 들자 배 속이 소용돌이치며 공포가 물밀듯 밀려들었다.

그레이스는 적당히 예쁘장했다. 동그란 얼굴에 오밀조밀한 이목구비가 들어차 있었으며, 짙은 머리카락이 어깨선에서 찰랑거렸고 눈썹 위로 가지런한 앞머리가 내어져 있었다. 딱히 화장을 한 것처럼 보이지는 않았다.

나는 한 줄 떨어진 곳에 앉은 엘리스를 힐끗거렸다. 전학생을 지켜보는 엘리스의 표정이 긴장으로 굳어 있었다. 우리는 전학생이라면 응당 겪는 이 절차가 얼마나 고통스러운지 잘 알았다.

"내…… 내 이름은……," 그레이스의 목소리는 겨우 알아들을 수 있을 만큼 작았다. 그나마도 염소처럼 떨리고 있었다. "그레이스…… 파머야. 어…… 엄마랑…… 얼마 전에…… 이사 왔어."

우리는 그레이스 파머가 다음 말을 하기를 잠자코 기다렸다. 그레이스는 더 이상 말이 없었다. 잠깐의 침묵이 흐르고 그레이스는 고개를 푹 숙인 채 곧장 자기 자리로 돌아갔다. 그러고는 의자에 몸을 밀어 넣은 다음 어깨를 앞으로 접어 최대한 몸을 작게 만들려는 듯 허리를 구부리고 앉았다.

나는 다시 엘리스를 힐끗 보았다. 그리고 옆으로 두 줄 한 칸 뒤에 앉은 올리비아도 훔쳐보았다. 두 사람 모두 전학생에게는 관심이 없었다. 엘리스는 쪽지를 쓰고 있었다. 아마 당시 관심을 가졌던 남자애한테 보내는 쪽지였을 것이다. 올리비아는 다른 애들의 수학 숙제를 베끼는 데 여념이 없었다. 엘리스와 올리비아는 교실 앞에서 자기소개를 하던 그레이스 파머로부터 내가 발견해낸 것을 눈치채지 못한 듯했다.

내 문제를 해결해줄 답이 그 아이에게 있었다.

◇

열일곱 송이. 점심시간이 끝나갈 무렵 매켄지가 받은 카네이션의 개수였다.

우리 무리가 교내 식당에 앉아 있는데 테디 피셔와 대시 말론이 다가왔다. 그 둘은 학생회 소속으로 점심시간에 돌아다니면서 카네이션을 나누어주는 임무를 맡았다. 대시는 엘리스에게 일곱 송이, 코트니에게 다섯 송이, 올리비아에게 여섯 송이, 그리고 데스티니에게 다섯 송이의 꽃을 주었다.

나도 카네이션 세 송이를 받았다. 하나는 나를 좋아하던 스티븐 게츠에게서 받은 것이었고, 또 하나는 그해 초 1, 2주 정도 데이트를 했던 주다 하워드에게 받은 것이었다. 주다는 키스할 때 혓바닥을 내 목구멍까지 집어넣으려고 안간힘을 쓰던 놈이었다.

세 번째 카네이션의 카드에는 'E'라는 이니셜만 써 있었다. 나는 얼른 엘리스의 눈치를 살폈지만 정작 엘리스는 자기가 받은 카네이션을 들여다보느라 정신이 없었다. 내가 자체적으로 내린 결론은 이러했다. 엘리스는 내가 카네이션을 한 송이도 받지 못할 거라 예상했고 그런 나를 불쌍하게 생각해서 익명으로 꽃을 주었을 것이다. 나는 엘리스의 과잉 친절에 고마워해야 하는 건지 기분 나빠해야 하는 건지 헷갈렸다.

"내 건 어디 있어?"

매켄지의 말투가 딱히 명령 같지는 않았다. 테디가 테이블 위에 열일곱 송이의 카네이션 바구니를 올려놓았다. 대부분 빨간색이었고 흰색과 분홍색도 몇 송이 섞여 있었다. 테디와 대시는 별다른 말 없이 그대로 교내 식당 구석으로 향했다.

엘리스가 말했다. "한심하다."

매켄지는 동봉된 카드를 읽느라 정신이 없었다. "뭐?"

"그중에 네 돈으로 산 건 몇 개냐?"

"나쁜 년아, 내 돈으로 산 거 없거든?"

"구라 치네."

매켄지의 표정이 어딘가 익숙했다. 짜증이 잔뜩 섞인 지루해 죽겠다는 눈빛. 매켄지가 나를 볼 때의 얼굴이었다. 매켄지는 그 얼굴 그대로 엘리스를 바라보았다.

"조금밖에 못 받은 네 탓이지 왜 남한테 성질이야. 넌 몇 개나 받았냐? 일곱 개?"

엘리스와 매켄지는 서로를 뚫어져라 노려보다가 결국 격한 말싸움을 시작했다. 나는 시선을 돌렸다. 교내 식당은 평소보다 시끄러웠다. 몇 테이블 떨어진 곳에서 남자애들이 칼싸움하듯 카네이션을 휘둘렀다.

저 멀리 그레이스 파머가 구석 테이블에 앉아 있는 게 보였다. 일명 유목민이라 불리는 애들이 앉는 자리였다. 옆에 메건 페넬리가 앉아 있었다. 작고 뚱뚱한 메건은 아무리 더워도 후드 티를 입고 닥터 마틴 워커를 신었다. 메건은 항상 책만 읽었다. 메건은 오늘같이 유난히 시끄러운 날에도 변함없이 책에 얼굴을 파묻고 있었다. 나는 테디와 대시가 죽었다 깨어나도 메건에게 카네이션을 주는 일은 없을 거라 확신했다.

그레이스는 식판만 가만히 응시할 뿐 딱히 점심을 먹는 것처럼 보이지 않았다. 그레이스의 마음도 이해는 갔다. 점심은 핫도그와 베이크드 빈스였고 맛이 거지 같았다.

나는 테이블에 식판과 카네이션을 두고 그레이스 쪽으로 갔다. 내가 그레이스가 앉은 테이블에 접근하자 메건 페넬리가 고개를 들어 잠깐 나를 쳐다보았다. 하지만 이내 관심 없다는 듯 닳아빠진 표지의《반지의 제왕: 반지 원정대》로 시선을 돌렸다.

"너, 오늘 전학 왔지?"

그레이스는 손에 포크를 쥔 채 그대로 얼어붙었다. 과연 얼마나 오래 그 자세를 유지할지 궁금했지만 매켄지처럼 사람을 테스트하는 비열한 짓은 하고 싶지 않았다.

"그레이스, 맞지? 난 에밀리야."

그레이스는 플라스틱 포크를 식판에 내려놓은 다음 나를 향해 창백한 얼굴을 들어 올리고는 고개를 끄덕였다.

어쩌면 예상했던 것보다 더 어려운 일이 될 수도 있을 것 같았다.

"혹시 형제나 자매 있어?"

그레이스는 다시 식판 쪽으로 고개를 떨구고 절레절레했다.

메건 페넬리가 우리 둘을 힐끔거리는 게 느껴졌다. 나는 그레이스에게 몸을 기울이며 최대한 상냥하게 말하려고 노력했다.

"엄마랑 이사 왔다고 했지? 어디서 왔니?"

그레이스는 1, 2초쯤 아무 대답 없이 가만히 앉아 애꿎은 식판만 응시했다. 공연히 시간만 낭비한 것 같았다. 하다못해 이 수줍음 많은 전학생과도 친구가 될 수 없다니 나처럼 한심한 사람이 또 있을까 싶었다.

하는 수 없이 내 자리로 돌아가려던 찰나 그레이스가 조용한 목소리로 입을 열었다.

"북부에서 왔어."

나는 뭐라고 해야 할지 몰라 가만히 고개만 끄덕이다가 그레이스에게 갑작스러운 제안을 했다. "괜찮으면 나랑 내 친구들 자리로 가서 같이 점심 먹을래?"

그레이스를 설득하는 데는 애초에 예상했던 것보다 훨씬 더 많은 품이 들었다. 누구 하나 시키는 이 없었지만 나는 전학생 그레이스를 반드시 하피스 무리에 데려가야 한다는 의무감에 휩싸였다. 절대 빈손으로 돌아갈 순 없었다. 특히 교내 식당 건너편에서 나를 주시하는 코트니와 올리비아의 시선이 느껴지자 마음이 다급해졌다. 코트니와 올리비아가 이 상황을 지켜보고 있다는 말은 곧 매켄지도 나를 예의 주시하고 있다는 의미였기 때문이다.

우여곡절 끝에 마침내 그레이스는 유목민 전용 테이블을 벗어나 우리 패거리와 함께하는 데 동의했다.

그레이스는 느린 걸음으로 나를 따라왔다. 나는 그레이스가 제대로 오고 있는지 어깨 너머를 계속 힐끗거렸다. 자리로 돌아온 나는 빈 의자에 앉으라는 듯 손짓했다. 하피스 애들이 수다를 떨다 말고 그레이스와 나를 쳐다보았다.

물론 내 계획이 역효과를 불러올 수도 있었다. 일이 계획대로 되지 않으면 당장 하피스에서 쫓겨날 수도 있었다. 나는 목청을 가다듬고 최대한 확신에 차서 말했다.

"얘는 그레이스야. 전학생이래."

나를 빤히 바라보며 매켄지가 말했다. "야, 베넷, 너 뭐 하냐?"

"새로 왔대." 나는 매켄지를 똑바로 쳐다보며 말했다. "우리랑 같이 앉자고 내가 데려왔어."

"쟤가 누군지는 관심 없고, 우리랑 같이 앉을 수도 없어." 매켄지는 어깨를 뒤로 젖히며 턱을 빳빳이 들고 앉아 마치 이 자리에 그레이스가 없다는 듯이 대꾸했다.

"누가 너더러 전학생을 데려와도 좋다고 허락해줬는데?"

순간 꺼지라는 말이 목구멍까지 차올랐다. 나름 거창하게 계획했던 일이 수포로 돌아간 셈이었다. 나는 그레이스의 상태를 확인하려고 힐끔힐끔 눈치를 살폈다. 그레이스는 수업 시간에 그랬던 것처럼 최대한 눈에 띄지 않고 싶어 하는 사람마냥 고개를 숙인 채 웅크리고 있었다.

테이블 밑으로 쥔 주먹에 힘이 가득 실렸다. 나는 입을 앙다물고 버텼다. 매켄지를 노려보며 뭐라 하려는데 엘리스가 심드렁하게 하품을 했다.

"적당히 해." 엘리스가 말했다. "내가 괜찮다고 했어."

매켄지가 고개를 홱 돌리며 되받아쳤다. "나랑 상의도 없이?"

"아이고, 깜빡했네."

매켄지는 엘리스의 태도를 마음에 들어 하지 않았다. 특히 엘리스가 나를 감싸고 도는 걸 싫어했다. 매켄지의 이글거리는 시선이 엘리스를 떠나 나를 향했다.

매켄지는 눈을 치켜뜨며 입꼬리를 씩 올렸다.

"쟤 이름이 뭐라고?"

그레이스는 또다시 이 자리에 없는 사람 취급을 받았다. 나는 그레이스가 직접 대답하기를 기대하며 그 아이를 돌아보았지만 당연히 그레이스는 묵묵부답이었다.

"그레이스." 내가 대답했다.

"좋아, 그레이스. 음, 우선 우리랑 같이 앉아준다니 정말 환영이야. 그런데 그것보다……," 매켄지가 카네이션이 든 바구니를 집어 들며 말했다. "이것부터 좀 주워볼래?"

그러고는 바구니를 뒤집어 카네이션을 바닥에 흩뿌렸다. 열일곱 송이 전부.

매켄지는 내 눈을 똑바로 쳐다보며 그 짓거리를 했다. 마지막 카네이션 한 송이가 바닥으로 떨어질 때까지. 그리고 빈 바구니를 바닥에 툭 떨굴 때까지. 매켄지는 제자리에 가만히 앉아 나를 빤히 노려보며 전학생이 어떻게 행동할지 기다렸다.

몇 초 동안 그레이스는 아무런 행동도 하지 않았다. 그냥 가만히 앉아서 어깨만 잔뜩 웅크리고 있었다. 그러다 천천히 고개를 돌려 나를 바라보았다.

나는 고개를 끄덕였다.

그레이스가 그런 나를 가만히 보고 있다가 자리에서 일어나더니 테이블을 돌아 카네이션이 떨어진 쪽으로 갔다. 그런 다음 쪼그리고 앉아서 바닥에 떨어진 꽃을 하나씩 줍기 시작했다.

매켄지가 그런 그레이스를 잠시 지켜보았다. 별안간 테이블 주변을 돌아보던 매켄지의 눈이 번뜩였다. 우리 무리는 조용히 앉아서 그레이스 파머가 카네이션을 줍는 모습을 보고 있었다. 그레이스가 꽃을 모두 주워 바구니에 담고 매켄지에게 내밀었다.

"정말 잘했어, 그레이스. 감동이야."

매켄지는 나를 뚫어져라 쳐다보며 말했다.

"너 우리랑 있어도 되겠다. 당분간은."

22

목적지까지 16킬로미터 정도 남았을 때쯤 바다 냄새가 풍겨오기 시작했다. 과연 테리가 바다 냄새를 알아챌 수 있을까. 테리는 코트니와 뒷자리에 나란히 앉아 있었다. 운전석 뒤에 테리가 앉아 있었으니 차창 너머로 시원하게 펼쳐지는 바다 풍경이 잘 보였을 것이다.

나는 대니얼의 자동차 조수석에 앉아 뒷좌석으로 고개를 돌리며 물었다.

"무슨 냄새인지 알겠어?"

창문이 스르륵 내려갔다. 곱게 땋은 머리가 테리의 고개를 따라 움직였다.

"무슨 냄새요?"

"바다 냄새."

하늘은 구름 한 점 없이 맑고 햇살은 눈부셨다. 창밖에는 집 몇 채, 모래사장, 무성하게 자란 풀만 보였다. 테리는 코를 킁킁거리며 창밖을 바라보았다. 그러고는 나를 향해 고개를 저었다.

"잘 모르겠어요."

테리는 내 감정을 상하게 하고 싶지 않다는 듯 죄송하다는 투로 말했다.

나는 테리를 향해 미소를 지어 보였다. "괜찮아. 금방 도착할 거야."

다시 정면으로 고개를 돌렸는데 대니얼이 나를 가만히 보고 있었다. 나는 대니얼에게 다정한 미소를 지어 보였다. 대니얼도 나를 따라 씩 웃었다. 그의 허벅지에 올려진 핸드폰의 내비게이션 앱에서 고속 도로를 따라 직진하라는 음성이 흘러나왔다. 토요일 늦은 아침이라 길이 조금 막힐 것도 같았다.

"얼마나 남았어?" 내가 물었다.

대니얼이 휴대폰을 힐끔 보았다. "도로 상황 따라 다를 거 같은데, 한 10분 정도?"

뒷자리에 앉아 있던 테리가 물었다. "엄마, 풍선껌 있어?"

코트니는 가방을 뒤져보지도 않고 말했다. 답은 이미 정해져 있었던 모양이었다. "아니, 우리 딸. 없는데."

"풍선껌은 없고 그냥 껌은 있어." 내가 말했다.

나는 가방 속을 뒤적거리며 껌을 찾았다. 포장을 뜯지 않은 주시 프루트 껌이 나왔다. 지난번에 월마트에서 샀던 그 껌이었다. 나는 껌 하나를 꺼내 테리에게 주었다. 테리는 껌을 두어 번 씹더니 나를 보며 활짝 웃었다.

"맛있어요." 테리가 말했다. "감사합니다."

"나머지도 줄 테니 해변 가서 먹을래?"

"네."

테리가 화답하며 껌을 받았다. 나는 조수석에 몸을 파묻고 고속 도로를 달리는 차들을 멍하니 바라보았다. 한 1분쯤 지났을까, 테리가 킁킁거리며 냄새를 맡는 소리가 들렸다.

"에밀리 이모!"

에밀리 이모. 나를 부르는 테리의 목소리에 나도 모르게 웃음이 났다.

"응?"

"저도 이제 냄새가 나는 것 같아요."

"냄새가 어떤 것 같아?"

테리는 곰곰이 생각하더니 말했다.

"음, 소금?"

코트니가 끼어들었다. "둘이 무슨 소리 하는지 모르겠네. 난 죽은 생선 냄새만 나는데. 대니얼, 죽은 생선 비린내 같은 거 안 나요?"

코트니가 장난스럽게 테리에게 간지럼을 태우자 아이가 깔깔대며 웃었다. 대니얼이 코트니와 테리를 룸 미러로 흘깃거리며 부드러운 미소를 짓고 있었다. 그러다 내 시선을 의식한 대니얼이 헛기침을 하며 말했다.

"거의 다 왔어."

◇

해변가 근처 산책로 쪽에는 주차할 데가 마땅치 않았고, 주차장을 이용하자니 주차비가 엄청나게 비쌌다. 하지만 상관없었다. 대니얼과 테리만 해변에 내려주면 되었으니까. 그런데 코트니가 난생처음 바다를 구경하는 테리를 옆에서 지켜보고 싶어 했다. 결국 대니얼이 주차 금지 구역에 차를 세워 두 사람을 내려주고 비상등을 켜놓기로 했다. 대니얼과 나도 차에서 잠깐 내렸다.

"오늘 같이 와줘서 고마워." 내가 말했다.

"당연히 해줘야지."

내 상상 속 다른 차원에 존재하는 대니얼이라면 입술에 다정한 입맞춤을 해주었을 것이다. 가벼운 포옹이라도 해주거나.

현실 속 대니얼은 키스도, 포옹도 하지 않았다. 그래서 내가 먼저 짧게 입을 맞추었다.

대니얼은 갑작스러운 내 행동에 놀란 듯 멀뚱히 서 있기만 하다가 몸을 앞으로 기울여 입맞춤을 받아주었다. 그때 대니얼 뒤로 길을 건너는 사람들이 눈에 들어왔다. 나는 순간적으로 움찔하며 뒤로 물러섰다.

나도 모르게 헉하고 숨을 들이마시자 대니얼이 얼굴을 찌푸렸다.

"에밀리?"

나는 대답도 잊은 채 번잡한 교차로 건너편을 응시했다.

"에밀리." 대니얼이 조급한 목소리로 다시 나를 부르며 내 팔을 잡았다.

나는 넋이 나간 사람처럼 눈만 끔뻑끔뻑하면서 대니얼과 길 건너 사람들을 번갈아 보았다.

대니얼이 물었다. "괜찮아?"

그때 코트니와 테리가 산책로에서 모습을 드러내며 우리 쪽으로 걸어왔다. 테리가 걸음을 뗄 때마다 슬리퍼에서 경쾌한 소리가 났다.

대니얼은 걱정스러운 얼굴로 나를 살핀 다음 곧바로 몸을 돌려 코트니와 테리를 향해 미소를 지었다.

"그래, 바다 보니까 어땠어?"

"완전 멋있어요!" 테리가 소리쳤다.

대니얼이 트렁크에서 비치 타월이며 선크림, 생수, 주전부리가 가득 담긴 백팩을 꺼내는 사이, 코트니가 테리를 꼭 안아주었다. 코트니와 내가 리지웨이 농장에 갔다가 돌아오는 데 적어도 몇 시간은 걸릴 참이었다.

대니얼이 가까이 다가와 다시 내 팔을 쓰다듬었다. 얼굴에 걱정이 한층 짙어졌다.

나는 억지로 웃음을 지어 보이며 대니얼을 안심시켜야 했다. "걱정하지 마. 테리랑 즐거운 시간 보내."

"그래. 그렇게." 대니얼이 테리를 돌아보며 물었다. "준비됐니?"

"네!"

대니얼이 코트니와 나에게 미소를 지으며 선글라스를 고쳐 썼다. "그럼 이따 봐."

◇

구글 지도에 따르면 리지웨이 농장은 해변에서 한 시간가량 떨어진 곳에 있었다. 내가 운전대를 잡고 코트니는 조수석에 앉았다. 창문이 내려가 있어서 차 안으로 불어 드는 바람에 머리카락이 흩날렸다.

"대니얼 말이야. 정말 좋은 사람 같아." 코트니가 말했다.

나는 특별히 대꾸하지 않았다.

"에밀리, 너 괜찮아?"

나는 눈을 깜박이며 조수석을 힐끔 보았다. "응? 아, 괜찮아."

"진짜? 너 좀…… 넋이 나간 것 같아."

뭐라고 해야 할까? 아까 대니얼과 함께 산책로 옆에서 너희를 기다리는 동안 우연히 교차로 건너편을 쳐다보았는데 거기서 그레이스를 본 것 같다고?

찰나였지만 창백한 얼굴, 짙은 머리의 여자가 길 건너에서 나를 보고 있었다. 그러다 눈 깜짝할 새 사라져버렸다.

"진짜 괜찮아. 그냥 어젯밤에 잠을 좀 설쳤어."

"운전 내가 할까?"

"면허증은 갱신했고?"

코트니는 나를 보며 피식 웃었지만 어딘가 어두운 얼굴이었다.

"진짜 괜찮은 거지?"

"아이고," 내가 말했다. "진심으로 괜찮다고."

과연 나는 괜찮은 걸까? 내가 헛것을 보았을 수도 있었다. 어쩌면 그게 더 설득력이 있을지 몰랐다. 코트니에게 말할 수도 있었지만 뭐라고 반응할지 걱정이 앞서는 바람에 입이 떨어지지 않았다.

"아무튼 대니얼이, 뭐?"

"정말 좋은 사람 같다고."

"응. 좋은 사람이지."

"근데 왜 결혼 안 하고 있어? 더 기다리고 말고 할 게 뭐 있어. 남자 친구한테는 뭐라고 하고 왔어?"

"그냥 알고 보니 몇 달 전에 다른 친구 하나가 또 죽었다, 그래서 그 친구 와이프를 만나 애도를 표하고 싶은데 테리를 돌봐줄 만한 사람이 없다, 이렇게 말했지. 대니얼은 해변에서 하루 종일 아이랑 놀아주게 된 걸 외려 좋아하는 눈치였어."

어느 정도는 사실이었다. 하지만 사이가 좋았던 몇 년 전에 비하면 뭔가를 해달라고 요청하는 데 많은 노력이 들었다. 예전 같았다면 대니얼은 무조건 내 부탁을 들어주었을 것이다. 지금은 나를 위해 무엇이든 해주겠다면서도 사랑과 애정을 넘어서는 명분이 필요해 보였다. 나는 어차피 이번 주에 청소년 클럽에서 봉사 활동을 하려고 마음먹었었지 않느냐, 코트니의 딸을 돌보는 일도 일종의 봉사 활동 아니겠느냐며 대니얼을 설득해야 했다.

코트니가 털썩 자세를 고쳐 앉으며 창밖을 응시했다.

"우리도 해변에서 같이 놀았으면 좋았을 텐데. 다 와가서 그런가 괜히 무섭네."

"나도. 난데없이 들이닥치는 게 좀 이상해 보이잖아. 그 여자가 우리랑 이야기를 하리란 보장도 없고. 또 농장에 없을 수도 있고."

"말했잖아. 아침 일찍 농장에 전화해서 오늘 샬럿이 일을 하는지 물어봤다고. 토요일마다 레슨이 있다고 했고, 오늘도 있을 거라고 확답 받았어. 내가 무서운 건 딴 게 아니라……."

나는 호기심 어린 눈초리로 코트니를 보았다. "그럼?"

"난 그 여자가 우리한테 무슨 말을 해줄지 그게 무서워." 코트니는 차창에서 눈을 떼지 않고 말했다.

23

리지웨이 농장은 상상했던 것과 다르게 그리 크지 않았다. 농장은 도로에서 40킬로미터 정도 더 안으로 들어간 데 위치해 있었다. 농장에는 하얀 벽돌집이 한 채 있었고 그 뒤에 두 칸으로 된 마구간이 있었다. 집과 마구간 주변에 파란 울타리가 쳐져 있었는데 그곳을 제외한 나머지가 승마 공간인 듯했다. 들판 한쪽에서 말 몇 필이 풀을 뜯고, 다른 한쪽에는 어떤 여자가 아이를 태운 말 옆에 서 있었다.

나는 마구간 근처에 차를 세웠다. 우리 차 바로 옆에 토요타 코롤라가 주차되어 있었는데, 뒤쪽 범퍼는 심하게 찌그러지고 휠 캡도 하나 빠져 있었다.

코트니가 안전벨트를 풀며 말했다. "승마는 부자들이나 배우는 거겠지?"

"저거 저 여자 차일지도 몰라."

나는 턱끝으로 청바지에 티셔츠를 입고 울타리 바깥쪽에 서 있는 여자를 가리켰다. 여자는 팔짱을 낀 상태로 울타리에 기대서서 아이를 지켜보는 중이었다.

우리는 차에서 내렸다. 하늘은 맑고 공기는 따스했다. 건초 냄새며 갓 깎은 듯한 풀 향이 코를 간지럽혔다.

코트니와 내가 여자에게 다가가 인사를 건네자 여자는 미소로 화답했다.

우리도 따라 웃으며, 샬럿이 일렬로 세워진 원뿔형 표지판 사이로 말을 이끄는 모습을 지켜보았다. 샬럿은 아주 예뻤다. 구릿빛 피부에 길고 검은 머리 한쪽을 얇게 땋아 포니테일로 묶고 있었으며, 청바지에 체크무늬 셔츠, 카우보이 부츠 차림이었다.

말에 올라탄 아이는 청바지를 입고 커다란 자전거 헬멧 같은 보호 장비를 쓰고 있었다. 아이는 다소 주의가 산만해 보였다. 샬럿은 10초에 한 번씩 아이의 방향을 잡아주어야 했다. 코트니와 나 때문에 아이의 집중력이 더 떨어진 듯했다. 샬럿은 우리가 있는 쪽과 아이를 번갈아 힐끗거리며 인상을 썼다.

몇 분이 흘렀을까, 울타리에 기대서 있던 여자가 우리에게 말을 걸어왔다.

"제 아들 애덤이에요. 지난 두 달 동안 매주 토요일에 레슨을 받았어요. 샬럿 선생님은 정말 훌륭한 분이죠. 애덤이 말을 좋아하기도 하고. 근데⋯⋯," 여자가 미소를 지었다. "저희 애가 좀 많이 산만해요."

나는 여자에게 미소를 지어 보였다. "멋지네요."

"두 분도 애가 샬럿 선생님 레슨을 받나요?"

내가 뭐라고 대답하기 전에 코트니가 입을 열었다. "아, 저희도 레슨 때문에 온 거예요. 딸아이를 등록시킬까 싶어서요."

"그쪽 딸도 자폐예요?"

"네." 이번엔 코트니보다 내가 먼저 대답했다. "두 살 때 진단받았어요. 올해 여섯 살이에요. 의사 선생님이 여기를 추천하더라고요."

여자의 얼굴이 단박에 밝아졌다.

"딸이 좋아할 거예요. 승마를 배우면서 아이와 말 사이에 특별한 유대 관계 같은 게 생기는 것 같아요. 저희 집 애는 그렇더라고요. 오늘 아침만 해도 너무 힘들었어요. 뭘 하라고 해도 듣지도 않고 계속 저를 때리기만 하고. 근데 차에 태우고 승마하러 간다고 하니까 애가 바로 얌전해지는 거예요. 애덤은 재스퍼 타는 걸 정말 좋아해요."

재스퍼는 말 이름인 듯했다.

"굳이 단점을 하나 꼽자면," 여자는 웃음기가 싹 빠진 얼굴로 말했다. "승마 치료에 보험 적용이 안 된다는 거예요. 그래서 목돈이 계속 나가요. 아무튼 샬럿 선생님은 진짜 좋은 분이에요. 최대한 부담을 분산시킬 수 있게 레슨비 계획도 같이 짜주고요."

여자는 잠시 침묵했다가 다시 아들에게로 시선을 돌렸다. 샬럿은 울타리 안쪽에서 재스퍼가 원뿔형 표지판을 통과할 수 있도록 이끄는 동시에 애덤이 엄마를 쳐다보거나 다른 쪽으로 시선을 흩뜨릴 때마다 방향을 잡아주었다. 5분 후에 수업이 끝났는지 샬럿이 우리가 서 있는 쪽으로 말을 돌렸다. 샬럿은 웃으며 애덤 엄마를 맞이하면서 코트니와 나에게 호기심 어린 시선을 던졌다.

"우리 애 많이 늘었죠."

아이 엄마는 활짝 웃으며 말했다.

"그럼요." 샬럿이 받아주었다. "애덤과 재스퍼는 둘도 없는 친구잖아요."

애덤네 엄마와 샬럿이 대화를 하는 사이 아이의 관심이 우리에게 쏠렸다.

"애덤, 잘했어!"

샬럿이 재스퍼를 토닥이며 말했고 아이가 활짝 웃었다. 샬럿이 고삐를 잡아 울타리 기둥에 묶으며 물었다. "이제 내릴까, 애덤?" 아이는 별다른 반응을 보이지 않았다. 아이 엄마가 재촉하듯 말했다. "애덤, 샬럿 선생님 말씀하시잖아." 하지만 아이는 제 엄마만 빤히 쳐다볼 뿐 반응이 없었다. 몇 번의 시도 끝에 아이의 시선을 겨우 샬럿에게 돌릴 수 있었다. 아이의 커다란 눈동자가 끔뻑거리며 샬럿에게 가 닿았다. 샬럿은 손을 내밀어 아이를 잡아주었다.

말에서 내려와야 한다는 사실을 깨달은 아이가 소리를 질러대기 시작했다. 재스퍼는 애덤의 비명에 놀라지 않았다. 그도 그럴 것이 보통 동물이라면야 이런 상황에서 어떤 반응을 보일지 예측하기 힘들지만 재스퍼 같은 치료 목적으로 훈련된 말은 달랐다. 시끄러운 소음에도 쉽게 흥분하지 않았다. 재스퍼는 이런 애덤의 모습이 익숙한 듯했으며, 애덤이 악을 쓰면서 말에서 내리기를 거부하는 행동이 자신을 위협하기 위해서가 아니라는 사실을 아는 듯했다.

"괜찮아. 괜찮아." 샬럿이 애덤을 땅에 내려주며 말했다. 얼굴이 발그레하게 달아오른 아이가 샬럿을 때리기 시작했다. 그러나 아이는 주먹 쥐는 법을 모르는 것 같았다. 게다가 고작 27킬로그램쯤 되어 보이는 어린아이가 힘을 실어 때린다 한들 뭐 얼마나 아프겠는가. 샬럿은 아랑곳하지 않고 아이를 달랬다. "괜찮아, 애덤. 우리 맨날 하던 거잖아. 그렇지? 재스퍼한테 잘 있으라고 인사해야지." 샬럿은 아이가 제 풀에 꺾일 때까지 노련하게 아이의 공격을 피했다.

마침내 샬럿은 애덤의 흥분을 가라앉히고 애덤이 재스퍼를 쓰다

듣게 하는 데 성공했다. 그러고 나서 아이를 돌려세워 울타리 문밖으로 나가게 했다. 애덤네 엄마는 고생한 아들을 꼭 안아주기 위해 아까부터 무릎을 꿇고 대기 중이었다.

"아주 잘했어, 우리 아들!"

애덤의 얼굴이 환하게 빛나기 시작했다. 그러면서도 낯선 얼굴의 코트니와 나에게서 눈을 떼지 못했다. 나는 우리의 존재가 아이를 자극할까 봐 걱정스러웠다. 우리가 등장함으로써 반복되던 일상에 변화가 생기면서 아이에게 문제를 일으킬 수도 있었다.

샬럿이 애덤 엄마에게 말했다. "다음 주에도 같은 시간에 오시는 거죠?"

"네! 수업료는 다음 주에 드릴게요."

"알겠습니다."

애덤 엄마가 애덤의 손을 잡아 들어 올렸다.

"선생님한테 안녕히 계세요, 해야지, 애덤."

애덤은 입을 앙다문 채 재스퍼만 볼 뿐이었다.

"언젠간 할 수 있겠죠." 아이 엄마가 말했다. 아이 엄마 목소리에서 간절한 희망이 느껴져 마음이 아팠다.

샬럿이 힘차게 고개를 끄덕였다. "그럼요. 주말 잘 보내세요, 어머니."

"네, 선생도요." 애덤 엄마가 인사를 하다 말고 우리를 의식한 듯 코트니를 가리키며 말했다. "아, 그리고 이분이 딸 맡기고 싶어서 상담받으러 오셨대요."

아이 엄마가 아이를 차에 태우고 떠나자 샬럿은 재스퍼에게로 돌아가 울타리 기둥에 묶어놓았던 고삐를 풀었다.

"혹시 오늘 상담 예약하셨나요? 기억이 없는데 혹시 제가 잊은 건가 싶어서요.”

필립을 만났을 때처럼 코트니와 내가 짧게 시선을 주고받았다. 그러나 서로에게 마땅한 전략이 딱히 없다는 걸 깨닫고는 둘 다 선뜻 입을 떼지 못했다.

우리의 불편한 침묵을 깨는 샬럿의 목소리에 경계하는 기색이 잔뜩 실렸다.

“어떻게 도와드릴까요?”

나는 목소리를 부드럽게 가다듬으며 곧장 본론으로 뛰어들기로 마음먹었다.

“사실 데스티니에 대한 얘기를 좀 하고 싶어서 찾아왔어요.”

샬럿이 부츠에 체중을 살짝 실어 몸을 틀면서 반은 재스퍼를 향해, 반은 우리를 향해 섰다. 우리를 쳐다보는 샬럿의 밝은 갈색 눈동자가 차갑게 빛났다.

“당신들 누구야.”

“우린 데스니티 동창이에요. 최근에 데스티니가 세상을 떠났다는 소식을 듣고 애도를 표할 겸 왔어요.”

샬럿의 차가운 시선이 코트니와 나에게 번갈아 와 닿았다.

“그게 다예요?”

“아니요. 물어볼 것도 몇 가지 있고요.”

“물어볼 게 뭔데요?”

“데스티니가 어쩌다 그렇게 됐는지 알고 싶어서요. 부고엔 그런 내용이 없던데요.”

샬럿은 무표정하게 우리를 보았지만 내심 흥분을 가라앉히려고 노력하는 듯했다. 이대로라면 우리가 원하는 방향으로 대화가 흘러가지 않아서 한 번뿐일 수 있는 기회를 놓칠지도 모른다는 두려움이 밀려들었다. 나는 조금 더 직접적으로 물어보기로 했다.

"혹시 데스티니가 자살했나요?"

내 한마디에 시간이 멈추어버린 것 같았다. 바람 소리도, 들판의 말들도, 나무의 새들도 불시에 숨죽인 듯 사위가 고요해졌다.

이윽고 샬럿이 입을 열었다. "당신들 진짜 누구예요?"

"말씀드렸잖아요. 동창이라고. 전 에밀리 베넷이고, 여긴 코트니 설리번이에요."

코트니가 멋쩍게 손 인사를 했다. 분위기를 조금이라도 부드럽게 만들기 위한 코트니의 작은 손짓이었지만 정작 샬럿은 눈치조차 채지 못했다. 불현듯 우리를 보던 샬럿의 눈빛이 달라졌다. 눈에 보이지 않는 누군가가 스위치를 달칵하고 켠 것처럼 말이다.

"세상에," 샬럿이 혼잣말처럼 내뱉었다. "에밀리하고 코트니."

달가운 말투는 아니었지만 샬럿은 우리가 누군지 이미 알고 있는 것 같았다.

"데스티니가 생전에 우리에 대해 말한 적이 있나요?"

"네. 당신이랑 당신 패거리들이 그레이스 파머라는 아이에게 했던 짓에 대해서 말해줬죠."

다음은 내 신경이 곤두설 차례였다.

"그레이스에 대해 아세요?"

샬럿이 나를 빤히 쳐다보았다.

"당연히 알죠. 그 여자 때문에 데스티니가 죽었는데."

24

샬럿이 재스퍼를 마구간에 다시 데려다놓는 동안 밖에서 그녀를 기다렸다. 백팩을 메고 나온 샬럿의 손가락에 전자 담배가 들려 있었다.

"데스티니를 처음 만났을 때는 그냥 담배를 피웠었어요. 데스티니가 엄청 싫어했었죠. 머리카락이며 옷에 밴 담배 냄새도 싫지만 키스할 때 입에서 담배 맛이 나는 게 너무 싫대요. 근데 하루아침에 금연을 하긴 힘드니까 전자 담배를 피우기 시작했거든요. 그렇게 전자 담배를 피운 지 2년째네요."

샬럿이 얇은 은색 전자 담배를 가만히 응시했다.

"데스티니가 그렇게 가고 나서 담배를 더 많이 피우고 있어요. 다시 그냥 담배를 피우고 싶은 마음도 있지만 안 그럴 거예요."

멍하니 생각에 잠긴 샬럿의 주의를 환기시킬 겸 나는 목소리를 가다듬었다.

"데스티니에게 무슨 일이 있었던 거죠? 대체 그레이스가 어떻게 관련됐다는 거예요?"

샬럿이 전자 담배를 한 모금 빨아들이며 나를 보았다.

"궁금한 마음 이해해요. 그거 때문에 왔다고 하셨잖아요. 다 말해 버릴까 싶다가도 한편으론…… 그냥 두 사람 다 눈앞에서 꺼지라고 하고 싶은 심정을 알려나요."

샬럿은 우리를 일부러 자극하려는 듯 우리 쪽을 빤히 쳐다보며 거침없이 말을 쏟아냈지만 코트니나 나나 그녀의 말에 미동조차 하지 않았다. 우리는 그저 가만히 서서 샬럿이 말을 이어가기만을 조용히 기다렸다. 샬럿은 내키는 대로 화를 내지를 자격이 충분했다. 사랑하는 배우자를 잃었으니까.

샬럿이 다시 전자 담배를 빨아들이며 고개를 가로저었다.

"어쩌면 제가 좀 무례하다고 생각할 수도 있겠어요. 두 분이 데스티니의 죽음에 책임이 있는 것도 아닌데. 어쨌든 데스티니도 공범이었잖아요. 당신들이 학교에서 인기 많은 애들이었다고 하던데요. 무슨 말 같지도 않은 이유로 스스로 '하피스'라는 이름을 붙였다고. 솔직히 전 학교 다닐 때 인기 많은 애들 싫어했었어요."

"저도 학교에서 인기 있다 하는 애들 싫었어요."

샬럿이 천천히 입꼬리를 올렸다.

"데스티니가 그쪽 좋아했었대요. 몇 년 전에, 그러니까 사귄 지 얼마 안 됐을 때 그러더라고요. 언제 처음 동성애자인지 깨달았냐 그런 이야기를 하다가 들었어요. 전 어렸을 때부터 내가 그쪽 성향이 아닌가 의심이 들었지만 대학에 들어가고 나서야 완전히 받아들이게 됐거든요. 일부러 남자만 만났어요. 스스로 그래야만 한다고 다짐하면서요. 이건 아닌 거 같단 생각은 늘 품고 살았지만. 사실 데스티니가 첫 여자 친구였고 그러다 와이프가 됐어요. 사람 일 참 알 수 없죠?"

229

답을 바라고 하는 질문이 아니었기에 우리는 잠자코 샬럿의 다음 이야기를 기다렸다. 샬럿은 농장을 건너다보며 고개를 내저었다.

"아무튼 데스티니는 어릴 때부터 알고 있었대요. 처음으로 좋아한 사람이 누구냐고 물었더니 중학교 때 에밀리라는 친구였다고 했어요. 혹시 알고 있었어요?"

크리스마스 전 주말 쇼핑몰에서의 기억이 되살아났다. 데스티니는 음반 가게 앞에서 나를 껴안았다. 당연히 기억했다. 매켄지나 다른 애들이 나를 무시할 때마다 데스티니는 나에게 특히 더 잘해주었다. 교내 식당이나 극장에서도 데스티니는 항상 내 옆자리에 앉아 있었다. 반면에 나는 데스티니를 매켄지에 대항할 동지이자 친구로만 대했었다. 사실 그때의 나는 하피스에서의 자리 보전에 급급했기 때문에 다른 건 신경 쓸 여력이 없었다.

나는 최대한 간결하고 솔직하게 샬럿의 질문에 답했다.

"아니요."

"조금도요?"

나는 고개를 저었다. 샬럿이 나를 보며 피식 웃더니 어깨를 으쓱거렸다.

"뭐, 그냥 궁금했어요. 중요한 건 아니니까. 전 데스티니가 인기 있는 무리의 학생이었다는 게 재밌었어요. 한번은 중학교 때 사진 좀 보여달랬더니 사진이 하나도 없다는 거예요. 그땐 그러려니 했어요. 그런데 나중에 당신들이 그레이스란 여자애한테 한 짓을 듣고 나니 설사 사진이 있다 해도 다신 거들떠보고 싶지 않았겠다 싶더군요."

"그땐 어려서." 내가 조용히 대꾸했다.

"그렇게 어린 건 아니죠. 중학교 2학년인데. 열다섯 살이면 알 거

230

다 알 나이잖아요. 그냥 잔인한 사람이 되기로 스스로 선택한 거라 봐야겠죠." 샬럿이 말했다.

"우린 그 일에 대해 변명을 하려고 온 게 아니에요. 잘못된 행동이었다는 걸 우리도 잘 알아요. 시간을 되돌릴 수만 있다면 그렇게 하고 싶다고요."

샬럿은 말없이 나를 보다가 들판, 울타리, 그리고 멀리 있는 나무로 시선을 옮겼다.

"저한테 승마 치료를 소개해준 사람이 데스티니였어요. 평생 승마를 했지만 승마와 테라피를 연결시켜 생각해본 적이 없었어요. 있잖아요, 특별한 도움이 필요한 아이들에게 말을 이용한 치료를 해줄 수도 있다는 생각 말이에요. 근데 승마가 진짜 도움이 돼요. 말을 타면 말과 깊이 교감하고 있다는 기분이 들거든요. 말과 내가 하나가 되는 거죠. 서로 간에 믿음이 생기고. 그래서 몇 가지 강의를 이수했고, 보시다시피 지금까지 이 일을 하고 있네요."

"저, 샬럿?"

"네."

"혹시 일부러 시간 *끄*시는 건지……?"

"네."

나는 코트니와 눈빛을 교환했다. 샬럿을 너무 다그치거나 샬럿이 대화를 끝내버릴 기회를 주어서는 안 될 것 같았다. 샬럿은 데스티니에게 벌어진 일에 대해 모조리 털어놓고 싶은 마음이 굴뚝같아 보였지만 무슨 이유에서인지 주저하고 있었다.

"우린 당신과 이야기를 하려고 아주 먼 데서 왔어요." 내가 말했다. "혹시 말을 아끼고 싶은 거라면 당신 선택이니 존중해야죠. 다만 진실을 알고 싶은 우리의 절박한 심정은 알아주면 좋겠네요."

"왜 그렇게 알고 싶은데요?"

필립 때와 마찬가지로 자세한 이야기를 하는 게 내키지 않았다. 샬럿은 이미 충분히 고통받았다. 그런 그녀가 그레이스 파머가 데스티니의 죽음에 책임이 있을지도 모른다는 것, 그리고 남은 하피스 멤버까지 공포에 몰아넣고 있다는 것을 굳이 알 필요는 없지 않겠는가.

"데스티니는 친구였으니까요."

샬럿이 코웃음을 치며 절레절레했다.

"친구요? 그 친구랑 마지막으로 이야기한 게 언젠데요? 마지막으로 데스티니를 본 게 언제예요?"

"우린 당신 화를 돋우려 여기 온 게 아니에요. 이만 가줬으면 하는 거라면 알겠습니다."

"거참, 되게 친절하시네요." 샬럿이 빈정거리다가 한숨을 내쉬며 입술을 깨물었다. "솔직히 내 의사는 중요하지 않아요. 데스티니가 원하는 게 뭐냐가 중요하죠. 아마 데스티니라면 당신들이 이유를 알았으면 했을 거예요."

나는 잠시 입을 닫았다. 그러다 샬럿이 집중해서 이야기를 계속할 수 있게 이끌어보기로 했다. 게다가 샬럿이 사태의 전말을 이야기하는 쪽으로 반 이상 넘어온 것 같기도 했다.

"대체 그레이스가 데스티니의 죽음에 어떤 관련이 있다는 거예요?"

"전혀 관련 없어요."

"그렇지만 아까……."

"맞아요. 그레이스 때문에 데스티니가 죽었다고 했죠. 그런데 그레이스는 아무 상관없었다고요."

언제부터인가 데스티니가 어디를 가든 그레이스를 보기 시작했다고 샬럿은 말했다. 산책을 하다가, 마트에서 장을 보다가, 쇼핑몰에서 구경을 하다가, 손 잡고 길을 걸으며 이런저런 이야기를 나누다가 데스티니는 갑자기 우뚝 멈추어 서곤 했단다. 그리고 샬럿이 그 순간 데스티니를 쳐다보면 데스티니는 무리 지어 있는 사람들을 멍하니 보고 있었다는 것이다.

처음 몇 번 그런 일이 있었을 때는 무슨 일이냐고 물어보아도 아무것도 아니라는 말만 되풀이했다. 그래서 샬럿은 정말 별일이 아니라고 생각했다. 이후로 한 사나흘 조용히 지나가나 싶다가도 사람들이 많은 곳만 가면 데스티니는 어김없이 그레이스를 목격했다.

그러나 샬럿은 데스티니가 본 게 그레이스가 아니라고 생각했다. 물론 샬럿은 그레이스를 본 적이 없으므로 그레이스가 어떻게 생겼는지 몰랐지만, 데스티니가 샬럿의 팔을 다급하게 잡아당기며 보라고 가리키는 곳에는 늘 아무도 없었다.

"당연히 사람들이 있긴 했죠. 공공장소니까. 근데 데스티니가 생각하는 그 사람은 본 적이 없어요. 한번은 쇼핑몰에서 데스티니가 사진을 찍으려고 시도했는데 사진이 죄다 흔들려서 도저히 알아볼 수 없더라고요. 사람들 속으로 도망치는 그레이스를 쫓아가보기도 했지만 결국 찾아내진 못했어요."

샬럿이 눈을 가느다랗게 뜨며 잠시 말을 멈추었다.

"제 말 안 믿는 거죠?" 그녀가 말했다.

뭐라고 대답하고 싶었지만 말문이 막혔다. 나는 샬럿이 이야기하는 내내 감정을 숨기며, 불과 한 시간 전에 그레이스 비슷한 사람을 보고 너무 놀라 온몸이 굳어버렸다는 사실이 없었던 것처럼 굴었다. 샬럿은 데스티니가 신경 쇠약에 이르게 된 과정을 들려주었다. 그리고 길거리에서 그레이스를 마주쳤다고 믿은 것을 그 시발점이라 여겼다. 나는 들입다 비명을 지르고 싶은 걸 간신히 참았다.

"에밀리도 당신 말을 믿을 거예요. 그렇지, 에밀리?" 코트니가 말했다.

나는 급히 고개를 끄덕였다. 마음속으로는 제발 진정하라고, 나는 산책로에서 아무도 보지 않았다고, 그건 단지 착각일 뿐이었다고 되뇌었다.

"그럼요. 의심이라뇨. 그냥 모든 게…… 너무 충격적이라 받아들이기 어려워서 그런 것뿐이에요. 데스티니가 그레이스를 몇 번이나 봤대요?"

"말도 말아요. 한 열 몇 번? 두 달 사이에요. 그러면서 데스티니가 잠도 잘 못 자고, 밥도 잘 못 먹기 시작했어요. 당연히 건강에도 이상이 생겼고요. 그런데도 무슨 일인지 통 말을 안 하는 거예요. 참다 참다 쇼핑몰에서 사람들을 밀쳐대며 그레이스를 쫓아갔던 날 단도직입적으로 물었어요. 대체 뭐가 문제인지 말하라고 하면서요. 그날 데스티니는 완전히 무너져버렸어요. 그리고 그레이스에 대해 말해줬어요. 그러고 나서 2주 뒤에…… 죽었어요."

"정말 죄송하지만, 데스티니가 어떻게 죽었는지 물어봐도 될까요?"

샬럿의 눈에 눈물이 차올랐다. 샬럿이 손등으로 눈물을 닦아내며 말했다.

"너무 피곤해서 잠을 좀 자야겠다면서 사랑한다고 문자를 보냈더라고요. 그땐 대수롭지 않게 생각했어요. 낮잠 좀 자려나 보다 했어요. 근데 집에 와보니 데스티니가 차고에 있는 거예요. 운전석에 앉아서. 시동을 켜놓은 채로요."

코트니가 손으로 입을 틀어막았다. "세상에."

"유서는 남겼어요?" 내가 물었다.

샬럿이 눈물을 닦으며 고개를 끄덕였다.

"그렇다고 봐야겠죠."

"그게 무슨 말이에요?"

"왜 자살한 건지에 대해 쓰여 있었는지 묻는 거라면 그런 건 없었어요. 데스티니가 마지막으로 보낸 문자는 아무 뜻 없는 그냥 단어였어요."

"단어요?"

"네. 베스퍼." 샬럿이 우리를 향해 눈살을 찌푸리다가 멈칫했다. "혹시 그게 두 분한테 어떤 의미가 있는 건가요?"

우리는 고개를 저었다.

"저도 처음 듣는 말이라서 데스티니의 부모님이나 오빠한테도 물어봤는데 다 모른대요. 인터넷에 검색해보니 저녁 기도라는 뜻이라고 나오던데. 근데 그건 더 말이 안 되는 게 데스티나 나나 둘 다 무교라. 어쩌면 휴대폰의 자동 수정 기능이 아닐까 하는 생각도 해봤지만, 그렇다 해도 원래 하려던 말이 무엇이었는지 전혀 감이 안 와요."

"데스티니가 저녁 기도라고만 써서 마지막 메시지를 보냈다는 거예요? 그것만요?"

"네. 하필 그날 좀 바빴어요. 문자 받고 한 시간인가 뒤에 물음표를 보냈는데 답이 없더라고요. 아직도 생각해요……." 샬럿의 목소리가 갈라졌다. "제가 조금이라도 답장을 빨리 했더라면 어떻게 됐을까 싶어요. 어쩌면 결과가 달라졌을지도 모르잖아요. 제가…… 제가 전화만 바로 했어도 자살을 막을 수 있지 않았나 하는 생각

을 해요. 그렇지 않았을까요? 제가 어떻게든 그 사람을 살릴 수 있
지 않았을까요?"

25

보통 부패한 권력이라는 표현은 먹이 사슬의 맨 꼭대기에 있는 사람들에게 쓴다.

즉, 경찰, 판사, CEO, 국회 의원, 대통령 같은 고위층이면 몰라도 펜실베니아 중부에 사는 열다섯 살짜리 여중생들과는 어울리지 않는 말인 것이다.

돌이켜보면 우리 패거리의 결속력이 강해지면서 자연스럽게 권력이 형성되었던 것 같다. 만일 우리가 함께 몰려다니지 못했다면 각자에게 힘이 있다 한들 그렇게까지 큰 영향을 끼치지 못했을 것이다. 매켄지야 물론 혼자서도 자신만만하게 휘젓고 다녔겠지만, 과연 우리가 그레이스에게 했던 짓까지 혼자 할 수 있었을까? 우리 중 누구도 단독으로는 그런 짓을 할 수 없었을 것이다.

고2 영문학 시간에 휴스턴 선생님이 《파리 대왕》에 대한 수업을 했다. 휴스턴 선생님은 수업을 끝내며 만약 소년이 아닌 소녀들이 무인도에 고립되는 이야기였다면 소설 속 사건들은 일어나지 않았을지도 모른다고 했다. 선생님의 논리는 이러했다. 여자애들은 남자애들보다 훨씬 이성적이고 협동심이 뛰어나므로 소설 속에서 벌어지는 사건들이 심각해지지 않았을지도 모른다는 것이었다. 물론 여자아이들 사이에서도 긴장감이 형성되거나 권력 투쟁이 있을 수 있지만, 결과적으로는 개인주의와 옹졸함을 극복하고 해군 장교가 무인도에 도착했을 때 전원 생존이 가능했을 거라고 했다.

대부분의 학생들은 선생님의 말에 일리가 있다는 듯 고개를 끄덕였다. 하지만 내 생각은 달랐다. 같은 수업을 듣던 코트니 역시 그랬을 것이다(코트니는 한 달 후 임신을 했다). 코트니와 나는 권력이 어떤 식으로 부패하는지, 여자애들이 어떤 식으로 남자애들만큼 아니 그보다 몇 배로 교활하고 악랄하게 구는지 잘 알고 있었다. 만약 우리가 중학교 때 무인도에 불시착했다면 그레이스는 자살 시도를 할 기회마저 강탈당했을 것이다. 그레이스 스스로 어떤 결정을 내리기 전에 우리가 먼저 그레이스의 나약함을 귀신같이 감지했을 것이고, 힘없는 그레이스는《파리 대왕》속 피기처럼 돌에 맞아 죽어버렸을 테니까.

◇

"먼저 씻을게." 집에 도착하자마자 대니얼이 말했다. 대니얼은 문 옆에 가방을 내려놓은 다음 계단을 올라가며 셔츠를 벗었다. 오랫동안 햇볕에 무방비 상태로 노출된 대니얼의 등이 발갛게 익어 있었다.

대니얼의 뒷모습을 보며 나도 같이 가야 하나 잠시 고민이 되었다. 예전에는 다정하게 서로에게 보디 워시를 칠해주며 샤워를 같이 하는 게 전혀 어색하지 않았었다. 하지만 이제는 마지막으로 샤워를 함께한 게 언제인지조차 기억나지 않았다. 어쩌면 지금이 기회일 수 있었다. 코트니의 딸을 하루 종일 돌보아준 대니얼을 칭찬할 겸 말이다. 대니얼은 테리가 말 잘 듣는 얌전한 아이라 전혀 힘들지 않았다고 했다. 코트니와 테리를 하이랜드 에스테이트에 내려준 다음 진짜 괜찮았는지 대니얼의 속마음을 떠보기 위해 솔직히 말해달라고 재차 물었지만, 대니얼은 이번 동행에 대해 부정적인 말은 한마디도 하지 않았다.

2층으로 올라갔을 때 대니얼은 아직 샤워 중이었다. 나는 욕실 문 앞에서 우물쭈물하며 어찌해야 할지 몰라 애꿎은 입술만 잘근잘근 씹어댔다. 내가 먼저 같이 샤워하자고 해야 하나? 다른 차원의 나라면 1초도 망설이지 않고 옷을 벗은 다음 샤워 부스 안으로 들어갔을 것이다. 그러면 이미 흥분할 대로 흥분한 대니얼이 기다렸다는 듯 나를 끌어당겼을 터다.

생각해보면 오늘 해변에서는 분위기가 꽤 괜찮았었다. 내가 입을 맞추니까 그도 허리를 숙여 나를 받아주었는데.

하필이면 그때 교차로에 서 있는 그레이스를 발견하는 바람에 나도 모르게 대니얼을 밀쳐버리긴 했지만. 수많은 인파 속에서도 창백한 얼굴로 나를 쳐다보는 그레이스를 똑똑히 알아볼 수 있었다. 같은 식으로 데스티니의 정신을 망가뜨려놓은 다음 데스티니에게 할 만큼 했다 싶으니 이제는 나에게……

"아니야." 나는 정신을 차리기 위해 고개를 세차게 흔들며 중얼거렸다. "난 그레이스를 본 게 아니야. 난 아무도 못 봤어."

나는 욕실 앞에서 몸을 돌렸다. 그러고는 침대 협탁에 둔 노트북을 집어 들고 그레이스 파머를 검색해보았다. 휴이스 바 앤 그릴에 갔다 돌아오는 차 안에서 코트니는 그레이스 파머에 대해 이미 검색해보았지만 특별히 나온 게 없었다고 했다. 하지만 내 눈으로 직접 확인해야 직성이 풀릴 것 같았다.

코트니 말처럼 동명이인이 몇 명 나왔지만 그 그레이스 파머는 없었다.

그레이스가 어디서 왔었지? 북부 어디라고 했는데. 그레이스는 말수가 없고 늘 혼자였기 때문에 우리가 얻어낼 수 있는 정보가 거의 없었다. 엄마와 둘이서 랜턴으로 이사 왔다는 것만 알았지 그레이스가 살던 아파트에 발 한번 붙여본 적도 없었다.

고등학교 때 고용했던 사설탐정을 떠올려보았다. 남자의 얼굴, 굵은 목소리, 권위적인 몸짓은 기억나는데 이름이 도통 생각나지 않았다. 근방의 사설탐정을 검색하면 기억나려나 싶어 찾아보았지만 검색 결과를 보아도 확실하게 떠오르는 사람이 없었다.

대니얼이 샤워를 마치고 욕실에서 나왔지만 나는 여전히 침대에 다리를 꼬고 걸터앉아 있었다. 그는 수건을 허리에 두른 채 머리를 말렸다.

대니얼은 나를 보고도 아무 말이 없었다. 나도 마찬가지였다.

이 상황이 싫었다. 이런 우리 사이가 싫었다. 한때는 연인이었는데 이제는 룸메이트 그 이상도 이하도 아닌 사이가 되어버렸다. 우리는 월세와 공과금을 반씩 나누어 냈고, 데이트 겸 외식도 하지 않았다. 장을 보러 같이 마트에 가는 일도 없었다. 둘 중 하나가 쇼핑 목록을 써놓으면 혼자 마트에 들러 장을 보았다. 우유, 빵, 시리얼, 요거트 같은 먹거리는 물론 심지어 탐폰까지.

갑자기 리사가 했던 말이 생각났다. 그녀는 대니얼이 먼저 관계를 정리할 사람이 절대 아니라고 했었다. '좋은 남자이지만 자기감정을 드러낼 만큼 강한 사람은 아니에요.'

탁자에 올려두었던 휴대폰이 진동했다. 코트니의 문자 메시지였다.

코트니는 사진 하나를 보내왔다. 사진 속에는 대니얼이 게임에서 딴 커다란 판다 인형을 안은 채 웃고 있는 테리가 있었다. 대니얼은 인형을 따기 위해 산책로 가판대에서 백번도 넘게 유리병 쓰러뜨리기에 도전했다고 웃으며 말했었다. 사실 그리 놀라운 일은 아니었다. 내가 아는 대니얼이라면 백번이 아니라 그 이상이라도 시도했을 것이다.

다시 휴대폰 진동음이 울렸다.

테리가 새 인형을 너무 좋아한다고 대니얼에게 전해줘!

나는 피식 웃으며 대니얼을 부르려다 문득 고개를 들었다. 대니얼은 티셔츠와 트레이닝 바지를 입고 방을 나서던 중이었다.

휴대폰이 세 번째 메시지를 수신하며 진동했다.

참, 엘리스한테 답장 왔어. 내일 저녁에 볼 수 있대. 여섯 시에 데리러 올래?

위장이 뒤틀리는 것 같았다. 엘리스를 상담 센터에서 마주쳤던 날에도 똑같이 숨쉬기가 어려웠다. 겨우 그 악몽 같은 시간을 지나왔나 싶었는데 다시 마주칠 수밖에 없는 상황에 놓이게 되다니 눈앞이 캄캄했다. 제대로 된 말이나 건넬 수 있으려나 싶었다. 한때 가장 친한 친구였으며, 매켄지와 연결 고리가 되어준 엘리스와 이야기한 지 벌써 10년이 넘었다.

나는 알겠다는 간단한 답장을 보낸 다음 휴대폰을 한쪽으로 밀어놓고 노트북도 닫았다. 욕실로 향하며 옷을 하나씩 벗었다. 대니얼이 켜둔 환풍기가 돌아가고 있었지만 욕실 안은 후텁지근한 공기가 가득했다.

샤워기에서 떨어지는 물줄기에 가만히 머리를 갖다 대었다. 오른손으로 수도꼭지를 잡고 온도를 살짝 올렸다. 그러고는 과연 얼마나 오래 고통을 견딜 수 있을지 기다려보았다.

26

그 주 주말 우리는 그레이스에게 쇼핑몰로 나오라고 했었다. 매켄지는 우리의 지정석이나 마찬가지였던 푸드 코트 자리에 앉아 있었다. 매켄지는 은밀한 목소리로 아무 가게나 들어가서 물건을 '빌려오라며' 그레이스에게 지령을 내렸다. 라이벌 D.B. 패거리는 눈에 띄지 않았다.

"훔친다고 생각하지 마. 이건 도둑질이 아니야. 우린 사고 싶으면 언제든 살 수 있으니까. 베넷 빼고. 걔네 집은 정부가 주는 식료품 쿠폰으로 먹고살거든."

매켄지는 나를 투명 인간 취급하며 말했다. 기분이 더러웠다. 보나 마나 매켄지는 이런 식으로 내 뒷담화를 했을 것이다. 매켄지는 나를 유치원 때부터 알고 지낸 막역한 친구가 아닌 학교 복도에서 스치는 애들처럼 대했다.

속에서 '엿이나 먹어, 나쁜 년아' 같은 말이 올라왔지만 엘리스가 나를 보며 그럴 가치조차 없다는 얼굴로 은근슬쩍 고개를 저었다.

매켄지가 그레이스를 머리부터 발끝까지 스캔하듯 쭉 훑었다.

물 빠진 청바지에 티셔츠, 밋밋한 운동화를 본 매켄지는 실망스럽다는 듯 한숨을 푹 내쉬었다.

"네 꼴을 보니 너희 집 형편도 알 만하네. 뭐 괜찮아. 그건 우리가 어떻게 해볼 수 있으니까. 다시 말하지만 이건 도둑질이 아니야. 네가 어디까지 해낼 수 있는지 증명하는 일이야. 너도 그러고 싶잖아, 그레이스. 그렇지? 너도 무슨 일이든 잘 해낼 수 있는 사람이 되고 싶지?"

그레이스가 복종하듯 고개를 숙였다. 매켄지의 얼굴에 환한 미소가 드리워졌다. 매켄지의 이가 어찌나 하얗고 고른지 꼭 가짜 같았다.

"좋아. 가서 네가 하피스가 될 자격이 있는지 증명할 만한 걸 갖고 와봐." 매켄지가 말했다.

엘리스가 그레이스를 따라가서 지켜보는 사람은 없는지, 직원들의 주의를 끄는 건 아닌지 살펴보았다. 나머지는 매장 밖에서 기다렸다.

매장은 쇼핑몰 끄트머리에 있었다. 우리는 벤치 두 개를 차지하고 앉아 웃고 떠들며 마치 아무 일도 없는 것처럼 행동했다. 들어간 지 10분쯤 지났을까, 그레이스와 엘리스가 모습을 드러냈다. 그레이스는 평소와 마찬가지로 고개를 숙인 채 뻣뻣하게 걸으며 매장을 빠져나오고 있었다.

엘리스가 우리가 궁금해하는 결과를 알려주듯 우리를 향해 고개를 까딱했다.

푸드 코트 뒤편에서 그레이스가 주머니를 뒤적이더니 작은 향수 하나를 내밀었다. 향수는 여행용 사이즈로 30밀리가 채 안 되었지만 미션을 완수했으니 딱히 상관은 없었다. 어쨌든 뭔가를 훔쳤으니까.

"돌체 앤 가바나네." 매켄지가 꽤 만족한 듯 주변에 다 들리게 커다란 목소리로 외치다시피 했다. 그러고는 손등에 향수를 뿌리며 말했다. "향도 나쁘지 않아. 마음에 들어."

매켄지가 손등을 내밀어 향을 맡을 수 있게 해주었다. 나만 제외하고. 대놓고 나를 빼놓은 건 아니었지만 매켄지는 너무도 자연스럽게 내 차례를 건너뛰어 그레이스에게 손등을 내밀었다.

"그레이스, 이 향수는 네가 빌린 거니까 네가 가지면 돼. 근데 너만 괜찮으면 내가 대신 맡아주는 게 어떨까 싶은데?"

그레이스는 당연히 괜찮다고 했다. 그레이스가 다른 대답을 했다면 매켄지는 어떤 반응을 보였을까. 아마도 매켄지는 그레이스가 자신을 무시하고 독자 노선을 타는 걸로 간주하겠지. 그레이스가 반항을 하는 상상만으로도 통쾌한 기분이 들었다. 하지만 동시에 나는 아무것도 훔치지 못했다는 사실이 떠올랐다. 나보다 늦게 하피스 멤버에 끼어든 그레이스도 통과했는데 나만 해내지 못했다.

이런 이유로 다음 날 엄마와 월마트에 갔을 때 귀걸이를 훔치려 했었다. 나도 할 수 있다는 걸 증명하고 싶어서. 나도 충분히 용감하다는 걸 증명하고 싶어서.

간절한 내 바람과 달리 나는 보기 좋게 들키고 말았다. 그리고 외출 금지까지 당하는 바람에 2주 동안 주말에 아이들을 만날 수 없었다. 내가 자중하던 그 두 번의 주말 중 마지막 주말이 지나고 그레이스 파머는 온 학교에 창녀로 소문이 났다.

◇

2주간의 공백기에 벌어진 사건의 전말을 알려준 건 데스티니였다. 월요일 오전 쉬는 시간에 화장실에서 데스티니를 만났다. 데스티니는 모두가 매켄지의 집에 모였으며 심지어 그레이스도 초대를 받았다고 했다. 그러고 나서 다 같이 농장 집으로 갔다고 했다.

그런데 농장 집에는 여자애들만 있었던 게 아니었다. 정확히 몇 살인지는 모르지만 고등학교 1, 2학년 정도 되어 보이는 우리보다 나이 많은 남자애들도 몇 있었다. 아베크롬비 앤 피치 카탈로그 모델처럼 잘생긴 남자애들은 라크로스나 축구 같은 운동선수가 분명했다. 매력적인 미소, 반바지와 밝은색 폴로 셔츠, 젤을 잔뜩 발라 넘긴 헤어스타일까지 모든 게 완벽했다.

하피스 무리가 도착했을 때 먼저 온 남자애들이 그 집에서 맥주를 마시며 대마초를 피우고 있었다. 매켄지가 남자애 하나와 알았던 모양으로, 그곳에 도착하자마자 곧장 아는 남자애에게 접근해서는 평소 잘 짓는 가짜 눈웃음을 흘리며 인사를 나누었다(이 대목에서 데스티니는 못마땅한 듯 눈을 굴렸다).

매켄지는 나머지 하피스 멤버들에게 같이 어울리라고 했다. 남자애들은 맥주와 대마초를, 코트니는 집에서 훔쳐온 그레이 구스(프랑스산 고급 보드카 – 편집자)를 나누어주었다. 농장 집에 딱히 앉을 만한 의자가 없었기 때문에 먼지투성이 마룻바닥에 널브러져 앉아야 했다. 그렇게 한 시간을 부어라 마셔라 하던 아이들은 적잖이 취해버렸다.

그때 매켄지가 사악한 장난기를 가득 머금은 얼굴로 그레이스에게 물었다.

"그레이스, 남자랑 키스해본 적 있니?"

그레이스는 뒤로 살짝 빠져서 적당히 웃으며 조용히 있었지만 취했던 게 분명했다. 적어도 데스티니 눈에는 그렇게 보였다고 했다. 그레이스는 매켄지의 질문에 어깨만 으쓱했다. 그레이스의 얼굴에는 경계심이 가득했다. 이 또한 데스티니의 추측이었지만.

매켄지는 그레이스에게 가까이 기대며 말했다. 그들의 맨다리가 서로 닿았다.

"부끄러워하지 마." 매켄지가 속삭였다. "남자랑 키스해본 적 있냐고."

그레이스가 눈을 내리깔며 작게 끄덕였다.

"오!" 매켄지가 과장된 반응을 보이며 폭소했고 다른 애들도 따라 웃었다. 불현듯 매켄지의 얼굴에서 미소가 흐려지더니 목소리를 낮게 깔며 말했다.

"그럼 오럴해본 적은?"

그레이스를 제외한 그 자리의 모든 아이들이 웃음을 터트렸다. 그레이스는 어깨를 더욱 수그리며 여전히 바닥만 쳐다보며 고개를 끄덕였다.

"개소리 치시네." 올리비아가 말했다.

매켄지는 올리비아에게 조용히 하라는 듯 손가락을 입술에 갖다 댔다. "워워, 우리 그레이스한테 왜 그래."

매켄지가 그레이스를 향해 아주 차갑게 웃어 보였다.

"말해봐, 그레이스. 삼켰어, 아님 뱉었어?"

모두가 또다시 커다란 웃음을 터트렸다. 이번에도 그레이스는 애꿎은 바닥만 보며 웃지 않았다.

매켄지가 그레이스에게 더 가까이 접근하며 모두가 들을 수 있게 속삭였다.

"난 삼키는 걸 더 좋아해. 맛있진 않은데 남자들이 좋아하니까.

남자분들, 안 그래요?"

자리에 있던 남자애들이 동의의 의미를 담아 환호했다. 데스티니는 이 시점부터 기분이 별로였다고 했다. 물론 데스티니 자신도 취했었고 어찌 보면 매켄지가 매켄지다운 행동을 하는 것뿐이었지만, 남고생들까지 있는 자리에서 그런 질문은 영 아니라고 생각했다.

주위가 조용해지자 매켄지가 보드카 병을 그레이스에게 넘겼다.

"너 이 집에 처음 오지? 집 구경 좀 시켜줘야겠네. 한 잔 더 마시면 내가 2층 보여줄게."

바닥만 뚫어져라 바라보던 그레이스가 마지못해 손을 내밀어 술병을 받았다. 그레이스가 술을 마시자마자 매켄지가 그레이스를 붙들고 자리에서 일어났다. 둘은 계단으로 향했다. 그때였다. 갑자기 매켄지가 도와달라며 남자애들을 호출했다. 남자애 하나가 벌떡 일어났고 셋은 그렇게 2층으로 사라졌다. 사실 2층은 아래층과 마찬가지로 별거 없는 빈 공간이었다.

1분쯤 지났을까, 매켄지 혼자 계단을 내려왔다. 매켄지는 무리에 뒤섞여 대마초를 받아 물었다. 몇 분 후쯤 같이 올라갔던 남자애가 내려왔고, 다른 남자애가 서둘러 2층으로 올라갔다.

그렇게 남자애 하나가 내려오면 또 다른 남자애가 올라가기를 반복하며 30분 정도가 흘렀다. 데스티니는 남자애들 전부 그런 건 아니고 한 서너 명이 그랬으며, 자리에 남아 있던 남자애들은 웃고는 있었지만 어딘가 불안해 보였다고 덧붙였다.

데스티니는 갈수록 시간 감각이 흐려지는 것 같았다고 했다. 자기 주변에서 무슨 일이 벌어지고 있는 건 분명했지만 그렇다고 막 나서지는 못했다고 말했다.

"뭔가 잘못됐다는 건 나도 알고 있었어." 3교시를 알리는 예비 수업 종이 울렸다. "남자애들이 계속 하나씩, 하나씩 올라가는데 난…… 난 말리지 못했어."

잠시 후 남자애들이 모두 떠났다. 개중 몇몇은 아무렇지 않은 척 웃기까지 했다. 또 몇몇은 주먹 인사를 하며 장난을 쳤다. 남자애 하나가 매켄지에게 대마초를 건네주었고, 매켄지가 대마초를 다시 코트니에게 넘겼다. 매켄지는 코트니와 엘리스를 데리고 위층으로 올라갔다.

1, 2분쯤 지나 셋이 그레이스를 데리고 내려왔다.

그레이스의 무릎이며 반바지, 티셔츠가 먼지로 더러워졌고, 머리도 마구잡이로 헝클어져 있었다. 그레이스는 누구와도 시선을 마주치지 않았다. 그저 평소처럼 고개를 살짝 숙인 채 무리 속에서 자기 자리를 찾아 앉았다.

매켄지가 대마초를 뻐끔거리며 그레이스에게 씩 웃어 보였다.

"인기 많아지고 싶다며, 그레이스. 이제 엄청 인기 많아질걸. 쟤들은 널 영원히 잊지 못할 거야."

27

역시나 엄마 차는 집에 없었다. 나는 내가 가지고 있었던 열쇠로 현관문을 열었다.

"엄마?"

일요일 아침이라 예상대로 아무도 대답하지 않았다. 엄마는 아직 교회에 있을 것이었다.

성장기를 이 집에서 보냈고 대학과 대학원에 가고 나서도 수시로 학교와 집을 왕래했지만, 아빠가 돌아가시고 난 뒤부터는 희한하게도 이곳이 내 집 같지 않았다.

학창 시절 내 방이 있었던 위층에 올라가는 게 꺼림칙하진 않았다. 내가 대학에 들어가고 이듬해 부모님은 딱히 집에 놀러 와 자고 갈 만한 친구나 가족이 없었음에도 내 방을 손님 전용 방으로 만든다며 완전히 바꾸어버려서 예전의 내 방 느낌이 하나도 남아 있지 않았기 때문이다. 부모님은 내 짐을 모조리 상자에 담아 지하실에 두었다. 그러고는 내 방 벽을 짙은 베이지색 페인트로 다시 칠하고, 새 커튼을 지어 달고, 더블 침대를 퀸 사이즈 침대로 교체했다.

나는 손으로 난간을 쓸며 2층으로 향하는 계단 첫 칸에 발을 올렸다. 아무리 예전과 달라졌다 해도 방에 들어가면 잊고 있었던 기억이 되살아나거나 까마득한 사설탐정의 이름이 떠오를지도 몰랐다.

하지만 속마음은 달랐다. 어제 샬럿이 마구간 밖에서 시간을 끌었던 것처럼 나 역시 최대한 시간을 지체시키려 했다. 결국 나는 2층에 올라가지 않기로 했다. 대신 집을 가로질러 지하실로 내려가는 문으로 갔다.

지하실은 정리가 되다 말았다. 난방 기구, 온수기, 세탁기, 건조기, 제습기가 한쪽 벽에 놓여 있었고, 반대편 벽에는 종이 상자와 고무 재질의 공간 박스가 쌓여 있었다. 다는 아니지만 내 짐들이 제법 있었다.

쌓여 있는 짐을 가만히 보고 있자니 어디서부터 찾아보아야 할지 막막했다. 괜한 시간 낭비가 아닌가 싶었다. 명함을 아무렇게나 던져놓아서 찾지 못할 수도 있고, 아니면 부모님이 방을 치우다가 쓰레기라 생각하고 내다 버렸을 수도 있었다.

엄마한테 전화 한 통만 하면 원하는 답을 쉽게 얻을 수 있었을 테지만, 이제 와 그 명함을 찾는 이유에 대해 꼬치꼬치 캐물을 게 뻔했으므로 내 손으로 찾아내야 했다.

◇

사설탐정은 고등학교 2학년 무렵 벤의 소개로 알게 되었다. 당시 우리는 사귄 지 2년째였고 관계가 꽤 진지해져가는 중이었다.

벤과는 초등학교 6학년 때부터 알고 지냈다. 친구이긴 했으나 막 가까운 사이는 아니었다. 중학교 1학년 스케이트 파티 때 벤이 같이 가자고 하길래 혹시 이 아이가 나를 좋아하나 싶었다. 나도 벤이 싫진 않았지만 그때의 벤은 변성기가 와서 목소리가 걸걸했고 얼굴은 여드름투성이였다. 한마디로 그 나이 여자애들에게 인기 있을 만한 스타일이 아니었던 것이다. 그래서 나는 벤의 제안을 거절했다.

물론 최종 선택은 나의 몫이었지만, 나는 오로지 매켄지나 엘리스가 어떻게 생각할지에만 촉각이 곤두서 있었다. 그러니까 내가 벤 같은 애와 스케이트를 타러 간다고 했을 때 매켄지나 엘리스의 반응이 가장 중요하면서도 무서웠던 것이다. 이런 이유로 나는 별다른 고민 없이 신속하게 결정을 내렸다.

고등학교에 들어가서야 벤의 인기에 집착하지 않고 다시 벤과 대화를 주고받기 시작했다. 우리는 많은 시간을 함께 보내고 본격적으로 사귀었다. 벤은 자상하고 재미있는 애였다. 뿐만 아니라 어떻게든 나를 기쁘게 해주고 싶어 하는 어린아이 같은 열정도 가지고 있었다. 어느 순간 키가 훌쩍 자라더니 몸이 늘씬해지고 여드름도 없어졌다. 벤은 짙은 갈색 눈동자에 짧은 갈색 머리를 하고 있었다. 볼에는 귀여운 보조개도 있었다.

우리가 진지하게 사귀기 시작하면서 나는 벤에게 너무 많은 걸 말해버렸다. 지난 4년간 나를 괴롭히던 고민을 깡그리 털어놓고 말았던 것이다. 벤 또한 열여덟 소년에 불과했으므로 이 상황에 그다지 현명하게 대처하지 못했다. 내 고민을 들어주는 것까지가 본인의 역할임을 인지하지 못하고 직접 나서서 문제를 바로잡으려고 했기 때문이다.

하필이면 벤의 아빠가 주(州) 경찰관이었다. 내가 그레이스 일로 얼마나 후회하는지, 또 그레이스에게 얼마나 사과를 하길 원하는지 속마음을 털어놓자 벤은 생각 끝에 사설탐정을 고용하자는 대책을 내놓았다. 겁이 난 나는 한발 물러서서 제발 벤이 내 과거를 잊어주길 바랐지만, 벤은 내 속도 모르고 자기 아빠에게 사설탐정을 소개시켜달라고 부탁했다. 벤네 아빠는 은퇴한 지 얼마 되지 않은 경찰 출신으로 최근에 사설탐정 사무소를 낸 사람이 하나 있다며 연결해주었다. 정식 사무실을 열기 전이라 벤과 나는 그 남자를 카페에서 만났다. 나는 그에게 중학교 동창을 찾고 싶다고 말했다.

그레이스라는 이름 말고는 아는 게 거의 없었지만 그는 가능한 한 최선을 다해 찾아보겠다고 약속했다. 그는 내가 첫 의뢰인인 데다 벤의 아빠와도 친분이 있으니 선임료를 할인해주겠다며 300달러를 선불로 내라고 했다. 그러면서 비싸지만 그만한 가치가 있을 거라고 말하며 거만하게 씩 웃었다.

결론부터 말하자면 그 사설탐정은 그레이스를 찾지 못했다. 그가 선임료를 돌려주겠다고 했지만 받지 않았다. 그는 자신이 찾아낸 정보 대신 명함을 남겼다. 명함의 재질이 꽤 두꺼웠고 글씨도 선명하게 찍혀 있어 손가락으로 훑으면 점자처럼 느껴졌다. 그 무렵 벤과 나의 사이는 점점 소원해졌다. 어느 순간부터 나는 학교 복도에서 벤을 찾지 않게 되었고, 벤의 부재중 전화나 벤이 사물함에 끼워놓은 메모에도 재깍재깍 답을 하지 않게 되었다.

세월이 흘러 불과 몇 년 전에야 우리 관계가 틀어진 데에 벤은 아무런 책임이 없다는 걸 깨달았다. 문제는 나에게 있었다. 나는 오랫동안 스스로를 유리 상자에 가두고, 망가진 건 내가 아니며 그일은 끔찍하지만 과거일 뿐이라고 거짓된 말로 나 자신을 달래왔었다. 그러다 제3자인 벤에게 그 일에 대해 고백하고 내가 얼마나 큰 죄책감을 짊어지고 사는지 털어놓음으로써 나를 가두었던 유리 상자로부터 벗어날 수 있게 되기를 바랐다. 하지만 이 유리 상자가 부서지면 무슨 일이 벌어질지, 혹시 나까지 산산조각 나고 내가 그토록 감추고 싶어 했던 진짜 내 모습이 드러나는 건 아닌지 두려워지기 시작했다. 결국 내 과거를 알고 있는 벤을 인생에서 몰아내고 과거 따위 다신 돌아보지 않겠다고 결심했다. 그때는 그게 최선이라 믿었다.

28

코트니가 엄지손가락으로 명함을 만지작거리며 중얼거렸다. "헨리 지머맨," 코트니가 물었다. "이 번호로 전화는 해봤어?"

나는 코트니 쪽을 보지 않고 전방의 도로만 주시하며 고개를 끄덕였다. 우리 뒤로는 월마트가 보였고, 엘리스와 만나기로 한 술집은 앞쪽에 있었다. 불행 중 다행인지 사설탐정의 명함은 예상대로 엄마 집 지하실의 오래된 상자 속에서 찾아낼 수 있었다. 재질이 두꺼워 제대로 각이 잡힌 명함에 전화번호와 이메일 주소가 양각으로 도드라져 있었다.

"전화해봤는데 헨리 지머맨 번호가 아닌 모양이더라고. 웬 회계법인 사무실에서 음성 메시지를 남겼더라."

"구글에 이름 쳐봤어?"

"응. 근데 최근 자료는 없어. 그분이 사설탐정 일을 더 이상 안 하는 것 같아."

"에밀리, 근데 이 사람이 뭐가 그렇게 중요한 거니? 네가 의뢰한 일도 결국 못해줬다며."

"내 말이 그 말이야. 그 사람 실력이 그렇게 형편없을 리 없어. 벤 말로는 엄청 훌륭한 탐정이라고 했거든. 그러니까 그레이스를 찾는 게 과연 그렇게까지 어려운 일이었나 싶은 거지. 이름도 알고, 어느 학교에 다니는지도 알았는데 아무것도 못 찾았다는 게 말이 돼?"

코트니가 손에 든 명함을 이리저리 뒤집어보며 말했다.

"너무 형편없어서 폐업했을 수도 있잖아."

"그럴 수도 있지."

"하지만 넌 그렇게 생각하지 않는다는 거고."

"실력 없는 사람이라 생각하지 않는다기보다는 그러지 않았으면 싶은 거야. 그분을 고용했을 당시엔 내가 너무 어렸고 그냥 모든 게 창피했어. 지금에서야 말하지만 그분이 그레이스를 못 찾았다고 하니까 한편으로는 안심이 되는 거야. 그분이 그레이스를 진짜로 찾아내기라도 하면 어쩌나 겁이 났나 봐. 언젠가는 그레이스와 대면해야 한다는 걸 머리로는 아는데…… 막상 그런 일이 눈앞에 닥칠까 봐 두려웠던 거지."

카페 테이블을 사이에 두고 벤과 내가 나란히 앉아 있고 맞은편에 헨리 지머맨이 있던 장면이 떠올랐다. 나는 그저 도망치고만 싶었다. 테이블에서 일어나 귀한 시간을 뺏어서 미안하다고 한 다음 재빨리 그 자리를 벗어나고 싶었다. 그렇지만 내가 돌발 행동을 해버리면 벤이 실망할까 봐 꾹 참았다.

"그럼 지금은?" 코트니가 궁금한 듯 나를 재촉했다.

"지금은 그레이스를 못 찾았다는 건 헛소리라고 생각하지. 거기다가 그 수고를 해놓고 수임료까지 돌려준다고 했었다니까." 나는 한숨을 푹 내쉬었다. 무력감이 우르르 몰려왔다. "벤이랑 얘기를 좀 해보는 것도 좋을 것 같고."

"이제 와서? 좀 어색하지 않을까?"

"안 그러길 바라야지. 걔가 줄리아 프리먼이랑 결혼했다고 그랬지?"

줄리아는 우리보다 한 학년 아래였고 치어리더 팀의 인기 멤버였다. 줄리아는 매켄지를 연상시켰다. 아마 매켄지의 고등학생 시절은 줄리아 같은 모습이 아니었을까. 날씬한 몸매, 예쁘게 태닝한 피부, 립글로스를 발라 반짝반짝하는 입술, 가끔씩 발랄한 포니테일로 묶어주는 금발 머리, 살랑살랑대며 온 학교를 누비는 엉덩이까지. 줄리아는 원하면 누구든 만날 수 있었다. 심지어 벤과 내가 떡하니 손을 잡고 복도를 걸어가는 상황에서도 벤에게 추파를 던졌다.

"맞아." 코트니가 말했다. "걔랑 페이스북 친구는 아니고 멜리사 호건이랑 나랑 친구인데. 그나저나 멜리사 호건 기억나니? 아무튼 걔가 벤이랑 줄리아의 예전 결혼식 사진을 올렸더라. 그래서 벤이랑 줄리아 계정을 좀 찾아봤는데 벤은 못 찾았거든. 근데 알고 보니 벤도 자기 아빠처럼 주 경찰인 거야. 그러니까 계정이 없지. 어쨌든 줄리아 계정은 있었어. 공개가 아니라서 타임 라인은 안 보였지만 프로필 사진은 봤어. 아기를 안고 있더라고."

전 남자 친구가 결혼을 하고 아이 아빠가 되었다는데 감상에 잠기는 척이라도 해야 하는 건가 싶었으나 사실 아무 감흥이 없었다. 순간 이토록 담담한 내가 정상인지 궁금해졌다. 일말의 후회라도 느껴야 하는 건 아닌가 싶었다.

나는 머릿속에 떠오르는 생각들을 잠재우며 말했다. "벤이랑 연락이 될까?"

코트니는 피식 웃으며 말했다.

"당연하지. 내가 누구니?"

◇

데스티니로부터 주말 밤에 그레이스가 당한 일을 듣자마자 엘리스를 찾아 나섰다.

데스티니의 이야기가 사실이 아니기를 바랐다. 엘리스가 그런 끔찍한 일에 연루되어 있다는 사실을 믿고 싶지 않았다. 비록 우리 패거리가 천사같이 착한 애들은 아니었을지라도 서로를 성적인 문제 같은 끔찍한 상황에 밀어붙인 적은 없었다.

4교시의 끝을 알리는 종이 울리자 아이들이 교내 식당으로 우르르 몰려가기 시작했다. 나는 서둘러 학생들 틈을 비집고 나아갔다. 엘리스와 올리비아가 나란히 걷고 있었다. 엘리스는 올리비아가 던진 농담에 깔깔거렸다. 순간 혹시 저 애들이 그레이스의 뒷담화를 하며 남자 고등학생들이 그레이스에게 한 짓거리에 대해 함부로 떠들어대는 게 아닌가 하는 생각이 스쳤다.

나는 둘 앞을 막아섰다. 그러고는 올리비아를 완벽히 무시한 채 엘리스에게만 말했다.

"얘기 좀 해."

엘리스는 특유의 느긋한 미소를 지으며 내 팔을 잡아끌었다. 단순히 자신의 절친한 친구가 무리에 끼고 싶은가 정도로만 여긴 모양이었다.

"그래. 무슨 얘기?"

"아니. 여기서 말고."

나는 엘리스의 느슨한 손아귀에서 팔을 휙 잡아 빼며 전에 없이 단호하게 말했다.

"야, 에밀리, 너 뭐야?" 올리비아가 잔뜩 화를 내며 소리쳤다.

나는 올리비아를 무시하고 엘리스만 쳐다보며 말했다.

"단둘이 얘기 좀 하자고. 지금 당장."

엘리스는 올리비아에게 눈을 찡긋하며 먼저 가라고 했다. 올리비아가 나를 무섭게 노려보며 무슨 일인지 알아내려고 용을 쓰는 게 느껴졌지만 나는 그런 올리비아를 못 본 척했다. 개인적인 감정이 있어서 그런 게 아니었다. 이 자리에 코트니가 있었든, 데스티니가 있었든, 심지어 매켄지가 있었다 하더라도 나는 똑같이 행동했을 것이다. 토요일 밤 하피스 애들이 현장에 있었고 데스티니가 한 말이 전부 사실이라면 결국 그레이스를 도와주지 않은 모두가 공범이라는 이야기였으니까.

둘만 남자 엘리스의 얼굴에서 특유의 사람 좋은 미소가 싹 가셨다. "뭔데?"

몇 발자국만 더 가면 2층 비상계단이었다. 나는 엘리스의 손을 낚아채서 끌어당겼다. 비상문을 여니 6학년 애들이 계단 아래에서 키스를 하고 있었다.

"꺼져." 엘리스의 목소리에서 교내 여왕벌다운 위엄이 느껴졌다. 6학년 애들은 쏜살같이 복도 쪽으로 빠져나갔다. 엘리스가 팔짱을 끼며 어깨를 으쓱했다. 엘리스는 '그래서, 뭐?' 하는 얼굴로 나를 쳐다보았다.

"그레이스가 오늘 학교에 안 왔어."

"그래서? 아픈가 보지."

"그날 농장 집에서 무슨 일이 있었는지 들었어, 엘리스."

엘리스는 어깨를 최대한 뒤로 젖혀 팔짱을 낀 채로 서 있었다. 매켄지와 엘리스가 몇 년째 고수하던 권력 과시용 자세였다. 매켄지는 다분히 의도적으로 그런 자세를 취했지만, 엘리스는 무의식적으로 그런 자세가 나오는 것 같았다. 어쨌든 내 생각이 어느 정도는 맞았던 듯했다. 그레이스 이야기를 꺼내자마자 엘리스가 어깨를 수그리며 자그마한 한숨을 터트렸기 때문이다.

"사실이 아니라고 해줘." 내가 말했다.

엘리스가 시선을 피하는 순간 깨달았다. 데스티니의 말을 아예 믿지 않은 건 아니었지만 데스티니 본인도 취했었다고 했으니 어쩌면 그 불미스러운 사건이 데스니티가 말한 대로 벌어진 게 아닐 수도 있었다. 물론 엘리스도 술을 마시고 대마초를 피웠겠지만 나는 데스티니보다는 엘리스를 더 믿고 싶었다.

그런데 그런 엘리스가 내 시선을 피함으로써 대답을 대신했던 것이다.

"어떻게 그럴 수 있어? 어떻게 보고만 있을 수 있냐고!"

엘리스가 어깨를 으쓱거리며 인상을 썼다.

"별일 아니었어."

"남자애들이 돌아가면서 그런 짓을 했는데도?"

"아무도 안 다쳤잖아. 나하고 매켄지가 그레이스랑 얘기 다 했어. 자기는 괜찮대. 그리고 괜찮아 보였기도 했고. 왜 오늘 학교를 안 나왔냐고? 나야 모르지. 창피했거나."

"정말 그렇게 생각해?"

의도치 않게 말투가 거칠어졌다. 엘리스의 얼굴이 차츰 굳어졌다.

"잘난 척하지 마, 에밀리. 걔를 하피스에 끌어들인 건 너야. 잊었니?"

"지금 이게 내 탓이라는 거야?"

"아니. 그건 아닌데. 근데 네가 그 자리에 있었으면 상황이 달라졌을 것처럼 굴지 말라고. 뭐, 넌 그 남자애들을 막을 수 있었을 거 같니?"

불과 한 시간 전에 데스티니에게서 그레이스 이야기를 전해 들었던 데에다, 그저 너무 화가 나고 무서워서 엘리스가 말한 부분에 대해서는 미처 생각할 겨를이 없었다. 나라면 그 남자애들을 저지할 수 있었을까? 나는 엘리스에게 그렇다고, 당연히 말렸을 거라고 대답하고 싶었다. 하지만 실제로 그 상황에 있었다면 절대 나설 수 없었을 거란 사실은 누구보다 내가 더 잘 알고 있었다.

내가 아무 말도 못하자 엘리스가 또다시 한숨을 내쉬었다. 엘리스는 나에게 가까이 다가와서 어깨를 살며시 짚으며 눈을 맞추고 말했다.

"잘 들어, 에밀리. 이미 벌어진 일이야. 그리고 나도 인정해. 나라고 뭐 뿌듯하겠니? 당연히 아니지. 일은 이미 벌어졌고 돌이킬 수 없어. 지금은 이 사태를 어떻게 해결할 건가에 대해서만 집중해야 한다고."

"그래서 어떡할 생각인데?"

"몰라. 매켄지랑 얘기해봐야지. 우리가 해결할게."

"약속할 수 있어?"

엘리스가 고개를 끄덕였다. 담갈색 눈동자가 사뭇 진지해졌다. 엘리스가 새끼손가락을 내밀며 말했다.

"약속할게."

그 큰일을 손가락 하나 거는 걸로 무마시키려는 엘리스를 보며, 엘리스의 본모습 또한 매켄지 못지않게 가볍고 천박한 게 아닌가 하는 의심이 돋아나기 시작했다. 엘리스를 향한 내 믿음에 금이 가는 소리가 들리는 것 같았다. 엘리스도 내 앞에서는 좋은 말만 하다가 내가 없는 데서는 나를 비웃으며 기만하고 있을지 몰랐다.

그렇지만 유치원 때부터 줄곧 나의 가장 친한 친구였던 엘리스와 함께한 세월을 무시할 수 없었다.

나는 엘리스의 새끼손가락에 내 새끼손가락을 걸었다. 엘리스가 씩 웃었다.

"내가 알아서 할게, 에밀리. 걱정하지 마."

술집은 대니얼과 내가 처음 만난 병원에서 불과 세 블록 떨어진 곳에 있었다. 일을 끝낸 의사나 간호사들이 잠깐씩 들르는 동네 술집이었다.

코트니와 나는 출입구가 바로 보이는 야외 테이블에 나란히 앉았다. 심장이 두근거렸다. 중학교 이후로 엘리스를 처음 만나는 자리였다.

종업원이 주문을 받으러 오자 코트니가 아주 작게 속삭였다. "나지금 5달러밖에 없어."

"내가 낼게." 나도 속삭이며 말했다.

주문을 받은 종업원이 테이블을 떠나자 코트니가 말했다. "다음엔 내가 살게."

엘리스는 약속한 시간인 여섯 시에서 1분 전에 도착했다. 예전에 상담 센터에서 우연히 마주쳤을 때처럼 지금도 엘리스를 보자마자 알아볼 수 있었다. 큰 키에 늘씬한 몸매, 짧은 진빨강 머리, 날렵한 광대뼈, 다부진 턱, 그리고 지적이고 세련된 이미지를 주는 두

꺼운 뿔테 안경까지.

술집 내부를 훑어보던 엘리스가 손을 흔드는 코트니와 나를 발견했다. 다가오는 엘리스의 미소가 환했다. 엘리스는 몸을 숙여 코트니와 나를 꼭 껴안았다.

"머리 예쁘다." 엘리스가 코트니의 보라색 헤어 피스를 보며 말했다. 그러더니 한 걸음 물러나며 감탄을 터트렸다. "세상에, 이게 얼마 만이니? 잘 지냈어?"

가까이서 보니 엘리스의 코에서 작은 다이아몬드 피어싱이 반짝였다. 손에는 약혼 반지를 끼고 있었다.

일행이 또 온 걸 눈치챈 종업원이 추가 주문을 받으러 다가오는 바람에 코트니와 나는 엘리스의 말에 대꾸할 타이밍을 놓치고 말았다.

엘리스는 테이블 위의 맥주를 보더니 같은 걸 주문했다. 코트니의 맥주는 무알콜이었다. 종업원이 사라지고 엘리스가 말을 꺼냈다. "평소엔 코즈모폴리턴 마시지만, 아, 뭐 어때. 맥주 진짜 오랜만에 마신다."

엘리스가 코트니와 나를 번갈아 보다가 어색한 우리의 표정을 읽었는지 웃음기를 싹 빼고 말했다.

"무슨 일인데?"

29

엘리스는 맥주를 한 모금도 입에 대지 않았다. 그저 테이블에 딱 붙어 앉아 병에 붙은 라벨만 긁어댔다. 한동안 말이 없던 엘리스가 눈살을 찌푸리며 말했다.

"너네 지금 농담하는 거지? 그렇지?"

코트니와 나는 아무 말도 하지 못했다. 우리 역시 맥주에 손도 대지 않았다. 술집에 들어온 지 30분 정도 되었고, 그 사이 종업원이 여러 차례 우리 테이블 쪽을 왔다 갔다 하며 여태 새것인 맥주를 힐끗거리긴 했지만 딱히 눈치를 주진 않았다.

나는 엘리스를 똑바로 쳐다보며 차분하게 말했다.

"전부 사실이야."

엘리스가 고개를 절레절레하며 맥주로 시선을 떨구었다.

"너희…… 정신 나간 소리 하는 거야, 지금."

"이해해. 우리도 처음엔 믿기 힘들었어."

"올리비아 죽은 건 알았어. 페이스북으로. 나도 장례식에 가고 싶었는데 일도 바쁘고 상황이 좀 그랬어. 정신이 없어서 시간을 낼 수

264

없더라. 근데 자살인진 몰랐어."

"가족들이 비밀로 했었어." 코트니가 대답했다. "우리도 장례식에 가서야 자세한 내막을 들었어."

엘리스가 창백한 얼굴로 중얼거렸다. "그러니까 올리비아가 유령 운운했다고 캐런이 말했다는 거지?"

나는 고개를 끄덕였다. "다만 캐런은 유령이 무슨 의미인지는 몰랐어. 설사 알았다고 한들 그 둘을 연결시켜 생각하진 못했을 거야."

"너희 둘이서 걔 남자 친구까지 만났다니. 대체 이게 무슨 일이니?"

"선택의 여지가 없었어. 진실을 알아야 했으니까."

"그레이스가 올리비아 남자 친구랑 잤든 안 잤든," 엘리스가 무미건조한 말투로 입을 열었다. 엘리스는 우리의 말을 믿지 않는 듯했지만, 머릿속으로 사건을 하나하나 연결해보고 있는 게 분명했다. 엘리스는 고개를 저으며 말을 이어갔다. "자그마치 14년이야. 정말 그레이스라고 확신해?"

"눈," 내가 대답했다. "걔 눈은 절대 잊을 수 없으니까."

코트니가 의자를 당겨 앉았다.

"잘 들어, 엘리스. 우리도 알아볼 만큼 알아봤어. 우리가 본 게 맞는지 몇 번을 곱씹고 확인했어. 올리비아가 캐런한테 한 말이 우연의 일치일 수도 있지 않겠냐고, 어쩌면 그레이스라고 생각하고 봐서 그런 건 아닐까 하고 말이야."

"그러다 데스티니 소식을 들었어." 내가 끼어들었다.

"데스티니 일이 몇 달 전이었다고?"

"6개월."

"근데 데스티니 와이프는 인정하지 않았다며. 데스티니의 머릿속에서 일어난 일이라고 생각한다며."

"맞아." 나는 데스티니와 달리 그날 산책로에서 아무도 보지 않은 것으로 결론을 내렸기 때문에 침착하게 대답할 수 있었다. "그리고 우리가 들은 게 그게 다라면 지금처럼 걱정할 일도 없었을 거야."

"그럼 뭐가 걱정인데?"

"그레이스가 복수를 하러 돌아온 건 아닐까." 코트니가 속삭였다.

코트니도 나도 같은 마음이었지만 그걸 입 밖으로 낸 건 코트니가 처음이었다. 이렇게 탁 트인 장소에서 친구와, 연인과 술잔을 기울이며 즐거운 시간을 보내는 사람들 틈에서 속으로 의심하는 바를 말로 내뱉다니 등줄기에 소름이 돋았다.

엘리스는 아무 반응이 없었다. 얼굴에 이렇다 할 표정도 없었다. 그러다 갑자기 피식 웃음을 터트렸다.

"농담 아니야." 코트니가 말했다.

엘리스가 고개를 가로저으며 손을 들어 보였다.

"알았어. 알았다고. 웃어서 미안. 근데…… 오늘 이런 얘길 예상하고 너희를 만나러 나온 게 아니라서. 그냥 간만에 얼굴 보면서 사는 얘기나 할 줄 알았지. 너희 둘 다 마지막으로 만난 게 언젠지 기억도 안 나는데. 근데 다짜고짜 이런 얘기를 하니까 어떻게 받아들여야 할지 모르겠네."

어색한 침묵이 감돌았다. 나는 잠시나마 분위기를 바꾸어보려고 엘리스의 손에 끼워진 반지를 턱끝으로 가리켰다.

"축하부터 했어야 했는데."

엘리스가 반지를 내려다보며 웃었다. "고마워. 제임스라고, 올 가을에 결혼해."

엘리스가 가방에서 휴대폰을 꺼내 사진을 보여주었다. 엘리스와 약혼자가 팔로 서로를 감싸고 카메라를 향해 환하게 웃고 있었다.

"제임스가 프러포즈한 날 찍은 거야. 해리스버그에 있는 주 의회 의사당에서 일해." 엘리스가 휴대폰을 내려놓더니 이번에는 내 손가락의 반지를 가리키며 물었다. "너도 축하받아야겠네. 넌 언제야?"

"날은 아직 안 잡았어."

엘리스는 시선을 돌려 코트니에게 물었다. "딸은 잘 크고?"

"그럼."

"올해 몇 살이지?"

"이제 열한 살."

"세상에!"

"그러니까. 나중에 크면 작가가 되고 싶대. 벌써부터 혼자 그림책도 만든다."

그때 종업원이 다가와 맥주를 더 시키겠냐고 물었다. 괜찮다는 우리의 대답에 종업원이 다시 사라졌다.

나는 엘리스에게 물었다. "그 애에 대해 생각해본 적 있어?"

엘리스는 고개를 저었다.

"솔직히 말하면 이미 오래전에 묻고 살기로 마음먹었어. 우리가 그레이스한테 진짜 나쁘게 굴었잖아. 그건 의심의 여지가 없는데, 그런데…… 그냥 더 이상 생각하고 싶지 않았어. 부끄러웠어. 우리가 한 짓이 너무 부끄러웠다고. 하지만 이미 지난 일이잖아. 내 말무슨 뜻인지 알지?"

"난 요즘 들어 생각이 많이 나. 특히 농장 집 일 말이야. 물론 그날 밤 난 거기 없었지만 그 남자애들이 한 짓이 머릿속에서 떠나질 않아."

나는 목소리에 혐오감을 한껏 담아 말했다. 엘리스는 넋 놓고 나를 쳐다보다가 당황스러운 기색이 역력한 얼굴로 말했다.

"말했잖아. 나도 그 시절을 생각하면 부끄럽다고. 특히 그레이스 일은 더 그래. 생각만 해도 토할 것 같을 정도로. 하지만 그레이스가 그놈들한테 복수했잖아."

나는 코트니와 시선을 주고받은 다음 눈살을 찌푸리며 물었다.

"그게 무슨 소리야?"

엘리스가 멈칫하며 우리를 바라보았다. 영문을 모르겠다는 듯 우리를 보던 얼굴 위로 단박에 미소가 떠올랐다.

"아, 맞네. 매켄지랑 내가 아무한테도 말 안 했구나. 매켄지가……," 엘리스가 고개를 흔들며 알 만하다는 듯 눈썹을 치켜올렸다. "알잖아. 걔가 비밀 하나는 오버해서 지키자고 하는 거."

"그래서 너랑 매켄지가 말하지 않은 게 뭔데?" 코트니가 재촉했다.

엘리스의 얼굴에서 작게나마 떠오른 미소가 사라졌다. 엘리스는 곧장 본론으로 넘어갔다. 술집 내부는 음악 소리로 시끄러웠지만 엘리스는 목소리를 키울 생각이 없는지 아주 조용하게 말을 이어갔다. 코트니와 나는 엘리스의 말에 온 신경을 집중시켜야 했다.

"그…… 일이 있고 한 달쯤 지난 어느 날 밤이었어. 그 고1 남자애들이 농장 집에 갈 거란 정보를 입수한 거야. 매켄지 말로는 내내 걔들을 감시했대. 매켄지가 그날 있던 애들 거의 다가 농장에 있다고 하길래 일단 그레이스랑 나랑 매켄지네 집에 갔었어."

"너희만?" 나도 모르게 볼멘소리가 나왔다. 이토록 오랜 시간이 흘렀건만 내가 소외되었다는 사실에 질투심이 슬쩍 올라왔다.

엘리스가 고개를 가볍게 흔들며 말했다.

"너희들까지 이 일에 말려들게 할 순 없었어."

"왜?"

"매켄지가 그러자고 했어. 사실 모든 게 다 걔 머리에서 나온 거였어. 그레이스 일에 유독 죄책감을 느낀 것 같아. 특히 그날 이후로 그레이스가 되게 이상하게 변했잖아. 기억나? 아무튼 매켄지가 나랑 그레이스를 불렀어. 들키지 않으려고 옷도 어두운 색으로 골라 입고 농장 집으로 몰래 숨어들었어."

나는 의자를 더 끌어당기고 토씨 하나도 놓치지 않겠다는 듯 몸을 앞으로 숙였다. 주변 사람들이 듣건 말건 더 이상 신경 쓰지 않았다.

"무슨 일이 있었는데?"

"무슨 일이 있었는지 너도 알잖아."

"그 집에 불났었잖아."

"그니까."

"경찰도 오고."

"그랬지."

"근데 남자애들이…… 불낸 게 아니라고?"

"응. 아니야."

"그럼 네가 그랬어?"

"내가 아니라 그레이스. 말했잖아. 매켄지 아이디어였다고. 매켄지가 라이터 기름을 가져왔어. 걔가 준비성 하나는 철저했잖아."

나는 매켄지네 부모님 별장 옆길을 따라 매켄지의 뒤를 따르던 우리들의 모습을 떠올렸다. 밧줄과 수건이 든 분홍색 백팩이 매켄지의 어깨 위에서 리듬감 있게 통통 튀고 있었다.

"누가 불을 질렀든 그 남자애들은 아무 처벌도 안 받았었잖아."

269

코트니가 말했다.

"응. 부자 부모를 둔 덕분이지. 내 기억이 맞는다면 컨트리클럽에서는 고소 자체를 안 했고, 경찰 측에서 몇 명을 기소한 게 다일걸. 하다못해 보호 관찰을 받은 애도 없어. 돈만 있으면 감옥에서도 그냥 나올 수 있는 더러운 세상이니까. 내가 청소년 국선 변호사로 일하게 된 데에는 그런 이유도 있었어. 법정이 형편이 어려운 아이들을 망가뜨리는 게 미친 듯이 싫었어."

엘리스가 맥주를 한 모금 삼켰다. "아직도 안 믿긴다. 올리비아랑 데스티니가 자살을 했다니. 현실이 아닌 것 같아." 엘리스의 목소리가 차분했다.

"사실인걸." 내가 말했다. "관에 누운 올리비아를 우리 두 눈으로 직접 봤어. 데스티니의 부고 기사도 봤고, 사별한 배우자도 만났고."

"매켄지는 아직 몰라?"

"아직 못 만나봤어. 혹시 네가 걔랑 연락하지 않으려나 했는데."

엘리스는 고개를 흔들었다. "나도 매켄지랑 연락 안 한 지 꽤 됐어. 고등학교 때가 마지막이었는데, 끝이 안 좋았어."

"왜?"

"그레이스 일이 있고 얼마 안 돼서 매켄지 부모님이 이혼한 건 알지? 물론 그 사건 때문에 이혼한 건 아니었겠지만 매켄지는 그 일 때문에 부모님이 이혼했다고 생각했어. 한번은 고3 때 무슨 파티에 갔었는데 매켄지가 있는 거야. 그래서 말을 걸었는데 갑자기 나랑 말도 섞고 싶지 않다는 거야. 같이 아는 친구들한테 걔 왜 그러냐고 물어보니까 부모님이 이혼하면서 애가 성격이 더 더러워졌다나 뭐라나. 하긴 올리비아네 아빠 엄마 사이 안 좋을 때 매켄지가 심하게 조롱했잖아. 심지어 올리비아 부모님이 갈라서기 전이었는데. 너희도 기억나지?"

코트니와 나는 고개를 끄덕였다. 별안간 코트니가 기다렸다는 듯 말했다. "매켄지 사는 데를 알아냈는데, 브린 모어 쪽이더라고. 에밀리랑 둘이 내일 찾아가볼 생각이야."

엘리스가 깜짝 놀라 되물었다. "말도 없이 대낮에 남의 집에 불시에 찾아가겠다고?"

"다른 방법이 없다면 어쩔 수 없지. 페이스북을 꽤 열심히 하더라고. 거의 매일 페이스북에 동네 요가원 체크인을 하길래 거기 가보기로 했어."

코트니는 매켄지가 페이스북에서 자신을 차단했다는 이야기는 하지 않았다.

엘리스가 고개를 주억거리며 나에게 물었다. "넌 무슨 일하니?"

"상담 치료사야. 유급 휴가가 좀 남아서 그거 쓰면 돼."

"환자들은 어떡하고?"

"괜찮을 거야." 아무 생각 없이 내뱉었다가 불현듯 정신이 번쩍 들었다. 클로이같이 자해 성향을 보이는 아이들이 머릿속을 스쳐갔지만 상담 한번 빠졌다고 큰일이 나지는 않을 거라며 스스로에게 최면을 걸었다. 그럼에도 여전히 죄책감을 떨칠 순 없었다.

엘리스가 이번엔 코트니에게 물었다. "넌?"

"난 마트에서 일해."

코트니의 목소리에 긴장감이 배어 있었지만 엘리스는 알아채지 못한 눈치였다. 변호사가 되었다는 엘리스와 치료사인 내 앞에서 월마트 계산원으로 일하며 차를 살 형편이 못 되어서 매일 버스로 출퇴근하는 자신의 처지를 드러내야 한다는 생각에 적잖이 당황한 듯했다. 나는 그런 코트니가 안쓰러웠다. 행여 코트니가 꺼릴 만한 질문이 이어질까 봐 내가 먼저 엘리스에게 질문을 쏟아내기로 마음먹었다.

"너 변호사라며. 네 생각은 어때?"

엘리스는 쉽게 벗겨지지 않는 맥주병 라벨을 손톱으로 뜯으며 잠시 생각에 잠겼다.

"너희들이 내가 궁금한 사실을 전부 알고 있다는 가정하에 질문할게. 올리비아나 데스티니와 관련해서 범법 행위가 있었어? 그레이스가 일련의 사건들과 연관되어 있다는 건 너희들 추측일 뿐이잖아. 백번 양보해서 그레이스가 진짜로 올리비아 약혼자한테 약을 먹인 다음 같이 잤다고 쳐. 미안하지만 이걸 법정에서 증명하는 건 그리 간단하지 않아. 남자 말이 사실이라면 남자는 강간을 당한 건데, 그래서 그 남자가 그레이스를 강간범으로 고소한다? 난 그게 더 놀라울 것 같은데? 여자도 그런 일로 피의자를 고소하는 일이 드문데 하물며 남자는 더하지. 지금으로서는 그레이스를 추적하는 게 최선인 것 같아."

"우리도 안 해본 게 아니야. 코트니랑 내가 구글이며 페이스북까지 다 뒤졌는데도 없었어. 근데 생각해보니까 그레이스 파머는 중학교 때 이름이잖아. 어쩌면 그 사이에 개명을 했을 수도 있겠더라고. 이제 와 말하지만 옛날에 사설탐정을 고용해서 그레이스를 찾아보려고도 했었어. 근데 그분 말로 찾을 수가 없대. 너무 예전 일이긴 하지만. 조만간 그 사설탐정도 다시 만나보려고 생각 중이야."

엘리스가 토끼 눈을 하고 물었다.

"사설탐정을 고용했다고?" 믿을 수 없다는 말투였다.

"고3 때. 그냥 그레이스에게 미안했어. 다른 뜻은 전혀 없었고 그 애를 찾아가서 미안하다고 말하고 싶었을 뿐이야."

엘리스가 세차게 고개를 내저으며 맥주를 한 모금 마셨다. "어우, 미지근해." 엘리스는 얼굴을 구기며 맥주병을 한쪽으로 밀어냈다.

"근데 있잖아, 난 너희 말을 어디까지 믿어야 할지 잘 모르겠다. 너희야 직접 발로 뛰었다지만 난 아니니까 너희들 말을 믿기 힘든 건 사실이잖아. 나 좀 이해해줘. 그렇다고 너희들을 무시하는 건 아니야. 혹시 내 도움이 필요하면 말해. 매켄지를 보러 브린 모어까지 같이 가는 건 힘들 것 같지만. 매켄지가 뭐라고 할진 나도 너무 궁금하네. 이제 이것만 마시고 일어날까?"

엘리스가 미지근한 맥주를 들어 올렸다. 코트니와 나도 엘리스를 따라 맥주병을 들었다. 쨍 소리와 함께 건배를 하고는 남은 맥주를 꿀꺽꿀꺽 들이켰다. 눈치 빠른 종업원이 우리 테이블로 쏜살같이 달려왔다. 엘리스가 종업원에게 신용 카드를 건넸다.

"계산해주세요."

종업원이 자리를 비우자 내가 엘리스에게 말했다. "잘 마셨어. 고마워."

엘리스는 별거 아니라는 듯 어깨를 으쓱했다.

"고작 맥주 몇 병인데 뭐." 순간 초롱초롱한 눈으로 남자애들 이야기를 하던 중학생 엘리스를 본 듯한 착각이 들었다. 옛날 생각이 물밀듯 밀려와 마음이 아렸다. "그건 그렇고 네 약혼자 얘기나 좀 더 해봐."

30

한번 시작된 소문은 걷잡을 수 없이 퍼진다. 사실과 다르다며 부인해보기도 하고, 다른 데로 관심을 돌려보려고 해도 소문은 늘 제자리를 맴돈다. 완벽한 거짓말이라며 아무리 아니라고 거듭 말해도 분명 누군가는 기정사실로 받아들여버린다.

그레이스에 관한 소문은 삽시간에 번졌다.

2주 만에 다른 학교에도 소문이 퍼졌다. 가해자들이 퍼트린 게 틀림없는 온갖 추문이 학교 안팎을 떠돌았다.

그레이스가 입으로 어떻게 해주었다느니, 그레이스의 성기 털이 풍성했다느니, 그 자리에 있었던 남자애들과 적어도 한 번씩은 다 했고 몇몇은 두 번도 했다느니, 남자 셋한테 집단으로 당했다느니 하는 더러운 소문이 끊이지 않았다. 소문의 내용만 조금씩 다를 뿐 골자는 하나였다.

어떤 여자애들은 그레이스더러 싸구려라며 뒷담화를 했다.

어떤 남자애들은 그레이스를 창녀라고 불렀다.

고등학교 남학생들이 이른바 악명 높은 창녀 한번 보려고 중학교 앞을 서성거렸다는 소문도 들려왔다. 그중 누군가는 그레이스에게 데이트 신청을 하거나 파티에 초대했다고도 했다.

나는 내가 그 자리에 있었더라면 상황이 달라졌을까 하는 생각으로 수없이 번민했다. 그러면서도 만일 내가 그레이스를 하피스에 데려오지 않았다면 그 일이 나한테 일어났을지도 모른다는 생각도 들었다. 매켄지가 대마초 하나에 나를 팔아넘기려고 마음먹었다면 어떻게 되었을까.

여기에까지 생각이 미치자 나 대신 그레이스가 그런 일을 당해서 오히려 다행이 아닌가 싶었다. 그러나 이 와중에도 피해 당사자가 아니라서 안도하는 스스로가 너무 혐오스러웠고 이로 인한 죄책감 또한 눈덩이처럼 불어났다.

학교에 떠도는 무성한 소문과 복도를 지나갈 때마다 느껴지는 따가운 시선에도 불구하고 그레이스는 무심해 보였다. 그레이스는 그날 밤 일을 하나하나 기억하고 있었을 테지만 단 한 번도 그날 일에 대해 입 밖에 꺼내지 않았고, 다른 사람들 또한 그레이스에게 그날 일에 대해 감히 물어보려 하지 않았다. 그야말로 공공연한 비밀이었던 것이다.

한번은 체육 수업이 막 끝났는데 드니스 브라운 패거리가 그레이스를 조롱하기 시작했다. 자기 남자 친구하고는 안 했으면 좋겠다는 둥 성기 털 한번 보여줄 수 있냐는 둥 입에 담기조차 거북스러운 말들을 큰 소리로 해댔던 것이다.

참다못한 엘리스가 끼어들어 닥치라고 소리치면서 작은 소동이 일었다. 엘리스는 당장 입 다물지 않으면 자기가 드니스 브라운의 남자 친구와 잘 거라며 되받아쳤는데 이 말이 좀 먹힌 건지 더 이상 큰 싸움으로 번지지는 않았다.

나는 엘리스가 그레이스 대신 나서주었다는 이야기를 전해 듣고 가만히 있을 수 없었다. 나 또한 나서서 뭐라도 해야 할 것 같았다. 뭘 어떻게 해야 할지 몰랐지만 죽이 되든 밥이 되든 일단 그레이스와 대화부터 나누어보아야겠다고 생각했다.

쉬는 시간에 홀로 화장실에 있는 그레이스를 찾아냈다.

"괜찮아?"

그레이스는 손을 씻는 중이었다. 그레이스는 내 말을 무시하고 종이 타월을 뭉쳐 쓰레기통에 던졌다. 그러고는 화장실 문으로 걸어갔다.

"그레이스," 목소리가 생각보다 크게 튀어나왔다. 연두색 타일로 둘러싸인 화장실에 내 목소리가 공허하게 울렸다. "괜찮은 거야?"

나를 등지고 걷던 그레이스의 발걸음이 멈추었다. 거울에 비친 그레이스의 옆모습이 보였다.

"이번 주말에 우리 집에 놀러 올래? 너랑 나만."

나는 엘리스 말고는 하피스 무리 누구도 집으로 초대한 적이 없었다. 이유는 단 하나, 우리 집을 보여주는 게 창피했기 때문이다.

"아니." 그레이스가 대답했다. 그게 다였다. 딱 한마디.

"애들이 시키는 걸 다 할 필요는 없어. 특히 매켄지가 시키는 건."

그레이스는 나를 등진 채 아무 반응 없이 서 있었다.

"그레이스, 널 돕고 싶어."

그레이스는 대답 없이 화장실 문을 열고 복도로 나가버렸다.

나는 자리에 얼어붙어 그레이스가 떠나는 모습을 지켜보았다. 내가 도와주겠다고 했을 때 거울에 비친 그레이스의 표정을 보았다.

그레이스는 어이없다는 듯 눈을 굴렸다.

이유는 모르겠지만 어쨌거나 나는 그 자리에서 꼼짝할 수 없었다. 대체 자기가 뭐라고 눈을 부라려? 내가 직접 찾아와서 우리 집에 초대까지 해주고 도와준다고 했는데. 이토록 친절한 나에게 보인 그레이스의 반응에 기가 찼다.

그 순간 결심했다. 그레이스 파머에 대한 미안한 마음은 여기까지라고. 어쩌면 소문이 전부 사실일지도 모른다고. 정말 성기 털이 무성할지도 모르지. 정말 그 남자애들에게 오럴을 해주고 걔들과 잤을지 누가 알아.

그레이스에게 모욕감을 주고 싶었다. 진정한 친구가 되어주겠다던 내 손길을 비웃은 그레이스에게 제대로 복수하고 싶었다. 그래서 그 애에게 새로운 별명을 만들어주기로 결심했다. 애들이 아주 좋아할 만한 별명, 그레이스를 완전히 밟아버릴 별명으로.

"그레이스 걔 얼굴 심하게 하얗지 않아? 말도 너무 없고."

나는 그날 늦게 하피스 아이들에게 은근하게 말했다.

"걔 꼭 유령 같지 않아? 유령 그레이스. 어때? 찰떡이지?"

말할 것도 없이 아이들은 쌍수를 들고 환영했다.

31

필라델피아 외곽에 위치한 부촌인 브린 모어까지 가는 데만 한 시간 반이 걸렸고, 거기서 쇼핑가에 자리 잡은 무브먼트 필라테스 앤 요가까지 10분을 더 들어가야 했다.

요가원은 카페와 초밥 집 사이에 있는 세련된 밝은색 건물이었다. 우리는 행인들이 잘 보이는 주차장 코너에 차를 댔다.

대시 보드의 시계가 9시 45분을 가리키고 있었다.

"벌써 도착해서 안에 들어갔으면 어떡하지?"

코트니는 비스듬히 몸을 틀고 조수석에 앉아서 주차장을 훑어보고 있었다.

"그럼 건물 안에 들어가서 문 열고 슬쩍 봐야지. 근데 일찍 오진 않았을 거 같아. 말했잖아. 매일 열 시 즈음 페이스북에 체크인한다고. 오늘 여기 안 나타나면 집으로 찾아가지 뭐."

우리는 차 안에서 말없이 몇 분을 더 지켜보았다. 차창을 내리자 시원한 바람이 불어들었다.

"요가나 필라테스 해본 적 있니?" 코트니가 물었다.

"응. 나랑은 잘 안 맞더라. 넌?"

"난 딱히 끌리지 않아서. 체조하던 시절 생각도 나고." 코트니의 얼굴에 아득한 미소가 스쳐 지나갔다. "고등학교 때만 해도 언젠가 올림픽에 출전할 수 있을 줄 알았어. 꿈이 너무 컸지."

"전혀 아니야. 너 되게 잘했잖아."

"말이라도 그렇게 해줘서 고맙다, 얘." 코트니가 옅게 웃었다.

"진짜로. 임신만 안 했어도……."

나는 입을 다물었다. 입 밖으로 꺼내기에는 너무 끔찍한 소리였다. 코트니는 내 말뜻을 알아차리고 무심히 말했다.

"진부하게 들리겠지만 억만금을 줘도 테리를 포기하진 않았을 거야. 설사 그게 올림픽 메달이라고 해도."

그때 반짝이는 검은색 벤츠 SUV가 주차장으로 들어섰다. 차 안에는 운전자 한 명만 타고 있었다. 나는 그 사람이 매켄지임을 즉시 알아보았다.

"매켄지다."

코트니와 나는 매켄지가 다섯 칸 옆에 주차하는 모습을 지켜보았다. 매켄지는 누군가와 계속 전화 통화를 하고 있었다.

시동을 켠 상태로 차를 세우고는 한동안 내리지 않더니 이윽고 시동을 끄고 차 문을 열었다. 매켄지의 목소리가 들려왔다.

"상관없어. 고작 그거니? 거짓말하는 법 좀 더 배워라."

매켄지는 그대로 전화를 끊어버리더니 혼잣말처럼 욕을 내뱉었다. 그러고는 조수석에 선글라스를 집어 던지고 차에서 내렸다.

예상대로 매켄지는 요가복 차림이었다. 검은색 끈이 달린 메시 소재 레깅스에 연보라색 오픈 백 탱크톱을 입고 하늘색 나이키 운동화를 신고 있었다.

중학교 2학년 이후로 매켄지를 본 적이 없었는데 매켄지는 그때와 별로 달라진 게 없었다. 물론 키는 더 커졌지만 여전히 날씬하고 미모가 빛을 발했다. 굳이 다른 점을 꼽자면 그 시절 매켄지가 그토록 집착했던 인형 같은 인공적인 아름다움이 백배는 더 심해졌다는 거 정도?

매켄지는 돌돌 말린 요가 매트를 꺼낸 다음 자동차 리모컨으로 차를 잠그고 인도 쪽으로 걸어갔다. 등을 꼿꼿이 펴고 턱을 살짝 들어 올린 완벽한 자세 역시 그대로였다. 매켄지가 걸을 때마다 높이 묶은 포니테일이 양옆으로 흔들렸다.

코트니와 나는 급히 차에서 내렸다. 매켄지가 요가원에 들어가기 전에 이야기를 나누어야 했다. 열 걸음 정도 쫓아가 매켄지를 불러 세웠다.

"매켄지!"

매켄지가 몸을 돌려 우리를 쳐다보았다. 우리를 바로 알아본 것 같지는 않았지만 어딘가 부자연스러웠다. 긴장감과 약간의 떨림이 느껴졌다.

순간 매켄지는 방향을 틀어 가던 길로 나아갔다. 아까보다는 걸음이 조금 빨라졌지만 뛰지는 않았다.

"나쁜 년." 코트니가 중얼거렸다. 우리는 뛰다시피 매켄지를 쫓아갔다.

우리가 부르는 소리에 매켄지도 속도를 냈지만 요가원으로 곧장 뛰어 들어가지는 못했다. 요가원 사람들이 질문이라도 할까 봐 그랬던 모양이다. 아무리 매켄지가 관심받기를 좋아한다 해도 지금 자신을 쫓아오는 사람들이 누구인지, 왜 그러는지 물어보는 건 절대 원하지 않았을 것이다.

마침내 매켄지를 따라잡은 우리는 매켄지를 사이에 두고 각각 양쪽에 자리를 잡았다. 매켄지도 하는 수 없다는 듯 걸음을 멈추었다. 그러고는 입을 굳게 다물고 우리를 쏘아보았다. 눈빛이 어찌나 매서운지 산 사람도 돌로 만들어버릴 것 같았다.

"뭐야?"

"얘기 좀 해." 내가 말했다.

"할 말 없는데."

"꼭 그렇게 나쁜 년처럼 굴어야겠니?" 코트니가 끼어들었다.

매켄지가 차가운 조소를 피식 터트렸다.

"저기 있잖아, 예전에 잠깐 친구였긴 했지만 그게 언제 적인데. 다 잊고 잘 살고 있는 사람 찾아와서 쓸데없는 소리 할 거면 그만 가라."

코트니가 한 발 더 다가가 말했다. "그게 무슨 말이야?"

"모르겠니? 너희가 자꾸 내 발목을 잡는다고." 매켄지는 프렌치 네일을 한 손으로 얼굴에 붙은 머리카락을 떼어내며 심드렁하게 말했다. "너희는 나한테 나쁜 영향만 끼쳤잖아."

나는 천성이 폭력적인 사람이 아닌데도 그 순간만큼은 매켄지의 뺨을 한 대 갈기고 싶었다. 그 시절 온갖 악행의 주동자는 매켄지였다. 그레이스에게 제일 못되게 군 것도, 그날 부모님 별장에서 그레이스에게 했던 짓을 계획한 것도 매켄지였다. 손바닥을 그어 그 염병할 피의 맹세를 시킨 것도 매켄지였다.

"와, 정말 신박한 개소리다. 창피하지도 않니?" 코트니가 쏘아붙였다.

매켄지가 열 받은 듯 입을 앙다물었다. 그러고는 따지듯이 물었다. "원하는 게 뭐야?"

"올리비아가 죽었어." 내가 말했다.

"알아."

"데스티니도 죽었어."

"그래서 대체 그게 나랑 무슨 상관인데?"

"둘 다 자살했어. 우린…… 이 일들이 그레이스 파머랑 관계가 있다고 생각해."

매켄지는 여전히 고개를 꼿꼿이 들고 예의 그 완벽한 자세로 서 있었다. 내 말을 들은 매켄지는 어이없다는 표정을 굳이 숨기려 하지 않았다.

"장난하니? 몰래 카메라라도 찍는 거야?"

"매켄지, 진지하게 들어. 우린 올리비아랑 데스티니의 죽음에 그레이스가 어떻게든 연결돼 있다고 본다고."

"그렇다 치자. 근데 그걸 왜 내가 신경 써야 하는데?"

나는 또다시 매켄지를 한 대 후려치고 싶은 충동에 휩싸였지만 차분히 숨을 고르며 말했다.

"내 말 잘 들어. 중학교 때 같이 놀던 친구 둘이 죽었고, 그 일에 그레이스가 연루됐을지도 모른다고."

매켄지는 황당하다는 듯 눈을 굴리며 발걸음을 뗐다.

코트니가 그런 매켄지 앞을 가로막으며 말했다. "우리 말을 안 믿어도 좋아. 근데 혹시 모르니까 너도 알아야……."

"혹시 뭐?" 매켄지가 가시 돋친 말투로 되받아쳤다. "그레이스가 내 뒷조사를 하고, 올리비아랑 데스티니한테도 무슨 짓을 했다는 거야? 지금 너희들 되게 지질해 보이는 거 알지? 특히 너, 베넷."

주먹을 어찌나 세게 쥐었는지 손바닥으로 손톱이 파고드는 것 같았지만 매켄지를 설득해야만 했다.

"우리한테 시간을 좀 주면 다 설명할 수 있어. 그럼 너도……."

"요가 가야 돼."

매켄지는 우리를 밀치고 지나갔다. 요가원 문 앞에 선 매켄지가 몸을 돌려 우리를 노려보았다.

"한 번만 더 이딴 헛소리로 귀찮게 하면 그땐 가만 안 있을 거야."

그러고는 요가원 안으로 그대로 들어가버렸다. 아무 일도 없었던 듯 요가원 사람들과 밝게 인사를 하는 매켄지의 목소리가 들렸다.

코트니가 주먹을 불끈 쥐고 몸을 홱 돌리더니 차를 향해 쿵쿵거리며 발을 옮겼다. 나는 재빨리 코트니의 뒤를 따라가며 무슨 말이라도 하고 싶었지만 내가 미처 입을 열기도 전에 코트니가 다시 방향을 틀었다.

코트니는 매켄지의 차가 있는 쪽으로 갔다.

"코트니, 뭐 해?"

코트니는 가방에서 아파트 열쇠를 꺼냈다. 나는 보는 사람이 있을까 봐 주변을 두리번거렸다. 코트니에게 소리를 지르며 그만하라고, 하지 말라고 말하고 싶었다.

하지만 코트니가 한발 빨랐다.

코트니는 고개를 높이 들고 딴청을 피우며 차 뒤에서부터 운전석 문짝까지 이동하면서 손에 쥔 열쇠로 차를 죽 그었다. 그러고는 그대로 곧장 우리 차 쪽으로 걸었다.

"뭐 해. 가자." 코트니가 태연한 목소리로 오히려 나를 재촉했다.

나는 그 자리에 얼어붙어 있다가 정신을 차리고 매켄지의 차를 살폈다. 자동차 문짝에 울퉁불퉁한 스크래치가 나 있었다.

차에 난 흠집이 마치 스마일 표시 같았다.

32

"어떻게 차를 그을 생각을 했어. 너도 참."

"왜? 걘 당해도 싸."

나는 커피를 한 모금 마시고 잔을 테이블에 내려놓으며 맞은편에 앉은 코트니에게 눈을 흘겼다.

"경고음이 안 울려서 천만다행이었지. 누가 보고 경찰에 신고라도 했으면 어떡할 뻔했어. 그런 부자 동네에서는 경찰도 재깍재깍 온단 말이야. 매켄지가 우리 둘을 처넣을 생각에 얼마나 고소해했겠어. 전후 사정이 어떻든지 간에 네 딸도 엄마가 유치장에서 하룻밤 잔다고 하면 싫어했을 거다."

코트니는 불만스러운 한숨을 내시더니 커피 잔을 손으로 감싸 쥐었다. 다섯 시가 다 된 시간이었고 식당은 저녁 손님으로 붐비기 시작했다.

"상관없어. 그럴 만했으니까 그랬지." 코트니가 말했다.

나는 고개를 저으며 창밖의 주차장을 힐끗거렸다. 인접한 고속도로에 전조등을 켠 차들이 달리는 게 보였다. 주차장에 전면 주차된 자동차 몇 대가 있었지만 벤은 아직 나타나지 않았다.

"안 올지도 모르겠다."

"와."

"네가 어떻게 알아?"

"벤은 늘 반듯한 애였잖아. 게다가 경찰이니까 분명히 나하고 얘기하고 싶을걸."

나는 코트니를 빤히 보며 물었다. "대체 뭐라고 했는데?"

"사실대로 말했어. 더하지도 빼지도 않고. 내가 위험에 처한 것 같은데 경찰에 신고할 준비가 안 됐다고."

"그나저나 벤한테 어떻게 연락했어? 벤은 페이스북 안 한다며."

"안 해. 근데 페이스북에서 걔 동료를 찾은 거야. 그래서 벤한테 좀 전해 달라고 했지." 코트니가 눈을 반짝이며 자초지종을 설명해 주었다. 그러다 창문을 가리키며 말했다. "쟤 아냐?"

몸을 돌려 코트니가 가리키는 곳을 보았다. 진녹색 포드 익스플로러에서 벤이 내리고 있었다.

벤은 예전과 다른 듯하면서도 비슷했다. 허리에 살이 좀 붙었고, 인상도 후덕해졌다. 머리가 빠져서인지 짧게 깎아 스포츠머리를 하고 있었다. 경찰 제복이 아닌 청바지에 파란색 폴로 셔츠를 입은 벤은 식당으로 들어와 내부를 훑어보았다. 코트니가 손을 흔들었다. 그러고는 눈을 크게 뜨며 우리 쪽으로 걸어오는 벤을 향해 환히 웃어 보였다. 벤이 자리로 다가오자 코트니가 자리에서 스르륵 일어나며 자신이 앉았던 자리에 앉으라는 손짓을 했다.

아직 나를 보지 못한 벤이 다른 사람이 하나 더 있으니 인사부터 해야겠다고 생각했는지 몸을 돌려 내 쪽을 보았다. 그러다 동석자가 바로 나였음을 알고는 표정 관리가 안 되는 듯 굳은 얼굴로 눈만 끔벅였다.

"이게 다 뭐야?"

"벤, 일단 앉아봐. 우리가 설명할게." 코트니가 다시 한번 빈자리를 손으로 가리키고는 내 옆으로 와 앉았다.

벤은 미심쩍은 얼굴로 식당 안을 둘러보더니 천천히 자리에 앉았다.

코트니가 커피 잔을 자기 앞으로 당겨오는 사이 종업원이 와서 벤에게 마실 것을 주문하겠냐고 물었다. 벤은 디카페인 커피를 한 잔 주문했다. 주문을 받은 종업원이 자리를 뜨자 어색한 침묵이 감돌았다.

나는 목소리를 가다듬으며 말문을 열었다. "오랜만이다."

벤도 고개를 끄덕이며 마지못해 나를 보았다. "응. 좋아 보이네."

"고마워. 너도."

벤이 내 눈을 피해 내 커피 잔으로 시선을 떨어뜨렸다. 아니, 그런 줄 알았다. 벤은 내 손을 보고 있었다. 잔을 잡고 있는 손에 낀 약혼 반지를 보았던 것이다.

"결혼하나 보네."

벤의 목소리에 변화가 있었던가? 솔직히 잘 모르겠다. 고등학교 시절 우리는 이따금씩 결혼 이야기를 하곤 했다. 뭐, 벤이 나보다 훨씬 많이 하긴 했지만. 결혼이라는 화두를 던지는 건 언제나 벤이었다. 나중에 어떤 집을 지을지, 아이 이름은 뭘로 할지 등등.

내가 아무 말이 없자 벤이 코트니에게로 시선을 돌렸다.

"할 얘기가 있다며," 그가 말했다. "신변에 위협을 느낀다고?"

"응."

"누가 협박이라도 하는 거야?"

"그렇다고 볼 수도 있고."

벤의 얼굴이 딱딱하게 굳어졌다. 벤이 자리를 박차고 일어나려는데 종업원이 커피를 들고 나타났다. 그는 고맙다고 한 다음 종업원이 자리에서 완전히 멀어지는 것을 확인하고 나서야 우리에게 시선을 돌렸다.

"나 오늘 되게 피곤하다. 집에 가서 가족들이랑 쉬고 싶어. 너희들이 이러는 저의가 뭔지 모르겠다."

"헨리 지머맨." 내가 말했다.

벤이 눈살을 찌푸리며 되물었다. "뭐?"

"그 사람, 헨리 지머맨 기억나?"

"응. 아버지랑 같이 일하셨던 분."

"그리고 은퇴하신 다음에 사설탐정이 되셨잖아."

"맞아. 네가 그레이스 파머를 찾고 싶다고 해서 내가 소개시켜줬었지. 근데 그게 왜?"

"그분 아직 살아 계셔?"

벤의 미간에 팬 주름이 한층 깊어졌다. "뭐 때문에 그러는데?"

"혹시 그분을 만날 수 있을까? 고등학교 때 받은 명함은 찾았는데 전화번호가 바뀐 것 같더라고. 구글에 검색해도 안 나와."

"그러니까 왜 그분을 만나야 하는데?"

"그분이 그레이스 파머를 찾아주겠다고 해놓고는 갑자기 못 찾겠다면서 그만둬버렸잖아. 좀 이상하지 않아?"

"그분이 거짓말이라도 했다는 거야?"

"심지어 수임료까지 돌려준다고 하고."

"기억난다. 돈 줄 때 받지. 난 그때 네가 왜 환불을 안 받았는지가 더 궁금하다."

"솔직하게 말해줘? 부끄러워서 그랬어. 실은 애초에 그분에게 일을 의뢰하고 싶지 않았거든."

"아니, 근데 나한테는……."

코트니가 벤과 나의 대화를 자르며 끼어들었다.

"지금 그게 중요한 게 아니야. 시간 없으니까 본론부터 얘기할게. 우리는 헨리 지머맨을 만나서 할 얘기가 있어."

"무슨 말인지는 알겠는데, 이유나 좀 들어보자."

나는 코트니를 보았다. 코트니는 나를 보며 고개를 끄덕했다. 나는 다시 벤 쪽으로 고개를 돌리고는 깊은 한숨을 내쉬었다.

결국 나는 모든 걸 털어놓았다. 올리비아의 죽음과 남자 친구였던 필립을 만난 이야기며 죽은 데스티니의 와이프를 만나러 간 이야기도, 그리고 매켄지를 만나러 브린 모어까지 갔지만 결과가 좋지 않았다는 것도. 단, 코트니가 매켄지의 벤츠 SUV를 열쇠로 그어버렸다는 소리는 하지 않았다.

"그러다 이렇게 너한테까지 연락을 하게 됐네. 난리도 아니지?"

벤은 오래도록 아무 말도 하지 않았다. 종업원이 따라주고 간 커피에 손도 대지 않더니 목이 타는지 잔을 들어 커피를 한 모금 마셨다.

"전부 사실이야." 코트니가 말했다.

벤은 천천히 고개를 저었다. 그러고도 한참 말이 없었다.

"너 경찰이라며." 내가 끼어들었다. "혹시 경찰 내부 시스템이나 데이터베이스 같은 걸로 그레이스를 찾아볼 순 없어?"

"그렇게 간단한 문제가 아니야. 물론 이름 정도는 검색해볼 수 있지만……," 벤이 말끝을 흐렸다. "젠장, 너희들 진짜 심각하구나. 그렇지?"

"응."

벤이 다시 절레절레 머리를 흔들며 중얼거렸다. "미친 짓이야."

"그럼 경찰인 네 생각은 어떤데?" 코트니가 물었다.

"근데 너희가 알아둬야 할 게, 난 형사가 아니야. 신원 조회하는 건 내 권한 밖이라고. 거기다 너희 얘길 종합해보면 확실한 증거가 있는 게 아니라 정황뿐이잖아. 너희 둘 다 그레이스를 실제로 본 적도 없고. 너희는 어떻게 해서든 접점을 찾아보려고 하는 거 같은데, 상황이 하나로 이어지지 않을 가능성도 염두에 둬야지."

"우리도 알아." 내가 대답했다. "그래서 헨리 지머맨을 만나보려는 거야. 그분에게서 다른 정보를 얻을 수도 있잖아. 내가 좀 생각해봤는데, 그레이스네 엄마를 찾아보면 그레이스도 찾을 수 있지 않을까 싶어. 당연히 그레이스와 아무 관련이 없을 수도 있겠지만, 그래도 확실해질 때까진 찾아봐야 할 것 같은 기분이 들어."

벤이 창밖의 고속 도로를 응시했다. 마침내 결심한 듯 입을 열려다 말고 다시 고개를 가로저었다.

"왜?" 나는 얼굴을 찡그리며 물었다.

"너희 패거리 말이야. 그레이스한테만 못되게 군 거 아니잖아. 이제야 새삼 떠오른 거지만 중학교 때 너희가 괴롭힌 애들이 한둘이 아니었으니까. 드니스 브라운도 있고, 아니면 너희가 괴롭힌 다른 애가 복수하는 걸 수도 있잖아?"

솔직히 거기까지는 생각하지 못했다. 그저 이 모든 일의 배후에 그레이스가 있다는 데에만 몰두해 있었다. 이 사건들을 뒤에서 조종하는 사람은 당연히 그레이스일 거라 생각해서 다른 애들일 가능성은 아예 배제했던 것이다. 당시 우리는 툭하면 다른 애들 뒷담화를 하거나 루머를 퍼트리는 악행을 저질렀었다.

"혹시 몰라서 드니스나 다른 애들도 어젯밤에 구글에 찾아봤어. 뭐 살펴볼 게 있나 싶어서. 확실한 건," 코트니가 잠시 말을 멈추었다가 어깨를 으쓱하며 말했다. "최근에 죽은 애들은 없었다는 거야."

벤이 눈을 치켜뜨며 말했다. "그래서?"

"그러니까 내 말은 올리비아랑 데스티니만 최근에 죽었다는 거지. 스스로…… 목숨을 끊은 건 걔들뿐이야."

또다시 침묵이 흘렀다. 벤은 지갑에서 2달러를 꺼내 테이블에 던졌다.

"집에 가야 돼."

벤이 자리를 뜨려고 하길래 내가 다급하게 물었다.

"헨리 지머맨은?"

"나도 그분 본 지 되게 오래됐어." 벤이 잠시 뜸을 들였다. "내 결혼식 때가 마지막인 듯한데. 우선 아버지한테 전화해서 그분이 어디 사는지 물어보고 나서 알려줄게."

"내 전화번호 알려줄까?"

벤이 다시 멈칫하더니 씩 웃었다.

"너랑 같이 있는 걸 알면 줄리아가 가만 안 있을 텐데. 아직도 질투하거든. 진짜로. 이렇게 시간이 많이 흘렀는데도 그런다. 뭐, 내가 조심하면 되니까 전화번호 줘."

33

거북이 제퍼슨이 곤경에 빠졌다. 제퍼슨뿐 아니라 여우원숭이 레니도 함께였다. 고슴도치 교장실에 불려간 둘은 쉬는 시간에 둘 중 누가 먼저 싸움을 걸었는지 대답해야 했다.

"정말 잘 그렸네." 내가 말했다.

나는 환하게 웃고 있는 테리와 소파에 앉아 있었다. 그러나 테리는 금세 풀이 죽었다. "더 잘 그릴 수 있는데."

"지금도 훌륭한걸. 근데 이모가 뭐 하나 물어봐도 될까? 등장인물 이름이랑 동물 이름이 거의 다 같은 철자로 시작하네. 혹시 두운(頭韻)이 뭔지 아니?"

테리가 고개를 끄덕였다. "같은 알파벳으로 시작하는 단어를 짝짓는 거예요."

"맞아. 여우원숭이(Lemur) 레니(Lenny), 고양이(Cat) 캐럴(Carol), 강아지(Dog) 더그(Doug)처럼."

"네." 테리가 조심스럽게 대답했다. 내 질문의 의도를 아직 이해하지 못한 눈치였다.

"근데," 나는 손으로 제목을 가리키며 물었다. "거북이(Turtle) 제퍼슨(Jefferson)만 다른 철자로 시작하네."

"아."

"제퍼슨도 좋은 이름이지만 왜 토미나 토니처럼 'T'로 시작하는 이름을 고르지 않았는지 궁금해서."

테리는 어깨만 으쓱한 채 고개를 돌려버렸다. 소파 반대편에 앉아 있던 코트니가 깔깔거리며 웃었다.

"테리 얼굴 빨개졌네!"

"엄마." 테리가 조용히 중얼거렸다.

나는 두 사람을 번갈아 바라보며 물었다. "뭐야?"

코트니가 테리를 놀리듯 말했다. "에밀리 이모한테 말해줄래? 아님 엄마가 말할까?"

"아, 엄마."

코트니가 씩 웃었다. "테리네 반에 제퍼슨이란 남자애가 있어."

"오."

나는 일부러 과장되게 환호했다. 테리가 얼굴을 찡그리는 통에 콧잔등이 일그러졌다.

"나 방에 갈래."

아이는 내 손에 있던 종이를 뺏어 들고 쿵쿵거리며 제 방으로 걸어갔다. 이내 방문이 닫히는 소리가 들렸다. 문을 쾅 닫지는 않았지만 방문을 닫아걸었다는 건 심기가 불편하다는 의미였다. 코트니와 나는 겨우 웃음을 참았다.

"내가 가서 사과할까?"

코트니가 얼굴을 찡그렸다. "에이, 괜찮아. 창피해서 그래. 테리가 제퍼슨을 좋아한다는 사실을 내가 처음 알았을 때도 어찌나 성질을 부리던지. 애들이 제퍼슨이라 부른대. 제프로 줄여 부르지 않고 제퍼슨이라고 부른다나 봐."

하이랜드 에스테이트로 돌아오는 길에 포장해온 피자가 커피 테이블에 올려져 있었다. 나는 몸을 앞으로 숙여 피자 상자를 열어보았다. 페퍼로니 피자만 세 조각 남은 걸 확인하고 다시 상자를 덮었다.

"아직 출출해?" 코트니가 물었다. "한쪽 더 먹어."

"안 먹는 게 좋을 거 같아. 요 며칠 운동을 못했어."

"세상에, 난 운동 안 한 지 몇 년은 됐다." 코트니는 피자 상자를 열고 개중 제일 큰 조각을 집어 들어 한 입 베어 물었다. 그러고는 나를 향해 윙크를 날렸다. "신진대사가 어찌나 활발한지. 안 그러니?"

나는 피식 웃으며 핸드폰을 꺼내 화면을 확인했다. 여덟 시가 다 되어가고 있었다.

"대니얼한테 문자 왔어?" 코트니가 물었다.

"아니. 그냥 시간 좀 보느라고. 슬슬 가야겠다."

코트니가 웃으며 천천히 고개를 끄덕였다. "무슨 말인지 알겠다."

코트니는 내가 대니얼과 시간을 보내고 싶어서 집에 간다고 생각한 모양이었지만 아니었다. 완전히 잘못 짚었다. 대니얼과 함께 있으면 좋긴 하지만 근래에 우리가 함께하는 시간에는 침묵만이 흘렀다. 무엇보다 코트니네 집을 나서려고 했던 이유는 대니얼 때문이 아니었다.

"참, 물어본다 해놓고 깜빡했네." 코트니가 말했다. "어머니는 잘 지내셔?"

"그럼. 요즘 만나는 사람 있는 거 같아. 어제 아침에 엄마 집에 잠깐 들렀다 나오다가 엄마를 만났거든. 엄마는 교회에 갔다가 돌아오던 참이었는데, 교회 가는 사람치곤 너무 과하게 꾸민 거야. 풀메이크업에다가. 그냥 아무 생각 없이 누가 보면 데이트하고 온 줄알겠다고 놀렸더니 굉장히 당황해하는 거 있지. 아까 테리만큼 부끄러워하던걸."

갑자기 테리의 희미한 목소리가 방문으로 새어 나왔다.

"안 부끄럽다고!"

코트니가 되받아쳤다. "너 부끄러워했거든! 나와서 이 닦아. 잘시간이야."

방문이 빼꼼 열리며 테리가 고개를 내밀었다.

"꼭 닦아야 돼?"

코트니가 대답하지 않고 테리를 빤히 보았다.

테리는 잠깐 버티다가 어깨를 으쓱하며 말했다. "혹시나 해서 물어봤어." 그러고는 화장실로 향했다.

코트니가 나에게 말했다. "대니얼이랑 너도 곧 겪을 일이다."

나는 억지로 웃어 보였다. 코트니에게 사실대로 털어놓을까도생각했다. 요즘 대니얼과의 관계가 그렇게 좋지 않다고. 지난번에사이가 좋았을 때 자주 먹던 간식을 사다주었는데 그다지 효과는없었다고.

그렇지만 최근 코트니와 자주 왕래했음에도 그 정도로 마음을열기에는 왠지 망설여졌다.

테리가 반짝이는 이를 드러내며 나타났다.

"치실도 했고?" 코트니가 물었다.

테리는 고개를 끄덕였다.

"엄마한테 보여줘."

아이가 콩콩 달려와 아, 하고 입을 벌렸다. 코트니가 몸을 숙여 테리의 입안을 한번 본 다음 아이의 이마에 뽀뽀해주었다.

"잘했어, 우리 딸. 이제 자야지."

"그전에 책 조금만 읽어도 돼?"

"조금만이야. 시간이 많이 늦었잖아. 에밀리 이모한테 인사도 하고."

"안녕히 주무세요, 이모."

테리가 방으로 가다 말고 멈칫하더니 고개를 돌렸다.

"이름 바꿀 거야."

코트니가 물었다. "무슨 이름?"

"제퍼슨."

"아, 뭐로 바꿀 거야?"

"대니로."

코트니가 대니라는 이름을 몇 번 중얼거렸다.

"대니. 잠깐만…… 그거 대니얼 줄인 거야? 에밀리 이모 남자 친구 이름이 대니얼이잖아. 테리, 너 설마 대니얼 삼촌 좋아해?"

테리가 또다시 콧잔등을 잔뜩 구겼다. "아니야!"

코트니가 장난을 치며 노래를 불렀다. "테리랑 대니얼이랑, 나무 밑에서, 알나리깔나리."

테리가 황급히 방으로 들어가며 말했다. "나 잘래!"

이번엔 도저히 웃음을 참을 수 없었다. 어찌나 박장대소했던지 테리가 방문을 닫는 소리마저 묻힐 정도였다.

34

매켄지네 동네에는 거리마다 크고 작은 집들이 줄을 이루고 있었다. 겉모습이나 크기가 제각각이고 지붕이나 창문 모양도 아주 다양해서 건축업자들이 술에 취해 레이아웃을 짠 게 아닌가 싶을 정도였다.

밤 열 시쯤 되자 거리는 조용하고 차분해졌다. 집집마다 깔린 정원의 잔디는 완벽하게 손질되어 있었다. 이 동네 집값은 백만 달러는 기본일 게 분명했다. 나는 매켄지가 사는 집을 지나쳤다.

매켄지네 집은 그야말로 저택이었다. 건물 외벽은 고급스럽게 갈색 코팅이 되어 있었고 양 끝에는 벽돌 장식이 있었다. 차 세 대는 거뜬히 보관할 수 있을 것 같은 차고도 있었다. 매켄지의 집을 자세히 보려고 도로 끝까지 갔다가 유턴했다. 진입로는 텅 비어 있었지만 몇 집 건너 차를 세운 다음 시동만 켜놓고 전조등을 껐다.

아침에 만난 매켄지는 우리가 그레이스에 대해 언급하자 협박 아닌 협박을 했었다.

'한 번만 더 이딴 헛소리로 귀찮게 하면 그땐 가만 안 있을 거야.'

단순히 겁을 주려는 게 아니었다. 매켄지는 한다면 하는 애였으니까. 게다가 지금쯤 코트니가 제 차를 긁어놓은 걸 발견했을 테니 단단히 벼르고 있을 터였다.

하지만 가만히 두고 볼 수는 없었다. 사람이 둘이나 죽었다. 그것도 한때 우리와 굉장히 가까웠던 친구이자 하피스의 멤버였던 애들이 말이다. 남은 하피스 패거리 중 한 명이 다음 차례가 될 수도 있었다. 학교 다닐 때 매켄지를 얼마나 미워했는가는 중요하지 않았다. 매켄지에게도 코트니와 내가 찾아낸 정보를 알 기회를 주어야 했다. 그럼에도 여전히 매켄지가 우리 말을 귓등으로 듣는다면 혹시 벌어질지 모를 일은 스스로 감당해야 할 것이었다.

매켄지네 집을 바라보며 심호흡을 했다.

매켄지를 설득하는 일은 예상보다 훨씬 어려울지도 몰랐다. 코트니에게 오늘 밤 계획을 털어놓지 않은 것도 그런 이유에서였다. 코트니에게 오늘 밤 일을 알렸다면 시간 낭비하지 말라며 매켄지를 만나려는 나를 말렸을 것이다.

어쨌든 나는 매켄지의 집 앞에 있었다. 길에 차를 세워놓고 현관까지 걸어가 노크만 하면 되었다.

매켄지가 경찰만 부르지 않기를 바랄 뿐이었다.

그때 메캔지네 집 차고 하나가 열리면서 어두운 도로가 환해졌다. 코트니가 열쇠로 긁어버린 바로 그 검은색 벤츠 SUV였다.

사위가 아무리 어두워도 운전자가 매켄지라는 건 충분히 알 수 있었다. 차에 다른 사람은 없는 것 같았다.

다행히 매켄지는 내 차가 있는 쪽은 신경도 쓰지 않고 진입로 끝에서 좌회전을 했다.

나는 매켄지의 차에서 비치는 미등 불빛을 잠시 지켜보다가 서둘러 내 차에 기어를 넣었다.

얼마 지나지 않아 매켄지의 차가 보였다. 혹시 몰라 자동차 두 대 정도의 간격을 유지하며 따라갔다. 한밤중이라 그런지 도로에 차는 우리 둘뿐이었다.

매켄지는 빨간불이 들어오기 직전에 교차로를 통과해 고속 도로로 빠져버렸다.

나는 같은 방향으로 가기 위해 신호 대기를 하면서도 매켄지의 차를 놓치지 않으려고 잘근잘근 가속 페달을 밟았다.

다행히 100미터쯤 떨어진 곳에서 매켄지의 차를 발견했다. 연이어 파란불이 켜진 덕분에 금방 따라잡을 수 있었다.

신호 대기선 제일 앞쪽에 매켄지가 있었다. 나는 세 번째였다. 매켄지는 사이드 미러로 내 정체를 확인하려는 듯했다. 그때 파란불이 들어왔고 매켄지의 차가 교차로를 쏜살같이 튀어 나가더니 급작스럽게 방향을 틀어 반대 차선으로 내달리기 시작했다. 운전석 옆면에 난 스크래치가 가로등 불빛을 받아 번쩍였다.

내 쪽을 힐끗 보는 매켄지의 모습이 찰나처럼 지나갔다. 나는 생각할 새도 없이 급히 핸들을 꺾어 좁은 차선에서 전진했다가 후진하고 다시 차를 앞으로 몰았다. 옆 차선의 차가 끽 소리를 내며 급브레이크를 밟더니 경적을 울려댔다.

매켄지는 아까보다 훨씬 더 속력을 내며 주변의 차들을 제치고 달렸다. 나도 50에서 60, 그리고 70킬로로 속도를 높였다. 어떻게든 매켄지의 차를 따라잡아야겠다는 생각밖에 없었다.

매켄지는 1킬로미터쯤 가더니 일방통행 도로로 방향을 틀었다.

나는 일방통행 표지판을 미처 보지 못하고 급브레이크를 밟으며 같은 방향으로 핸들을 꺾었다. 그 바람에 달려오던 차와 정면으로 부딪힐 뻔했다. 매켄지가 아슬아슬하게 피한 차였다.

매켄지의 자동차 미등이 번쩍거리며 또다시 옆길로 빠졌다.

사고가 날 뻔한 앞차가 계속해서 경적을 울려댔다. 차 안에는 젊은 커플이 타고 있었다. 데이트 중이었던 모양이다. 두 사람이 나를 향해 소리를 지르며 손가락 욕을 퍼부었다.

나는 그들을 무시하고 잽싸게 샛길로 빠졌다. 도로는 아주 어두웠고 인적도 없었다.

매켄지는 그렇게 도망쳐버렸다.

그때 콘솔에서 휴대폰이 진동했다.

나는 깜짝 놀라 휴대폰을 내려다보았다. 액정에 모르는 번호가 떠 있었다. 처음에는 매켄지가 아닐까 생각했다. 무슨 생각으로 자신을 미행하는지 따지려나 싶었다. 하지만 매켄지가 내 휴대폰 번호를 무슨 수로 알겠는가.

온몸이 떨리는 것도 모르고 나는 일단 전화를 귀에 가져갔다.

"여보세요?"

벤이었다.

"늦은 시간에 전화해서 미안. 헨리 지머맨과 방금 통화했어. 널 기억한대."

매켄지와 방금까지 벌인 일의 후폭풍으로 선뜻 대답이 나오지 않았다. 벤이 걱정스러운 목소리로 물었다.

"에밀리, 여보세요?"

"응. 말해. 그분이 나랑 얘기하시겠대?"

"응. 만나고 싶다고 하셨어. 네가 좀 급해 보여서 내일 괜찮으시냐고 여쭤봤더니 괜찮다고 하시네."

"그분 주소 알아?"

"그게 말이지. 너 혼자 보내기가 좀…… 그러네."

나는 차를 돌려 일방통행 도로를 따라 메인 고속 도로로 되돌아가는 중이었다.

"벤, 나도 성인이거든."

"그게 아니라, 그냥 이 상황 자체가…… 엉망진창인데. 그리고 솔직히 말해서 헨리 지머맨이 왜 너를 직접 만나려고 하는지 잘 이해가 안 돼. 그래서 같이 가겠다는 거야."

나는 정지 신호에 서서 밤늦게 고속 도로를 지나가는 차량 행렬을 바라보며 아무 대답도 하지 않았다.

"에밀리?"

"마음대로 해. 언제 볼 수 있어?"

"음, 내일 2교대라 아침이 괜찮은데. 일단 식당에서 만나서 네 차로 따라오면 그 집까지 갈 수 있잖아. 아침 아홉 시 어때?"

"좋아. 거기서 만나." 나는 잠깐 숨을 고르며 덧붙였다. "고마워, 벤. 정말로."

잠깐의 침묵이 흐르더니 벤이 말했다. "아무튼 내일 아침에 봐." 그러고는 전화를 끊었다.

1분 정도 흘렀을까, 무엇을 어떻게 해야 할지 알 수 없었다. 픽업트럭 한 대가 내 뒤에 따라붙어 차 안이 밝아졌다. 내가 곧바로 고속 도로에 진입하지 않자 픽업트럭 운전자가 뒤에서 상향등을 쏘아댔다.

나는 미안하다는 듯 손을 들어 보이고는 브레이크에서 발을 떼며 집으로 향했다.

35

매켄지의 부모님은 실버 레이크 파크에 별장을 한 채 가지고 있었다. 우리는 초등학교 3학년 때부터 메모리얼 데이 주말에 매켄지 부모님의 차를 타고 별장에 갔다. 호수에서 수영을 하거나 주변을 산책하는 일 말고는 달리 할 건 없었지만 우리만의 공간을 확보한다는 사실 자체가 너무 좋아서 매년 별장 여행을 학수고대하곤 했다.

그해 매켄지와 엘리스는 그레이스도 별장에 데려가자고 했다. 이유는 알 수 없었다. 그레이스가 하피스의 정식 멤버가 되었다고 볼 수도 없었기 때문이다. 게다가 그 즈음 나는 그레이스를 지독히 싫어하기 시작했었다. 그건 다른 애들도 마찬가지였지만.

별장에 가기로 한 토요일 아침 그레이스의 엄마가 그레이스를 매켄지의 집까지 데려다주었다. 그때까지 누구도 그레이스네 엄마를 본 적이 없었다. 그레이스는 쇼핑몰이건, 매켄지나 엘리스의 집이건 늘 혼자 나타났다. 매켄지네 엄마가 그레이스 엄마와 딱 한 번 통화를 했을 뿐이었다. 매켄지는 자기 엄마가 그레이스네 엄마를 두고 좀 멍청한 시골 사람 같다고 했다지만, 우리 중 누구도 매켄지 엄마가 그런 말을 했을 거란 생각은 하지 않았다.

그런데 그 만나기 어렵던 그레이스네 엄마를 드디어 잠깐이나마 볼 수 있는 기회가 생긴 것이었다. 그레이스의 엄마는 허름한 빨간 해치백 트럭을 몰고 왔다. 기다란 진입로 앞에 차를 세웠는데 차에서 내리지는 않았다. 거리가 좀 멀어서 우리 쪽에서는 곱슬거리는 머리카락밖에 보이지 않았다. 보라색 백팩을 멘 그레이스가 차에서 내려 매켄지네 집을 향해 걸어왔고, 그레이스 엄마는 그대로 차를 몰아 자리를 떴다.

매켄지는 그레이스를 기다렸다. 우리는 매켄지네 아빠의 SUV 옆에 서서 그 애를 기다렸다. 다들 약속이나 한 듯 짧은 반바지에 탱크톱, 슬리퍼 차림이었다. 매켄지는 그레이스에게 들으라는 듯 과장된 한숨을 내쉬며 말했다.

"딱 맞춰 왔네. 우리 부모님은 5분 전에 출발하자고 하셨는데."

사실 별일 아니었다. 매켄지네 부모님은 매사에 여유로운 사람들이었다. 하지만 그레이스를 향한 내 반감이 극에 달해 있었으므로 나 역시 다른 애들처럼 낄낄거리며 그레이스를 비웃었다. 매켄지는 집 안으로 뛰어가 부모님에게 전원 도착했음을 알렸다.

잠시 후 매켄지네 부모님이 집에서 나왔다. 매켄지는 밝은 핑크색 백팩을 어깨에 메고 자신의 엄마 아빠 뒤를 따라 나왔다.

매켄지의 아빠가 양손을 짝 소리가 나도록 맞잡으며 물었다.

"준비됐니?"

인원이 제법 되었기 때문에 차 내부가 상당히 북적거렸다. 특히 우리가 가져온 짐 때문에 더욱 비좁았지만 어떻게든 끼어 앉았다. 어쩌다 보니 내 자리는 데스티니와 그레이스 사이였다. 차로 한 시간은 족히 가야 하는 거리였는데 꼴도 보기 싫은 애가 내 옆자리에 앉게 된 것이었다.

어쩌면 이 여행의 끝이 좋지 않으리라는 걸 그때 깨달았어야 했다.

매켄지의 아빠가 시동을 걸자 매켄지의 엄마가 조수석에서 몸을 돌려 우리를 보았다. 아줌마가 환하게 웃자 광대가 시원하게 말려 올라갔다.

"모두들 즐겁게 놀 준비됐지?"

36

헨리 지머맨의 부인 마사가 벤과 나에게 커피를 갖다주었다. 그녀는 작고 구부정한 어깨에 머리가 희끗했으며 아주 따뜻한 미소를 지니고 있었다.

우리는 선룸(햇빛이 잘 들어오게 만든 온실 같은 공간 - 편집자)에 있는 소파에 나란히 앉아 마사에게 감사 인사를 하며 커피를 받아 들었다. 그러고는 유리 테이블에 잔을 내려놓았다.

헨리 지머맨은 맞은편 안락의자에 몸을 기대고 앉아 있었다. 어느덧 60대 후반이 된 헨리의 얼굴에는 주름살이 자글자글하고 군데군데 검버섯이 피어 있었지만, 처음 만났을 때의 엄한 표정은 아직 살아 있었다.

"뭘 더 갖다드려야 하나." 지머맨 부인이 물었다.

"괜찮아. 고마워." 헨리는 딱딱한 표정과는 어울리지 않는 다정한 목소리로 말했다. 아내가 자리를 피해주자 헨리가 먼저 입을 열었다. "커피 향이 아주 좋군. 커피를 마시던 때가 그립구먼."

"지금은 커피 안 드세요?" 내가 물었다.

"손이 이렇게 떨리는데 커피는 힘들지." 그가 오른손을 잠시 들어 올렸다가 무릎에 내려놓았다. "수전증이 심해졌다 괜찮아졌다 왔다 갔다 하더니 요새는 증상이 지속되는 시간이 길어졌어."

"그렇군요." 벤이 말했다. "파킨슨병이세요?"

"응. 내 병에 대해 아는 사람이 거의 없네. 우리끼리만 아는 걸로 해주면 좋겠네만."

잠시 불편한 침묵이 돌았다. 뒷마당에서 다람쥐 두 마리가 서로 쫓고 쫓기듯 정원을 가로지르더니 덤불 속으로 사라졌다.

벤이 나를 힐끗 보고는 목청을 가다듬었다.

"저희가 이렇게 찾아뵌 건 다름이 아니라⋯⋯."

헨리가 떨리는 손을 내저으며 말했다.

"알아. 자네 둘을 마지막으로 본 게 벌써 10년도 더 전이네. 그동안 아무 연락도 없다가 둘이 갑자기 내 집에 나타났고. 이유가 뭐든 중요한 일이겠지."

벤이 나를 바라보는 시선이 느껴졌지만 나는 차분히 헨리 지머맨 쪽만 응시하며 말문을 열었다. "우연히 중학교 졸업 앨범을 보다가 제가 선생님께 그레이스 파머를 찾아달라고 부탁드렸던 게 생각나서요."

당연히 거짓말이었지만 이 노인에게 하나부터 열까지 다 설명할 필요는 없었다. 나는 벤에게도 우리가 의심하는 점을 다 털어놓지 말자고 사전에 말해놓았었다. 전부 공개해버리면 너무 많은 질문을 유발할 게 분명했기 때문이다.

헨리 지머맨이 무덤덤하게 말했다.

"그래서?"

"이제 와 하는 말이지만 당시엔 그레이스를 찾지 않길 바랐던 것 같아요. 못 찾았다고 말씀하셨을 때 솔직히 안심했었거든요."

"지금은 뭐가 달라졌는데?"

"저도 어느 정도 나이를 먹고 예전보다 생각이 깊어져서 그런지 그레이스를 만나고 싶은 마음이 다시 들더라고요. 그리고 그때 선생님께서 저한테 거짓말을 한 게 아닌가 싶기도 하고요."

이 노인에게 무엇을 기대한 건지 나조차도 확신할 수 없었다. 얼음에 금이 가듯 담담했던 헨리의 얼굴이 점점 풀리기 시작했다. 그러다 벤을 향해 씩 웃어 보이며 말했다.

"이 아가씨랑 잘 안 됐다고 했지. 개인적으로 안타까워. 참 똑똑한 아가씨인데."

"왜 거짓말을 하셨어요?" 내가 물었다.

헨리의 얼굴에 드리워진 미소가 천천히 녹아내렸다. 그는 뒷마당으로 시선을 옮겼다.

"난 은퇴를 하고 싶지 않았어. 어이없는 소리처럼 들리겠지만 대부분의 경찰은 자기 일을 좋아하면서도 20대를 갖다 바치고 나면 다 때려치우고 연금이나 타고 싶단 생각이 굴뚝같지. 나 같은 경우엔…… 주 경찰이 되는 게 내가 아는 유일한 길이었어. 처음이자 마지막 직장이 될 거라 생각했네. 그렇게 살다 보니 어느새 선택의 여지라곤 없는 나이가 됐지. 내부에서 은퇴 압박이 심했어. 그래서 결국 사설탐정이 되기로 결심했지."

헨리가 피식 웃으며 고개를 저었다.

"사설탐정이 하는 일이 뭔지 아나? 바람난 남편의 뒤를 캐고 다니는 거야. 점심시간에 어디 가는지 미행하고. 근데 대부분은 바람을 피우지 않아. 아내가 의심이 많은 거지. 뭐, 가끔은 진짜 불륜일 때도 있긴 하네. 그럼 나는 의뢰인한테 가서 남편의 외도 사실을 알려줘."

헨리가 잠시 숨을 골랐다. 다시 입을 열었을 땐 목소리도 한층 부드러웠다.

"지금에야 솔직히 털어놓지만 그때 난 자네가 의뢰한 내 첫 사건을 완전히 망쳐버리고 자네한테 거짓말을 했어. 그거 때문에 저주를 받은 건지 몰라도 뒤이은 사건들이 전부 안 좋게 끝났어. 심지어 사설탐정 노릇을 오래하지도 않았네. 내가 한 짓이 부끄러웠거든. 벤에게 연락해서 자네랑 얘기를 해볼까도 싶었네만 그러지 않기로 했어. 난 고집을 배우고 자란 세대야. 아무리 바꾸고 싶다 한들 난 아마 죽을 때까지 이 고집을 꺾지 못할 걸세."

나는 헨리 쪽으로 몸을 기울이며 물었다. "이제 와 이런 말씀을 해주시는 이유가 뭔가요?"

헨리가 나를 물끄러미 보았다.

"자네가 날 찾지 않았나. 먼저 날 추적하지 않았냐고. 그러니 자네도 진실을 알아야 한다고 보네."

헨리의 턱이 움찔하더니 단도직입적으로 말했다. "난 자네 친구를 찾았었네. 별로 어렵지 않았어. 기록 몇 가지를 찾아봤지. 그 애와 애 엄마는 예전에 살던 곳으로 돌아갔더라고. 그나저나 옛날에 살던 데가 어딘 줄은 아나?"

"펜실베이니아 북쪽 어디라고 들었어요."

노인은 고개를 끄덕이며 조금 더 편안한 자세를 취했다.

"브래드포드 카운티라고, 국경 바로 너머에 있는 동네지. 애팔래치아 산지 쪽인데 펜실베이니아 북부의 무식한 광부들이 모여 사는 곳이지." 그가 피식 웃었다. "무례하게 들리겠지만 사실이니까. 그렇고 그런 사람들이 모여서 사는 곳, 상식적인 규칙이 통하지 않는 곳이라고나 할까. 거기 사람들은 무식하게 일만 하고, 나머지 시간에는 술만 진탕 퍼마셔. 속된 말로 사는 게 아주 빡세. 그쪽 광산에서 오래 일한 사람들은 천성도 변하더라고. 가능하면 그런 부류하고는 엮이지 않는 게 좋겠지."

그는 잠시 숨을 고르더니 뒷마당을 바라보며 이야기를 마저 들려주었다. 헨리는 그레이스와 그레이스네 엄마가 사는 집 주소를 알아냈다. 그런데 그는 직감적으로 본인이 먼저 그 집을 찾아가보는 게 나을 것 같다는 생각이 들었다. 30년 넘게 경찰 생활을 해온 덕택이었다.

그는 혼자 차를 몰아 북쪽으로 올라가기로 마음먹었다.

그레이스와 그레이스네 엄마가 산다는 길목에 들어서자 이상할 정도로 공포가 엄습했다.

"당시 난 50대 후반밖에 안 됐던 데다 전직 경찰이었으니, 이런 곳에 열여덟 살짜리 여학생이 혼자 와선 안 된다는 걸 알았지. 전화번호는 못 찾았었고 수중에 주소가 전부였는데, 그럼 편지를 보내거나 자네가 차를 몰고 그 동네까지 직접 찾아가는 거 외엔 방법이 없겠더라고. 하지만 두 방법 다 자네에게 좋진 않을 것 같단 판단을 내렸어. 그래서 못 찾았다고 한 거야."

"선생님이 결정하실 일이 아니었어요." 나는 되도록 침착하고 차분하게 대꾸하기 위해 갖은 애를 써야 했다.

"나도 아네. 그때도 알았고. 하지만 그땐 그렇게 하는 게 옳은 일이라고 확신했어. 트레일러로 된 그 집을 봤을 때 내 심정이 어땠는지 짐작조차 할 수 없을걸. 막다른 길에 집이라곤 달랑 그거 하나였어. 언덕 바로 밑에. 주변엔 개미 새끼 한 마리 없었고. 고장 난 차며, 녹이 슨 가전제품 같은 것만 널브러져 있고……" 헨리의 목소리가 차츰 잦아들었다. 그는 혼잣말처럼 중얼거렸다. "자네 같은 어린 학생이 갈 만한 곳이 못 됐거든."

"이제는 어린 학생이 아니라서 다행이네요."

노인이 고개를 끄덕이며 말했다. "그렇겠구먼."

"혹시 주소 기억하세요?"

"못하지. 서류들도 이미 오래전에 파기해버렸고. 그래도 길 이름은 기억나. 난 성공회 교도 집안에서 자랐기 때문에 그 이름이 특히 의미가 있어. 절대 잊을 수 없지."

"길 이름이 뭔데요?"

헨리 지머맨은 긴장한 듯 내 시선을 피했다.

"명심해, 아가씨. 이미 10년이 넘었어. 그 친구가 아직도 거기 살 거란 보장도 없고. 그 애 가족들도 마찬가지야. 트레일러 자체가 없어졌을지도 몰라."

나는 조금 더 몸을 당겨 앉아 소파 끄트머리에 겨우 엉덩이만 걸치고 있었다. 행여 목소리에 내 간절함이 드러날까 봐 조심하며 태연하게 물었다.

"길 이름이 뭐죠?"

그가 내 눈을 똑바로 쳐다보며 대답했다.

"베스퍼."

37

"혼자 가지 않겠다고 약속해."

헨리 지머맨의 집을 나서자마자 벤이 말했다. 아침 하늘은 청명했고 가볍게 부는 바람에 가로수의 나뭇잎이 바스락거렸다.

나는 벤보다 한 걸음 앞서 진입로에 주차해놓은 차를 향해 걷다가 어깨 너머로 그를 돌아보며 말했다. "귀엽네. 넌 아직도 날 어릴 적 그 에밀리로 보는 거야?"

"농담하지 말고, 에밀리. 저분은 정말 좋은 경찰이셨어. 물론 같이 일해본 적은 없지만 우리 아버지는 해보셨으니까. 아버지는 늘 저분의 판단력을 높이 사셨어. 아저씨가 안전하지 않다고 할 땐 그만한 이유가 있는 거야."

내 차는 벤의 차 뒤에 세워져 있었다. 벤은 무슨 말이라도 해보라는 듯 내 차 옆에서 움직이지 않았다.

하지만 나는 아무 말도 하지 않았다.

"에밀리."

나는 벤을 보며 말했다. "벤, 나도 성인이야. 내 일은 내가 알아서 할게."

"그 지역에 대해서라면 아저씨 말이 옳아. 위험하다고. 북부 사람들은 기본으로 총 하나쯤은 갖고 다녀. 허락 없이 자기 땅에 들어오는 사람들에게 총부터 쏘는 사람들이야. 그 사람들이 하는 말이 있어. 일단 쏘고 시체를 숨기라고."

나는 가방에서 차 키를 찾으며 눈살을 찌푸렸다.

"적당히 해."

"네가 가보고 싶어 하는 거 알아. 가지 말라는 뜻이 아니야. 조금만 기다렸다 나랑 같이 가자는 거야."

"흑기사 났네. 네 부인이 뭐라고 할진 생각 안 해?"

벤은 웃지 않았다.

"이번 주말에 비번이야. 내가 거기까지 데려다주기만 할게." 벤이 말했다.

"이번 주말? 아직 나흘이나 남았잖아. 그렇게 오래 못 기다려."

"에밀리."

"너도 올리비아랑 데스티니 알잖아. 그레이스가 정말 두 사람 일에 관련이 있을지도 몰라. 설사 아니라고 해도 더 이상 지체할 순 없어."

자동차 손잡이를 잡아당기는 순간 벤이 재빨리 발을 내밀어 문을 막았다. 깜짝 놀라 그를 바라보았다. 한눈에 보아도 벤이 잔뜩 화가 났다는 걸 알 수 있었다.

눈앞에 이 사람은 내가 알던 벤 에반스가 아니라 주 경찰 에반스였다. 법을 집행하는 경찰이 질문을 던질 경우 그에 대한 답은 하나다. 그가 듣고 싶어 하는 말을 해주는 것이다.

"알았어. 주말까지 기다릴게. 이제 좀 비켜줄래? 나 일하러 가

311

야 돼."

◇

코트니가 계산대 줄에 선 나를 알아보았다. 이번에도 아무 생각 없이 줄부터 서 있었던 탓에 내 차례가 되자 급히 주시 프루트 껌 하나를 집어 들어 계산대에 내려놓았다.

"더 필요하신 거 있으세요?" 코트니가 해맑게 물었다.

"언제 끝나?" 내가 속삭였다.

코트니도 작게 소곤거렸다. "네 시."

"헨리 지머맨을 만났어. 그 사람이 그레이스네가 어디 사는지 알려줬어. 아니, 어디 살았었는지. 거리명을 들으면 너도 깜짝 놀랄 거야."

코트니가 초록색 눈동자를 반짝이며 속삭였다.

"뭔데?"

"베스퍼."

앞에서 폭탄이 터진 것처럼 코트니의 눈이 강렬하게 빛났다.

"장난해?"

"브래드포드 카운티 위쪽인데, 여기서 차로 세 시간 정도 가야 돼. 오늘 밤에 가려고. 대니얼한테 테리 부탁해놨어."

"진짜?"

나는 고개를 끄덕였고 코트니가 환하게 웃으며 말했다.

"딱 됐네. 테리가 엄청 좋아하겠다."

"엘리스한테도 전화해놨어. 일찍 퇴근해서 우리랑 같이 갈 수 있을지 한번 보겠대."

코트니의 미소가 옅어졌다. "나한테 말하기 전에 엘리스한테 먼저 말한 거야?"

코트니는 상처받은 얼굴이 되었다. 내가 엘리스를 더 좋아해서 먼저 말한 게 아니냐는 투였다.

"너한테 먼저 전화했어. 근데 바로 음성 사서함으로 넘어가던데?"

"휴대폰 상태가 좀 안 좋아. 배터리 문제인 거 같은데."

그때 내 뒤에 서 있던 여자가 컨베이어 벨트에 물건을 올려놓고 헛기침을 했다.

나는 고개를 돌려 씩 웃어 보였다.

"오늘 날씨 정말 좋네요."

여자가 마지못해 웃었다.

코트니가 껌의 바코드를 찍으며 밝은 목소리로 말했다. "1달러입니다. 현금으로 하시겠어요, 카드로 하시겠어요?"

◇

코트니의 예상대로 테리는 무척이나 신난 모양이었다. 내 차 뒷좌석에 앉아 라디오에서 흘러나오는 음악에 맞추어 몸을 흔드는 통에 무릎에 올려놓은 그림이 덩달아 나풀거렸다. 나는 늘 하던 대로 같은 장소에 차를 세웠다. 테리가 우리 집이 어디인지 묻기에 손으로 가리켰다. 그러자 테리는 쏜살같이 튀어 나가 현관으로 달려갔다.

코트니가 웃음을 터트렸다. "우리 딸 네 약혼자한테 완전히 빠졌네, 빠졌어."

나는 코트니에게 잠깐 기다리라고 말하고는 차에서 내렸다. 마침 대니얼이 현관문을 열었다. 테리가 온다는 사실을 미리 들어 알고 있었지만 문 앞에 서 있는 테리를 보고 깜짝 놀라는 연기도 기꺼이 해주었다.

"아이코, 테리가 여기 웬일이야?"

테리가 낄낄거리며 대답했다. "삼촌이랑 놀려고요!"

"정말?" 대니얼이 깜짝 놀란 듯 되묻자 아이가 또다시 깔깔댔다.

나는 현관으로 다가가 대니얼에게 말했다. "자정 전까진 올 거야."

대니얼은 고개만 끄덕거릴 뿐 묵묵부답이었다. 나는 테리에게 물었다. "그릴 치즈 샌드위치 좋아하니?"

"당연하죠."

"삼촌한테 만들어달라고 부탁해봐. 세상에서 제일 맛있는 그릴 치즈 샌드위치를 만들 줄 알거든."

아이가 의심쩍다는 듯 물었다.

"에이, 세상에서 제일이요?"

나는 진지한 얼굴로 고개를 끄덕였다.

"진짜, 이 세상에서 제일."

대니얼이 코트니에게 손을 흔들어 보이고는 테리를 데리고 집 안으로 들어갔다. 차로 돌아오자 코트니가 물었다. "이제 어떡해?"

"엘리스 데리러 가야지. 식당에서 만나기로 했어."

"그다음엔?"

나는 차를 후진하며 덧붙였다.

"그다음엔 그레이스를 만나러 가야지."

38

지도상에서 확인해보니 랜턴에서 브래드포드 카운티로 가는 길은 뱀이 지나간 자리처럼 온통 구불구불했다.

나는 일전에 해변에 갈 때 대니얼이 그랬던 것처럼 휴대폰의 내비게이션 앱을 켜고 운전했다. 그래서 휴대폰에서 흘러나오는 기계음에만 온 신경이 가 있었고, 고속 도로의 이정표에는 큰 주의를 기울이지 않고 있었다.

그런데 뒷자리에 앉아 있던 엘리스는 달랐던 모양이다.

"1킬로 정도 더 가야 되네." 엘리스가 조용히 말했다.

나는 룸 미러로 엘리스를 쳐다보며 물었다. "뭐가?"

"방금 지나친 이정표 못 봤어?"

코트니가 조수석에서 가만히 대꾸했다. "난 봤어."

"뭘 봤는데?" 나는 다시 물었다. 그러다 고속 도로와 스쳐 지나가는 나무들을 한번 보았다. 갑자기 위가 뒤틀리는 것 같았다.

"아." 나는 짧은 탄식을 내뱉었다.

얼마 지나지 않아 오른쪽에 커다란 이정표가 다시 나타났다.

실버 레이크 파크 부근입니다. 지나치지 않도록 주의하세요.

잠시 후 우리가 탄 차가 고속 도로 출구를 빠져나왔다.

엘리스가 뒷좌석에서 말했다. "매켄지네 부모님이 이 길로 우리를 데려다줬다는 걸 까맣게 잊고 있었네. 지난번에도 말했지만 난 그냥 다 잊고 싶었나 봐."

나는 엘리스가 어떤 마음인지 너무도 잘 알 것 같았다. 14년 전 실버 레이크 파크에는 거대한 호수를 끼고 별장 몇 개가 지어져 있었다. 지금은 더 많은 별장이 생겼을 터였다.

"우리 술집에서 만난 날 있잖아. 나 너희한테 거짓말했어." 엘리스가 말했다.

나는 룸 미러로 엘리스를 힐끔거렸다. "거짓말?"

"나도 너희처럼 아직도 그레이스 생각해. 그날 밤에 대한 악몽도 꾸고. 웃기지? 우리가 괴롭힘을 당한 피해자도 아닌데. 근데 있잖아, 꿈에선 내가 그레이스가 묶여 있던 자리에 서 있는 거야. 그리고……."

"그리고 뭐?"

엘리스가 나를 똑바로 쳐다보며 말했다.

"너도 알잖아."

그랬다. 나는 알고 있었다. 우리 모두가 공범이었고, 다 우리가 저지른 일이었다.

매년 메모리얼 데이 주간에 떠나는 별장 여행은 늘 즐거웠는데, 희한하게도 그해에는 어떤 알 수 없는 그림자가 우리를 따라다니는 듯한 느낌이 들었다. 우리는 주변에 어른들이 있으면 그레이스를 조심히 대하곤 했는데, 특히 매켄지네 부모님 앞에서는 더욱 신중하게 움직였다. 그레이스를 향한 분노, 조소, 경멸 같은 건 오직 우리끼리 있을 때만 드러냈던 것이다. 평소에는 말도 없고 시키는 대로만 하던 그레이스가 이상하게 굴기 시작한 건 별장 여행을 다녀온 후였다.

별장에는 침실 네 개와 커다란 거실 하나가 있었다. 우리는 거실에서 모여서 잤다. 매켄지의 부모님은 우리를 위해 에어 매트리스를 준비해두었다. 밤이면 으레 한자리에 누워 남자애들 이야기나 야한 이야기를 하곤 했는데, 그레이스가 껴 있으니 이 또한 어색하기 짝이 없었다. 결국 여행 첫날 밤부터 여기는 그레이스가 낄 만한 데가 아니라는 것에 우리의 의견이 모아졌다. 그레이스는 존재만으로도 주말을 망쳐놓을 것 같았다. 게다가 휴일이 이틀이나 더 남아 있었다. 그 말인즉슨 그레이스와 이틀이나 더 갇혀 지내야 한다는 뜻이었다.

다음 날 아침 그레이스가 샤워를 하러 간 사이—매켄지네 엄마는 각자 5분씩 씻을 시간을 정해주고 주방용 타이머로 마지막 1분쯤에 신호를 주었다—매켄지가 우리를 불러놓고 그레이스를 처리하자고 했다.

"어떻게?" 올리비아가 물었다.

매켄지가 이때처럼 진지했던 적이 있었을까. 심지어 며칠 뒤 우리를 침실에 모아놓고 과도를 보여주었을 때도 이 정도는 아니었다.

"제자리를 찾아줘야지."

매켄지가 말을 마치기 전에 물소리가 멈추었다. 샤워 커튼이 걷히는 소리가 나자마자 우리는 단체로 중대한 범죄라도 저지르다 걸린 것처럼 잽싸게 흩어졌다.

우리 모두는 하루 종일 매켄지가 어떤 생각을 하고 있는지 궁금해 죽을 지경이었다. 호숫가를 산책하거나, 지나가는 오리 떼에 빵조각을 던져주거나, 매켄지네 부모님 차를 타고 인근 레스토랑으로 저녁을 먹으러 가면서 매켄지의 계획을 듣기란 불가능했다. 간혹 짬이 나긴 했으나 저녁 때까지 이렇다 할 소리를 들을 수 없었다. 적어도 나는 그랬다.

아마 다른 애들도 같은 입장이었을 것이다. 숲으로 걸어 들어가기 전까진 누구도 그게 얼마나 나쁜 짓인지 미처 알지 못했을 것이다.

그렇게 14년이 흐른 지금 엘리스는 내 차 뒷좌석에 앉아 깊은 한숨을 내쉬는 중이었다.

"훨씬 나쁜 일이 생겼을 수도 있었어. 그렇게 생각 안 해? 일을 하다 보면 정말 끔찍한 일을 저지른 아이들을 변호해야 할 때도 있는데. 그런 애들 대부분은 충동적으로 일을 쳐. 그날 밤…… 만약에 우리가 아침에 찾으러 갔을 때 그 애가 의식이라도 잃었으면 어떡할 뻔했어? 그 애가 죽어 있었으면?"

엘리스가 참지 못하고 자신의 생각을 내뱉고 말았다.

"그런 일이 벌어졌더라면 우리가 제대로 수습했을 거라 믿고 싶어. 매켄지네 부모님한테 곧장 말씀드리고 구급차를 불러달라고 했을 거야. 근데 그 순간을 곰곰이 떠올려보면, 그 시절 우리를 떠올려보면 말이지, 난…… 혹시 우리가 문제를 숨기는 데 급급해하진 않았을까 싶어지는 거야. 그러니까 내 말은, 그 애의 시체를 다른 곳에 묻으려고 하진 않았을까, 문제를 덮으려고 우리끼리 작당해서 부모님께 사실대로 고하지 않는 건 아니었을까."

엘리스가 고개를 저으며 창밖을 보았다.

"어이없는 말처럼 들리겠지만, 내가 변호를 맡은 애들 일부는 그저 운이 나빠서 잘못된 시간에 잘못된 장소에서 잘못된 결정을 내린 거뿐이야. 하마터면 우리 인생이 끝장날 수도 있었어. 대체 뭐 때문에 그런 짓을……. 우리가 얼마나 어리석은 짓을 한 건지 알겠니?"

엘리스가 다시 침묵에 잠겨 창밖을 바라보았다. 나와 코트니가 시선을 주고받았다. 코트니도 말문이 막힌 듯했다. 나라도 침묵을 깨뜨려야 했다.

"그래. 알아. 우리가 얼마나 바보 같았는지." 내가 입을 열었다. "하지만 지금은 아니잖아."

엘리스는 룸 미러를 통해 나를 쳐다보았다. 멍하니 나를 보던 엘리스가 뺨에 흘러내린 눈물을 닦았다.

"나도 그렇게 믿고 싶다."

39

딕슨은 브래드포드 카운티 경계에 자리 잡은 작은 마을이었다. 저녁 여덟 시를 몇 분 앞두고 수평선 너머로 해가 뉘엿뉘엿 지고 있었다.

차창 밖으로 집 몇 채와 주유소, 주류 도매점, 할인 전문점 따위가 스쳐 지나갔다. 시골에 난 고속 도로를 몇 킬로미터 더 가자 집 몇 채가 더 나타났고, 그럴수록 마을 분위기도 점점 더 낙후되어 보였다.

나는 베스퍼 로드를 지나가면서도 전혀 몰랐다. 핸드폰의 신호가 한 단계씩 떨어지더니 1분 정도 GPS가 잡히지 않았던 것이다. 결국 40킬로미터쯤 지나서 차를 한번 돌렸다. 다시 돌아가면서 조금 더 천천히 차를 몰며 목을 쭉 내밀고 이정표에 집중했다.

길이라기보다는 숨겨진 골목처럼 보였다. 방향을 잡고 40킬로미터쯤 더 가서야 첫 번째 집이 보였다. 들판에 세워진 트레일러로, 앞문에 성조기와 남부 연합기가 걸려 있었다.

200미터를 더 가니 다른 트레일러 집이 나왔다. 픽업트럭 두 대와 SUV 차 한 대가 문 앞에 세워져 있었다. 무성하게 자란 풀밭에 오래된 그네 세트 하나가 있었다.

우리는 계속 앞으로 나아갔다. 헨리 지머맨은 그레이스의 집이 길 제일 끝에 있었다고 했다. 해가 숲 너머로 완전히 떨어지자 그림자도 덩달아 길어졌다. 자동차의 전조등만이 유일한 불빛이었다. 조금만 더 가면 헨리 지머맨이 말했던 그 트레일러가 보일 것 같았다. 그도 그럴 것이 막다른 길이 보이고 있었다. 길 끝에 또 다른 트레일러 집이 보였다.

앞선 두 채보다 조금 컸고 살짝 경사진 데 세워진 집이었다. 잡초가 무성하게 우거진 곳에 픽업트럭이 한 대 세워져 있었고 조금 떨어진 곳에 차 한 대가 더 있었다. 자동차에는 타이어가 하나도 없었고 휠은 녹이 있는 대로 슬어 있었다.

그레이스의 엄마가 끌고 다니던 흉측한 몰골의 빨간색 해치백을 발견한 것도 그때였다. 나는 그 옆에 차를 세우고 앞 유리 너머로 트레일러 집을 살펴보다가 문득 전조등을 끄지 않았다는 사실을 깨달았다. 황급히 전조등과 시동을 꺼버렸다. 차에 앉아 있는 우리에게 먹먹한 고요가 찾아왔다.

"별로 들어가보고 싶진 않다." 엘리스가 속삭였다.

코트니도 조용히 입을 열었다. "나도."

나는 아무 말없이 차 키를 뽑아 차에서 내렸다.

자동차 문이 닫히면서 정적을 깨뜨렸다. 고속 도로에서 한참 떨어진 곳이라 다른 차 소리도 들리지 않았다.

언덕배기의 트레일러에서 문이 쾅 하고 열렸다. 한 여자가 신경질적인 말투로 소리를 질렀다. "뭐 좀 도와줘요?"

나는 코트니, 엘리스와 초조한 눈빛을 주고받으며 트레일러 쪽으로 걸음을 옮겼다. 내가 할 수 있는 건 여자의 심기를 건들지 않고 조심스럽게 대화를 건네는 일뿐이었다. 고작 두세 걸음 정도 내디뎠을까 트레일러의 여자가 다시 소리쳤다.

"멈춰요. 왜 남의 소유지에 함부로 들어와요. 당장 차로 돌아가요."

우리는 어찌해야 할지 몰라 그 자리에 멈추어 섰다. 여자가 불빛을 등지고 있어서 얼굴을 분간할 수 없었다. 옛날에 보았던 그레이스 엄마의 곱슬머리와 비슷한가 싶으면서도 단정할 순 없었다.

코트니와 엘리스는 꼼짝 않고 서 있었다.

"그레이스 파머를 만나러 왔어요." 내가 겨우 입을 떼었다.

그 애의 이름을 꺼내는 건 도박이나 마찬가지였다. 빨간색 해치백이 서 있긴 했지만 14년 전에 그레이스를 알던 사람이 아직도 여기 산다는 보장은 없었으니까.

트레일러의 여자가 물었다. "그레이스는 왜요?"

갑자기 아드레날린이 솟구쳤다.

"혹시 그레이스 여기 사나요?"

"아니요."

"그럼 어디로 가야 그레이스를 만날 수 있을까요?"

여자의 얼굴을 전혀 읽을 수 없었지만, 그럼에도 그 여자가 나를 찬찬히 살펴본다는 건 확실히 느낄 수 있었다.

"누군데요?"

"전 그레이스 친구예요. 예전 중학교 동창이요."

여자가 조용히 되물었다. "어떤 중학교요?"

"벤저민 프랭클린 중학교요."

"벤저민 프랭클린," 여자는 학교명을 가만히 되뇌었다. "랜턴에서 여기까지 온 거네요?"

"네."

"왜 그러는데요?"

순간 나는 할 말을 잃었다.

"그레이스랑 할 말이 좀 있어서요." 나는 뻔한 답을 하고 말았다.

"아, 할 말이 있으시다. 참나 누굴 바보로 아나."

"혹시 그레이스랑 연락할 수 있는 방법이 있을까요?"

여자는 한동안 말이 없었다. 현관에 또 다른 그림자가 드리워졌다. 남자아이였다. 아이는 살금살금 다가와 여자의 다리에 매달렸다. 여자는 몸을 돌려 아이에게 집 안으로 들어가라고 한 다음 나를 돌아보았다.

"말했다시피 그레이스는 여기 없어요. 그래도 내가 도움은 줄 수 있을 것 같네요. 원래는 잘 모르는 사람을 집에 들이지 않는데 그레이스 친구라니까, 뭐. 들어와서 기다릴래요?"

코트니와 엘리스의 얼굴에 들어가고 싶지 않다는 기색이 역력했다. 그렇지만 친절을 거절하는 것 또한 실례라는 생각이 들었다. 특히 그레이스를 아는 사람, 그것도 가족일 가능성이 큰 여자에게 결례를 범하고 싶지는 않았다.

나는 여자를 바라보며 억지로 웃어 보였다.

"그럼 너무 감사하죠."

40

트레일러 내부는 비좁고 어수선했다. 아까 보았던 남자아이 외에 여자아이가 하나 더 있었다. 남자아이는 세 살 정도 되어 보였고, 여자아이는 아홉 살쯤 되어 보였다. 여자아이는 보라색 안경에 갈색 머리를 양 갈래로 묶었고 자그마한 발에 분홍색 크록스를 신고 있었다.

여자아이는 바닥에 앉아 유리 테이블에 수학 숙제 같은 것을 펴놓고 있었고, 남자아이는 텔레비전 앞에 앉아 '네모 바지 스펀지밥'을 보는 중이었다.

소파와 러브 시트가 거실의 대부분을 차지하고 있었다. 여자는 바닥에 널브러진 장난감과 잡지들을 주워 러브 시트에 던져놓았다. 여자는 유리 테이블에 있던 휴대폰을 들어 엄지손가락으로 액정을 두드리면서 어쩔 줄 몰라 하며 서 있던 우리에게 소파를 가리키고 말했다.

"편히들 앉아요."

나는 긴장한 코트니와 엘리스를 힐끗 쳐다보고는 러브 시트 옆에 있는 소파 끄트머리에 앉았다. 나를 따라 나머지 둘도 슬그머니 엉덩이를 붙였다.

책을 펴놓고 연필을 꼭 쥐고 있던 여자아이가 호기심 어린 눈빛으로 우리를 보다가 다시 숙제에 코를 파묻었다.

누나와 달리 남자아이의 관심은 온통 우리를 향해 쏠려 있었다. 아이의 짙은 금발 머리가 단정히 빗겨져 있었다. 다만 머리에 왕관을 써서 그런지 그 부분만 머리카락이 제멋대로 삐쭉삐쭉 뻗쳐 있었다. 입가가 빨간 것으로 보아 입술을 계속 핥는 버릇이 있거나 체리 맛 쿨에이드를 하루 종일 마시는 모양이었다. 아이는 입을 헤벌리고 낯선 손님들을 뚫어져라 쳐다보았다.

내내 핸드폰만 보던 여자가 고개를 끄덕하더니 몸을 숙여 휴대폰을 원래 있던 자리에 내려두고 말했다.

"곧 올 거예요."

또다시 아드레날린이 솟구치는 게 느껴졌다.

"그레이스요?"

여자는 대꾸하지 않았다. 50대 중반쯤 되었을까, 주름지고 검게 그을린 얼굴은 원래 나이보다 열 살은 더 많아 보였다. 신경질적인 목소리는 아마도 수십 년간 피워온 흡연의 결과일 것이었다. 유리 테이블에 담배 한 갑과 재떨이가 놓여 있었고 다 긁은 복권 몇 장도 흩어져 있었다.

"외손주들이에요." 여자가 말했다. "쟤가 바네사고. 또래 중에 제일 똑똑할걸. 만화만 좋아하는 애가 매슈요. 애들 엄마 재키가 2교대를 뛰어서 거의 매일 밤 애들을 대신 봐줘요. 참, 난 실라예요."

"혹시 그레이스 어머님이세요?"

여자가 니코틴 얼룩으로 누렇게 된 이를 드러내며 피식 웃고는 고개를 저었다.

"아니, 아니. 나는 걔 이모. 걔 엄마한테 문자 했으니까 금방 올 거요."

"그럼 그레이스는요?"

"걔가 뭐?"

"저희는 그레이스를 만나러 왔는데요."

"네, 네. 알아요. 근데 궁금하네. 랜턴에서 학교를 같이 다녔으면 그걸로 끝인 거지. 10년도 더 된 거 아니에요? 이제 와서 갑자기?"

나도, 엘리스와 코트니도 대답하지 않았다.

실라는 유리 테이블에 올려져 있던 담배 한 개비를 꺼내 싸구려 플라스틱 라이터로 불을 붙였다. 그녀는 담배를 길게 한 모금 빨아들인 다음 우리를 빤히 쳐다보았다.

텔레비전에서 스펀지밥과 패트릭이 징징이를 괴롭히는 장면이 나왔다.

"남편은 트럭 운전을 해요." 실라가 담배 연기를 내뿜으며 말했다. "밤엔 거의 없다고 봐야지. 밖에서 전조등이 비치길래 혹시 남편이 연락도 없이 온 건가 했수. 보통은 미리 전화를 하고 오는데 그냥 올 때도 있거든. 여기가 핸드폰이 잘 터지는 데가 아니라서. 아무튼 거기 세 사람을 발견할 거라곤 생각도 못 했지. 이렇게 막다른 길까지 올라오는 사람이 얼마나 있겠어요."

나는 뭐라 대꾸할 말을 찾지 못해 가만히 있었다. 코트니와 엘리스도 나와 똑같은 생각이었을 터다. 소파 양 끝에 한 뼘 정도의 여유 공간이 있었음에도 우리는 어깨를 맞대고 소파에 옹기종기 붙어 앉아 있었다. 집이 어찌나 지저분한지 소파 쿠션 아래에 벌레가 기어 다닌다 해도 놀랍지 않을 정도였다.

"뭐, 마실 거라도 좀 드릴까?" 우리가 대답하기도 전에 실라가 여자아이의 팔을 툭 건드렸다. "바네사, 가서 물이라도 좀 떠다드리렴."

나는 다급하게 말했다. "괜찮아요. 감사합니다."

실라가 나를 빤히 보았다. "그래요? 물 정도는 드릴 수 있는데."

"아니에요. 정말 괜찮아요. 감사합니다."

실라가 코트니와 엘리스 쪽을 보며 말했다. "두 분은 영 입을 안 여시네. 이 아가씨가 대신 말해주는 건가?"

"아, 아니에요. 목이 안 말라서요. 감사합니다." 코트니가 은근슬쩍 입을 뗐다.

엘리스도 마찬가지였다. "저도요. 감사합니다."

"두 번 감사했다간 뭔 일 나겠네. 엄청 예의 바르시네요. 부모님들이 가정 교육을 잘 시키셨나 봐."

텔레비전의 만화 소리가 제법 컸음에도 불구하고 바깥에서 자동차 소리가 선명하게 들려왔다. 전조등이 창문을 비추다 꺼졌다.

"베스앤 왔나 보네." 실라가 러브 시트에서 일어서며 말했다.

나는 어정쩡하게 그녀를 따라 일어서며 물었다. "그레이스의 어머니신가요?"

실라가 고개를 끄덕이며 입술을 잘근 깨물고는 문으로 시선을 돌렸다. 그러고는 텔레비전을 곰곰이 보더니 전원을 꺼버렸다.

"안 돼!" 매슈라는 아이가 소리쳤다.

"소리가 너무 커." 실라가 말했다. "너희 둘 다 할머니 방에 가서 이모할머니가 이분들한테 뭐라고 하는지 잘 들어봐."

"그냥 여기 있으면 안 돼요?"

실라가 담배를 한 모금 깊이 빨고는 허리춤에 손을 갖다 댔다.

"아저씨, 안 된다면 안 되는 거예요. 다 큰 녀석이 말귀를 못 알아들어. 바네사, 동생 데리고 방에 들어가서 숙제해. 매슈는 거기서 만화 보고."

여자아이는 별다른 투정 없이 연습지와 연필을 챙겨 일어나더니 동생의 손을 잡아끌었다. 남자아이는 따라갈 생각이 전혀 없어 보였다. 얼굴이 벌겋게 달아오른 아이가 투정을 부리며 발을 쿵쿵 굴러댔지만 누나의 힘을 못 이기고 방에 끌려 들어갔다.

실라가 아이들의 등에다 대고 소리쳤다. "문 꼭 닫고!"

방문이 닫히는 소리와 함께 현관문이 열리더니 그레이스의 엄마가 집 안으로 들어섰다.

41

"베스앤, 내가 말한 여자분들. 이름이…… 그러고 보니 통성명 도 안 하셨네들."

실라는 러브 시트에 앉아 지저분한 재떨이에 담배를 지져 끄고 는 담배를 또 한 개비 꺼내 불을 붙였다. 뭉게뭉게 피어오른 담배 연 기가 마치 후광처럼 머리 위에 모여들었다.

"문자 봤지? 여기 아가씨들이 랜턴에서 그레이스를 만나려고 왔 대, 글쎄. 중학교 동창이라네."

베스앤이란 여자는 트레일러 안에 들어와서 미동 하나 없이 가 만히 있었다. 언뜻 실라와 비슷한 또래로 보였는데 얼굴은 덜 나이 들어 보였다. 야윈 얼굴에 그레이스의 눈동자가 겹쳐졌다. 언젠가 매켄지네 집 근처에서 얼핏 보았던 곱슬머리가 아니라 어깨에 닿 을 듯 말 듯한 짧은 검은 머리였다. 그때의 모습과는 달라졌지만 그 레이스의 엄마가 분명했다.

그레이스의 엄마는 물 빠진 청바지에 하얀 글씨의 블랙 독 태번 로고가 찍힌 티셔츠를 입고 하얀 운동화를 신고 있었다. 아마 직장에서 입는 유니폼인 듯싶었다. 그녀는 아무 말없이 자리에 서서 우리를 하나하나 뚫어져라 쳐다볼 뿐이었다.

언뜻 불길한 예감이 스쳤다. 과연 이 상황을 헤쳐나갈 수 있을지 자신이 없었다. 우리는 이 집에 올 자격이 없는 사람들이었다. 이딴 식으로 그레이스 엄마의 삶에 쳐들어와 파동을 일으켜선 안 되었다. 자신의 딸을 죽도록 괴롭히고 공포에 몰아넣었던 애들을 뭐가 반갑다고 굳이 만나주겠는가.

침묵은 무겁고 불편했다. 집 안에 흐르는 소음이라곤 방에서 새어 나오는 텔레비전 소리뿐이었다. 그레이스의 엄마는 먼저 입을 열 것 같지 않았다. 그래서 내가 먼저 다가가 악수를 청했다.

"안녕하세요. 전 에밀리 베넷입니다. 이쪽은 코트니 설리번과 엘리스 마틴이에요. 저희는 따님과 함께 벤저민 프랭클린 중학교에 다녔어요."

베스앤 파머는 내가 내민 손을 물끄러미 보기만 했다. 악수할 의사가 전혀 없다는 뜻이리라. 나는 슬그머니 손을 내리고 어색함을 애써 감추며 다시 소파에 앉았다.

러브 시트에 앉아 있던 실라가 코웃음을 쳤다. 그러고는 고개를 절레절레 흔들더니 테이블 위 재떨이에다 담뱃재를 털었다.

어색한 침묵이 흐르는 가운데 베스앤 파머가 헛기침을 하며 말했다.

"여긴 무슨 일로 온 거니?"

그녀의 낮은 목소리가 떨리고 있었다. 언니 실라만큼 목소리가 허스키하지는 않았다. 짙은 색 눈동자가 우리 셋을 번갈아 가며 노려보더니 문득 나를 향했다. 나서서 이야기를 하는 사람이 나뿐이라 내가 우리를 대표하는 사람이라고 생각했을 것이다.

"저희는 그레이스를 만나러 왔어요."

"그래……." 그녀의 따가운 시선은 우리를 떠날 줄을 몰랐다. "근데 왜? 너희가 그레이스를 마지막으로 본 게 벌써 14년 전인데. 너희 셋이 주말도 아닌 평일 화요일 저녁에 갑자기 마음먹고 여기까지 온 데엔 그만한 이유가 있을 거 아니니."

'왜냐고요? 당신 딸이 복수를 하는 것 같아서요. 친구를 벌써 둘이나 죽인 것 같거든요. 그리고 나머지 애들도 죽여버릴까 봐 두렵다고요.'

"요즘 들어 유독 그레이스 생각이 많이 나서요." 내가 나섰다. "저희가…… 그러니까 중학교 때 그레이스에게 있었던 일은 정말 잘못된 것이었고, 늘 미안했어요."

그녀가 나를 똑바로 쳐다보며 물었다. "그래서 사과라도 하러 왔다는 거니?"

"네."

"갑자기 내 딸한테 14년 전 일을 사과하려고 여기까지 왔다?"

그레이스네 엄마는 우리를 가만히 쳐다보다가 고개를 내저었다. 그러고는 실라를 한번 보더니 걸음을 옮겨 텔레비전을 등지고 섰다.

"그레이스를 너희에게 보여줘도 될지 모르겠네."

우리는 아무 말도 하지 않았다.

베스앤파머는 여전히 텔레비전을 등진 채 좁은 거실을 왔다 갔다 했다.

"랜턴에 살았을 때도 너희를 한 번도 본 적이 없는데. 그레이스는 내가 창피했었나 봐. 엄마한테 살갑게 수다 떠는 딸은 아니었지만 그래도 엄만데, 내가 바보도 아니고."

그녀가 고개를 기울여 턱끝으로 실라를 가리켰다.

"딕슨 사람들은 여기서 태어나서 여기서 살다가 여기서 죽어. 사실 이 동네에서 기반을 닦고 사는 건 보통 일이 아니지. 그래도 옛날엔 먹고살 만한 직장도 있었는데 광산이 문을 닫으면서 같이 망해버렸어. 자식이라곤 그레이스 하나라 그 애를 더 큰 세상에서 살게 해주고 싶었어. 애 아빠도 같은 마음이었고. 그랬는데……."

그녀가 눈을 질끈 감고 고개를 세차게 흔들었다.

"그런데 애 아빠가 일하다가 죽어버렸어. 자세한 내용은 넘어가고, 어쨌든 광산 잘못이었어. 우리 쪽 변호사랑 사측 변호사랑 왔다 갔다 분쟁을 주고받았고 결국 집을 살 정도의 돈을 좀 받게 됐지. 내 딴엔 그레이스에게 최선을 다하고 싶은 마음에 짐을 싸서 이 동네를 뜬 거야. 그땐 어디로 갈지 정하지도 않고 짐부터 차에 싣고 무작정 달렸어. 그러다 우연히 랜턴에 정착한 거야. 그 선택이 내 딸한테 독이 될 줄도 모르고. 너희가 다니던 학교에 전학을 보내서……."

그녀는 주먹 쥔 손을 흔들며 울분을 토했다. 극심한 긴장 탓인지 오장육부가 뒤틀리는 느낌이 들었다.

"아파트를 하나 얻었어. 하나같이 그랬어. 랜턴 괜찮다고. 학군도 좋고. 새로 시작하기 딱이다 싶었어. 그레이스…… 그레이스는 마음이 따뜻한 애였어. 늘 착했어. 바라는 건 그저 딱 하나였어. 사람들이 저를 좋아해줬으면 하는 거."

그녀는 잠깐 숨을 고르며 우리를 노려보았다.

"애가 첫날 학교를 갔다 와서는 너무 좋아하더라고. 집에 와서 친구들을 사귀었다고 떠드는 거야. 그것도 그냥 친구들이 아니래. 학교에서 제일 인기가 많은 애들이래. 솔직히 난 느낌이 별로 좋지 않았어. 근데 나도 뭐, 딕슨 같은 시골에서 평생을 살았고 새로운 곳으로 이사를 왔으니 당연히 딕슨이랑은 다르겠거니 생각하고 넘겨버린 거지. 어쩌면 여기 애들은 새로 온 전학생한테도 잘해주나 보다 하고 말이야. 어딜 가나 애들은 다 똑같다는 걸 너무 늦게 깨달았던 거야."

베스앤 파머는 불안한 눈으로 트레일러 구석구석을 훑으며 쉴 새 없이 왔다 갔다 했다. 하지만 우리 쪽으로는 시선을 주지 않았다.

"처음 몇 주 동안은 애가 아주 행복해했어. 근데…… 언젠가부터 뭔가 달라지기 시작했어. 사실 처음엔 티도 안 났어. 하지만 난 그 애 엄마니까 직감적으로 애한테 무슨 일이 있는 것 같단 생각을 했어. 걔 왕따당했잖아. 맞지? 나도 처음부터 자세히 알았던 건 아닌데 나중에 그레이스가 털어놓더라고. 애들이 다른 사람들 앞에선 그렇게 착하게 군대. 자기를 무리에도 끼워주고. 근데 자기들끼리만 있으면 너무 못되게 군대. 그러다 선을 넘어버린 거고. 그 남학생들이 우리 애한테 한 짓거리 말이야."

코트니가 내 허벅지를 꽉 움켜쥐었다. 꼭 감은 코트니의 눈에서 눈물이 나와 뺨을 타고 흘러내렸다.

"이제 와서 속죄의 눈물이라도 흘리는 거야? 어디 한번 계속 울어봐." 그레이스의 엄마가 비웃었다. "그때는 잘만 비웃더니."

"그게 아니라 저희는……" 나는 다급한 마음에 고개를 절레절레 하며 변명을 하려다 말끝을 흐렸다.

"그게 아니면 뭐? 넌 그레이스랑 단둘이 있을 때도 나쁜 년 같은 짓을 안 했니? 그럼 넌 우리 딸한테 너 같은 건 이 세상을 위해 없어지는 게 낫다는 그런 개 같은 소리를 지껄이지 않았다는 거지?"

나는 미친 듯이 날뛰는 맥박을 진정시키기 위해 숨을 깊이 들이마셨다.

"죄송해요. 그때 저희가……."

그레이스의 엄마가 내 말을 자르며 버럭 소리를 질렀다.

"죄송? 대체 뭐가 죄송한데? 너희는 말이야, 그레이스가 자살 시도를 했다는 얘길 들어도 비웃어댔을 몹쓸 인간들이야. 알아듣겠니?"

내 허벅지를 움켜쥔 코트니의 손에 더욱 힘이 실렸다. 눈물은 이제 흐느낌으로 바뀌어 있었다.

나는 코트니의 손을 꼭 잡고 자리에서 일어섰다.

"그만 가보는 게 좋겠어요."

바로 그때 그레이스의 엄마가 왜 지금껏 우리에게 등을 보이지 않았는지를 깨달았다. 베스앤 파머의 손에 은색 리볼버가 들려 있었던 것이다.

"간다고?" 그녀가 말했다. "그만 가겠다고?"

권총을 발견한 순간 온몸이 얼어붙고 귓가가 화끈하게 달아올랐다.

"다른 사람들한테 여기 온다고 말하고 왔어요."

베스앤 파머가 어깨를 으쓱거리며 되물었다. "그래서?"

"무슨 일이 생기면 여기부터 찾을 거라고요."

그녀는 또다시 어깨만 으쓱거릴 뿐 신경도 쓰지 않았다.

"그래서, 뭐?"

사방이 고요해졌다. 머릿속이 새하얘져서 무슨 말을 해야 할지 떠오르지 않았다.

코트니가 들릴 듯 말 듯한 소리로 간절히 애원했다.

"제발요. 집에 딸이 있어요."

그레이스의 엄마가 실소를 터트렸다.

"딸? 우리가 생각보다 공통점이 많네. 잠깐만, 혹시 네 딸도 고등학교 사내새끼들한테 단체로 따먹혔니? 학교 애들이 창녀라고 부르기라도 하니? 친구라는 것들한테 돌아가면서 개만도 못한 취급 받니?"

코트니가 흐느껴 울기 시작했다.

"뭘 잘했다고 울어?" 베스앤이 말했다. "네가 딸이 있건 말건 내 알 바 아니야."

나는 잠자코 있었다. 엘리스도 핸드백을 무릎에 올려놓은 채 말 없이 소파에 앉아 있었다. 코트니보다는 침착해 보였지만 엘리스 역시 공포에 질린 건 매한가지였다.

실라는 못된 아이들 대하듯 우리를 보며 쯧쯧거렸다.

"그러게 내가 뭐랬어. 그냥 돌아가라고 했잖아. 나야 너희가 누군지 몰랐으니까 길이라도 잃었나 했지 뭐. 근데 웬걸," 실라가 휘파람을 불었다. "세상에, 난 쟤 언니니까 쟤가 너희들을 어떻게 생각하는지 잘 알잖아. 예전엔 말이지. 내 동생이 참 착했거든. 성깔은 있었지만. 근데 14년 전 사건으로 애가 완전히 달라졌어. 화가 많아졌지 뭐야. 작년부턴 상태가 더 심해졌어. 꼭 화산처럼, 폭발하기 일보 직전의 화산. 심지어 너희 중에 하나라도 마주치면 어떻게 해버리겠다고 이를 갈더라고. 그렇지, 베스앤?"

그레이스의 엄마는 대꾸하지 않았다. 손에 쥔 권총을 다리에 대고 손가락으로 방아쇠만 만지작거리고 있었다.

실라가 코웃음을 치며 말했다. "진짜야. 너희들 만나면 그레이스한테 한 짓에 대한 대가를 치르게 해주겠다고 그랬다니까. 근데 누가 쟤를 탓하겠어. 우리 재키가 고등학교 때 왕따를 당한 적이 있었는데 내가 학교에 찾아가서 그놈들 차 타이어를 다 터트려놨었어. 이 동네에선 그런 식으로 처리한다고. 알겠니?"

"그래서 어떡하실 건데요. 저희를 죽이기라도 하게요?" 내가 말했다.

코트니의 흐느낌이 울부짖음에 가까워졌다.

그레이스의 엄마가 입을 열었다. "아직 모르겠다. 죽일 수도 있고, 아닐 수도 있고. 그건 너희가 얼마나 더 날 열 받게 하느냐에 따라 달렸어."

"대체 저희한테 원하시는 게 뭐예요. 돈이라도 필요하세요?"

베스앤의 얼굴이 새빨갛게 달아올랐다. 턱이 움찔거리더니 분노에 찬 목소리가 덜덜 떨렸다.

"돈? 돈만 있으면 네가 한 짓을 용서받을 수 있다고 생각하니?"

코트니의 몸이 제멋대로 떨렸다. 온 얼굴이 눈물범벅이었다.

"죄송해요! 저희가 잘못했어요!"

베스앤은 울음 섞인 코트니의 말을 따라 하며 비웃었다.

"죄송해요, 죄송해요, 죄송해요. 그래. 그렇게 지질하게 빌면서 죄송하다고 해야지."

"그래서 온 거잖아요." 내가 말했다. "그레이스를 만나 사과하려고요."

"14년 만에 갑자기 나타나서 내 딸한테 사과를 하겠다고?"

"네."

베스앤의 얼굴이 다시 한번 딱딱하게 굳었다. 그녀는 고개를 절레절레 흔들며 말했다.

"내가 그런 헛소리를 믿을 것 같니? 그레이스가 얼마나 개차반처럼 사는지 구경이나 하려고 왔겠지. 안 그러니?"

나는 대답하지 않았다.

"안 그러냐고!"

베스앤 파머의 손에 쥐어져 있던 권총이 확 젖혀졌다. 베스앤은 내 얼굴 한가운데에 총구를 겨누었다.

나는 할 수 있는 한 차분하게 덧붙였다. "남편이 주 경찰이에요."

"내가 신경이나 쓸 것 같아? 젠장, 네 남편이 경찰이면 내가 법적으로 유리하단 것도 잘 알겠네. 너희가 내 땅에 불법 침입했잖아. 우리 언니가 분명히 나가라고 했어. 그 말을 무시한 건 너희야. 우리는 경찰에 신고하겠다는 얘기도 분명히 했어. 너희가 우리 얘길 귓등으로 들어서 그렇지. 경찰 남편 믿고 법을 뭐같이 알아서 이런 폭력 사태가 벌어진 거야. 너희가 먼저 법을 어겼으니 우리도 자기 방어를 해야지 별수 있니?"

베스앤의 시나리오가 머릿속에 그려졌다. 그리고 본인의 생각대로 경찰에 진술하는 모습도 떠올랐다. 충분히 설득력 있는 이야기였다. 우리를 해하고도 이들은 어떻게 해서든 처벌을 면할 수 있을 것 같았다.

벤의 목소리가 머릿속에 울려 퍼졌다. '일단 쏘고 시체를 숨겨라.'

"아, 맞네. 너희가 그레이스한테 했던 것처럼 숲에 끌고 가도 되겠네. 한 이틀 거기 두지 뭐. 차는 없애버리고. 남편이 찾으러 오면 '봤는데 그냥 가라고 했다'거나 '무슨 소릴 하는지 모르겠다'고 해버리면 그만일 테고. 어떻게 생각하니?"

총구는 여전히 내 얼굴을 향해 있었다. 그레이스의 엄마는 열 발자국 정도 떨어진 자리에서 꼼짝도 않고 서 있었다. 그 정도 거리라면 방아쇠를 당겼을 때 조준이 어렵지 않으리란 생각이 들었다.

"할머니?"

마치 총성이 울리듯 자그마한 목소리가 침묵을 갈랐다. 나는 화들짝 놀라 총구 너머 베스앤 파머의 얼굴을 보았다. 그녀의 눈빛이 나를 지나 오른쪽으로 향했다. 베스앤의 시선을 따라간 곳에 남자아이가 서 있었다.

아이의 눈이 휘둥그레졌다. 빨간 자국이 남은 입이 헤벌어졌다. 머리에 쓴 왕관 사이로 삐져나온 머리카락이 시든 꽃처럼 축 늘어져 있었다.

순간 모두가 그 자리에 얼어붙었다.

그때 엘리스의 손이 가방 안으로 쑥 밀려 들어갔다. 베스앤과 내가 대치하고 있는 동안 슬금슬금 손을 집어넣었던 모양이다. 엘리스의 손에 어느새 소형 권총이 들려 있었는데 내 쪽에서만 그 상황을 볼 수 있었다.

찰나의 순간 나는 최악을 상상했다. 베스앤이나 실라가 엘리스의 총을 발견하고 배스앤이 리볼버의 방아쇠를 당기는 것이다. 천만다행으로 엘리스가 총알을 피하고 엘리스도 총을 쏜다. 트레일러는 순식간에 아수라장이 되고 겁을 먹은 코트니가 비명을 지르며 뛰쳐나가다 역시 총에 맞는다. 어쩌면 총을 마구잡이로 쏘아대는 통에 어린아이마저 쓰러질 수 있다.

"안 돼." 나는 단호한 목소리로 말했다. 엘리스에게 한 말이었지만 베스앤 파머는 자신을 향한 말로 알아들었는지 눈빛이 더욱 험악해졌다. "하지 마."

실라가 조용히 속삭였다. "매슈, 얼른 방에 들어가."

아이는 미동도 하지 않았다. 토끼 눈을 뜨고 이모할머니의 손에 들린 총만 멍하니 쳐다볼 뿐이었다.

실라 역시 부들부들 떨며 서 있었다. 당장이라도 손자에게 달려가 아이 손을 잡고 아이를 방 안으로 들여보내고 싶은 마음이 굴뚝같았겠지만, 섣불리 자기 동생의 손에 들린 총과 자기 손자 사이를 가로지를 수는 없었다.

"제발 제 말 좀 들어보세요." 내가 최대한 힘을 실어 베스앤을 똑바로 쳐다보며 말했다. "전 상담 치료사예요. 그레이스 때문에 이 직업을 택했어요. 우리가 그 애한테 한 짓 때문에요. 트라우마는 다양한 방식으로 아이들에게 영향을 끼쳐요. 어떤 아이들은 가까스로 이겨내기도 하지만 그렇지 못한 아이들도 있어요. 그런 아이들은 평생 그 트라우마를 안고 살아가요."

횡설수설한다는 건 알았지만 멈출 수 없었다. 적어도 내가 시간을 끌며 입을 놀리는 동안에는 우리가 목숨을 부지할 수 있다는 거니까.

"매슈," 거실 한쪽에서 옴짝달싹 못하던 실라가 소리쳤다. "빨리 들어가라고!"

나는 실라를 무시하며 베스앤에게만 집중했다.

"제가 이 얘기를 왜 하냐면요. 어머니 가족이 트라우마를 겪지 않길 바라는 마음에서예요. 물론 아이가 총에 익숙할 수도 있겠죠. 하지만 지금 우리에게 무슨 일이 생긴다면 아이는 이 순간을 절대 잊지 못할 거예요. 평생 기억할 거라고요. 운 좋으면 그럭저럭 이겨내면서 살아갈 수도 있겠죠. 하지만 그럴 확률이 낮으리란 건……."

나는 방문이 빼꼼히 열리며 여자아이가 살금살금 걸어 나오는 소리를 듣고 두 눈을 질끈 감았다. 아이는 남동생처럼 조심스럽게 걷지 않았다. 아이가 신은 핑크색 크록스가 바닥에 깔린 카펫을 쿵쿵 두드렸다. 아이는 이 소동은 다 무엇이며, 할머니가 왜 소리를 지르는 건지 궁금했던 게 틀림없었다.

아이의 발걸음 소리가 황급히 잦아들었고, 짧은 탄식이 뒤를 이었다.

나는 감았던 눈을 뜨고 남동생 뒤에 서 있는 아이를 바라보았다. 아이의 얼굴이 딱딱하게 굳어 있었다. 어찌나 놀랐는지 커다랗게 치켜뜬 눈이 쏟아져 나올 것만 같았다. 나는 다시 베스앤 파머에게 말했다.

"애들 앞에서 이러면 안 돼요. 애들이 보지도 듣지도 못하게 막으시라고요. 그리고…… 제 친구들도 보내주세요."

별안간 베스앤의 눈빛이 달라졌다. 약간의 혼란스러움과 내 말을 이해한 듯한 깨달음이 뒤섞인 눈이었다. 나도 내가 무슨 말을 한 건지 그제야 상황 파악이 되었다.

"뭘 하든 저한테 하시라고요." 내가 조용히 덧붙였다. "숲으로 데려가고 싶으세요? 그럼 그렇게 하세요. 몇 날 며칠이고 묶어두시면 되잖아요. 아니면 저를 죽여요. 뭐가 됐든 그냥…… 애들은 못 보게 하세요. 친구들도 보내주시고요."

또다시 침묵이 찾아왔다. 소음이라곤 실라가 거칠게 내뱉는 숨소리뿐이었다.

그레이스의 엄마가 천천히 총을 내리기 시작했다. 그러고는 마침내 총을 등 뒤에 감추었다.

실라는 마치 신호라도 받은 듯 재빨리 아이들에게 달려가 무릎을 꿇고 두 손주를 거칠게 껴안았다.

여전히 울고 있는 코트니와 가방에서 빈손을 꺼낸 엘리스를 확인하고 베스앤을 돌아보았다. 그녀의 눈이 차갑게 식어 있었다.

"마음 바뀌기 전에 내 눈앞에서 당장 꺼져."

말이 끝나자마자 엘리스가 자리를 박차고 일어섰다. 나는 엘리스와 함께 실신 지경에 이른 코트니를 부축해 현관으로 데리고 갔다.

무사히 이곳을 벗어날 수 있게 된 데에 감사하며 입을 다물었어야 했지만 나도 모르게 한마디 내뱉고 말았다.

"그레이스는요?"

베스앤 파머가 내 눈을 직시하며 말했다. 그녀의 손가락이 다시 방아쇠에 가 닿았지만 총을 들어 올리지는 않았다.

"1년쯤 됐나," 그녀의 낮은 목소리가 다시금 떨려왔다. 턱끝에 잔뜩 힘이 실렸다. "그레이스가 이만하면 충분했다고 생각했던 모양이다."

엘리스가 현관문을 열다 말고 멈칫했다. 우리 모두 그레이스의 엄마를 물끄러미 바라보았다.

그레이스의 엄마가 고개를 끄덕였다. 그녀의 얼굴이 일그러졌다.

"우리 딸이 이번에는 자살에 성공했어. 네년들 때문에."

리버사이드 정신 병원에 입원한 지 일주일이 흘렀다. 그레이스
는 일주일이란 긴 시간을 낯선 아이들, 그리고 낯선 의료진과 보
냈다. 병원 밥에서는 종이 맛이 났다. 건물의 모든 창문과 문이 잠
겨 있었으므로 탈출은 감히 꿈도 꿀 수 없었다. 그리고 일주일이
되던 날 엄마가 딸을 보러 찾아왔다.

그레이스는 더 빨리 오지 못한 엄마를 탓할 수 없었다. 리버사
이드 병원은 피츠버그주에 가까웠다. 차로 편도 네 시간이나 걸렸
다. 게다가 엄마는 매일 저녁 병원으로 전화를 했다. 그레이스는
그중 세 번만 전화를 받았지만.

맥과이어 선생님이 그레이스를 어둡고 퀴퀴한 냄새가 나는 우
울한 면접실에 데려갔다. 일주일 만이었는데도 면회실 테이블에
앉아 있는 엄마를 보자 몇 년 만에 보는 듯한 착각이 일었다. 마지
막으로 엄마를 본 건 병원 응급실이었다. 욕조에 널브러져 있던
그레이스를 엄마가 발견했었다. 미지근한 욕조 물이 온통 핏빛으
로 물들어 있었다.

엄마가 벌떡 일어나 면회실을 가로질러 달려왔다. 엄마의 얼굴이 잔뜩 일그러지고 두 눈에는 눈물이 그렁그렁했다. 엄마는 팔을 뻗어 딸을 끌어안으려 했지만 엄마의 손이 몸에 닿자마자 그레이스가 휙 몸을 틀었다.

엄마는 커다란 눈으로 우두커니 멈추어 섰다.

"그레이스?" 엄마의 목소리가 너무 작고 희미해서 엄마라고 느껴지지 않을 정도였다. "우리 딸, 왜 그래?"

짧은 갈색 머리의 맥과이어 선생님은 올해 갓 서른을 넘긴 전문 치료사였다. 그녀는 다정한 눈빛으로 전문가다운 미소를 띠며 엄마를 테이블로 안내했다.

"어머니, 일단 앉으세요."

엄마는 깜짝 놀라 자신을 알아보지 못하는 딸을 가만히 바라보았다.

"딸?"

엄마가 다시 손을 뻗어 아이를 잡으려고 했지만 그레이스는 벽에 찰싹 달라붙으며 몸을 움츠렸다. 등으로 있는 힘껏 벽을 밀어내면 물리의 법칙을 거슬러 연기처럼 그 벽을 통과할 수 있을 거라 믿는 것 같았다.

"어머니," 맥과이어 선생님이 차분하게 말했다. "앉으세요."

결국 어쩔 도리 없이 엄마는 그레이스를 한번 더 돌아보며 의자에 주저앉아 어깨를 떨구었다.

"우리 애 왜 저러죠?" 엄마는 그레이스에게 들리지 않게 속삭였다.

맥과이어 선생님이 부드럽게 목소리를 가다듬었다.

"일전에 전화로 말씀드린 것처럼 따님은 지금 힘든 상태예요.

전형적인 외상 후 스트레스 장애 증상을 보이고 있어요. 가해 남학생들이 따님에게 한 짓이나 친구들의 집단 괴롭힘을 생각해보면 충분히 납득이 가실 거예요."

"친구요?" 아이 엄마가 차갑게 말을 끊었다. "그 애들은 그레이스의 친구가 아니에요." 그레이스의 엄마가 잠시 말을 끊었다가다시 목소리를 다듬었다. "얼마 전에…… 우리 애가 다른 환자를공격했다고요?"

"공격이라고 하긴 좀 그렇지만, 네. 같은 병실에 있던 여자애가다른 아이들과 이야기를 하다가 웃었나 봐요. 근데 그게 그레이스한테는 자신을 비웃는 것처럼 느껴진 모양이에요. 그레이스가 그아이에게 달려들어서 소리를 지르며 뺨을 때렸어요. 다행히 의료진이 가까이 있어서 상황이 바로 정리됐고, 상대방 아이도 크게다치진 않았어요."

"세상에." 엄마는 숨죽인 채 아무 말도 하지 못했다. 그러다 희미한 울음소리와 함께 눈물을 흘리기 시작했다. 그레이스는 작년에 아빠가 사고로 죽은 이후 엄마의 울음소리를 처음 들었다.

맥과이어 선생님이 휴지를 뽑아 건넸다. 그레이스의 엄마가 코를 훔치고 눈가를 닦았다.

"입원하고 처음 이틀간은 치료를 거부했었어요." 선생님이 말을 이어갔다. "최근 들어 마음을 좀 열었는데. 그 친구들이, 아, 죄송해요. 그 여자애들이 무슨 짓을 했고 또 가해 남학생들은 무슨짓을 했는지 털어놨어요. 그래서 말인데……."

치료사는 한참을 망설였다. 그러는 사이 그레이스의 엄마가 눈물을 닦고 고개를 끄덕이며 선생님이 차마 하지 못한 말을 끝맺었다.

"저희가 고소해야 한다고 생각하시는군요."

"물론 제가 결정할 수 있는 문제는 아니지만, 가해자들이 한 짓은 처벌을 받아야 하는 범죄예요."

그레이스의 엄마가 불편한 듯 자세를 고쳤다.

"그렇죠. 근데 어떤 결과가 나올지 잘 모르겠어요. 그 애들이 그 끔찍한 건물을 불태웠을 때도 경고에 그쳤다고 들었어요. 그리고 솔직히 전 그냥 다 잊고 싶어요. 그레이스도 그랬으면 좋겠고요. 어찌어찌해서 고소한다 쳐도 아이가 법정의 그 많은 사람들 앞에서 무슨 일이 있었는지 말할 걸 생각하면……."

엄마는 머릿속에 떠오른 생각을 떨쳐버리려는 듯 말꼬리를 길게 빼며 그레이스를 바라보았다.

"안 돼요." 그러고는 단호하게 말을 이어갔다. "우리 그레이스에게 그런 짓은 절대 하고 싶지 않아요. 애가 충분히 고통받았잖아요. 우리 딸, 이리 와봐. 엄마 좀 볼까?"

그레이스는 꼼짝하지 않고 구석에 서서 벽에 이마를 대고 서 있을 뿐이었다.

"두 분만 계실 수 있게 시간을 드릴게요. 가족 치료를 받으셨으면 했는데, 오늘은 힘들 것 같네요. 여기 며칠 정도 머무르실 예정이라고 하셨죠?" 선생님이 물었다.

"필요한 만큼 최대한 있을 거예요. 아파트도 내놨어요. 짐은 차에 실어놨고요. 그레이스가 퇴원하면 바로 딕슨으로 갈 거예요."

맥과이어 선생님이 자리에서 일어나 구석으로 향했다. 그레이스 곁에 한 걸음 다가선 그녀가 조용히 입을 열었다. "그레이스, 어머니가 이야기하고 싶으시대. 엄마하고 얘기 좀 해볼래?"

그레이스가 벽을 바라보며 고개를 끄덕였다.

"우리 엄마하고 의자에 앉아볼까? 엄마가 그레이스 보려고 멀리서 오셨잖아."

그레이스가 또다시 고개를 끄덕였다.

맥과이어 선생님이 자리를 비켜준 뒤에도 그레이스는 움직이지 않았다. 두 눈을 꾹 감은 채 페인트가 벗겨지기 시작한 벽에 이마를 대고 그대로 서 있었다.

얼마간의 시간이 흐르고 마침내 아이가 벽에서 몸을 뗐다. 그러고는 맥과이어 선생님이 앉았던 자리에 천천히 걸터앉은 다음 양손을 무릎에 올려놓고 테이블을 뚫어져라 응시했다. 엄마도 말이 없었다. 두 사람 사이에 침묵만이 흘렀다.

그레이스는 엄마의 시선을 외면한 채 조용히 물었다. "엄마, 그 애들을 고소할 거야?"

엄마의 목소리가 갈라졌다.

"누구?"

"걔들이랑 걔들 부모님. 엄마가 실라 이모한테 그랬잖아."

엄마가 너무 오랫동안 아무 말도 하지 않아서 그레이스는 엄마가 자신의 말을 못 들은 줄 알았다. 그레이스는 내리깔았던 눈을 천천히 들어 고통으로 일그러진 엄마의 얼굴을 보았다. 엄마는 그레이스의 손목을 보고 있었다. 왼쪽 손목에 붕대가 칭칭 감겨 있었다. 그레이스가 자신을 보고 있다는 걸 깨달은 엄마가 황급히 시선을 돌리며 고개를 저었다.

"우리 딸, 엄마도 그러고 싶어. 엄마도 그 애들을 다 고소하고 싶어. 근데 그러기엔 엄마가 너무 여유가 없어. 그 애들은 부자에, 잘나가는 비싼 변호사도 턱턱 구할 텐데. 그 나쁜 놈들도 그렇고."

둘 사이에 또다시 침묵이 흘렀다. 아이 엄마는 흐느끼기 직전이

346

었고, 그레이스는 끝도 없이 추락하는 것 같은 기분에 휩싸였다.

"상태가…… 조금씩 나아지는 것 같아."

엄마의 눈에 희망의 불꽃이 타올랐다.

"정말?"

그레이스가 고개를 끄덕였다. "그냥…… 뭘 어떡해야 좋을지 몰랐어, 그땐."

엄마의 입술이 떨리기 시작했다. 그레이스는 엄마가 또 울까 봐 무서운 마음이 들었다. 그래서 황급히 엄마에게 손을 뻗었다.

엄마가 딸의 손을 꼭 쥐었다.

"진짜 딕슨으로 다시 갈 거야?"

엄마는 열심히 고개를 끄덕이며 손에 힘을 주면서 말했다.

"그럼. 랜턴은 이제 끝이야. 우리 그 더러운 일은 잊어버리자. 그 끔찍한 애들을 두 번 다시 볼 일은 없을 거야."

3부.

막대기와 돌멩이

42

"사망 원인이 뭐래요?"

"화재래요."

"그레이스네 엄마가 말해주던가요?"

"아니요. 우리랑 더 이상 얽히고 싶지 않아 하더라고요. 우리도 그 여자가 마음을 바꿀까 봐 얼른 자리를 떴어요."

리사와 나는 상담실 앞 공터에 차를 세워두고 함께 앉아 있었다. 이른 아침이었다. 상담 센터 오픈까지는 30분 정도의 시간이 남아 있었지만 전날 있었던 일에 대해 상의하고 싶어 리사에게 비공식적인 면담을 요청했고, 리사는 이에 응해주었다.

직업상 리사가 자신의 휴대폰 번호를 알려주기는 했지만 지금까지 단 한 번도 그녀에게 사적인 연락을 한 적이 없었다. 어젯밤이 처음이었던 것이다. 리사는 아침 일찍 나와 만나는 일을 그리 달가워하지 않았다. 상담실 외부에서 환자를 만나는 건 치료사로서 윤리적이지 못하다는 게 그 이유였다. 하지만 내 목소리에 짙게 밴 상심과 조급함을 읽은 탓인지 결국 내 요청을 허락했다.

우리는 나란히 차에 앉아 있었다. 하늘은 잔뜩 흐렸고 비가 쏟아지는 중이었다. 와이퍼를 끈 상태라 차창 밖이 흐릿했다.

"어떻게 알았어요?"

"돌아오는 길에 코트니가 인터넷에서 1년 전 지역 신문 기사를 발견했어요. 가족들의 요청으로 기사에 피해자명을 싣지 않았다고 했지만, 어쨌든 그레이스 나이 또래의 젊은 여성이 필로폰을 제조하다가 폭발 사고로 죽었다는 내용이었어요. 그런 곳은 폭발 사고가 발생하기 쉽긴 하나 경찰은 고의적으로 본다고 나와 있었고요."

나는 잠깐 말을 멈추고 고개를 좌우로 저었다.

"그레이스의 엄마가 그토록 화를 내는 것도 당연하죠. 솔직히 말씀드리면 시간이 많이 흘렀으니 그레이스도 그때 일을 다 잊지 않았을까 내심 바랐거든요. 근데 걔네 엄마가……."

내가 끝맺지 못한 말을 리사가 대신했다.

"파머 씨가 당신이나 친구들을 죽이려고 할 줄은 몰랐다는 거죠?"

내 생각도 리사와 같았지만 곧바로 동의할 순 없었다. 나는 잠시 뜸을 들이다 말을 이어갔다.

"그냥 진짜로 우리를 죽일 거라고 믿고 싶지 않았던 것 같아요. 잘 모르겠어요. 우리에게 겁만 주려던 게 아닐까요?"

"그래서 파머 씨에게 맞섰던 거예요?"

"저도 잘 모르겠어요. 나중에 코트니가 물어보더라고요. 어떻게 그렇게 침착할 수 있었냐면서. 그래서 예전에 응급실 위기 대처 인력으로 일했던 경험 덕분인가 싶다고 했죠."

"정말 그게 다예요?"

"무슨 뜻이에요?"

"제가 지난주에도 같은 이야기를 했었죠. 당신과 친구들이 그레이스에게 한 짓 때문에 당신은 늘 죄책감을 느끼는 것 같다고요. 혹시 마음 한구석에 비슷한 종류의 죗값을 치러 마땅하다는 생각이 자리 잡고 있는 건 아닐까요?"

나는 리사를 보았다.

"그러니까 제 스스로 그 미친 여자가 우리를 죽여 마땅하다고 생각하고 있다는 거예요?"

"당신의 이성적인 판단을 논하자는 게 아니에요. 다만 은연중에 파머 씨가 무슨 짓을 하든 다 받아들이겠는 생각을 하고 있었던 건 아닌지 묻는 거예요. 친구들을 위해 당신의 목숨을 걸었다면서요."

"제가 나선 이유는 하나뿐이었어요. 그레이스를 찾는 거요."

"그건 나도 알아요." 리사가 말했다. "대신 그레이스의 엄마를 만났고요. 게다가 그 사람은 무슨 수를 써서라도 당신에게 죗값을 물게 하거나 당신을 죽일 마음이 있었죠. 도망치자마자 경찰에 신고하지 않은 게 놀라울 따름이에요."

"일을 크게 만들고 싶지 않아서 그랬어요. 다른 이유는 없었어요."

"에밀리, 그 사람은 당신을 총으로 쏘려고 했다고요."

리사 말이 옳았다. 더구나 엘리스 또한 최악의 상황을 대비해 챙겨온 총을 꺼내야 할 수도 있었다. 그러나 리사에게 엘리스의 총 이야기까지는 하지 않았다. 중요한 건 따로 있었다.

내가 원하는 대답을 하지 않을 게 불 보듯 뻔하자 리사가 먼저 운을 떼었다. "그래서 경찰에 신고도 안 하고, 어떻게 했는데요? 그냥 집에 갔나요?"

나는 고개를 끄덕였다. 그러고는 우리 셋 모두 한마디도 하지 않고 랜턴으로 돌아왔다고 리사에게 말했다. 어젯밤 사건으로 모든 게 리셋이 되어버린 듯했다. 그레이스는 죽었고, 저세상 사람이 된

지 1년이나 되었다고 했다.

"그렇다면 올리비아와 데스티니가 죽기 전에 그레이스가 찾아 갔다는 당신의 가설도 틀린 거겠네요……. 에밀리와 다른 친구들은 어떻게 하겠대요?"

"아직 모르겠어요. 엘리스는 엄청나게 화가 난 상태예요. 가만히 잘 살던 애를 코트니와 제가 부추겨서 거기까지 데려간 거잖아요. 엘리스가 올리비아 약혼자가 찍힌 사진을 본 것도 아니고. 그렇다 고 데스티니의 와이프를 만난 것도 아니고."

"그 사진 말인데요……."

리사는 말끝을 흐리며 내가 하고 싶은 말을 끝까지 할 수 있게 해주었다.

"알아요. 저도 그 생각을 안 해본 게 아니에요. 코트니와 저는 그 레이스라고 확신했었거든요. 근데 14년이나 흘렀잖아요. 그레이스 가 예전하고 똑같은 모습이 아닐 수도 있잖아요. 코트니와 제가 그 애를 오래 본 것도 아니라서. 그 애 사진 한 장이 없더라고요. 딱 보 면 그레이스의 눈은 알아볼 수 있을 줄 알았는데 오산이었나 봐요."

"지금 무슨 생각해요?"

나는 시트의 머리 받침대에 뒤통수를 기대며 몸을 깊이 누였다.

"정말 모르겠어요. 어쩌면 이 모든 게 다 우연이었을지도요. 올리 비아가 자살했다는 소식을 들은 것도, 올리비아가 유령이라고 했 다던 캐런의 말도 모두 다요. 그때부터 전 이미 그레이스를 의심했 거든요. 코트니와 제가 그 사진을 봤을 때…… 그 여자가 그레이스 가 아닐까 은연중에 기대하거나 바랐을 수도 있고요. 그러니까 사 진을 보자마자 그레이스라고 단정 지은 건 아닐까요."

"하지만 데스티니의 배우자가 한 말은요? 그건 어떻게 설명하시려고요?"

"그러게요." 나는 최대한 침착한 목소리로 대답했다. 불현듯 건너편 교차로에 서 있던 창백한 얼굴이 떠올랐다. 그레이스라고 생각했던 그 얼굴이 착각에 불과했다니. "근데 좀 이상하긴 해요. 샬럿은 데스티니가 죽기 전에 어딜 가든 그레이스를 봤다고 했어요. 마지막으로 보낸 문자도 베스퍼였고요. 마침 그레이스가 살던 곳이 베스퍼 로드고. 우연의 일치라고 하기엔 좀 이상하지 않아요?"

리사는 별다른 대답이 없었다. 그저 고통스러운 미소를 띤 채 조수석에 앉아 나를 한번 보고는 고개를 돌렸다.

"어떻게 생각하세요?" 내가 물었다.

리사가 스타벅스에서 테이크 아웃 해온 커피를 한 모금 마셨다.

"나도 잘 모르겠네요." 한참 만에 리사가 입을 열었다. "당신 말을 무시하는 건 아니지만 앞뒤가 맞지 않는 건 사실이라서요. 그레이스가 1년 전에 이미 사망했다고 하니까 말이에요."

나는 두 손으로 얼굴을 감쌌다. 뼛속까지 차오르는 답답함에 소리라도 지르고 싶었지만 참기 위해 안간힘을 썼다.

"간밤에 한숨도 못 잤어요. 어찌어찌 잠이 들어도 똑같은 악몽을 꿨어요. 학교 복도 끝에 어떤 아이가 서 있는 꿈이요. 손목에서 피가 줄줄 흐르는 아이가요. 근데 이번엔…… 꿈이 좀 달랐어요."

"어떻게요?"

"이번엔 그 애의 앞으로 다가가서 얼굴을 봤어요."

"누구였나요?" 나는 선뜻 대답할 수 없었다. 리사가 내 눈을 살피더니 조용히 말했다. "당신이었군요."

나는 고개를 위아래로 끄덕이며 시선을 돌렸다. 이유는 모르겠지만 좀 창피했다. 꿈속의 그 아이가 나였다는 걸 진작에 알았어야 하지 않았나 하는 마음에서였다. 그렇지만 나는 지금껏 살면서 손목을 그은 적이 단 한 번도 없었다. 아니, 자살 자체를 생각해본 적이 없었다.

리사가 커피를 한 모금 더 삼키며 창밖을 힐끗거렸다. 내 차 옆으로 다른 차가 주차 중이었다. 그 차만이 아니었다. 몇 분 사이에 여러 대의 차들이 주차를 마치고 있었다. 상담 센터 오픈 시간이 임박한 모양이었다.

"가봐야겠어요." 리사가 말했다. "이번 주에 시간 내서 꼭 들러요. 너무 많은 일이 있었잖아요. 에밀리도 인정하죠?"

나는 절박한 웃음을 터트렸다.

"그렇다고 봐야겠죠. 월요일하고 화요일에 병가를 냈어요. 진단서도 없는데. 진단서를 끊으러 갈 생각조차 못했어요. 사무장이 계속 전화하는데 안 받는 중이에요. 근태가 엉망이 되겠죠. 근데 그거 아세요? 전 그래도 싸요. 제 자신이 너무 바보 같아요. 아무것도 아닌 일로 상담을 다 취소해버렸으니까요. 만약 제 환자에게 무슨 일이라도 있으면 어떡하려고 그런 걸까요? 행여 환자가 나쁜 마음을 먹고 응급실이라도 실려갔으면요? 예정대로 저와 상담을 하고 잠시라도 마음의 짐을 내려놓으면 벌어지지 않을 일들이잖아요." 리사가 가방을 챙기고 바닥에 내려놓았던 우산을 집어 들었다.

"에밀리의 환자들은 다 괜찮을 거예요. 그리고 아무것도 아닌 일도 아니었고요."

"네?"

"그레이스에게 무슨 일이 있었는지 알게 됐잖아요. 덕분에 마음속 의심을 하나 덜었고요."

"아, 네. 하지만 그래서 상황이 더 나빠졌어요."

리사는 내릴 준비를 마쳤다. 손잡이에 손을 걸친 리사가 문을 열다 말고 나를 돌아보았다.

"어째서요?"

"올리비아와 데스티니에게 일어난 일에 관여한 사람이 그레이스가 아니면 대체 누구란 말일까요? 그레이스나 다른 사람이 아니라면 최후의 가설 하나만 남는데 전 그걸 받아들일 준비가 안 됐어요."

리사가 얼굴을 찌푸렸다. "최후의 가설이 뭔데요?"

"제가 미쳐가고 있다는 거요."

43

세이프 헤이븐 정신 건강 센터의 로비는 한산했다. 내담자들은 첫 타임을 피하는 경향이 있었기 때문이다. 덕분에 직원들도 준비할 시간을 벌 수 있었다.

안내 데스크의 클레어가 책상에 앉아 컴퓨터 화면을 보고 있었다. 그녀는 나를 향해 잠깐 시선을 주더니 유리 칸막이를 밀어젖히기 위해 몸을 앞으로 숙였다.

"좋은 아침이에요. 몸은 좀 괜찮아요?"

"네. 그럭저럭."

내가 아프지 않았다는 사실을 클레어에게 굳이 알릴 필요는 없었다. 뿐만 아니라 지난밤에 잠을 설쳤다는 사실이나, 리사와의 상담 후에도 여전히 몸이 사시나무처럼 떨린다는 사실 따위도 클레어에게 미주알고주알 말할 필요는 없었다. 리사와 대화를 하고 나면 마음이 진정되지 않을까 기대했지만 오히려 역효과가 난 것 같았다. 겪은 일을 입 밖으로 내뱉고 나니 얼마나 말도 안 되는 상황이 벌어졌는지를 실감했기 때문이다.

상담실로 걸음을 옮기려는데 클레어가 다시 말을 걸어왔다.

"완다가 에밀리하고 면담을 좀 하고 싶대요."

완다는 상담 센터의 사무장이었다. 그럼 그렇지.

"어디 계세요?"

"A 회의실에서 기다리세요."

사무장의 지시라도 받은 모양인지 클레어가 로비 코너에 있는 굳게 닫힌 문을 가리켰다.

"지금 저기 계시다고요?"

"네." 클레어의 목소리가 조심스러웠다. 어떻게 전해야 할지 모르겠다는 얼굴이었다. "모두들 안에서 기다리고 계세요."

모두들이라니. 예감이 좋지 않았다.

나는 잠시 숨을 고르며 A 회의실과 센터 입구를 번갈아 보았다. 여차하면 이 상황에서 도망칠 수도 있었다. 비를 뚫고 차로 가서 시동을 걸고 아무도 모르는 곳을 향해 달릴 수도 있었다.

하지만 그렇게까지 할 필요는 없었다. 굳이 잘못을 꼽자면 이틀 연속으로 병가를 냈다는 것 정도이니 이에 대한 책임만 지면 되었다. 지금까지 나는 꽤 괜찮은 직원이었다. 근무 태도로 지적을 받은 적도 없었고, 지각 한번 하지 않았다. 이번 건은 경고에 그칠 게 분명했다.

나는 문손잡이에 손을 얹었다. 그대로 문을 열까 하다가 일단 노크부터 해보았다.

회의실 안에서 목소리가 새어 나왔다.

"들어오세요."

회의실 문을 열어 '모두들'이 누구인지부터 살폈다. 사무장 완다는 당연히 있었고, 인사과장 재니스도 자리에 있었다. 회색 정장에 빨간 넥타이를 맨 남자는 초면이었다. 세 사람은 기다란 테이블에 나란히 앉아 있었다. 그들 맞은편에 꺼내놓은 의자는 나를 위한 것인 듯했다.

완다는 억지웃음조차 짓지 않았다.

"문 닫아주세요." 그녀가 말했다.

그 자리에서 꼼짝할 수 없었다. 뭐가 잘못되어도 한참 잘못된 것 같았다. 고작 이틀 연속 병가를 낸 일로 재니스까지 면담에 참석할 하등의 이유는 없었다. 게다가 정장 차림의 저 남자는 또 누구고?

완다가 나를 보며 말했다.

"들어와서 앉아요, 에밀리."

온기라고는 눈곱만큼도 찾아볼 수 없는 목소리였다. 지난 3년간 알고 지내던 직장 동료가 완전히 낯선 사람으로 변해 있었다.

"이게 다 무슨 일인지 여쭤봐도 될까요?" 내가 문을 닫으며 물었다.

이번엔 재니스가 같은 말을 반복했다.

"앉아요." 그녀 역시 냉랭하기는 마찬가지였다.

나는 도로 나갈까도 생각했다. 문을 열고, 이 거지 같은 상황에서 벗어나자. 어려울 거 없었다.

하지만 비겁한 행동이기도 했다. 나는 마련된 의자에 천천히 다가가 앉았다.

재니스 앞에는 서류철이 놓여 있었다. 그 위에 포개진 재니스의 뭉툭한 손가락에 반지가 여러 개 끼워져 있었다.

"일은 좀 어때요, 에밀리? 좋아요?" 재니스가 물었다.

나는 남자와 완다를 번갈아 힐끗거린 다음 재니스에게 집중했다.

"이게 다 무슨 일이죠?"

"에밀리가 여기서 일한 지 3년밖에 안 됐지만 우리 센터가 자랑하는 치료사로 자리 잡았잖아요."

회의실 안의 분위기와 굳은 얼굴로 보아 결단코 칭찬은 아니었다.

"아, 감사합니다."

"어떻게, 일하는 게 행복해요?"

나는 이맛살을 구겼다. "당연하죠. 무슨 말씀이신지? 여기 이 남자분은 대체 누구세요?"

재니스가 남자를 가리키며 대답했다. "이분은 우리 센터에 법률 자문을 해주시는 채드 퍼킨스 씨예요."

"법률 자문을 해주시는 분이 왜 동석하신 건데요? 설마 제가 특별한 사유 없이 이틀 연속 병가를 낸 일로 그런 건 아니겠죠?"

재니스가 잠시 뜸을 들이다 말했다.

"그건 아닌데," 재니스가 계속했다. "뭐, 어떤 의미에선 그렇다고도 볼 수 있겠네요."

나는 완다에게 설명을 요하는 듯한 표정을 지어 보였지만, 그녀는 그저 가만히 앉아 옹졸한 입을 하고 나를 빤히 쳐다보기만 했다.

나는 재니스에게 말했다. "알아들을 수 있게 말씀해주세요."

재니스가 가벼운 한숨을 내쉬었다. 그러고는 서류철을 열다가 그대로 멈춘 채 나를 보며 물었다. "에밀리, SNS와 관련해서 의료 정보 보호법 위반 가능성이 생길 경우 회사는 절대 관용을 베풀지 않아요. 알고 있나요?"

"당연하죠. 근데 그게 무슨 관련이 있는데요?"

재니스는 내가 진심으로 물어보는 건가 싶은 다소 당황스러운 얼굴로 서류철을 펼쳤다. 그 안에 뭐가 들어 있는지 짐작조차 할 수 없었지만 썩 좋은 내용은 아닐 거란 확신이 들었다. 파일에 든 것은 문장 몇 개가 적힌 종이 몇 장이 다였다.

재니스가 첫 장을 꺼내 테이블 너머로 밀어 나에게 건넸다.

"에밀리, 이게 뭔지 설명해줄래요?"

재니스가 넘긴 종이를 내려다보았다. 휴대폰 캡처 화면이었다. 캡처 이미지에는 내 이름이 있었다. 날짜는 월요일, 시간은 오후 7시 45분.

속이 너무 갑갑해서 이렇게라도 풀지 않고는 견딜 수 없다. 상담하는 애들이 하나같이 끔찍하다. 절반은 근본 없이 버릇없는 애새끼들 같고 나머지는 멍청하기 짝이 없는 저능아 같다. 앤드류라는 자폐아가 하나 있는데, 전날 밤에 벽을 타고 기어가는 거미를 봤단다. 당연히 거미가 있을 리 없다. 하지만 이건 하나도 중요하지 않다. 왜냐고? 그 새끼는 멍청한 저능아니까. 제발 세상의 발전을 위해 이 애새끼들이 다 뒈져버렸으면 좋겠다.

나는 종이에 적힌 글을 반복해서 읽어 내려갔다. 다시 읽을 때는 온몸이 뻣뻣하게 굳어버렸다. 나는 서류에서 시선을 떼고 정면을 바라보았다. 슬그머니 벌어진 입을 다물고 마른 입술을 적셨다. 몸이 부들부들 떨렸다. 입에서 흘러나오는 목소리에 쇳소리가 가득했다.

"대, 대체 이게 뭔가요?"

맞은편의 세 사람이 아무 감흥 없이 나를 보고 있었다.

"앤드류 윌리엄스가 선생님 환자 맞죠?"

"네. 하지만 전 절대……."

순간 혈관 속에 차가운 물이 수혈된 듯 강렬한 깨달음이 스쳤다.

동시에 회의실 공기가 싸해졌다. 나는 눈앞에 놓인 종이를 다시 읽어보았다. 그러고는 재니스 앞에 놓인 서류철을 보았다. 이게 끝이 아니었던 것이다.

"그건 또 무슨 내용인가요?"

내 질문이 재니스를 혼란스럽게 하는 것 같았다. 그녀는 미간을 찌푸리며 나를 한번 보고 완다와 채드 퍼킨스라는 남자에게 차례로 시선을 던졌다. 재니스는 목청을 가다듬으며 말했다.

"이것 말고도 다섯 건의 게시물이 더 있어요. 각각 다른 환자의 이름이 나오고요."

"어떤 환자들이요?"

재니스는 또다시 당혹스러워했지만 금세 정신을 차렸다.

"그게 중요한가요? 모든 게시물이 환자에 대한 심한 욕설과 천박한 문장으로 가득해요. 세상에, 에밀리, 우리 환자들은 아이들이란 거 잘 알잖아요."

나는 다시 한번 입술에 침을 발랐다. 뭐라고 말을 하고 싶었지만 무슨 말을 해야 좋을지 알 수 없었다.

"당신이 병가를 낸 이틀 동안 게시물이 올라왔더군요. 완다가 보자마자 대체 이게 무슨 일인가 싶어 전화했는데 안 받았다면서요. 그래 놓고선 갑자기 밤에 문자를 보내서 오늘 출근할 수 있겠다고 했으니 얼마나 황당했겠어요." 재니스가 덧붙였다.

완다는 나를 낯선 사람 보듯 했다. 아니, 그보다 더러운 세균 취급했다. 당연했다. 이렇게 SNS에 올라온 글로 미루어보면 나는 천하의 몹쓸 위선자이니까. 하지만 하늘에 맹세코 나는 그런 글을 올린 적이 없었다.

"이 글은 어디서 찾으셨나요?"

재니스는 나를 향해 노골적으로 언짢음을 드러냈다.

"그만해요, 에밀리. 이런 식은 곤란해요."

"진심이에요. 전 이 글을 쓰지 않았어요."

"그럼 누가 그랬는데요?"

"제가 어떻게 알아요. 어쨌든 전 정말 아니에요."

보다 못한 완다가 끼어들었다. 나를 보는 그녀의 이맛살이 잔뜩 구겨져 있었다.

"페이스북 상태 업데이트가 뭔지 잘 알잖아요."

"전 페이스북 계정이 없다고요."

나는 소리를 지르지 않기 위해 안간힘을 썼다. 바르르 떨리는 손을 테이블 밑으로 밀어 넣어 감추었다.

완다가 어이없어하며 재니스와 채드 퍼킨스를 돌아보았다.

"우리 쉽게 가죠?"

"전 진짜 페이스북 계정이 없어요." 나는 조금 더 힘을 실어 말했다.

완다의 눈에 경멸이 차올랐다.

"에밀리, 이쯤에서 그만해요. 우리 센터의 거의 모든 사람들과 페이스북 친구잖아요. 나도 마찬가지고요."

나는 고개를 저으며 무슨 말이라도, 어떤 말이라도, 지금 이 상황을 반박할 아무 말이라도 내뱉고 싶었다. 하지만 변명의 여지가 없었다. 나는 페이스북 계정을 만든 적이 없지만 그건 상관없었다. 완다, 재니스, 채드 퍼킨스와 더불어 이 센터의 모든 직원들은 페이스북에서 '나'라는 사람과 소통하고 있었던 게 분명했다. 그들이 올린 게시물에 좋아요를 누르고, 그들이 올린 사진에 댓글을 달면서 말이다. 그리고 이틀 전 세이프 헤이븐 정신 건강 센터에서 당장 해

고되어도 할 말이 없는 내용의 글을 올렸다 순식간에 내림으로써 페이스북 친구인 직장 동료들에게 혐오감을 주었다.

나는 스스로를 변호해야 했다. 그 글을 쓴 게 내가 아니라는 걸 절실하게 알리고 싶었다. 하지만 나는 이미 이 센터 사람들에게 미친 사람이 되어 있었다. 나는 자세를 꼿꼿하게 세우고 어깨를 뒤로 젖혔다. 그러고는 재니스에게 말했다.

"자리는 바로 비워드릴게요."

"이미 비워놨어요. 클레어가 상자에 소지품을 담아놨을 거예요. 치료사로서 일하는 동안 즐거웠기를 바라요, 에밀리. 앞으로 이 업계 어디에서도 발붙이긴 글렀으니까."

44

집 앞에 주차된 대니얼의 차를 보는 순간 안도감이 홍수처럼 밀려들었다.

코트니에게 여러 번 전화하고 문자도 보냈지만 답이 없었다. 월마트에 잠깐 들러볼까도 싶었으나 코트니를 곤란하게 만들고 싶지 않았다. 심지어 엘리스에게까지 연락해볼 생각도 했지만 지난밤 일을 떠올리면 엘리스는 내가 연락하는 것 자체가 끔찍하게 싫을 터였다. 하다못해 엄마한테라도 연락할까 잠시 고민했지만 엄마라면 질문을 수십 개쯤 던져 오히려 스트레스를 더할 게 뻔했다. 나는 무작정 집으로 차를 몰았다. 나에게 위안이 되어주는 건 오직 대니얼뿐이었다.

대니얼의 차 옆에 나란히 내 차를 주차하고 엔진을 끈 다음, 조수석에 싣고 온 소지품 상자를 들고 현관문을 향해 쉬지 않고 내달렸다.

집 안에 들어와서야 거친 숨을 내뱉었다. 대니얼에게 그간의 일을 어떻게 설명해야 좋을지 몰랐다. 그가 아는 거라곤 옛 친구 올리비아가 죽었으며, 한 번도 언급한 적 없는 다른 친구 한 명이 또 세상을 떠났다는 것, 그리고 느닷없이 친구라며 나타난 여자의 딸을 돌보아준 적이 있다는 것뿐이었다.

"에밀리?"

2층에서 대니얼의 목소리가 들려왔다.

계단 꼭대기에서 그의 발걸음 소리가 들려오길래 위를 올려다보았다. 하지만 그것도 잠시 텔레비전 옆에 놓인 대니얼의 여행 가방이 눈에 들어왔다.

대니얼이 급히 계단을 내려왔다. 내 자리에선 그의 운동화가 먼저 보였다. 그다음엔 청바지, 그리고 티셔츠, 마지막으로 혼란이 가득한 그의 얼굴이 나타났다.

"출근한 줄 알았는데."

나는 여전히 왼쪽 팔에 상자를 안고 있었다. 일단 상자를 현관 옆 테이블에 올려둔 다음 여행 가방을 가리켰다.

"저게 왜 나와 있어?"

대니얼은 긴장한 것 같았다. 정확히 말하면 당혹스러워했다. 대니얼은 계단을 내려오다 말고 멈추어 섰다. 뭔가를 설명하려는 듯 입을 열었지만 이내 말없이 말문을 닫아버렸다. 그는 내 눈을 똑바로 쳐다보지 못했다.

"혹시 집 나가려고 짐 빼는 거야?"

'끓는 물속의 커플을 보라. 거품이 그들 주위에서 소용돌이치며 피어오른다.'

대니얼이 참담한 얼굴로 나를 보았다. 그의 얼굴을 보고 있자니 내 예상이 맞았다는 걸 알 수 있었다.

"에밀리," 속삭임에 가까운 목소리였다. "아예 예상 못했던 것도 아니잖아."

'이 남자를 보라. 뜨거운 물에 데이고 상처 입은 남자가 저 혼자 물 밖으로 나가려고 고군분투 중이다.'

나는 고개를 내저었다. "빌어먹을, 지금 나한테 필요한 건 이런 게 아니었어."

"에밀리, 내가 무슨 말을 해주길 바라는 거야? 우리 사이가 틀어진 게 하루 이틀은 아니잖아."

지난주에 리사가 했던 말이 머릿속을 스쳤다. 대니얼 같은 남자는 절대 헤어지자는 소리를 먼저 하지는 않을 거라 했었다.

"그래서," 내 목소리가 덜덜 떨렸다. "나 퇴근 전에 짐 싸서 나가려던 거야? 나한테 말은 하려고 했니? 아니면 나가놓고 문자 하나 달랑 남기려고?"

"아니. 절대 그런 거 아니야. 당신 돌아오는 시간에 맞춰서 들어오려고 했어. 난 절대 그런……."

대니얼이 고개를 저었다. 참담함을 넘어서는 비통함마저 느껴졌다. 상황을 적절하게 설명하려고 신중히 할 말을 고르는 모습이었다.

"문자가 됐든 뭐가 됐든 자기한테 내가 어떻게 그래."

"그렇게 못할 건 또 뭔데?" 하마터면 웃음이 터질 뻔했다.

대니얼이 쓸쓸한 표정으로 내 얼굴을 골똘히 들여다보았다.

"무슨 일 있어?"

"자기한테 그게 중요하긴 해?"

"에밀리, 이러지 말고."

"이래라저래라 하지 마, 대니얼. 떠날 사람이."

"당신을 버리고 떠나는 게 아니야. 그냥 당신한테 여유를 좀 주고 싶었어. 우리 사이에 시간이 필요하다고 생각했어. 뭘 어떻게 더 해야 할지 모르겠다."

"그것 참 젠틀하네."

내 빈정거림을 못 들은 척 대니얼이 말했다. "일단 잭네 집에서 신세 지기로 했어. 당신도 어머니 댁으로 들어가든가. 아니면 새집 구할 시간이 필요할 테니까, 한 일주일이면 될까?"

순간 잭이 누군지 모르겠다는 사실에 적잖이 충격을 받았다. 당연히 대니얼의 친구 중 하나이겠지만 잭의 얼굴은 물론이고 대니얼이 잭을 어떻게 아는 사이인지, 내가 잭이란 사람을 만난 적은 있는지조차 떠오르지 않았다.

"일주일이라." 나는 조용히 되뇌었다.

"제발, 에밀리, 일을 어렵게 만들진 말자."

대니얼의 말에 나는 신경질적인 소리를 내며 크게 웃고 말았다.

"우리가 이렇게 된 게 받아들이기 힘든 거 알아. 지금껏 당신을 사랑하지 않은 적은 없어. 근데 그냥…… 더 이상 같은 마음으로 당신을 사랑할 수 없을 거 같아. 당신도 나랑 같은 생각하고 있는 거 같고."

"내 감정에 대해 다 안다는 듯 함부로 떠들지 마."

"에밀리."

"됐어. 그만 꺼져. 어떻게 나한테, 다른 날도 아니고 오늘 이런 짓을 할 수 있니?"

대니얼이 어깨를 으쓱하며 말했다.

"오늘이 아니면 언제는 되고? 솔직히 당신도 알고 있었잖아. 우리 사이는 예전에 이미 깨졌어. 그냥…… 우린 원하는 게 서로 다른 거야. 에밀리, 당신은 어떨지 모르지만 난 이렇게 인생을 낭비하고 싶지 않아. 지친다고."

마음 한편으로는 대니얼이 옳다는 걸 알고 있었지만 다른 한편으로는 무엇이든 손에 잡히는 대로 그에게 던져버리고 싶었다. 면전에서 문을 닫아버리고 싶고, 있는 대로 소리를 내지르고 싶고, 애초에 너를 진심으로 사랑한 적이 없었다고 말하고 싶고, 갑자기 커다란 짐을 내 어깨에 지우고 떠나려는 이 남자에게 상처를 주고 싶었다.

"무슨 말 같지도 않은 소리야?"

"일단 아이 문제도 그래. 우리 처음 만났을 때 당신은 아이를 낳고 싶지 않다고 분명히 말했지. 난 아이를 원한다고 했고. 솔직히 시간이 지나면 당신 생각이 바뀔 줄 알았어. 속마음을 제대로 말하지 않은 내 잘못도 있다는 거 인정해. 난 언젠가 내가 당신의 생각을 바꿀 수 있을 거라고 믿었거든. 당신도 아이를 원하게 될 줄 알았다고. 순전히 내 환상이었던 거지. 게다가 당신이 결혼을 계속 미루긴 했지만 결국엔 나랑 결혼할 거라고 믿었어. 근데 이마저도 내 환상이었다는 걸 깨달았어."

집으로 돌아오는 내내 지속되던 떨림이 어느새 멎어 있었다. 지금은 아무 감각이 없었다. 그저 멍하기만 했다. 공허했다. 대니얼의 말이 들리긴 하는데, 뇌에서 그걸 처리하고 이해도 가는데 그에 걸맞은 적당한 감정이 느껴지지 않았다.

"오랜 시간 동안 모르는 척하는 사이에 서로의 간극이 점점 더 벌어지더라. 난 상황이 변하는 순간이 오겠지 싶었어. 언젠가 당신도 나와 결혼하겠다는 결심을 하겠지, 하고."

아래턱에 잔뜩 힘이 실렸지만 그래도 물을 건 물어야 했다.

"근데 뭐 때문에 마음이 바뀌었어?"

"테리," 대니얼이 말했다. "테리랑 놀아주는데…… 내가 얼마나 아빠가 되고 싶어 했는지 기억났어. 그리고 지금처럼 당신만 보고 있다간 아빠가 되는 일은 생기지 않을 거라는 데 생각이 닿았어."

"혹시 다른 사람 생겼어?"

대니얼은 크게 놀란 눈치였다. 그는 나를 보며 두 눈을 끔벅였다. "뭐?"

"다른 여자 있냐고. 바람이라도 피웠느냔 말이야."

대니얼이 내 눈을 가만히 바라보았다.

"아니." 그가 말했다. "당신 모르게 다른 여자랑 잔 적 없어."

대니얼의 말을 믿을 수 없었다. 가짜 페이스북 계정을 떠올렸다. 나도 모르는 제2의 에밀리가 세상 밖에서 내 행세를 하고 있었다. 갑자기 휴이스 바 앤 그릴 뒷문 앞에서 핸드폰을 보며 서 있던 필립이 생각났다. 필립은 코트니와 나에게 그레이스와 꼭 닮은 여자의 사진을 보여주었었다. 올리비아 모르게 뒤에서 모든 걸 조종하고 올리비아를 미쳐버리게 만든 장본인.

입을 악다물고 바르르 떨리는 걸음으로 대니얼에게 다가섰다.

"누구야?"

대니얼의 얼굴에 곤혹스러움이 스쳤다.

"뭐가 누구야?"

"사진 있어?"

"말했잖아. 다른 여자 없다고."

"그 여자 사진 보여줘봐."

"에밀리."

"그 여자 사진 보여달라고!"

대니얼이 황망한 얼굴로 나를 바라보았다. 그의 얼굴에 곤혹스

러움보다 걱정이 더 짙게 드리워졌다. 그는 내 얼굴을 곰곰이 읽다
말고 현관 옆 테이블에 올려둔 소지품 상자에 시선을 돌렸다.

"당신, 오늘 왜 이렇게 일찍 퇴근했어?"

나는 대답하지 않았다. 그와 한 걸음을 사이에 두고 바들바들 떨
기만 했다. 대니얼이 나에게 가까이 왔다.

"에밀리," 그의 목소리는 다정하고 세심했다. "괜찮아? 일단 좀
앉자."

나는 대니얼을 올려다보았다. 그러고 나서 바닥에 놓인 그의 여
행 가방을 보았다. 그리고 다시 대니얼에게 시선을 옮겼다.

내 다음 행동은 나 자신조차 예상하지 못했던 것이었다. 나는 말
없이 현관문을 활짝 열어젖히고 쏟아지는 빗속으로 뛰어들었다.

45

경찰차가 셀프 세차장 뒤쪽 공터에 들어오더니 천천히 내 쪽으로 다가왔다. 정오를 앞둔 시간임에도 차에 전조등이 켜져 있었다. 하늘에는 먹구름이 짙게 끼어 있었고 여전히 비는 세차게 내리는 중이었다.

벤이 차를 세우고는 올라타라는 시늉을 했다. 나는 빗속을 가로질러 조수석 문을 열었다. 좌석 사이의 콘솔에 설치해둔 노트북 때문에 자리가 비좁았다. 부피가 큰 라디오에서는 경찰과 파견 근무를 하는 순찰대가 연이어 잡담을 주고받고 있었다.

"와줘서 고마워." 내가 말했다.

벤은 고개를 끄덕이며 걱정스러운 눈빛으로 나를 보았다. "무슨 문제 있어?"

대니얼을 버리고 나온 마당에 대니얼과 살던 곳을 더 이상 집이라 부르고 싶지도 않았다. 코트니에게 계속 전화를 걸었지만 받지 않았다.

여전히 엘리스에게는 전화할 용기가 나지 않았다. 직장과 약혼자를 한 시간 간격으로 잃은 것도 충분히 창피했지만, 엘리스에게 나를 사칭하는 페이스북 계정에 대한 이야기를 했을 때 엘리스가 나를 믿어주지 않는다면 이보다 수치스러운 일도 없을 것 같았다. 지금 상황에서 전화할 만한 사람이 벤밖에 떠오르지 않았다. 내 목소리에 담긴 절박함을 알아차린 벤이 나를 데리러 오겠다고 했다. 벤이 근무 중이라 가장 쉽게 만날 수 있는 곳을 약속 장소로 정했다. 비가 끊임없이 내리고 있었으므로 세차장이 딱이었고, 특히 세차장 뒤편의 공터는 다른 사람에게 들키지 않게 만나기에 적합했다.

"네 말을 들었어야 했어." 빗물이 전면 유리창을 때렸고 와이퍼가 천천히 왔다 갔다 했다.

"무슨 말이야?"

"주말까지 기다려서 너랑 같이 딕슨으로 갔었어야 했다고."

"벌써 거기 갔다 왔어? 어떻게 됐는데?"

나는 벤에게 지난밤 일을 들려주었다. 코트니, 엘리스와 차로 베스퍼 로드까지 갔고 화가 난 그레이스네 엄마가 우리에게 총을 겨누었지만 설득 끝에 겨우 도망칠 수 있었다고 말했다. 돌아오는 길에 코트니가 인터넷에서 그레이스와 관련된 신문 기사를 찾아냈다는 이야기까지 전부 털어놓았다.

"세상에," 벤이 말했다. "경찰에 신고 안 했어?"

"안 했어. 그냥 도망치고 싶었어. 게다가 거기까지 간 목적도 달성했고."

"그래서 그레이스가 이미 사망한 상태라고."

"응."

"미안하네."

"뭐가 미안해?"

"그냥 모든 게 다. 그동안 줄곧 넌 그레이스가 살아 있다고 생각했을 텐데."

벤은 할 말이 더 있어 보였지만 하지 않았다.

"벤, 데스티니가 아내한테 마지막으로 보낸 문자가 '베스퍼'였어. 그리고 그레이스는 베스퍼 로드에 살았었고."

"그 부분은 석연치 않은 구석이 있어. 하지만 어쨌든 그레이스가 한 짓은 아닌 거잖아."

벤은 나와 말싸움을 벌이고 싶지 않은 눈치였다. 운전석에 가만히 앉아 나를 살피는 벤의 눈빛에 아주 오래전의 다정함이 녹아 있었다. 대니얼이 떠나고 남은 마음속의 빈자리를 채워줄 다정함이라고나 할까.

하지만 곧 깨달았다. 나는 갑자기 몰려든 스트레스에 시달리며 심신이 나약한 상태였다. 집중해야 했고, 또렷하게 정신을 차릴 필요가 있었다.

"그래 백번 양보해서 그렇다 쳐. 근데 오늘 아침에 다른 일이 또 있었어."

나는 벤에게 완다, 재니스, 법률 자문가 채드 퍼킨스와 했던 면담 내용과 그들이 들이민 페이스북 게시글 이야기도 해주었다.

벤은 또다시 탄식했다. "맙소사, 누가 그딴 걸 올렸는지 넌 전혀 모르고?"

"전혀. 하지만 누가 그랬건 간에 내가 해고당할 거라는 사실은 분명히 알았을 거야. 꽤 오래 준비한 거 같아. 내가 아는 건 그 가짜 계정이 최근에 새로 만들어진 건 아니라는 사실이야. 뒤에서 이 모든 걸 조종하는 사람이 누구든 내 머릿속을 혼란스럽게 하려는 게 분명해. 데스티니와 올리비아의 정신을 흔들어놓았던 것처럼. 내 생각엔⋯⋯," 이쯤에서 나는 잠깐 숨을 고르며 침을 삼켰다. "누군가 내가 자살할 때까지 날 밀어붙이려는 것 같아."

"아이코, 에밀리, 말도 안 되는 소리라는 거 너도 알지?"

"데스티니하고 올리비아는 죽었어, 벤. 스스로 목숨을 끊었거나 최소한 자살처럼 보이도록 꾸며냈다고."

"너 진짜 제정신이 아니구나."

"나 안 미쳤어!" 잔뜩 흥분한 목소리가 차 안에서 메아리처럼 울려 퍼졌다. "그렇지만 난⋯⋯ 그래, 내 생각에도 내가 미쳐가는 것 같아."

벤은 무슨 말을 해야 할지 모르겠다는 듯 나를 빤히 보기만 했다.

"그러고 나서 집에 왔는데," 나는 고개를 저으며 말을 이어나갔다. "대니얼이 헤어지재."

벤이 이해가 되지 않는다는 듯 고개를 갸웃거렸다.

"짐까지 다 싸놨더라." 내가 말했다.

벤의 시선이 내 손의 다이아 반지로 향했다.

"근데 반지는 아직⋯⋯."

"알아. 돌려줘야지. 차에 타기 전까진 반지를 끼고 있는 줄도 몰랐어. 반지를 발견했을 땐 다시 안으로 들어가고 싶지 않았고."

처음에 벤은 아무 말없이 나를 보기만 했다. 어느덧 눈가에 배어 있던 다정함이 사그라지고 있었다.

벤이 물었다. "여기 왜 왔어?"

"뭐? 너한테 전화한 건⋯⋯."

"그러니까 내 말은, 왜 내 인생에 다시 끼어들었냐고. 다신 널 못 볼 거라 생각했어. 솔직히 말할까? 빌어먹을, 에밀리, 넌 내 심장을 짓밟았잖아."

나는 아무런 대꾸도 할 수 없었다. 어떻게 반응해야 할지 몰라 당황스러웠다.

벤이 핸들을 노려보다가 천천히 나를 향해 고개를 돌렸다.

"줄리아는 너한테 차이고 반발심에 만났던 거였어. 오래 만날 생각도 없었다고. 결혼할 생각은 더더욱 없었고. 젠장, 그 여자랑 애를 낳을 생각은 추호도 없었는데. 근데 그 빌어먹을 게 이제 내 인생이야. 망할 네가 내 인생을 조져났다고."

"대체 무슨 소리야?"

벤은 여전히 운전대를 뚫어져라 노려볼 뿐이었다. "평생 널 못 잊는 내 자신이 싫었어. 멍청한 새끼라며 자책했어. 너한테 너무 잘해줬구나, 내가 너무 순진했구나, 하면서 말이야. 난 네가 해달라는 건 다 해줄 준비가 돼 있었다고. 근데 다 잊고 잘 살고 있었는데…… 코트니가 연락해서 나갔더니 거기 네가 있네. 그리고 난…… 단호하게 거절했어야 했는데, 엿이나 먹으라고 하고 나왔어야 했는데 그러질 못했어, 빌어먹을."

비가 거세게 차 유리를 두드렸다. 와이퍼는 여전히 좌우로 움직이며 빗물을 닦아내고 있었다.

"줄리아와 함께 있을 때도 그게 걔가 아니라 너라면 어떨까 상상해." 그가 잠시 진정된 듯 말했다. "너라면 어땠을까 지금까지도 궁금하다고."

벤의 목소리가 차츰 낮아졌다. 나를 바라보는 그의 눈빛에 이전에 본 적 없던 허기가 배어 있었다.

벤이 나를 향해 다가오기 시작했다.

내가 뒤로 물러나며 소리쳤다. "뭐 하는 짓이야?"

벤의 눈빛이 원점으로 돌아오며 처음엔 혼란으로 그다음엔 분노로 바뀌었다.

"내숭 떨지 마." 벤의 얼굴이 붉으락푸르락했다. "왜 자꾸 내 머릿속을 헤집어놓느냔 말이야."

"무슨 말인지 알아듣게 얘기해."

벤이 다시 핸들을 노려보다가 참을 수 없다는 듯 소리를 질렀다.

"당장 내려."

나는 차 문을 열고 빗속으로 걸어 나왔다.

동시에 경찰차가 굉음을 내며 출발했다. 세차장 끝을 돌아 나가는 타이어의 마찰음이 귀를 때리며 시야에서 사라졌다.

46

　정수리 위의 형광등 불빛이 지나치게 밝고 강렬했다. 불쾌할 정도로 눈부셔서 머리가 다 지끈거릴 정도였다. 나는 고개를 푹 숙이고 매장 앞쪽의 계산대를 따라 걸으며 계산원들의 얼굴을 하나하나 살폈다.

　코트니는 없었다.

　휴식 시간일 수도 있었다. 잠깐 화장실에 갔거나. 코트니가 계산대에서만 일하나? 어쩌면 재고 정리를 하고 있을지도 몰랐다.

　고객 센터에도 가보았지만 다섯 명이 넘는 사람들이 줄을 서 있었다. 나는 갑자기 나타나서 코트니를 곤란하게 만들고 싶지 않았다. 이유가 무엇이든 코트니는 직장에서 살얼음판을 걷는 것 같다고 왕왕 말했었다. 굳이 그 얼음판에 균열을 일으키고 싶지 않았다.

　그나마 상냥해 보이는 한 중년 여성이 있는 계산대에 가서 주시 프루트 껌 한 통을 집어 들었다. 내 차례가 되어 컨베이어 벨트에 껌을 올려놓았다. 여자는 나에게 미소를 짓더니 바코드를 찍었다.

　"아직도 비가 오나 봐요?" 여자가 물었다.

나는 고개를 끄덕이며 다른 줄에 있는 계산원들을 슬쩍 보고 나지막이 물었다. "혹시 오늘 코트니 출근했나요?"

계산원의 얼굴에 드리워졌던 미소가 주춤했다. "글쎄요, 친구세요?"

"네."

"코트니 딸내미 이름이 뭔데요?"

"테리요."

"아들은?"

"아들은 없고요."

계산원이 잠자코 내 표정을 살펴보더니 금전 출납기에 열쇠를 꽂고 껌을 옆으로 치웠다.

"코트니 지금 없어요. 좀 전에 웬 여자 둘이 얘기 좀 하자면서 나타났는데, 불같이 화를 내더니 그 사람들하고 나갔어요. 어디 갔는지는 모르고. 비비안은 당연히 엄청 열 받았고요. 허구한 날 코트니랑 담판을 짓겠다고 벼르고 있었거든. 그러니 이번 일로 보란 듯이 코트니를 해고시키려고 하겠죠, 뭐."

비비안이 누군지 몰랐지만 물어보진 않았다. 나는 얼이 빠져 중얼거렸다. "감사합니다."

"전화는 해봤수?"

"네."

"뭐, 다시 해봐요. 상태가 별로라 전화를 안 받은 걸 수도 있으니까. 1달러예요. 현금으로 할래요, 카드로 할래요?"

◇

계단을 뛰어 올라가 2층에 다다랐다. 이곳은 여전히 어둡고 습했다. 주먹으로 문을 두드렸다. 그러고는 안에서 무슨 소리가 들리는지 문에다 귀를 바짝 댔다.

집 안은 고요했다.

또다시 문을 두드렸다. 잠깐 멈추었다가 두드리기를 반복했다.

아무런 반응이 없었다.

휴대폰을 꺼내 코트니에게 전화를 걸었지만 바로 음성 메시지로 넘어갔다. 이번에는 음성 메시지를 남기기로 했다.

"지금 너희 집 앞이야. 월마트에도 갔었는데 네가 웬 사람들이랑 나갔다고 해서. 나 걱정돼 미칠 것 같아. 전화 좀 부탁해."

계단을 내려가려다 말고 문득 떠오르는 게 있었다. 나는 다시 현관문으로 돌아갔다. 이번엔 세 번에 걸쳐 두드렸다. 예전에 코트니가 테리에게 알려주었다던 신호 그대로 위에 두 번, 아래 두 번, 그리고 가운데를 한 번 두드렸다.

카펫을 총총 걷는 소리, 조용한 목소리 같은 것을 기대하며 기다렸지만 여전히 집 안은 조용했다. 말을 걸어볼까, 소리를 쳐볼까, 비명을 질러볼까 고민했지만 그만두었다.

떠나기 전 혹시 몰라 문고리를 돌려보았다. 문은 잠겨 있었다. 잠겼으니 문고리가 당연히 돌아가지 않겠지. 집에는 아무도 없는 게 분명했다. 코트니도, 테리도……. 그렇다면 둘은 지금 어디 있는 걸까?

"학교." 나는 혼잣말로 중얼거렸다.

맞다. 학교다. 테리가 다니는 학교로 가보자.

서둘러 계단을 내려갔다. 학교에서의 내 목표는 명확했다. 머릿속에는 이미 그림이 그려지고 있었다. 먼저 교무실 직원과 이야기를 해보고, 교장 선생님을 만날 수 있는지 물어보면 될 것이었다.

바깥은 여태 비가 쏟아지고 있었다. 주차창 너머를 힐끗거리는데 문득 누군가가 멀리서 나를 지켜보는 듯한 느낌을 받았다. 하지만 그런 데 신경 쓸 여력이 없었다. 나는 내 차를 향해 달리는 데에만 몰두했다.

생각이 정리되는 데에는 1, 2초 정도가 걸렸다. 걸음을 재촉하다 말고 나는 고개를 다시 돌려보았다. 멀리 사람이 하나 서 있었다. 노란색 레인코트를 입은 여자였다. 후드를 쓰고 있어서 검은 머리와 창백한 피부 외에는 아무것도 보이지 않았다.

여자는 나를 똑바로 쳐다보고 있었다.

무엇보다 여자는 웃고 있었다.

그레이스였다.

◇

주차장을 가로질러 질주했다. 차 사이를 미친 듯이 누볐다. 시선은 그레이스를 주시한 채였다. 잠깐이라도 눈을 깜박이면, 한시라도 시야에서 놓쳐버리면 그레이스가 금방 사라질 거란 사실을 알고 있었다.

그레이스는 움직이지 않았다. 계속 같은 자리에 서서 나를 보며 웃고 있었다.

주차장을 절반쯤 지났을 때 그레이스가 손을 뻗어 후드를 푹 내리고는 아파트 건물 사이의 반대편 좁은 길로 뛰기 시작했다.

"그레이스, 거기 서!"

나는 전력 질주하며 소리를 질렀다. 세찬 비가 얼굴을 때렸다. 금세 온몸이 흠뻑 젖었다. 저 멀리 골목 끝에 선 그레이스가 보였다.

그레이스는 코너를 돌더니 사라져버렸다.

"그레이스!"

나는 멈추지 않았다. 조금만 더 빨리 달리자, 제발. 젖은 머리카락이 얼굴에 들러붙고, 어깨에 걸친 핸드백이 제멋대로 왔다 갔다 했다.

그렇게 골목 끝에 다다랐다. 그레이스는 왼쪽으로 꺾고 있었다. 나도 같은 방향으로 틀었다.

그러고는 우뚝 멈추어 섰다.

그 자리에 얼어붙은 채로 아파트 건물 뒤쪽을 눈으로 샅샅이 살폈다.

몇 걸음 앞에 쓰레기통 두 개가 있었다. 아파트 단지 뒤쪽으로 솟은 언덕에는 나무들뿐이었다.

아무도 없었다.

나는 고개를 가로저으며 중얼거리기 시작했다. "아니야, 아니야, 아니야, 아니야." 좌우를 번갈아 돌아보고, 숲을 내다보았다.

분명 여기 있었어. 맞잖아.

빗소리와 함께 쓰레기통 옆의 유리병이 데구루루 구르며 나지막한 소음이 새어 나왔다.

소리가 나는 쪽으로 홱 몸을 틀었다. 나도 모르게 몸에 힘이 들어갔다.

"그레이스?"

아무 대답이 없었다.

당연히 대답이 없겠지, 하는 생각이 스쳤다. 그레이스는 죽었으니까.

하지만 나는 흔들리는 발걸음을 한 걸음, 한 걸음 천천히 앞으

로 내디뎠다. 그러고는 수풀이 우거진 쪽으로 비스듬하게 방향을
틀었다.

"그레이스?" 다시 불러보았다. 죽은 사람 이름을 이렇게 소리 내
부르다니 말도 안 되는 짓이었다. 게다가 비가 마구 쏟아지는데 우
산도 없이 흠뻑 젖어서는 아파트 뒤편을 어슬렁거리는 일 자체가
황당하기 짝이 없었다. 하지만 나는 분명히 그레이스를 보았다. 그
리고 내가 본 그 그레이스가 쓰레기통 옆에 웅크리고 숨어 있을 것
만 같았다.

몇 걸음 떨어져서 지켜보는데 뭔가가 홱 움직였다. 까만 물체가
낮게 움직이다가 내 앞을 쏜살같이 튀어 나가 나무 사이로 숨어버
렸다. 고양이였다.

고양이는 순식간에 사라졌다. 나는 크게 소리 내서 웃고 싶었다.
그렇게 하지 않으면 눈물이 터져버릴 것 같았다.

별안간 내 뒤에 누군가 서 있는 듯한 기분이 들었다. 실은 그레이
스가 쓰레기통 사이에 숨어 있었고 손에 칼을 든 채 내 뒤에서 조
심스럽게 다가오고 있는 게 아닌가 하는 섬뜩한 기운이 엄습했다.

나는 주먹을 움켜쥐고 몸을 재빨리 돌렸다…… 물론 거기엔 아
무도 없었다.

고양이가 넘어뜨린 초록색 맥주병이 눈에 들어왔다. 젖은 상자
뒤에 맥주병 몇 개가 세워져 있었다. 아파트에 사는 10대들이 부모
님 몰래 냉장고에서 꺼내왔을 것이다.

나는 물에 빠진 생쥐 꼴로 골목길을 따라 왔던 길을 되돌아가기
시작했다.

그러면서도 등 뒤를 자꾸 돌아보지 않을 수 없었다.

47

종업원이 참치 치즈 샌드위치와 감자 칩 접시를 내 앞에 내려놓으며 다정한 미소를 건넸다. 다른 손에는 커피 주전자가 들려 있었다. 종업원은 엘리스에게 커피를 리필해주며 음식을 주문하겠냐고 물어보았다.

"괜찮아요. 감사합니다."

종업원은 살짝 웃으며 다른 테이블로 갔다. 엘리스는 커피를 마시며 잔 너머로 나를 힐끔 보았다.

"뭘 좀 먹어야지."

나는 고개를 저으며 접시를 밀어냈다. "배 안 고파. 그냥 테이블만 차지하고 앉아 있기 민망해서 시킨 거야."

엘리스가 식당 내부를 두리번거렸다. 어느덧 시간은 오후 세 시 반이 넘어가고 있었고 식당의 테이블은 반 정도밖에 차지 않았다. 비는 잦아들었지만 하늘에는 여전히 먹구름이 짙게 깔려 있었다.

엘리스가 커피를 한 모금 더 삼키며 내 얼굴을 살폈다. 엘리스는 내가 걱정된다는 듯 마치 우리 엄마처럼 애잔한 표정을 짓고 있었다.

"난 미치지 않았어." 내가 말했다.

"네가 미쳤다고 한 적 없어."

"엘리스, 나 걔 봤어. 진짜야."

"나도 네 말 믿어. 근데 난 네가 걜 봤다고 착각하는 걸 믿어. 에밀리, 너 요즘 너무 많은 일을 겪었잖아. 지칠 만도 하지. 여기 도착해서 네가 차에서 자는 거 봤어. 당연히 그럴 만해. 네가 겪은 일이 얼마나 스트레스일지. 특히 어젯밤엔……."

엘리스는 말을 더 잇지 못했다. 나는 화제를 바꾸어야겠다고 생각했다. 특히 해변 산책로에서 그레이스를 본 적이 있다는 이야기는 죽어도 하고 싶지 않았다.

"넌 좀 어때?"

엘리스가 얼굴을 찡그렸다. "뭐가?"

"네 얼굴에 다 써 있어. 무슨 일인데?"

엘리스가 커피를 다시 한 모금 마시고는 창문 너머 고속 도로로 시선을 옮겼다. 엘리스는 한참을 아무 말이 없다가 조심스럽게 목소리를 가다듬으며 입을 열었다.

오늘따라 엘리스의 남자 친구에게서 아무 연락이 없었다. 엘리스와 남자 친구는 매일 아침 서로에게 안부 문자를 보냈다. 엘리스가 먼저 문자를 보냈지만 답장이 없었다. 법원에서 사건 사이사이에 휴대폰을 확인했지만 남자 친구 제임스에게서는 아무 연락이 없었다. 중간에 만나자는 내 문자도 보았지만 어젯밤 일로 짜증이 나서 그냥 무시해버렸다. 휴정과 함께 점심시간이 되어 평소 즐겨 가던 식당에 갔는데 제임스에게 전화가 왔다.

"제임스가 전화했을 때 식당에서 줄을 서고 있었거든……. 아무

튼 전화가 오니까 갑자기 안심이 되더라고. 이상한 소리처럼 들리
겠지만 신났다고 해야 하나. 중학교 때로 돌아간 것처럼 바보같이
설레기도 하고. 근데 제임스가 다짜고짜 인사도 없이 뭐라는 줄 아
니?"

"뭐라고 했는데?"

엘리스가 뾰로통한 얼굴로 애먼 커피잔만 뚫어져라 쳐다보았다.
그러다 엘리스의 두 눈이 나를 향했다. 순간 엘리스가 그 어느 때보
다도 나약하고 힘들어 보였다.

"느닷없이 나더러 나쁜 년이래. 그러더니 더러운 년이니 창녀니
하면서 비슷한 욕을 계속 퍼부어대는 거야. 너무 갑작스러워서 뭘
어찌해야 할지를 모르겠더라. 식당 안에 사람들이 많았는데 그냥
막 눈물이 터지더라고. 줄에서 나와서 화장실로 갔지. 마침 빈칸이
하나 있어서 거기서 제임스가 미쳐 날뛰면서 소리 지르는 걸 듣고
만 있었어."

"뭐라고 하면서 그렇게 욕을 했는데?"

"결혼이 하기 싫었으면 그냥 싫다고 할 것이지 왜 자기 부모님까
지 끌어들였냐는 거야."

엘리스는 눈물을 흘리기 시작했다. 나는 테이블에 있던 휴지를
뽑아서 엘리스에게 건넸다.

"그 사람 부모님을 어떻게 끌어들였다는 거야?"

엘리스는 제임스를 만나기 전에 트레비스라는 남자를 사귀었다.
한번은 트레비스와 라스베이거스로 주말여행을 갔다. 베네시안 호
텔에 머물며 즐거운 시간을 보냈고, 여행 마지막 날 밤 잔뜩 취한 트
레비스가 섹스 비디오를 찍자고 졸랐다.

멍청한 짓이라는 걸 엘리스도 알았다. 그런데 동시에 재미있을

것 같다는 생각도 들었다. 혹시 모르니 일단 엘리스의 휴대폰으로 사진만 몇 장 찍어보자고 했고 트레비스도 알겠다고 했다. 엘리스는 트레비스 앞에서 이런저런 포즈를 취했다. 조금씩 분위기가 달아오르고 트레비스가 동영상을 찍었다. 사진과 영상은 클라우드에 자동으로 저장되었다. 엘리스는 사진과 영상이 클라우드에 저장되어 있다는 걸 인지하고 있었고, 트레비스와 헤어진 이후에도 별 신경 쓰지 않고 내버려두었다. 그런데 어찌 된 영문인지 누군가 엘리스의 클라우드에 접속해서 사진과 영상을 제임스의 부모님에게 보내버렸다.

"세상에." 내가 중얼거렸다.

엘리스는 안경을 벗고 피곤이 가득 밴 눈을 비비적거렸다.

"제임스가 전화를 끊어버렸는데. 그러고 나서도 한참을 화장실에 있다가 나왔어. 법원에 다시 돌아가야겠다는 생각은 하지도 못했고. 못 들어간다는 전화도 안 해줬어. 그냥 집에 가서 좀 누워야겠단 생각밖에 없었어. 근데 그때 네 문자가 생각나서 여기서 만나자고 한 거야."

"제임스가 일단 진정을 좀 하면, 네 말을 들어주지 않을까?"

"몰라. 그러면 좋겠지만. 왜 전 남자 친구랑 찍은 그런 사진들을 안 지웠냐고 물어볼 게 뻔한데, 솔직히 그럴싸한 핑계가 없어. 그 사진들이 딱히 마음에 들어서 놔둔 것도 아니야. 찍어놓고 안 보는 사진이 수백 장이라고."

"너 말고 또 누가 클라우드 계정에 접속할 수 있어?"

"아무도 없지. 나밖에 접속 못해."

"그럼 어떻게……."

"그걸 모르겠다니까." 엘리스는 한기를 느낀 듯 자신의 팔뚝을 쓸어내렸다. "너무 무서워."

나는 커피를 한 모금 삼키며 무슨 말을 해야 할지 생각했다. 그러다가 엘리스 옆에 놓인 가방을 발견했다.

"좀 개인적인 질문 하나 해도 돼?"

엘리스의 입꼬리가 씩 말려 올라가며 내키지 않는 듯한 미소를 지었다.

"그럼. 뭐든지."

"너 총 맨날 들고 다니는 거야?"

엘리스가 본능적으로 가방에 손을 댔다. 얼굴에서 웃음기가 싹 가시며 의심스러운 눈으로 물었다.

"어떻게 알았어?"

"어젯밤에 말이야. 네가 가방 속으로 총 만지는 거 봤어."

엘리스는 살짝 당황한 기색으로 시선을 멀리 보내며 고개를 흔들었다. 천천히 입을 열기 시작한 엘리스는 속삭이듯 중얼거렸다.

"그 여자가 우릴 죽일 줄 알았어. 난…… 선택의 여지가 없다고 생각했어."

"그게 아니라 총을 항상 들고 다니냐고."

"가능한 한 늘. 법정에서는 총기 소지가 금지이니까 그땐 차 글러브 박스에 넣고 잠가놔."

"들고 다닌 지는 얼마나 됐어?"

"2년쯤."

"혹시 전에 무슨 일 있었어?"

엘리스는 또다시 시선을 피했다.

"말하기 싫으면 안 해도 돼."

"아니, 그런 게 아니라, 그냥……. 단도직입적으로 말해줄게. 성

폭행을 당했어. 사무실에서 혼자 야근하고 나왔는데 주차장에서 갑자기 웬 남자가 나타났어. 순식간이라 제대로 방어도 못했어. 그때 총이 있었으면……," 엘리스의 목소리가 뚝 끊겼다. 엘리스는 대수롭지 않다는 듯 어깨를 으쓱했다. "그랬다면 얘기가 달라지지 않았을까. 아닐 수도 있지만. 어쨌든 이후로 늘 총을 가지고 다녀."

나는 경찰차에서 보았던 벤의 허기진 눈빛이 떠올랐다.

"어젯밤엔 정말 무서웠어. 다행히 총을 쓸 일이 생기지 않았으니 망정이지. 그리고 코트니랑 내가 널 이런 일에 끌어들인 것 같아서, 미안해."

걱정과 죄책감으로 내 목소리가 점점 잦아들었다.

"코트니는 괜찮을 거야. 괜찮아야지. 코트니도 하피스인데."

엘리스의 말을 웃으면서 넘길 수 있다면 얼마나 좋을까. 나는 무슨 말을 하려다 말고 그저 애꿎은 커피만 들이켰다.

엘리스가 눈살을 찌푸리며 물었다. "왜?"

"아무것도 아니야. 그냥…… 오늘 아침에 골목길에서 그 난리를 치는데, 혹시 코트니가 이번 일을 조종하는 건 아닌가 싶은 생각이 잠깐 들었어. 코트니는 페이스북을 아주 잘 활용하는 애니까 날 직장에서 잘리게 하려고 가짜 계정을 만드는 일쯤은 식은 죽 먹기 아니겠니? 근데 말도 안 되지."

엘리스가 생각이 많은 얼굴로 커피를 마셨다.

"넌 왜?" 내가 물었다. "내가 너무 정신 나간 얘길 해서?"

엘리스가 잔을 내려놓으며 어깨를 으쓱했다.

"나도 모르겠다. 요즘 이상한 일이 너무 많았잖아. 오늘 일만 해도 그렇고. 솔직히 코트니가…… 과연 너한테 처음부터 얼마나 솔직했을까 싶네."

"무슨 뜻이야?"

"우리 만나서 술 마셨던 날 네가 농장 집 얘기 꺼냈잖아."

"그랬지. 근데?"

미간을 찌푸린 엘리스의 얼굴은 다시 보아도 엄마가 나를 걱정할 때 짓는 그것과 꼭 닮아 있었다.

"에밀리, 그날 너도 그 자리에 있었어. 농장 집에. 우리랑 그 남자애들이랑 다 같이……."

"아니야." 나는 세차게 고개를 저었다. 온몸이 시체처럼 굳어버린 것 같았다. "아니야. 나 그때 외출 금지당했었어."

"그날 그 자리에 없던 건 데스티니야. 부모님이 주말에 데스티니를 데리고 무슨 여행을 간다고 그랬잖아. 넌…… 우리랑 같이 있었고."

나는 아무 말도 하지 못했다. 아니, 아무 말도 할 수 없었다. 속이 메스꺼웠다. 엘리스의 말이 사실일까? 그날 밤 나도 그 자리에 있었고, 후에 스스로 그 기억을 없애버린 걸까? 가능성은 있었다. 극심한 트라우마를 겪은 사람들은 기억을 묻어버리거나 다른 것으로 기억을 대체하기도 한다. 이런 걸 심리학 용어로 '분열'이라고 한다. 나는 유사한 고통을 겪는 사람을 상담한 적이 있었다.

월요일 아침 쉬는 시간에 화장실에서 데스티니가 지난 주말 농장 집에서 있었던 일에 대해 말해주었던 장면을 떠올려보았다. 엘리스의 말이 사실이라면 내 기억이 잘못된 걸 수도 있었다. 어쩌면 내가 데스티니에게 사건의 전말을 알려준 전달자였을지도 몰랐다. 그렇다면 잘못된 일이라는 건 알았지만 아무것도 할 수 없었다고 항변하던 사람이 나였고, 나중에 복도에서 엘리스를 끌고 가 따진 게 데스티니였다는 이야기가 된다. 올리비아를 무시하고 엘리스에게 단둘이 할 말이 있다고 한 사람이 내가 아니라 데스티니였다는 것이다. 혹시 데스티니가 엘리스에게 사건의 자초지종을 따져 물을 때 내가 그 애들을 옆에서 지켜보았던 걸까?

내가 그 자리에 있었기 때문에 기억이 이토록 생생한 게 아닌가 하는 생각이 머릿속에 스쳤다.

"코트니도 기억 못하는 걸 수도 있지." 엘리스가 덧붙였다. "아니면 네 말을 제대로 못 들었거나. 근데 난 코트니가 네 말을 그냥 지나쳤다는 게 좀 이상했어. 네가 이미 화가 많이 나 있었으니까, 불난 데 부채질하기 싫어서 그런 건가⋯⋯."

"내가 정말 그날 밤에 거기 있었어?"

엘리스가 고개를 끄덕였다. "나도 없던 일이었으면 좋겠다."

엘리스가 몸을 가볍게 떨며 커피를 한 모금 삼킨 다음 정장 소매를 말아 올리며 손목시계의 시간을 확인했다.

"코트니한테 다시 전화해봐." 엘리스가 말했다.

나는 멍하게 고개를 끄덕이며 휴대폰을 들었다. 코트니에게 전화를 걸었지만 이번에도 전화는 곧바로 음성 메시지로 넘어갔다.

"안 받아."

엘리스가 걱정스럽다는 듯 고개를 끄덕였다. "빨리 커피만 마시고 하이랜드 에스테이트로 가볼래?"

"그래. 그러자."

"오늘 밤엔 어디서 자려고?"

"모르겠어. 일단은 대니얼이랑 살던 집에 가야겠지. 이 상태로 엄마 얼굴은 도저히 못 보겠다."

엘리스가 말없이 커피를 한 모금 더 들이켰다. 손가락의 다이아 반지가 조명을 받아 반짝였다. 나는 내 반지를 빼내 손안에서 가볍게 굴려보았다.

"그 반지 네가 가질 거야?" 엘리스가 물었다.

"아니. 싫어."

"가져도 법적으로 문제는 없을걸."

"그냥 반지는 대니얼과 나 사이의 약속의 징표 같은 상징적인 물건이잖아. 그런데 내가 그 약속을 깨버렸으니까."

"뭔 소리야? 헤어지자고 한 건 그 남자야."

나는 반지를 물끄러미 바라보며 살포시 고개를 저었다.

"대니얼이 그러더라. 내가 자기랑 결혼하고 싶어 하지 않는 것 같대. 근데 말이지, 대니얼 말이 맞아. 나도 예전엔 결혼하고 싶었지. 오해하지 마. 나도 그 사람 사랑했어. 아니, 아직도 사랑해. 근데 그 사람한테 부당한 요구를 한 것도 사실이야."

"네가 무슨 요구를 했는데?"

"아이 말이야. 난 아이를 낳고 싶지 않아. 그러니까 내 말은, 아이를 낳고 싶지 않다기보다 난…… 나중에 내가 낳은 아이가 어떻게 클지 걱정돼. 다른 여자들은 아이가 장애를 가지고 태어날 걸 걱정하거나 건강하지 않은 아이가 태어날까 봐 걱정하잖아. 근데 난 다른 게 걱정되는 거야. 아들이든 딸이든 나중에 학교에 갈 건데, 혹시 누가 그 애를 괴롭히거나 반대로 그 애가 누굴 괴롭히면 어떡할까 싶더라고. 우리가 그레이스에게 한 짓이 머릿속에서 떠나질 않아. 난 우리가 그레이스를 괴롭혔던 것처럼 누가 내 아이를 괴롭힐까 봐 걱정돼서 미칠 거 같아. 최악의 상황에서는 내 아이가 왕따 주동자가 될 수도 있고."

내 목소리가 점점 작아지다가 나만 들을 수 있을 만큼의 속삭임으로 바뀌었다. "나처럼."

"선택지가 꼭 그렇게 둘로 나뉘는 건 아니야."

"무슨 뜻이야?"

"어떤 애들은 괴롭힘을 당하지도, 괴롭히지도 않는다고."

나는 커피 잔을 보며 씩 웃었다.

"왜 웃어?" 엘리스가 물었다.

"아니. 그냥…… 이런 얘긴 아무한테도 해본 적이 없어서. 상담 선생님에게도 이런 얘긴 안 했는데."

그러다 문득 엘리스와 내가 상담 치료를 받고 있다는 사실이 떠올랐다. 담당 치료사가 다를지라도 아무튼 같은 상담 센터에 다니지 않았던가. 엘리스에게 상담 센터에서 본 이야기를 할까 하다가 엘리스를 당황스럽게 만들고 싶지 않아 그만두었다.

"불편했다면 미안." 내가 말했다.

"아니야. 전혀 안 그래. 이런 얘기를 해주니 오히려 고맙네." 엘리스의 얼굴에 짤막한 미소가 스쳐 지나갔다. "비밀 얘기하던 어린 시절로 돌아간 것 같고."

이번에는 엘리스 차례였다. "솔직히 중학교 졸업하고 너랑 다시 연락하게 될 줄 몰랐어. 너도 그렇고, 다른 애들도 그렇고. 당시에 아빠가 어찌나 화를 내던지 매켄지네 부모님처럼 전학을 보내지 않은 게 이상할 정도였다니까." 엘리스가 목소리를 가다듬으며 말했다.

엘리스는 손바닥을 가만히 내려다보았다. 매켄지가 하피스 패거리를 자기 방으로 불러들였던 날을 생각하고 있는 게 분명했다.

"네가 마음을 열어줬으니 나도 똑같이 하는 게 맞겠지." 엘리스가 나지막이 말했다.

나를 보는 엘리스의 눈빛에 후회 같은 게 어려 있었다. 뭐라 형용

할 수 없는 그 눈빛에 긴장감이 밀려들었다. 문득 엘리스가 무슨 말을 하건 듣고 싶지 않았다.

"뭔데?"

"매켄지랑 내가 그레이스를 도와서 농장 집에 불을 지르고 남자애들한테 복수했단 얘기 기억나지? 그 사건 있고 나서부터 그레이스가 좀…… 이상하게 굴었잖아. 기억나? 하루는 매켄지랑 내가 왜 그러는지 대놓고 물어봤어. 그랬더니 그때부터 그레이스가 우리를 협박하기 시작했어."

예상치 못한 이야기가 엘리스의 입에서 흘러나왔다.

"너희를 협박했다고?"

"막 심하게 압박한 건 아니고. 아무튼 우리 부모님은 진실이 밖으로 새어나가지 않길 바라셨고, 그레이스랑 걔네 엄마는 돈 좀 뜯어낼 수 있을 거라 생각했는지……. 확실한 건 그레이스가 뭘 하려는진 알겠더라. 매켄지는 엄청 열이 받았고, 너도 걔 어떤 앤지 알잖아. 말 그대로 꼭지가 돌았어. 그래서 메모리얼 데이 주말에 별장으로 그레이스를 초대한 거야. 그레이스가 주제 파악을 확실히 할 수 있게 해주겠다면서, 다 계획이 있다고 하더라고."

엘리스는 멍하니 커피 잔을 보며 고개를 흔들었다. 지난밤 엘리스가 차창 밖을 응시하던 모습이 생각났다. 우리가 한 짓을 생각하면 아직도 괴롭다고, 사건이 그 정도로 끝난 건 천운이었다고 말했었다.

그때 종업원이 다시 와서 커피가 더 필요하냐고 물었다. 종업원은 내온 상태 그대로인 샌드위치를 보며 인상을 찌푸렸다.

"음식이 입맛에 안 맞으세요?"

엘리스의 갑작스러운 고백에 놀란 마음을 진정시키느라 대답하는 데 시간이 좀 필요했다. 여태껏 즉흥적으로 꾸민 일인 줄 알았는데 매켄지가 치밀하게 계획한 거였다니. 매켄지가 하피스의 우두머리로서 멤버들을 쥐락펴락한 건 알고 있었지만 이 정도일 줄은 몰랐다. 하피스 애들은 매켄지가 내키는 대로 조종하는 꼭두각시에 불과했던 것이다.

엘리스가 테이블 아래로 내 발을 툭 쳤다. 나는 정신을 차리고 어색하게 웃으며 말했다.

"괜찮아요. 저희 계산 좀 해주세요."

"네, 알겠습니다. 음식 포장해드릴까요?"

"아니요. 괜찮아요."

종업원은 살짝 뿔이 났는지 말없이 접시를 들고 돌아섰다.

"이렇게 하자." 엘리스가 말했다. "우선 내 차로 가. 너 아직도 덜덜 떠는 게 운전은 글렀어. 그다음에 코트니 집에 가서 코트니가 아직도 집에 없으면 경찰을 부르자."

"경찰에 뭐라고 하고? 코트니는 애가 아니야. 성인 실종 신고는 최소 24시간이 돼야 받아주지 않아?"

"코트니가 애는 아니지만 딸이 있잖아. 학교엔 전화 안 해봤지?"

나는 고개를 저었다. 애초에 내가 세웠던 계획대로 움직였어야 했다.

"아까 골목길에서 그레이스로 추정되는 여자를 쫓아가면서부터 하려고 했던 일들을 완전히 잊어버렸어."

"벤이 변태 같은 짓만 안 했어도 상황이 이렇게까지 되진 않았을 거야. 걘 뜬금없이 마음이 흔들리고 난리야. 어쨌든 신고해서 코트니랑 딸에 대해 전국 수배령이라도 내려달라고 요청해보자." 엘리스는 얼굴이 벌개져서는 고개를 절레절레했다. "개새끼."

종업원이 계산서를 들고 다시 나타났다. 우리 사이에 팽팽한 긴장감을 느낀 모양인지 조심스러운 얼굴이었다. 엘리스가 멋쩍게 웃으며 재빨리 말했다.

"죄송해요. 전 남자 친구 얘기 중이었어요."

종업원은 다정한 미소로 엘리스의 말을 받으며 테이블에 계산서를 올려놓았다.

"전 남자 친구는 늘 최악이죠. 좋은 시간들 보내시고요. 비 조심하시고요. 그리고 손님," 그녀가 나를 보며 조용히 말했다. "샌드위치 값은 뺐어요."

"안 그러셔도 되는데요."

"괜찮아요." 그녀가 말했다. "그럼 좋은 저녁 보내세요."

종업원이 자리를 뜨자 계산서를 열어보았다. 진짜로 커피 두 잔 값만 계산되어 있었다. 총 금액이 3달러도 되지 않았다.

엘리스가 내 손에서 계산서를 뺏어가더니 지갑에서 20달러짜리 지폐를 꺼냈다. 그러고는 계산서에 돈을 끼워 소금통에 올려둔 다음 가방을 챙겨 자리에서 일어섰다.

"가자. 코트니랑 아이 찾아야지."

48

하이랜드 에스테이트에 도착했을 때도 비는 여전히 부슬부슬 내리고 있었다. 차창 밖을 바라보며 지난 24시간 동안 벌어진 일들을 하나씩 조용히 되짚어보았다. 엘리스가 차를 세우고 나지막한 탄식을 내뱉었다.

"세상에."

엘리스의 목소리에 상념에서 벗어나 밖을 둘러보니 경찰차 두 대가 E동 현관 앞에 세워져 있었다. 경광등은 꺼져 있었지만 심장이 뚝 떨어지는 것 같았다.

엘리스가 뒷좌석으로 손을 뻗어 우산을 찾다 말고 내 얼굴을 읽더니 잠깐 멈칫했다.

"에밀리, 정신 차려. 경찰이 다른 이유로 온 걸 수도……."

나는 엘리스의 말이 끝나기도 전에 차에서 뛰어내려 비를 뚫고 공동 현관으로 달려갔다. 문을 힘껏 밀어 열고 어두운 계단을 전력을 다해 뛰어 올라갔다.

2층에 도착하니 경찰 둘이 열린 현관문 앞 복도에 서 있었다.

3호.

코트니의 집이었다.

나는 곧장 집으로 뛰어들려고 했지만 안으로 들어가려던 나를 경찰이 저지했다.

"선생님," 경찰 하나가 차분히 말했다. "들어가시면 안 됩니다."

"무슨 일이에요?" 나는 그들의 시선을 애써 외면하며 말했다. 머릿속에는 그저 집 안으로 들어가야 한다는 생각밖에 없었다.

그러면서도 혹시 무서운 진실을 맞닥뜨릴까 봐 너무나 두려웠다. "무슨 일이냐고요."

그때 정장 차림의 남자가 문을 열며 밖으로 나왔다.

"누구시죠?"

경찰이 대답하기 전에 내가 먼저 입을 열었다. "전 에밀리 베넷이라고 해요. 이 집에 사는 여자의 친구예요."

남자가 천천히 고개를 주억거리며 나를 보다가 경찰들에게 손짓했다.

"들여보내드려."

경찰들이 길을 터주었다. 그들을 지나치는데 다리에 힘이 풀렸다. 내장이 다 꼬여버린 듯 속이 좋지 않았다.

"에르난데스 형사입니다." 남자가 말했다. "안으로 들어와서 좀 앉으실까요."

대체 무슨 상황인지 알 수 없었다. 왠지 모르게 남자가 나를 알아보는 것 같은 인상을 풍겼다. 나는 남자를 지나쳐 집 안으로 들어섰다. 그리고 거실에 있는 사람들을 발견하는 순간 자리에서 꼼짝할 수 없었다.

거실 양쪽에 처음 보는 여자 둘이 서 있고 구석에도 경찰 하나가 있었다. 헐렁한 월마트 조끼를 입은 코트니가 빨갛게 충혈된 눈으로 휴지 뭉치를 움켜쥐고 소파에 앉아 있었다.

내 뒤를 쫓아 엘리스가 들어왔다. 엘리스는 급히 집 안을 둘러보고는 그 자리의 모두가 궁금해하는 질문을 던졌다.

"테리는 어디 있어?"

49

에르난데스 형사는 40대 후반 정도 되어 보였다. 스포츠머리에 희끗희끗하게 턱수염이 나 있었다. 그가 엘리스와 나에게 소파에 앉으라는 손짓을 했다. 우리는 코트니를 사이에 두고 자리에 앉았다. 그가 수첩을 열고 목을 가다듬었다.

"우선……."

코트니는 더 이상 참을 수 없다는 듯 형사의 말을 잘랐다.

"이 사람들이 내가 테리한테 나쁜 짓을 했대! 내가 테리를 학대했대!"

"설리번 씨, 이따가 설명할……." 형사가 말했다.

"테리는 평소대로 학교에 갔고 난 일하러 갔는데. 그때 저 사람들이 나타났어."

코트니는 덜덜 떨리는 손으로 거실에 서 있는 두 여자를 가리켰다.

"죄송합니다만," 엘리스가 그들을 보며 물었다. "어디서 나오셨죠?"

에르난데스 형사는 상황을 통제하기 위해 좀 더 큰 소리로 헛기

침을 했다.

"여기 두 분은 아동 보호소에서 나온 파커 씨와 헨리 씨입니다. 설리번 씨가 따님을 학대한다는 제보를 받아서⋯⋯."

"말도 안 되는 소리예요!" 코트니가 소리쳤다.

형사는 손을 들어 올리며 코트니가 잠잠해질 때까지 묵묵히 기다렸다. 내 곁에 찰싹 달라붙은 코트니의 떨림이 고스란히 느껴지는 가운데 이윽고 코트니가 입을 다물었다. 형사가 다시 설명을 이어나갔다.

"저도 설리번 씨의 말을 주의 깊게 고려하고는 있습니다만, 설리번 씨는 오늘 파커 씨, 헨리 씨와 따님의 학교에 동반 방문하셨고, 테리 설리번이 등교하지 않았다는 걸 알게 되었습니다. 설리번 씨의 휴대폰으로 테리의 결석을 알리는 문자가 발송된 것으로 보이는데, 설리번 씨가 저희 쪽에 휴대폰이 작동하지 않았다고 확인시켜주셨습니다."

에르난데스 형사는 턱수염을 쓰다듬으며 아까보다 누그러진 목소리로 말했다.

"파커 씨와 헨리 씨는 설리번 씨와 함께 테리 양이 집에 있는지 확인하러 들렀습니다. 두 분은 저희 관할서에 연락해 테리 양의 실종을 신고했습니다. 경찰관이 설리번 씨의 진술과 테리 양의 최근 사진을 받아갔고, 현재 카운티 전역에 배포 중입니다. 또한 상당수의 경찰관들이 이 부근을 수색 중입니다."

"앰버 경보(고속 도로 전광판과 방송 등을 통해 납치범을 공개 수배하는 프로그램 – 옮긴이)는 고려 중이신가요?" 내가 물었다.

"간단히 말씀드리겠습니다. 앰버 경보는 납치의 경우에 발령하는 겁니다. 설리번 씨의 따님이 납치됐다는 증거는 아직 없습니다.

401

그리고…… 단순 가출의 가능성도 고려해야 하고요."

코트니는 바들바들 떨고 있었다. 코트니의 심정이 어떨지 상상 조차 할 수 없었다. 에르난데스 형사가 대놓고 말하지는 않았지만 경찰 측에서는 테리가 학대를 받았다고 의심하는 것 같았다. 아내 나 남편에게 끔찍한 일이 생기면 즉시 그들의 배우자가 주요 용의 자가 된다. 이는 아이에게 끔찍한 일이 일어났을 경우에도 똑같이 적용된다. 부모가 용의자가 되는 것이다.

"아동 보호소에 제보 전화는 언제 왔죠?" 엘리스가 물었다.

파커라는 여자는 키가 작고 곱슬곱슬한 머리에 보는 즉시 긴장 이 풀릴 법한 다정한 태도를 지니고 있었다. 반면 헨리라는 여자는 큰 키에 짧은 머리, 호락호락하지 않아 보이는 얼굴이었다.

파커가 먼저 대답했다. "오늘 아침 아홉 시경입니다."

"혹시 누가 전화했는지 아세요?"

"제보자를 알려드릴 순 없습니다." 이번에는 헨리가 말했다.

"이름을 대라는 게 아니라," 엘리스가 말했다. "제보자의 신원을 아는지 여쭤본 겁니다."

두 여자 모두 묵묵부답이었다. 그저 서로를 향해 불편한 시선만 주고받을 뿐이었다.

"익명의 제보였군요?" 여자들이 말이 없자 엘리스는 형사에게 질문의 방향을 돌렸다. "좀 이상하지 않으세요?"

에르난데스 형사가 헛기침을 했다.

"실은 설리번 씨의 따님 문제로 여길 온 게 아닙니다. 오해하진 마십시오. 당연히 따님을 찾으시길 바라고 있습니다. 누누이 말씀 드리지만 카운티의 모든 경찰 인력이 테리의 사진을 바탕으로 수 색을 펼치고 있습니다. 다만 저는 다른 이유로 설리번 씨를 뵈러 온 겁니다. 저 역시 도착한 지 얼마 되지 않아 설리번 씨와 대화를 나눌 시간이 별로 없었지만 두 분이 여기 와 계셔서 여러모로 다행이라 생각합니다. 몇 가지 질문에 두 분께서도 답을 해주실 수 있을 것 같고요."

"무슨 질문인데요?" 엘리스가 물었다.

"매켄지 도슨이란 분을 아시나요?" 형사가 우리를 잠시 지켜보다 말을 이어갔다. "결혼하면서 남편 성(姓)을 따랐습니다. 세 분에게는 매켄지 하퍼라는 이름이 더 친숙하시겠군요. 일단 말씀드리면 매켄지 도슨 씨가 현재 실종 상태입니다. 오늘 아침 브린 모어에서 남편분이 신고 전화를 하셨습니다. 이렇다 할 연결 고리를 찾지 못하다가 설리번 씨의 이름이 수사선상에 오르면서 직접 뵙는 편이 나을 것 같아 방문한 겁니다."

그가 잠깐 말을 멈추며 나에게 시선을 보냈다.

"게다가 제 수사선상에 두 번째로 올라와 있는 베넷 씨가 우연히도 동석을 해주셨고요."

형사며 경찰관에 아동 보호소 직원까지 비좁은 아파트가 사람들로 북적거렸다. 여전히 사시나무 떨듯 벌벌 떨던 코트니가 상체를 앞으로 숙이며 두 여자를 가리켰다.

"저 두 분도 꼭 여기 계셔야 하나요?"

"아니요. 원하시면 보내겠습니다."

코트니는 두 사람이 그만 자리를 비켜주었으면 좋겠다고 했다. 형사는 고개를 끄덕이며 아동 보호소 직원들에게 더 필요한 게 있는지 물었다. 파커는 필요한 면담은 마쳤다며 테리의 소식이 들어오는 대로 즉시 연락을 달라고 부탁했다. 그러고는 에르난데스 형사에게 자신의 명함을 건네고 부엌 식탁에 명함을 하나 더 올려두었다.

두 여자가 떠나자 에르난데스 형사가 고갯짓을 하며 다시 물었다.

"바로 본론으로 들어가시죠. 도슨 씨를 마지막으로 본 게 언제입니까?"

코트니의 속은 알 수 없었지만 내가 느끼기에 형사는 이미 답을 내린 것 같았다. 나는 브린 모어를 두 번째 찾아갔을 때의 그 험난한 추격전까지 털어놓을 준비가 되지 않았으므로 절반의 진실만 털어놓기로 다짐했다.

"코트니와 제가 지난 월요일에 찾아갔었어요."

형사는 크게 놀라지 않는 눈치였다.

"어디로요?"

"요가원 건물 주차장이요."

"우연히 만나기엔 좀 평범하지 않은 장소 같은데. 만나게 된 경위는요?"

나는 망설임 끝에 대답했다. "매켄지가 페이스북에서 매일 아침 요가원에 체크인을 하기에 그걸로 위치를 알아냈어요."

"알겠습니다." 형사가 수첩에 짧은 메모를 남기며 말했다.

"도슨 씨를 만나 단순히 대화를 나누려고 브린 모어까지 가셨습니까?"

내가 입을 열기도 전에 코트니가 선수를 쳤다. "저희들의 오랜 친구 하나가 최근 세상을 떠났어요. 중학교 때 알던 친구요. 매켄지가 그 소식을 들었는지 확인하고 싶었어요."

"페이스북 말씀을 하셨는데요. 왜 페이스북 메시지로 여쭤보지 않으신 겁니까?" 형사가 물었다.

"에밀리는 페이스북을 하지 않고요. 그리고 매켄지가 절 차단해서요."

코트니는 모든 걸 털어놓을 작정인 듯했다. 특히 본인에게 하등의 도움이 되지 않을 정보까지 마구 뿌려댔다. 형사에게까지 거짓말을 할 수 없었기 때문에 모든 걸 내려놓았을 수도 있었다. 게다가 테리까지 실종된 마당에 다른 수를 쓸 생각조차 하지 못했을 것이다.

"도슨 씨가 차단을 했다고요." 에르난데스 형사가 턱수염을 쓰다듬으며 생각에 잠긴 채 중얼거렸다. "근데 매일 아침 요가원에 체크인한다는 건 어떻게 아셨습니까?"

코트니가 고개를 숙인 채 끄덕였다. "가짜 계정으로 확인했어요."

"가짜 계정이라," 형사의 목소리에는 변화가 없었다. "알겠습니다. 근데 세 분의 대화가 잘 풀리지 않았던 모양이네요."

"네. 충분히 잘 풀릴 수 있었는데."

"무슨 이야기를 나누셨는지 여쭤봐도 되겠습니까?"

"일단 매켄지가 친구가 죽었다는데 별로 신경 쓰고 싶지 않아 해서 좀 화가 났었어요."

"그랬군요." 그가 말했다. "그래서 도슨 씨의 차를 훼손하셨습니까?"

코트니가 대답하려는데 엘리스가 코트니의 팔을 잡았다.

"꼭 대답하지 않아도 돼."

에르난데스 형사가 엘리스를 짜증 섞인 미소로 바라보았다.

"죄송합니다만, 성함이?"

"엘리스 마틴이에요." 엘리스가 형사를 직시하며 대답했다. "국선변호사고요."

형사가 씩 웃었다. "마틴 판사님 따님이시군요. 제가 좀 조심해야겠네요. 마틴 씨, 공식 자격으로 여기 온 건 아니실 테고⋯⋯."

"아닙니다. 제 친구들이에요. 저도 매켄지와 같은 학교를 다녔습니다."

"지난 월요일에 도슨 씨를 보셨습니까?"

"매켄지를 못 본 지 몇 년 됐어요. 매켄지가 실종된 건 안타깝지만 전 코트니의 아이가 실종된 게 더 걱정스럽네요."

"저도 그렇습니다. 말씀드렸다시피 설리번 씨 따님의 사진을 경찰에서 수집하고 일대를 수색 중입니다. 저희도 이번 사안을 매우 심각하게 받아들이고 따님을 찾기 위해 최선을 다할 겁니다."

그가 수첩을 뒤적거리며 말을 멈추었다가 다시 입을 열었다.

"아까 하던 얘기로 돌아갑시다. 오늘 아침 저희는 브린 모어에서 매켄지 도슨 씨가 간밤에 실종되었다는 신고를 받았습니다. 집을 떠나서 돌아오지 않았고 몇 시간 후 남편 되시는 분이 경찰에 신고를 하셨습니다. 남편 도슨 씨가 지역 관할 당국에 연이 좀 있으신 모양이더군요. 형사 하나가 남편분께 아내와 최근 말다툼이나 언쟁이 있으셨냐고 여쭤보니 누가 아내의 차를 훼손했다고 말했답니다. 정확히는 검은색 벤츠 GLS 450 차량이요. 도슨 씨가 아내분한테 물어봤는데 중학교 때 알고 지내던 친구 둘이 당일 아침 요가원 앞에 나타났다면서 그 둘의 소행일 거라고 했다더군요. 제가 듣기로 남편분이 고소를 원했지만 두 분 중 누가 차량을 훼손했는지 명확한 증거가 없었다고요. 대화 도중 매켄지 도슨 씨가 두 분 이름과 랜턴에 거주했다는 사실을 말했고, 이걸 나중에 남편분께서 경찰에 언급하신 겁니다. 당시엔 저희도 아는 바가 전혀 없었는데, 설리번 씨의 성함을 이렇게 알게 되리라고는 생각지도 못했습니다. 하나만 더 묻겠습니다. 어젯밤에 어디 계셨습니까?"

에르난데스 형사의 취조 기술은 상당히 탁월했다. 나는 그가 횡설수설한다고만 생각했는데 마지막 질문에서 완전히 우리의 허를 찔렀다. 우리의 반응을 단박에 알아차릴 수 있을 만한 계획된 움직임이었다.

"저희는 브래드포드 카운티에 갔었어요." 내가 대답했다.

형사가 눈을 찡그렸다. 예상하지 못한 대답이었던 모양이다.

"저희라 함은?"

"에밀리와 코트니요." 엘리스가 대답했다. "전 테리를 돌봐주었어요."

"그럼 변호사님이 테리와 지난밤 함께 계셨군요?"

"네."

"아이가 어땠습니까?"

"다시 말씀해주시겠어요?"

"아이가 이상한 행동을 보이진 않았습니까?"

"아니요. 전혀요."

에르난데스 형사가 고개를 끄덕이며 엘리스의 대답을 읊조렸다.

"알겠습니다." 그가 다시 나를 쳐다보며 물었다. "설리번 씨와 화요일 밤 브래드포드 카운티에 가셨다는 거군요. 브래드포드엔 무슨 일로 가셨습니까?"

"중학교 동창을 만나러 갔었어요."

"최근에 돌아가셨다는 친구분 소식을 전하러 가셨습니까?"

"네."

"비보를 전달하러 가기엔 거리가 꽤 있네요."

"이 친구를 아주 오랫동안 못 봤어요. 주소는 아는데 전화번호는 없었고요."

"그렇군요. 그 친구분은 소식을 잘 받아들이던가요?"

"아니요. 갔더니 친구가 없더라고요. 헛걸음을 한 거죠."

형사가 수첩을 살펴보며 천천히 고개를 내저었다.

"솔직한 말씀으로, 여러분, 그다지 좋은 알리바이는 아니군요. 처음엔 수사에 별 도움이 안 될 거라고 생각했는데……."

"기름을 넣었어요." 코트니가 불쑥 끼어들었다.

형사가 눈썹을 치켜올리며 물었다. "다시 말씀해주시겠습니까?"

"오는 길에 고속 도로 화물 휴게소에서 기름을 넣었다고요. 거기 CCTV가 있으니까 찍히지 않았을까요? 네?"

형사가 끄덕거렸다. "찍혔겠죠. 어느 휴게소였습니까?"

코트니가 나를 보다가 어깨를 으쓱거렸다. "이름은 기억 안 나요. 브래드포드 카운티에서 나오자마자 처음 보이는 휴게소였어요."

에르난데스 형사의 짙은 눈동자가 나를 향했다.

"그쪽이 운전하셨어요?"

"네."

"기름은 카드로 결제하셨고요?"

나는 고개를 가로저으며 대답했다. "현금으로요."

형사는 입술을 짓이겼다. 현금 결제는 추적이 훨씬 어려운 게 분명했다.

"그게 몇 시쯤입니까?" 그가 물었다.

"한 열 시쯤 됐을 거예요." 다시 코트니가 대답했다.

형사의 눈이 엘리스를 향했다.

"두 분이 돌아올 때까지 설리번 씨의 딸과 함께 있으셨고요?"

"네."

에르난데스 형사는 들고 있던 펜으로 수첩을 톡톡 두드리며 몇 초간 말이 없었다.

"알겠습니다. 일단 현재로서 필요한 내용은 다 들은 것 같군요. 알리바이 확인을 위해 저희 직원에게 휴게소에 연락해보라고 지시하겠습니다. 혹시 하고 싶으신 말씀은 없으신가요?"

'누군가 우리를 위협하고 있어요. 그 사람이 올리비아 캠벨과 데스티니 마셜을 자살로 몰고 갔고, 테리도 그 사람이 납치했을 거예요. 어디 있는지는 오직 신만이 알 거예요.'

나는 코트니와 엘리스를 돌아보며 고개를 저었다.

"없습니다."

에르난데스 형사는 그럴 줄 알았다는 듯 고개를 끄덕였다. 그가 다시 한번 강조했다.

"따님을 찾기 위해 최선을 다하겠습니다, 설리번 씨."

코트니는 감사 인사를 건넸다. 비틀거리는 다리로 일어선 코트니가 형사와 다른 경찰들을 현관까지 배웅했다.

에르난데스 형사에게 내 휴대폰 번호를 알려주며 연락을 줄 때까지 코트니와 함께 있겠다고 전했다. 형사는 나에게 명함을 남겼다.

문이 닫히자마자 코트니는 다리에 힘이 풀린 듯 비틀거리며 울음을 터트렸다. 나는 겨우 코트니를 낚아챘다. 엘리스와 나는 코트니를 부축해 소파에 앉혔다.

50

일단 코트니를 진정시켜야 했다. 코트니는 새 휴지 뭉치를 손에 쥔 채 소파에 주저앉아 우리를 바라보았다. 코트니의 입술이 바르르 떨렸다.

"배후가 누구든 그 사람들이 테리를 데려간 거야. 그렇지? 형사한테 말하고 싶었는데 뭐라고 해야 좋을지 모르겠더라. 그, 그, 그 죽은 애가 내 딸을 데려갔다고 어떻게 말해?"

나는 엘리스와 눈짓을 주고받은 다음 코트니에게 아침에 있었던 일을 들려주었다. 이야기가 끝난 후에도 우리 셋은 오도카니 앉아만 있었다.

코트니가 다시 입을 열었다. 빨갛게 충혈된 눈이 나를 바라보았다. 코트니의 목소리가 이전보다 훨씬 심하게 떨리고 있었다.

"누가…… 가짜 계정을 만들어서 너인 척했다는 거야?"

"응. 말이 안 되는 게 네가 예전에 내 계정 못 찾았다고 하지 않았니?"

"누가 그런 짓을 했든 아마 네 가족이랑 친구들은 다 차단시켜놨을 거야. 가짜 계정이 존재한다는 걸 너한테 귀띔해줄 여지를 없앤 거지. 아마 직장 사람들한테만 보이게 사생활 설정을 바꿔놨을걸."

"세상에."

"그다음에 그레이스를 밖에서 봤고?" 코트니는 침을 꿀꺽 삼키며 되물었다.

나는 주저하는 눈빛으로 엘리스를 보다가 고개를 저었다.

"그레이스가 아니었어. 그냥 닮은 사람이었어."

"그리고 넌," 코트니가 조용히 엘리스에게 물었다. "네 약혼자 부모님한테 전송됐다는 그 사진⋯⋯."

엘리스는 시선을 돌린 채 고개를 끄덕이며 눈물을 닦았다.

"그리고 매켄지는," 코트니가 계속했다. "그년이 꼴 보기 싫은 것과는 별개로 걔가 험한 일을 당해선 안 되잖아."

엘리스가 목소리를 가다듬으며 끼어들었다.

"에르난데스 형사한테 전화해서 사실대로 말하자. 무슨 일이 있었는지 다 말하는 거야. 심지어 주유소에 들른 적도 없는데. 거짓으로 형사를 따돌린 걸 알아봐. 아마 열이 있는 대로 받을 텐데, 그럼 상황이 우리한테 더 불리해져."

"갑자기 왜 주유소에 들렀다고 한 거야?" 내가 코트니에게 물었다.

코트니가 힘없이 대꾸했다. "나도 몰라. 당황해서 그만."

그러고는 엘리스에게도 물었다. "넌 왜 또 거짓말을 했니? 당황했잖아."

"아까는 그게 더 나을 것 같았어. 네가 대니얼까지 끌어들이고 싶지 않을 것 같았단 말이야."

엘리스의 말에도 일리가 있었지만 나는 아무 말도 하지 않았다.

코트니도 입을 다물었다.

"달라지는 건 아무것도 없을 테지만 최소한 우리가 가진 패는 다 꺼내봐야 할 거야. 형사가 알아내기 전에 우리가 먼저 나서는 게 나아." 엘리스가 말했다.

엘리스의 말이 맞았다. 코트니는 카펫을 뚫어져라 쳐다보며 동의한다는 듯 고개를 살며시 끄덕였다. 나는 휴대폰을 꺼내기 위해 가방을 찾으러 일어섰다.

"대체 어디서부터 일이 시작된 거야?" 엘리스가 물었다.

나는 엘리스의 물음에 잠시 망설였다.

"무슨 소리야?"

"난 변호사잖아. 판사 앞에서 의뢰인을 대변하는 일종의 이야기꾼이라고. 당시 무슨 일이 있었는지 판사에게 이해시켜야 하니까. 예를 들어 내 의뢰인이 차를 훔쳐서 룰루랄라 운전을 하고 돌아다녔다면 난 그 사실에 집중하지 않아. 그전에 무슨 일이 있었는지에 대해서만 이야기하는 거야. 의뢰인이 왜 차를 훔치게 됐는지에 집중하는 거지."

일 이야기를 하는 것이 집중에 도움이 되는 듯 엘리스의 눈이 반짝였다.

"의뢰인이 가정에서 학대를 당했다, 여자 친구와 다툼을 벌였다 같은 말을 한다고. 도움이 되기도 하고 실패할 때도 있어. 요점은, 사건의 시발점을 파악하는 게 중요하단 거야. 너희가 술집에서 올리비아랑 데스티니의 죽음에 대해서만 말해줬었잖아. 근데 너희 둘이 애초에 어떻게 그 사실을 알게 됐는진 말 안 해줬으니까 그 얘기부터 해봐."

"에밀리네 엄마가 페이스북으로 나한테 연락을 하셨어." 코트니가 순순히 말했다. "올리비아 소식도 에밀리네 엄마가 말해줬고."

엘리스는 나에게 물었다. "어머니는 그걸 다 어떻게 아셨대?"

"페이스북으로 누가 인터넷 링크 주소를 보내줬대."

"누군지 기억나?"

나는 잠깐 생각에 잠겼다. 천천히 기억을 되짚어보았다.

"노리스. 베스 노리스. 그 아줌마네 딸 레슬리가 우리랑 같은 학년이래."

엘리스가 눈썹을 찡그렸다. "레슬리 노리스? 기억 안 나는데."

"근데 그게 중요해?"

"중요하지. 왜냐하면⋯⋯," 엘리스가 입술을 잘근잘근 씹었다. "혹시 데스티니 소식도 어머니가 알려주셨어?"

"응. 근데 그건⋯⋯," 나는 이름을 떠올리려고 곰곰이 생각했다. 갑자기 떠오른 기억에 다급히 외쳤다. "앤 울프. 제니퍼 울프 엄마랬어."

"제니퍼 울프는 또 누구야?"

"엄마 말로는 우리보다 한 살 어리대."

소파에 앉아 여전히 멍하니 카펫만 노려보던 코트니가 뭐라고 속삭였다.

나는 미간을 찌푸리며 물었다. "뭐?"

코트니가 눈을 깜빡이며 나를 올려다보았다. 위에서 내려다본 코트니의 모습은 새삼 충격적이었다. 뼈만 남은 앙상한 팔, 창백한 얼굴, 공허한 눈빛까지 절망을 사람으로 빚으면 이런 모습일까.

"이름이 뭐라고?" 코트니가 되물었다.

"레슬리."

"아니, 걔 말고. 걔네 엄마."

"베스."

"제니퍼네 엄마 이름은?"

"앤."

코트니가 퉁퉁 부은 눈을 번쩍 뜨며 나를 뚫어져라 쳐다보았다. 그 의미를 알아차리는 데는 잠깐의 시간이 필요했다.

"젠장." 내가 중얼거렸다.

엘리스가 답답한 듯 물었다. "왜? 뭔데?"

코트니가 소파에서 몸을 틀어 엘리스를 보았다. "베스 노리스하고 앤 울프라잖아. 베스……, 앤. 그레이스네 엄마 이름이 베스 앤이잖아."

"확실해?"

"응."

엘리스가 천천히 미간을 구기며 못 미덥다는 듯 코트니와 나를 보았다.

"우연일 수도 있어."

나는 강하게 고개를 내저었다. 더 이상 우연을 믿지 않기로 했다. 사건의 배후가 누구든 그 사람은 페이스북에 내 가짜 계정을 만들고 상담 센터의 동료들과 친구를 맺어 결국 나를 직장에서 쫓겨나게 만들었다. 누가 되었든 가짜 계정을 만들어 엄마에게 접근하고 정보를 떠먹여주었다면 같은 사람이 아닐까? 올리비아와 데스티니의 소식이 한 사람으로부터 전달되었다 해도 의심스러운 건 마찬가지이겠지만, 서로 다른 두 사람에게서 그런 메시지를 받았다는 건 더 말이 되지 않았다.

"이 모든 일을 계획한 사람은 분명 오랫동안 준비했을 거야. 그리고 데스티니를 통해 우리에게 단서를 줬어. 어쩌면 이 또한 단서

일지 몰라."

엘리스가 힐난하듯 말했다. "단서? 에밀리, 그게 말이 되니?"

"데스니티가 와이프한테 보냈다는 마지막 문자가 '베스퍼'라고 했잖아. 그리고 그레이스는 베스퍼 로드에 살고. 이건 우연이 아니야."

엘리스는 안경을 벗어 콧등을 매만졌다.

"그래." 마침내 엘리스가 입을 열었다. "백번 양보해서 페이스북 계정들이 다 가짜라고 치자. 그래서 뭘 어떡할 건데?"

"에르난데스 형사한테 연락하기 전에 일단 계정이 가짜인지부터 확인해야지. 최소한 거기서부터 수사를 시작할 수 있도록." 나는 코트니에게 물었다. "너 페이스북에서 뭐 알아내는 거 잘하잖아. 가짜 계정인지 아닌지 알아볼 수 있어?"

코트니가 삐쩍 마른 어깨를 들썩이며 바닥을 바라보았다.

"어쩌면. 근데 확실히 하려면 너희 엄마 계정으로 접속해야 돼. 엄마가 괜찮다고 하실까?"

당연히 엄마는 허락할 것이었다. 물론 질문이 백만 개는 쏟아지겠지만 그 정도쯤이야 감수하고도 남았다. 테리만 무사히 돌아올 수 있다면 질문이 천만 개, 억만 개 쏟아져도 괜찮았다.

나는 가방에서 휴대폰을 꺼내 엄마 집으로 전화를 걸었다.

아무도 전화를 받지 않았다.

이번엔 엄마 휴대폰으로 걸어보았다. 여전히 응답이 없었다. 이상했다. 수요일 저녁 여덟 시가 다 된 시간이었다. 엄마는 꼭 필요한 일이 아니면 저녁에는 운전을 잘 하지 않았다. 한마디로 엄마가 집에 있어야 할 시간이었던 것이다.

"엄마가 전화를 안 받네."

내 목소리가 살짝 흔들렸다. 갑자기 끔찍한 두려움이 심장을 짓눌렀다.

엘리스가 내 목소리에 밴 두려움을 눈치챘다. 자리에서 벌떡 일어나는 엘리스의 손에 이미 차 키가 들려 있었다.

"엄마 댁이 어디야?"

51

　엄마의 집이자 내가 학창 시절을 보낸 집은 보통 때와 다름없었다. 거실에는 불이 켜져 있었고 현관 앞 조명도 켜져 있었다. 진입로에는 엄마의 차가 주차되어 있었다. 모든 정황으로 미루어보아 엄마는 반드시 집에 있어야 했다. 하지만 엘리스가 도로에서 급커브를 돌던 몇 분 전까지 끊임없이 집으로 전화를 걸었지만 아무도 받지 않았다.

　나는 엘리스가 차를 미처 세우기도 전에 문을 열어젖히고 집 안으로 뛰어들었다. 나는 최악의 경우를 상상하고 있었다. 침대에 죽은 채 누워 있는 엄마와 그 곁에 나뒹구는 빈 약통, 아니면 엄마의 손목에서 흘러나온 피가 가득한 욕조. 수없이 많은 상상의 나래 속에서 두려움이 무성하게 자라나 온몸을 찔러댔다. 어떤 경우가 되었든 엄마는 절대 자살할 리 없었다. 누구든 이 일을 조종하는 이가 엄마를 자살로 몰고 갔을 것이다. 스스로 목숨을 저버리지 않으면 당신의 소중한 딸이 대신 죽을 거라며 협박하면서.

　현관문에 열쇠를 꽂는데 엘리스와 코트니가 내 뒤를 쫓아 빠르게 진입로를 올라왔다. 나는 제발 모든 것이 다 제자리에 있기를, 엄마가 거실 의자에 앉아 텔레비전을 켜놓은 채 선잠에 빠져 있기를 간절히 바랐다.

나는 어깨 너머로 고요한 거리와 집들을 힐끗거렸다. 누군가 나를 지켜보는 듯한 기분이 들었지만 일단 현관문부터 열었다.

거실은 비어 있었다. 텔레비전은 꺼져 있었고 집 안에는 적막만이 가득했다.

"엄마?"

내 목소리가 윙윙 울렸다. 집은 비어 있었다. 이 집에서 살았던 사람으로서 엄마가 집에 있었다면, 아니 누가 되었든 집에 인기척이 있었다면 분명히 느낄 수 있었을 터다.

그래도 혹시 몰라 나는 조금 더 큰 목소리로 외쳤다.

"엄마!"

아무도 없었다.

나는 서둘러 부엌을 둘러보고 다시 현관으로 돌아갔다.

엘리스와 코트니는 꼼짝도 않고 있었다. 그저 허둥거리는 나를 보며 어찌해야 좋을지 모르겠다는 눈치였다. 엘리스와 코트니를 멍하게 보다가 계단 위쪽을 올려다보았다. 마음속에서 자라난 공포심이 너무도 커져서 심장을 뚫고 튀어나올 것만 같았다.

나는 말없이 계단을 뛰어 올라갔다. 2층에서 오른쪽으로 돌면 그 방이 있었다.

안방 문은 닫혀 있었다.

문을 열고 들어가 불을 켰다.

안방은 확실히 비어 있었다. 침대 역시 깨끗하게 정돈된 상태였다.

안방 문을 닫고 화장실로 달려갔다. 화장실도 마찬가지로 비어 있었다.

엘리스가 계단을 올라오며 나를 불렀다.

"에밀리?"

나는 예전에 내 방이었던 그 방도 열어보고 한때 아빠의 서재였던 방까지 열어보았지만 아무도 없었다. 이제 남은 곳은 지하실뿐이었다.

아래층으로 향하는 계단을 반쯤 내려갔을 때 주머니에서 진동이 느껴졌다. 휴대폰을 꺼내 액정을 확인하니 엄마였다. 나는 재빨리 전화를 받았다.

"엄마?"

"세상에, 에밀리, 무슨 일 있니? 전화를 여러 번 했던데."

계단을 다 내려와서 단단하게 굳어버린 친구들을 바라보았다.

"나 엄마 집. 엄마, 대체 어디야?"

엄마는 잠시 말이 없었다.

"집은 웬일로?"

"엄마, 어디냐고?"

"엄마…… 친구랑 있지."

"무슨 친구? 오늘 수요일이잖아. 그것도 여덟 시가 넘은 시간에 무슨 친구를 만나. 엄마가 대체 어디서 누구……," 나는 주저하며 물었다. "잠깐, 엄마 혹시 남자 친구랑 있어?"

엄마는 못마땅하다는 듯 헛기침을 했다. 내가 당신을 놀린다고 생각하는 모양이었다. 엄마는 통명스러운 목소리로 대답했다.

"휴대폰이 가방에 있었어. 저녁 먹느라 몰랐네. 근데 무슨 일인데 그래?"

"아…… 까먹었어."

"뭐? 까먹어?"

"엄마한테 물어볼 게 있었는데 까먹었어. 저, 엄마, 나 지금 좀 바빠. 끊을게. 사랑해."

나는 엄마가 더 묻기 전에 얼른 전화를 끊고 무거운 한숨을 내쉬었다. 방금 전까지 터무니없는 불안감으로 미쳐버릴 것 같았다가 갑자기 찾아온 안도감에 헛웃음이 나오려고 했다. 엄마는 그저 데이트를 하고 있었을 뿐인데 그런 엄마가 죽었을 거라 생각하다니. 하지만 코트니의 눈에 비친 절망감을 보자 다시 속이 울렁거리기 시작했다.

"빨리 우리 엄마 노트북부터 찾자."

52

엄마의 노트북은 거실의 커피 테이블 위 노라 로버츠 문고본 옆에 있었다. 나는 부엌의 아일랜드 식탁에 노트북을 올려놓고 스툴에 앉았다. 나를 사이에 두고 엘리스와 코트니가 양옆에 자리를 잡았다. 엄마가 올리비아와 데스티니의 소식을 전한 곳도 바로 이 자리였는데.

노트북 비밀번호는 필요하지 않았다. 나는 혹시 모르니 비밀번호를 반드시 걸어놓아야 한다고 잔소리했지만, 엄마는 어떤 전자기기든 결코 비밀번호를 걸어두지 않았다. 인터넷 창을 열어 북마크를 클릭했다. 가장 최근 기록에 페이스북이 있었다. 우리는 클릭한 번으로 엄마의 계정에 접속할 수 있었다.

그때 메시지 창이 떴다.

그레이스 파머 님이 친구를 요청했습니다.

"뭐야 이거." 엘리스가 소곤거렸다.

프로필에는 그레이스의 사진도 있었다. 최근 사진이 아니라 중학교 2학년 때 모습이었다. 창백한 피부, 짙은 머리, 회색 눈동자까지 그때 그 그레이스였다.

나는 수락 버튼을 눌렀다. 그레이스가 친구 목록에 추가되었다. 놀랍게도 현재 페이스북 접속 중임을 알리는 초록색 동그라미가 그레이스의 이름 옆에 떠 있었다.

그때 새로운 메시지 도착을 알리는 팝업 창이 떴다.

안녕 에밀리

왼쪽에 있던 코트니가 심호흡을 하며 내 팔을 움켜쥐었다. 노트북 키보드 위의 내 손가락이 갈 곳을 잃고 우물쭈물했다.

또다시 알림이 울렸다.

안녕 엘리스
안녕 코트니

코트니가 더욱 세게 내 팔을 움켜쥐었다.

네 딸이 인사 전해달래

코트니가 외마디 비명을 내질렀다. 엘리스가 코트니 쪽으로 가서 코트니를 꼭 안았다.

하하 속았니? 입에 테이프를 붙여놔서 아무 말도 못해

"미친." 나는 재빨리 자판을 두드렸다.

　원하는 게 뭐야?
　난 너희들이 한 짓으로 고통스러웠으면 좋겠는데
　너 그레이스 아니지? 걘 죽었어
　그래 그렇다면 더 할 말도 없겠네

　다음 말을 기다렸지만 아무 메시지도 오지 않았다. 내가 다시 말을 걸었다.

　테리한테 무슨 짓을 한 거야?

　그 후로도 몇 초간 아무 말이 없었다. 나는 흐느끼는 코트니를 안아주는 엘리스와 시선을 교환했다. 그때 알림이 왔다.

　지금은 안전해
　테리 어디 있어?
　그보다 직장에서 잘려서 어떡하니
　파혼당한 엘리스도 안타깝네

또다시 긴 침묵이 흐르다가 노트북이 띠링거렸다.

　하하 농담 너희들은 더 당해도 싸
　너 누구야?
　멍청한 질문은 됐고

원하는 게 뭐야?

온몸이 묶여서 자동차 트렁크에 처박힌 테리 사진 보여줄까

내가 뭐라 대답하기도 전에 사진이 도착했다. 카키색 반바지에 밝은 초록색 폴로 셔츠를 입은 테리가 비좁은 공간에 뒤틀린 채 누워 있었다. 아이의 다리가 묶여 있었고 손도 뒤로 꺾여 결박되어 있었다. 박스 테이프로 입을 막고 눈에는 안대를 씌워놓았다.

코트니는 사진을 보자마자 완전히 무너지며 흐느끼기 시작했다. 엘리스는 코트니가 바닥에 쓰러지지 않도록 있는 힘껏 붙잡았다.

노트북에서 또 다른 알림이 울렸다.

엄마가 지은 죗값을 딸이 치러야 할까

어떻게 대답해야 좋을지 몰라 엘리스를 보았다. 엘리스는 화면을 응시하고 있었다.

나는 아니, 하고 자판을 두드렸다.

확실해

원하는 게 뭐야?

테리를 구하고 싶니

응

그럼 내가 시키는 대로 해

첫째 경찰은 부르지 않는다

너희들은 내 손바닥 안에 있어 경찰에 알리면 테리는 죽어

무슨 말인지 알지

그래 테리 어디 있어?

막대기와 돌멩이

어떻게 답장을 해야 할지 확신이 서지 않아 키보드 위에서 헛손가락질만 했다. 결국 다음 답장을 하기 전에 그레이스 이름 옆에 있던 초록색 동그라미가 사라져버렸다.

"마지막에 뭐라고 한 거야?" 엘리스가 물었다.

"막대기와 돌멩이."

엘리스가 이맛살을 찌푸렸다. "그게 무슨 뜻……."

엘리스는 말을 하다 말고 갑자기 뭔가가 기억난다는 표정을 지었다. 심지어 최악의 상황을 겪고 있는 상태의 코트니마저 뭔가 알아챈 듯했다. 코트니가 몸속 깊은 곳에서부터 우러나오는 듯한 오열을 터트렸다.

14년이 지난 지금까지 그 두 단어는 우리에게 남다른 의미가 있었다. 이 단어들은 아직도 내 꿈에 나타나 나를 괴롭혔다. 우리는 악몽을 직면할 수밖에 다른 도리가 없었다.

나는 엘리스에게 고갯짓을 건네며 노트북을 닫았다. 그러고 나서 코트니를 부축해 일으켰다. 코트니의 몸이 격렬한 흐느낌으로 휘청거렸다.

"걱정하지 마." 나는 코트니에게 속삭였다. "테리는 괜찮을 거야. 우리가 구할 거야. 코트니, 정신 똑바로 차리고 내 말 잘 들으라고. 테리는 우리가 구할 거야."

53

밤에 보는 실버 레이크 파크의 전경은 14년 전과 크게 다르지 않았다.

우리는 입구를 향해 천천히 차를 몰며 호숫가의 자갈길을 지나 쇠사슬로 막아놓은 익숙한 진입로 앞에 멈추어 섰다.

우리는 진입로를 기웃거렸다. 별장의 불은 꺼져 있었고 아무도 없는 게 확실했다.

"여기가 아닌가 봐." 운전석에 앉은 엘리스가 중얼거렸다.

나는 코트니와 함께 뒷좌석에 앉아 무서운 놀이 기구를 타듯 두 손을 꼭 맞잡고 있었다.

나는 창밖으로 어두운 진입로를 살펴보았다.

"여기 맞을 거야."

엘리스가 룸 미러로 나를 보며 물었다.

"확실해?"

"몰라. 근데 여기여야만 해."

우리는 시속 8킬로 정도의 느린 속도로 길을 따라 내려갔다. 오른편에 위치한 호수는 어둡고도 평화로워 보였다. 우리의 왼편에는 우뚝 솟은 나무숲이 있어 우리의 시야를 압도했다.

엘리스는 잔디밭에 차를 세웠다. 열한 시가 임박한 시간이었다. 비는 그쳤지만 하늘은 여전히 흐리기만 했다. 별장 몇 채가 실버 레이크 파크에 나란히 서 있었다. 나무 사이로 불빛이 반짝였다. 그러나 한때 매켄지의 부모님이 소유했던 별장은 칠흑같이 어둡기만 했다.

엘리스가 조수석에 둔 가방을 열어 총을 꺼냈다. 엘리스는 나를 힐끗 돌아본 다음 코트니에게 말했다.

"넌 여기 있어."

코트니는 파르르 떨리는 목소리로 힘겹게 속삭였다. "아니. 나도 갈래." 그러다 두 눈이 휘둥그레져서 말했다. "너 언제부터 총을 갖고 다녔어?"

엘리스는 코트니의 질문에는 대답하지 않고, 자신을 포함한 모두에게 다짐하듯 말했다. "성급하게 행동하지 말자."

나는 손을 뻗어 자동차 문고리를 잡았다.

"코트니는 괜찮을 거야. 얼른 가자. 시간 낭비하지 말고."

엘리스가 글러브 박스에서 꺼낸 자그마한 휴대용 손전등을 넘겨주었지만 쇠사슬로 묶어놓은 곳을 넘어 별장으로 들어갈 때까지 단 한 번도 그것을 켜지 않았다. 시간이 지나자 우리들의 눈이 어둠에 익숙해졌는지 아주 또렷하지는 않아도 대충 방향 정도는 익힐 수 있었기 때문이다.

눅눅한 나무 냄새가 옛 기억을 자극했다. 우리는 매켄지 부모님의 SUV 뒷좌석에 끼어 타고 있었다. 매켄지, 코트니, 올리비아가 앉고 그 뒤에 데스티니, 엘리스, 그리고 내가 앉아 있었다. 그레이스는 언제나 조용했고, 억지웃음을 지으며 자신이 진정한 하피스 멤버가 된 건지 궁금해했다.

물론 그레이스가 하피스 멤버였던 적은 단 한 번도 없었지만 우리는 그레이스를 우리 무리에 끼워주는 척하며 그 애를 기만했다. 그리고 우리는 그 애가 하피스에 들어온 걸 환영하는 척하며 그 애에게 헛된 희망을 느끼게 해준 다음 그 애를 철저히 배신하고 무참히 짓밟았다.

"야."

코트니의 목소리는 혼잣말에 가까웠지만 회상에 젖어 있던 나를 깨우기엔 충분했다. 나는 머리를 흔들며 눈을 깜박거렸다. 정신을 차려보니 켜지도 않은 손전등을 꼭 쥐고 얼이 빠져 가만히 서 있었다. 혹시 무슨 일이라도 생기면 손전등을 무기로 쓸 수도 있었겠지만 엘리스가 가진 총의 화력에 비하면 아무것도 아니었다.

엘리스가 몇 걸음 앞서 진입로를 따라 내려갔다. 엘리스는 출발 전에 하이힐을 벗어 던지고 트렁크에 싣고 다니던 플랫 슈즈로 갈아 신었었다.

나는 코트니에게 고갯짓을 하며 다시 앞으로 나아갔다. 그러고는 금방 코트니를 따라잡고 엘리스 뒤에 바짝 붙어 걸었다. 별장은 아주 깜깜했다. 나는 주변의 나무들을 힐끔거렸다. 어둡고 촘촘한 나무 뒤에 누가 숨어 있다 해도 쉽게 알아챌 수 없을 것 같았다.

마침내 별장에 다다랐다.

엘리스가 먼저 계단에 첫발을 내디뎠다. 나는 황급히 엘리스의

팔을 움켜쥐었다. 고개를 돌려 나를 보는 엘리스에게 뒤부터 확인
하자는 몸짓을 했다.

우리는 좀 더 천천히 걸었다. 최대한 발걸음을 죽이며 조심스럽
게 걸었다. 엘리스나 나나 코트니가 성급하게 행동할까 봐 걱정되
었다. 하지만 만약 테리가 여기 있는 게 확실하다면 엄마인 코트니
가 제일 먼저 발견하는 게 옳았다. 아이 엄마인 코트니가 아이를 가
장 먼저 안아주어야 마땅했다.

별장 뒤에는 차가 한 대도 없었다. 그렇다고 해서 최근에 여기를
찾아온 사람이 전혀 없었다는 뜻은 아니므로 손전등을 켜 바닥을
비추었다. 긴장한 코트니가 거친 숨을 몰아쉬었다. 불행인지 다행
인지 찍힌 지 얼마 되지 않아 보이는 타이어 자국은 없었다.

엘리스가 별장을 가리켰다. 나는 그런 엘리스를 향해 고개를 끄
덕했다. 우리는 손전등 불빛에 의지해 별장을 한 바퀴 돌며 정문과
후문을 모두 확인했다. 양쪽 다 잠겨 있었다. 창문 너머로 손전등
을 비추어 별장 안의 천장부터 바닥까지 모조리 훑어보았다. 가구
에는 먼지가 쌓이지 않게 하얀 천이 덮여 있었다. 그 어디에도 테
리는 없었다.

코트니는 한바탕 눈물이 쏟아지려는 것을 억지로 삼켰다. 우리
를 보며 마음을 단단히 먹으려고 안간힘을 썼지만 목소리는 하염
없이 흔들렸다.

"여기 없으면 대체 어디 있는 거야."

나는 코트니를 바라보았다. 어둠 속에서 코트니 역시 내 얼굴에
드리워진 답을 읽었다. 코트니는 고개를 저으며 말했다.

"여기서 800미터는 더 가야 있잖아."

나는 몸을 틀어 별장 뒤편으로 난 좁은 길에 손전등을 비추었다.

14년 전 우리가 지나갔던 오솔길. 처음 저 길을 걷던 그날 우리는 어리석고 무모하고 책임감이라곤 없는 못된 여자애들이었다. 그리고 그 길을 되돌아오며 우리의 정체성은 부인할 수 없을 만큼 뚜렷해졌다.

우리는 말 그대로 괴물이 되어 돌아왔다.

54

매켄지네 엄마는 해가 지면 절대 밖으로 나가지 말라고 했다. 특히 산 쪽으로는 절대 가지 말라고 신신당부했다. 그러면서 하는 말이, 거기는 픽업트럭을 끌고 다니며 아이들을 납치하는 범죄자들이 출몰하는 곳이라고 했다. 매켄지네 아빠가 이 소리를 듣더니 기가 찬 듯 웃었다. 그러고는 일곱 명이나 되는 10대 여자애들을 납치할 만큼 멍청한 사람이라면 살아 있는 것 자체를 감사히 여겨야 한다며 우스갯소리를 했다. 매켄지네 엄마는 매켄지가 호숫가를 산책하고 싶다고 했을 때 썩 내켜 하진 않으면서도 강력하게 안 된다고는 하지 않았다.

결과적으로 우리는 호숫가에 가지 않았다. 우리는 자갈길을 향해 진입로를 올라가는 대신 숲으로 통하는 오솔길을 따라 내려갔다. 예전에 여행 왔을 때도 그 길을 걷곤 했지만 그날처럼 과감하게 내려가지는 않았던 것 같다. 그날 밤 우리는 어둠 속을 가르는 세 개의 손전등 불빛에만 의존해 매켄지를 따라갔다.

모두들 잠자코 걷기만 했다. 안 그래도 조용한 그레이스는 더욱 말이 없었다. 어디로 가느냐고도 묻지 않았다. 왜 매켄지만 백팩을 멘 건지, 가방 안에 뭐가 들었는지도 묻지 않았다. 늘 그랬듯 무작정 우리를 따라왔다. 나는 그런 그레이스가 너무 싫었다.

멍청한 그레이스가 극도로 혐오스러웠다. 왜 걔는 자기가 환영받지 못하는 존재라는 사실을 모를까? 놀리는 게 재미있고 하기 싫은 일을 대신 시키려고 자신을 곁에 둔다는 걸 대체 왜 모르는 걸까?

우리는 침묵을 지켰다. 벌레 소리가 우리를 에워쌌다. 한순간 올빼미의 울음소리를 들은 것 같았다. 하지만 굳이 침묵을 깨뜨리면서까지 방금 올빼미 소리를 들었는지 묻고 싶지는 않았다.

한 15분쯤 걸었을까, 자그마한 개간지에 다다랐다. 오솔길이 두 갈래로 나누어지는 곳이었다. 한쪽은 호숫가로 돌아가는 길 같았고, 또 한쪽은 깊은 숲속으로 향하는 길 같았다. 길이 갈라지는 가운데에 커다란 나무 한 그루가 심어져 있었다. 매켄지의 손전등이 나무를 스치자 기둥에 새겨놓은 열두 개의 머리글자가 빛났다.

매켄지가 돌아서며 말했다.

"여기야."

매켄지는 백팩을 땅에 내려놓은 다음 안에서 밧줄 뭉텅이를 꺼냈다. 여름날 엄마가 마당에 빨래를 널 때 쓰는 줄과 비슷했다.

매켄지는 밧줄 하나는 엘리스에게, 또 하나는 올리비아에게 던졌다. 그러고는 그레이스에게 나무 앞에 서보라고 명령했다.

그레이스는 움직이지 않았다.

매켄지가 매섭게 쏘아붙였다. "하피스 멤버가 되고 싶다며? 우리랑 친구가 되고 싶다며? 이건 신고식 같은 거야, 멍청한 년아. 빨리 나무 앞에 서 있으라고."

그레이스는 여전히 움직이지 않았다. 나는 무슨 일이 벌어질지

내심 궁금했다. 매켄지의 명령에 따라 엘리스랑 다른 애들이 억지로 그레이스를 나무 앞으로 끌고 가게 될까?

그때 그레이스가 천천히 매켄지를 지나쳐 나무를 등지고 자리를 잡았다.

"그렇지." 매켄지가 만족스럽다는 듯이 말했다.

밧줄은 충분히 길었다. 우리는 그레이스의 하체부터 묶고, 다른 밧줄로 상체를 묶었다. 그다음 그레이스가 움직일 수 없을 만큼 단단히 묶였는지 확인까지 했다.

우리가 그 애를 묶는 동안 그레이스는 한마디도 하지 않고 조용히 서 있었다. 결박이 마무리되자 나는 다른 아이들의 눈치를 보았다. 이제 별장으로 돌아가겠구나 싶었다.

매켄지가 손전등으로 그레이스의 창백한 얼굴을 비추었다.

"자, 다음 순서는 뭔지 아니, 그레이스?"

그레이스는 멍한 얼굴로 아무 말도 하지 않았다.

"이제 우리가 널 어떻게 생각하는지 말해줄 차례야."

엘리스와 올리비아는 어떻게 해야 하는지 정확히 알고 있었다. 매켄지가 첫 테이프를 끊으며 바통을 넘겼기 때문이다. "넌 공간 낭비야. 너네 엄마가 널 가졌을 때 낙태를 했어야 했는데." 메켄지에 이어 엘리스가 나서서 본인에게 주어진 몫을 해냈다. 다음으로 올리비아, 코트니, 데스티니, 그리고 마지막이 나왔다.

그때 우리 패거리는 군중 심리에 완전히 심취해 있었다. 휴스턴 선생님의 수업 시간에 《파리 대왕》에 대한 설명을 들은 건 그로부터 3년 뒤였다. 토론을 하는 가운데 우리 무리가 그레이스에게 저질렀던 만행이 주마등처럼 스쳐 지나갔다. 그날 우리가 그레이스를 오솔길에 끌고 가서 나무에 묶어놓은 짓은 우리에게 일종의 상징적인 행위였다. 우리는 끔찍한 만행을 마음껏 저지를 수 있는 공간을 만들어 스스로를 그 속에 가두었다. 그 공간에는 어른도 없고, 친구도 없고 그저 우리 자신과 우리가 괴롭히고 싶은 대상만 존재할 수 있었다.

공개적으로 그레이스의 마음에 상처를 주는 일이 썩 내키진 않았지만 분위기를 흐리고 싶지 않았다. 나는 내가 들으면 단단히 상처받을 법한 말들을 그레이스에게 쏟아내기 시작했다. 내 차례가 끝나고 드디어 상황이 종료되나 싶었는데 매켄지가 다시 험한 말을 퍼부었다. 엘리스가 그 뒤를 이었고 결국 차례가 한 바퀴 더 돌았다.

그동안 그레이스는 나무에 묶인 채 두 눈을 꼭 감고 우리가 뱉어내는 모욕적인 말과 욕지거리를 스펀지처럼 빨아들였다. 귀로만 듣는 게 아니라 온몸으로 증오를 흡수시키는 것 같았다.

두 번째 차례에서는 차마 입에 담기 힘든 치욕스러운 말들이 쏟아졌다. "네 보지에서 완전 썩은 참치 냄새 날 듯." "너랑 너네 엄마가 너무 못생겨서 너네 아빠가 도망치려고 자살한 거라며." 그레이스는 혼잣말을 중얼거리기 시작했다. 처음에는 무슨 말을 하는 건지 알아들을 수 없었다. 마치 복화술을 하듯 입술이 거의 움직이지 않았기 때문이다. 하지만 세 번째 차례가 돌자 그레이스의 목소리도 점점 높아졌다.

"막대기와 돌멩이로 내 뼈를 부러뜨릴 순 있어도 너의 말이 나에게 상처를 줄 순 없어."

우리는 그 애한테 침을 뱉고, 그 애를 비웃고, 그 애에게 혐오스럽다고 말했다. 그리고 쓸모없는 인간이라고 욕했다.

"막대기와 돌멩이로 내 뼈를 부러뜨릴 순 있어도 너의 말이 나에게 상처를 줄 순 없어."

우리도 멈추지 않았다. 너 같은 년이 없는 세상은 훨씬 살기 좋을 거라고 하고, 학교에서 너를 좋아하는 사람은 아무도 없다고 했다. 그리고 이 세상에 널 좋아하는 사람은 아무도 없고, 너 같은 건 차라리 죽는 게 낫다고 했다.

"막대기와 돌멩이로 내 뼈를 부러뜨릴 순 있어도 너의 말이 나에게 상처를 줄 순 없어."

우리가 더 끔찍한 말을 쏟아낼수록 그레이스의 중얼거림도 점점 커졌다. 그레이스는 두 눈을 꼭 감고 동요 구절만 반복했다. 그 애의 목소리가 커질수록 우리는 더욱 거세게 반응했다.

우리와 그레이스의 기 싸움은 그레이스가 다른 행동을 보이기 전까지 계속되었다.

어느 순간부터 그레이스가 나무에 뒤통수를 박기 시작했다.

처음에는 약간 힘을 주는 정도로 느리게 머리를 박았다. 그러다가 점점 더 세게, 더 힘껏 뒤통수를 나무에 내리쳤다. 그러면서 악을 지르듯 동요 구절을 반복했다.

"막대기와 돌멩이가 내 뼈를 부러뜨릴 순 있어도 너의 말이 나에게 상처를 줄 순 없어!"

우리는 서로를 바라보며 어두운 숲속을 초조하게 살폈다. 다른 별장은 여기서 얼마나 떨어져 있지? 혹시 누가 우리 소리를 듣는 거 아냐?

"젠장." 매켄지가 백팩에서 수건을 꺼냈다. 그러더니 엘리스와 함께 그레이스 쪽으로 가서 수건으로 그 애의 입을 막아버렸다.

하지만 그레이스는 비명을 지르듯 계속 같은 말을 반복했다. 나무에 머리를 부딪치는 행동도 멈추지 않았다.

"아, 미친." 데스티니가 속삭였다.

"어떡해?" 코트니가 물었다.

"일단 풀어주자." 내가 말했다.

"안 돼. 쟤 완전 사이코 같아." 올리비아가 대꾸했다.

우리는 가만히 서서 그 애를 지켜보았다. 울음소리가 잦아들고 뒤통수를 내리치던 자해 행위도 멎었다. 그레이스는 눈을 뜨지 않았지만 감은 눈꺼풀 사이로 삐져나온 눈물이 창백한 뺨을 타고 흘러내렸다.

"풀어줘야 돼." 내가 또다시 속삭였다.

매켄지는 바닥에 던져두었던 백팩을 주워 어깨에 둘러멨다.

"가자."

매켄지의 목소리에 담긴 잔인한 무관심은 가히 충격적이었다. 나도 그레이스가 죽기보다 싫었지만 여기 그냥 두고 갈 수는 없었다.

"아니면 머리만 한번 확인해보자."

"아, 괜찮다고."

매켄지는 평소처럼 과시하는 말투로 내 말을 단칼에 잘라버렸다. 매켄지의 호언장담에도 불구하고 그레이스는 전혀 괜찮지 않았다. 다음 날 새벽 그레이스를 풀어주려고 돌아온 우리는 그레이스의 뒤통수에 말라붙은 핏자국을 발견했기 때문이다. 그레이스의 머리에 나무껍질이 점점이 박혀 있었다.

"가자."

대답을 바라고 한 말이 아니었다. 매켄지는 가자는 한마디만 툭 내뱉고는 먼저 길을 내려가기 시작했다. 엘리스가 매켄지의 뒤를 따랐다. 올리비아도, 코트니도, 그리고 데스티니도.

오직 나만 남았다. 나에게는 손전등이 없었다. 나는 나무에 묶인 그레이스를 보았다. 어둠 속에서도 그 애가 눈을 뜨고 있다는 걸 알 수 있었다. 그 애도 나를 보고 있었다. 제발 자신을 풀어달라고, 너무도 간절하게 이 어둠 속에 자신을 홀로 두고 가지 말라고 애원하고 있었다.

"에밀리, 빨리 와!" 데스티니가 속삭였다.

나는 애들에게서 뒤처지지 않기 위해 발걸음을 돌렸다.

◇

우리는 손전등도 없이 걷고 있었다. 손전등이 있긴 했지만 굳이, 아직은 쓰고 싶지 않았다.

엘리스는 우리보다 약간 앞서 오솔길을 걸었다. 여전히 총을 손에 들고 허리춤 옆으로 낮게 댄 자세를 취하고 있었다. 벌써 15분은 걸었을 것이다. 엘리스가 우리를 이끌고 코트니가 그 뒤를 따르고 내가 마지막에 있었다. 숲은 나뭇가지와 나뭇잎에서 떨어지는 물방울 소리 외엔 잠잠했다.

별안간 엘리스가 걸음을 멈추었다. 코트니 옆에 멈추어 서고 나서야 비로소 그 이유를 알 수 있었다.

앞쪽 나무들 사이로 불빛이 비치고 있었다.

우리는 조금씩 앞으로 나아갔다. 발걸음이 점점 빨라졌다. 15년 전 우리가 그레이스를 묶어두었던 나무 양옆으로 티키 횃불이 활활 타오르고 있었다.

그리고 그 나무에 테리가 묶여 있었다.

55

우리가 그레이스 파머에게 했던 것과 똑같이 테리의 상하체가 각각 두 개의 밧줄에 의해 나무에 묶여 있었다. 테리는 미동도 없이 고개를 떨구고 있었다. 처음에는 테리가 죽은 줄로만 알았다. 그런데 우리가 다가가는 소리를 들은 아이가 몸부림을 치기 시작했다. 테리는 우리가 보았던 사진대로 안대로 눈이 가려지고 박스 테이프로 입이 막아진 상태였다.

코트니가 아이의 이름을 부르며 미친 듯이 뛰기 시작했다. 눈에 보이는 게 없는 듯 엘리스를 마구 밀치며 달리는 바람에 엘리스가 자빠질 뻔했다. 코트니는 개의치 않고 개간지를 향해 질주했다.

당황한 엘리스가 눈으로 레이저를 쏘아댔지만 나 역시 엘리스를 무시하고 달리기 시작했다.

제일 먼저 현장에 도착한 코트니가 테리의 눈을 가린 안대를 벗겨냈다. 그리고는 어디 다친 곳은 없는지 다급하게 물었다. 어쨌든 테리는 안전했다. 나도 모르게 웃음이 나며 안도의 눈물이 흘러내렸다. 하지만 그것도 잠시 혹시 이 모든 게 함정이 아닌가 싶은 의심이 들었다. 감동적인 모녀 상봉의 순간을 지켜보며 눈물을 흘릴 때가 아니었다.

테리를 납치한 자와 올리비아와 데스티니의 자살을 꾸며낸 자는 분명히 동일 인물이었다. 그리고 모든 걸 설계하고 조종한 이 뒤틀린 정신의 소유자는 무슨 이유에서인지 테리를 빌미 삼아 우리 셋을 이곳으로 유인했다.

숲속의 적막이 깊어졌다. 나는 손전등을 켜 개간지 주변을 비추었다. 어두운 나무들 사이로 우리를 지켜보고 있을지 모를 누군가를 찾아야 했다. 소총이나 칼, 도끼 같은 무기로 상황을 종료시킬 타이밍만 엿보고 있겠지.

손전등 불빛이 엘리스의 얼굴을 비추었다. 엘리스도 같은 생각을 했던 모양이다. 뭔가 끔찍한 일이 벌어질 것만 같은 예감으로 엘리스의 얼굴은 사색이 되어 있었다.

엘리스는 총을 든 손을 옆구리에 붙인 자세로 꼼짝 않고 나를 지켜보았다.

우리는 무슨 일이라도 날까 봐 두려워하며 서로의 시선을 교환했다. 그때 코트니가 소리쳤다. "와서 밧줄 푸는 것 좀 도와줘!"

신호탄 같은 코트니의 외침에 정신이 번쩍 들었다. 나는 나무로 달려갔다. 코트니가 벗겨낸 안대가 진흙탕에 나뒹굴고 있었다. 테리의 눈가에 눈물 자국이 가득했다. 코트니는 테리의 입에 붙은 테이프를 떼어내려 안간힘을 썼다.

나는 매듭을 찾으려고 나무를 반 바퀴 정도 돌아보았다.

엘리스는 여전히 총을 옆구리에 댄 자세로 나를 따라왔다.

"혹시 칼 같은 건 안 가지고 다니는 거지?" 내가 물었다.

엘리스는 고개를 절레절레했다. 그러고는 어두컴컴한 숲을 한번 더 살펴본 다음 총을 등허리에 끼워 넣었다.

"매듭이 너무 단단해."

"그니까. 저기 토치 좀 가져와봐."

토치로 매듭을 태우는 데 1분 정도가 걸렸다. 나머지 매듭도 토치로 태우고 나서야 테리가 나무에서 벗어나 엄마의 품에 안길 수 있었다.

코트니는 무릎을 꿇고 딸을 부서져라 껴안으며 흐느꼈다. 테리도 울고 있었다. 엄마를 꼭 안은 아이의 온몸이 바들바들 떨렸다.

나도 테리를 안아보고 싶은 마음이 굴뚝같았지만 둘의 시간을 방해하고 싶지는 않았다. 문득 주머니의 에르난데스 형사 명함이 생각났다. 나는 일단 테리를 찾았다는 말부터 해야겠다는 생각으로 에르난데스 형사에게 전화를 걸려고 했다. 그런데 코트니가 숨이 넘어갈 듯 다급하게 외쳤다.

"맙소사, 이게 뭐야?"

코트니는 테리를 안은 채로 테리의 몸을 더듬어 살피는 중이었다. 혹시나 모를 상처나 혹 같은 것을 찾고 있었던 것이다. 그러면서 머리 옆쪽의 심하게 부어오른 혹을 하나 발견한 모양이었다. 나는 손전등으로 아이의 머리를 비추어보았다.

코트니가 상처 부위를 매만지자 아이가 움찔거렸다. 코트니는 아이를 다시 꼭 껴안으며 다 괜찮다고 몇 번이고 속삭였다.

"경찰에 신고부터 하자." 내가 말했다.

코트니는 절레절레하며 말했다. "병원부터 데려가야지."

"여기서 무슨 일이 있었는지 경찰도 알아야 할 거 아냐."

"병원부터 가고, 거기서 조사받으면 되잖아. 단 1초라도 테리를 이런 데 둘 순 없어."

엄마인 코트니 심정이 완전이 이해가 되었다. 이렇게 큰일을 겪은 아이 엄마 앞에서 이런 때일수록 정신 똑바로 차려야 한다는 따위의 입바른 소리는 하고 싶지 않았다. 마침 차로 45분 거리에 랜턴 종합 병원이 있었다. 대니얼이 근무 중일 테니 그에게 테리를 진찰해달라고 하는 게 좋을 듯했다. 아이에게 친숙한 얼굴이 많을수록 아이도 안심할 테니까.

"랜턴 종합 병원으로 가자. 대니얼이 거기 있을 거야."

코트니가 내 의도를 알아챘는지 테리에게 미소를 지어 보이며 말했다.

"테리, 어때? 너도 대니얼 삼촌 보고 싶지?"

테리는 말없이 고개만 끄덕거리며 코트니를 꼭 붙잡았다.

엘리스가 다가와 테리와 눈높이를 맞추어 무릎을 굽히며 물었다.

"누가 너한테 이런 짓을 했어? 혹시 그 사람들 얼굴은 봤어?"

테리는 입을 꼭 다물고 제 엄마를 놓아주지 않았다.

"혹시 그 사람들 목소리는 들었니?"

"그만해." 코트니가 쏘아붙였다. "그건 나중에 물어봐도 되잖아."

엘리스는 나를 힐끗 돌아보았다. 엘리스의 눈에서 어딘지 모르게 익숙한 절망감이 스쳐 지나갔다. 페이스북으로 우리에게 대화를 건 사람은 그레이스 파머의 옛 사진을 도용해 이 모든 걸 계획했다. 게다가 테리를 납치해서 예의 그 나무에 테리를 묶어놓은 다음 우리가 올 거란 사실을 알고 일부러 횃불을 밝혀놓았다.

이제…… 어떻게 되는 걸까? 이 일의 끝에는 과연 무엇이 있을까?

56

　고속 도로를 질주하는 사이 테리에게 이것저것 물어보았다. 테리는 아주 상세하지는 않았지만 드문드문 기억을 하고 있었다. 아파트를 나와서 비를 피하기 위해 버스 정류장까지 달려갔는데, 두 대의 자동차 사이에서 웬 사람이 튀어나와 머리에 까만 천을 뒤집어씌웠다. 몸을 쑥 들더니 트렁크에 던져 넣고는 등 뒤로 손을 돌려 결박했다. 소리치고 발길질을 했지만 아무도 듣지 못했는지 도와주는 사람이 없었다.

　차는 한동안 달리다가 어딘지 모를 곳에서 멈추었다. 트렁크가 열렸지만 얼굴은커녕 몇 명인지조차 알 수 없었다. "두 명이었던 것 같아요." 아이는 트렁크에 실릴 때 누군가 자신의 머리를 꾹 누르고 있었다는 사실을 기억해냈다. 머리에 씌워진 천은 아주 두껍고 까끌까끌했다. 입에 테이프를 붙일 수 있을 만큼만 천을 들어 올린 게 전부라 납치범의 얼굴은 보지 못했다.

　납치범은 깊고 낮은 목소리로 시키는 대로 하지 않으면 엄마를 죽여버리겠다고 말했다.

테리는 잔뜩 겁에 질려 고개를 끄덕였다. 시키는 건 뭐든 할 준비가 되어 있었지만 범인이 테리에게 많은 걸 요구하지는 않았다. 테리는 몇 시간 동안 트렁크에 갇혀 있었다. 납치범이 트렁크를 열며 눈을 꼭 감으라고 했다. 눈에는 이미 안대가 씌워져 있었다. 테리는 납치범이 자신의 사진을 찍고 있다는 걸 깨달았다. 엄마에게 보낼 사진이라 생각하니 눈물이 나기 시작했다. 하지만 엉엉 울기도 전에 트렁크에서 꺼내져 진흙탕 길을 따라 끌려갔고 나무에 묶였다.

"엄마, 너무 무서웠어. 다신 엄마를…….."

아이의 목소리가 심하게 쉬어 있었다. 코트니는 몸을 수그려 테리의 이마에 뽀뽀를 해주고는 다시 꼭 끌어안았다.

나는 제발 대니얼이 근무 중이기를 바라며 테리를 데리고 응급실로 가고 있다는 문자 메시지를 남겼다. 다행히 바로 답장이 왔다. 대니얼은 무슨 일인지 물었다. 나는 테리의 뒤통수에 심한 혹이 났다고만 했다. 대니얼은 밤 근무 중이니 일단 오기만 하면 어떻게든 도와주겠다고 답했다. 우리 둘이 정말 끝난 사이라는 게 실감났다. 나는 더 이상 다른 차원에 있는 우리의 모습을 상상하지 않았다. 지금 이 장면 말고 우리가 함께하는 다른 시공간은 없다는 걸 인정했기 때문이다.

엘리스가 속삭였다. "지금 경찰 부를까?"

나는 의자에 몸을 기대며 차창 밖 고속 도로를 멍하니 응시했다. 최대한 아무렇지 않은 목소리로 대답하려 애썼다.

"병원 가서."

뒷자리에 앉아 있던 테리가 다시 울음을 터트렸다. 코트니는 아이를 달래며 다 괜찮다고, 이제 안전하다고 몇 번을 되풀이했다. 테리가 자기 물건이 없어졌다며 엉엉 울었다.

"우리 아기, 뭐가 없어졌는데?"

"내가 그린 채, 채, 책. 엄마 내 가, 가방 안에 있던 책. 그게 어, 어, 없어."

◇

20여 분을 더 달려 엘리스가 응급실 입구에 차를 세웠다. 나는 재빨리 차에서 내려서 코트니와 테리가 조심히 내릴 수 있게 도와주었다. 엘리스가 병원 주차장에 차를 세우고 올 테니 조수석 문을 좀 닫아달라고 했다. 나는 엘리스에게 금방 올 거니까 잠깐만 기다리라고 했다.

나는 급히 응급실로 들어서는 코트니의 팔을 잡아당겼다.

"코트니, 잠깐만. 뭐 하나 물어볼 게 있어. 너무 어렵게 생각하진 말고. 그냥 아는 대로만 말해줘."

코트니는 무슨 소리인지 모르겠다는 눈으로 나를 보며 인상을 썼지만 결국 고개를 끄덕였다. 나는 물었고 코트니는 답했다. 코트니의 대답을 들은 나는 코트니와 테리에게 얼른 병원 안으로 들어가라고 말했다.

유리로 된 자동문이 열리고 둘은 응급실 안으로 사라졌다. 나는 대니얼에게 병원에 도착했다는 짧막한 문자를 보냈다. 그런 다음 휴대폰을 주머니에 넣고 공회전 중인 엘리스의 차로 돌아갔다.

나는 다시 조수석에 올라타 대시 보드만 멍하니 바라보았다.

"이제 경찰 부를 거지?" 엘리스가 물었다.

나는 눈을 깜박거리다가 천천히 고개를 저었다.

"아직 안 돼."

"뭐? 왜?"

"확실히 해둬야 할 게 몇 가지 있어."

"뭘?"

"누가 널 도와줬는지, 그리고 왜 도와줬는지 알아야지."

엘리스의 눈썹이 잔뜩 일그러졌다. 황당하다는 연기 하나는 여전히 일품이었다.

"날 누가, 뭘, 어떻게 도와줘?"

"네가 테리를 납치했잖아."

57

엘리스는 이맛살을 있는 대로 찌푸렸다. 얼굴에는 혼란스럽다는 표정이 만연했다. 엘리스가 그런 연기를 얼마나 잘하는지 잊고 있었다. 중학교 때도 엘리스는 교실 반대편에서 혹은 시끄러운 복도 끝에서 그런 표정을 곧잘 지었었다.

뭣도 모르는 중학교 시절에는 엘리스를 퍽 잘 안다고 믿었었다. 그때도 엘리스는 시종일관 나를 가지고 놀 뿐이었다는 사실을 까맣게 모르고 말이다.

"너 지금 무슨 말도 안 되는 소릴 하는 거야?" 엘리스가 황당하다는 말투로 물었다.

내가 틀렸기를 바랐다. 제발 내가 헛짚은 것이기를 간절히 바랐다. 하지만 엘리스를 보면 볼수록, 더 오래 살피면 살필수록 모든 정황이 엘리스가 범인이라고 말하고 있었다.

"매켄지니?"

엘리스의 얼굴에 떠오른 혼란이 분노로 바뀌고 있었다.

"뭐가 매켄지라는 거야?"

"너랑 같이 공모한 사람. 테리를 납치하는 걸 도와준 사람. 올리비아와 데스티니를 자살할 정도로 몰아가는 데 도움을 준 사람 말이야."

중학교 때도 똑같은 수법을 썼었다. 엘리스와 매켄지는 꼭 팀으로 움직였다. 남고생들을 곤경에 빠뜨리기 위해 농장 집에 불을 지를 때 그레이스를 도와준 것도 그 둘이었다. 다만 그레이스가 자신들을 협박하자 별장에 초대해 나무에 묶어두자는 아이디어를 낸 건 매켄지였다.

어쨌든 엘리스의 말로는 그랬다. 최근에 다시 만나게 된 이후로 엘리스는 많은 이야기를 들려주었었다.

"월요일 밤늦게 브린 모어에 갔었어. 매켄지를 만나 한번 더 기회를 주고 싶었어. 무슨 일이 벌어지고 있는지 알려주어야 한다고 생각했어. 집 근처에 있는데 마침 매켄지가 집에서 차를 끌고 나오는 거야. 생각할 겨를도 없이 뒤를 밟았어. 근데 매켄지가 미행당하고 있다는 걸 눈치챈 거야. 도망가려고 아주 용을 쓰더라. 모르지. 본인이 스토킹을 당하고 있다고 생각했을 수도 있고. 그런데 말이야. 그렇게 생각했다면 남편한테 얘기하고도 남았을 건데 에르난데스 형사 말을 들어보면 아닌 것 같았잖아. 남편한테 누가 차를 긁었다고만 했다잖아."

"그렇게 매켄지 걱정이 됐으면 왜 그때 형사한테 아무 말도 안 했어?"

"그날 밤 매켄지가 실종된 게 우연이라고 하기엔 뭔가 석연찮은 구석이 있는 거야. 어떻게 보면 매켄지가 이런 식으로 잠적함으로써 사건 뒤에 숨어서 상황을 자유롭게 조종할 수 있게 된 거 아니겠니? 그리고 나서 이 모든 게 끝나면 아마…… 다시 나타나겠지? 별시답잖은 핑계를 대며 가족에게 돌아가는 거지. 그게 아니라면 페이스북으로 채팅할 때 한 번쯤은 매켄지 이름이 나왔어야 했어. 거기서 힌트를 얻었어."

엘리스는 안타깝다는 듯 고개를 가로저으며 룸 미러를 통해 우리 뒤로 따라붙는 차가 없는지 살폈다.

"에밀리, 너 지금 정상 아니야. 스트레스를 너무 많이 받아서 정상적인 사고가 안 되고 있다고. 그동안 일어난 일들 때문에 나도 너만큼이나 혼란스러워. 그러지 말고 우리 같이 들어가서……."

나는 엘리스의 말꼬리를 잘랐다.

"그 사람들 목소리."

엘리스가 얼굴을 잔뜩 구기며 되물었다. "뭐?"

"너 그 사람들 목소리라고 했잖아. 아까 개간지에서. 테리한테 그 사람들 목소리 들었냐고 물어봤잖아. 그 사람 목소리가 아니라 그 사람들 목소리라고 했잖아."

엘리스는 연민과 걱정이 뒤섞인 표정으로 나를 보았다. 몇 시간 전 식당에서 내가 그레이스를 분명히 보았다고 털어놓았을 때도 비슷한 표정을 지었었다. 내가 무슨 말을 하는지 나도 잘 알고 있었다. 아마 완전히 돌아버린 사람 같겠지. 친구에게 납치, 심지어 살인 혐의를 묻고 있으니까. 그럼에도 불구하고 나는 엘리스를 계속 밀어붙였다.

"아까 개간지에서 말이야. 너 좀 당혹스러워 보였어. 우리가 거기 있는 동안 무슨 일이 벌어지기라도 할 것처럼. 그땐 나도 똑같이 두려웠어. 분명 누군가 이유가 있어서 우릴 거기로 부른 거라고 생각했는데…… 아무 일도 일어나질 않았어."

"에밀리, 나 슬슬 걱정된다. 의사한테 상담을 받아보는 건 어떨까? 너 충격이 큰가 봐."

"하이랜드 에스테이트."

엘리스의 얼굴이 또다시 일그러졌다.

"뭐?"

"식당에서 코트니가 집에 있는지 확인하자면서 하이랜드 에스테이트로 가자고 네가 그랬잖아."

"당연히 그랬겠지. 코트니랑 테리가 사는 곳이니까."

"근데 코트니가 거기 사는 건 어떻게 알았어?"

"코트니가 말해줬으니까 알았지."

나는 고개를 저으며 엘리스의 두 눈을 똑바로 응시했다.

"아니. 코트니는 말한 적 없어. 코트니는 지금 사는 곳을 창피해했어. 나야 고등학교 때 워낙 친했으니까 말해준 거지 너한테는 절대 말 안 했을걸."

"말도 안 되는 소리 하지 마."

"방금 전에 코트니한테 물어봤어. 걔가 그러더라. 테리랑 자기가 어디 사는지 너한테 말해준 적 없다고."

"코트니가 지금 제정신이겠어? 상황이 이렇다 보니 단순히 기억 못 하는 거겠지."

환자 전용 구역에서 차 한 대가 나오면서 우리 뒤로 전조등이 비쳤다. 엘리스는 기어를 주행으로 바꾸었다. 자동으로 차 문이 잠기는 소리에 깜짝 놀라 나도 모르게 자리에서 펄쩍 뛰었다.

차가 앞으로 나아가기 시작했다. 자동차 콘솔에 올려진 엘리스의 가방에 시선이 꽂혔다. 총은 그 안에 있겠지.

"좋아. 네 가정이 사실이라고 쳐. 그리고 내가 테리를 납치한 배후라고 치고. 그렇다면 제일 중요한 질문은 '왜?'이겠네?"

병원 건물 옆에 주차장이 있었다. 엘리스가 그쪽으로 방향을 틀며 물었다.

"네 말대로라면 내가 테리를 납치하고, 널 직장에서 잘리게 만들고, 내 남자 친구가 나랑 헤어지게 했다는 거잖아."

주차장 1층에는 자리가 없었다. 엘리스는 차를 2층으로 몰았다. 귀가 화끈하게 달아오르고 숨이 가빠왔다. 갑자기 차 안이 비좁게 느껴졌다.

"그래. 네 가정이 전부 다 사실이라고 치자고. 그래서, 모르겠다. 하, 더 나가서 남자 친구 자체가 없었다고 쳐봐. 약혼반지로 보일 만한 걸 준비해서 너랑 코트니를 만날 때만 끼고, 아무 사진이나 찾아서 그 사람이 내 약혼자라고 할 수는 있겠지. 오늘 식당에서 너한테 말해준 일도 다 거짓말이고……. 아주 소설을 써라."

2층에 빈자리가 몇 개 있었지만 엘리스는 계속해서 차를 3층으로 몰았다.

"올 초에 내가 주말마다 메릴랜드에 갔다고 쳐. 그레이스 파머처럼 분장하고 데스티니 부부를 스토킹해서 데스티니를 미쳐버리게 만들었다고 치자고. 물론 가발은 써야 했겠지. 내 머리색이 그레이스처럼 까맣지 않아서. 아니다, 그레이스로 분장한 건 매켄지일 수도 있겠네. 넌 진짜 그렇게 생각하는 거야? 이제 만족하니?"

주차장은 층고가 낮고 불빛이 있었지만 어두침침했다. 엘리스의 얼굴이 어둠 속에 가려져 읽어내기 어려웠다.

"자, 네 가정대로 얘기해볼게. 한동안은 데스티니를 겁주는 게 재밌었는데 갈수록 지겨워지는 거야. 그래서 어느 날 출근길에 놀래주자고 마음을 먹어. 총을 들이밀면서 차고에 세워둔 차에 타라고 시키고. 그 사이에 매켄지와 난 방독면을 쓰고 있는 거지. 그리고 얼

450

마 지나지 않아 걔가 죽어. 우리는 데스티니의 와이프한테 문자를 보내. 왜? 그냥 재밌을 거 같아서?"

차는 4층을 향해 올라가고 있었다. 시속 8킬로도 채 되지 않는 느릿한 속도에 엔진이 부드럽게 떨렸다.

"그러다가 한 한 달쯤 지났어. 이번엔 올리비아를 목표로 삼아. 그레이스처럼 분장하고 올리비아 약혼자와 자는 거지. 그리고 사진을 찍어서 올리비아한테 보내고. 뭐, 네가 아직도 '더블 오레오'니까 네 남자 친구가 다른 여자랑 바람을 피우지, 하는 문자도 잊지 않고 보내야겠지. 어때, 매켄지나 나 같은 미친 애들한테 어울릴 만한 장난 같니? 오해하진 말고. 난 네 '가정'대로 얘기하는 거니까."

4층에는 열 대 남짓한 차가 주차되어 있었지만 엘리스는 또다시 다음 층으로 향했다. 주차장 건물 꼭대기에는 옥상이 있었다. 우리의 머리 위에 무겁고 어두운 저녁 하늘이 펼쳐졌다.

"네 가정대로라면, 매켄지랑 나는 올리비아를 좀 다른 방식으로 끝내고 싶었는지도 몰라. 뭐, 약물 과다 복용 같은 걸로. 근데 그날 밤늦게 올리비아를 다리에서 밀어 강으로 투신시킬 절호의 기회를 잡은 거야. 올리비아는 의도치 않게 우릴 도운 거지. 여동생한테 전화해서 우리가 예전에 그레이스에게 붙여줬던 별명을 누설한 거? 솔직히 여기서 하나 짚고 넘어가자. 그 별명, 네가 지었잖아."

엘리스는 옥상에서 가장 구석진 자리에 차를 세웠다.

"근데 에밀리, 데스티니랑 올리비아한테 벌어진 사건에 매켄지랑 내가 정말 관련이 있고, 테리 일도 매켄지와 내가 꾸민 일이라면 말이야. 질문은 하나밖에 없지 않겠어? 왜 그런 짓을 했는지, 왜 위험 부담을 감수하면서까지 그런 일을 벌였는지?"

내내 앞만 보며 이야기를 이어가던 엘리스가 몸을 틀어 나를 똑바로 보았다. 내가 알던 엘리스의 담갈색 눈동자는 거기 없었다. 오직 전에 없던 냉혈한 눈빛만이 빛나고 있었다.

"'한번 하피스는 영원한 하피스'니까. 굳이 이유는 필요 없지. 너랑 매켄지가 입버릇처럼 하던 말이잖아. 안 그래? 왜 쇼핑몰에서 물건을 훔치고, 왜 D.B.나 다른 애들에 관한 악성 루머를 만들어냈겠어? 특별한 이유 없잖아. 그냥 그런 거잖아. 나쁜 짓을 하고 빠져나갈 수 있는지 보려고 단순히 재미로 그런 거 아냐?" 내가 말했다.

엘리스의 안경이 계기판의 불빛을 받아 반짝거렸다. 나는 엘리스가 실제로 안경을 써야 할 정도로 눈이 나쁜 건지, 아니면 본모습을 감추기 위한 건지 궁금해졌다.

엘리스는 나를 한참 동안 쳐다보기만 했다. 그러다 입꼬리를 올리며 피식거렸다.

"정말 그렇게 간단할 거라고 생각해? 뭐, 이론적으론 그렇지. 지금까지 우리가 말한 건 다 가정이니까. 데스티니, 올리비아, 그리고 테리한테 일어난 모든 일은 단순한 진실 한 가지 말고는 그저 운이 나빴거나 우연히 벌어진 사건일 뿐이야. 그 진실 하나가 뭔지 알려줘? 그건 말이지. 내가 사는 게 좀 지루하다는 거?"

나는 대꾸하지 않았다. 엘리스가 실실 쪼개며 말을 이어갔다.

"혹시 모르지. 어느 날 아침 문득 거울을 봤는데 내 삶이 너무 비참하다는 걸 깨달은 거야. 나이 서른에 돈도 잘 벌고 원하는 남자는 누구든 가질 수 있는데. 이렇게 완벽한 인생이 어디 있겠어? 그리고 이런 인생을 살고 있는 난 분명히 행복해야 했을 거고. 뭐랄까, 보통 사람들이면 이런 조건에 만족하면서 살잖아. 근데 난 아니더라고. 갑자기 내 처지가 비참했어. 그리고 이런 깨달음이 내 인생에 커다란 파장을 일으켰는지 우울해서 어쩔 바를 모르겠더라. 그러다 옛 친구라고 하는 애한테서 메일을 하나 받은 거지."

"매켄지." 내가 중얼거렸다.

엘리스는 내 혼잣말 따위 들리지도 않는다는 듯 자기 말만 했다.

"그 옛 친구도 나만큼이나 비참했던 거겠지. 나처럼 개도 겉으로 봤을 땐 아주 훌륭한 인생을 살고 있어. 성공한 남편에, 말 잘 듣고 똑똑한 애들에. 근데 왠지 모르게 감옥에 갇힌 기분이 든대. 매일 아침 일어나면 똑같은 일상이 반복되는 거야. 애들 씻기고 먹여서 학교 보내고, 집안일 조금 하고, 남편이 말도 안 되는 개그 치면 웃어주고. 이런 얘기를 메일에 다 써서 들려준 건 아니고, 처음에 메일을 보낼 때 암호가 걸린 메신저 앱 링크를 보내줘서 이후로는 그 앱에서 대화를 해. 앱에서 한 대화는 하루가 지나면 자동으로 지워져. 그러던 어느 날 난 그 친구랑 엄청난 계획을 주고받게 돼. 예전 친구들을 한번 찾아보자. 개들이 어떻게 사는지 한번 보자. 개들도 우리처럼 비참하게 사는지 한번 지켜보자."

엘리스는 여전히 입가에 잔잔한 미소를 띠며 천천히 고개를 가로저었다.

"일단 데스티니부터 찾아봤지. 좋아하는 일을 업으로 삼고 사랑하는 사람과 행복한 결혼 생활을 하고 있더라고. 올리비아도 마찬가지였어. 몇 년 사이에 살을 엄청나게 뺀 거야. 단순히 살만 뺐겠니? 덩달아 자존감도 높아졌겠지. 직업 만족도도 좋아 보였어. 게다가 여기저기 씨나 뿌리고 다니던 남자가 올리비아한테 푹 빠져서 정신을 못 차리고. 코트니도 말이야. 뭐, 코트니는 변변찮은 직업에 경제적으로도 상태가 안 좋았어. 근데 세상에서 제일 예쁜 딸을 키우는 거지. 아이러니하게도 월세 내는 것조차 버거운 애의 인생이 행복해 보이는 거야."

이야기를 늘어놓던 엘리스의 얼굴에서 웃음기가 사라지더니 짙은 사색이 배어들었다.

"마지막으로 영원한 초딩 에밀리 베넷도 빼놓을 수 없지. 치료사로 일하는데 직업 만족도가 꽤 높은 것 같더라. 개도 올리비아처럼 잘생긴 약혼자가 있어. 심지어 에밀리네 남자 친구는 바람도 안 피워. 초딩 에밀리는 곁에서 봤을 때 정말 완벽한 삶을 사는 것 같았어……. 근데 에밀리를 지켜보다 보니 얘 인생에 엄마랑 남자 친구 말고는 아무도 없었어. 친구가 하나도 없는 거야. 오래전부터 알고 지낸 본인의 상담 치료사가 유일한 친구인 듯했는데, 그마저도 에밀리 혼자만의 생각이었고. 치료사라는 게 말이야. 같이 대화하고 비밀을 털어놓을 수 있는 사람이니까 에밀리가 오해할 만해. 솔직히 에밀리가 좀 불쌍했어. 에밀리의 삶은 그다지 행복해 보이지 않는다고 확실하게 말할 수 있었어. 참, 잊지 마. 이건 그냥 가정일 뿐이야. 하지만 설사 이게 다 가정에 불과한 얘기라고 하더라도 혹시 이유에 대해서 생각해본 적 있니? 왜 너같이 젊고 예쁜 애가 행복하지 못한가에 대해서?"

나는 대답하지 않았다. 할 말이 없어서가 아니었다. 할 말은 차고 넘쳤지만 엘리스에게 끌려다니고 싶지 않았다.

엘리스의 얼굴에 다시 미소가 번졌다.

"그래, 그래서 이 모든 일들이 벌어졌다고 쳐. 이 친구랑 내가 생각하기에 우리만 이렇게 비참하게 사는 게 너무 불공평하다고 생각했다 치자고. 아까 네가 말했던 것처럼 한번 하피스는 영원한 하피스잖아. 그래서 우리끼리 재미나 보자면서 몇 달을 계획했다고 쳐. 아니 한 1년쯤일 수도 있겠네. 정말 모든 걸 하나하나 설계한 거지. 그리고 오늘…… 오늘은 좀 서두른 감이 없잖아 있었어."

"서둘러야 했겠지. 진실을 알았으니까."

"진실이 뭔데?"

"그레이스 파머가 죽었다는 거."

"아, 그거. 맞아. 그래. 그 말이 맞겠다. 물론 이론상 그렇다는 거야."

어둡고 텅 빈 주차장 옥상에 있으니 이 세상에 우리 둘만 남겨진 기분이었다.

"우린 오늘 밤 나무 앞에서 죽을 계획이었어."

"네가 말하는 '우리'가 대체 누군데?"

"코트니, 테리, 그리고 나까지. 넌…… 넌 매켄지가 나타날 줄 알았는데 아니었지. 그래서 상황이 꼬였고."

엘리스는 씩 웃어 보였다. 눈빛이 소름 끼치도록 차가웠다.

"와, 정말 대단하다, 에밀리. 너무 대단해서 추잡스러울 정도야. 그게 정말 사실이라 치고, 그다음엔 뭔데? 에르난데스 형사한테 전화해서 다 불어버릴 수도 있잖아. 그러면……."

엘리스는 내가 무슨 말을 할까 기대된다는 듯 고개를 비스듬히 기울였지만 나는 대꾸하지 않았다. 엘리스가 빈정거렸다.

"왜, 네 입으로 내뱉고 나니 정말 미친 소리 같니?"

나는 운전석과 조수석 사이에 놓인 가방으로 시선을 떨어뜨렸다. 가방에 있는 총이 다시금 떠올랐다. 과연 내가 엘리스보다 더 빨리 움직여 총을 낚아챌 수 있을까.

"난 좀 다른 생각을 해봤는데," 엘리스가 말했다.

엘리스가 왼손으로 운전석과 문틈 사이를 뒤적거리더니 총을 한 자루 꺼내 들었다. 엘리스는 총구를 내 쪽으로 향하게 해서 총을 무릎에 올려두었다.

"가령 이런 거지. 넌 한 번도 행복했던 적이 없는 거야. 웬일인지 유독 너한테만 삶이 너무 고달파. 어쩌면 중학교 때 친구를 괴롭혀서, 그리고 그 친구가 자살 시도를 했다는 과거의 기억이 널 힘들게 하는 걸 수도 있어. 근데 어쩌겠어? 너도 그땐 어렸잖아. 무지하고, 무모하고, 책임감이라곤 눈곱만큼도 없는 애였잖아. 근데도 그 죄책감이 너를 끊임없이 따라다니는 거지. 무엇보다 예전 친구가 둘씩이나 죽었다는 소식을 들은 뒤부터는 네가 괴롭힌 그 여자애 생각이 더욱 자주 떠올라. 그러면서 점점 집착하게 되고 멘털이 무너지는 거야. 심리적으로 불안정한 넌 페이스북에 절대 올려선 안 되는 글도 올려. 직장에서 그걸 보면 재고의 여지 없이 잘릴 텐데도. 그뿐만이 아니야. 너의 잘생기고 다정한 약혼자가 갑자기 너를 버려. 엎친 데 덮친 격으로 친구 딸까지 실종돼. 물론 찾긴 했지. 아무튼 아이를 찾았으니 네 이야기는 해피 엔딩으로 끝날 수도 있어. 그럼에도 네 삶은 여전히 감당하기엔 너무 버거워. 결국 넌…… 더 이상 견딜 수가 없게 돼."

나는 마른 입술을 축이며 말문을 열었다.

"날 억지로 죽일 수 있을 거 같니?"

"그렇다면?"

"경찰한테 가서 사실대로 다 말할 거야."

"경찰도 흥미로운 사건이라고 할 순 있겠네. 하지만 내가 범인이라는 증거를 제시할 수 있을까?"

이곳에서 엘리스가 총을 쏜다면 외부에까지 총성이 들리기는 할까.

"그레이스 파머랑 나눈 페이스북 대화가 남아 있잖아. 테리가 트렁크에 묶여 있던 사진도 있고."

엘리스는 소리 내어 웃음을 터트렸다. 아주 부드럽고 침착한 웃음소리였다.

"그렇네. 경찰이 정말 흥미로워하겠다. 근데 어떡하니. 대화 내역은 이미 삭제됐어."

엘리스의 말을 반박하려다가 문득 엘리스가 무슨 뜻으로 한 말인지 이해되었다.

"우리 엄마 집 나올 때 네가 노트북 정리했지."

"응."

"그때 채팅 내역을 지웠어."

"응."

"하지만 우리 엄마는 여전히 가짜 그레이스 파머와 친구야."

"그렇게 생각할 수도 있지. 근데 있잖아, 그게 요즘 SNS의 문제란다. 클릭 한 번으로 멀쩡히 있던 사람도 없앨 수 있어."

"데이터는 사라지지 않아. 복구할 수 있어."

"맞아. 근데 복구한다고 해도 뭘 증명할 건데? 누가 테리를 납치했어. 누가 너와 페이스북으로 대화를 나눴어. 근데 그 사람은 당연히 내가 아니야. 납치범과 대화를 나누는 내내 난 네 바로 옆에 있었으니까."

"그날 농장 집에 난 없었어. 내 말이 맞지?"

"있었을 수도 있고, 없었을 수도 있고. 지금 이 상황에서 그게 그렇게 중요하니?"

내가 대꾸하지 않자 엘리스가 조소를 머금으며 말했다.

"에밀리, 난 널 아주 잘 알아. 유치원 때부터 넌 늘 혼자였잖아. 넌 너무 약해빠졌어. 그때도, 지금도. 근데 그거 아니? 세상에는 약해빠진 사람도 필요하다는 거. 세상 사람이 다 나처럼 강인할 수는 없는 노릇 아니겠니? 균형이 있어야지. 넌 네가 강한 사람이라고 자신할 수도 있어. 난 똑똑하다, 난 이 모든 것에 맞서 싸워 이길 수 있다, 하면서. 근데 솔직히 말해봐. 너 지금 완전 졸았잖아. 우리 둘 다 알고 있잖아. 뭐 그런 모습도 나쁘지 않아. 가끔은 겁먹을 필요도 있지."

나는 엘리스의 무릎 위에 놓여 있는 총을 한번 보고는 엘리스를 똑바로 쳐다보며 말했다.

"원하는 게 뭐야?"

"나도 성인이야. 너와 같은 성인."

나는 손바닥의 상처를 바라보며 중얼거렸다. "우린 하나도 안 똑같아."

"맞아. 나같이 막돼먹은 어린 시절을 보낸 애들도 시간이 지나면 어른 구실을 하게 되지."

엘리스의 눈에 정체를 알 수 없는 빛이 감돌았다. "하지만 난 아니야. 난 막돼먹은 게 좋아."

엘리스가 잠깐 숨을 고르더니 다시 입꼬리를 올렸다.

"말했지만, 이건 다 가정이다."

엘리스가 천천히 총을 쓰다듬었다.

"휴대폰 배경 화면 좀 볼 수 있을까?"

나는 본능적으로 왼쪽 주머니를 만졌다.

"왜?"

엘리스는 말없이 내 얼굴을 빤히 쳐다보았다. 기분 탓인지 차 안 공기가 아까보다 텁텁해진 것 같았다. 나는 주머니에서 휴대폰을 꺼내 엘리스에게 내밀었다.

"배경 화면 보여달라고." 엘리스가 말했다.

내가 엘리스를 빤히 노려보자 엘리스는 내 얼굴에 총을 겨누며 위협적으로 말했다.

"두 번 말하게 하지 마."

나는 휴대폰 화면을 켰다. 시간과 날짜가 쓰인 화면이 아니라 음성 메모 앱이 떴다. 우리의 대화가 고스란히 녹음되고 있었던 것이다.

"오, 그건 내가 처리해야겠네." 엘리스가 말했다. 심지어 감명받았다는 투였다. "완전히 겁먹은 건 아니었나 봐. 그거 지워."

총구가 여전히 내 얼굴에 똑바로 겨냥되어 있었다. 엘리스의 손은 차분했다.

나는 녹음을 멈추고 삭제 버튼을 눌렀다. 엘리스는 만족스럽다는 듯 총으로 조수석 문을 가리켰다.

"잘했어." 그녀가 말했다. "이제 내 차에서 꺼져."

나는 조수석 문손잡이에 손을 뻗다 말고 엘리스에게 물었다.

"그다음엔?"

"글쎄, 그다음엔 어떡할까, 에밀리. 하나만 기억해. 넌 살면서 한 번도 행복한 적이 없다는 걸 말이야. 오늘 넌 직장을 잃었어. 남자친구도 떠났고. 넌 뼛속까지 우울해. 더는 견딜 수가 없어. 그래서 어쩌면 오늘……."

엘리스가 주차장 끄트머리 난간을 힐끗 바라보더니 나를 향해 시선을 던졌다.

"이 모든 고통을 끝내기로 결심한 거지."

"난 자살 같은 거 안 해."

"알아. 정말 안됐지. 단순해. 어쨌든 난 너한테 뭘 강요할 수 없어. 게다가 우린 병원에 있잖아. 카메라가 사방에 있어. 나중에 네 시신이 발견되면 너랑 같이 운전을 하고 온 것도 나고, 사람들이 네가 내 차에 탄 걸 봤을 텐데 당연히 내가 유력한 용의자가 되지 않겠어? 더군다나 오늘 좀 멍청하게 구는 바람에 용의선상에서 피해가기도 힘들게 됐고. 이건 당연히, 가정일 뿐이야. 알지? ”

“너나 매켄지나 절대 못 빠져나가.”

“어딜 빠져나간다는 건데? 내가 지금까지 말한 게 다 사실이라고 쳐. 그렇다 하더라도 매켄지와 내가 이번 사건에 연루됐다는 증거는 어디에도 없어.”

할 말이 없었다. 엘리스 말이 맞았다. 그게 너무 화가 났다. 그러나 별다른 도리가 없었으므로 일단 차에서 나가기로 했다.

“아, 에밀리, 그리고 오늘 나랑 한 대화는 너만 알고 있는 게 좋을 거야. 왜냐하면 테리는 오늘은 운이 좋았지만 다음번에 또 운이 좋으리라고는 장담할 수 없지 않겠어? 그리고 또 누가 알아? 다음번엔 너희 엄마가 실수로 계단에서 미끄러져 목이 부러질 수도 있고. 그럼 너무 슬프잖아. 안 그래?”

“네 말을 어떻게 믿어?”

엘리스가 긴장감을 살짝 누그러뜨리며 씩 웃었다.

“믿어야 할걸. 우리 이름이 같은 철자로 시작한다는 거 잊지 마.”

나는 차에서 내려 문을 닫았다. 한 걸음 물러서서 엘리스가 주차장을 돌아 내려가는 모습을 지켜보았다. 빨간 후미등이 코너를 돌며 시야에서 사라졌다.

58

휴대폰의 절전 모드를 해제했다. 나는 어디로 전화를 걸어야 할지 정확히 알고 있었다. 통화 기록이 남아 있었던 까닭이다. 같은 번호로 문자 메시지를 전송한 다음 전화를 걸었다. 통화 연결음이 세 번 울리고 음성 사서함으로 연결되었다. 음성 메시지를 남기지 않고 재다이얼을 눌렀다.

나는 휴대폰을 귀에 댄 채 음성 사서함으로 넘어가는 소리를 들으며 주차장을 가로질러 계단으로 향했다. 네 번째 통화를 시도했을 때 벤이 전화를 받았다. 벤은 거칠게 속삭였다. 아내가 자는 사이 안방 화장실에서 몰래 전화를 받는 게 분명했다.

"젠장, 나한테 원하는 게 뭐야?"

나는 잠시 숨을 고르고는 벤에게 말했다. "자동차 번호판을 문자로 보냈어. 그 차 소유주가 누군지, 어디 사는지 알아봐줘."

"내가 왜 그래야 하는데?" 벤이 말했다.

나는 계단을 뛰어 내려가기 시작했다. 손에 든 휴대폰을 부수어 버리고 싶었다.

"왜냐고? 안 해주면 네 와이프한테 네가 나한테 억지로 키스하려고 했다는 걸 다 불어버릴 거니까."

전화 너머로 조롱 섞인 코웃음이 들렸다.

"그 여자는 네 말 안 믿을걸."

"그래? 네가 그랬잖아. 줄리아가 아직까지도 날 질투한다고."

벤이 이를 악물고 붉으락푸르락하며 화를 참는 모습이 그려졌다. 한밤중이 아니었다면 손에 잡히는 뭐라도 벽에 집어 던졌을 게 분명했다.

속삭이는 와중에도 경멸감이 느껴질 지경이었다.

"30분만 줘."

"15분 줄게."

벤이 뭐라고 대답을 하기도 전에 전화를 끊었을 때 마침내 1층에 다다랐다. 나는 문을 거칠게 박차고 밖으로 빠져나왔다.

응급실 입구에서 몇 미터 떨어진 곳에서 한 여자가 벤치에 앉아 담배를 피우고 있었다. 아무 생각 없이 여자 곁을 지나치는데 순간 그녀가 누구인지 기억이 났다.

"혹시 키터먼 씨 맞으세요?"

손에 든 담배가 거의 타들어가 있었다. 담배를 끄기 전에 한두 모금이나 더 피울 수 있을까. 클로이의 엄마가 담배를 손가락에 끼운 채 경계심이 가득한 눈초리로 나를 바라보았다. 나를 알아보지 못하는 눈치였다. 나도 나였지만 클로이네 엄마 역시 평소답지 않았다. 상담 센터에서 본 잘 꾸며진 모습이 아니었던 것이다. 청바지와 티셔츠, 운동화 차림에 얼굴은 화장기 하나 없이 수수했다.

키터먼 씨는 나를 잠깐 보다가 그제야 누군지 알아차렸다는 듯 말을 걸어왔다. "아, 해고당하셨다면서요."

나는 혹시나 테리가 나올까 봐 응급실 입구를 힐끔거리며 물었다.

"클로이는 잘 지내요?"

키터먼 씨가 나를 빤히 보며 담배를 한 모금 빨았다.

"세이프 헤이븐에서 이번 주에 예정됐던 클로이 상담을 취소한다고 연락이 왔어요. 선생님이 그만뒀다면서요. 다른 치료사하고 스케줄을 맞춰보겠다고 하대요. 무슨 일이냐고 물어봤는데, 말은 안 해줬지만 그냥 느낌이 확 오더라고요."

"클로이한테 무슨 일 있어요?"

여자가 코웃음을 쳤다. "하, 애가 또 손목을 그었어요. 대체 애한테 무슨 문제가 있는 건지 모르겠어요. 이만하면 정신 차릴 때도 됐는데."

클로이 같은 순한 아이는 엄마의 이런 태도를 영 견디기 힘들 터였다. 나는 더 이상 세이프 헤이븐의 상담사가 아니었으므로 솔직하게 속마음을 털어놓을 수 있었다.

물론 그렇게 한다고 해서 무슨 도움이 될까. 특히 클로이에게.

"아이는 괜찮아요?"

키터먼 씨가 어이없어하며 나를 바라보았다.

"당연히 괜찮죠. 그냥 관심 끌려고 그러는 거예요. 별거 있겠어요? 입원 시설로 돌아가겠죠. 서류에 사인도 다 했어요. 응급 인력이 빈 병상을 찾느라 여기저기 전화를 돌리는 중이에요."

"혹시 클로이랑 잠깐 얘기 좀 해도 될까요?"

아이 엄마는 들고 있던 담배를 인도 옆 물웅덩이에 휙 던졌다. 그러고 나서 가방을 뒤적여 담배 한 개비를 더 꺼내 물었다.

"내 딸 치료사도 아닌 분이 무슨 얘기를 하시려고요?"

"클로이와 저 사이에는 라포(상담이나 교육을 전제로 신뢰와 친근감이 이루어진 관계 - 옮긴이)라는 게 형성돼 있어요. 클로이가 저랑 대화하면 편안해해요."

새 담배에 불을 붙인 여자가 담뱃불을 멍하니 보았다. 그녀의 선명한 입가 주름이 눈에 들어왔다. 키터먼 씨는 담배를 한 모금 빨아들인 다음 고개를 끄덕였다.

"안에 있어요. 어쩌면 선생님한테는 무슨 말이든 할지도 모르죠. 저한테 문장 하나를 제대로 말한 게 언젠지 기억도 안 날 지경이에요. 내 속으로 낳았지만 애를 도무지 이해할 수가 없어요."

◇

코트니와 테리는 대기실에 있었다. 천장에 달린 차갑고 밝은 백열등 불빛이 진흙투성이 옷에 비친 모습이 마치 피가 묻은 것처럼 보였다. 코트니는 테리를 꼭 안고 있었다. 테리는 언뜻 잠이 든 것 같았다. 구석의 텔레비전에서 음소거 된 CNN 뉴스가 흘러나오고 있었다.

코트니가 나를 발견하고 속삭였다. "집에 간 줄 알았어."

나는 우리 주변에 아무도 없는지 재차 확인했다. 여섯 명 정도의 사람들이 독감 시즌도 아닌데 마스크를 쓰고 여기저기 널브러져 있었다.

"엘리스랑 얘기 좀 했어."

"걔는 어디 있어?"

"갔어."

"아까 걔한테 우리 집 말해준 적 있냐고 왜 물어본 거야?"

나는 망설여졌다. 무슨 말을 해야 좋을까. 코트니를 이 일에 절대 끌어들이고 싶지 않다는 생각 하나는 확고했다. 코트니는 테리 일만으로도 이미 한계에 달했다. 그런 코트니에게 엘리스와 매켄지가 사건의 배후임을 알리는 건 너무 큰 부담을 지우는 거나 다름없었다. 물론 때가 되면 진실을 알려주어야 할 테지만.

그때 엄마 품에서 잠들어 있던 테리가 몸을 뒤척였다. 나는 의자를 끌어다가 아이를 마주 보고 앉아 아이의 무릎을 만지작거렸다.

"안녕, 꼬마 아가씨. 기분은 좀 어때?"

아이가 어깨를 으쓱했다.

"대니얼 삼촌이 나와서 봐줬어?" 내가 물었다.

코트니가 대신 고개를 끄덕이며 테리를 더 가까이 끌어안았다.

"한 1분 정도 나왔다가 다시 들어갔어. 환자가 많아서 바쁜대. 그래도 테리는 자기가 맡을 거래. 그나저나 에르난데스 형사한테 연락은 했니?"

나는 아직 못했다고 말하며 다시 테리에게로 시선을 돌렸다.

"경찰 아저씨가 와서 테리 이야기를 들어줄 거야. 무슨 일이 있었는지 경찰 아저씨한테 전부 말해줘야 해. 할 수 있겠지?"

아이는 꽤나 긴장한 듯 고개를 끄덕였다. 아이 안경을 새로 맞추어주어야 할 것 같았다. 얼마나 하려나. 새 책가방은 또 얼마일까. 앞으로 테리는 오늘 일을 잊기 위해 얼마나 많은 상담 치료를 받아야 할까.

나는 자리에서 일어서다 말고 아이의 무릎을 다시 만지작거렸다.

"책을 잃어버려서 어떡하지. 근데 몇 페이지만 사라진 거니까 전체 이야기엔 문제가 없을 거야. 머릿속에 기억하고 있지?"

아이가 고개를 끄덕였다.

"거봐, 책은 늘 너랑 같이 있는 거나 마찬가지야. 다시 그려주면 이모가 꼭 읽어볼게. 약속?"

테리가 옅게나마 미소를 지었다.

"약속." 아이가 힘없이 소곤거렸다.

◇

대니얼에게 문자를 보내고 5분 후 그가 응급실 뒤에서 나타났다. 대기실을 둘러보더니 목소리를 한껏 낮추었다.

"대체 무슨 일이야? 테리하고 코트니는 온통 진흙 범벅이던데."

나는 대답 대신 손가락에 끼워져 있던 약혼반지를 빼 대니얼에게 내밀었다.

대니얼이 대기실에 있던 사람들의 눈치를 보며 속삭였다. "여기서 이럴 필요는 없어."

"알아. 거래라고 생각해."

"무슨 거래?"

"자기 차 키. 나 차 좀 빌려줘."

대니얼이 손바닥 위의 반지를 한번 꾹 쥐었다가 주머니 속에 밀어 넣었다.

"차 키는 내 사물함에 있어. 환자 하나만 체크하고 가서 갖다줄게."

"혹시 클로이 키터먼이란 이름 들어봤어?"

"성은 들어봤어. 내 환자는 아니고. 격리 병동에 있는 것 같던데."

그곳은 응급실 차단 구역이었다. 자해를 하거나 타인을 공격할 위험이 있는 환자들을 수용하는 장소였다. 병실은 단 네 개였다. 사방의 벽은 푹신한 소재로 마감 처리가 되어 있었으며, 가구라고는 침대와 의자가 전부였다.

"세이프 헤이븐에서 내 환자였어. 그 애 엄마가 바깥에 있는데 나한테 아이를 봐도 된다고 허락해줬어. 안으로 들여보내줄 수 있어?"

"상황에 따라 다르지. 테리한테 무슨 일이 있었는지 말해줄 거야?"

"지금은 좀 그렇고, 나중에 상황이 정리되면 다 말해줄게."

대니얼은 나를 들여보내고 싶지 않아 하는 눈치였다. 규칙상 외부인은 들어갈 수 없는 곳이었기 때문이다. 하지만 결국 옆으로 비켜서서 문을 열어주었다.

"차 키는 조금 있다가 갖다줄게. 차는 직원 주차장에 있어."

격리 병동의 문은 굳게 잠겨 있었다. 운 좋게도 예전에 응급실 위기 관리 인턴 시절 함께 일했던 간호사 하나가 나를 알아보았다. 대니얼과 내가 약혼한 사이라는 것도 아는 여자였다. 그녀는 나를 보더니 환히 웃으며 잘 지냈냐고 물었다.

"클로이 키터먼이란 환자를 좀 만나고 싶어요." 나는 화사하게 웃어주며 말했다. "그 애 엄마랑 밖에서 이야기를 했는데 면담해도 좋다고 하셨어요. 제가 클로이 심리 상담을 하고 있거든요."

클로이 엄마에 대한 언급을 하자 간호사의 안색이 급격히 나빠졌다. 아마 응급실에 도착했을 당시 클로이의 엄마가 유독 까다롭게 군 건 아닐까 싶었다. 간호사가 나를 병실로 안내하며 나가기 전에 알려달라고 했다.

클로이는 파란 수술복을 입고 플라스틱 침대에 웅크리고 누워 있었다. 의자 하나가 안쪽에 놓여 있었다. 나는 천천히 의자에 앉으며 아이의 이름을 불렀다.

클로이는 대답이 없었다.

"에밀리 선생님이야."

여전히 묵묵부답이었다.

아이는 등만 보이고 있었다. 백열등이 유독 밝은 곳이었다. 그러고 보니 일전의 붉고 긴 머리카락이 아니었다. 검은색으로 염색을 한 모양이었다.

"클로이, 자니?"

또다시 물었지만 아이는 말이 없었다.

자리에서 일어나 아이 쪽으로 다가가 침대 곁에 무릎을 꿇고 말을 걸어볼 수도 있었다. 하지만 클로이를 만나자마자 그런 방식으로는 대화할 수 없다는 걸 알았다. 나는 클로이가 말을 할 때까지 기다려주어야 했다. 마음을 열어도 괜찮다는 걸 아이 스스로 깨달아야 했다.

그때 주머니 속 핸드폰이 두 번 진동했다. 문자 메시지였다. 주소가 하나 있었다. 나는 바로 지도 앱을 열어 주소를 검색해보았다. 차로 20분 정도 되는 거리였고 막다른 길에 위치한 집이었다. 엘리스가 산다던 아파트는 아닌 것 같았고 어떤 주택 같아 보였다.

휴대폰이 또다시 진동했다.

다시는 연락하지 마.

또 진동이 울렸다.

나쁜 년.

나는 절레절레하며 휴대폰을 주머니에 도로 집어넣었다. 주소를 알았으니 이제 대니얼의 차만 있으면 되었다.

침대 위에서 수술복이 바스락거렸다. 클로이가 자리에서 일어나 앉았다. 아이는 고개를 푹 숙이고 있었다. 아이의 검은 머리가 한눈에 들어왔다. 염색만 한 게 아니라 이제 보니 머리를 자른 것도 같았다. 아마 제 손으로 자른 모양이었다. 나는 클로이가 화장실 거울 앞에서 직접 가위를 들고 머리카락을 뭉텅뭉텅 잘라내는 모습을 상상해보았다.

클로이의 왼쪽 손목에는 오래된 흉터가 있었다. 그리고 반대쪽 손목에는 감아놓은 지 얼마 되지 않아 보이는 붕대가 있었다.

아이는 제자리에 오도카니 앉아 내 눈을 피했다.

나는 뭐라고 해야 할지 몰라 아무 말도 하지 않았다. 그저 클로이가 먼저 입을 열기만을 기다렸다.

마침내 아이가 입을 열었다. 힘이라고는 하나도 없는 가느다란 목소리였다.

"왜 여기 계세요?"

"평일 저녁에 가끔 응급실에 놀러 와."

반응이 없었다. 특유의 피식 웃던 모습도 보여주지 않았다.

"엄마가 그러는데 이제 선생님 못 본대요. 선생님이 일을 너무 못해서 잘렸다고."

"무슨 일이야, 클로이?"

아이의 어깨가 앞으로 굽었다. 클로이는 눈물을 참으려는 듯 몸을 살짝 흔들었다. 입원 치료를 받은 지 한 달도 채 지나지 않았다. 아이가 많이 우울해한다는 건 알았지만 이 정도로 힘들어하진 않기를 내심 바랐었다. 내가 맡았던 환자들은 대부분 비슷했다. 마치

해류에 갇혀버린 듯 무기력했다. 벗어나기 위해 몸부림칠수록 해류는 점점 더 강해지기만 하고 종국에는 수면 위로 올라오는 일이 불가능해진다. 그렇게 시간이 흐르면 있는 힘, 없는 힘이 다 소진되고 해류가 자신을 수면 밑으로 끌어내리든 말든 내버려두는 상태가 되어버린다.

"왜 손목을 그었니?"

아이는 대답이 없었다. 여전히 제 무릎만 노려보고 있었다. 한참 만에 클로이는 어깨를 으쓱하고는 다시 1분이 넘도록 묵묵부답이었다.

그러다가 클로이가 천천히 고개를 들어 올렸다. 고통스러운 우울과 절망이 아이의 눈에 깃들어 있었다.

클로이가 덜덜 떨리는 목소리로 혼잣말에 가깝게 중얼거렸다.

"왜 그렇게 못됐어요?"

이 아이를 다시는 보지 못할 가능성이 컸다. 그런 이유로 나는 클로이에게 거짓말을 하고 싶지 않았다. 아이에게 아무 의미 없는 말을 하고 싶지도 않았다. 솔직하게 털어놓고 싶었다. 내가 할 수 있는 한 가장 솔직한 진심을 말해주고 싶었다. 하지만 그게 이 아이에게 얼마나 도움이 될지는 알 수 없었다.

나는 내 손바닥을 가로지르는 실금 같은 흉터를 바라보며 클로이에게 말했다.

"나도 잘 모르겠어."

59

칼은 그렇게까지 위협적으로 보이지는 않았다. 짧고 얇은 칼이 었다. 매켄지는 주방에서 과일, 채소 따위를 자를 때 쓰는 과도를 가져왔다. 칼은 사과, 복숭아, 당근 같은 걸 자르기 위해 써야 한다.

사람의 살이 아니라.

"이걸로 뭐 하게?" 코트니가 물었다.

매켄지는 손바닥에 칼을 올려놓고 분홍색 매니큐어가 칠해진 손톱을 물어뜯었다.

"말했잖아. 오늘 있었던 일에 대해 절대 아무 말하지 않겠다고 맹세해야 한다고."

"그랬지." 올리비아의 목소리에 긴장감이 배어 있었다. "이미 다 동의했잖아. 근데 칼은 또 왜?"

"이건 피의 맹세라는 거야. 영화에서 봤어. 피를 나누며 맹세를 하는 거지. 피의 맹세는 절대 깨뜨려선 안 돼."

우리 여섯 명은 모두 매켄지의 침실에 있었다. 파스텔 톤 벽지에 아이돌 밴드의 포스터가 붙어 있었다. 방 안에는 절망의 냄새가 짙게 밴 데오도란트 향이 가득했다. 매켄지의 부모님은 아래층 어딘가에 있었다. 우리는 부모님이 우리 소리를 듣지 못하도록 내내 속삭였다.

코트니가 고개를 저었다. 두 뺨이 창백하게 핏기를 잃었다.

"왜 손에 상처까지 내가면서 이런 짓을 해? 미친 것도 아니고."

매켄지가 나무로 된 칼 손잡이를 움켜쥐었다.

"당연히 상처를 내야지. 그게 유일한 방법인데. 우리가 한 짓을 부모님들이 알면 얼마나 골치 아파질지 모르겠어?"

"자살 시도를 한 거잖아. 진짜로 죽은 게 아니라." 데스티니가 말했다.

매켄지의 파란 눈동자가 격렬하게 요동쳤다.

"그걸로 끝날 거 같아? 우린 전과자가 될 수도 있어. 그럼 인생종 치는 거야."

올리비아는 팔짱을 끼며 몸을 감싸 안았다.

"오버 좀 하지 마. 걔가 아무 말 안 할 수도 있잖아."

매켄지는 고개를 내저었다. 퍽이나 엄숙한 태도였다. 그러고는 칼로 제 손바닥을 죽 그었다.

순간적으로 아무 일도 일어나지 않은 줄 알았다. 우리는 오래된 화석처럼 그 자리에 얼어붙었다. 매켄지의 손바닥에 얇은 핏방울이 맺히기 시작했다.

모두가 뜨악한 얼굴이 되었다.

매켄지는 손바닥에 밴 피를 지켜보다가 칼을 들고 좌중을 둘러보았다. 매켄지가 광기 어린 눈빛을 쏘아댔다.

"다음은 누가 할래?"

누가 다음인지는 중요하지 않았다. 매켄지의 집은 거대했고 방마다 화장실이 딸려 있었다. 나는 매켄지의 방에 있는 화장실로 뛰어들어 변기에다 대고 헛구역질을 했다.

나머지 애들이 방 안에서 수근대는 소리가 들렸다. 조용히 화장실 문이 열리고 닫혔다. 나는 그게 엘리스라는 걸 알 수 있었다. 엘리스의 차분한 손바닥이 내 등을 두드렸다.

"괜찮아?"

나는 턱에 묻은 침을 닦으며 몸을 뒤로 젖혔다. 그러고는 눈물범벅이 되어 고개를 저었다.

"난…… 난 못해."

"괜찮을 거야, 에밀리."

"죽으려고 했다잖아, 걔가."

"에밀리, 괜찮을 거야. 나만 믿어."

"네가 그걸 어떻게 알아?"

엘리스는 배시시 웃으며 말했다. "난 다 알아."

"난 절대 칼로 손 안 그을 거야. 쟤 미친 거 아냐?"

엘리스의 미소가 조금씩 사그라들었다.

"진짜로 할 거 아니지?" 내가 물었다.

"한번 하피스는 영원한 하피스야."

"미쳤어? 이건 장난이 아니야, 엘리스. 그레이스가 죽으려고 했다고."

엘리스가 손으로 내 양쪽 어깨를 거세게 붙들었다. 그런 다음 나와 시선을 맞추고 말했다.

"네 말이 맞아, 에밀리. 이건 장난이 아니야. 이건 진짜 인생이야. 그거 알아? 매켄지 말이 맞아. 이번 일로 우리 인생이 망가질 수도 있어. 이럴 때일수록 우리가 똘똘 뭉쳐야지. 안 그래?"

나는 고개를 내저으며 굳게 닫힌 화장실 문을 노려보았다.

"난 절대 못해. 매켄지를 위해서라면 더더욱."

"그럼 날 위해서 해줘. 매켄지가 하자고 했다는 건 잊어버려. 그냥 우리 둘 사이에 약속이라고 생각해줘. 우린 서로한테 절대 거짓말하지 말자고 약속했잖아. 우린 늘 서로를 위해주기로 했잖아. 우린 영원히 친구잖아."

엘리스는 진심이었을까? 그 순간만큼은 엘리스가 진심이었기를 바랐다. 나에게 믿을 건 엘리스밖에 없었다. 게다가 나는 이 세상에서 엘리스를 보호해줄 사람은 나 하나뿐이라고 굳게 믿은 겁에 질린 열다섯 살짜리 중학생에 불과했다.

"약속해?"

엘리스는 씩 웃으며 새끼손가락을 내밀었다. 내가 손가락을 끼워줄 때까지 기다릴 요량이었다.

"응. 약속해."

60

사춘기 이전의 소년들만 섬에 가두어놓으면 질서가 사라진다. 이들은 서로를 공격하고, 서로를 죽일 것이다. 그렇게 혼란의 서막이 오른다.

그러나 사춘기 이전의 소녀들끼리 섬에 가두어놓으면 어떻게든 평화는 유지된다. 물론 초기에는 논쟁이 벌어질 수도 있지만 결과적으로는 질서를 유지하고 아무도 죽지 않는다.

휴스턴 선생님의 이론은 흥미로웠으나 그야말로 이론에 불과했다. 결혼도 했고 딸도 키우는 선생님이었지만 어쨌든 그 또한 남자로서 여성들의 디테일한 세상에 대해서는 무지했다. 그는 여자들이 얼마나 잔인하고, 교활하고, 위험해질 수 있는지 몰랐다.

무리의 사람이 몇이든 우리는 늘 가장 연약한 놈이 누군지 귀신같이 알아낸다. 물론 그 연약한 대상을 홀로 내버려둔 채 아무 짓도 하지 않을 수 있다. 하지만 우리는 필요한 때가 오면 누구를 가장 먼저 공격해야 하는지 잘 안다.

휴스턴 선생님이 몰랐던 한 가지가 더 있었다.

여자애들은, 특히 곧 성인이 될 여자애들은 살아남기 위해서라면 뭐든지 한다.

그것이 설령 모두를 죽이는 길이라 해도.

◇

새벽 두 시 막다른 골목은 조용했다. 쓰레기차가 오는 날인 듯했다. 집집마다 커다란 쓰레기통이 진입로 앞에 나와 있었다. 오직 딱한 집만 빼고.

엘리스의 집, 아니 벤이 보내준 그 주소지 앞의 산책로에 불빛이 밝게 비치고 있었다. 창문은 어두웠지만 엘리스가 집에 없다고 장담하긴 일렀다. 어쩌면 엘리스가 이미 잠자리에 들었을지도 몰랐다.

나는 진입로에 차를 세우고 전조등을 껐다. 차의 시동도 꺼버렸다. 창문은 닫혀 있었다. 나는 다른 집에서 들려오는 냉각 장치 소음을 자체적으로 차단했다.

이제 남은 건 침묵뿐이었다.

지금쯤이면 에르난데스 형사가 병원에 도착했을 것이다. 그리고 병실에 자리가 나서 테리가 의사의 진찰을 받았을 것이다. 형사가 무슨 일이 있었고 누가 테리를 납치한 건지 설명하는 코트니의 말을 귀 기울여 들어주기를 바랐다. 아마 형사는 나의 소재도 궁금해할 것이었다. 나는 직원 주차장에 있는 대니얼의 차로 가면서 에르난데스 형사에게 전화를 했었다. 코트니는 형사에게 내가 엘리스를 찾으러 갔다는 말을 전할 것이었다.

코트니에게는 그저 엘리스를 찾으러 간다는 말밖에 할 수 없었다. 그도 그럴 것이 코트니에게 할 말이 아직 정리되지 않았다. 일단은 증거가 없었다. 그래서 증거부터 찾으려고 이 집에 온 것이었다. 모든 일에 엘리스와 매켄지가 연루되어 있으며 그 둘이 사건의 배후였다는 걸 증명해야 했다. 엘리스가 차 안에서 했던 말은 단순히 악의적인 가정이 결단코 아니었다.

나는 휴대폰을 꺼내 911번을 찍었다. '통화' 버튼을 누르지는 않았다. 아직은 아니었다. 엘리스가, 그리고 운이 좋다면 매켄지까지 이 집에 있는지 확인부터 해야 했다. 두 사람이 이 집에 있다는 게 확인만 된다면 잽싸게 휴대폰을 꺼낼 것이다. 이번에는 911에 모든 게 기록될 것이다. 뿐만 아니라 엘리스나 매켄지가 녹음 내용을 삭제하라고 나를 몰아세우는 일도 없을 것이다.

초인종을 누르고 얼마 지나지 않아 혹시 집을 잘못 찾은 건 아닐까 하는 생각이 들었다. 벤이 자동차 번호판에 등록된 주소를 보내주었다는 사실 자체를 의심하지는 않았다. 하지만 만약 엘리스가 훔친 차를 타고 있었거나, 번호판을 바꿔치기한 거라면? 아니면 차량 관리국에 도용한 신분을 등록시켜놓았다면? 무고한 가족들의 꿀잠을 깨우는 무모한 짓일 수도 있었다. 어쩌면 이 집에 갓 태어난 아이가 있어서 금방이라도 울음을 터트릴지도 몰랐다. 아니면 키우던 개가 짖어대거나……

나는 숨을 죽이고 귀를 기울였지만 내 뒤로 펼쳐진 도로는 한산하고 어둡기만 했다. 집도 마찬가지였다. 가려진 창문 너머에는 빛줄기 하나 없었다.

나는 다시 초인종을 누르려다 말고 멈칫했다. 엘리스에게는 기회가 있었다. 문을 열어줄 생각이 있었다면 진작에 문을 열어주고도 남았다.

문고리가 잠겨 있기를 바라며 손잡이를 돌렸다. 하지만 문이 스르르 열렸다. 나는 현관으로 들어섰다.

"엘리스?"

답이 없었다.

등 뒤로 문을 닫아걸며 현관 옆 전등 스위치를 켜보았다. 현관에 불이 들어왔다. 거실과 다이닝 룸에도 동시에 불이 들어왔다.

다이닝 룸에는 나무로 된 식탁과 의자 네 개뿐이었다.

거실에는 소파, 의자, 텔레비전, 그리고 커피 테이블이 있었다.

그러고 보니 벽이 아주 깨끗했다. 그 흔한 액자 하나 없었다.

집 안 구석구석이 말도 안 되게 깔끔했다. 매일같이 병적으로 청소를 하는 사람이 사는 집 같았다.

"계세요?"

여전히 대답은 없었다.

나는 집 안 깊숙이 발걸음을 옮기며 눈에 보이는 스위치란 스위치는 모두 켰다. 다른 공간과 마찬가지로 부엌도 텅 빈 거나 마찬가지였다. 테라스로 나가는 문 옆에 작은 탁자가 하나 있었을 뿐이다. 심지어 냉장고 자리도 비어 있었다. 조리대에는 엘리스의 휴대폰과 노란색 메모 패드만 달랑 놓여 있었다.

메모 패드에 볼펜 한 자루가 있었다. 메모 패드 맨 첫 장에 휘갈긴 문장 하나가 눈에 들어왔다.

한번 하피스는 영원한 하피스.

머리부터 발끝까지 소름이 관통했다. 우리를 이어주는 그 한 문장, 우리를 하나로 묶어주는 그 한 문장이 적혀 있었다. 오늘 밤 엘

478

리스에게 했던 그 말, 왜 이렇게 끔찍한 일을 저질렀는지 설명할 수 있는 마법의 문장.

"'왜'는 없어." 내가 말했었다.

나는 몸을 돌려 문 두 개를 바라보았다. 하나는 식품 저장고로 연결된 문이었다. 살짝 열린 나머지 문 하나는 지하실로 통하는 것 같았다.

문을 열자 문틈에서 삐걱거리는 소리가 났다. 문 바로 안쪽에 있는 스위치를 켜니 계단 아래쪽에서 희미한 전구가 타닥거리며 켜졌다.

'내려가지 말자.'

그냥 나가자. 불을 끄고 이 집에서 당장 나가자. 병원으로 돌아가서 에르난데스 형사에게 모든 걸 털어놓자. 형사가 화는 내겠지만, 형사에게 한 소리 들어도 할 말 없지만 어쨌든 테리는 무사하지 않은가. 나머지는 중요하지 않았다.

하지만 나는 진실을 알아야 했고, 결국 계단을 하나씩 내려가기 시작했다.

조심스럽게 걸음을 내디디며 고개를 숙여 지하실 내부를 살펴보았다.

가장 먼저 시야에 들어온 건 바닥에 넘어져 있는 나무 의자였다.

그리고 그 애의 발.

그다음엔 그 애의 다리.

마지막 계단을 내려가자마자 나는 숨을 참으며 두 눈을 질끈 감았다. 참았던 숨을 터트리며 천천히 고개를 들어 그 애를 보았다.

밧줄은 우리가 그레이스를 나무에 묶을 때 썼던 것보다 훨씬 두꺼웠다. 밧줄의 한쪽 끝이 천장을 지나가는 금속 파이프에 묶여 있고, 나머지 한쪽 끝은 그 애의 목을 조르고 있었다.

엘리스는 오늘 오전에 입었던 정장에 플랫 슈즈를 신고 있었다. 발은 바닥에서 15센티가량 떨어져 있었다.

나는 엘리스를 보았다. 그리고 주차장을 천천히 통과하며 드러냈던 자신감과 무릎 위 총과 전혀 어울리지 않았던 화사한 미소를 떠올렸다. 나는 휴대폰을 꺼내 '통화' 버튼을 눌렀다.

"911입니다. 무슨 일이십니까?"

나는 내 이름과 주소를 말하며 엘리스 마틴이 지하실에서 목을 맸다고 설명했다.

911 상담원이 잠깐 말이 없다가 물었다.

"사상자가 아직 숨을 쉬나요?"

입을 떼고 뭐라고 대답을 하려는데 지하실 구석에서 바스락거리는 소리가 들렸다. 작은 방이었으므로 아마 세탁실일 것이었다. 하지만 내가 서 있는 곳에서는 확인이 어려웠다.

"선생님, 들리세요?"

또다시 소음이 들려왔다. 먼 거리에서 들리는 신음 소리 같았다.

나는 입술을 축이며 흔들리는 목소리를 차분히 가라앉히려 애썼다.

"네. 들려요."

전화 너머의 상담원이 말했다. "경찰에 인계 중입니다. 구급차를 보내드릴 건데 호흡 확인되시나요?"

나는 엘리스를 지나 세탁실로 나아갔다. 엘리스의 고개는 툭 떨어져 있었고 두 눈은 감겨 있었다. 의자를 똑바로 세워놓아야 하나 고민하다가 그대로 두었다. 오른손을 내밀어 문을 열면서도 휴대폰은 여전히 귀에 갖다 대고 있었다.

상담원이 재차 물었다. "선생님?"

처음엔 알아볼 수 없었다.

지하실 불이 안쪽으로 새어 들 수 있게 발을 옆으로 옮겨보았다.

그 애는 속옷 차림으로 바닥에 주저앉아 갓 지린 오줌을 깔고 앉아 있었다. 온몸이 타박상으로 뒤덮여 있었다. 내가 기억하는 검은 머리였다. 온 머리가 먼지와 기름으로 떡이 져서는 땀과 함께 이마에 뒤엉켜 있었다. 입에 붙여놓은 박스 테이프는 테리에게 붙여놓은 것과 같은 것인 듯했다. 손목에 채워놓은 수갑은 지하실 파이프에 고정되어 있었다.

그 애가 나를 쳐다보았다. 마치 흠씬 두들겨 맞아 겁을 잔뜩 먹은 동물의 눈빛이었다.

상담원이 나를 재촉했다. "선생님, 대답해주세요."

나는 입술을 축이며 쉰 목소리로 속삭였다.

"사람이 더 있어요."

"누구요?"

"그레이스 파머요."

애슐리는 고등학교에 들어가면서 딕슨을 떠나자고 조르는 일이 부쩍 많아졌다. 그녀는 고등학교 2학년이 되면서부터 입버릇처럼 말했다. 이 거지 같은 촌구석에서 벗어나 뉴욕이나 로스앤젤레스로 가자고 했다. 하지만 졸업한 지 어느덧 10년이 흘렀음에도 그녀는 여전히 딕슨에 살고 있었다. 애슐리는 아르바이트를 전전했다. 저가 상품을 취급하는 달러 제너럴에서 재고를 정리하거나, 영화관에서 바닥에 떨어진 팝콘이며 쓰레기를 쓸어 담거나, 블랙 독 태번에서 술을 서빙하기도 했다. 그런데 두 달 전쯤 마을 한 컨에 클레오파트라라는 저급한 스트립 클럽 주점이 문을 열었다.

그레이스는 클레오파트라에 가본 적이 없었다. 지금껏 살면서 스트립 클럽을 단 한 번도 가본 적이 없었다. 하지만 굳이 가지 않아도 거기가 어떤 곳인지는 충분히 상상할 수 있었다. 번쩍이는 불빛으로 가득한 커다란 공간에 담배와 맥주, 싸구려 향수 냄새가 진동을 하겠지. 애슐리가 처음부터 그레이스에게 스트립 클럽 이야기를 꺼낸 것은 아니었다. 아마 다른 사람에게는 클레오파트라이야기 자체를 하지 않았을 것이다. 애슐리는 거기서 '영화'를 찍는 '감독'을 만났다고 했다.

애슐리는 남자의 정체를 알았지만 사실 그건 별로 중요하지 않았다. 자신이 보기에 그 남자는 아주 섹시했고, 그 남자와 즐기는 게 좋았고, 돈도 벌고 싶었다. 그러니 몸 좀 써서 돈 버는 게 뭐 어떤가 했을 것이다.

그날 밤 블랙 독 태번을 찾은 손님은 총 열두 명이었다. 애슐리가 고향을 뜨기 전 마지막 밤을 축하하자는 자리였다. 물론 애슐리가 당장 마을을 떠나는 건 아니었다. 하루 이틀 정도는 더 머무르겠지만 어쨌거나 토요일 밤이었으므로 모여서 파티를 하기에 최적의 시간이었다. 애슐리는 '아, 몰라. 망할, 오늘 밤엔 파티나 하지 뭐.' 하고 대수롭지 않게 생각했을 것이다.

오직 그레이스만이 애슐리가 진짜 어디로 가는지 알았다. 애슐리는 며칠 전 느닷없이 누군가에게는 말을 해야겠다고 생각했던 모양이다. 애슐리는 그레이스를 자신의 제일 친한 친구로 여겼다. 물론 그레이스 쪽에서는 애슐리를 가장 친한 친구라고 입 밖에 꺼낸 적이 없었지만, 그레이스에게는 선택의 여지가 없었다. 어쨌거나 그레이스는 애슐리가 이 남자, 저 남자에 대한 불평을 늘어놓을 때마다 잘 받아주었고, 성병 검사를 받으러 병원에 갈 때마다 함께해주었다. 심지어 낙태 시술을 받으러 갈 때도 동행해주었다. 그레이스는 달리 갈 곳이 없어서 따라갔을 뿐이었지만. 애슐리가 그레이스에게 목적지와 앞으로의 계획을 말해준 건 일방적이기는 했으나 그레이스를 친한 친구라고 생각해서였다.

애슐리는 가족과 친구들에게는 로스앤젤레스에 가서 아파트를 구하고 텔레비전 광고와 드라마, 영화에 출연하기 위해 오디션을 볼 계획이라고 했다.

단, 그레이스에게만은 솔직히 털어놓았다. 그 '감독'이 벌써 자신의 누드 사진을 찍어갔고, 여러 포르노 사이트에 사진과 비디오를 올려놓았다고 했다. 라스베이거스에 있는 스트립 클럽에서 자리를 잡으면 거기서 사업을 시작할 예정이라고도 했다. 애슐리는 돈이 제일 좋지, 하고 버릇처럼 말하곤 했다. 애슐리가 운이 따랐으면 더할 나위 없이 완벽했을 텐데.

애슐리는 그레이스를 위아래로 훑어보며 말했다. "너도 하면 꽤 잘할 텐데. 수수한 여자도 잘 먹혀."

그레이스는 애슐리가 진심으로 한 말이라는 걸 알았기에 칭찬으로 받아들여주었다. 피식 웃어 보이며 자기는 관심이 없다고도 했다. 그레이스도 당연히 딕슨에서 벗어나고 싶었지만 떠날 때 떠나더라도 정당한 이유를 가지고 이곳을 뜨고 싶었다.

마지막으로 딕슨을 벗어났던 건 랜턴에서 보낸 몇 달이 전부였다. 그때 일 이후로 엄마는 스물일곱이나 된 그레이스를 아직도 걱정했다. 자신이 어디에 가는지, 누구랑 노는지, 주말에는 뭘 할 건지 알아야 안심했다.

엄마의 마음을 이해하지 못하는 건 아니었지만 엄마의 히스테리컬한 잔소리 때문에 그레이스는 늘 신경이 곤두서 있었다. 엄마는 꿈에도 몰랐겠지만 그레이스는 엄마에게 모든 걸 말하지 않았다. 지금 사귀는 남자 친구도 마찬가지였다. 제시와는 남자 친구라고 부르기에도 멋쩍은 사이였다. 둘은 만나서 몸을 섞는 것 말고는 제대로 된 데이트도 하지 않는 사이였으니까. 그레이스는 제시가 애슐리와도 잔다는 사실 또한 알았다. 제시는 벌이라고 부를 만한 일을 하지 않았으며, 강이 내다보이는 트레일러에서 필로폰을 제조해 파는 걸로 먹고 살았다. 그레이스는 가끔 심심한 날이면 트레일러에 찾아가 제시를 도와주기도 했다.

아무튼 오늘은 애슐리의 마지막 밤이었고, 그래서 모두들 블랙독 태번으로 갔다. 이곳은 그레이스 엄마의 일터이기도 했다. 그레이스의 엄마는 청바지에 검은 유니폼 티셔츠를 입고 술과 안주를 날랐다. 엄마는 다른 종업원에게 양해를 구하고 그레이스의 테이블을 맡았다. 처음에 그레이스는 엄마도 애슐리를 잘 아니까 같이 파티를 하고 싶은 마음이겠지, 하고 단순하게 생각했다.

그리하여 모두를 위한 자리가 마련되었다. 그레이스, 제시, 애슐리 말고도 매러, 알렉시스, 플로이드, 제러미 등이 있었다. 커다란 테이블을 잡고 모여 앉아 다들 정말 즐겁게 놀았다. 시끄럽게 음악을 틀어놓고 서로에게 소리를 치기도 하고, 담배 연기가 자욱한 곳에서 맥주병을 부딪치는가 하면, 돌아가며 한입에 샷을 때려넣고 테이블을 내리쳤다. 제시가 그레이스의 어깨를 팔로 감쌌다. 그레이스는 술기운이 돌자 테이블 아래로 손을 내려 제시의 허벅지 안쪽을 쓸어내렸다. 그레이스의 엄마가 술과 안주를 가지고 왔다 갔다. 그레이스는 영 기분이 좋진 않았다. 엄마가 팁을 많이 받지 못하리란 생각에서였다. 친구들은 죄다 파산 직전이었다. 하지만 어찌 보면 엄마의 잘못이기도 했다. 왜 쓸데없이 담당 테이블을 바꾸었을까. 그레이스는 친구들과 함께 웃고 떠들었다. 모두가 애슐리를 위해 자리를 마련해주었다. 어릴 때부터 함께 자란 친구들이었다. 그럼에도 애슐리가 세상에서 제일 유명한 포르노 스타가 되겠다고 마음먹은 사실은 까맣게 몰랐다. 그레이스를 제외한 다른 사람들에게는 인터넷에 올라온 사진이나 비디오 이야기는 한마디도 하지 않았으니까. 그레이스는 조만간 비밀이 새어나가리라 생각했다. 남자애들 중 누군가는 분명히 포르노를 볼 테고 그러다 누군가 우연히 그녀의 비디오를 찾아내겠지.

　밤이 깊어가고 음악 소리는 점점 커졌다. 그레이스는 제시에게 화장실에 가겠다고 속삭였다. 비틀거리며 일어나 술집 구석에 있는 화장실로 향하는 사이 그레이스는 엄마가 한쪽에서 자신을 주시하고 있다는 느낌을 받았다. 그레이스는 대답하지 않았고 엄마는 문을 부수어야 했던 그날을, 엄마는 아마 영원히 잊지 못할 것이다. 술집 화장실에서 표백제 냄새가 짙게 풍겼다. 칸에서 나와보니 세면대 앞에 웬 여자가 서 있었다. 여자는 청바지에 체크무늬 셔츠를 입고 카우보이 부츠를 신고 있었다. 회색 야구 모자 아래로 빨간색 포니테일이 보였다. 그토록 오랜 시간이 흘렀는데 그레이스를 향해 돌아서며 웃는 모습은 예전 그대로였다.

　"나 기억나?" 엘리스 마틴이 물었다.

4부.

해방

"어제 그레이스 파머를 봤다고요?"

"네."

"어땠어요?"

대답하지 않았다.

"에밀리," 리사가 예의 그 인체 공학적으로 설계된 메시 소재 의자에서 몸을 틀어 내 반응을 살폈다. "어땠죠?"

◇

윈필드 주립 병원은 랜턴에서 북쪽으로 한 시간 반가량 떨어져 있었다. 아무것도 없는 산 중턱에 병원 하나만 우뚝 솟아 있었다. 가장 가까운 마을이 16킬로미터 이상 떨어져 있었고, 병원 주변으로 하얀 물푸레나무가 사방으로 뻗어 있었다.

이곳에는 가족들도 더 이상 어쩌지 못하는 정신 질환을 앓는 환자들이 수용되었다. 병원 앞에는 차량 60여 대 정도를 세울 수 있을 만한 다소 협소한 주차장이 있었다. 어차피 윈필드로 오는 방문객은 많지 않았다.

경찰이 태워다 주겠다고 했지만 직접 운전해서 가겠다며 사양했다. 모르는 사람과 세 시간 넘게 차에 갇혀 있는 걸 원치 않아서였다. 경찰은 내가 모든 사실을 털어놓지 않았다는 의심을 하고 있었다. 에르난데스 형사에게 전화를 바로 했더라면 엘리스 마틴은 극적으로 목숨을 건지고 지금쯤 감옥에 갇혀 있을 수도 있었다……. 하지만 법의 눈으로 본다면 엘리스에게 이렇다 할 죄명을 붙이기가 애매했고, 데스티니와 올리비아 역시 표면적으로는 명백한 자살이었다.

엘리스도 형사 앞에서 거짓말을 했었다. 내가 코트니와 브래드포드 카운티에 가는 동안 테리와 함께 있었다고 말이다. 게다가 코트니까지 돌아오는 길에 주유소에 들러 기름을 넣었다는 거짓말을 하지 않았던가. 코트니와 나는 따끔한 경고를 들어야 했지만 거짓말을 한 걸로 위증죄 처벌을 받지는 않았다.

약속 시간보다 10분 먼저 도착했음에도 병원에는 이미 여러 사람들이 기다리고 있었다. 펜실베이니아주 경찰에서 나온 어빈 형사, 주 지방 검사 둘, 다이어 판사 사무실 직원 글로리아 오그레디, 그리고 그레이스 사건을 자진해서 맡은 국선 변호사 프랭크 앳킨스까지 와 있었다. 앳킨스는 유명세를 노리고 그레이스 사건에 뛰어들었다.

정문을 열고 들어서는데 팔짱을 끼고 서성거리는 프랭크 앳킨스가 눈에 들어왔다.

"정말이지 믿을 수가 없군요."

지방 검사와 글로리아 오그레디, 어빈 형사는 프랭크 앳킨스를 무시했다. 그는 계속 왔다 갔다 하며 혼잣말을 중얼거렸다.

"말도 안 되는 상황이란 거, 당신들도 잘 알겠지."

그때 지방 검사 하나가 기계적인 말투로 말했다. "다이어 판사 사무실에 소장을 접수하시면 됩니다."

"거참, 간만에 옳은 말씀하시네. 그런데 말이죠," 앳킨스 변호사가 글로리아를 바라보며 대꾸했다. "벌써 했습니다만."

병원 로비에는 창문이 하나도 없었다. 정문 하나만 달랑 있을 뿐이었다. 가구라고는 벽돌로 된 벽 앞에 놓인 벤치 두 개와 회색 물품 보관함이 전부였다. 나는 물품 보관함 쪽을 응시했다. 휴대폰과 차 키를 거기에 두어야 입장이 가능했다.

정문이 열리며 머리가 벗겨진 노년의 남자가 들어섰다. 그는 안경 너머로 로비에 모여 있는 사람들을 한 명씩 유심히 확인하고는 나를 쳐다보았다.

"베넷 씨?"

나는 고개를 끄덕였다.

"프레스턴 박사입니다. 와주셔서 감사합니다."

나는 대꾸 없이 다시 고개만 끄덕였다.

"이렇게 조촐한 실험에 참여하기로 결정해주신 마음에 다시 한 번 감사의 말씀을 드립니다. 특히 앳킨스 변호사님이 이번 일에 반대하셨다는 것 잘 압니다."

"당연하죠. 이건 제 의뢰인의 헌법상 권리를 침해하는 겁니다."

프레스턴 박사는 마치 일곱 살짜리 남자애를 다루듯 인자한 미소를 지어 보였다.

"네. 뭐, 다이어 판사는 그렇게 생각하지 않으시는 것 같더군요. 의뢰인이 주장하는 정신 질환을 어느 정도 타당하다고 보시니까 의뢰인이 지금 이 병원에 있는 거 아니겠습니까? 의뢰인이 빨리 건강을 되찾으셔야겠죠. 안타깝게도 지금까지는 별다른 차도가 없습니다. 그레이스는 어머니는 물론이고 다른 누구하고도 대화를 기피하고 있는 상태입니다. 저와 저희 의료진은 어쩌면 그레이스가 베넷 씨에게는 어떤 말이라도 하지 않을까 기대하고 있습니다. 어쨌든 여기 계신 베넷 씨가 환자를 구출하셨으니까요."

구출했다는 표현은 조금 과장된 것이었다. 나는 그저 적절한 타이밍에 그 장소에 갔을 뿐이니까. 무엇보다 나는 엘리스가 그레이스를 지하실에 감금하고 폭행했다는 경찰의 이론을 믿지 않았다. 그래서 나는 경찰에게 전날 분명 코트니네 아파트 주차장에서 그레이스를 목격했고, 누군가 엘리스와 공모한 게 분명하며, 우리가 알고 있는 사실을 종합해보았을 때 그 누군가는 매켄지가 아니면 불가능하다는 이야기까지 모조리 전달했다. 하지만 경찰은 내 말에 귀를 기울이지 않았다. 코트니와 내가 테리의 납치와 관련된 사실들을 솔직하게 진술하지 않았다는 게 이유였다. 게다가 경찰이 실버 레이크 파크의 개간지로 출동했을 때 횃불이나 밧줄 따위의 증거는 전혀 찾을 수 없었다고 했다.

프랭크 앳킨스는 어디서 분노 연기 과외라도 받은 건지 가짜 화를 잘도 꾸며냈다. 남자의 기다란 얼굴이 시뻘개지면서 턱선을 따라 근육이 움찔하는 게 선명히 보였다. 남자는 손가락을 덜덜 떨며 나에게 삿대질을 하면서 소리쳤다.

"저 여자야말로 제 의뢰인의 건강 상태에 책임을 져야죠. 저 여자랑 제 의뢰인은 중학교 동창입니다. 제 의뢰인은 피해자라고요. 게다가," 앳킨스 변호사는 이번에는 허공에다 대고 과장된 삿대질을 하며 말을 이어갔다. "저 사람은 제 의뢰인이 엘리스 마틴과 공모했다고 주장하지 않습니까. 정말 말도 안 되는 소리죠! 엘리스 마틴은 제 의뢰인을 감금하고 잔혹하게 고문했으며, 제 의뢰인이 자살 시도를 하게 만들었습니다."

프레스턴 박사는 얼굴에서 웃음기를 지우지 않았다.

"그럴 수도 있겠지만 다이어 판사가 법원 명령을 내렸습니다. 자, 앳킨스 변호사님, 말씀하신 것처럼 그레이스는 자살 감시 대상입니다. 그리고 다른 분들도 아시겠지만," 박사의 시선이 나에게 꽂혔다. 그의 눈빛에서 연민을 읽은 것 같았다. "그레이스는 이틀 전 침대 시트로 자살 시도를 했습니다. 이후로 계속해서 일대일 감시를 받고 있고요. 변호사님, 이 점을 염두에 두고 논의된 바와 같이 여기 계신 지방 검사님들을 비롯한 오그레디 씨, 어빈 형사님과 함께 감시를 지속하셔야죠. 게다가 저희 의료진 역시 혹시 모를 상황에 대비해 치료실 밖에서 대기할 예정입니다. 물론 아무 일도 일어나지 않으리라 예상합니다만."

박사가 잠시 숨을 고르더니 두 손을 맞잡았다.

"그레이스는 대체로 상황에 순응을 잘 하더군요. 대화는 하지 않지만 특정한 일에는 반응을 보일 겁니다. 예를 들면 음식 같은 거요. 원하는 게 뭔지 말을 하진 않지만 식사 선택권을 주면 늘 같은 걸 선택해요. 참고로 그레이스는 크래프트 하인즈에서 나온 체리 맛 젤로를 좋아합니다. 레모네이드도 좋아하고 참치 샌드위치도 좋아합니다. 그리고 크래프트 하인즈에서 나온 껌도 좋아해요. 더 말씀드릴 수 있지만 그게 중요한 건 아니니 이쯤 하죠."

박사가 나를 보며 미소를 지었다.

"베넷 씨, 소지품을 물품 보관함에 넣어주시겠습니까?"

◇

리사는 조용히 목을 가다듬더니 의자에 앉아 몸을 뒤척였다.

"좀 더 상세히 설명해줄래요?"

"노력해볼게요."

"그레이스가 필로폰 제조 공장 폭발로 죽은 게 아니라면, 누가 죽은 거죠?"

"애슐리라는 여자요. 그레이스와 딕슨에서 고등학교를 같이 다녔대요. 보니까 둘은 친구 사이 같아요."

"그럼 애슐리가 사라진 걸 아무도 눈치채지 못했다는 거예요? 어떻게 그럴 수 있죠?"

"애슐리라는 친구가 캘리포니아로 떠날 예정이었대요. 할리우드로요. 배우 지망생이었대요. 죽은 피해자가 부모님과 사이가 별로 안 좋아서 연락을 안 했나 봐요. 그러니 그냥 연락을 끊어버렸구나 했겠죠. 피해자가 로스앤젤레스로 떠나기 전에 엘리스랑 그레이스가…… 처리한 것 같아요. 검시관도 자백했어요. 엘리스가 2만 달러를 주면서 유해를 그레이스인 걸로 처리해달라고 했다고요."

"그럼 그레이스는 일련의 사건들의 공범이겠네요."

"경찰도 그렇게 생각해요. 그러니 기소에 목숨을 거는 거겠죠. 매켄지도 엮고 싶어 하는 눈치였는데……," 이 말은 여전히 내뱉기 힘들었다. "이틀 후에 매켄지의 차를 발견한 거죠. 매켄지의 시신과 함께. 암페타민과 술을 과다 복용했대요."

"경찰은 살인에 혐의점을 두나요?"

"내가 알기로는 아니에요. 차 문이 잠겨 있었고 안팎으로 특이한 지문이 없었대요. 매켄지의 휴대폰에 메시지나 메일을 암호화하거나 바로 삭제해주는 앱이 깔려 있었대요. 엘리스 거랑 똑같은 앱이요. 그래서 경찰이 메시지를 하나도 복구하지 못했대요. 하지만 지금까지 일어난 사건들과 틀림없이 연관이 있다고요."

"그럼 에밀리는 왜 엘리스가 모든 사실을 털어놓았다고 생각해요? 당신이 그랬잖아요. 엘리스가 자백 아닌 자백을 했다고요. '가정'이란 단어를 써가면서요."

"내 생각엔 나르시시즘 같아요. 자랑이 하고 싶었겠죠. 자기가 얼마나 똑똑한 사람인지 드러내고 싶어 했던 것 같아요. 내가 그 애에게 자백을 받아낸 게 아니라 자기도 모르게 다 털어놓은 거죠."

"매켄지 얘기로 돌아가보죠. 경찰은 그날 밤 왜 매켄지가 집을 나갔는지 이유를 파악했대요?"

"남편이 야근하는 날은 늘 그런 식으로 나갔나 봐요. 가사 도우미에게 연장 근무를 부탁하고는 나가서 내연남들을 만났대요. 가사 도우미들은 전혀 몰랐고 그냥 매켄지가 친구들이랑 노는가 보다 했대요."

이것으로 매켄지가 그날 밤 나를 보고 미친 듯이 도망을 갔던 이유가 설명이 되었다. 엘리스와는 아무 상관없었다. 그저 내연남을 만나러 가는데 내가 따라붙으니 나를 내연남의 아내나 여자 친구가 고용한 사설탐정쯤으로 지레 추측하고는 본인의 뒤를 캐는 거라고 오해했던 모양이다. 매켄지가 나를 알아보았을 것 같지는 않았다. 내가 여자라는 것만 눈치챘고 무척이나 당황했던 것 같다.

"내연남들이요?" 리사가 충격을 받았다는 듯 되물었다.

"에르난데스 형사가 말해준 것과 지역 뉴스, 코트니가 페이스북에서 찾은 것들을 종합해보면 그래요. 경찰이 휴대폰을 조사했을 때도 최소 세 명과 불륜 관계에 있었대요. 한 사람은 남편 직장 동료라고 하더라고요. 다른 남자들은, 모르겠어요. 매켄지가 누굴 만나 바람을 피우든 그건 관심 없어요."

"대단하네요." 리사가 중얼거렸다. "자꾸 다른 얘기로 빠져서 미안해요. 그래서 그레이스는 어떻게 됐어요?"

◇

박사의 뒤를 따라 금속 탐지기를 통과해 긴 복도를 걸었다. 나무 테이블 하나와 나무 의자 두 개만 있는 단출한 작은 방으로 안내되었다. 프레스턴 박사는 천장 구석에 설치된 카메라를 가리키며 사람들이 지켜보고 있다는 사실을 거듭 강조했다.

"준비됐나요?"

나는 가볍게 고개를 끄덕였다. 박사가 인자한 미소를 보냈다.

"긴장할 필요 없어요. 그레이스가 베넷 씨를 보고 좋아하긴 힘들겠지만, 솔직히 말씀드리면 그래서 더 중요합니다. 이번 만남을 통해 그레이스의 허점을 발견해서 마음을 열게 할 수 있을지 모르거든요. 행여 무슨 일이라도 생기면 밖에 있는 의료진이 곧바로 투입될 겁니다. 질문 있나요?"

없다는 내 대답에 프레스턴 박사가 또다시 자상하게 웃으며 앉으라는 시늉을 했다.

"그레이스도 금방 올 겁니다."

그가 나가고 나는 창문을 등진 채 병실 문을 바라보았다.

2분 정도가 지났을까, 마침내 문이 열렸다.

그레이스는 파란색 트레이닝 바지에 하얀 티셔츠를 입고 양말에 슬리퍼를 신은 모습이었다. 검은 머리는 짧게 잘라놓은 상태였다. 병실에 들어선 그레이스는 나를 보고도 별다른 반응이 없었다.

프레스턴 박사가 그레이스의 뒤를 따라 들어와서 의자를 꺼내주며 물었다.

"그레이스, 앉으세요."

그레이스는 움직임이 없었다. 시선은 나를 향해 있었다. 그러다가 천천히 몸을 수그려 의자에 앉았다.

"좋아요." 프레스턴 박사가 말했다. "자, 필요한 게 있으면 바로 말해요. 저는 밖에 있을 테니까. 알겠죠, 그레이스?"

그레이스는 대답 없이 내가 있는 쪽만 주시할 뿐이었다.

프레스턴 박사가 잠시 대답을 기다리다가 나에게 격려의 눈짓을 보내며 방을 나갔다.

문이 닫히자 완벽한 고요가 찾아왔다. 숨이 막힐 것 같아서 천장의 카메라를 한번 보았다. 사람들이 밖에서 나를 지켜보고 있으니 괜찮을 거라고 자위하며 천천히 심호흡을 했다.

그레이스는 여전히 나를 쳐다보고 있었다. 무표정하고 창백한 얼굴이었다. 새까만 동공이 텅 비어 있었다. 프레스턴 박사는 내가 그레이스의 마음을 열 수 있을 거라 기대했다. 하지만 나는 그럴 수 없었다.

"연기하는 거 다 알아."

그레이스는 묵묵부답이었다. 눈도 깜박이지 않았다.

"그날 아침에 코트니 집 앞에서 널 분명히 봤어. 처음엔 헛것을 본 줄 알았는데, 아니, 너였어."

여전히 대답이 없었다.

"해변 산책로에서 본 것도 너 맞아. 거기까지 우리를 쫓아온 거지. 내가 사람들 틈에서 널 볼 수 있게."

또 묵묵부답.

"'한번 하피스는 영원한 하피스'. 너무 소름 끼치는 유서 아니니? 거기에 무슨 대단한 의미라도 있는 것처럼. 근데 그거 다 개소리야. 너도 알잖아. 엘리스가 쓴 게 아니라 네가 쓴 거란 거."

그레이스는 작정한 듯 침묵을 지켰다.

"단서를 남긴 것도 네 아이디어지? 우리 엄마한테 가짜 계정으로 페이스북 친구 요청을 하고 정보를 흘린 거 말이야. 베스 노리스, 앤 울프. 둘 다 존재하지 않는 인물이란 거 확인했어. 이 둘의 이름을 조합하면 너희 엄마 이름이잖아. 데스니티 와이프가 받은 문자는 또 어떻고. '베스퍼'라고 문자를 보낼 생각은 누가 한 거니?"

그레이스는 침묵했고 오직 나만이 말을 이어갔다.

"너한텐 정말 미안했어. 오랜 시간이 지난 지금까지. 난 그저 사과하고 싶었어. 근데 이젠…… 더 이상 무슨 말을 해야 할지 모르겠다."

그레이스의 입술이 파르르 떨렸다. 처음에는 그레이스가 울먹이는 줄 알았다.

하지만 그레이스는 어떤 말을 하려고 했다.

나는 천장의 카메라를 바라보았다. 이 각도에서는 천장의 카메라가 그레이스의 입 모양을 잡기 힘들 것이었다.

나는 몸을 수그렸다. "뭐?"

그 애의 목소리는 속삭임에 불과했다. 우리 사이에 테이블이 없으면 어떨까 싶었다. 일어서서 그레이스에게 다가갈까도 생각해보았지만 지침상 자리를 지켜야 했다.

"그레이스, 뭐라고 하는지 안 들려."

그레이스는 계속 입술을 움찔거렸다. 목소리에서 어조가 살아나고 있었다. 딱 내가 알아듣기 충분할 만큼만.

"막대기와 돌멩이로 내 뼈를 부러뜨릴 순 있어도 너의 말이 나에게 상처를 줄 순 없어."

"그레이스, 그만해."

목소리가 점점 커졌다.

"막대기와 돌멩이로 내 뼈를 부러뜨릴 순 있어도 너의 말이 나에게 상처를 줄 순 없어."

"그런 식으로 굴어봤자 아무도 안 속……."

그레이스의 목소리는 점점 더 커졌다.

"막대기와 돌멩이로 내 뼈를 부러뜨릴 순 있어도 너의 말이 나에게 상처를 줄 순 없어!"

이제 그레이스는 소리를 지르고 있었다. 정신을 차렸을 때 그레이스는 이미 테이블 위로 몸을 던져 나를 덮치고 있었다. 우리는 한 몸이 되어 바닥을 뒹굴었다. 그레이스가 내 위에 올라타 같은 말을 내질렀다. "막대기와 돌멩이로 내 뼈를 부러뜨릴 순 있어도……." 그레이스를 밀어내려 했지만 나를 붙잡은 힘이 너무 셌다. 그때 문이 열리며 의료진이 뛰어 들어왔다.

사람들이 그레이스의 팔을 잡아당겼다. 그레이스의 입에서 튄 침이 내 얼굴에 날아들 정도로 가까운 거리에서 그레이스는 나를 붙잡고 놓아주지 않으려고 했다. 의료진들이 그레이스를 떼어내 밖으로 끌고 나갔다. 그러고 나서 더 많은 사람들이 급히 달려와서 그레이스의 사지를 잡고 날랐다. 누군가 나를 일으켜 세워주었다.

나는 가쁜 숨을 몰아쉬며 복도에 서 있었다. 프레스턴 박사가 괜찮은지 물었다. 미처 대답하기도 전에 옆방에서 프랭크 앳킨스가 득달같이 달려 나왔다. 분노가 가득 찬 변호사의 목소리가 복도에

쩌렁쩌렁 울렸다.

"제가 뭐랬습니까. 후회할 일 벌이지 말라고 경고했죠? 그리고 당신," 그가 또다시 삿대질을 하며 퍼부었다. "망할 당신이 그런 거야. 이게 다 당신 때문이야."

변호사는 씩씩거리며 출구로 향했다. 두 명의 검사가 그의 뒤를 따르고, 글로리아 오그레디는 어딘가로 전화를 하며 나갔다. 어빈 형사가 안타깝다는 표정을 지어 보이는 사이 프레스턴 박사는 꼼짝도 않고 충격을 받아들이는 모양새였다.

"예상처럼 되지 않는군요." 박사가 담담히 말했다. "그래도 그레이스가 입원한 이래로 가장 격렬한 반응을 보이긴 했어요. 정말 괜찮아요, 베넷 씨? 얼굴을 좀 씻어야 할 거 같은데요."

나는 뺨에 묻은 침을 닦아내며 고개를 저었다.

"빨리 나가고 싶어요."

"이해합니다. 배웅해드리겠습니다."

◇

리사가 주저하는 나를 발견하고는 고개를 살짝 비틀었다.

"그러고 나서는요?"

"병원에서 나와서 엄마 집으로 갔어요. 차를 마셨고요."

"이제 어떻게 될 것 같아요?"

"저도 모르겠어요. 경찰은 그레이스가 연루는 되었으나 뭔가를 행동에 옮겼다고 보진 않아요. 일단 그레이스가 엘리스의……," 나는 잠깐 얼굴을 찌푸리며 적합한 단어를 찾으려 애썼다. "엘리스의 인질이 되면서부터는 특히."

리사가 벽에 걸린 시계를 힐끗 바라보며 나를 향해 안타깝다는 미소를 보였다.

"유감이네요."

"그 말씀은 벌써 하셨어요."

"알아요. 하지만 아무리 많이 해도 모자라지 않은 것 같네요."

"저도 까맣게 몰랐는데, 선생님은 말해 뭐 해요."

"그래도요. 나 역시 에밀리처럼 모욕당한 기분이에요. 다른 환자들에 대한 모욕이기도 하고요."

알고 보니 엘리스는 상담을 핑계로 리사에게 접근했었다. 총 세 차례 정도 이곳을 방문했단다. 아마도 첫 상담을 할 때 상담실 내부를 파악한 다음에 두 번째나 세 번째 상담 때 도청 장치를 설치할 적당한 장소를 모색했을 것이다. 리사는 두 번째 상담으로 추측했다. 엘리스가 상담실을 나서다 말고 휴대폰을 두고 왔다며 노크 없이 상담실에 들이닥치는 바람에 리사가 막아설 틈도 없었다고 했다. 도청 장치 설치는 1, 2초면 충분했을 것이다. 엘리스는 벽시계 뒤에다 도청 장치를 숨겨놓았었다.

엘리스는 모든 걸 다 듣고 있었다. 나는 매번 리사에게 대니얼과의 지지부진한 관계를 털어놓았고, 내 환자들에 대해 이야기했다. 리사는 치료사였으니 당연히 상담 내용은 비밀 보장이 되었다. 나는 리사의 내담자로서 내가 상담해주는 환자들의 실명을 거론하는 일도 주저하지 않았다. 결국 대화 내용은 나중에 가짜 페이스북 계정을 통해 나를 해고시키는 데 이용되었다.

리사가 수첩을 책상에 올려놓으며 물었다.

"새 상담실은 잘 적응 중이에요?"

"지금까진 괜찮아요. 좋은 말씀 감사해요."

엘리스 마틴이 코트니와 내 사건, 올리비아와 데스티니에게 일어난 일 모두를 꾸며냈다는 게 밝혀지고 나자 세이프 헤이븐 센터에서 복직 제의를 해왔다. 나는 환자들이 그리웠고 마음이 심하게 동했지만 세이프 헤이븐으로 돌아갈 수 없었다. 나에게는 그 무엇보다 새로운 시작이 필요했다.

마침 리사가 자신의 센터장에게 나를 치료사로 추천해주었다. 경영진과의 면접에서 의료 보험 지원이 필요한 환자들도 받아달라는 요청을 했는데 경영진이 그리 반기는 눈치는 아니었다. 비용적인 면에서 손해가 날 게 분명했으니까. 하지만 결국에는 경영진의 동의를 받아냈다. 대신 애초에 논의했던 연봉보다 액수가 낮아졌지만 별로 문제되지 않았다.

경영진은 또한 더 이상 리사와의 상담이 불가하다고도 했다. 이제 직장 동료가 될 것이니 당연한 수순이었다. 게다가 나는 이미 오래전에 상담을 그만두었어야 했다. 오늘이 리사를 치료사로서 보는 마지막 세션이었다. 지금 이 시간은 일종의 해방 선언 미팅인 셈이었다.

"시간이 거의 다 됐네요." 리사가 말했다. "하나만 더 물어봐도 돼요?"

"물론이죠."

"대니얼과 코트니는 아직 만나는⋯⋯."

"네."

"에밀리는 괜찮아요?"

"대니얼은 좋은 사람이에요. 행복할 자격이 충분해요. 코트니도 그렇고, 테리도요."

"코트니와 테리를 아직 만나요?"

당연했다. 테리가 납치되었다가 구출된 지 고작 몇 달밖에 지나지 않았다. 나는 여전히 두 사람을 만나고 가끔은 코트니와 이야기도 나눈다. 물론 대니얼과 코트니의 관계 때문에 우리의 우정이 얼마나 오래갈지는 모르겠지만 말이다. 대니얼이 코트니와 테리와 시간을 많이 보내기는 하지만 두 사람이 공식적으로 사귀는 건 아니었다. 어쩌면 그들의 관계에 더 이상의 진전은 없을 수도 있었다. 반대로 잘 될 수도 있겠지만 전혀 신경 쓰이지 않았다.

리사의 마지막 질문에는 대답하지 않기로 결심하며 자리에서 일어섰다.

"새로운 내담자가 있어요. 그 애가 엄마와 같이 오기 전에 파일이라도 한번 더 살펴봐야겠어요."

리사가 내 표정을 곰곰이 읽었다.

"왜요?" 내가 물었다.

"윈필드에서 일어난 일은 그뿐이에요? 혹시 나한테 더 말하지 않은 건 없어요?"

나는 미소를 지으며 문을 향해 걸어갔다.

"딱히 떠오르는 게 없네요. 나중에 생각나면 말씀드릴게요."

◇

물론 거짓말이었다.

하지만 리사에게 윈필드에서 있었던 일을 말할 생각은 추호도 없었다. 그 누구에게도, 심지어 코트니에게도 발설하지 않을 것이었다. 게다가 코트니는 이미 테리에게 과도한 집착을 보이고 있었다. 매일같이 만약 그날 테리를 구하지 못했으면 무슨 일이 있었을

지 상상했다. 결과적으로 테리를 구했고 테리가 무사하지 않느냐고 옆에서 아무리 코트니를 달래도 듣지 않았다. 물론 테리에게 납치의 충격으로 감정적 상흔이 남았을 테고 테리가 그걸 극복하는 데 시간이 필요하겠지만 테리는 강한 아이였다. 나는 테리가 그 아픈 기억을 이겨낼 것이라 굳게 믿었다.

그렇다면 과연 나 자신은 어떨까? 나는 아무도 모르는 사실을 하나 알고 있었다.

그레이스를 만나고 나서 나는 프레스턴 박사와 로비로 돌아왔다. 물품 보관함 열쇠를 찾으려고 주머니를 뒤졌다. 그레이스를 만났던 병실에 유일하게 지니고 들어갈 수 있었던 소지품이었다.

주머니에서 손을 빼냈는데 열쇠 말고 다른 게 있었다. 종이 쪼가리였다. 빨간색 바탕에 검은색으로 리글리 사(社) 로고가 박힌 껌 종이였다.

나는 대수롭지 않게 껌 종이를 다시 주머니에 쑤셔 넣었다. 물품 보관함에서 차 키와 휴대폰을 찾고 나서 프레스턴 박사를 불렀다.

"혹시 그레이스가 오늘 제가 오는 걸 알았나요?"

"네. 알려야 할지 말지 심각하게 논의했는데 결국은 알려야 한다는 결정이 났었습니다."

나는 물품 보관함의 문을 닫으며 물었다. "그레이스가 껌을 좋아한다고 하셨죠?"

프레스턴 박사가 약간 당황한 모양이었다. "그랬죠. 네. 근데 그건 왜 여쭤보시는 건지?"

"그냥 궁금해서요. 어떤 껌이에요?"

그가 나를 빤히 바라보며 영문을 모르겠다는 듯 대답했다. "주시 프루트요."

◇

　나는 프레스턴 박사에게 마음이 좀 진정되었다며 얼굴을 씻고
싶다고 했다. 박사는 나를 로비에 딸린 작은 화장실로 안내해주었
다. 화장실은 변기 하나와 세면대 하나가 겨우 들어갈 정도로 비좁
았다. 화장실 천장의 전구에서 윙윙거리는 소리가 나고 변기에는
물때가 끼어 있었다.

　나는 문을 닫자마자 주머니에서 껌 종이를 꺼냈다. 그러고는 뒤
집어서 안쪽을 확인했다.

　글씨는 작았지만 알아볼 정도는 되었다. 딱 한 줄이었다.

　이제 너도 나도 답을 알겠지?

　여러 번 읽었지만 무슨 뜻인지 알 수 없었다. 뭐에 대한 답을 안
다는 말일까? 껌 종이를 경찰에게 제출할 수도 있었지만, 결국 아무
의미 없을 것이었다. 그레이스가 썼다는 증거가 없었다. 어찌어찌
해서 그레이스가 썼다는 걸 증명한다 해도 그게 어째서? 이건 그냥
평범한 질문이었다. 다만 내가 이해할 수 없을 뿐이었다.

　하지만 의심이 확신이 된 건 맞았다. 그레이스는 경찰을 가지고
놀았다. 그날 밤 지하실에 목을 매고 생을 마감한 엘리스와 옆방에
결박당해 있던 그레이스까지 모든 게 계획적이었다. 내가 무엇을
발견했든 모든 일이 그레이스에게 유리하게 돌아가게끔 정해져 있
었던 것이다. 어쩌면 둘에게 무슨 일이 있었는지 절대 알아내지 못
할 수도 있었다.

　나는 그레이스를 떠올렸다. 중학생 때 그 아이는 아주 조용했고,

우리 패거리가 하자는 건 의문이나 불평 하나 없이 뭐든 따라 했었다.

월마트에서 몇 번이나 주시 프루트 껌을 샀었지? 혹시 그레이스가 매번 나를 지켜보고 있었던 걸까?

우리가 중학생이던 시절 우리는 그레이스를 제일 연약하고 다루기 쉬운 애로 못 박았었다. 그리고 지금에서야 깨달았다. 우리는 완전히 헛짚었다. 만약 우리가 그 애와 함께 섬에 갇힌다면 우리를 하나씩 차례로 잡아먹는 건 그레이스였을 것이다. 종국에는 그레이스만 홀로 살아남았을 테지.

나는 종이쪽지를 한번 더 읽어보았다. '이제 너도 나도 답을 알겠지?' 그리고 나서 변기에 껌 종이를 버리고 물을 내렸다.

복도를 지나 내 상담실로 돌아오며 다시 생각해보았다. 출근한 지 이제 겨우 일주일째였다. 아직 내 공간이라 하기에는 어색한 감이 없지 않았다. 예전에 상담했던 환자들 생각도 많이 났다. 특히 클로이. 지금은 얼마나 나아졌을까 궁금했다. 자해는 멈추었으려나. 혹시 스스로를 괴롭히던 문제를 해결할 방법을 찾았을까.

책상에 앉아 새 환자의 파일을 꺼내 들었다. 피터 던바. 8세. 아버지로부터 신체적, 성적 학대를 당했고 피의자는 재판 중. 오늘 피터를 상담에 데려오는 보호자는 아이 엄마라고 했다. 우선은 아이 어머니와 이야기를 나누어야 했다. 엄마도 심리 상담을 받고 있는지 제대로 확인해야 했기 때문이다. 아이를 학대했다면 분명 아내도 학대했을 가능성이 컸다.

파일을 덮고 의자에 기대어 눈을 감았다.

이따금씩 왜 이 일을 하는지 궁금해진다. 나는 매일 심리 상태에 문제가 있는 아이들을 만난다. 그리고 그 아이들과 우울과 불안에 대해 이야기를 나누면서 그들의 삶이 충분한 가치가 있다는 걸 알려주고자 끊임없이 노력한다. 아무리 작은 일이라 하더라도 분명 세상에는 좋은 일이 많다는 사실을 깨우쳐주고 싶기 때문이다.

엘리스는 나에게 약해빠진 인간이라고 했다. 그럴지도 모른다. 하지만 세상에는 나약한 사람도 많고, 강한 사람도 많다. 나는 엘리스나 그레이스만큼 강하지 않을지 모르지만 그건 아무래도 상관없다. 나는 그저 마음의 해류에 휩쓸리는 아이들을 구해주고 도와줄 수 있을 만큼만 강한 사람이고 싶다. 나는 아이들에게 포기해도 괜찮다고 말해줄 수 있는 일을 하는 사람이다. 나는 아이들을 도와줄 수 있는 자리에 서 있고 싶을 뿐이다. 손을 내밀어 휩쓸리는 아이들을 구해줄 수 있을 만큼만 강했으면 싶다. 절대 너희는 혼자가 아니라고 알려주고 싶다. 삶에는 너희가 느끼는 고통 말고 다른 것도 있다는 걸 알려주고 싶다. 너희가 아무리 깊은 수렁에 빠져도 언제나 기대할 것들이 분명히 있다고, 그 누구도 너희에게서 빼앗아 갈 수 없는 무언가가 있다고.

그건 바로 희망이라고.

엘리스는 10분 사이에 열세 번이나 전화를 걸었다. 차고 문을 열며 열네 번째 통화를 시도하던 도중에 그레이스가 마침내 전화를 받았다.

"안녕, 엘리스."

갑자기 전화가 연결되면서 엘리스는 짐짓 놀란 모양이었다. 그러다 화가 치밀었다. "너 대체 어디 있었어?"

"거기 있었는데."

엘리스는 다시 멈칫했다. "없던데."

"있었어. 나무 사이에. 네가 어떻게 할지 지켜본 거야."

엘리스는 답답한 마음에 비명을 질렀다.

"망할 에밀리 베넷이 다 눈치챘다고. 얼굴에 총을 갈기려다가 병원이라 참았어. 카메라가 사방에 있으니까. 내가 그러는 동안 넌 대체 어디 있었냐고."

"그 불쌍한 아이를 나무에 묶으면서 계획대로 하지 않는 게 좋겠다고 생각했을 뿐이야. 너희가 나를 묶어놨을 때 기분이 어땠는지 생각났거든. 얼마나 비참한지. 얼마나 외로운지."

그레이스는 잠시 말이 없었다.

"그래. 백 프로 솔직하지 못했을 수도 있겠다. 얼마 전부터 난 계획대로 행동하지 않으려고 했어. 적어도 그 어린애랑 관련된 일이라면. 엘리스, 내가 진짜로 그 애를 죽이려고 했으면 뭐 하러 안대를 씌우자고 했겠어?"

엘리스가 말을 삼켰다. 집으로 들어서서 응접실을 서성였다.

"무슨 개소리야? 너 어디야?"

"내가 어디 있는지가 뭐가 중요해. 나 떠나는 중이야. 그동안 재밌었어, 엘리스. 이제 그만 정리해야지."

"엿이나 먹어. 내 도움 아니었으면 네가 그 개 같은 촌구석에서 벗어날 수나 있었겠어?"

"아, 고맙단 말이 듣고 싶니? 내가 감사하다고 했으면 좋겠어? 엘리스, 내가 이야기 하나 해줄까? 내가 처음 랜턴에 왔을 때 난 그때 막 아빠를 여읜 아주 수줍고 조용한 애였어. 난 많은 걸 바라지도 않았어. 그저 날 받아주길 원했어. 친구를 사귀고 싶었을 뿐이라고. 인기 있는 애들이랑 같이 놀 거란 생각은 꿈에도 못했어. 내가 너무 순진했던 거지. 나 같은 애는 절대 인기 있는 애들 사이에 낄 수 없다는 걸 진작에 알았어야 했는데. 그래도, 그래도 너희는 좀 다를 줄 알았어. 겉으로는 날 하찮게 대해도 마음만은 착하겠지. 시간이 지나면 날 좋아해주겠지 싶었어. 근데 너희들은 그런 날 그날 밤 농장 집으로 데려갔지. 그러고는 술을 먹이고 약에 취하게 해서 그 새끼들한테 나를……."

그레이스의 나지막한 목소리가 더욱 깊어졌다.

"그러고선 아무도 사과하지 않더라. 가끔씩 궁금해. 혹시라도 너희가 날 따로 불러내서 미안하다고 한마디만 했으면 상황이 달라졌을까. 근데 아무도 사과를 안 했다는 거지. 결국 하피스에서 살아남으려면, 그리고 진짜 세상에서 살아남으려면 너희보다 더 나쁜 년이 돼야 한다는 걸 뼈저리게 깨달았어. 물론 난 지금도 얌전하고 수줍은 척하면서 살지만 연막이지. 네가 어디까지 할 수 있나 궁금해서 한번 시켜본 거야."

그레이스는 또다시 말이 없었다. 그리고 다시 입을 열었을 때 그레이스의 목소리에 웃음기가 배어 있었다.

"특히 너, 엘리스, 넌 진짜 제일 추악했어. 다른 애들 다 매켄지가 주동자라고 생각했지. 심지어 매켄지 본인도. 근데 난 네가 무슨 짓을 하는지 다 알고 있었어."

초조하게 서성거리던 엘리스가 응접실 한가운데 우뚝 멈추어 서서 물었다.

"너 매켄지한테 무슨 짓 했어?"

"네 생각은 어떤데?"

말문이 막힌 엘리스가 침묵하는 사이 그레이스가 말했다.

"걔도 오늘 숲에 왔어야 했는데. 우리가 에밀리, 코트니, 그리고 코트니 딸까지 다 죽였을 때쯤 슬그머니 나타나서는 네가 내 정신을 쏙 빼놓는 동안 칼로 내 목을 땄겠지. 그게 네 계획 아니었니?"

엘리스가 조용히 숨을 들이마셨다.

"가엾은 엘리스, 난 이미 다 알고 있었어. 너랑 매켄지가 처음부터 끝까지 무슨 대화를 하는지도 다 알았다고. 난 에밀리랑 코트니가 매켄지한테 가서 주의를 주려고 했다는 게 너무 귀엽더라. 어쩌나 사려 깊으신지."

"아니야……."

"정신 차려, 엘리스. 매켄지는 너한테 쥐뿔만큼도 관심이 없어. 네가 걔보다 똑똑할지는 몰라도 걔는 늘 너보다 인기가 많았잖아. 솔직히 너도 마음 한구석으로는 걔를 우러러봤잖아. 매켄지인 척하면서 너한테 메일을 보내는 건 상당한 위험을 감수해야 했지만 잘한 일이었어. 결국 그게 네 발목을 잡았잖아?"

"대체…… 아니야. 그럴 리 없……."

"너도 처음엔 의심스러웠지? 몇 년간 연락도 없던 매켄지가 갑자기 불쑥 연락해서. 하지만 난 너희 둘에 대해 충분히 알 만큼 알았어. 네가 물어보는 것도 막힘없이 다 대답했잖아. 안 그래? 여태껏 나랑 연락하면서 내내 옛 친구랑 연락을 주고받는 거라 착각했겠지. 사실 그 옛 친구는 10년이 넘게 너란 존재를 까맣게 잊고 살았는데 말이야. 여러모로 난 네가 좀 불쌍했어. 1년 가까이 비밀스러운 연락을 해대면서 매켄지가 점심 한번을 못 먹으러 나온다고 하는데도 그걸 믿는 네가 어쩌나 짠하던지. 하다못해 전화 통화도 한번 안 했는데. 네가 물어볼 때마다 거절했잖아. 다행히 넌 아무 의심 안 하더라. 매켄지를 믿고 싶었으니까 순순히 받아들였겠지."

"매켄지가 살아 있긴 해?"

"네 생각은 어떠냐니까? 오래전에 이 일을 시작하기로 마음먹었어. 매켄지 때문에. 빌어먹을 매켄지가 내 목표였지. 다른 애들은 뭐, 그냥 부수적으로 딸려오는 거? 난 네가 누구까지 데려올 수 있을까 궁금했어. 너 생각보다 잘하더라. 세상에, 아직도 안 믿겨. 네가 딕슨까지 찾아와서 도와달라는 생각을 해냈다는 게 말이야. 물론 나도 처음엔 덥석 물지 않았지. 설득이 필요했거든. 너도 정말 설득 하나는 끝내주게 잘했어. 인정해. 그러고는 아주 의기양양

하게 옛 절친에게 너의 성과를 알리고. 그 친구의 칭찬을 받고 나니 하늘을 나는 듯한 기분이었겠지. 주인한테 칭찬받은 개마냥."

엘리스는 아무 말도 하지 않았다.

"네가 꼭 알아야겠다면 말해줄게. 난 몇 달 전 브린 모어에 갔었어. 내가 직접 움직여야 할 때가 올 거라고 예상하고 있었거든. 그리고 그게 바로 어젯밤이었어. 네가 에밀리, 코트니까지 대동해서 우리 엄마를 보러 갔을 때."

그레이스는 잠시 멈추었다가 말을 이어갔다. 엘리스는 여전히 잠자코 있었다.

"아무튼 브린 모어에 가서 매켄지가 집을 나설 때 걔 뒤를 밟았어. 걔는 꼭 밤마다 남자를 만나러 나가더라. 걔 차에 간신히 숨어 있었지. 근데 걔가 날 발견하자마자 소리를 지르는 거야. 나를 알아봐서 그랬는지, 아니면 내가 총을 들고 있어서 그랬는지. 어쨌든 결과적으로 걔도 시키는 대로 다 했어. 좀 더 반항할 줄 알았는데. 중학교 때도 그렇고 애가 센 척만 했나 봐. 경찰이 시신을 찾으면 아마 각성제랑 알코올 과다 복용으로 보일 거야. 그리고 걔 휴대폰에서 네가 썼던 앱도 발견할 거고. 경찰이 과연 접속할 수 있을지도 의문이거니와, 만에 하나 접속에 성공한다 해도 거기에 메시지는 없을걸. 하지만 너희 둘이 연락했다는 흔적은 남아서 연결 고리가 될 순 있겠지. 애잔하기 짝이 없다. 그 애 가족이며, 걔랑 만나던 모든 남자들이 걔를 얼마나 그리워하겠니. 너무 슬퍼하지 마. 걔가 죽기 전에 지금이랑 똑같은 말을 해줬어. 큰 위로가 됐을 거야."

엘리스의 침묵이 이어졌다.

"사람들은 누군가를 나약한 사람이라고 생각하는 순간 행동부터 달라져. 상황이 어떻게 돌아가는지 빤히 보이는데도 그걸 이해하지 못하는 멍청이라고 속단하고는 본심을 드러내지."

엘리스는 여전히 아무 말도 하지 않았다.

"무슨 뜻인지 알겠지? 내가 이렇게까지 하나하나 설명해주는데 설마 못 알아들은 거야?"

"말도 안 돼." 엘리스가 중얼거렸다.

"넌 게임을 하고 싶어 했잖아. 작은 단서를 하나씩 흘려대면서. 내가 무모하다고 했어, 안 했어. 특히 데스티니 와이프한테 보낸 그 문자는 수준 이하였어. 에밀리하고 코트니가 생각보다 똑똑하더라. 덕분에 내가 죽었다는 걸 걔들이 너무 빨리 알아챘어. 덩달아 너도 서둘러야만 했고. 엘리스, 솔직히 넌 나한테 급이 안 돼. 너도 알잖아."

엘리스는 거실과 다이닝 룸과 부엌을 미친 듯이 왔다 갔다 했다.

"빌어먹을, 너 지금 무슨 소리 하는 거야?"

"중학교 때 내가 정말 자살 시도를 했을 거라고 생각하는 거야? 난 그냥 너희 엿 먹이려고 그런 건데. 봐봐, 결과적으론 내가 맞았지?"

엘리스가 악다구니를 부렸다. "너 지금 어디야?"

"불쌍한 엘리스, 넌 다시는 날 못 만날걸. 특히 감옥에 갇히고 나면 더더욱."

엘리스는 그 자리에 얼어붙었다.

"잘 생각해봐, 엘리스. 난 처음부터 증거를 차곡차곡 모았어. 너랑 매켄지만 없애고 나면 사라질 계획이었거든. 네가 모든 사건의 배후라는 걸 알리면서."

엘리스는 대꾸하지 않았다.

"경찰이 곧 들이닥칠 거야. 내가 익명의 제보를 했거든. 증거를 찾을 수 있는 장소라고 했지."

엘리스는 넋이 나간 듯 중얼거렸다. "말도 안 돼."

"내가 지하실에 숨겨놓은 게 좀 있는데, 아마 경찰이 그걸 찾아 낼 거야. 불쌍한 엘리스, 기본 종신형일 텐데."

엘리스는 부엌 옆에 있는 문으로 돌진했다. 그러고는 문을 열어 젖힌 다음 스위치란 스위치는 모조리 켰다. 전구가 오래되어서 켜 지지 않고 터져버렸다. 엘리스는 외마디 욕을 내뱉으며 휴대폰의 손전등 앱을 켜고 계단을 뛰어 내려갔다.

엘리스는 그레이스가 숨겨둔 게 무엇이든 찾아내기만 하면 경 찰이 오기 전에 상황을 정리할 수 있을 거라 믿었다.

엘리스는 오로지 그 물건을 찾는 데에만 혈안이 된 탓에 등 뒤 에 그레이스가 나타난 사실도 깨닫지 못했다. 자신의 뒤에서 그 레이스가 나타나 목에 올가미를 채웠다는 걸 깨달았을 땐 너무 늦 어버렸다.

상황이 일단락되고 엘리스의 몸부림이 멎으면서 온몸이 축 늘 어져 천천히 원을 그리기 시작하자, 그레이스는 나무 의자에 올라 가 전구를 갈아 끼웠다.

그레이스는 잠시 엘리스의 시체가 이리저리 흔들리는 모습을 지켜본 다음 머릿속으로 엘리스가 발로 의자를 차서 의자가 넘어 졌을 경우의 거리를 계산해 그 자리에 의자를 쓰러뜨려놓았다. 그 러고는 엘리스의 휴대폰을 챙겨 지하실 계단을 올라 부엌으로 향 했다.

그레이스는 자신과 엘리스의 통화 목록을 전부 지웠다. 사실 경 찰이 영장을 발부해 엘리스의 통화 기록을 뒤져서 두 사람 사이의 통화 내역이 나온다 해도 별 상관은 없었다. 끽해야 나오는 거라곤 일회용 휴대폰의 전화번호뿐일 테니. 싸구려 플라스틱 휴대폰을 챙겨 나온 그레이스는 종이봉투에 휴대폰을 넣어 차고로 가져갔다. 엘리스가 공구를 보관하는 곳이었다. 그레이스는 차고 벽에 걸려 있던 망치로 휴대폰을 산산조각 낸 다음 제자리에 다시 두었다. 그러고는 뒷문으로 나와 잔디밭 끝에 있는 나무 사이로 유유히 빠져나갔다.

마침 쓰레기를 수거하는 날이었다. 그레이스는 장갑과 종이봉투를 길 건너 쓰레기통에 버렸다. 내일 아침이면 쓰레기차가 온 동네를 샅샅이 돌아다니며 쓰레기를 수거하고 휴대폰 증거도 없애버릴 것이었다.

그레이스는 자신이 발견되기까지 적어도 이틀 정도는 벌었다고 생각했다. 그때쯤이면 쓰레기가 사라진 지도 오래일 테니 경찰이 쓰레기 매립장을 뒤지더라도 이웃들의 쓰레기에 마구 뒤섞인 증거를 분류하는 건 불가능하리라.

그레이스는 언젠가 자신이 사라질 운명이라는 사실을 늘 인지하고 있었다. 특히 오늘 아침 에밀리가 코트니의 아파트 밖에서 자신을 본 이후로 더욱 그랬다. (엘리스의 멍청한 아이디어였다. 특히 그 밀리 오션 시티까지 차를 끌고 가서 산책로에서 잠깐 얼굴을 보여주고 오라니. 하지만 따지고 보면 에밀리의 정신을 한번 휘젓고 오는 것도 썩 나쁘지 않아 보였다.) 게다가 딕슨의 검시관이 자백할 가능성도 염두에 두고 있어야 했다. 결국 세상은, 아니 최소한 주 정부는 그레이스 파머를 찾아나설 게 분명했다.

이 일을 매듭지을 수 있는 유일한 방법은 그 익숙한 똥통에 몸을 던져 스스로 희생자가 되는 것뿐이었다.

지난 2주간 그레이스는 틈만 나면 자신의 몸을 마구 때렸다. 배, 등, 가슴, 다리 할 것 없이 온몸을 다. 엘리스는 볼 수 없는 곳들로만 골라 때렸다. 지난밤 애들이 테리를 데리고 개간지를 떠난 후 그레이스는 숲에서 빠져나와 횃불이며 밧줄, 테이프, 안대를 수거해 랜턴으로 돌아오는 길에 각각 다른 장소에 버렸다. 자신이 갖고 있던 엘리스의 물건 역시 마찬가지였다. 옷 몇 가지와 베개, 담요, 엘리스의 비누며 데오도란트까지 모조리 없애버렸다.

그래도 여전히 엘리스의 옷가지가 남아 있어서 쓰레기봉투에 담아 지하실에 숨겨두어야 했다.

집으로 돌아온 그레이스는 부엌 서랍을 열고 노란색 메모 패드를 꺼냈다. 누구든 엘리스의 부재가 걱정되어 집에 찾아오는 사람이라면 발견할 수 있게 메시지를 써놓을 작정이었다.

그레이스는 '한번 히피스는 영원한 히피스'라고 적었다. 그레이스는 줄곧 엘리스의 필체를 연습해왔었다. 꽤나 그럴싸했지만 만족스러울 때까지 네 번을 시도하고 마침내 조리대에 메모 패드를 올려놓을 수 있었다. 나머지는 갈기갈기 찢어서 변기에 넣고 물을 내렸다.

마지막으로 지하실 계단을 내려가기 전 그레이스는 복도에 붙은 화장실에 잠시 들렀다. 옷을 전부 벗고 불을 켜보았다. 혹시 몰라 스위치도 손등으로 켰다. 지난 2주간 지문을 남기지 않으려고 부단히 애를 썼는데 이 모든 게 물거품이 되지 않게 하려면 마지막까지 철저하게 스스로를 단속해야 했다. 그레이스는 거울에 비친 자신의 모습을 바라보았다.

그레이스는 브래지어와 팬티를 사흘이나 갈아입지 않았다. 하지만 아직 만족스러울 만큼 더러워 보이지 않았다. 그래도 괜찮앗다. 어쩌면 지하실에 생각보다 오래 갇혀 있게 될지도 모르니까. 엘리스에게 오랫동안 연락이 닿지 않은 누군가 엘리스의 부모님에게 이 사실을 알릴 것이다. 그러면 엘리스의 부모님이 집에 한번 찾아와볼 것이다(가까운 사이라면 여분의 집 열쇠를 가지고 있을 확률이 컸지만 만약을 대비해 앞, 뒷문을 잠그지 않은 상태로 두었다). 그때쯤이면 엘리스의 시신이 썩기 시작할 테니 고약한 냄새를 따라 지하실로 내려오고 거기서 죽은 딸을 발견하는 동시에 그레이스 자신도 끔찍한 상태로 발견될 것이다.

다시 지하실로 내려온 그레이스는 차가운 시멘트 바닥을 디디고 서서 눈이 어둠에 적응하기를 기다렸다. 몇 발자국 너머에 죽은 채 매달린 엘리스는 이미 안중에도 없었다.

마음의 준비를 끝낸 그레이스는 구석에 딸린 방으로 갔다. 방 안에는 수갑 하나와 박스 테이프가 준비되어 있었다. 테리의 입을 막았던 것과 같은 테이프였다.

그레이스는 옷을 쓰레기봉투에 쑤셔 넣어 묶고 세탁실 반대편으로 던졌다. 다음은 테이프였다. 그레이스는 입에 테이프를 붙였다. 테이프가 확실하게 붙을 수 있도록 꼭꼭 누르는 것도 잊지 않았다. 몸을 바닥에 수그려 두 팔을 올리고 양 손목에 수갑을 제대로 고정시켰다. 참을 수 있을 때까지 소변을 참은 그레이스는 어두운 지하실에 딸린 더 어두운 공간에 쪼그리고 앉아 오줌을 누었다. 미지근한 소변 줄기가 팬티를 적시고 바닥으로 흘러내렸다.

그레이스는 엘리스가 무슨 이야기를 어떤 식으로 했는지 가상의 시나리오를 써야 했다. 설득력 있는 이야기로 판사와 배심원이 출발점을 확실히 이해할 수 있도록 만들어야 했다.

그녀는 이런 일이 아주 익숙했다. 이전에도 희생자를 연기한 적이 있지 않은가. 그녀는 어떻게 하면 사건에서 빠져나갈 수 있는지 잘 알고 있었다. 간단했다. 절대 다른 사람과 눈을 마주치지 말 것, 그리고 누군가 문을 닫거나 너무 가까이 다가오면 까무러칠 것.

남은 일은 기다리는 것뿐이다. 하루, 이틀, 아니면 사흘. 어쩌면 나흘. 어쩌면 일주일. 기다림은 전혀 문제되지 않았다. 시간이 오래 흐를수록 자신의 심리 상태도 덩달아 설득력을 얻을 수 있었다. 기다리는 시간이 길어지면 그레이스의 몸은 더 더러워지고, 자신을 발견할 사람에게 더 많은 동정심을 얻을 수 있을 것이었다.

그레이스는 너무 빨리 초인종 소리가 들렸을 때 적잖이 당황했다. 지하실에 내려온 지 5분, 길어보았자 10분 있었을까?

뭔가 잘못되었다. 계획에 없던 변수가 생겨버렸다.

밖에 있는 사람이 누구든 떠날 생각이 없어 보였다. 곧이어 현관문이 열리는 소리가 나고 엘리스를 찾는 목소리가 들렸다.

"엘리스?"

잠시 정적이 흘렀다. 하지만 이내 다시 목소리가 들렸다.

"계세요?"

에밀리 베넷. 빌어먹을, 쟤가 대체 여긴 왜 온 거야.

그레이스는 에밀리가 위층을 걸어 다니는 소리를 들었다. 그리고 지하실 문이 열리는 소리와 함께 전구가 깜박거리며 윙윙하는 소리도 들었다. 에밀리가 천천히 계단을 내려왔다. 그러고는 엘리스의 시체를 발견했는지 걸음이 바빠졌다. 에밀리가 낮은 음성으로 뭐라 말을 하고 있었다. 그제서야 에밀리가 911에 신고했다는 걸 깨달았다.

경찰이 곧 도착해서 엘리스를 찾아낼 것이었다. 그리고 집을 수색할 것이었다. 그 말인즉슨 그레이스도 계획을 실행해야 한다는 뜻이었다. 그레이스는 있는 힘껏 소리를 지르기 시작했다. 입에 테이프가 붙어 있어 소리가 별로 크진 않았지만 이 정도면 나쁘지 않았다. 에밀리가 들을 수 있을 정도만 되어도 충분했다.

그녀는 14년 전 모두의 머리글자가 새겨진 나무에 묶여 있던 그날 밤처럼 비명을 질러댔다. 지칠 대로 지친 목소리로 엄청난 충격에 빠져서 겁을 집어먹은 사람처럼 보이기 위해 혼신의 힘을 다했다. 어려울 거 없었다. 지금껏 해온 대로 똑같이 연기를 하면 되었다.

에밀리가 다가오는 소리를 들으며 그레이스는 과연 에밀리 베넷이 자신을 찾아내게 된 것이 득이 될지 생각해보았다. 에밀리 하면 벤저민 프랭클린 중학교에서의 첫날 교내 식당에 앉아 있던 자신에게 친구가 되고 싶다는 듯 웃으며 다가왔던 모습부터 떠올랐다. 에밀리는 학교에서 소위 인기 짱이라는 애들과 함께 앉자고 했었고, 그레이스는 속으로는 너무나 기뻤지만 왠지 낯설어 망설였었다. 그러다 자신을 그야말로 유령처럼 따라다녔던 '유령'이란 별명을 붙여주던 에밀리의 얼굴이 스쳐 지나갔다. 옛날 일을 생각하니 입에 박스 테이프를 붙이고 있는 이 정신 나간 상황에서도 피식 웃음이 났다.

열다섯 살의 에밀리 베넷. 친구들에게 단 한 번도 진심으로 소속감을 느껴보지 못했던 아이. 그 에밀리 베넷이 친구들이 앉아 있는 곳을 한번 돌아보고는 그들에게 인정을 받기 위해 회심의 한 방을 날리기로 마음먹었다.

"별일 있겠어?"

_끝

감사의 말

에이전트 테스 칼레로, 에디터 알리시아 클랜시, 그리고 레이크 유니언의 모든 팀에게 감사 인사를 드린다. 존 캐시먼, 조셉 다그네스, 크리스티나 마라, 애덤 페리는 소설의 여러 초안을 읽고 소중한 피드백을 주었다. 제네비브 가네-하웨스, 애비게일 바스는 내가 이야기의 큰 그림을 볼 수 있도록 나를 올바른 방향으로 이끌어주었다. 더글라스 클레그와 맷 슈워츠 또한 훌륭한 조언과 지원을 아끼지 않았다. 마지막으로 내가 길을 잃지 않도록 북극성이 되어주는 내 아내 홀리에게 감사의 말을 전하고 싶다.

하피스,
잔혹한
소녀들

1판 1쇄 인쇄	2021년 8월 9일
1판 1쇄 발행	2021년 8월 23일
지은이	에이버리 비숍
옮긴이	김나연
발행인	정욱
편집인	황민호
본부장	박정훈
책임편집	강경양
마케팅	조안나 이유진 이나경
국제판권	이주은 한진아
제작	심상운
발행처	대원씨아이㈜
주소	서울특별시 용산구 한강대로15길 9-12
전화	(02)2071-2094
팩스	(02)749-2105
등록	제3-563호
등록일자	1992년 5월 11일
ISBN	979-11-362-8189-0 03840